文字烛照未来
TopBook

长安新考

朱鸿长安文化书系

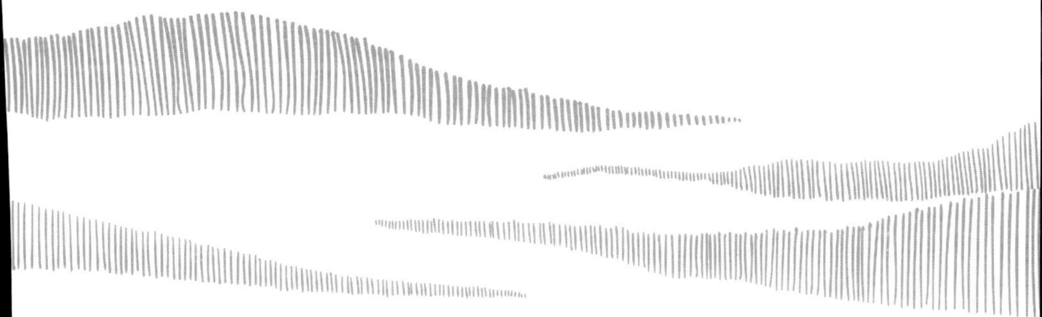

朱鸿 —— 著

陕西新华出版传媒集团
陕西人民出版社

TopBook
饕书客

图书在版编目（CIP）数据

长安新考 / 朱鸿著. —西安：陕西人民出版社，2022. 11

ISBN 978-7-224-14736-0

Ⅰ. ①长… Ⅱ. ①朱… Ⅲ. ①散文集—中国—当代 Ⅳ. ①I267

中国版本图书馆 CIP 数据核字(2022)第 212831 号

出 品 人：赵小峰
总 策 划：关 宁
出版统筹：韩 琳 王 倩
策划编辑：王 凌 晏 藜
责任编辑：武晓雨 张启阳
封面设计：邵 婷

长安新考
CHANGAN XIN KAO

作　　者　朱 鸿
出版发行　陕西新华出版传媒集团 陕西人民出版社
　　　　　（西安市北大街 147 号 邮编：710003）
印　　刷　陕西隆昌印刷有限公司
开　　本　787 毫米×1092 毫米 1/32
印　　张　17 印张
字　　数　425 千字
版　　次　2022 年 11 月第 1 版
印　　次　2022 年 11 月第 1 次印刷
书　　号　ISBN 978-7-224-14736-0
定　　价　99. 80 元

朱　鸿

长安朱鸿，散文作家。30余部散文集行世，具代表性的有中国出版集团东方出版中心出版的思想求索类散文集《夹缝中的历史》、中国出版集团生活·读书·新知三联书店出版的文化表现类散文集《长安是中国的心》、中国出版集团人民文学出版社出版的心灵倾诉类散文集《吾情若蓝》和陕西人民出版社出版的长安叙述作品《朱鸿长安文化书系》。作品录用于中学语文教科书和高职语文教科书，见诸语文试卷，入选百余种散文版本。《西部心情》一书进入希望书库，是中国青少年素质发展论坛工作委员会推荐读物、中国青少年读写大赛指定读本；《夹缝中的历史》教辅版一书进入上海著名中学师生推荐书系——影响我高中时代的一本好书。获首届冰心散文奖、第二届老舍散文奖、首届陕西图书奖和陕西高等学校人文社会科学研究优秀成果奖。大型学术著作《中国散文通史》对其置有分论。陕西省作家协会副主席，陕西师范大学长安笔会中心主任、文学院教授。

通序

中国文化的本质是什么？它有什么特点？中国人是怎么形成的？中国人的心理和性格如何？

我，一个中国人，此刻想表达的意思就并未完全表达出来，仿佛一瓶水，本当让其尽流，意思才更清楚，更明白，但我却由于某种唯我知道的原因守口不言。为什么如此？还不仅如此，也许我有一个幽隐的精神之泉，是生要带来，死要带去的，并会谨防外泄。这个精神之泉，难免要泛起一些微波细澜，包括戒备、不安、盲从、猥琐、圆滑、虚荣、伪善、冷漠、苟活、自保、祭神欺神或脚踩两只船，为什么呢？当然日光也照我，月光也照我，我也有自己的璀璨。

长安是中国文化的一个标本，它蕴含着中国人的价值取向和审美意识。多年以来，我一直通过长安透视中国文化，以了解它的本质和特点。我以为长安文化是中国文化的象征，中国文化是居于长安文化之中的，长安文化绝非简单的地域文化。

长安在雍，当然属于中华，不过中华与夷狄同在。雍西面夷狄，雍北也面夷狄，夷狄到雍来吃一吃，喝一喝，是再平常不过的事了。周人与羌人虽然分属两个部落，不过彼此通婚，遂能合作克商。周人弃雍而去，无非是夷狄入侵，不可在雍行礼作乐了。周人吩咐秦人对付夷狄，也是因为秦人与夷狄长期共处，在形体上、习惯上，跟夷狄近似。以夷狄治夷狄，似乎是从周人开始的。崤山以东诸国之人皆骂秦人如虎狼，是指其野蛮，见利便不顾一切，甚至不顾亲戚，而夷狄之俗则正是如此。

汉人与匈奴人相争，不过彼此也和亲，凡此四百年左右。刘姓当是汉人，然而刘姓也有匈奴人。公元1世纪，匈奴人拆帐而去，鲜卑人遂自大兴安岭南迁大泽，占据了匈奴人的草原。留下的匈奴人与徙来的鲜卑人便连缀游牧，凡此四百年左右。至公元5世纪，鲜卑人再南迁，以洛阳为国都，自上而下，努力向汉人学习，计有两代，其加速了民族融合。隋人和唐人便是从民族融合之腹孕育而出的。

中国文化在这样一个过程演变和发展，从而生成了它的本质和特点。中国人创造了中国文化，中国文化也创造了中国人。

10世纪以前，长安为国都多矣！汉人在此即皇帝位，诏命天下，匈奴人、氐人、羌人和鲜卑人也曾经在此登基并班政。历史是宽容的，都给了他们以正统的地位。1703年，清圣祖玄烨巡狩陕西，遣官祭华岳，又遣官祭周文王和周武王，这当然有追求正统的意思。满族人发于长白山以北，康熙在北京即皇帝位，不过长安是圣地，到此拜一拜周才感到踏实吧！

唐太宗曾经说：“自古皆贵中华，贱夷狄，朕独爱之如一。”长安自有胸怀和气魄，胜者便可做主。

这个角度也能反映中国文化，并为分析中国人的产生、中国人是怎样的心理和性格提供线索。

在宗教信仰方面，长安一直都是开放的。汉长安置有种种巫祠，以满足臣民的通灵需要。唐长安有道教、景教、祆教、摩尼教、伊斯兰教和佛教，不仅是臣民，即使是西域诸国之人，也可以从事他们高兴的精神活动。中国汉传佛教的宗派共有八家，唐长安独有六家，其祖庭赫赫在焉。实际上，氐人、羌人和鲜卑人在佛教的信仰上似乎更热情、更积极。唐长安的六个祖庭，也是从四世纪以来，经十六国、北朝及隋的积累，臻于唐长安的。

宗教信仰显然是中国文化的要义，它也深刻地影响了中国人。

不过汉字、汉语、汉医、天人合一之理念、阴阳五行之观点，尤其是儒家思想，此乃中国文化的主脉和主干，中国人之所以是中国人，这种文化的影响才是主要的。这种文化多由汉人创造，它对汉人的影响遂起决定性的作用。这种文化当然也影响了其他民族的人，那些在长安做皇帝的匈奴人、氐人、羌人和鲜卑人，无不任用汉人治理社会，他们也懂得并乐于享用汉人的文化。其他民族的人当然也把各自的文化一再向中国文化添加，而且它们苗自土出，充满了活力。

观察长安，并从长安文化可以发现，中国文化有时候在主动吸取，有时候在被动接受，其总的形态是丛生的、杂糅的、融合的，当然更是丰富的。中国人能创造这样的中国文化，也因为中国人并非单一的血缘，反之，中国人的基因应该是复叠的、混并的。虽然如此，他们都是中国人。也许中国人就是这样形成的，中国人的心理和性格也缘于斯。

中国文化源远流长，甚至无始无终、无穷无尽，且弥天漫地、无所不在，显示了自己的博大、柔韧和顽强，然而它也一直存在向心和离心的问题。分久必合，合久必分，也许根在这种文化。中央集权制度，似乎便是对这种文化的本能反应。散沙不凝，只能以器固之。不过只有始终向先进文化开放，吐故而纳新，才会保持中国文化的优势，并使中国人有尊严地行在世界上。

这是我在长安的所想。

2020年8月28日于窑门堡

自序

对长安的叙述和研究，大约从东汉开始。两千年以来，代有大作，以宋为盛。至清仍有毕沅的图志，徐松的城坊考，毛凤枝的终南山谷口考。中华民国二十四年，1935年，又有日本学者足立喜六的长安史迹考。大约止于斯，叙述和研究长安的大作遂鲜见。显然，长安之考是一个重要的学术传统，断其一百余年，实为遗憾。

自丰镐以后，长安久为国都，其遗址、史迹和形胜遍布关中，甲于九州。我之考长安，难免挂者少，漏者多，谬误存焉。不过我也在尽量披阅图籍，努力继承其学术传统，并沿用其体例。取向谱系，不敢东一榔头，西一棒槌，零零碎碎的。

所谓新考，指这是最近现代之考。当然也不唯如此，还有别的异旧之处。以西安城建于长安城之上，西安是长安的变迁和发展，气息相通，所以我所采撷的遗址、史迹和形胜，也扩容至明清、民国及今。此其一。考古发现，田野调查，开阔了我的文化视域，从而能使历史文献与历史遗存彼此互见。增加信息，丰富出彩，是我之愿。此其二。儒士以纲纪所禁，不能批评天子，其文章稍嫌拘束。我很幸运，有时代所赋予的人文主义，遂会纵论君主，洒脱放诞，一壮格局。此其三。

谨以此作抛砖引玉，盼有更宏赡、更深邃的长安之著行世。

2013年10月5日于窑门堡

目录

黄土

凌云御风以俯察西安，会发现这个城完全立于黄土之上，甚至黄土包围着西安。

平常会忽略黄土对西安的意义，因为出巷上街，所见是草木，是玻璃幕墙的高楼大厦，是华灯，是流水一般的汽车。然而离城而去，远一点环视，便会看到凡西安的建筑尽由黄土支撑。

西安依龙首原营造。龙首原属于黄土的堆积，地势壮阔，地貌雄奇，可惜人类的活动：一个伟大的城的存在与持续扩充，已经把它的高岸与低谷拉平了，甚至把它遮蔽了，包裹了，黄土也内敛着，萎缩着，遂难免感受到城在龙首原之上。不过看一看乐游原的残坡剩陂，看一看正受到改变的少陵原和神禾原，也在遭掘的白鹿原，尤其是看一看暴露在外的黄土的立面和斜面，便可以想象这座城确实踞于黄土之中，甚至它就是黄土的变形。

实际上两千余年前的汉长安城，一千余年前的唐长安城，都作黄土之间。那时候，材料单一，城与黄土的关系密切至极。也许长安城就是艺术化或灵魂化的黄土，遂能漂亮地还原于黄土。

在地球北部的几个大陆都有黄土分布，不过中国黄土分布广，厚度大，覆盖连续，层序完整，为世界第一。它基本上处于北纬30°至49°之间。中国黄土呈东西向，大约铺排于昆仑山、秦岭和泰山一线的北侧。西北可达天山，东北可达大兴安岭和小兴安岭。

中国黄土以面积54万平方公里的黄土高原最为典型，也最具研究价值。其西起祁连山，东至太行山，北发阴山，南抵秦岭。浅的数米、数十米，深的一百余米、二百余米。深之至极，在泾河与洛河一带。这里位于黄河的中游。黄河经黄土高原而流，给这里的黄土赋予了神性。夕阳所照，黄土高原的气象便尽显洪荒和浑朴。风走过它的塬、梁、峁、壑，千里呼啸，万里回应，禽息兽匿，人谁不敬畏！

西安所拥的黄土，或汉长安城和唐长安城所拥的黄土，也属于黄土高原的范畴，不过这里的黄土自有其特殊之处。秦岭流出数水注渭河，渭河灌黄河。这一片黄土便发于渭河以南，止于秦岭以北。此地谓之关中，苏秦赞之为天府，东方朔颂之为陆海。形胜之地，遂一再立国作都。这里的黄土细腻、疏松，具绸缎一般的触觉和蜂蜜一般的视觉。

大约2300年以前就有中国人注意到黄土，但对它的研究却由西方的地质学家发轫，随之中国的地质学家也孜孜以求，大有作为。这些黄土是从何处来的呢？比较一致的观点是，里海以东有浩瀚的沙漠，一旦气流上升，它便会携带粉尘颗粒进入高空，并为西风环流系统所容纳，接着随西风带向东南飘移，至东经100°以东骤然沉降。经过260万年的堆积及其种种化学反应，遂为黄土。东经100°以东，恰恰就从祁连山一带开始。之所以黄土高原的黄土十分发达，也许是西风带让随它飘移的粉尘颗粒总是在这里集中垂落导致的吧！

有地质学家认为，黄土高原是古土壤与黄土累加起来的，因为它们相互叠压数十次，应该是260万年以来，包括更新世和全新世，气候暖湿与气候干冷的周期性回旋的结果。黄土夹缝还藏有几十种古脊椎动物的化石，其属于第四纪。显然，中国黄土是一部信息丰富的自然档案，凡地质学家、气候学家、生态学家、环境学家，都可以从中获取他们想要的自然演变的资讯。人类的活动也在黄土上留存着印痕，历史学家当然也颇感兴趣！

中国农业之兴，全赖黄土，尤其是在黄河中游一带。黄土呈柱状节理发育，虽然久久沉积，不过黄土仍是疏松而散，其密布的间隙，如小孔和细管，使地下水分得以向地上浸淫。一般夏季多雨。当此之际，暖气流起于海上，并从岭南向大陆飘移。只要它遭遇冷气流，就会形成锋面雨带。在锋面雨带逾越秦岭的时候，恰恰是夏季，其雨便补充了关中及黄河两岸黄土的地下水分。黄土软，雨易渗，水分宜蓄。年年如此，岁岁如此，遂在上古就有部落于斯耕植。初民不用灌溉，打磨几件石器作工具就能播种和收获。合适生存，初民便越聚越多。

神农氏曾经于斯指导初民种其粮，功莫大焉。有熊氏渐盛，其首领轩辕打败了炎帝，又打败了蚩尤，成为黄河中游一带部落联盟的共同领袖。会当凡非的蚯蚓出其土，显示土之德瑞，黄土为色，遂是黄龙，轩辕便任黄帝。黄帝发明频频，然而他仍不懈于教天下以稼穑。唐尧、虞舜、夏禹，皆据黄土高原开国成事，其经济所靠当然也是农业。

当是时也，周人的后稷神秘下凡。他显然有耕植的天才，会相地以播百谷，部落之民也都向他学习。尧举后稷为农师，御内便得其利。舜也敬重他，封邰，今之陕西武功。周人以农业而强，迁豳，徙岐山之下，过渭河，进关中，平商之崇侯国，作丰邑，再作镐京，继续修德振兵，终于取商而代之。周人对农业的贡献是使稼墙有了规模，田有公田和私田。他们实行了井田制，把奴隶组织起来劳动。

①汉长安城遗址

②唐长安城遗址

关中的黄土杂糅有大量的腐殖物，八水相绕，久有开垦，其粮遂常能丰收，上税缴赋甚多。司马迁说：“关中自汧雍以东至河华，膏壤沃野千里，自虞夏之贡以为上田。”20世纪曾经有农业学家测量长安的黄土，发现这里的熟化层达50厘米至60厘米。如此之肥，完全可以让枯木发芽。这既有自然的作用，也有祖先世世代代劳动的作用。可惜一声风吹，上田便争盖房子以卖钱。真是罪孽啊，不肖子孙！

中国文明称之为农业文明，以农业兴于黄河中游，又称之为黄河文明，很好。不过有时候，我会登临黄土之丘而坐，捧一把黄土想，中国黄土，世界尽重之，尤其农业以黄土所创，所以称中国文明为黄土文明不是更好吗？

黄帝崩，葬于桥山，为黄陵。轩辕时代的历法，也为黄历。黄帝取黄土之色，是由于土出黄龙，表征了他的天子之德瑞。多少年以后，封建君主便以黄为色之正，为贵，乘黄屋，穿黄袍。黄成为专用，一旦士庶用之，就是僭越，有杀头的危险。高等和特权竟以黄得以体现，这应该出乎黄帝之所料。

黄土融有矿物质，按一定的比例兑水和泥，抟之为坯，装窑而烧，遂成陶器。新石器时代属于氏族公社的半坡人便有陶钵以盛水，陶罐以储粟，陶哨以吹音。他们的陶盆多绘有鱼纹和鹿纹，可以使用，也可以欣赏。遗憾半坡人在年岁的循环往复之中走失了，否则中国文明将别有一番精彩。

周人未必是半坡人的子孙，不过他们也掌握了用黄土制作陶器的工艺。营造宫室的板瓦便是由黄土烧出来的。秦人是周人特殊的一支，建筑所用的水管，盖房子所用的筒瓦和条砖，都是陶器，也由黄土烧之。秦砖坚硬，我收藏有一块。

汉人的领导多生楚国，然而居长安城便要用长安的黄土。未央宫有吉语的瓦，有草纹的砖，无不是黄土所烧。从汉陵所挖的各种各样的陶罐，造型大气，弧度流畅，当为艺术的精品，也是黄土所烧。我收藏有五个陶罐，击之皆发声洪亮。陪葬的陶器颇繁，不过我所好者唯陶罐。

唐人的建筑壮丽至极，其瓦其砖，也还是黄土烧的。也许是石材增加了，唐砖不太大，唐瓦也不甚华，多用的是有莲花的一种瓦，证明了佛教已经确立并普及。

依我的想象，汉长安城和唐长安城都以黄土为格调。它们雄霸的城墙是土夯的，宽阔的街道是土铺的，划地为坊，坊里的院墙和屋墙也是土筑的，即使墙有砖包，砖也是土烧的，进坊出坊的里巷间路也毕由土垫。土尽黄土，经日之晒微微发白，一旦淋雨，便多少发黑。云散天晴，阳光透射，土皆变黄。长安城是皇城，也是黄城。生活在长安城，就是生活在黄城之中，也就是生活在自然之中。

西安在过去几个世纪也几乎是一座黄城。它的城墙在1370年初建之际完全是土的，到1568年，陕西巡抚张祉修葺城墙，才给其外壁砌了砖，然而砖还是土，是土的异态。西安城的路是土的，园林之径是土的，所有的建筑，包括秦王府、衙门、官邸、庙堂，也无土不成。直到明亡清立，清盛清衰，辛亥革命的爆发和中华民国的诞生，这里总体上仍延续着黄土格调，不失其为黄城。它的四边也还是无边无际的田野，夏季的暴雨往往骤然而下，风从远方而来，掠城墙而过，把黄土的味道送至千家万户的窗口。然而毕竟黄土要减少，它无可奈何地减少着，越来越快地减少了。

现在的西安城几乎没有黄土了。混凝土、沥青、瓷砖、石材、玻璃、钢铁、橡胶、塑料，已经要把西安城包实裹严了，甚至一旦黄土露头，就有人搅拌着一团混凝土走过去捂住它，似乎黄土使西安城蒙羞似的。

黄土匿迹，让我怀疑世界的真实。科学技术孵化出的环境光怪陆离，玄幻荒诞，充满伪装的感觉，使我的身体和心理都不舒服。我常常想坐在黄土上，躺在黄土上，把手伸到黄土中，脱了鞋，踩着黄土，让黄土埋了我的脚。我的肌肤对黄土有一种饥饿之感，难耐的时候，便在城墙上寻找一块老砖摸一摸。舒服极了，然而这止痛不治病。

出母之腹，供我睡觉的是土炕；脱母之怀，让我立足并迈步的是土地。院子深广，抓一把黄土就可以玩。往田野里去，农民用铁锨翻地，把晒过太阳的黄土埋下去，未晒过太阳的黄土亮出来，使生土变熟，熟土更熟，以成熟化层。生土含有水分遂色重，风一吹便色轻，轻遂显白，浸雨就归黄，渐然而成熟土。有骡马犁地，铧入土裂，几十铧犁过为一分，几百铧犁过为一亩，百亩便是浪打浪的黄土的海洋。骡马累了，就卧在黄土上休息，打滚当然也行。

黄土出草，出木，尤其出粮。粮有黍、稷、稻、粱、小麦、大麦、青稞、荞麦、谷子、玉米，它们尽宜黄土。黄土出粮，也出菜。一掘土，红薯成堆，再掘土，洋芋又成堆，不掘土，可以拔出来的光滑的是萝卜。白菜、韭菜、茄子、梅豆、豇豆、菠菜、蒜苗，黄土皆长。

挖土一丈，遂成穴作墓，永远安魂。挖土三丈，便是井，汪汪的水可以饮，可以洗，几十年取之不尽，用之不竭。所谓土壕就是农民专门的取土之域，它往往有一两丈高的崖，横断面湿润，根须纵横，有蚯蚓，也有蜗牛，偶尔还有化石，其为生土，不浅而深，遂黄得单纯，干干净净。农民拉这里的土和泥以糊墙，兑水以漫墙，当然也填坑垫厕。制作土坯可以盘炕或盘灶，不过大量用以垒墙，盖房子。

少陵原南坡有长达数十里的崖，呈阶梯状，高达几十米。其向阳，黄土很是坚实，沿线一带的农民曾经凿穴以居，冬暖夏凉，唯恐久雨消解，造成湿陷或崩塌。在樊川的任何一个点上，都可以清楚地看到其崖静立天下，尽显沧桑。这里的窑洞已经空空如也，几乎都废弃了，然而所凿之穴的轮廓仍很明晰。鸟雀会落在崖畔，羊偶尔也会跑到崖畔吃草。有时候我心有惶惶，便出西安城，到樊川来，坐在寂寞的一棵白杨树下望着少陵原的南坡，夕晖照崖，草木泛古，沉默的黄土竟有意味深长的呼吸！

敬礼，伟大的黄土！别了，一种生活方式，一种文明！

终南山

我是长安人，小时候，爬在窗口，或开了门，或是在任何一个立足之点，我都会看到终南山。我的眼睛如此明亮，是因为这样的远望增强了视力。我的故乡与终南山的直线距离不过三十里，拥有未必，欣赏无碍，幸甚至哉！

遗憾我现在栖身城里，墙也挡，楼也挡，视力虽好，视野遇阻，终南山遂一面难见。尤其钢筋水泥建筑有虎狼之恶、马蜂之凶，夜以继日向终南山推进并挤压，国之所瞻渐然模糊。非智慧之举，不可能结大德大善之果。

终南山素为神栖之地，是否，我未加深入研究。不过小时候我见终南山兴云便下雨，一旦云散，雨随之止。日月经天，终南山总是重威而沉默，色蓝便嫩绿，色青便老苍。奇的是它播向关中的雨，北线可以到鄂尔多斯台地，也可以到渭河沿岸，也可以只到西安钟楼的金顶，或是只到西安南门，只到小寨，甚至只到长延堡村、三爻村。人辄喟叹：雨到南门外就停，再走一步便进西安城了，可惜它硬是不肯走。从终南山酝酿的雨往往到南门就停，无可奈何。之所以城北燥，城南润，文章在终南山。

唐人十分敬畏终南山，认为它是保佑王朝的。公元 796 年，唐德宗下诏修缮终南山祠以祭神，求其赐雨，柳宗元还参与了此工作。到了公元 837 年，唐文宗指示封终南山为广惠公，立庙以祀，当时长安县令杜氏操办了此事。据考察，广惠公祠在石砭峪口。

实际上终南山久有庙宇，汉武帝在公元前二世纪就于斯祭祀过太乙神。今之太乙宫当为祭祀所在，可惜遗址失焉。汉武帝谁也不怕，然而敬畏我终南山。

终南山起于地，摩于天，横亘于黄河与长江之间，踞于关中与汉中之界，高且广，有容乃大。所谓终南，既指从北方绵延而来的以黄土为贵色的中原的结束之地：其终止于南矣！又指发端南方并逶迤而来的重峦叠嶂的停顿之地：其南之终止矣！在这里的一个隐士固执地认为：终南山以喜马拉雅山和昆仑山为介，通着古印度。古印度的信徒初赴中国，选道路便是翻越喜马拉雅山和昆仑山，直奔终南山，并以终南山为居。

不过我是长安人，入于斯，出于斯，往来相会，遂为熟知。我同意这样的观点：终南山东贯蓝田，西彻眉县，系列几百里，其中有几个秀丽的单元，包括骊山、翠华山、南五台、圭峰山，甚至也包括雄壮的太白山。终南山是其尊称，它还有一些别名或雅号，周南山、南山、中南山、橘山、楚山、太乙山、太一山、地肺山、月亮山，都是的，足证它包含之丰富。终南山更易为人接受的一种解释是：在天之中，居都之南。有士颂其曰：京师之镇，国之所瞻。

终南何有？
有条有梅。

上古之际，便有书指出终南惇物。不过周人之颂，显然洋溢着一种骄傲。或是春秋时代的秦人之歌吧，他们反复吟咏：

终南何有？

有纪有堂。

公元前138年，汉武帝狩猎终南山一带，尽其性，纵其情，也难免破坏庄稼。由于乔装，农夫以为是一伙土匪，斥责并围攻，顿显危险。返长安城，汉武帝便打算把终南山划归为上林苑。当是时也，东方朔上奏劝阻，但汉武帝却坚持扩张了上林苑。读东方朔书，可以知道终南山的丰硕。他说："其山出玉石，金银铜铁，豫章檀柘，异类之物，不可胜原，此百工所取舍，万民所仰足也。又有秔稻梨栗桑麻竹箭之饶，土宜薑芋，水多娃鱼，贪者得以人给家足，无饥寒之忧。"

终南山一直是长安人的生存所资，尤其是它慷慨地供给了在关中建都的一个又一个王朝，把中国文明一度又一度地助向灿烂。东方朔没有现代生物学知识，他不清楚终南山是地球难能可贵的生物基因库。这里有两千多种药用植物，有三千多种种子植物，包括悠久的柏、栎、桦、杉，罕见的水青树、连香树、香果树、铁甲树、七叶树、金背枇杷树、望春花、星叶草、独叶草。这里有六百多种脊椎动物，除了当年汉武帝箭射的那些鹿豕狐兔之外，还有锦鸡、金钱豹、云豹、麂子、野猪、狼、果子狸、大鲵，还有大熊猫、朱鹮、金丝猴、羚羊、褐马鸡。这里有五千多种昆虫。东方朔当然也不清楚终南山是地球重要的地质地貌博物馆，这里有非常典型的造山带地质遗迹、第四纪地质遗迹、山崩地貌、花岗岩地貌、裂谷地垒构造、冰晶顶构造、板块碰撞缝合带、冰洞、风洞、溶洞、堰塞湖，既富研究价值，又具欣赏价值。

终南山之奇，早就为人所注意。葛洪尝记录终南山有草木之异常。一种离合草，其叶红绿相杂，茎为紫色。一种丹青树，就是所谓的华盖树，其杆冲冲向上，百尺光滑无枝，其冠绞缠纠结，状如车篷，其叶一面青，一面赤，斓如锦绣。他还记录公元前 188 年，终南山雷击起火，草木多有焚毁，之后有人在焦土之中竟捡到一具蛟骨、一具龙骨，使长安人雅俗皆惊。

玫瑰可以象征爱，如此观点已经弥漫世界，早就为有情男女所用。资料显示，这种红而长刺的植物开始是在终南山野生的，经长安人几番培育，才穿过丝绸之路到了古印度和地中海沿岸，并进入欧洲。大麻的幻觉也是中国萨满或隐士在终南山发现的，之后远扬而去。

终南山既如此之奇，又是神所栖之境，衮衮风流倜傥之士遂居其岩穴，作形而上的求索，便理所当然了。披紫气而来的是老子，他在终南山楼观留下了一段教诲便杳然遁迹。也许老子不是终南山最早的隐士，不过他应该是最大的隐士，之后不时有智者在此研术究道。商山之四皓，紫柏山之张良，还有汉钟离、孙思邈、吕洞宾、韩湘子、曹国舅、陈抟、张载、刘海蟾、张无梦、王重阳，无不于斯修行。

尤其有趣的是，唐帝国第一家庭的公主，唐高祖之女平阳公主，唐睿宗之女玉真公主，轻其权势，重其怀虚，也在终南山修行。李隆基贵为皇帝，爱美人，但他却也敬老子，尽管有军国大事，不能匿身炼丹，不过一旦得到老子降显骊山的消息，便立即改骊山为昭应山，并封玄德公为神以祭。

鸠摩罗什是从西域而来的高僧，得后秦王姚兴支持，要在中国有效地传其佛教，遂把佛经汉译的场所选在了依傍终南山的草堂寺。几百年以后到了唐，佛教的中国化得以完成。当是时也，佛教立其八宗，其中六宗在长安，四宗的祖庭在终南山，它们是三论宗的草堂寺，华严宗的至相寺，律宗的净业寺、丰德寺和灵感寺，以及净土宗的悟真寺。三阶教的祖庭百塔寺也在终南山，虽然此宗的法脉没有传下来。这里茅篷之多，弥峰跨谷，诚如诗云：“长安三千金世界，终南百万玉楼台。”

终南山的隐士，不管是执道还是执佛，其避世之源也许更早。虽然退出社会，然而他们也未必冷血。通过改造自己以有理有利地改造世界，当是各路大德的归宿。

岩穴之士当然也有真有假。司马承祯尝修行嵩山，以后常住天台山。其深谙其法，誉飘朝野。武则天召之洛阳，盼他辅政，但他对当官却并无兴趣。他致礼，谢了武则天，仍往天台山去。唐睿宗执政，又召之长安，晤面便挽留，然而司马承祯仍坚持返天台山，唐睿宗遂赠帐以送行。唐政府一些大臣也参加送行，尚书左丞卢藏用在场，他举臂指了指终南山对司马承祯说：“此中大有佳处，何必天台！”卢藏用当年居终南山，似乎修行，实际上志在魏阙，所以一旦武则天招徕，便去洞当官。唐睿宗执政，其继续留任，属于擅术失道之徒。司马承祯知道其秉性，遂讽刺他说：“以愚观之，此乃仕宦之捷径也！”这便是终南捷径的故事。

唐人之诗把中国的语言艺术锤炼到了极致，显然，终南山也给了他们灵感。“白云回望合，青霭入看无。”此王维之吟。“秀色难为名，苍翠日在眼。”此李白之叹。“危松临砌偃，惊鹿蓦溪来。”此司空图之诵。唐太宗李世民也有诗赞终南山，并以气势而胜。不过把切肤刺骨之感表达出来的诗，还是祖咏的，其曰：

终南阴岭秀，
积雪浮云端。
林表明霁色，
城中增暮寒。

地理教科书指出，关中平原主要是渭河冲积的，不过只有经过考察才能知道渭河南岸之水富于北岸之水，其多从终南山谷口所出。以潼关至宝鸡一段计，终南山谷口 150 个；以蓝田到眉县计，终南山谷口 85 个，其积小流汇为灞、浐、潏、滈、高、沣、涝及其西安饮之所赖的黑河，它们尽入渭河。渭河以南的关中平原，主要是由这些终南山之水所冲积的。其水携带终南山草木鸟兽虫鱼的腐殖物渗透于土地之中，渐然形成黄壤之膏，田野之沃，有耕耘，便有收获。关中平原养活过中国的十三个王朝，滋润过一波一波的中国文明，其功也有终南山及其他的水。遗憾这个时代疯狂地用钢筋水泥建筑向终南山铺陈，甚至点峪圈岸，企图环终南山一线营造其房。君不见别墅豪门挡林风，瓷墙光脊污岫岚；君不见四方商家有盘算，蠢蠢欲动，虎步鼠窜，以悄然购买终南山之一角，卒以连官邸带林壑售之而得万贯。

岂料大自然是敏感的，终南山会像少女的肌肤一样易损。基于此，我请求当权派和牟利者不要以任何神圣的名义开发终南山，不要在此作混凝土建筑，尤其不要装腔作势地搞什么诗意的栖居。我请求让它保持安宁，因为终南山一直在萎缩，它的谷口之水频频断其小流，如果钢筋水泥建筑在此入侵、繁殖、演化，那么将必然加速它的萎缩。一旦变成这样的局面，挨着它的土地也许会贫瘠化、沙漠化，甚至损坏整个关中平原，并向北推移，损害鄂尔多斯，损害黄河沿岸。请求当权派和牟利者高抬贵手，不要动终南山。扛上棺材，往北京去表达我的意见，是我常存之心，可惜现在已经不兴这样的慷慨之举了，我也顾虑有人会把我扣在车站或路边，即使我理直气壮也将遭遇惩罚。然而大自然是会报复的，惹恼终南山，必成其祸，并苦我子孙。

在中国版图上，或是读地理教科书，会发现终南山与秦岭有一段是重叠的。秦岭西起甘肃和青海，东至河南，全长 1500 公里。它起码包含了西倾山、岷山、迭山、终南山、华山、崤山、嵩山、伏牛山，显然秦岭比终南山广袤。不过终南山早，秦岭晚。秦岭是春秋以后，甚至是战国才有的，是秦人统一天下的成果。于是终南山就变成了秦岭的一个部分，或呼终南山为秦岭也可以。秦人很猛，秦国发展很快，固然灭了六国，不过它也亡得很快。秦人的方法冷酷无情。谚曰：渭水无鱼，秦人无义。我是长安人，不是秦人。

南五台

天下修行，以秦岭为幽；秦岭修行，以终南山易功；终南山修行，以南五台有灵。对此我有百闻，并得以一见。

南五台纵深十余里，巉岩为列，茂林成荫，尽头才是极峰观音台。从东到西呈五壑，白蛇沟居中，修行的人多从这里进山。晨不见红日东升，唯见蓝漫长天，有透明感、融化感；昏不见夕阳西下，唯见霞染峻岭，有温暖感、幻境感。登临此山者，平常三三两两，三五成群，不过逢农历之月举行庙会，便密若蚂蚁，轰然作阵。

通过一条斜径可以往塔寺沟去。此地的五佛殿有两棵国槐，隋唐年间的，老树重威，有遇事而鸣的奇异，可以欣赏。只是腐叶厚积，脚要入其里，试探着避过滑沙和尖石，以防跌倒。移步到底，有坡陡起，缘溪上行，隐隐便能看到圣寿寺塔。西靠峭壁，东向豁涧，风行光照，舒服极了。住持广宽身材颀长，他说："大雁塔是唐建的，圣寿寺塔是隋建的，足见这里的佛法久远。"其有七层，砖木结构，不过它抵抗了屡屡地震、万千雨雪，还有红卫兵的破坏。20 世纪的高僧印光大师一度于斯修行，这里的一个石头壁龛便是纪念，镌有于右任所题：印光大师影堂。资料显示，慈禧太后、蒋介石、宋美龄，都尝在此瞻仰。几个从北京来的居士殷勤地为住持广宽做饭，柴烟生白，袅袅而逝，有松脂的淡味，不过我当走了。

返白蛇沟，跨接引台，过五马石，略览韩森寨汤房，便继续南攀。所谓汤房就是为拜佛的人提供的歇脚和吃饭的小屋，有一村一汤房的，也有数村一汤房的，空间虽陋，够解其困。当年沿南五台一线，星星点点，竟达七十二汤房，可见香火之旺。汤房毁弃的多，不过也有现在仍可使用的。

蓦然举目，迎面一座二层宾馆，红柱灰脊，玻璃窗子，人呼独松阁。绕宾馆转了一圈，果然见松孤立，干矗枝苍，任风冷吹。刘澜涛尝任西北局高官，也有人呼独松阁为刘澜涛别墅的。睡佛殿曾经在兹，遗憾这里依岸临谷，既聚敛，又开朗，宾馆便取代了睡佛殿。围着睡佛殿，还有一些修行之堂——黑虎殿、三佛殿、南海殿、三圣宫、吕祖洞，可惜20世纪几乎全毁。近年有几个得以恢复，显然都比较粗糙。

至独松阁一带，长长的白蛇沟就收缩了，其路也变成鸟道，然而仍有迹可循。上行几百米，见佛寺赫然凌空，拾级攀之，遂看到了赵朴初所撰门联：山门不锁待云封，古寺无灯凭日照。这便是著名的紫竹林。住持释宽印指着茫然的山峰说：“天下哪有这样的气象啊！不过我只是一个看门的。”此处向阳，豁然透亮，遂发现不知不觉已经翻越了一个岭。有日本高僧慧萼，在唐代数次到中国来学习禅宗，并攀南五台请观音像赴日本。不料过普陀山，风起云涌，大浪阻船，根本进不得，他便问观音是何意，观音答不肯去，于是慧萼就在普陀山潮音洞之前的紫竹林建不肯去观音院。天下信众纷纷礼拜，从而形成佛教重地，并慢慢形成一个习惯，四方庙宇多以紫竹林名之。住持释宽印脸白如玉，天庭饱满，说：“普陀山的观音是从南五台请的，南五台应该大有前途。不过我只是一个看门的。”颇有见解，也十分率性，遂应他邀在紫竹林进了午餐。

环悬崖起起伏伏半周，至西林寺，敲了敲门，有僧问要见谁，答见简化居士。虽然简化居士不在，不过僧还是开了门。僧自谓一心，山东人，五十岁出家，先在五台山，后到南五台，言语谨慎，颇有定力，淡然沏茶并让过来。虽是西林寺，实为茅篷，就是不对客开放的修行之处。南五台茅篷甚多，不过西林寺属于大茅篷，当是魏晋就有了吧。由于交流投缘，一心居士让我看了五世纪的罗汉洞，还带我看了他们的菜园，唯僧房拒观。

西林寺素有重望，清代的虚云法师和觉朗法师都于斯而居，印光法师也居之，而且是他把大茅篷命名为西林寺的。高鹤年为居士，1915 年也居这里。圣一法师是香港大德宝莲寺的方丈，1990 年他 80 岁之际还到此来过。在江南和岭南，西林寺腾声佛教界。

西林寺翼然处半壁之间，大雄宝殿随穴而造，因为向阳，天高峦远，烂然空明，虽是冬日，也一片和熙。我在此逗留近乎一个小时，放松轻快，很得意。这一带还有湘子洞、兜率石、回天门，也都属于茅篷，可惜柴扉紧闭，不敢打扰。

有罗汉洞的石雕证明南五台在五世纪或是之前的岁月就发生佛事活动，不过圣寿寺的碑文显示，这里的观音道场于隋代大开。据其记录，当年有毒龙在南五台作恶，鳞甲生火，烧焦草木，又以丹术惑众，服药的身轻顷举，龙便追而食之。观音大士遂愤施佛法，旋即闪电响雷，降伏毒龙，并展绳缚绑，碾其死，扬其粉末。在西林寺悬崖下方，有地畅然平旷，僧指这便是过去的碾龙场。其情难断，也有智者提醒，毒龙不过是贪欲之喻而已。不过南五台观音道场兴于隋，盛于唐，完全是真实的。

碾龙场有一条斜径盘旋而升，沿其缓缓向上便到观音台，南五台的极峰。走在路上，隐隐地总闻私语之声，伸眉仰观，低头俯察，皆不见人，遂感到玄入妙门。观音台虽是南五台之巅，不过坦然为平地，小小的，也就是篮球场的面积。其耸向蓝天，有云聚散，聚则如白纱成卷，伸手便揽，散则如白光顿失，交睫即净。隋在此作庙宇，唐尤为宏，至宋，公元978年，有圆光在观音台出现了六次，僧皆以为祥瑞，遂定其为圆光寺。高僧善导、虚云、觉朗、海灯，都曾经在此弘法。隋的墙基还在，石柱铁瓦也自安一隅。屡遭火毁，然而灰冷必筑庙宇。现在的大雄宝殿是留村佛教徒捐资所造，人来了，总会进去叩首跪腿，当此之际，往往击磬有响，灵言入空。在观音台可以看到文殊台、清凉台、灵应台，还有舍身台。遥遥而望，阳光普照，五峰分立，各有庙宇，也皆出佛典。登临一台，览其四台，真是不虚此行了。

我在观音台沿岸徘徊，见终南山向四面远远而逝，苍茫没有边界，清晰得如翠屏环列，青莲承露，有的如马奔象游，凡栎、栗、漆、杜梨、核桃、棠棣，尽显灰色，唯松柏有绿。沟壑之中，涧谷之间，常常有一些小屋悄然出林。实际上这才是我要观察的，令我兴奋的。此类小屋都是茅篷，是修行的人造的，可惜我不知道他们从何处而来，到何处去，也不知道他们是谁。显然他们有与众相异或与俗相悖的思想，其思想也并非没有价值。他们选择了避世遁迹的生活方式，做了隐士。隐士各有各的原因，有的是躲灾，有的是剪烦，有的是精神的追求。不过隐士生活源远流长：尧授许由以位，许由离去；舜授善卷以位，善卷逃走。他们似乎都是原始的无政府主义者。伯夷与叔齐在首阳山采薇而食，显然是周的不同政见者。商山四皓避秦之暴，是智者。张良受封万户，位列于侯，然而道心顷醒，遂学赤松子，别未央宫，迁紫柏山。陶渊明辞彭泽令，当然是个性主义者和自由主义者。王维为尚书右丞，禅性厚积，遂出大明宫，安居辋川。在闹市作威作福，或享举世之荣，固然让人羡慕，不过做岩穴之士，鸟鸣而起，星亮而息，何不让人羡慕呢？可惜乏其力，缺其慧，遂追红尘而苦。

圆光寺住持告诉我：夜幕降临，站在观音台之崖可以欣赏西安钟楼一带的万家灯火。遗憾我父亲有病在家，需及时下山换药。

出白蛇沟西折，乘车十分钟便抵台沟，其谷口有著名的弥陀寺，可惜天黑了，门关了。月清星冽，寒犬竞吠。我颇为犹豫，想回家，然而通昭居士说：“我敲门！”

南五台之阅，陪我者就是他，还有长安区文化局局长聂小林。

翠华山

翠华山隐然于秦岭之中，雨前行云，晴日显形，雪后反光，具十分的诱惑,并久负盛名，又近故都，人便好攀之以悦其目,赏其心。

我初登翠华山是在春天，随大学同学共赴，共四十二位。恰同学少年，队伍走着走着就拉长了。过去没有见过奇峰伟峦，所以沟壑壁崖，甚至一草一木，无不让我欣喜，遂掏出笔，拿出纸，渐行渐记，企图在一群以政治教育为专业的男女之中一露作家的身手。轻狂激荡，傲视往圣，根本不懂道德文章不是随便就能出来的。

再登是在夏天，邀我者，二三子。大树孤立，野果烂然，尤其石白岩绿，美得让人陶醉，可惜我的兴趣转到了这里的文化堆积，真是辜负了。史记，汉武帝在此地拜过太乙神，建过太乙宫。以汉武帝之行，此地遂为太乙山。有太乙山便有太乙谷，其水入潏河。王维来过，韩愈来过，似乎司马光也来过，但我却偏爱王维的诗：“欲投人处宿，隔山问樵夫。”我自问，当年的樵夫态度如何？王右丞是否找到了可居之屋？我还暗忖,也许樵夫就是卖炭翁，而王维则在他的宅第享用过卖炭翁所创造的炉火。我不明白陕西巡抚毕沅为何要向乾隆皇

翠华山

帝反映这一片芙蓉似的峰面与峦貌呢？是歌颂清朝在陕西的风景吗？难道陕西没有什么民生情况要反映了吗？乡贤刘古愚先生曾经在此地所创办过一个学堂，向弟子传播新的思想，为辛亥革命进行铺垫，真是有一种精神啊！遗憾这里的遗址早就无存了。翠华山的风洞与冰洞固然会使肌肤顿生妙感，然而有寒，终于不可坐卧，但匆匆穿越却也是别有一番意思的。

我三登翠华山是在秋天，其雨淅沥不足，零星有余，算是细雨蒙蒙的一种状态吧。物品在润，石白无泥，也不滑。上坡下坡，从容游之，冲淡得几乎旷达。悠然顾盼，到处是绿。不过定睛辨别，绿中银杏树黄，火晶柿红,斑斓得很是丰富。然而这一切，皆不过是秦岭的一种皮毛或点缀。秦岭本在一个地下世界，但它却向往着光明，遂挺身而出，冲破地壳，隆起于地面了。远思当年，中国大陆一定声震天下，烟冲云上。以地质学家的观点，芙蓉似的翠华山便是秦岭一再崩裂的结果。地质学家还称，秦岭一直处于运动状态。然而当年这等壮烈的变化有谁看见了？庄子认为朝菌不知晦朔。人若朝菌，秦岭若晦朔，渺小之人，拘于其时，怎么会知道秦岭的真相呢？究竟谁能为秦岭之生报喜，谁能为秦岭之死报丧？我慢慢地走到一个堰塞湖边，站在一棵松树下，蓦然发现，从翠华山竟能看到我的故乡少陵原！小时候总觉得故乡逼仄而鄙陋，但那天却感到故乡深沉似海，并生出一种源远流长的眷恋。少陵原与翠华山只有二十余公里，但我却跋涉了三十余年。人生实际上是一片黑暗，谁都不得不在其中羁旅，非常艰难。天当然是会破晓的！人生变得明白了，天就破晓了，黑暗也就退去了。想着我便静静地坐下来，希望自己成为一块或尖或圆的岩石。

附记：

有民间故事认为，翠华山得名在于翠华姑娘。她是泾阳之女，质性善良，也心灵手巧，能纺细线，织平布，唯相貌平平，难觅婆家。嫁贫民吧，其父母不甘，嫁富豪吧，其快婿何在？这样便耽搁了，翠华姑娘大了。有一天她在田野拾柴，捡到一只蛇蛋带回了家，放在针线篮子里。不久蛇蛋就孵出一条蛇，人多惊异，有让放走的，有让处死的。翠华姑娘不听，反之竭尽其诚地喂养它，要让它长大。蛇也懂翠华姑娘的语言，她倾诉其苦，蛇便轻轻点头，表示理解。渐渐地，蛇与翠华姑娘有了感情，不过蛇毕竟是蛇。忽然有一日电闪雷鸣，大雨狂泻，当是时也，蛇驮起翠华姑娘纵身而飞，只见天空云腾雾绕，俄顷便入终南山。父母急追，可惜登临峰峦，其女已经幻化为神。显然，翠华姑娘所喂养之蛇也并非平常之蛇。无论如何，万壑之中产生了一座翠华山。

骊山

骊山有阴秀之美、裂岩之美、鸟雀啼啭之美、松柏青葱之美，晚照尤美。

骊山晚照为关中绝妙之景，骚客雅士代有推崇，然而难逢其境。我登骊山数次，无一获晚照之遇。

骊山晚照并非随便出现，它当在夏初，雨过，夕阳斜射。凡晴天都有夕阳，然而唯初夏和雨止的夕阳才具绚烂的光线，因为它存在一个空气的含水量和能见度的问题。斜射遂有角度，夕阳太高或欲坠都不行。夕阳的光线只有成 45°夹角左右之际，才会在骊山的林壑荫峰之间调出一种幻象，所以难逢。不过人多向往的骊山晚照总是有的，这要凭运气。

骊山东西横 10 公里余，南北纵 7 公里余，并不大。其顶仁宗庙海拔 1302 米，也并不高。其沟其谷 13 条，也并不复杂。然而它的形成受中生代白垩纪燕山运动之影响，又受第三纪喜马拉雅山运动之影响，在关中平原骤降之际，它反而迅速崛起，于是露出地面的部分就形成了一种特殊的断层崖，壁立如削，岗耸如怒。一旦木茂草丰，便足以欣赏。

在骊山之下1000米处，断层屈曲，裂缝稠密，有热水涌流，遂为温泉。43℃的热水，恰能松骨润肤，给通体布满快感。这里曾经是皇家林苑，芳潦香雾之中，显然不辞秘戏，也不免有让历史慨然长叹的故事。

骊山颇为神秘，我越思量越觉得它诡谲，甚至感到它藏有改变命运的按钮。美总是包含着灾难，或是能招致灾难的。当世的恐怖主义活动无一不发生在繁华之处。富贵是不祥之器，美何尝不是？君主喜欢骊山是由于骊山的美，遗憾骊山一再让君主失国。

周幽王是距现在最远的一位。在骊山或游或宿，往往会让人想到周幽王之死。不过我不认为褒姒是红颜祸水，骊山的魔性显然比女人的魔性要大。资料显示，周幽王执政之初，镐京一带便有川竭和地震，但他却对这些信息无视无闻，仍不谨慎。在骊山点其烽火，以戏诸侯，褒姒笑了，然而他也失信了。公元前774年，周幽王废申后，立褒姒，废太子宜臼，立褒姒所生之伯服为太子，兵乱遂起。按约定，骊山烽火一烧，狼烟滚滚，诸侯必赴沙场以保天子。不过烽火空燃了一次之后，诸侯便不信有什么危机发生了，于是犬戎就把周幽王杀之于骊山一隅，掳褒姒而去。镐京也遭劫，周室不得不迁洛阳。

蒋介石是离现在最近的一位。1936年冬天，在雍州，蒋介石布兵几十万，打算迅速消灭一万左右的刚刚立足于陕北的红军。蒋委员长亲自指挥，遂冒着严寒以入关中。八百里秦川，六百年西安，栋宇遍野，但他却偏偏拣骊山而居，大约是慕其43℃的热水可以沐浴吧！不料张学良和杨虎城抓了他，并邀请毛泽东的代表周恩来见他，逼他停止内战，一致抗日，使他不得不改变了迅速消灭红军的计划。1949年他亡天下，率国民党政府漂落台湾岛，曾经当众流泪。究其底，蒋介石在1936年12月12日凌晨遭扣骊山，就已经败了。

秦始皇有在骊山汤调戏神女的绯闻，也许此为杜撰。也许秦始皇的祸患是，他修了一条从咸阳通骊山的路，80里，并在其路架设阁道，人行桥上，车行桥下，耀武扬威。也许还因为他穿凿骊山，大造其冢吧。秦始皇陵高50丈，植草木以象骊山，甚至以其冢镇压骊山。其冢经营几十年，尝动员几十万囚徒筑之，怕骊山有水北流冲其寝宫，遂以甘泉巨石挡水使其分泄东西。深以透三泉，锢以铜，汞为江河大海，游鱼飞雁，并上具天文，下具地理。如此翻天覆地，骊山何安？骊山何不积怨？何不震怒？秦始皇本愿嬴家的江山会坐万世，不料他公元前210年死，仅仅四年以后，嬴家的子婴便在脖子上套了绳子，给刘邦呈上了皇帝的玺符。

项羽为绝世英雄，力能扛鼎，在公元前206年，率40万大军破函谷关，驻兵骊山之角的鸿门，欲一举消灭刘邦。刘邦用张良之计服软，躲过一劫。刘邦显然在冥冥之中有扶助之手，要他对骊山敬而远之。其入关中，知道渭河两岸广袤，但他却在灞上扎营，是距骊山远一点的。之后为父在骊邑作屋，也距骊山远一点。其父薨，干脆将骊邑撤销，分设其为新丰县和栎阳县。他的四世孙刘彻为汉武帝，虽然一再换皇后，妻妾成群，并把骊山划归上林苑，但他却喜欢在甘泉宫作乐邀仙，不敢亵玩于骊山。自刘邦起，汉在长安214年，刘氏之王，几乎都在回避骊山。但项羽却对骊山踏而不敬，甚至有犯。他一旦设宴鸿门，刘邦遂逃。他竟忘了秦始皇陵与骊山是一体的，掘秦始皇陵，又烧之，以泄其愤，岂不知这将招殃。他自立为西楚霸王，威风一时，然而终于牺牲垓下。

杨贵妃是唐玄宗的宝贝，从他62岁开始，几乎每年要带杨贵妃在骊山华清宫住数月，海棠汤属于宝贝的专用。逸乐上瘾，早朝乏心，高兴接受左右投之所好，遂先有李林甫弄权妄为，后有杨国忠枉法利己，又有杨氏姊妹专横跋扈，天下便渐渐摇晃。范阳节度使安禄山与史思明结盟，以诛杨国忠为借口发动叛乱，长安不宁，唐玄宗遂入蜀保身。儒士辄把唐遭沦陷的责任推给女人，怪罪杨玉环，真是大谬不然。贪色未必惹祸，唯不能扰攘骊山。女人固然有魔性，然而骊山的魔性更大。

新丰县至宋演化为临潼县，其东有临水，西有潼水，以水得名。元把栎阳县纳入临潼县，辖区乃大。据宋敏求的考察，临潼县距骊山有二里，人以岁增，今之临潼县已经连接骊山，并在融骊山了。骊山也是要呼吸的，给它留下足够的空间还是好。人为什么要紧逼骊山呢？骊山绝非一块平庸的石头。

骊山当算终南山的一个单元，其以石瓮谷为界，分为东秀岭和西秀岭。东秀岭有石瓮寺，还有火神庙，或别的什么神的殿和堂。西秀岭非常丰富，第一峰是烽火台；第二峰其坪旷然，立老母庙，祭祀女娲，其抟土造人与炼石补天，功德昭昭；第三峰是唐玄宗华清宫朝元阁旧址，现在为老君殿。唐之华清宫，既然是皇帝办公的地方，遂置种种衙署，又是他休养的地方，欢娱的设施便无所不有。据程大昌的考察，这里有羯鼓楼，因为唐玄宗一向喜其急响，又有钟楼和观风楼，有按歌台，又有宜春亭，有球场，又有斗鸡殿，有集灵台，又有饮鹿槽。洗澡的地方有莲花汤，是唐玄宗专用的，海棠汤为杨贵妃所独享，还有星辰汤、尚食汤，为百官所使。杨氏三姊妹，鸡犬升空，尤其虢国夫人好素面朝天，自炫其艳。

不清楚骊戎是什么人，从哪里来的，总之，由于骊戎曾经居于斯，遂为骊山。其阳出玉，其阴出金，形如神兽，仿佛要引颈饮渭。

骊山晚照是从来就有的，不过敏感的文人为之兴叹，大约是从明清开始的吧。帝国尝在关中几度为盛，然而唐以降，渭河南北萧条，尽管也有数次复兴的征兆，但其趋势却是一路衰落。日暮矣，无可奈何，遂有挽歌之唱。有什么比骊山的晚照更像文人对帝国之盛的眷念之情？有什么比骊山的晚照更能表达文人对帝国衰落的伤感之心？于是骊山晚照就成了他们极为欣赏的造化之景，文化之境。可惜它是罕见的，看到不易。

2006 年夏，有一位朋友把其宅借我，供我读书，他的房舍便在骊山一角。黄昏散步也是我的作业，然而我一次也未看到骊山的晚照，或是灰云，或是白雾，天不赐之。不过上帝爱我，就在我回家之前的一天，大雨骤降，到下午 6 点 48 分它又猝止。夏初，雨过，夕阳斜射。我冲出门，跑到环骊山的路上举目仰观，只见林壑荫峰仿佛刚刚从大海浮出一样干净，清爽，苍翠欲滴。从西秀岭伸展到东秀岭，高岗镀金，侧壁染光，乍看若烽火映红的薄纱凌空垂下，久看如上阳宫的白发妪独对残灯。骊山之巅，一堆颓废。不过转睛而望，天无杂质，一碧千里，显然有朝阳在其中孕育。

圭峰山

我从一部书上知道，圭峰山有重云寺，建筑久毁，痕迹犹存。据其史记，古刹曾经藏西域高僧鸠摩罗什所用之物，华严宗五祖定慧法师也尝在此做过佛事，并葬在这里。中国人在圭峰山的精神求索也许更早，然而最迟也开始于五代十国，因为重云寺是后梁京兆的比丘智晖营造的。有所鼓舞，总想一识圭峰山。

2010 年 12 月 14 日，乌云渐聚，气温直降。想赶在大雪之前上山，便急邀几个朋友在圭峰山北麓的环山路一角集合，以共登其顶。

经商量，决定由乌桑峪进入。圭峰山在户县辖区，东有太平峪，西有黄柏峪，不过乌桑峪正对圭峰山，直线距离最近，然而事有不顺。匆匆而行，一径竟是绝壁，瀑止冰凝，望之生寒，二径竟是断岩，裂石为沟，皆走投无路。

返回半坡的乌东村，请教了一个兴圣寺的和尚，才知道应该沿蹊西折，随道入壑。只见垄上一棵柿树，叶子尽落，其枝全黑，有累累而红的果子迎风招展，遂喟叹主不摘取，是圣贤之派，贼不小偷，为君子之风，又见埂上林间，群雀竞跃，众鸟争鸣，显然是在联欢，从而心由境悦，气以景爽，然而事有不妙。不到二里，一个朋友便腰疼难忍下山了。大约三里的样子，到了鸽鹁台，涧阔云静，有刺槐随势而长，树冠皆枯，疏朗而立，亭亭然，错落然，完全一种严正之姿。无不呼美，并持其照相机变换角度连连拍摄。可惜有两个朋友在一阵沉默之后，宣布下午要开会，便又下山了。过将军石，越菩萨洞，蓦地崖收溪敛，藤灰草黄，有风从灌木之梢飕飕掠过。估量在此是四里之余，遗憾有三个朋友逡巡徘徊，也兴尽下山了。

处其朋友，可以同乐，也可以存异，允许彼此有按其意志行动的自由，不过万万不能由于是朋友便一味姑息，甚至为朋友之愫所裹挟。我继续上山，然而也顿感重峦沉寂，叠嶂虚空，难免觉得孤独。越向前走，路越窄，草木越深，斜岗侧壁越落寞，不过天空也越高越明。鸟道渐渐变成了隐隐的蛇迹，叶子所盖，滑得让人紧张。试着踢了一块石头下去，架在了根蔓之间，遂大放我心，以为滚坡下去最多也是被植物挡住。有时候会有朽木横出，便拨开它猫腰钻过，有时候会有荆棘挂衣，挪开就是脱身。

终于到了一个屋脊似的岭上，宽不足一砖，两面都是深谷，渊不见底，飘者为雾。其耸立凌云，在南便是圭峰山之顶，似乎远有百步之遥，近在一跨之间。它的形态确实如过去的公侯所握之玉，下方上圆，是一个巨大的圭。苍苍其色，略露白石，仿佛铁面，然而不失慈悲之容。背身而望，北有数峰，一一瘦小，其巅之岩，嶙峋杂列，蓬蒿萧然。举头极目，关中大地仿佛一把豪华的扇子在山外辽阔展开，酝酿于西伯利亚的寒流似乎骑着骏马向这里奔驰而来。

忽然有窸窣之声，一看竟是一个打柴的农民，斜挎着两个黄杨树根，说：“这里是四岔梁，正对着圭峰山。不过一个人不能上山了，今天太晚了。要欣赏圭峰夜月，明年秋天再来吧！”

我感谢了农民的提醒，正犹豫着，手机出现了一条短信，朋友说："立即下山，等你。" 我喟叹着朋友就是朋友，便随农民下山而去。

非常幸运，我了解了圭峰山种种难以获悉的故事。到了鸽鹁台，农民指着乌桑峪说："这里的刺槐是1972年栽的。当年这里还种过玉米，可惜棒子都很瘪！唉，不过是想把农民拴住罢了。"

荆山

荆山在渭水北岸，想起来似乎还是比较远的，遂迟迟未能成行以瞻。实际上绕城过桥，驰骋而上，须臾之间也就到了。

荆山并无石头，也无森林或灌木。孔安国曰："荆在岐东。"站在荆山上西望，秋日的阳光照得天下茫然，到处都是庄稼，突兀而出，葱郁绣堆的，往往为村子。不过观其形势，荆山显然是发于西，止于东，几十里自富平到阎良，雄姿宛然游动，转折之处，顿为沟壑。

天下荆山有三，我独对此胸怀敬意，因为荆山之下是黄帝铸鼎处。人文初祖，我曾经数祀黄帝陵。当年他战胜炎帝于阪泉之野，战胜蚩尤于涿鹿之野，造舟车衣冠宫室，铸鼎象物，遂为神器，可谓功德灿然。不过我也常有遗憾，黄帝缔造的和平日子，总是由于其子孙的问鼎和逐鼎而中断。览其历史，似乎武斗多于和平。20 世纪便有军阀混战。现在的海峡之隔，也是一次武斗的结果。它所带给中华民族的损失，究之难免深痛于心。然而铸鼎是壮美之举，也是中华民族的智慧所在，所以我要拜一拜。

石川河环荆山之阴而流，可惜水小，几近干涸。旷野漠漠，河床或宽或窄，蜿蜒为曲。蒿草冲冲自生，其势甚盛，不过霜降便要自灭，望之似乎便有寂寞的弥漫。荆山南倾，渐抵渭水，开阔且平坦，有青云直上之感。如果铸鼎是真的，那么黄帝一定是在渭水之阳做了他的工。

荆山属于一片沉厚的台地，有农民呼其为掘陵原，刘邦的父亲便葬于此。在这里，一个问题澎然而动，激荡着我慨当以慷。但脚踩黄土，我的思想却拐了一个弯，回声是：“黍得膏腴之地才会丰茂的。”

龙首原

关中平原西起宝鸡，荡荡乎展然 720 里，东抵黄河，广袤且雄厚。渭水贯穿，在两岸留下十余个台地，最东的大约是临潼县境的马额原，最西的大约是岐山县境的五丈原，居中的当为龙首原。

一旦高楼大厦覆盖龙首原，其地形便模糊，气象便消散，甚至存在着实亡名存和实亡名落的可能。也许有一天，将会出现典籍中的龙首原与现实中的龙首原不好对证的尴尬。也许我是杞人之忧。我真正的想法是，这个时代的人还是志不要太狠，手不要太硬，不要用尽龙首原。我的意思是，劝君有选择地保护更多的龙首原，以显示它固有的地势和气象。

龙首原之巅在今之未央区的龙首村周围。20 世纪 80 年代初，我在这里还可以远望。举头北眺，无边无际的玉米和谷子随坡起伏，不免猜测田野是否有狼潜行；转身南眺，绿树组团，一个一个的村子静默着，西安城的北门和北墙都很清晰。东顾西盼，龙首原的走向也可以看得出来。现在尽是高楼大厦，视野短促，五色令吾目盲。

龙首原从曲江池一带和丈八沟一带渐渐抬升，向北推动，以龙首村周围为顶，翻越之后，缓缓俯冲渭水。其南坡和北坡皆高亢且平坦，南坡比北坡应该更开阔。东至浐河，西至三桥镇，东西大约 60 里。古者测其头高二十丈，尾高五丈到六丈，今之专家测其海拔在 450 米以上。关于龙首原的生成有神奇的故事，认为一条黑龙从终南山出来，以渭水为饮，行迹便为龙首原，所以其尾在樊川。

伟大的汉长安城和壮丽的唐长安城，都是在龙首原建立的。汉长安城立北坡。萧何为什么选址于斯，理由颇多，不过有一个原因我以为非常重要的，就是威震咸阳城。秦灭了，然而咸阳城在渭水北岸，其作 40 余年，必聚秦之气，遂在渭水南岸营未央宫，可以杀之。汉皇帝陵及其陪葬墓，多置咸阳原上，也是要压秦之气。从汉景帝阳陵到汉武帝茂陵，相距 76 里，其冢衮衮，秦之气何以能存！唐长安城立南坡。设计大师宇文恺发现龙首原南坡有六岗隐隐起伏，得到灵感，以为其像乾卦六爻，遂于九二置宫殿，以当帝王之居，九三立百司，以应君子之教，九五贵位，故置玄都观和兴善寺，以镇之。如此布局，为隋筑大兴城。唐取代隋，唐长安城用隋大兴城之制，并新修了外郭城。朱雀街北出太极宫，向南直通明德门，成为中轴线。龙首原南坡以六岗有起有伏，随物成室，唐长安城便产生了立体空间。

以太极宫为参照，大明宫偏北，兴庆宫偏东，不过都未离龙首原之南坡。尤其以大明宫踞龙首原东趋之址，居高临下，视终南山如伸手视掌。它初为唐太宗给其父李渊避暑所造的永安宫，父逝不用，改之大明宫。唐高宗执政，以患痹症，觉得太极宫卑湿，身体痛苦，便改大明宫为蓬莱宫，加以扩建，搬到这里处理国务。到公元 705 年，唐中宗又改之为大明宫。这里原本为唐的禁苑，自唐高宗迁徙于斯以后，遂为政治中心，皇帝皆居此。唐肃宗执政，贾至任中书舍人，有一天早朝结束，他咏唱曰："银烛朝天紫陌长，禁城春色晓苍苍。千条弱柳垂青琐，百啭流莺满建章。剑佩声随玉墀步，衣冠身惹御炉香。

共沐恩波凤池里，朝朝染翰侍君王。”当时有数人奉和，王维之诗最能反映大明宫早朝的庄严和华贵，也传播最广，其吟诵曰：“绛帻鸡人报晓筹，尚衣方进翠云裘。九天阊阖开宫殿，万国衣冠拜冕旒。日色才临仙掌动，香烟欲傍衮龙浮。朝罢须裁五色诏，佩声归到凤池头。”

大明宫建筑如群，入丹凤门，进去是含元殿，再进去是宣政殿，再进去是紫宸殿，到这里龙首原势尽转缓，遂有太液池和蓬莱山。麟德殿在太液池西，皇帝多在此接见宠臣、亲信和使节。

汉在长安二百余年，建章立法，开拓疆域，促进农具的发明和铁器的使用，凿丝绸之路，向世界昭示中国的光荣，尤其是废秦的严酷之律，解除秦的藏书禁令，发展教育，研究儒学，使中国成为当时经济与文化皆强的先进之邦。唐在长安近乎三百年，中国领土辽阔，贸易十分发达，并以丝绸、瓷器、铜镜和金银制品之精致，显示了手工业达到的高度，而且宗教不失自由，言论不失自由，遂有诗、绘画、书法和雕刻的灿烂。唐是一个盛世，是封建社会的高峰，农耕文明的极致，是中国人的骄傲，并给其子子孙孙以自信。因为如是，长安变成了天下中国人永恒的精神故乡。它是一种强烈的向往，一种浓郁的情结。长安就在龙首原：汉长安城立其西北，唐长安城立其东南。长安的遗产是丰富的。能在长安生活确实是一种幸运，不过这也衍生了一种责任，特别是此地的执政者和管理者，责任更大。不知道他们是否意识到，在这里的建设一不小心，损毁了其遗产，便会遭万代批评。

西安城之址，也就是唐长安城的遗留之址，当然也就在龙首原的东南。不过今之西安的扩张甚为急速，其既据南，又据北，既据东，又据西，这便胜过大汉和大唐了。时代使然，只是西安的高楼大厦密植龙首原并非善举：其一，龙首原的地势以之失度，气象以之稀薄；

其二，它将遮蔽长安。余光中所指出的西安把长安藏起来了，是一位远方学者的感受，属于西安把长安遮蔽的一种客气表达。窃以为应该空出更多的故都之址，把其保护起来。故都之址遗存得越多越好，再多也不算多。这样，今之西安才产生立体空间，而且此立体空间由于有历史质地，遂独特并富于文化价值。它也具一种思连千年和目击万里的美。我还要呼吁，西安的建筑之间，距离一定要有足够的宽，否则小气。虽为高楼与大厦，不过一旦相拥而挤，密密麻麻，它们便减皇家之余绪。

汉唐坐拥九州，何处不可以建立帝王之业！他们偏偏选择关中的龙首原，自有奥秘。这个地方也并未辜负汉唐的天子，长安城壮丽且伟大。虔诚的态度不但在于向龙首原致敬，也在于把它作为遗产诚然珍惜。

龙首原是故都的一个部分，它周边的少陵原、乐游原、白鹿原、神禾原，都是故都的一个部分。这些台地自石器时代以来，一直都保持了它们的英姿，但愿工业化和城市化交媾所产生的挖掘机，不要粗暴地摧毁它们！阿门！

少陵原

少陵原上的自然村星罗棋布，也许蕉村在这里是最古老的，曾经属于周的杜伯国。2800余年，蕉村一直谓之焦村，到中华民国才改为蕉村，理由是在此没有焦姓之人。

公元前785年，有一天，女鸠，周宣王的妾，热烈地向杜伯调情，遭拒遂恼，反诉其对她非礼，周宣王便拘捕了杜伯。左儒是杜伯的朋友，为之申义，然而周宣王一意孤行，杀了杜伯，也杀了左儒。左丘明对此事的记录是："宣王囚杜伯于焦，士无罪而杀之。"

我是在少陵原上长大的，蕉村有我的祖业。经过土地改革、社会主义改造，父辈分立，我家庭院之广仍在七分有半。1958年，生产队砍掉了后院一棵国槐为人民公社做了马车，1972年，父亲伐倒前院的国槐做了一套家具。朱家巷子南北贯通，庙宇在中华民国时候改为蕉村小学，是我家的西邻。世代所居，随日作息，夏收小麦，秋获谷子和玉米，虽不富裕，然而天汉灿烂，黄土能产，人足以赖之生存。树动为画，风响为乐，大享清冽和宁静。

图谋经济的发展，遂有西安国家级民用航天基地登临少陵原，蕉村要拆迁，它周围的十几个自然村都要拆迁。农民狂盖其楼，以争取多赔。车进车出，尘起尘落，俨然烽火征战。路缩木折，窗小室黑，宿如蹲在监狱。我的母亲泣声说："住了一辈子，实在不想走。"

我非常熟悉少陵原，这里史迹累累，遍地都是文化遗产。

少陵原南畔自东至西，有兴教寺，唯识宗或法相宗之祖庭；有兴国寺；有华严寺，华严宗的祖庭，耸立杜顺塔和澄观塔，仰观其檐，铃响于空，妙若天音；有牛头寺，因为高僧一年四季总是以一个牛头为食而得名；还有清凉寺。这一带香火之旺，昔传递今，今化于昔。尤其是兴教寺，由于以葬玄奘及其弟子窥基和圆测之灵骨，高僧辈出，信众崇敬，并为士人与权贵共所向往。1923 年，康有为经吴佩孚引荐，受陕西省省长刘镇华邀请在西安巡视。康对佛学素有研究，便赴兴教寺一拜，并吟诗题额，如雁过留影。1937 年，日本侵略中国加速，南京危机，中华民国打算以西安为陪都，遂派大员考察其城。当时有士人还想以佛法救正灵魂，便捐资修葺兴教寺，贡献善款的，不但有朱子桥、程潜、阎锡山、白崇禧、马鸿逵、李宗仁、卫立煌、戴季陶、傅作义、熊式辉，而且有委员长蒋介石。蒋介石焦头烂额之间，竟还抽暇往兴教寺去一瞻。1953 年，印度总理尼赫鲁有谒兴教寺之意，当地领导便把于斯读书的韦村小学的孩子动员起来，让其列队欢迎，又匆匆油漆了大雄宝殿和藏经楼，由此也渐渐恢复了作为弘扬佛法的神圣之境。今之佛教徒，有普通男女，也有高官巨商。在大年初一，每每竞奔兴教寺，争上第一香，争叩第一首，以盼保佑自己的常是官场和商场之角色。站在兴教寺门口，俯察樊川，远望终南山，水光反照，阴岭色秀，白杨夹于道，庄稼茂于田，人无不感慨万千，赞而叹之。

转身北向，土地平旷，渐为倾斜，大约 40 里慢坡大势所趋，直抵曲江池。曲江池秦既有之，汉凿而扩张，不过在唐为盛，进士及第以后，要在这里娱乐撒欢。一旦皇帝高兴，也会游于斯，宴于斯。三月三日，上巳节，贵妇人长裙广袖散步曲江池周边，修禊事也，以祓除不祥。到唐玄宗执政，曲江池一带繁华至极，臻于至美，遗憾安禄山和史思明叛乱致其破败，一衰而千年湮没。1992 年，我看到的曲江池已经完全干涸，农民在此有耕有牧。不过西安人自有改天换地的能力，遂能恢复了它的姿容。现在的曲江池细浪成绉，润气弥空，更有白石跨波，绿树绕岸，一派汉风唐韵所化的粲然气象，为四海朋友所悦。曲江池之水，初是自出，为汉武泉，然而至唐自干，便从终南山引义谷之水，上少陵原，修黄渠，过鲍陂，蜿蜒注入曲江池。顿然水阔，便聚为芙蓉园，以成接天莲叶，映日荷花。今之芙蓉园和曲江池，泱泱为泽，都是黑河的水了。

少陵原立于浐水和潏河之间。其海拔 470 至 630 米，高出浐水和潏河 80 至 150 米，呈东南—西北向，长大约 36 里，宽大约 12 至 20 里。日月所照，雄浑高大，帝王将相和皇后妃嫔素以入此厚土为望。在它的腹地，满是坟冢。2005 年考古发现东杨万坡村一带有周人 429 座墓，出土陶器、石器、玉器、铜器，并有灰坑和殉马坑。秦葬皇子在少陵原西畔，遂有皇子陂村。汉宣帝杜陵在三兆村一带，其许皇后陵在司马村附近。唐玄宗所爱的武惠妃敬陵在庞留村界面。城南韦杜，去天尺五。夏殿村一带有唐韦氏家族墓茔，司马村一带是晋唐之间杜氏家族的墓茔。鲍陂村一带有唐颜氏家族墓茔。在蕉村一带有唐吏部尚书萧灌之墓，史记碑为张说撰文，唐玄宗篆额，可惜我觅而不得，想已经遭盗了。虽然明代先后以南京和北京为国都，皇太子居之，然而朱元璋对西安颇为重视，遂分封次子朱樉为秦王，守卫此疆域。明代共有秦王 14 位，除了最后一代秦王为李自成所灭，不知道埋于何处，其他 13 位秦王皆葬少陵原。其冢拔地而起，神道两侧石刻对立。凡帝王多有亲臣宠妾，他们死了以后，也葬少陵原以陪其主。春

雪后少陵原

天在少陵原踏青，夕阳之下，见残墓乱茔、断碣卧石，不禁会起沧桑虚无之感。

少陵原最开阔最壮丽的属于其南畔。仰天拂云，俯川呼峦，居之占尽风水。汉丞相朱博故里便在这里，唐杜牧在此起别业，以登皋舒啸，临下吟诗。杜甫自谓杜陵布衣、少陵野老，于是明代就有贤者在这里筑杜公祠，数世纪以来，于斯纪念杜甫的人不知道有多少。

少陵原有累累文化遗产，是极为特殊的地方。我曾经大声疾呼，可以把这里建设成中国农耕文明博物苑，从而不但永远保护了这里的文化遗产，而且也使这里的自然村处于活的状态，也就保护了一片民居和民俗。少陵原距西安城颇近，一旦城市化包围了这里，那么少陵原便是整个中国乃至世界所罕见的城市里的乡野，尤其是遗存了大量史迹的有活的自然村的乡野。可惜挖掘机来了，蕉村没有了，周围的自然村也没有了。

少陵原是唐人之称。起码在汉代，人呼这里为鸿固原。汉宣帝登基，在此造墓为杜陵，便把杜县改为杜陵县，鸿固原遂衍化为杜陵原了。公元前 58 年，有十一只凤凰翔集于斯，遂又呼其为凤栖原。汉宣帝许皇后陵小于杜陵，为少陵，遂有少陵原之名，并自唐以后流行起来。

周宣王杀杜伯十分无道，从而留下隐患。终于有一天，周宣王在野狩猎，有壮士穿红衣，戴红帽，乘白马所拉白车，狂风一般穿林而出，做杜伯状，箭射了王。

白鹿原

周幽王毙，诸侯拥立其子姬宜臼为王，就是周平王。周幽王引起的一场大祸显然破坏了丰镐，国都不可居，遂东迁雒邑。护送周平王的诸侯有晋文公、郑武公、卫武公，不过秦襄公拥兵最多，也最忠诚，从而有功，获周平王所赐岐西之域，并晋升为诸侯。

周平王的车队经过浐河和灞河所冲积的一片土地，见其南接巍峰，北控平川，立而耸，广且平，坦荡如裁，青木繁茂，芳草鲜美，有白鹿游于苑，顿感惊喜。当时这里还没有命名，诸侯便向周平王指指点点，并颂白鹿是祥瑞之兽，遂决定以白鹿原呼其土地。古人的命名总是又轻松又神奇，但今之人对事物的命名却乏味少魂，真是有愧贤智了。

白鹿原在西安东南，我常常登其高以舒啸，临其岸以虚怀。隆起遂敞，望西安之城，迷茫浩荡。曾经有诗咏叹此地曰："昨夜潇潇雨，今朝雨乍晴。坡高松韵远，云散雁飞轻。垄上禾添翠，篱边菊向荣。千村残照裹，酌酒庆清平。"此为农耕文明的风情，可惜现在是城市化，这里出现了几家学校，建筑粗俗，颜色浮艳，显然难配故国旧都之黄壤，车旋人熙，春麦秋粟也渐荒疏。乡里向城市的过渡大约都是如此吧！

白鹿原居浐河与灞河之间，南北长，大约50里，东西宽，大约12至18里，海拔600至780米。它高出浐河150至200米，高出灞河240至300米。白鹿原在炮里的部分为炮里原，在狄寨的部分为狄寨原。这里有神鹿坊村和迷鹿村，应该是公元前770年周平王东迁之际出现白鹿的演义吧！多年以后，有士认为白鹿之游，当是秦时来运转的象征，因为秦人奋斗几百年，终于消灭六国，统一了天下。不过秦人在白鹿原上只留下一个天狗吠贼的记录，还有一个狗枷堡。

实际上汉人对白鹿原的感情应该更为沉厚。公元前206年，刘邦出楚攻秦，过武关，穿秦岭，便先驻军白鹿原，并接受了秦王子婴的投降。刘邦乘势进入咸阳，然而根底不深，竟留恋秦的重宝和美女。幸有樊哙和张良进言，他才明白了天命，退兵咸阳，再驻军白鹿原。在此他召集关中各县父老豪杰，许诺减税柔刑，休养生息，以得民心。他还约法三章：杀人者死，伤人及盗抵罪。项羽在鸿门设宴，刘邦不得不赴，并险遭杀害，卒以借口如厕，才逃回白鹿原上的营帐。刘邦为皇帝，葬渭水北岸，其龙子龙孙也多随他葬咸阳原上，但汉文帝却择白鹿原北崖凤凰嘴而葬，作霸陵。霸陵以峭壁为茔，不起坟冢，也不以金银铜锡为饰，有罕见的俭朴。汉文帝葬白鹿原，其母亲薄太后也便葬于斯，其妻子窦皇后也便葬于斯。汉武帝是窦皇后的孙子，是他给祖母治丧的，所以非常豪华。霸陵、薄太后陵及窦皇后陵基本上在一起，尤以霸陵呈顶妻背母之势而殊，成为白鹿原的重要标志。霸陵在白鹿原的半坡，偏下一点，于是世人也就呼白鹿原为霸上或霸头。

公元4世纪初到公元5世纪初，有136年史称其为五胡乱华时代，五胡是：匈奴，鲜卑，羯，氐，羌。公元407年，匈奴人赫连勃勃从卑躬为臣到反身为首，轰然创建了夏国。陕西榆林的统万城便是其发动民夫蒸土所营。不过赫连勃勃并不甘仅仅在塞上迎送北风之吹，他想掌握关中，遂在公元417年率兵攻占了长安。这个人当时在白鹿原上筑坛祭天，自封为皇帝。然而他心存疑惑，便把长安交由儿子赫连璝镇守，自己仍居统万城。匈奴人为什么要选在白鹿原祭天呢？大约这里高入云霄，进可冲锋，退可断尾，比较安全吧。

唐人好长安东南的乐游原和少陵原，似乎因为白鹿原偏远，但皇家的酒却是由白鹿原西南一角的水酿造的。神谷有泉，其水甘洌，唐政府警卫部队严密禁守，并以骆驼送至大明宫，可惜其水现在已经近涸。

在白鹿原北崖低缓的斜面，久有住民。灞水涓涓，苇漫沙滩，形势清俊，气息朗润。陈忠实是中国著名的作家，其以白鹿原为生活背景的小说传播甚广。其家便在白鹿原下方的西蒋村，行政所辖为西安市灞桥区毛西街道。白鹿原是有养育之质的。

乐游原

汉宣帝曾经有不虞之难，裹在襁褓里便入牢，由于长安城狱中绕天子气，汉武帝竟下令捕杀净尽，几乎命悬一线。所幸获廷尉监邴吉怜惜，指派女犯乳养，给其衣食，坚拒使者入牢搜查，以后遇赦，流落民间，从而生存。忽然时来运转，晋身大位。汉宣帝感杜县有庇护恩典，遂在登基之后经营杜陵以葬于斯，乐游原遂发达起来。

凡山川河流，只有打上人类的印记，而且投射了人类的意志，尤其注入了人类的审美元素，才会变为文化遗产。所谓的乐游原，为渭水冲积而成，在长安城以南，现在属于西安市雁塔区所辖。汉宣帝先起乐游苑，作皇家之园林，再造乐游庙，以进行祭祀活动。苑庙皆在杜陵西北，今之曲江池沿岸。乐游原显然是以乐游苑和乐游庙而得名的。史记：汉宣帝在民间，好游杜县乡里，乐其风物，所以我以为苑庙以乐游所命，是汉宣帝的意思，也反映了他独具的一种心情。

乐游原突兀而出，呈高亢之势，四望天下，畅然辽阔，为汉人所悦。这里尝自生一种玫瑰树，不知道是什么形状，然而我知道苜蓿，玫瑰树下广种苜蓿，风在其上肃然。苜蓿是张骞从西域大宛带回来的，日照其花，光彩闪烁。当是之时，苜蓿之名还没有约定俗成，汉人或呼其木粟、牧宿，或呼其怀风、光风，或呼其连枝草。久而久之，苜蓿之名才确立。

唐人比汉人更潇洒，也更懂得生活的享受。正月晦日，三月三日，九月九日，长安城仕女多往乐游原去踏青受爽，祓禊以免灾。太平公主是武则天之女，性格开朗，计谋深厚，敢嫁三夫，有权势，遂能在乐游原置亭邀朋友聚而晤之。

李白和李商隐曾经在乐游原上有感。李白吟诵："乐游原上清秋节，咸阳古道音尘绝，西风残照，汉家陵阙。"李商隐喟叹："夕阳无限好，只是近黄昏。"所发似乎都是衰败信息。唐以降，关中便不为国都之地，长安城也不是京师了。不过到宋，乐游原显然还遗留着一点汉的痕迹，当年的学者宋敏求就看到乐游庙的余基，并录其志书。

聊为长安遗民，一再随李白和李商隐之影登临乐游原，所见房舍相拥，层楼竞高，风不再是汉之风，天也不再是唐之天，确实是换了人间。固然人间换了，耕植太慢，城市化应该，但反顾并反思祖先的业绩却会给现代人以启示，甚至会使生活方式的一些畸形得以矫正。作为文化遗产，乐游原之磨灭十分可惜，因为今之人不能通过它去触摸古人的手了。然而这也罢了，更可惜的是，作为汉唐精神的一种具象的感受体和联想物，今之人及其子孙有足不能蹈，有目不能享。在中华民族的发展进程中，打碎阶级斗争的镣铐是重要的一步，钻出钱眼或打碎物质主义之桎梏将是更重要的一步，不如此，中国人的精神便不能升华。君不见，在利益的追逐之下，疯狂之辈无处不是前铲吾古人，后损吾来者。伤逝乐游原，我作如是想。

神禾原

神禾原之得名，或曰唐太宗李世民贞观元年，公元627年，李世民巡游此地，见一禾生双穗，呼其神禾而谓之，或曰后晋高祖石敬瑭天福六年，公元941年，此地有一禾生一穗重为六斤而谓之。给一事物命名，以天呈瑞符，便显得既谦虚，又智慧，胜似绞尽脑汁的推敲吧。

神禾原耸御宿川与樊川之间。滈河出终南山石砭峪，经御宿川，至香积寺一带汇入洨河。潏河出终南山大峪，经樊川，至水磨村向西遂为洨河，其至香积寺一带吸纳滈河，流量增大，涌进沣河，再入渭水。20世纪70年代，我十余岁，常在韦曲镇及其以南的申店与西寨诸村走亲戚，十几里川道，稻香平畴，荷叶尽绿，闻蛙声此起彼伏，觉得十分风光。还有多次用绳系笼，逆渠而拉，捞取小鱼，装在罐头瓶子里端着回家，足以玩两周时间。洨河注昆明池，使汉人得以划船作乐，也使洨河沿岸有民居焉，聚族为村。神禾原起滈河与潏河之间，仿佛是诸村的屏障。

直到在出版社工作以后，我才有机会上神禾原。当时有朋友要了解王甲斌的境况，我陪他。当然我也想见一下这个在农业生产合作化运动中，成立了胜利社的积极分子。往皇甫乡胜利村去，要过神禾原。其昂然而亢，向南望，御宿川及其星辰般的村子一片宁静，再向南望，青峰幽邃，历历入目。我徘徊沉吟，窃以为此乃形胜之地。

神禾原呈东南—西北向，长大约 11 公里，宽大约 1.5 至 2 公里，海拔 490 米至 601 米，高出滈河和潏河 530 米至 570 米。其南起南江兆村，北抵贾里村和何家营村。在面樊川的半坡，唐有诸庙而立，曾经鼎盛的是洪福寺、云栖寺、禅定寺、观音寺，可惜一旦唐灭，诸庙也就萧条以至湮灭了，唯神禾原西端的香积寺仍存，并有信徒欣然拜佛。常宁宫建在面对御宿川的半坡，大约是唐太宗遵其母之意所营的神殿。有故事显示，其母在此拜佛，遇匪劫驾，急中生智，藏身于崖间的小洞，得以大安，于是她就吩咐李世民建了一座常宁宫。

胡宗南是蒋介石颇为信任的将领，1938 年移驻关中。御宿川的王曲镇有黄埔军校第七分校，胡为主任。这里尝有 3 万余学生毕业，共 9 届。蒋介石为校长，一再于斯训诫。周恩来在 1936 年冬天也到这里向学生表达过建立抗日统一战线之意义。现在，此处是一所通讯学院。当年胡宗南游神禾原，见常宁宫形势既隐蔽，又敞朗，遂改造为蒋介石的行宫。此工程的关键是挖掘了千余米的防空洞，其中设办公室、会议室、蓄水池、卧室、卫生间，一应俱全。观景亭筑于半坡，足以大观秦岭。大约 1943 年建成，以后蒋介石到西北来有三次居此。蒋纬国与石静宜的结婚庆祝活动也于斯举行。常宁宫西边有一幢二层洋楼，便是他们的新房。有时候我想，如果不是蒋介石在此留下行迹，也许常宁宫早就荡然无存了吧！今之常宁宫为国有的旅游休闲度假山庄，可以跑马，可以看孔雀开屏，可以带孩子溜滑梯。在如此有历史有境界的地方，做如此低俗的娱乐，难免让人感到滑稽，甚至悲哀。

天下处处都在开发，一条大道从韦曲镇延伸至神禾原，这里也就享受开发了。似乎已经有几所学校于斯开门，西安培华学院、西安财经学院、陕西学前教育学院，大约是捷足先登的。接踵过来的是什么呢？企业，地产，或其他学校吧！一禾生双穗或一禾生一穗重为六斤之膏腴黄壤，将注定遍布建筑。开发显然是这个时代的堂皇之举，不过缺乏深谋远虑的开发，不管是什么地方都要开发，将注定受到子孙的问责。

樊川犹美

回野翘霜鹤，

澄潭舞锦鸡。

这是唐代诗人杜牧所看到的潏河。他生活于公元 803 年至公元 852 年之间，一生之中的某些时候是在潏河之滨度过的。所谓的潏河之滨，就是樊川。

樊川是一片狭长低凹地带，伟岸的少陵原与起伏的神禾原，在它的两边崛然隆起，樊川的天空仿佛是一个淡蓝的盖子，显得十分高远。从它的东端引镇到西端下塔坡，尽是平畴沃土。严峻的秦岭，日夜从缭绕着云雾的山顶俯瞰着它，而少陵原和神禾原则像两匹黄色的骏马，始终追随它奔跑。

潏河之源在秦岭北麓的大义谷，它从这里涌出，然后汇合白道谷和太乙谷的溪流，水量大增。它潺潺地流过樊川，将这里滋润得青翠欲滴。站在少陵原或神禾原上，可以看到潏河的流水，阳光之下，像一条逶迤的断断续续的白练，樊川深厚的碧绿为它欢呼。

杜牧所见的潏河的样子，其气之朗然，其禽之怡然，其水之清，其流之响，我仍可以感觉。

樊川自古很美，所以它成了汉大将樊哙的封地。这个屠夫出身的人，随刘邦共同起兵，并跟着刘邦南征北战，英勇杀敌，斩首近二百人。鸿门宴上，樊哙为保刘邦性命，擅自闯进项羽的帐篷，此时此刻，项庄舞剑，意在沛公，他不但镇定地拦挡了寒光，而且巧妙地送走了刘邦。刘邦知道他的功劳，登基之后，将少陵原和神禾原之间的土地赐予樊哙。

不过，樊川真正成为一片胜地是在唐代，尤其那些达官富豪与高士骚客，经常在韦曲和杜曲游玩，成为樊川的欣赏者和建造者。韦氏家族以韦曲为中心而聚居，韦皇后的娘家和宰相韦安石的别墅皆在这里。杜氏家族以杜曲为中心而聚居，杜佑致仕之后，在这里度过了晚年。杜甫流寓长安期间，一个阶段就将家安在樊川。在这些闻人的悉心经营之下，樊川成了一个令天下艳羡的地方，所谓城南韦杜，去天五尺，便是指这种形势。

唐代是中国社会发展过程的一个高峰，这个社会所产生的贵族，无疑是其文明的重要标志，起码是重要的标志之一。如果从这样的角度考察问题，那么唐代的樊川，当然充满了唐代的精神与风尚。千年之后，我仍然可以从当时骚客的诗歌之中，领略那种华丽而显赫的生活。它的气息，显然残留其中。

韦曲花无赖，
家家恼杀人。
绿樽虽尽日，
白发好禁春。
石角钩衣破，
藤枝刺眼新。

何时占丛竹，
头戴小乌巾。

这是杜甫奉陪郑驸马的诗歌之一。郑驸马是唐玄宗的女婿，其宅第在樊川南岸的神禾原。

数亩园林好，
人知贤相家。
结茅书阁俭，
带水槿篱斜。
古树生春藓，
新荷卷落花。
圣恩加玉铉，
安得卧青霞。

这是钱起对杜佑别墅的印象。钱起为浙江湖州人，公元 752 年进士，时有隐逸之意流露。杜佑在樊川的别墅属于城南之最，其陇云秦树，风高霜早，周台汉园，斜阳衰草。杜佑的坟墓在樊川北岸的少陵原。

谁无泉石趣，
朝下少同过。
贪胜觉程近，
爱闲经宿多。
片沙留白鸟，
高木引青萝。
醉把渔竿去，
殷勤藉岸莎。

这是郑谷在樊川的感受，其闻几个朋友要游樊川，兴起，遂将自己的情思告诉了朋友。郑谷是江西宜春人，公元 887 年进士，其以咏叹鹧鸪而为长安文人所知。

邀侣以官解，
泛然成独游。
川光初媚日，
山色正矜秋。
野竹疏还密，
岩泉咽复流。
杜村连潏水，
晚步见垂钩。

这是杜牧在特定心情之中的樊川：他邀请舍人沈询游其故园，遗憾没有等到。杜牧是杜佑之孙，25 岁那年进士及第，以济世之才而自负，曾经多方为官，公元 852 年逝世。

实际上樊川不仅仅是风景秀丽的郊野，如果它单单是一个河水流淌而山原并立的地方，那么它就不会产生如此巨大并持久的魅力。这里建造了很多的山庄别墅，为达官富豪所有，其中著名的是：何将军山林、郑驸马池台、牛僧孺郊居和杜牧别业。骚客也是希望从政的，他们喜欢樊川，难以排除希望亲近达官富豪的心理。樊川就有一些骚客的庄园，岑参、韩愈、元稹、郎士元、权德舆、韦应庄，都曾经在这里居住。在中国，知识阶层一直存在着这样双重的性格，既热衷仕途，又喜欢逍遥，仕途使他们显赫，逍遥使他们自在。这是一种矛盾的心理，樊川为这种痛苦的消化提供了条件，这就是：他们既可以投入官场，又可以寄情山水，尤其是官场的失意能够在山水之中解脱。我认为，在樊川，集中地体现了唐代知识阶层的一种观念。现在，那些漂亮的山庄别墅已经没有了，但那种既想入世又想出世的心理，却一代一代地积淀着遗传着。

去年今日此门中，
人面桃花相映红。
人面不知何处去，
桃花依旧笑春风。

这是崔护的诗，题在樊川的一个农家的门扉上。他是河北定县人，公元796年进士，不过大约在此之前，他落第独游樊川。时在清明，他散步于鸟语花香之中，不知不觉来到一户农家。此处草木葱翠，寂静无声，遂敲门求饮。一位女子开扉递水，之后，独倚桃花之下，注目崔护，倾慕之情忽然流露。崔护询问，她不语，遂默然而去，这时候她很是惆怅。到了次年春日，崔护思念之情涌动，便再到樊川，寻找这个女子。然而，门墙如故，桃花盛开，人已经无影。

在唐代产生了众多的诗人，崔护，以他唯一的一首诗而名垂千古。人无不赞赏他形神皆备的人面桃花，可我感兴趣的却是崔护在落第之际到樊川独游的目的。感伤与落寞的心是需要同情和鼓励的，然而他所需要的，五陵少年不会给他，长安王孙不会给他，如果幸运，那么他会遇到为官的骚客，也许他们可以给他以帮助，这种帮助即使是一些简单的安慰，都可能让他温暖，于是，他就到了这骚客好聚的樊川。我想，这样的猜测是有一定道理的吧。

当然，樊川在历史上所显示的分量，别的一个重要的原因是：这里有八大佛寺。佛教传入中国是在汉代，不过它作为具有中国特色的佛教的完成，显然是在唐代。这个阶段，上流社会和下层人民都以信奉佛教为大事，他们从佛教之中，接受了因果报应和平等要求的观念，从而使佛教成了这个时代的主要信仰。唐人希望佛居住在青翠的樊川，这样，樊川就有了八大佛寺，其中屹立于少陵原南岸的兴教寺和坐落在神禾原北坡的香积寺最为著名，尽管历经沧桑，但我在樊川却仍可透过丛丛树木，看到兴教寺的红墙，并穿过蒙蒙烟岚，发现香积寺的砖墙。红日蓝天之下，佛地一片静虚。这样，樊川就不但表现为这里有世俗的快乐，而且有天国的气氛。

在这里，我久久沉浸于樊川的昔日，难以自拔。我从零落的诗歌之中，看到了樊川的华丽、尊贵、秀雅、宁静。这是一个民族精神处于高峰阶段的产物，想象一下那个时代，想象一下那个时代的情调，我感到自豪。

可惜，在历史的进程之中，一次接一次地出现兵乱、起义、战火，它们将赫赫唐都多次洗劫、多次毁坏，樊川当然也不能避免被蹂躏了。事实是，现在要在这里寻找一块别墅庄园的砖瓦都很困难，甚至当年那些贵族的后裔都下落不明。

然而，樊川犹美，这是我的感觉。在春天的樊川，我情不自禁。它属于我的故乡，我有幸自己的家就在少陵原。小时候，我曾经向这里眺望，在这里走动，但樊川的美却只有在这个春天我才能如此明确地认识和领会。

黄昏，夕阳柔和的光辉照耀着樊川，由于没有山也没有原的阻挡，那些金黄的颜色长驱直入，铺满大地，并久久在这里徘徊。光洁的古道悠然从这里通过。人已经稀少了，高耸的一棵连一棵的白杨，排列于古道两旁，微风吹拂着明亮的树叶，银灰的树皮反射着夕阳的光辉，那里偶尔会出现昆虫啄出的黑色的窟窿。走在这样的古道上，心情是难以平静的，你会想到从田野突然窜出的土匪，也会想到曾经有唐朝的文官武官将在这里通行，他们或坐轿子，或骑骏马，随从和美女跟随其后。

韦曲附近，到处都是菜园，农民将塑料薄膜搭成拱形的棚子，温暖的薄膜之中，鲜嫩的蔬菜正在成长。棚子一个一个联合起来，使大片的田野都处于塑料薄膜的覆盖之下，于是薄膜的白色就在夕阳的映照之下一片明亮，这使远方稠密的树林显得幽暗、阴沉、凝重。农民正在菜园浇水，施肥，锄草，一个壮实的姑娘，面色红润，汗水微渗，扶着锄头向古道上的行人张望。红色的倒扣的瓦罐下面的，是韦曲的名菜韭黄，其叶黄似金，茎白如银，整齐卫生，爆炒脆而不顽，做汤浮而有腴。

小麦正在拔节，乌黑的秸秆密密麻麻，在夕阳之中凝然不动，坚不可摧。一种夏天的庄稼成熟的气息，正从远方而来，从孕育着的穗子而来。桃花已经谢了，树下的落英，仿佛红霞铺在地面，豌豆大小的果实开始生长，也有一瓣两瓣干枯的桃花仍夹杂于它的绿冠之中。菜花长得发狂发疯，很多都开了杈枝，过一些日子，它就要成熟，那时候，农民会用锋利的镰刀收割它，碾打它，然后将红沙似的菜籽装进机器搅拌，从中榨取它的汁液作为食油。

比较平缓的神禾原北坡，为淡淡的雾气所掩映，绿光在那里闪烁。少陵原南岸绵长的悬崖一带，开满了紫色的桐花，无穷无尽的桐树，将硕大的树冠支撑在蓝色的瓦房上空。从韦曲到杜曲，这些桐树组成的景色没完没了，你随时可以看到朴素的桐花，夕阳之中，它的芳香一阵一阵地在樊川流动。其他杂草和杂树，都尽力占据南岸的一方水土。这里阳光充足，空气清新，有风有雨。一个牧羊的农民，驱赶着棉团似的白羊在弯曲的小路上走动，可见鞭子挥，不闻鞭子响。在挖掘得非常平整的崖畔，常常会现出成排的窑洞，它们曾经为军队所居住，但我看到的却是废弃的黑洞，它们将自己寂灭的眼睛对着夕阳普照的樊川，显得神秘莫测，阴森可怕。黑洞远离村子，处于荒野的平坡，没有人知道其中窝藏过什么，也没有人知道其中即将发生什么。走在白杨萧萧的古道，眺望着在夕阳之中那么宁静那么沉默的黑洞，我不由自主地胡思乱想，我总感觉一些特殊的人会在那里做些什么事情。

绵延十五公里的少陵原南岸，并不是一样的平整，它不但上下起伏着，将天空挤压成一条游动的曲线，而且某些地方会忽然向前突出，像一头老牛伸长了脖子要吃樊川的禾苗，某些地方会突然向后缩回，像一只巨龟收藏了自己的脑袋。不过，沿着向阳的南岸一带，村子是众多的，它们一个连着一个，各种各样的杂树，欣欣地从房屋前后街巷左右窜出。在幽静的绿叶之中，显得十分嚣张的一种当然是桐树，它全然是紫色的大朵的桐花。村子是安静的，大人都劳作去了，唯有小孩、狗、鸡，在村子玩耍。这里建了几个学校，夕阳之中，成群成群的学生坐在半坡上读书，有的站在树下吟诵，他们面对空蒙而翠绿的樊川沉醉着。

我曾经在坐落于少陵原南侧的长安一中学习了半年。那时候，我正为考取大学积极准备，在同学之中，我是最贫穷最忧郁的一个，我视大学为我命运的转折。我穿着补丁衣服，啃着干硬的馒头，寻找我所需要的教师以向其请教。我 18 岁，常常独自在樊川散步，在少陵原走上走下，我强烈地感觉一种纯正而顽强的气息在我身心涌动。那时候，我专注地复习我的功课，没有心情欣赏樊川的美。尽管如此，它的美仍然渗透于我的灵魂，陶冶着我的精神，甚至，它的美为我做着向上的启示。遗憾的是，对这样积淀着中国文化的自然环境，我久违了。复杂而喧闹的生活诱惑着我东进西攻。某些时候我感觉茫然，我怀疑我的追求。我不知道我攫取的是垃圾还是金子。我难以意识我在向什么方向发展。

夜晚，我感觉少陵原和神禾原为樊川制造了一种闭塞之感，这里显得十分黑暗，但狭长的苍穹却因为樊川而格外透明，无数稠密的星星像玉兰一样开满天空，我在城里永远难以看到这样清朗而爽快的天空。一些星星是朦胧的，它在遥远的银河之外；一些星星是灿烂的，闪烁着雪山或河冰似的光芒。南边的天空，逐渐地倾斜下去，飞越神禾原，投入终南山。北边的天空显然为少陵原生硬而陡峭的悬崖所切断，那种起伏的印痕清晰可见。在这里，我惊奇地发现天空不是沉寂的，它简直是一个由星星组成的热闹的世界。树木已经被夜晚的雾气融化，唯有高高在上的白杨的树冠悬挂天空，不过它们的树干也消失了，树枝也消失了。零落的灯光从村子闪出，我走过麦田之间的小路，感到林子的众多的灯光被蓊郁的树木遮挡了。平坦的古道已经没有什么行人了，唯有汽车偶尔疾驰而过，汽车的灯光迅速地从麦田扫过，铁青的凝成一片的麦苗遂有了嫩黄的色泽。灯光轻快地滑翔着，仿佛麦田起了波浪。汽车消失在遥远的地方之后，这里归于宁静。寒凉的风，含有一种春夏之交的混合气息，这种气息让我兴奋、振作，感到生活的魅力。在夜晚的樊川，这种感觉竟是那样的强烈，我几乎要呼喊而出。我面对着无边无际的麦田，面对着终南山、少陵原和神禾原，面对着星空，我就那么呼喊了。然而，我的声音消失在旷野之中，一点儿回响都没有。倒是农人在他们房子咳嗽的声音，母亲迷迷糊糊拍打孩子的声音，我听得清清楚楚。狗会忽然在一个遥远的地方叫唤起来，于是，四周的狗就都在狂吠。

早晨，空气是清洌的，仍带着寒凉之意。我骑着车子，手在风中感到冰冷。淡淡的白雾淹没了整个樊川，麦田、树木、流水，甚至行驶的三套马车，都仿佛在乳汁之中洗濯了一样。小麦的叶子微微有些蜷曲，而白杨的叶子则敷着薄薄的水汽，它们都将在阳光照耀之后舒展或蒸发。桐花膨胀在湿润的空中，似乎更娇嫩、更丰腴，它的气味在早晨仿佛浓缩和凝结了，那般使人感到刺激。太阳红了，樊川一片熹微，各种各样的鸟儿从树林飞了出来，它们鸣叫着，在槐树、椿树和白杨之间跳跃。新的一天在樊川开始了，我看到，成群结队的孩子在走向学校，农人走向田野，有的农人通过古道到城里去经营其他生意。妇女已经在溪流之中洗衣，那些溪流是从少陵原和神禾原的根部冒出的，沿着樊川一带，随时随地都有水从高原的根部冒出，那水是细小的、绵长的，经过深厚的黄土的过滤是洁净的。几乎在原下的所有村子，都有这样的溪流，溪流的两旁，耸立着粗壮的老树。

中午，我沿着潏河顺流而行，明亮的阳光照耀着樊川这片低凹地带，广袤的田野，散发出一种土壤与麦苗混合的气息，这气息是浓郁的，只有富饶的地方才有这样的气息。潏河穿流在这样的气息之下，它宽大的河床满是石子，这些石子可以作为建筑材料，农民挖掘石子所留下的坑洼到处可见，狼藉斑斑。茂盛的白杨，扎根在潏河两岸，常常有白杨倾斜于水面，它明亮的叶子，仿佛打了油一样光滑，微风翻动着它们。阳光穿过白杨的枝叶，让水变得闪闪烁烁。河水平缓地流淌着，它时而展开成为薄薄的一片，时而收紧成为细细的一束。圆的石头扁的石头，时而露出水面，时而深入水底。沿潏河而行，我在微微的闷热之中，感到一股清爽，这当然是水的气息。可惜，水在杜曲一带给污染了，我难以相信水成了这样的颜色和形状：河床之中，仿佛铺了一张肮脏的牛皮，一股潜在的力推着它迟缓地走动。聚集在一起的泡沫随之漂浮，所有的石头和草蔓都沉潜于这张牛皮之下。这一带潏河，西安美术学院的学生称之为啤酒河，而村子的农民则称之为酱油河，足见其污染的程度。我在一片野草丰厚的田间躺了下来，我不由自主地躺在那里。天空并不是蔚蓝，仿佛更多更深的是灰白，云没有形成那种游动的团状或块状，云是薄薄地连接在一起的。四周是寂静的麦田，不过，在寂静之中仍有自然的声息。我可以感觉昆虫的活动，蝴蝶或蜜蜂会从我身上飞过。

回野翘霜鹤，

澄潭舞锦鸡。

我默默地吟诵着杜牧的绝句，一种巨大的变迁之感敲击着我的心。不但人类在变化，而且其赖以生存的环境也在变化，悲哀的是，这种环境并没有向好的方向发展。我躺在那里，倾听着潏河流动的声音，竟产生了这样的忧患：人类贪婪地攫取自然，这种不顾后果的行为，可能就是自掘坟墓。我想如果杜牧先生现在看到潏河，一定是没有诗兴了。

然而，当我从田间站起来的时候，我仍可感到无穷无尽的苍翠向我靠拢，向我汇集，而且所有的树木、绿草、田野、小桥和流水，都沉浸在明媚的阳光之中，于是我就这样告诉自己：

“我们的祖先毕竟是智慧的，看看这里宁静的天空，看看山的白岩和原的黄土，看看风怎样吹动树木的叶子，看看鸟怎样展开光滑的翅膀，看看混在杂草之中的野花，看看照在石头上的阳光，看看古木掩映的佛寺，看看麦田相夹的小路，你就会知道他们多么亲近自然，多么注意享受，你就会发现他们灵魂之中消极与隐逸的意识多么深刻，如果你沿着这种思路继续行走，那么你大概就知道了自己所属的这个民族的性格，问题是，你不论是自豪还是悲哀，你都是属于它的。你别无选择！”

附记：

这是 1992 年的樊川，今天已经大变，尤其吵闹多了。樊川长大约 15 公里，宽大约 3 至 4 公里。樊川也就是后宽川。

御宿川

御宿川就是今之王曲川。有方志专家考察，其起于王曲镇，达于施张村，为滈河所冲积，东西向，长大约 15 公里，宽大约 2 至 4 公里。窃谓此观点是可取的。

2012 年 9 月 2 日 16 点以后，我由当地朋友引领，下神禾原南坡到此一览。雨尽而晴，白云在天，草木出土为绿，有难得的朗润。从王曲镇开始，滈河虽迂，执意向西。顺流几乎都植白杨，秋风萧萧，滩窄滩宽，夕照空明。田野广种玉米，一片葱郁。村子常在岸上，农民多坐门口。有一个少妇穿白底蓝花连衣裙，面街站在房檐下，双手按腹，以顺时针方向揉搓，自显风度。过胜利村，朋友指出，这就是王甲斌在 1953 年建立胜利农业生产合作社的地方。作家柳青非常关注这个农业社，并给予具体的帮助。他还向苏联宣传胜利农业生产合作社的愿景。其一部小说反映中国农村社会主义革命，曾经大红，主角梁生宝就是以王甲斌作原型的。盘桓感慨一番，便随朋友继续走柳家寨、新庄、温国寺、立元村、甫店村、递午村、曹村、上王村。

御宿川为终南山和神禾原所夹，樊川为神禾原和少陵原所夹，不过御宿川比樊川大，农民说："王曲川一个弯，胜过樊川一个川。"诚然，御宿川平坦广袤，几无丘堆。西去一直有终南山相伴，黄昏霞飞，晰见南五台、石砭峪、天子峪、黄峪、沣峪。

我 17 岁尝在长安县杜陵公社蕉村大队第一生产队劳动，有雒队长派遣我和田永华到王曲公社来，调查一个入伍青年的社会关系，之后还有几次过王曲镇。其皆不如这一次御宿川之行印象清丽。

秦辟上林苑，汉取代秦，汉高祖刘邦拒绝丞相萧何的奉劝，仍维持了秦上林苑的规模。汉文帝和汉景帝皆于斯游猎。公元前 138 年以后，汉武帝一再微服赴上林苑打猎，夜出暮还，好击鹿豕狐兔，搏熊，狂踏庄稼，也遭民呼骂。有一天，汉武帝由侍中常侍武骑和待诏陇西北地的良家子陪同，在终南山下一带狩猎，民以受扰，也不知道他是当朝的皇帝，冲过去围攻。陪同的人乱中竟喊鄠杜令在此，不料真正的鄠杜令匆匆而至，就要捉拿他们。俄顷败露，陪同的人气急败坏，居然挥鞭欲打。鄠杜令大怒，随员也厉色呵斥，遂泄然收手。当是之际，陪同的人迅速出示汉武帝所用之物，以证明上在此，忙护汉武帝离此而去。在这样一个背景下，汉武帝指示太中大夫吾丘寿王做一个计划，扩张上林苑，使他不扰民，民也不碍他。东方朔谏汉武帝不扩张为好，因为民以终南山所产为生。汉武帝高兴，当天就拜朔为太中大夫和给事中，并赐黄金百斤。虽然这样奖励了东方朔，不过汉武帝没有采纳朔的建议，上林苑就按计划广开了。

扬雄有文章说："武帝广开上林，东南至宜春、鼎湖、御宿、昆吾，旁南山，西至长杨、五柞，北绕黄山，滨渭而东，周袤数百里。"这是诗人的表达，年代也久，不易明白。按何清谷先生的研究，上林苑之边界，东南至今之蓝田县焦岱镇一带的鼎湖宫，其南依秦岭西折，西南至今之周至县辖区的长杨宫和五柞宫，西北至今之兴平市田阜乡一带的黄山宫，其北沿渭水东折，延伸到泾水和渭水交汇之处，东北至浐河和灞河。需要指出的是，这里的方位是以汉长安城为中心的。

上林苑有离宫70所，车马万乘，以应天子之动；禽兽百种，以应天子之取；花木数千余种，以应天子之赏；茂陵有袁广汉，其极富，在今之兴平市一带建园，植奇花异木，巧禽灵兽。以罪而诛，这一切便都归了上林苑。

御宿川属于上林苑的一个部分。其中有御宿苑，闲人免进。皇帝游猎，往往也率皇后和妃嫔共行。以汉长安城之远，晚返不得，便居这里的离宫，此之谓御宿苑。

辋川尚静

辋川是一个长长的峡谷，王维曾经在这里居住。如果一个二十世纪的人，为尘世所烦而效仿王维的行为，到辋川去生活，那一定荒唐，尽管辋川尚静。

辋川确实很静，一条河流，两岸青山，仅仅是这种结构就区别了乡村的小巷和城市的大街。那里的人烟总很稠密，但这里却稀疏得忽儿便融化在风云之中了。我是坐着三轮车到辋川来的，同行的农民陆续到了站，转身即消失在树林之中。点点房屋，筑在岩石之侧，并不容易发现。

我到这里来没有什么明确的目的，只是为了感觉一下辋川的气息。倘若这是目的，那么我以为这目的潇洒而苦涩，这就是味道。司机将我拉入辋川的深处，收了使他满意的钱，兴奋地驾驶着他的三轮车走了。辋川一下子归于沉寂，孤独的我，望着在河床滚动的白水，竟觉得恐惧，这恐惧没有对象，只是这里的空，这里的无声无息。

王维栽种的银杏，挺立在雨后的河岸，树皮满是裂纹的粗壮的主干，被水淋成了黑色。从叶子上流下的水，继续洗濯着树皮。它实在是老了，呈现着一种挣扎的状态。它已经在辋川生长了千年之久。风云掠过它高高的枝头，小而圆的叶子将水刷刷地摇落着，我看到，那叶子翻动得忽白忽绿，晶莹如迸溅的水花。这样葱茏的叶子，生长在几乎腐朽的枝头。那奇崛的枝头很多都像烧焦的干柴，触之就会掉灰，然而我由此也知道了生命的顽强。年迈而伟岸的银杏，压得我十分渺小，仰望才可以看到它的全貌。山峰罗列在它的周围，尽管那些都是秦岭的余波，但在峡谷，我却仍感到它们的伟大，它们需要仰望。唯有溪水在我一侧，其源远而流长。

王维在辋川的别墅，在开始是宋之问的，这个喜欢歌功颂德的诗人，以媚附权贵而得宠朝廷，但最终的下场却是被唐朝赐死。王维迁往辋川的时候，宋之问已经做鬼，那么他是如何购得这里的别墅呢？我能猜测的只是，辋川的美一定迷惑了王维，不然，他怎么单单选择了宋之问的别墅？终南山中，可以供他居住的地方应该很多。时间将他的别墅早就摧毁了，幸运的是，支撑某个柱子的扁圆的石墩，竟穿过层层的岁月而保留下来，而且完整地放在银杏旁边。那些湿漉漉水汪汪的苔藓，绣住了它的每条皱纹和每个斑痕。

秋天的雨顺利极了，仿佛云微微扭动一下它就有了。辋川的雨是明净的，线似的，一根一根拉到峡谷，但雨却空得它无声无息。山坡上的红叶，渲染在碧翠的草丛，而颗颗青石，则架在杂树的根部，危险得随时都会滚落，不过蒙蒙的雨送给它们一层薄薄的梦，梦悬在辋川的山坡上。王维一定见过这样的梦，甚至入过这样的梦，不然，他的诗画怎么那样惟妙惟肖、有声有色！王维之后三百年，苏轼书摩诘蓝田烟雨图而赞叹：味摩诘之诗，诗中有画；观摩诘之画，画中有诗。摩诘就是王维，是王维的字。

王维购得辋川，那是他过得富贵的证明。贫穷的诗人，是不可能拥有一个辋川别墅的。其情况是：他在二十岁左右便及第进士，从此

辋川王维手植银杏树

步入仕途。他担任过大乐丞，并以监察御史的身份出使塞上。王维在四十岁的时候做了左补阙。恰恰是这个年纪，他开始迷恋山水，来往于朝廷与辋川之间。他既做官员，又当隐士，游离于人类斗争与自然情调的两极。朝廷的险恶，伤害着他的心，而辋川的美妙，则给他的心以慰藉。他便是如此生活的。王维这样的生存状态，是他最智慧最实际的选择，也是他无可奈何的选择。除此之外，他的任何做法都可能是下策。人总是希望自己生活得比较幸福一些，以王维的气质，他不能完全陷入官场的名利之争，同时以王维的经历，他也不能彻底寄情于辋川的田园之乐，他必须两者兼顾，这样他就得到了入世的好处而摒弃了入世的坏处，同时避免了出世的苦处而感到了出世的乐处。在入世与出世之间，存在着一个广阔的地带，他奔走其间。人似乎只能这样生存，不然，完全媚俗与完全脱俗，都可能导致深刻的痛苦。我不赞成一个学者对王维的抱怨，这位学者认为，他缺少陶潜那种勇气，他没有彻底地决裂于官场。这是一种刻薄的认识！

雨中的辋川并不知道人的思想，它只是自然而然地呈现着它的状态。秀峰沉默，乱石相依，雨悄悄地缝合着万物。秋风过处，衰柳飘荡，黄叶旋飞。曲折的路径，流水扬落，浅草明灭。松、柏、杨、槐之类，高高低低，互相掺杂，组成了绿的森林，并覆盖着辋川的沟沟坎坎。偶尔一树柿子，落了肥叶，唯红果占据枝头。白水流过幽深的峡谷，遇石而绕，触茅而漫，柔韧地走过河床。

公元756年，安史之乱，已经五十五岁的王维被叛军逮捕，软禁于洛阳的一个寺庙。他吞药致病，装哑而活，但他却终于敌不过安禄山的骄横，无奈地接受了伪职。唐朝征服了叛军之后，皇帝对那些接受伪职的人统统定罪，然而，王维在软禁之中，曾经向探望他的朋友裴迪诵诗，此诗受到皇帝的嘉许，遂对他只做了降职处理。这是王维的幸运了。其诗是这样的：

万户伤心生野烟，
百官何日再朝天。
秋槐叶落空宫里，
凝碧池头奏管弦。

尽管如此，安史之乱毕竟摧残了这个老人，他逐渐变得消沉了，或者，他变得更加淡泊，更加寂寞。他常常拄着拐杖，站在门外，眺望辋川的落日夕烟。暮色之中，稀疏的钟声，归去的渔夫，飘走的花絮，柔弱的菱蔓，都使他感到惆怅。他看着看着，就转身回到他的屋子。他已经深深地陷入了空门。王维的母亲就信仰佛教，这影响了他的心灵，不过到晚年，他才彻底地皈依佛教。他食素而不茹荤，认真地打禅。他坐在枯寂的辋川，闭着眼睛，寻找着解脱烦恼的路径，企图超越生死之界。香烟袅袅，烛光闪闪，王维的心凄凉而宁静。

独坐悲双鬓，
空堂欲二更。
雨中山果落，
灯下草虫鸣。
白发终难变，
黄金不可成。
欲知除老病，
唯有学无生。

人生真的像王维觉悟的这样么？我不知道，唯有达到王维的境界才能理解王维，不过我没有。我只感觉，自然如我面前的辋川，社会如我身后的市井，都有美的一面，都能给我以享受。然而，我的辋川之行，明显地含有烦于我那个圈子的成分。是的，我很烦，某些时候我简直不堪负荷。从我栖身的圈子走出，到辋川去换换空气，确实使我感到一种轻松。

雨中的银杏是那样独具风采，它的圆润的树叶像打了发蜡似的明滑，辋川强劲的风反复地翻动着它们，但银杏的树身却牢固地埋在土中，风怎么吹它也不动。这是辋川最古老最高贵的植物，水汩汩地流过它黑色的树皮。王维种植的银杏，成了他在这里生活的主要标志，然而，它终究要倒下的，留下的，将只有辋川。

辋川很静，长长的峡谷已经完全沉浸在秋日的烟雨之中了，所有的树木和石头，都化作迷蒙的一团，一只鸟也没有，一只兔也没有，甚至除了我，一个人也没有，唯有风声雨声和河流的浪声。这样的一种空，一种自然给我产生的空，是恐惧的。一瞬之间，我真是惊骇起来，我害怕从山中钻出一个野兽或怪物。这样想着的时候，我似乎已经有了对付它们的准备，于是忽然吊起的心就慢慢放了下来。蓦地，我感觉身后有脚步的挪移，飒飒的，仿佛是谁用树枝在地上划动，我猛地回头一看，竟是一个穿着蓑衣的农民，他站在雨中，轻轻地问我：

“你要三轮车么？”

附记：

1992 年我往辋川去，交通颇为不便。现在路宽，车多了，然而也不静了。

悠悠渭水

总有一天，渭水会枯竭的。只要我看到渭水，我就这样想。这是我的忧虑而不是诅咒。

渭水从来没有使我产生喜悦的感觉。它那种迟疑的流动速度，浑浊的含着泥沙的颜色，切割河岸而使之渐渐坍塌的做派，不由得就让我皱起眉头。它走过乡村，走过城市，走过长满茂密庄稼并承接煌煌阳光的田野，都是一种无声无息的样子。它的不想引人注意的沉默状态，反而给人一种阴暗而恐怖的印象。

在我最初看到渭水的时候，是我跟着我的同学和老师。我们乘火车从西安到宝鸡去做教学实习，欢歌笑语是伴随着我们的，不过一旦渭水出现，我们便中止了欢笑，而且几乎所有的同学都探头望着渭水，默默无言。渭水在旅途忽隐忽现。渭水是古老的，它包藏的东西实在太多了，对它仿佛只能默默无言，才可以表达无限的感慨。

渭水发源于甘肃南部的山区，它艰难地穿过了那些荒凉的旷野，从宝鸡进入关中，然后在潼关汇入黄河，随之退出关中，全长818公里。渭水接近黄河的一瞬之间，突然淹过河堤。它蓦地拓展了，膨胀了，向两边漫延，并将大片大片的土地覆盖于自己黄色的波涛之下。渭水的浩渺，只有在它扑向黄河的时候才能看到。

渭水在它的旅途之中，吸收了众多的支流，否则，它就不能最终形成一种气势。它融汇于黄河之际，确实让人感到了一种气魄和力量，那是它来者不拒的结果。它的支流，在南岸的，多出自秦岭山区，著名的有灞河、潏河、沣河、黑河、遇仙河、赤水河、罗敷河、清姜河。在北岸的，多出自黄土高原，著名的有洛河、泾河、金陵河、漆水河。灞河发源于蓝田境内的秦岭北坡，它于上游接纳了辋川之水，于下游接纳了浐河之水，从而加大了自己的流量，在高陵汇入渭水。潏河与沣河皆发源于长安境内的秦岭北坡，在咸阳汇入渭水。黑河发源于秦岭的主峰太白东侧，它是渭水南岸最大最长的支流，在周至境内汇入渭水。洛河发源于白于山，在大荔境内汇入渭水。泾河发源于六盘山，经过长途跋涉，在高陵境内汇入渭水。泾河的泥沙含量少于渭水，它们混合之后，很长一段距离依然是一道为清，一道为浑，尽管同时奔流，不过界限确定，遂有了“泾渭分明”的典故。遗憾的是，这两条河的泥沙含量现在几乎相等了，那些给人启示的自然风景已经消失。如果将渭水和这些支流剪辑下来，绘画成图，那么它就是一个羽毛状或叶脉状的体系，它闪烁着，流动着，贯通于关中。实际上关中平原就是渭水冲积的，它创造了这个平原，并带着它众多的支流滋养这个平原。一百万年之前，这里气候温和，水草丰美，人类的祖先赖以生存。

中国最早最老的城市出现在渭水之滨，咸阳在其北岸，西安在其南岸。在相当悠久的一个历史阶段，这里是中国乃至整个世界的繁荣之地。在十世纪之前，渭水之滨无疑是中国封建社会的政治中心，很多伟大的人物，在这里演出了惊天动地的戏剧。足以让中国人感到骄傲的唐朝，便是在这里建立的。随着它的衰落，泱泱大国的政治中心向东方漂移，这种漂移是固执的、坚定的，而且不可逆转。它没有回头的希望，即使站在它留下的废墟上跺脚呐喊，它也不会回头。先君把他们高大的陵墓留在渭水两岸。当然不只留下了陵墓，他们留下的还有一堆庞大的文化，有其精华，也有其垃圾，这些垃圾现在仍压迫人、毒害人、摧残人，我的心中便充满了它给我制造的创伤。咸阳和西安，就坐落于悠悠的渭水之滨，现代文明怎么打扮它们都难以遮挡其古老之痕。它们的古老是深厚的，是从地缝和云间透露的。那条沣河，绕在咸阳的东部，周朝的遗址，便在其下游发现。沣河的沙子细腻而白净，是优良的建筑材料，我从这里经过，每每看见农民从地下挖掘着沙子。前智的诗歌经常吟诵的灞河，在西安的东部。灞河就是过去的滋水，春秋时代，秦穆公表彰霸功，将滋水改为灞河，并创建了灞桥。在战争岁月，灞河往往是一条重要防线，鲜血是当然染过灞河的。唐朝是中国一个鼎盛的阶段，那时候，长安人送别亲戚或朋友，总要走到灞桥，折柳以赠。先贤有这样的雅兴。某些时候，我竟为之向往，我想象着两岸垂柳，一片飞花，随之便沉思起来。我感到人类是一边吸收，一边丧失，丧失的竟常常是一种美。

穿越西安和咸阳，沿着渭水上溯 180 公里，便是别的一座城市宝鸡。其古为陈仓，在夏商时候它就已经存在了。渭水在宝鸡，我总觉得它有一种刚刚进入关中的异样的姿态。宝鸡西部，多为丘陵，渭水穿过这样的地方，当然是迂回曲折，处处有碍，不过它到了宝鸡，便是到了一望无际的平原。在平原奔流，它的河面一下变得坦荡而宽阔了。秦国曾经向晋国运送粮食，用的是船，宝鸡是其起点。渭水有很大的流量，船从宝鸡出发，浮在渭水的波浪上，悠悠向前，一直可以行至黄河，其对岸便是晋国了。公元前 656 年，秦穆公娶晋献公之女为妻，秦晋之好，使晋国在旱灾之年，得到了秦国的支援。那时候，雍是秦国的都城，它在今天的凤翔南部，是很容易到达宝鸡的。经过几个世纪的发展，秦国日益强大，便向东部扩张，并将都城从雍迁往临潼的栎阳，在此仅仅活动了三十四年遂迁往咸阳，在这里，秦国实现了统一中国的愿望。秦国向东部的推进，只能沿着渭水一线，因为这里土地肥沃，易于牧耕，有着丰富的资源。

实际上，在秦国之前，已经有周人这样做了。秦国沿着渭水流域活动，是否是受了周人的启示，难以确定。可以确定的是，渭水两岸，无疑是一个膏腴的宜于富民之地。周人从开始便活动于渭水之北，随之从武功一带迁至彬县一带，接着迁至岐山之下，在周原，周人积累了崛起的力量。凤鸣岐山，是一个带有神秘色彩的预兆，周人相信这个吉祥的预兆。周文王率周人跨过渭水，在沣河西岸建都为丰，他逝世之后，周武王在沣河东岸建都为镐，并联合其他部落，消灭了商的统治，建立了周朝。周幽王二年发生了一次地震，渭水干涸，周人认为这是一个凶恶的预兆。事实是，不久之后，周幽王就被诸侯杀了。他为博得褒姒一笑，曾经在骊山点燃烽火而戏弄诸侯。周幽王之死，标志着周朝开始走向衰落和灭亡。尽管如此，周朝所建立的那些宗法制度和人伦道德，显然在渭水流域埋下了种子，之后出现的种种王朝，无不带着阴森的青铜之光，我的心中就有这样的光给我的刺激。

刘邦建都长安，是经过一番论证的。他开始想在洛阳建都，不过一个戍卒娄敬认为不妥，劝其建都关中。刘邦犹豫，遂问计张良，张良指出关中有几大优势，其中渭水是重要的一条：诸侯安定，赖以运输，供给京师；诸侯哗变，顺流而下，足以迂回。刘邦便决定建都长安。随之出现的其他王朝，赫赫如隋朝与唐朝，都以长安为国都。问题是，这个渭水河浅沙多，而且在临潼以上常常分叉，在临潼以下十里九弯，渭水游游荡荡，摇摇摆摆，不利行船。于是在历史上就有了四次开凿漕渠的工程。

漕渠在渭水之南，大致平行于渭水，然而它没有曲折，是直达潼关的。漕渠之流，依靠渭水，它是漕渠之源。公元前 129 年，汉武帝接受大臣郑当时的建议而修建漕渠。在绵延几百公里的工地，到处是劳动的农民。经过三年努力，漕渠成功。它既可以灌溉，又能运输，长安之需，得以充实。公元 584 年，隋文帝接受大臣于仲文的建议，疏通漕渠，解除船夫之苦。由于泥沙淤积，深浅异常，行船艰难，必须挖掏才行。公元 774 年，韦坚下令并得到唐玄宗的支持，重开一度关闭的漕渠。公元 827 年，韩辽献计，唐文宗发号再启漕渠。安史之乱，京师遭到破坏，漕渠难免荒废，然而保障供给，利用漕渠运输是很有必要的。漕渠为长安的繁华，确实是奔流得劳苦功高。不过，当我在西安北部寻觅漕渠堤岸的时候，我什么也没有看到。旷野茫茫，到处都是庄稼，隐隐可见灰色的建筑在天空之下向渭水逼近。我站在一棵树下，明显感到西安在迅速膨胀。

随着岁月的流逝，那些建造在渭水之上的古老的石桥，已经消失得无影无踪。汽车与火车，日夜穿过渭水，不过今天这些桥都是以钢筋水泥而制的，它们当然坚固而实用。然而，人难免产生一些怀旧的情绪，可惜，我只能在典籍之中查寻过去那些石桥了。渭水曾经有三桥：东桥，中桥，西桥。渭水两岸的广阔地域都靠它们连接。东桥位于西安东北 25 公里处，在这里，历史上发生了多次激战。公元 417 年，大将王镇恶率兵向后秦进攻，他们从黄河进入渭水，并躲入小舰之内。小舰徐徐而行，后秦之兵，见其小舰而不见其人，惊以为神。诡谲的是，他们登岸之后，王镇恶为绝退路，放走了全部小舰。他身先士卒，要求所有人拼死冲击以得生，结果是大破后秦之兵，并攻入了长安。唐朝末年，黄巢宣告他为皇帝之后，其部将朱温曾经屯兵东桥，受到官军的进攻。中桥在西安北部，它是渭水最大最早的一座桥，那个喜欢耀武扬威的秦始皇，巡视四方的时候，总是通过此桥离开咸阳，并通过此桥返回咸阳。西桥位于西安西北 25 公里处，汉武帝建造它，是为了通达茂陵。在唐朝，李世民曾经骑马站在这里，向对岸一群突厥人呐喊，要求他们遵守盟约，不要冒犯。这些突厥人企图趁李世民即位之机进攻长安。唐玄宗推行穷兵黩武的政策，连年征战，人民苦难，杜甫在这一带看到的是车辚辚，马萧萧，尘埃之中，有人顿足牵衣，哭泣辞行。那些被募兵打仗的农民，腰挎弓箭，走过西桥，到塞上去。杜甫对农民那种深切的同情，我现在仍能感到，然而西桥早就没有了，唯渭水在流。渭水带着下沉的泥沙和上浮的污秽，缓缓东去。

渭水一向缺少明快的格调，这不是什么可怕的问题。强求它变得明快，未免期望过高。渭水的问题在于它很肮脏，它那种泥沙般的颜色显然已经遮掩了自己的肮脏。如果它先天是一条清澈的河流，那么它就有可能成为地球上最丑陋最龌龊的河流之一。这样揭露渭水，我是很痛苦的，我的灵魂有一种遭到雷击似的震颤。我就出生在渭水创造的平原上，那里恒久残存着它曾经冲刷的纹理。不过渭水确实不干净，不卫生，否认这种状况便是虚伪。人类的很多事情，坏就坏在虚伪上，我不想这样对待渭水，它毕竟是一条古老的渗透在历史和现实之中的河流，真诚地对待它，就是对它表示尊重。

在宝鸡，或是在咸阳和西安，我到处看到汽车载着垃圾向渭水倾倒。堆积在堤岸的垃圾五颜六色，疯狂的苍蝇群起群落。实际上不仅仅是这些城市向它排泄，渭水一线的众多的乡村没有一个放过它，只要是靠近渭水的人家，都会将垃圾扔向其河。没有谁想过这样一个问题：我们和我们的子孙只有一河渭水。也许有人想过，然而这种观念如果没有成为多数人的观念，那么渭水只有遭殃。不喜爱和不维护自己的生存环境，我想，这样一群人的灵魂一定非常渺小和猥琐。夏天，上涨的渭水从滚烫的阳光下面穿过，它的两岸刚刚收割了小麦，玉米和谷子正在生长。田野闷热至极，兔子都不愿觅食。冬日，下落的渭水被凸出的泥沙之渚撕扯得破破烂烂，渭水分割为小溪，小溪若断若续，似流似停。那些突然变得开阔的河滩，一片空旷而冷清，城市和乡村，都在灰暗的天空下面沉默着。如果阳光照耀，那么宁静的河滩也许会有情侣，当然也可能有小偷和妓女，还有孤独的灵魂在悄悄活动。风忽然会从他们身上掠过，然而他们不会理睬。河滩在断裂的地方断裂了，在平坦的地方平坦着，没有一个整体之感，不过到处都有渭水的波涛之痕。

我一直想到居住在渭水之滨的人家去看一看，这是一件很简单的事情，但我却始终没有成行。我曾经几次站在渭水的河滩上向那些村子眺望，那里总是静默的。高耸的白杨树、国槐和其他杂木，密密地聚集一起，几乎掩盖了高低错落的平房和楼房。村子仿佛没有人的喧闹，唯有稀疏的鸡鸣犬吠越过渭水，远远传送。我不知道他们是如何度过沉沉黑夜的，我更不知道他们是什么时候居住在这里的，他们是迁徙而来还是自古以栖，这些我都不知道。我当然不知道面对单调的日出日落与月升月降，他们都想些什么，他们是否喜欢这里。

渭水返清

1992 年我再三到渭河去考察，见垃圾散布，浊水乱泻，确实怵者在怵，痛者在痛。

渭河遂成了牵挂，我不可能永置它于失望之中而不顾。实际上从那时候起我就紧紧关注着渭河，对此，情不自禁。一为知识分子，位卑也分国之忧，这是毛病，甚至是祸端，可惜改不了。

2012 年秋天，我制定了一个路线图，以重走渭河。我发现除了阳光未变，一切都变了。

鸟鼠同穴，渭水之源。踏着郦道元的足迹，赴鸟鼠山之徒甚众，遗憾他们多是出于好奇。初秋之际，这里树以松常青，草以绿为命，林深泉洌，贵在涵养。拜托了！

从宝鸡峡到宝鸡市段，苍苍旷野，水滑石子而过，白浪潺湲。至玉涧堡一带，滩涂开阔，有农民擅自开荒种蔌，以补贴生活。把石子挖出，围陇为田，便是一方菜园。滩涂上到处是这样的菜园，妇人或老人经营着萝卜、白菜、菠菜、雪里红。也有人坐在石头上晒太阳，两岸涨满了雾气光影，我只能看到他的轮廓。鸟鸣树梢，偶见麻雀纵身而飞。水清，让人舒服。

渭河进宝鸡市，便垒石为堤，水清且深。北是老城，民居稠密，遂在沿线建设了一个公园，到处是银杏树、女贞树、法国梧桐、红叶李、竹子。人游其中，神态自宁。南是新城，已经高楼林立了，只是多用钢铁塑料，唯觉生硬。扶栏达观渭河，渚露波细，芦苇迎风，有鸭子觅食，还是很惬意的。

到咸阳市段，在渭河中央起坝，二分其水。南水照旧在淌，北水聚之为湖，汪然浩浩，足以赛船。坝东西向，长大约 12 里，湖也东西向，长大约 12 里。以这样的方法改造渭河，固然是大胆的尝试，然而它能否承受不虞巨洪的冲击，保证城不遭淹，还有待验证。

两岸加宽增厚，植柳成林，酿造了一种格调，聊能让人发思古之幽情。北岸也是高楼耸立，不过让我惊愕的还是南岸，南岸之变仿佛猫变老虎。20 年之前，我在渭河咸阳市段徘徊，见南岸的庄稼围着一个一个村子，自问：他们是什么时候居住在这里的？他们是迁徙而来还是自古栖息？是否喜欢这里？特别想进村子看一看他们是怎么生活的，遗憾我未能成行。现在村子已经拆迁，曾经祭祖和种粮的地方尽为高楼。阳光未变，只是村子没有了。我永远也不能进村子看一看了，也不知道他们安家何处，有什么感受！

咸阳市以东的渭河，过去水污极重，隐隐的总是盼它返清。仲秋的一天，我想看其究竟，就乘公交车往草滩，至终点，土路遂来接引。需步行数里，才能抵达渭河南岸，以见其水。土路白尘如粉，简直是脚下踢土，头顶飘土，尤其是从身边疾驶的汽车每每会扬灰盖脸。有一座刚刚竣工的秦汉大桥，起南岸，跨渭河，落北岸，我用半小时而过之。在北岸驻足转颈，顾视南岸，瞭望草滩，要小麦无小麦，要玉米无玉米，甚至要树也无树，只有闪烁的高楼。渭河在此以渚分水，穿桥下向西安淌。北边的一绺水还不脏，但南边的一绺水却黑稠绿滞，即使遥遥目击也让人作呕。适会有窑店镇一个青年在此溜达，他说：“夏天这一带臭得可怕！”南岸忽出忽进，如交错之犬牙。北岸显然已经治理，砌石为堤，多种草木。有一个粗壮的水管从北岸伸出，口对着渭河，未流污水，但口下方却有干了的污水痕迹，十分可疑。窑店镇距北岸不足一公里，到底能否保证它不向渭河排放污水，不得而知。

我在窑店镇乘公交车到大唐渭河热电厂，再换乘游 10 公交车到梁村站，便可以跨上属于西安段的草滩渭河大桥了。其长 1235.88 米，是 1987 年建成的。车来车往，黑尘弥漫，不能久驻，然而我必须仔细看一看渭河。水在这一带流得非常缓慢，也不清，也不稠。未发现挖沙的人，不过沙子成堆，依北岸横阵。夕阳之下，水瘦如绳，反照生寒。滩涂上其蓬狼藉，难为一瞻。南岸曾经绿田无垠，甚至有狼奔窜，农民不得不在墙上以白灰画圈吓唬其兽。现在变了，电缆、公路、立交桥，纵横交叉，切割了大地，也不种庄稼了。西安的高楼俨然像乌云一样向渭河压过来。站在北桥头眺望南桥头，风卷黑尘，忽忽成幕，多少有一点恐怖。

我知道有一个计划，西安在建国际化大都市。西安会拓展，渭河会成为西安的中央之水，其水当然要清。所谓引汉济渭工程，就是把汉江之水输导到渭河，每年将补充其水 7 亿到 8 亿立方米。这不仅仅能有效防止渭河干涸，也将增益西安及关中的水资源。此工程从 2011 年 12 月 8 日便实施了。它当然给我一种期待。

还有一些措施：渭河西安城段按 300 年一遇防洪标准所筑之大坝，已经大成。到 2013 年底，近 90 公里的渭河西安段堤防整治工程也将完成。渭河两岸开山采石和削山建房已经禁止。

渭河在大荔县境吸纳了洛河，东流二三公里入潼关县境，再东流四五公里入黄河。这一带就是黄河、渭河和洛河的三河交汇处，也是秦晋豫三省交界处。

潼关县已经行动，要在此建一个黄河湿地公园。暮秋之际，我往这里，以观其大概。此公园完全依渭河南岸而建，因为南岸坦荡，滩涂开阔，足以构成其基础。计划之中的湿地公园东起潼关老县城西门，西接华阴市域，南临北赤路，北连大荔县壤，面积大约 100 平方公里。这里将营造高档会所、五星级酒店、度假中心，也会有观光农业和民俗展览。

黄河湿地公园显然是从对渭河的整治建起的。渭河南岸筑有三河交汇观测台，高而敞亮。环顾左右，见渭河南岸或宽或狭，蜿蜒而来，延伸而去，不过一律夷平。这里朗然植有国槐、楝树、红叶李、女贞树、桑树、柿树、杏树、玉兰树，空隙置有碌碡和碾盘之旧器，还作亭榭之新舍。滩涂尽是芦苇，有的倒伏若旋涡，然而总体是白蒿萧萧，茫然一片。蓦地风从远方而至，穿南岸之林，掠滩涂之茅，消失于渭河之上。我看到的渭河之水迟疑地向黄河推进，不清，是泥一般的颜色。有打捞鲤鱼的小船沿渭河北岸漂浮，茫然见其背影。阳光所照，北岸裸露，略显惨淡。黄河压陕西和山西的边区而过，似乎有无穷无尽的力量。它吞噬了渭河，向河南的三门峡而去。

渭河从鸟鼠山出发，不远千里到潼关来，终于融化黄河之中。一瞬之间，我的心怦然而震。渭河从清到浊，再从浊到清，反映了人对自然的一种态度：人变得尊重自然了，知道生态和环境的价值了。然而还有一个潜在的问题：当渭河变浊的时候，所有人都在受害，也许渭河返清，将是一部分人受益。我以为要谨慎对待这种情况的发生，因为享用优良的生态和环境，穷人和富人有平等的权利。

秀浐骚灞论

浐者，浐水也；灞者，灞水也。近者知，远者思。浐入灞，灞入渭，渭进黄河，构成了一个生动的现代进行时的水系。西安幸运，西安居其中，西安人当感谢遥远岁月那些智慧的规划者和建都者。绕城数水，随演化已经或断或逝，可喜渭在流，灞在流，浐在流，西安有水便不悴。

我在大学读书时，有一年要到临潼去做社会调查，乘车过浐桥并灞桥，从而识其二水。悲哀啊，因为我所见的浐水和灞水，全然不是我所想象的。灰天团云之下，堤岸裸露，川道凌乱。李白诗曰："上有无花之古树，下有伤心之春草。"但我却觅而不见，甚至它们败坏了我的印象之美。

实际上在20世纪之前，浐水和灞水一直处于自然状态，雨多水涨，雨少水落，春木尽绿，冬草遍黄。尤其是浐水与灞水总能慷慨待人。母系氏族要安家，那就安家。秦穆公图谋霸业要架桥，那就架桥。汉唐以关中为京畿，要灌溉，那就灌溉，要航运，那就航运，要赏光，那就赏光。老子论曰："水善利万物而不争。"诚然，浐水，诚然，灞水，特别是对于人，它们既哺之以命，又养之以灵。

但人却没有给浐水和灞水相应的护理，尤其是进入二十世纪，随着工业化的出现，它们遭到贪婪的攫取，甚至变成了纳垢之所。美国生物学家 R. 卡逊以一篇寓言警示了环境的破坏："这儿的清晨曾经荡漾着乌鸦、鸫鸟、鸽子、樫鸟、鹪鹩的合唱以及其他鸟鸣的音浪；而现在一切声音都没有了，只有一片寂静……"尽管浐水和灞水及它的周边没有这样遭遇，不过也十分丑陋了。有一阶段，挖沙者把其变成狗啃状，排污者把其变成酱油色。日照百里，鱼不游底，鸟不鸣柳，沉闷至极。

在西安人有了生态理念之后，浐水和灞水的命运开始转折。沙不再滥采，污不再恶注。西安人还舍得投以巨大的人力和财力，种草植树，修堤制坝，整流固源。这很有向大地忏悔和谢罪的意思，它也是否定之否定的证明。总之变了！凡是这几年到浐水和灞水一带走一走的，无不叹而赞之！

浐水和灞水从来没有像今天这样打下了科学技术的烙印，它显然是西安人的一种创造。不过保持其个性，加强其地域与传统的特点也非常必要。我观其水，浐杰出于秀，灞闻达于骚。浐水流程短，落差小，河道弯曲度从上游到下游渐渐宽大，石白沙纯，浪细岸平，不亦秀乎！灞水之异，在它完全荡漾着一种由诗歌笼罩着的历史感和文化感。汉王粲曰："南登霸陵岸，回首望长安。"唐李白曰："送君灞陵亭，灞水流浩浩。"杨巨源曰："杨柳含烟灞岸春，年年攀折为行人。"戴叔伦曰："濯濯长亭柳，阴连灞水流。"清王士禛曰："闺中若问金钱卜，秋雨秋风过灞桥。"风雅之士，世代所弄，不亦骚乎！

曲江萧瑟

如果我生长在唐代，并有幸及第为进士，那么，曲江流饮我一定是会参加的。那是一个发达的季节，也是一个风流的季节，真是让人向往。

可惜我所见的曲江，已经不美了。我曾经几次到过曲江，它位于我的故乡少陵原东北方向，处在西安东南，到这里来总是方便的。曲江并没有水，它仅仅是一带低洼的田野，一条蜿蜒的小路穿过这里，人与车辆来来往往，黄色的灰尘如烟如雾，向人扑去，人走了，它就沾染到白杨的枝叶上。一旦灰尘起来了，它似乎就不愿意回归地面。

秋天不要到曲江去，曲江的秋天多么寂寥，人在这里会伤感的。天空是宁静的，淡淡的云漂染了天空，天空的颜色很混合。黄昏，西边的天空才出现一抹蓝，那是晚霞断裂之后露出的，仿佛撩开窗帘现出的一双忧郁的眼睛。晚霞并不热烈，鱼鳞似的，一片压着一片整齐地排列着。大雁塔的顶尖，仿佛插进了晚霞之中，泡桐和白杨到处都是。潮湿的土地，满是绿色的阴影。玉米的秆子密密地聚在一起，鹅黄的颖花开放着，并默默地孕育着粗壮的穗子。闲地保持着乌黑的墒，那是准备播种小麦的，乘虚而入的野草，竟在闲地蔓延了，于是农民就把羊放牧在那里。路边的坝上的羊，将野草嚼得脆响，但在田野觅食的羊却没有声音，田野在遥远的地方。曲江的废墟并不小，它的两边都有村子，不过村子无声无息，唯有树木在那里笼罩。泥径两边，长着大豆和小豆，有叶子波浪似的翻卷着，我以为是一个硕大的老鼠，钻出叶子才知道是相互追逐的鸡。天空晴朗，然而刚刚下了雨，树叶草叶的露珠闪闪发光，一阵风吹，就滚滚而下。曲江是黄土的塌陷形成的，它的西南就是我的故乡少陵原。少陵原奔流着风，是秋天的风。风从它起伏的边沿穿过，有形而无声。

我所想象的曲江完全不是这样。它应该是一个天然的湖泊，汉武泉汩汩地冒着清水，泉水滋养着茂密的修竹和滑动的游鱼，鸟像云一样在树林起落。为了使曲江更广阔更繁华，唐代开通了黄渠，它一头在秦岭的大峪，一头在曲江。黄渠引来了秦岭的水。黄渠像一条明亮的飘带，逶迤在苍茫的原野。曲江的水涨满在高原的褶皱，起伏错落的江岸，合成曲江蜿蜒的框架。在曲江周围所有的高岗，都建筑了宫殿和亭台，紫云楼和彩霞亭尤其光耀。皇帝与嫔妃，王公与大臣，经常游乐于斯，春暖花开的三月三，秋高气爽的九月九，这里简直热闹非凡。“倾国妖姬云鬓重，薄徒公子雪衫轻。”这是诗人林宽的所见。杜甫对到曲江去玩的美人认真观察，并做准确的描绘，他说：“态浓意远淑且真，肌理细腻骨肉匀。绣罗衣裳照暮春，蹙金孔雀银麒麟。头上何所有？翠为匐叶垂鬓唇。背后何所见？珠压腰衱稳称身。”尽管杜甫是在讽刺贵妃姐妹的嚣张，但他所透露的，却是曲江的狂欢。在曲江，皇帝偶尔会从高处将钱币撒下，让群臣争抢而欢。皇帝设宴招待群臣的时候尤其热闹，他们举杯祝福，呼喊万岁。附近的农民也竞相豪华，绸缎悬挂，珠宝陈列，乐队演奏，舟楫荡漾。曲江上下，到处是人。那些及第进士，当然兴奋不已，成群结队到曲江去高兴。他们大摆其宴，频频畅饮，得意而忘形。及第不是一件容易的事情，很多人终生努力，都不能成为进士，一些人老态龙钟才及第，那种大喜是可以理解的。他们要释放自己长期积累起来的沉重，曲江显然是理想的轻松之地，这里有风景，有美人，美人走在风景之中。他们一边戏着流水，一边饮着好酒，人人乐而忘忧。某些时候，皇帝高兴了，会赐其宴给进士，这是难得的荣耀，那些进士到了曲江往往会神魂颠倒，醉如烂泥。

关于进士在曲江出丑的故事是很多的。史记，曹松七十四岁那年考取了进士，曲江流饮，只有他白发苍苍，步履蹒跚，然而，他对其宴流连忘返，几乎死矣。卢象及第之后，急着回到洛阳，已经请假了，不过看到其他进士在那里豪饮，便激动得身穿便服，津津欣赏。他雇的车上，还坐着一位歌妓，结果为巡查的所抓。他当然要被抓的，到曲江去的人，必须斯文而儒雅，连一些态度傲慢和举止轻浮的人都不准进入，何况卢象。维持秩序的人对他提出警告，并追究他，其判词是："紫陌寻春，便隔同年之命；青云得路，可知异日之心。"

曲江之美，历史悠久，大约在秦代，它便是一片可以游乐的风景。到了汉朝，它已经是绝妙的园林。隋朝的皇帝很是迷信，认为曲江之地高于皇宫之地，是犯忌，就派大批劳力挖掘曲江，使之低于皇宫的基石，这样便不会威胁王者之气了，随之在曲江两岸种植了接天连日的芙蓉供人养目。曲江之美的顶峰，当然是在唐代。唐代的曲江是自然和人工的结合，而且构建了一种立体的美。曲江周围有杏园，有大雁塔，它们既独立于曲江，又延伸了曲江。安史之乱使修建在曲江周围的宫殿和台亭几乎全遭毁灭，曲江一片衰败。多愁善感的杜甫，曾经在这里徘徊，看到草木翠绿而人影杳然，他不禁失声而哭。杜甫享受过曲江的热闹，体验过曲江的寂寞，世事的变迁使其感慨系之。安史之乱平息不久，唐文宗要恢复曲江之盛，对紫云楼和彩云亭做了维护，并告示富商之人，可以在曲江修建馆舍，并动员三千劳力疏通曲江，使水流畅。然而，失去的永远难以恢复。随着唐代的消亡，野草覆盖了曲江。明代之后，这里便逐渐变成陆地和农田，直到现在。

……

路在我脚下延伸，脚下的路筑在昔日的曲江之上。我慢慢地走着，浓重的潮气升腾而起，那些杨树、桐树和玉米，都湿湿的，仿佛刚刚淋了雨。潮气在这里是有重量的，我的头发就摩擦着潮气。它们从曲江渗出，并使天空都滋润了。悠长的历史之梦破灭了。奔驰的汽车和颠簸的马车，一辆一辆从我身旁越过，噪音干扰着皇都林苑的宁静。皇都已经废弃，它的宁静显得凄惨和荒凉。唯有生气的，还是那些潮气，它是被埋没的曲江的灵魂。消亡的曲江，到了一个阴暗的地方，在那里，它的压抑和沉闷显然难以忍受，就从土壤的缝隙钻出来，希望看一看阳光照耀的人物。滚滚尘埃依然撒在黄昏的树枝上，唐朝的尘埃就曾经这样飞扬，不过那是欣赏曲江的人践踏的，但现在的尘埃却不是。

在村边的白杨树下，有两个老人，老婆坐在藤椅上，白发飘拂，病身软弱，老头蹲在她的旁边，给她做伴。他们茫然地望着曲江，望着雾霭之中的庄稼。鸡和狗在附近游走着，他们背后的房院，似乎有孩子在热闹。炊烟绵绵地在天空流逝，我感觉它是那么悠然。

我走近两个老人，蹲在地上，像老头那样蹲着，我问：“你们在这里休息呢？”

老头说：“休息么！”

“你面前就是过去的曲江吧？”

“就是。我蹲着的地方，也是过去的曲江。”

老头黝黑的脸上，纵横交错的全是皱纹，嘴角的皱纹尤其深刻，下巴的胡子粗硬而黑白相杂，眼睛细小如缝，微弱的光明闪烁其中。不过，他是一个头脑清晰的老头，对此，我当然很是高兴，我问："你的家是迁移到这里的吧？"

老头说："迁移到这里的。在明末清初迁移到这里的。家原在曲江的北面，那里地势高，是一个原。"

"那时候曲江的水已经干涸了吧？"

"水少了，不过没有干涸。那里长满了芦苇，冬天都不会结冰。水不多，水缓缓地流着。"

"这是什么时候的情况？"

"我小时候的情况啊！"

"现在没有水了？"

"没有了。"

"它什么时候干涸的？"

"1939 年关中大旱，这里的水就没有了。"

"这里的水是河水还是泉水？"

"泉水。"

"1939 年关中大旱，泉水没有了？"

"没有了。"

"它不冒了？"

"不冒了。太阳晒得土地都起了皮。"

老头抚摩着他的下巴，那胡子嚓嚓地响着。老婆默默地望着他。晚霞燃烧得剩下了灰烬，天空青色如铁，曲江一片萧瑟。

我问："庄稼就是从那时候开始播种的？"

老头说："曲江一直都荒着，满是野草，人开始只是在这里放羊放马。"

"什么时候有了庄稼？"

“曲江地势很低，它是凹陷下去的一处沟壕。水干涸了几十年之后，地下的水有一天忽然就渗出来了。”

“哪年啊？”

“1964 年吧。”

“水汪汪地向北流着，冬天都不结冰。”

“是这样啊！”

“村子的人给这里种了稻子，种了四年，还养了鱼……我的儿子就是抓鱼淹死的。从那时候起，老婆就成了一个病身。”

“水深得能淹死人？”

“他是我最小的儿子。大约十年以后，大约是 1974 年吧，它的水彻底干涸了。”

“什么原因？”

“周围到处打井，水泵抽走了地下的水，曲江就干涸了。接着是造田，用土把曲江垫成了现在的样子。”

老头慢慢告诉了我关于曲江的变化，似乎为他能知道这么多的情况而得意。他盼某年某月，曲江的水能够再现，或者是从秦岭引水，或者地下涌水，以使曲江名副其实。如果这样，那么他重新迁移都很愿意。

告别了两个老人，我独自走着，凄凉的曲江像长卷的画一样在我身边滑过。我心里一片失落。我想，自然是有秩序的，人可以改造它，然而不要打乱它的秩序，否则它就要报复人，使你得不偿失。

我便这样想着，离开了曲江。

华灯照亮了我的眼睛，我发现自己已经来到了端履门，五光十色的风景在这里喧哗。

背后是曲江，我能感到，有无数的秋虫在那里鸣叫着。

曲江记

夏日得到曲江注水并再现的消息，难免又惊异，又兴奋，不过也存一点疑虑，因为古之曲江已经通过诗把其美印染我心，并先入为主，遂问今之曲江究竟如何，是什么风度，很想见识一下。恰恰几天以后，有朋友相约作曲江之行，便欣然而往。

我是长安人，生长于少陵原上，从小在乡间窜游就到过曲江。可惜那时候不知道曲江是皇家林苑，所见也是村子傍山，杂木萧疏，田圃有蔬菜麦苗之属，并有牛羊觅草，鸡犬捡食，颇为荒凉。之后曾经走遍关中，寻找祖先所余，在曲江考察之际，我怅望废墟，感叹月有圆缺，世有兴衰，一代风流消逝，吾辈无福享受了。忽闻曲江聚水泱泱，不但空明潋滟，还可以荡舟，当然很是惊喜！

这一天，日出东方，风自西来，身有其轻，神有其澄。我随朋友乘车而驰，绕过大雁塔，穿过林带和草坪，一个转弯，曲江便直入我目。一瞬之间，顿觉迷乱、陌生，仿佛是梦幻。水横一片，岸环四野，烟波缥缈，细柳荡漾，并有楼榭殿亭各得其所，披云灿然，迎风昂然，真难以想象身在西安，而且是到了曲江。朋友介绍说：“旧貌尽除，新貌全布，是在一年之内完成的！”

人是好水的动物，甚至孔子曰智者乐水，所以朋友邀我上船而观，岂不快哉！时在早晨，8 点 30 分的天空一经夜雨清洗，千里透晴，万里湛蓝，有阳光盈照，芳香柔飘，七百亩曲江白石过滩，拱桥跨流，群鸭任游，孤雀自鸣，男潇洒以争雄，女妖娆以竞艳，唯老者安然，幼者怡然。

我的兴致在其建筑，总认为在胜迹上造屋修舍，不考虑文化元素无以成功，遂一边蜿蜒而漂，一边瞻而欣赏。曲江亭和祈雨亭是曲江固有之物，现在照样恢复，具标志性质，非常好。其重压西岸，彼此呼应，足以发思古之幽情。坐落东岸的建筑，多有典故或取唐诗之意。白居易诗曰：“秋波红蓼水，夕照青芜岸。”遂建红蓼亭。韩偓诗曰：“斜烟缕缕鹭鸶栖，藕叶枯香折野泥。”遂筑藕香榭。造荷廊以念当年荷花连天，修凉殿以记昔日漫流降温。云韶居耸于斜坡高崖，形势陡峭，是鸟瞰之点，名出罗邺之诗。千树亭立于码头之侧，玲珑俊秀，望之喜悦，名源韩愈之诗。卢纶诗曰：“泉声遍野入芳洲，拥沫吹花草上流。”由此便有芳洲临流。在水边沐浴，除凶招祥，尝蔚为风气，从而作祓禊亭以显唐长安之习俗。其他种种，也无不融于碧水绿岸之中，背景辽阔，大小错落，各展精彩，皆具来历。见我连连慨叹，朋友便问：“怎么样？”我说：“超出了我的想象！述旧不虚，编新有意，刻古不薄雕今，尤以能传达诸朝雅好见奇，难得了一片匠心！”

曲江誉满历史，声传天下。当然，它只在大时代才出现，一旦社会动荡，国家离析，便泉孔阻塞，水源干涸，由此知其是盛世的作品。秦版曲江谓之隑洲，汉版曲江为曲江，隋版曲江谓之芙蓉池，唐版曲江谓之曲江池。我以为今之曲江为新版，当是西安版曲江。秦人发现了曲江，遗憾未见秦人于斯活动，只有一个胡亥墓留在了南岸。汉人也只有刘彻狩猎的背影，不过他倒是对曲江极为钟情，曾经微服巡游，并疏浚扩边。隋人似乎还没有在曲江远观绿叶红花的趣味，因为其皇帝一幸再幸的是江都。唐人最懂生活的艺术，也最为潇洒，其以李隆基执政岁月为峰。三月三日是上巳节，李隆基会带贵妃及其姐妹到曲江去探春踏青，陪同者贵，奉迎者荣。流光明媚，惠风和畅，所随佳丽态浓意远，裙长袖广，曲江一带便人潮涌动，情海高涨。当此之际，商贩摆奇货宝物于道，富豪撒鲜花香草于途，其天喧哗，其地热闹。皇帝情绪好了，便赐宴臣僚，京兆府也大陈筵席，甚至长安与万年两县竟大较其劲，以作雄胜。或是考场及第以后，进士华服骏马，曲江流饮，以显得意人生。想起来那真是一段浪漫的时光。

唐版曲江常常使我向往，不过我也知道，即使它再美，终归皇家所有，人民是不能自由出入的。毕竟星旋斗转，山河必变，今之曲江，属于人民了，这是具有伟大意义的进步。西安其城一向有老可以卖，有文化遗产可以傲，只是缺水。干涩不润，便为一短。曲江再现，改变了生态，也给其城赋予了一种灵动和豪华。西安显然由此大大升华了。有同志从远方来，我一定要带其享受一下西安版曲江，持玉不示君子难以为仁啊！不过我还是先陪妻儿一游吧，否则不就是高台把栏而得月在后了吗？

2008 年 7 月 14 日于窄门堡

附记：

2008 年夏日，有朋友邀至曲江池作游，所见让人惊诧。农民全部迁走，房屋尽拆，水满树绿，鸟语花香。十几年前我在曲江喟叹：也许曲江池永远消逝了！不料曲江竟注水而再现，人真是伟大！

2008 年 11 月 16 日

再记：

曲江属于文化遗产，注水复活，应该是对历史致意，推崇有唐一代在故国旧都的风雅，很好。它显然也有自己独立的价值。可惜现在的曲江，沿岸高楼大厦如林，它们包围其水，凸显曲江之小。曲江必须有露，起码南显少陵原半坡才现灵性。曲江只有在比较空旷的背景之下，使人悠然见远山，才具自然与艺术的兼容之美。

2010 年 12 月 31 日

昆明池

请了一个朋友带我考察昆明池，因为此地曾经是他的辖区。下了汽车，躲开轮胎卷起的白尘，趋步走进夕阳尽红的田野。朋友指着有雾轻笼的一个一个的村子说："汉武帝的昆明池就在这里！"

我的直接感受是，一切都在变化。然而究竟是什么力量或是谁推动着世间的变化呢？

昆明池是汉人经营的。那时候有一个身毒国，汉帝国欲派使者联络一下，以建立外交关系。也许还能打通一条贸易道路，发展经济。然而在中国与身毒国之间，有昆明国，其中滇池方圆 300 里，土著凭水封阻汉帝国的使者，遂不得前往。汉武帝奋发其气，调遣陇西和北地之谪吏，凿昆明池，以象滇池，训练水兵。不久昆明池便蓄水，汪洋一片。

晋人测量昆明池的周回为 40 里，不知道确切否？中国社会科学院考古研究所在 2005 年钻探发现，当年的昆明池，大体位于现在的斗门镇、石闸口村、万村和南沣村之间。其岸长大约 17. 6 公里，相当于晋人所记。晋人显然还是严谨的。

穿昆明池是在公元前120年。当此之际，汉武帝56岁。变化真快！西安市刚刚成立了西咸新区，长安区固有的斗门镇及其汉武帝的昆明池，一纸文件便为西咸新区所有了。朋友就是当局的领导，他说："可能会恢复昆明池，只不过面积要小一些。谨祝好运！"

尽管有水兵在昆明池一再训练，不过汉帝国并未进攻昆明国，也未见使者到身毒国去。不过公元前112年，汉帝国与南越发生了一次水战，汉军的楼船击败了南越，训练显然是有效的。千年以后，唐军也尝在昆明池训练水兵，唐高祖极为重视，还兴致勃勃地临阵观察。

宋人程大昌曾经考察昆明池对汉长安城及唐长安城的水利作用，认为城里也用其水，城外也用其水。资料显示，昆明池一带甚高，从终南山过来的洨河一旦注满，就会自动涌向沣河，沣河便泻昆明池。它也有两渠，一渠在城外送水到灞河，一渠到城里入沧池和太液池，以润泽皇宫。

昆明池当年有鱼，捕之或用于先君的祭祀，或在集市销售，价格低廉，决不冒涨。宫女也会到这里泛舟，她们乘龙首船，歌唱着，有鼓有吹的，想是十分浪漫了。龙首船张开凤盖，风吹华旗，悠然漂移着。昆明池之美，也吸引了诗人的目光，有机会便到此娱乐。北朝的庾信，隋朝的江总，都有咏叹。当然唐的咏叹最多，宋之问、王维、杜甫、白居易、贾岛和温庭筠，皆有大作，尤其以杜甫的诗最富深意。当是时也，已经是安史之乱以后，渐老的杜甫正在长江之滨的夔州，不知道什么景物触动了他的感情，故国旧都之思，荡漾在昆明池上。他吟诵道：

昆明池水汉时功，
武帝旌旗在眼中。
织女机丝虚夜月，

石鲸鳞甲动秋风。
波漂菰米沉云黑，
露冷莲房坠粉红。
关塞极天唯鸟道，
江湖满地一渔翁。

关于昆明池，一直点染着一种神秘色彩。挖掘那年，竟出了谜一般的黑物，像炭又不像是炭，无人能明其故，一个大臣便问东方朔，东方朔说：“臣愚不足知之，可试问西域胡人。”到汉明帝执政，一个胡人认为黑物是“劫烧之余灰也”。史记，从昆明池到白鹿原还有一条水道曰神池，上古就有了，而且尧治水的时候曾经停船于斯，更是难解。

杜甫的文章已经透露了牵牛和织女的信息，可惜他不知道这两尊石雕在20世纪的命运。汉武帝的昆明池，曾经立有牵牛和织女之像，从而把长安的昆明池与天上的银河相对应，诚如班固所言：“临乎昆明之池，左牵牛而右织女，似云汉之无涯。”杜甫显然见过石雕，然而他不了解千年以后，斗门镇及其周边的中国人把牵牛置换为石爷，把织女置换为石婆，并置于庙宇，顶礼膜拜。尤其认为石婆灵验，遂一旦患病，或求子，或求学，都要向石婆烧香祷告。“文化大革命”批判这是愚昧，勒令取缔，并把石爷像和石婆像运到了西安碑林博物馆。不料斗门镇的男女会追过去烧香祷告，遂呈混乱，便又把两尊石雕运到终南山下的草堂寺。然而农民仍要膜拜，又撵到草堂寺烧香祷告。无可奈何，从而允许置石爷像和石婆像于昆明池遗址的一个村子里。现在石婆像藏斗门镇的一家棉花脱绒厂库房，石爷像在斗门镇南沣村的庙宇里。农民当然无法辨别，遂把石爷当石婆敬了，这让识者啼笑皆非。我所见石爷像头大，脸稍左倾，宽额，短发，上衣交襟，一带束腰，右手半举，左手拂于胸前，石婆像跽坐，面丰发垂，上衣右衽交襟，双手垂于腹前。

昆明池还有石鲸，史记，其长三丈，随雷而鸣，鬣尾皆动，汉祭祀以祈雨，往往灵验。我多少感到困惑，朋友便带我到马营寨村一个宅院去，只见黄壤出石，隐现鳞甲。朋友说："这就是石鲸，只不过大部埋在土里面而已。石鲸成神了，农民怕，没有人敢挖它出来！"

咸阳宫

咸阳宫是咸阳城的主体和枢纽，是逐步形成的一个建筑群。

其依咸阳原而造，设计理念遵照的是天人合一。天主居紫微宫，人主居咸阳宫，咸阳宫显然是仿效紫微宫的。唯神话思维，才能毓化这样奇幻瑰丽的想象！

秦王于斯会晤大臣，接见使者，决定军国之大事。公元前 227 年，荆轲受燕太子丹派遣，至咸阳宫行义刺杀秦王，遗憾未遂。15 年以后，秦始皇接受李斯之建议，在这里下诏焚书坑儒。赵高指鹿为马，也当在此。

咸阳宫的结构是大殿套小殿，栋宇连栋宇，分布有朝堂、过厅、寝殿、露台。皇后与嫔妃住什么房子属于绝密，遂难以确定。

考古发现，咸阳宫应该在今之咸阳市渭城区窑店镇东北一带。这里有众多遗址，并处围墙之中。曾经出土有陶器，包括瓮、罐、盆、鸭蛋壶和种种瓦当，有葵纹的、云纹的、涡纹的，皆颇典型。还出土有铜器，包括提练壶，提练炉，雁足灯，羽觞。凡排水、取暖、窖藏，皆是设施。不过也有学者指出，仅仅以此证明咸阳宫就在这里，似乎不够充分。

唐人赋诗，往往以咸阳指代长安。李白在鲁遇到朋友韦八返长安，便大发感慨："狂风吹我心，西挂咸阳树。"杜甫想到壮游的经历也尝说："快意八九年，西归到咸阳。"无咸阳宫，不可能有咸阳城。

站在咸阳城遗址南望，渭水漂移，秦岭逶迤，沧桑之情顿涌。

阿房宫

阿房宫的消息随着历史一直在流转，有时候它还很是鼓噪，甚至其名也受反复的揣度和猜测。

1991 年，我初觅阿房宫，当时是深冬，旷野没有一个人，只有冷风吹着遗址上坚硬的瓦片。久久彷徨，直到暮霭沉降，我才离去。

2011 年仲夏，我再赴阿房宫，其遗址上由农民承包，已经植木为林，蓊然蔽日。柳树、女贞树、石榴树、松、柏，循规而种，蔚然一片。

植树造林，当是善举，然而大陆之广，何处不可以种之，为什么偏偏在阿房宫遗址上种之？

应该把遗址亮出来，给四边筑以路，给路边立以碑，或铭秦事，或刻千家咏秦之诗，遗址便成了一个让人震撼的地方、审美的地方、沉思的地方，从而给游者以识、观者以智，起一点鉴往知今之作用。

建遗址公园也可以，不过公园的元素不能多于遗址的元素，所用材料不能太时尚、太花哨，其设计不能让西方形式挤压中国风格，更不能忽略本土色彩。

自秦孝公至秦始皇，君臣奋其六世，141 年，终于鲸吞周室，掌控天下，并图谋江山于万世，传之无穷，是何等抱负！不料秦统治 15 年以后便宗庙倾圮，鼎移他手。原因是什么？贾谊说：“仁义不施而攻守之势异也。”问题是怎么保证仁义？没有先进的制度怎么才能保证仁义呢？面对阿房宫遗址，显然会有封建王朝盛衰周期率之问，水以载舟与覆舟之问，昔年当世之问。可惜树木遮挡，遂使狐鼠作乐。

公元前 212 年，秦始皇认为咸阳人多，先王营造的朝宫小，决定在渭河以南建其朝宫，就是所谓的阿房宫。当时秦统一中国已经十年，由于徙二十万富豪到咸阳来，又在咸阳北坂仿照诸侯宫室大兴土木，咸阳也真是拥挤了。渭河以南是秦的上林苑，不过沣滈之间，尝为周王之旧都，所以秦始皇于斯经营阿房宫。

秦是牧马出身，素不习水，也许还惧水。以其几度迁都观察，秦的东进是迂回的，雍城、栎阳、咸阳，尽沿渭河北岸一线，并选择高亢之境，是因为这些地方坚实、安全。渭河以南又辽阔又膏腴，秦并非没有向往，然而水大浪汹，不好一苇航之。实际上在秦惠文王执政之际，秦便于渭河以南作其宫室，只是未成他就死了。秦昭襄王没有继承先王遗志，放弃了渭河以南的宫室，然而他在龙首原北坡造了兴乐宫。汉之长乐宫便是对秦之兴乐宫的翻修，刘邦以长安为国都，初遂居于此。

秦始皇是在秦惠文王未成宫室基础之上造其阿房宫的。按照施工方案，先造前殿，其东西要长，五百步，南北会短，五十丈。司马迁记其之广，可以上坐万人，下扬大旗，也许是一种夸张，杜牧之赋更是一种想象了。不过阿房宫确实有其雄壮的规划：这个建筑群将星列方圆三百余里山川之间，浩浩荡荡，满是秦的正庭别馆、阁楼台榭。它将筑阁道，以通骊山，筑复道渡渭河，以连咸阳宫，以终南之巅为阙，以樊川之波为池，以渭河为天汉。

阿房宫残墙

不知道秦始皇当年是否参加了阿房宫的奠基典礼，事实是，经营两年，他就驾崩了，宏伟的工程只是开了一个头。秦二世胡亥接着干，可惜这个王朝的暴虐使民不堪命，起义风起，夺权云涌，天下迅速大乱，有文武大臣便向胡亥建议："请止阿房宫作者。"阿房宫遂唯有前殿。不过项羽来了，既烧咸阳宫，又烧阿房宫，其前殿便为废墟。渭河有神，秦欲在其南发展，造其朝宫，竟几世未成。秦始皇甚至动员了七十万刑徒以筑阿房宫，也终于未成。

10世纪，学者宋敏求考察阿房宫，记其东西北三面有墙，周长五里，高为八尺，上宽四尺五寸，下宽一丈五尺。接着他喟叹了一声："今悉为民田。"1991年我见阿房宫遗址也还是民田，瓦片都在麦茬之中。然而2011年，这里竟被树木覆盖了。

从南向北，穿过其林，走其小径，我从前殿的台基上跳下去，得以清晰地审视这个古老建筑的立面。夕阳渲红，夯土发白，其层层叠加，如饼干相累，缓缓为高，仍有一种吞山吐谷的霸气。当然，我也能感到刑徒的艰苦劳作。这种夯土一般都是锅炒了的，以防生草，不过从阿房宫前殿夯土的缝隙还是长出了一些荆棘。其立面东西长1119米，沿着这一带，踞有巨家庄、赵家堡、古城村，乡聚生活似乎很是朴静。有八九个小孩在中华人民共和国国务院所立碑上兴奋地玩其拍泥，有三五成群的老者蹲在自家门口，一个壮年问我："阿房宫什么时候开发呢？"

阿房宫究竟是什么意思？它一直以来都是悬案。司马迁说："作宫阿房，故天下谓之阿房宫是也。"颜师古说："阿房者，言殿之四阿皆房也；一说大陵曰阿，言其殿高，若以阿上为房也；房或作旁，始皇作此殿，未有名，以其去咸阳近，且号阿房，阿，近也。"司马贞说："此以其形名宫也，言其宫四阿旁广也，故云下可建五丈之旗也。阿房，后为宫名。"朱骏声说："阿房假借为傍。秦阿房宫在阿基之傍，宫未成而秦亡，未命名，故人称为阿房宫。”马非百说：“阿房乃一地名，故天下咸以此称之。”集其数解，还是不定。以关中土语，那个之意为阿，也许阿房宫就是那个宫之意吧，它原本是简单的。秦始皇卒为非凡之人，兵马俑是谜，阿房宫之意也是谜了。

正要离开废墟，蓦地有一只阿房宫的蚊子落在我额头，朋友想帮我赶走，吾以目光阻之。也许这是一只秦始皇喂养的蚊子，曾经歌唱过秦始皇，能随便放了它吗？即使我打破自己的脑壳，也当打死它。我便强忍着，让它吸吮，等它陶醉了，猛击一掌。还好，脑壳完整，只是亮响一声，展手一看，掌中有血，蚊子已经碎为稀泥。

长乐宫

秦始皇筑兴乐宫于渭河以南，虽然秦亡之后弃用，不过基础尚实。

刘邦当皇帝，彷徨一度，终于在公元前 202 年决定以长安为国都。其入关中，初住栎阳。考察秦所存兴乐宫还可以再居，遂迅速改造和维护。到公元前 200 年，兴乐宫焕然整洁，就改它为长乐宫，从栎阳迁之。

没有朝仪，群臣诸侯见皇帝便显无礼，或争功吵嚷，或醉酒乱喊，有的甚至拔剑击柱，刘邦遂厌烦并忧虑。征得汉高祖同意，博士叔孙通率弟子就制定了一套朝仪。

徙长乐宫，逢群臣诸侯有十月之朝会，朝仪便依叔孙通所定而行。天尚未亮，参加朝会的人都以次进前殿门。廷中悬旗设兵，一片森然。武官和诸侯以次陈西方，东向；文官和丞相依次陈东方，西向。肃静之中，皇帝辇出。百官旋即传声而唱警，并引群臣诸侯以次向皇帝奉贺。势大气聚，无不震恐。礼毕，群臣诸侯无不倾身而伏。接着宴饮，凡陪皇帝进餐的人，尽是含胸俯首。给皇帝敬酒，便恭敬而起，目光仰视。行止动静，咸有尊卑高下之度。这一场下来，刘邦完全感受了皇帝的威风，说："吾乃今日知为皇帝之贵也。"任叔孙通为奉常，赐其黄金500斤。

公元前196年，吕后欲除韩信，获得了萧何的支持。萧何便诱韩信到长乐宫来见刘邦，韩信赴之。过钟室，忽遭壮士绳缚，韩信说："吾悔不用蒯通之计，乃为儿女子所诈，岂非天哉！"

刘邦和吕后所生的刘盈为皇太子，不过刘邦喜欢其妾戚夫人所生的刘如意，打算废刘盈，扶刘如意做皇太子。吕后甚患，更怕，便照张良计，请刘邦所尊重的四位高士从皇太子游。公元前195年，刘邦发现四位高士随皇太子左右，知道易皇太子不可能了，戚夫人遂悲伤地哭起来。刘邦也连连喟叹，然而无奈至极，便让戚夫人跳舞，他歌曰："鸿鹄高飞，一举千里。羽翮已就，横绝四海。横绝四海，当可奈何！虽有矰缴，尚安所施！"不久在长乐宫崩。

刘盈即皇帝位，移未央宫，吕后升为太后，仍居住长乐宫。以长乐宫在未央宫东侧，遂为东宫。曾经有白马之盟："非刘氏而王，天下共击之。"然而吕后野心蠢蠢，弄鬼伐异。公元前188年，汉惠帝崩，吕后乃昂然用事。其立汉惠帝后宫子为皇帝，不过皇帝幼小，吕后遂临朝称制。其肆封吕氏子弟为王为侯，以变刘家天下为吕家天下。公元前180年，吕雉以病而亡。

汉传十世以后，王莽篡位执政，改长安为常安，也改长乐宫为常乐宫。

史记，长乐宫周回20余里，有殿14座。计其重要的有前殿、长定殿、长秋殿、永寿殿、永宁殿、临华殿、温室殿。其鸿台当然也不可轻之。

王仲殊据1962年的勘探认为，长乐宫面积大约6平方公里，占长安城六分之一。刘庆柱据1986年的勘探认为，长乐宫周垣10370米，遗址包括今之西安市未央区未央街道办事处各村，它们是阁老门村、唐寨村、张家巷村、罗寨村、讲武殿村、李家壕村、叶寨村、樊寨村，雷寨村，查寨村，南玉丰村。

何清谷有纪：长乐宫前殿遗址，在1958年仍有巨大的夯土台基，卒以夷平。国都之构件，漠然怠然，不保护，不肖子孙啊！

未央宫

事有凑巧，刚刚进入汉长安城遗址，便日坠西方，于是残阳斜照，龙首原上零乱的村子，红砖的楼房，民居之间葱郁的树木，忽然就深陷黄昏之中。

北行二里余，至未央宫所在的地方。前殿早就毁灭了，不过它的台基突兀而出，仍有崇高之感。夏风在这里似乎追加了自己的强劲，虽不拔木，然而树皆低枝，摇来晃去的若翩翩起舞。不知道是从何处汇聚于斯的，人有男女，三五成群，乘凉聊天。当然也有孤独之士，脚踩黄土，视通万里且思接千载，不觉暮霭遍野。

十二年以前，我与未央宫曾经有会。当时，我是从汉长安城遗址南行考察的。空旷荒寂，冬风凄厉，有狗嗅着一片草灰匆匆而去。我攀缘前殿的台基，在顶端上远望了一番废墟，以不胜形单影只，便回家了。

未央宫是在公元前199年，由汉政府丞相萧何监修的。未央宫以十余代皇帝持续建设，才臻于宏伟。初竣仅仅立东阙和北阙，造其前殿，作武库，营太仓。不过刘邦征战匈奴返长安，见未央宫甚为壮丽，心有不能承受之动，便批评萧何："天下匈匈苦战数岁，成败未可知，是何治宫室过度也？"萧何说："天下方未定，故可因遂就宫室。且夫天子以四海为家，非壮丽无以重威，且无令后世有以加也。"刘邦觉得丞相有其道理，便意转欣然。

可惜刘邦至死也没有享用未央宫。公元前202年，刘邦采纳娄敬和张良的建议，以长安为国都。不过当时长安也只有灭秦之所余，遂把兴乐宫改为长乐宫，居之办公，刘邦便崩于斯。当然，刘邦也尝在未央宫前殿设宴大酺群臣，高兴之际，向父亲敬酒，笑问他的产业与其兄刘仲的产业谁多。父亲过去认为刘邦生计没有依靠，不治产业，是不如其兄刘仲的。

汉惠帝是刘邦和吕后所生儿子，质性仁弱，其继位之后，居未央宫。吕后篡权之意膨胀，又妒火燃烧，遂把刘邦所爱的戚夫人砍手削足，挖目灼耳，灌哑药吃，做成人彘，置之于厕所。她还满怀阴险图谋，携汉惠帝观察。见戚夫人的惨相，汉惠帝大惊失色，结下一种病根，症候为疏赖朝政。

汉政府的工作，就演变为由吕后在暗中操盘。汉惠帝崩，吕后又先后立二婴为皇帝。天子幼稚无知，她便以太皇太后的身份发号施令。宣示二婴是汉惠帝的儿子，实际上二婴皆是别的男人与宫女所生。如此苦心，不过为了执政而已。然而她还是惶恐，遂以诸吕做重臣，时达八年之久，刘姓的天下几乎是吕姓的天下了。

公元前180年，吕后薨，汉的开国元勋丞相陈平和太尉周勃合计，一举铲除诸吕，并迎代王刘恒到长安来，为汉文帝。汉文帝在公元前179年入主未央宫，象征天下复归刘姓。

在刘邦看起来，萧何所作未央宫已经甚为壮丽，不过其子孙显然还不满意，遂一再扩充。这里有宣明殿、广明殿、昆德殿、麒麟殿、承明殿。宣室属于前殿的正庭，皇帝接见群臣一般于斯。玉堂殿属于皇帝会晤作家和学者之处。清凉殿为皇帝夏天避暑之处，是装有降温设施的。温室殿是皇帝冬天活动之处，以植物种子抹墙，遂生暖意，以桂木为柱，遂发香气，并有锦帛制帘以挂门悬窗，挡其寒风。

椒房殿为后宫，四方倩女以各种各样的方式云集水汇其中，供皇帝玩乐。以椒和泥涂壁，取意热性，芳气，繁殖多多益善。汉武帝既好大喜功，也好色喜淫，遂把后宫设为八区，是昭阳、飞翔、增成、合欢、兰林、披香、凤凰、鸳鸯。以后还有所增补，安处、常宁、苣若、椒风、发越、蕙草，似乎都是追加的。

未央宫偏北方向有天禄阁和石渠阁，皇家档案与图书尽存在此。

未央宫是汉政府的枢纽，权力中心。在这里，宫廷斗争残酷，也事有荒唐。我常常想，未央宫何尝不是一个秘密的舞台，它上演的是活剧，又是连续剧。我也难免喟叹：皇帝都是一些什么东西！

汉文帝有一次梦见自己登天，天梯难攀，很是焦急。忽然感到有头着黄帽之人推他一把，就登上了天。回头俯视，发现推他之人，背有衣带拖拉着，遂留下印象。醒来便长思，并常常注意未央宫的侍者。未央宫有池，可以行舟，汉文帝偶尔会游之。一天发现一个船工，正是头着黄帽，衣带拖拉其背的，了解到此人姓邓名通，想，邓者登也，通即通天。汉文帝兴奋至极，便赏其官，赏其财，终于任太中大夫，可以开矿铸钱。孔子敬鬼神，不过远避之，但汉文帝却对鬼神兴趣浓厚。一次他刚刚祭祀毕，便邀贾谊适宣室，了解鬼神之情况。几百年以后，李商隐讽刺他：“可怜半夜虚前席，不问苍生问鬼神。”汉文帝还算汉的优秀皇帝啊！

匈奴将军归顺，这当然好，不过汉景帝要给他们封侯，就未必妥当。周亚夫是丞相，遂反对上如此为。然而上还是坚持封侯，周亚夫有个性，便辞职了。此间，汉景帝邀请周亚夫赴宴，侍者上菜，给周亚夫盘子里放了一块大肉，然而不给筷子，周亚夫就喊侍者，自己要筷子。汉景帝笑，奚落周亚夫。周亚夫站起来免冠谢过，并趁上还礼之机，背身离席。不久，其遭罢。汉景帝也是汉的优秀皇帝。

汉武帝姑母窦太主守寡经年，然而欲望尚旺，五十岁以后竟招徕英俊少年董偃鬼混，对此长安人尽皆知。汉武帝在后宫有妃嫔近乎八千，不过他也喜欢这个美少年，赐其宝，还邀他在清凉殿休息。董偃以奇石为床，以紫琉璃装饰帷帐，以玉晶为盘，奢侈至极。然而有一次，汉武帝设宴款待窦太主和董偃，硬是让东方朔执戟挡住了。朔的理由是，宣室是先王的大堂，不议论军国之事不能进去。

汉昭帝八岁继位，十二岁有皇后上官氏，是辅政的上官桀孙女和霍光外孙女。先在建章宫养育，后迁未央宫。上官桀死，霍光欲使汉昭帝独宠皇后以生儿子，可惜汉昭帝身体有病，招海内医生诊治，无果。要求禁欲，遂给妃嫔及宫女穿绲裆袴的裤子，前有裆，后有裆，不得交通。不过还是在二十二岁便崩了。

汉宣帝比较仁厚，尤尊儒学，曾经在石渠阁召数儒生讨论五经的学术问题。

汉元帝真是昏庸极了。其以宦官石显为中书令，放纵擅权，加害忠良。石显为试其威，特请汉元帝同意他自由出入宫门，即使夜晚也当为他开启宫门，以成所谓的及时征发。凡天下之事，由汉元帝与石显商量于帷幄之中，事无大小，皆以石显所论而定。然而汉元帝仍不明白自己相信的是谁，并承认天下乱透了，若知道谁是自己所相信的，那么一定不用他。汉元帝也久久披疾，所召幸妃嫔及宫女，以画师毛延寿绘她们的画像而择，遂漏掉了王昭君。一旦王昭君要随呼韩邪单于出塞，才发现掖庭竟藏如此丰容雅姿之美人，追悔莫及，遂以弃市处理了毛延寿。从汉元帝起，汉渐现衰势。汉宣帝尝曰：“乱我家者，太子也！”当时的太子就是以后的汉元帝。

汉成帝像汉武帝一样好色喜淫，他比汉武帝的性生活甚至更为糜烂。一旦继位，便下诏花鸟使采其良家妇女以充实后宫。宠一个，弃一个，频繁转换。许皇后，班婕妤，卫婕妤，尽吮其香，还不满足，遂把美少年张放当妃嫔与宫女一样玩乐。张放是富平侯张安世的子孙，以桃花之面遭弄。汉成帝携张放微服出游，竟自云他是富平侯家人，何等堕落！赵飞燕体轻腰柔，特长舞蹈，其妹妹赵合德弱骨丰肌，尤工笑语，二人色如红玉，先后入宫，轮流侍寝汉成帝。不久封赵飞燕为皇后，其妹妹为昭仪。然而对赵皇后有所爱弛，但对赵昭仪却加重眷顾，诏其居昭阳殿为纵情之巢。公元前 7 年春天的一个晚上，汉成帝与赵昭仪在白虎殿同床，想起来可能是良辰妙合吧。当早晨诸王向汉成帝辞行之际，发现汉成帝已经暴卒，被褥上沾有精液。

汉哀帝心理变态，见美少年董贤秀丽而怡然，便悦其仪貌，拜为黄门郎，并专幸之。同床共枕，随卧随起。董贤性和善媚，汉哀帝完全迷恋。一次昼寝，汉哀帝欲起身，见衣压在董贤腰下，不愿惊之，遂断衣而起。又诏董贤妻入宫，以董贤妹为昭仪。赐董贤父为光禄大夫、少府、关内侯，也赐董贤岳父和董贤弟之职，封董贤为大司马、大将军，又在未央宫北阙之下为董贤造宏大宅第。一次在麒麟殿宴请董贤父子亲属，汉哀帝从容望着董贤笑曰："吾欲法尧禅舜，如何？"大臣王闳在侧服务，其直谏曰："天下乃高皇帝天下，非陛下之有也。陛下承宗庙，当传子孙于亡穷。统业至重，天子亡戏言！"汉哀帝默然不悦，不过他真的是不肖。忽然未央宫燃起大火，烧毁很多栋宇，是人为，也是天意，预示未央宫将要易主了。

汉平帝九岁登基，状如傀儡。十五岁那年，大司马王莽趁为其祝寿之机，用酒毒死汉平帝。接着立两岁的孺子婴，王莽仿效周公辅佐周成王的方式摄政。

几年以后，王莽宣告汉祚尽矣，自立为皇帝，国号曰新，用的仍是未央宫。这一年是公元 8 年。

尽管王莽迅速推行改革，不过社会动荡，农民起义。公元23年，长安人响应绿林军的号召，攻入未央宫，王莽躲在渐台，有商贾杜关冲上去杀了他。

未央宫是汉政府的枢纽，权力中心。这里难道就没有精彩的节目上演吗？非也。汉武帝诏打匈奴，皆由此示，丝绸之路也由此出发。

呼韩邪单于再三来朝，并在公元前33年，主动提出愿娶汉女，做汉婿，汉元帝就在未央宫赐了王嫱。冒顿单于对吕皇后是何等骄横，但呼韩邪单于却对汉元帝表示，要永远为汉保塞，以休天子人民。此乃匈奴终于内附矣！

历经风雨之后，未央宫仍能为唐所用。公元634年，由唐太宗主持，唐军在汉长安城与唐长安城之间举行阅兵，唐高祖也参加了活动。阅兵结束，唐高祖在未央宫置酒，凡三品以上百僚皆陪太上皇。唐太宗虽然执政，不过父子之道必行。其恭恭奉觞，并把宇内混一之功归其父。太上皇大悦，遂命突厥颉利可汗起舞。

汉降匈奴，唐降突厥，未央宫都做了见证。

想象当年，未央宫是何等威严和华贵。以葛洪所记，其前殿是随龙首原之势赋其形的。资料显示，未央宫有殿四十三，池十三，山六，可惜战乱把它们都毁掉了。现在，它的废墟上有马家寨、刘家寨、何家寨、卢家寨，农民栽树植木，也种庄稼，草也会自己生长，绿满了沟沟坎坎。在前殿周边，也有农民的坟茔和墓碑。长天晚霞，林间叶摇，使人不胜感慨。

沿着一面斜坡，我慢慢登上前殿的台基。风拂而过，虽夏有爽，难怪人多聚于斯乘凉。我问：“石渠阁在哪里？”一个农民站起来，指着北方说：“有树木的地方是周河湾村，靠东一点就是石渠阁，土堆而已。”苍茫之中，似乎有树木，然而看不到土堆。我又问：“天禄阁在哪里？”有数位农民围过来，指着北边说：“小刘寨村靠北的地方就是天禄阁。天禄阁小学是很悠久的小学，可惜学生越来越少了。”

石渠阁位西，天禄阁位东，几乎在一条线上，当年辞赋家、哲学家和语言学家扬雄在天禄阁上班，由于他的学生刘棻及甄丰和甄寻父子反对王莽，受到牵连。一天扬雄正在天禄阁校书，狱吏赶来抓他，其急中夺门而出，从天禄阁跳下去。没有死，遂进了监狱。王莽还明理，见扬雄只是因为有人拜他为师学习知识，并无反意与反举，就下令放了他。

建章宫

公元前104年，柏梁台遭火烧而毁。有巫进言，当再筑更大的栋宇，可以得到吉祥，这便是厌胜法。

汉武帝总是想成仙，信巫，从而接受巫论，营造建章宫。它在长安城以外，未央宫西侧，上林苑之中。这里有建章乡，遂为建章宫。

其豪华至极，深奥至极。南门阊阖门，以象天主所在的紫微宫之门。其椽头有璧装饰，也谓之璧门。阊阖门内有别风阙，高迈过墙，上有铜凤凰，置之于转枢，迎风而旋。这一带还有玉堂殿，阶陛尽以玉砌。北门内有嶕峣阙，崇而有度，严不失雅。

建章宫北起圜阙，张衡有赋曰："圜阙耸以造天，若双碣之相望。"又有流行的歌曰："长安城西有双圜阙，上有双铜雀，一鸣五谷生，再鸣五谷熟。"建章宫东营凤凰阙，西营神明台。

前殿颇为崔嵬，临未央宫，并可以俯察其亭。现在它仍存隆起近乎8米的夯土台基，有高堡子村盘踞其顶。

为天桥加盖，镶栏，成一个空中楼廊，谓之飞阁，也就是阁道或辇道。建章宫便有飞阁越垣跨池，进长安城，连未央宫，并由未央宫至桂宫，至北宫，至明光宫，至长乐宫，真是所谓的巧夺天工!

有奇华殿，傍建章宫所作，西域诸国贡献的器服珍宝，无不充塞其中。这些方物尽走丝绸之路而来，当为汉武帝所乐。

建章宫曾经盛超未央宫，不唯汉武帝，之后的汉昭帝和汉宣帝，都于斯处理军国大事。

史记，建章宫周回 30 里，殿 26 座，有千门万户之美。可惜王莽当了皇帝，要造九庙，竟拆而用其柱梁砖瓦，建章宫遂毁。

太极宫

太极宫就是隋宇文恺所设计的大兴宫。

它坐落于长安城北部，又居中央，并压明德门至朱雀门至承天门至玄武门之轴线。唯我独尊，至高无上，南面为王，是皇帝的普遍心理。太极宫的位置及其形式，便典型地体现了此心理。

太极宫之门颇多。南六门，最雄阔最庄重的是承天门，其东长乐门，再东广运门，再东永春门，其西永安门。北三门，玄武门，其东安礼门，再东玄德门，也就是东宫之北门。东一门，曰凤凰门。西二门，靠南曰通明门，靠北曰嘉猷门。

李渊为唐高祖，其登基以后，封长子李建成为皇太子，次子李世民为秦王，三子早就死了，封四子李元吉为齐王。李世民久有凌云之志，想当皇太子，攻势甚猛。李建成和李元吉便结成同盟，反击李世民。斗争激烈，一触即发。到公元 626 年，夏天的一天，李世民遂向唐高祖密奏皇太子和齐王淫乱嫔妃，并蓄害他之谋。唐高祖惊诧，诏皇太子和齐王质询。李建成和李元吉不知道真相，便乐见唐高祖。走到临湖殿，忽觉异常，遂调马而逃。实际上李世民是先下手，已经伏兵玄武门，发现兄弟跑，拉弓就射杀了李建成，尉迟敬德也冲上去射杀了李元吉。局势遂由李世民掌控，唐高祖不得不封秦王为皇太子。两个月以后，唐太宗取代唐高祖，李渊做了太上皇。此为玄武门之变。

太极宫四面筑墙，以保证安全。南墙在今之莲湖路跨北大街通西五路一线，贴莲湖路的西五台，当是一段残垣。北墙在今之西安城安远门外自强路一带，起高伏低，遂有气势。东墙在今之解放路一带，这里楼厦遍地，完全湮灭了。西墙的基础就是今之西安城西墙北段的基础。经测，太极宫东西长大约 2820 米，南北长大约 1492 米。

太极宫以东是东宫，皇太子住于斯，以西是掖庭宫，嫔妃住于斯，官宦之家的罪妇也住于斯。太极宫与东宫之间，太极宫与掖庭宫之间，皆以三丈五尺之墙隔阻着，若壁垒一般，严禁胡窜。不过史记，皇太子李建成为打倒秦王李世民，曾经结交嫔妃，以让她们诽谤秦王，夸赞皇太子。资料显示，皇太子李建成与张婕妤及尹德妃之间还有性关系。然而这未必可靠。失败者已经闭嘴，但胜利者却大享传播之权力，既可以述，又可以作。公元 627 年，李世民即皇帝位，就是在东宫的明德殿进行的。

太极宫前殿是太极殿。在隋其为大兴殿，公元 618 年改之为太极殿，设东上阁和西上阁。中朝于斯，无非是皇帝召见大臣，处理朝务。也许是考虑到君臣会晤的方便，唐政府的机构，凡门下省、中书省、弘文馆、史馆、舍人院，皆在太极殿东墙外侧或西墙外侧。唐高祖和唐太宗共执政 32 年，基本上令从此出。名相房玄龄、杜如晦，名将李靖、尉迟敬德，谏臣魏徵，也多在此工作。太极殿以北是两仪殿，其在隋为中华殿，公元 631 年，唐太宗应瑞改之。内朝于斯，无非是皇帝的日常活动。一旦有军国大事密谋，皇帝便令亲信到此。两仪殿的气氛比较轻松，不十分拘礼。

环两仪殿，主要是东侧、西侧和北侧，还有甘露殿、神龙殿、武德殿、承庆殿、千秋殿、百福殿、凝阴殿、承香殿、紫微殿、雍和殿、嘉寿殿。唐太宗尝在嘉寿殿请突厥人贺鲁用餐，以结互利关系，不过到唐高宗执政，他便施以对抗。甘露殿宽宏，唐玄宗自蜀返长安，居兴庆宫一段迁居此，不久在神龙殿逝世。

太极殿以南为承天门，它是太极宫颇为特殊的一个门，横街甚阔，俨然广场。外朝于斯，凡改朔、元旦、大赦、阅兵、受俘，皇帝都会登临承天门举行一定的仪式。承天门遗址当在今之莲湖公园。

大明宫

大明宫在当年多为诗人所咏。

公元634年，李世民在龙首原上，禁苑之内，长安城东北一带，筑永安宫，以让唐高祖清暑。这里地势隆起，秦岭在望，当是旷放凉爽之处。可惜李渊崩，无福享受。一年以后，取意如日之升，则曰大明，改永安宫为大明宫。到公元662年，唐高宗取意如山之寿，则曰蓬莱，又改大明宫为蓬莱宫，并修缮而迁之。唐高宗离开太极宫，是由于他患有风痹，湫湿之地，妨碍健康。当然太极宫的房子也拥蔽了，居而不敞。公元663年，征十五州民财，减百官一月俸禄，筹其经费，对蓬莱宫轰然扩建，甚是壮丽。公元670年，唐高宗又改之为含元宫。公元701年，武则天当皇帝12年了，她又改之为大明宫。

经测，大明宫东墙长大约2614米，西墙长大约2256米，略呈楔形。大明宫南墙与皇城北墙的一段重叠。大明宫南墙有五门，正门是丹凤门，其东望仙门，再东延政门，其西建福门，再西兴安门。大明宫北墙一门，曰玄武门；东墙一门，曰太和门；西墙一门，曰日营门。

丹凤门相当于太极宫的承天门，其以大明宫前殿含元殿配合，皇帝于斯举行外朝。含元殿左右有砌道盘曲上下，谓之龙尾道。王维诗曰："降帻鸡人报晓筹，尚衣方进翠云裘。九天阊阖开宫殿，万国衣冠拜冕旒。"颂其大明宫早朝之盛。

在唐政府任职的，也有西域诸国之士。天竺的、波斯的、康国的、安国的、龟兹的、疏勒的、于阗的，以功以技，皆置岗位。大明宫的早朝，他们也参加，遂有王维之吟。

宣政殿在含元殿以北300米处，皇帝多于斯举行中朝，也在此举行大试，录取贤良方正之士。杜甫诗曰："天门日射黄金榜，春殿晴曛赤羽旗。宫草微微承委佩，炉烟细细驻游丝。"状其宣政殿退朝之怡。宣政殿两侧有门下省、中书省、弘文馆、史馆、御史台、待制院，以图工作之方便。宣政殿也用于外事活动。公元730年，吐蕃有重臣论名悉猎一行入朝示和，唐玄宗于斯接见。上列以羽林仗，又赐其袍带器物。唐肃宗曾经在此设宴慰劳对收复长安和洛阳有功的回纥叶护，并赐锦绣缯彩及金银器物。公元788年，应回纥之求，唐德宗欲嫁咸安公主。回纥叶护极为重视，竟派宰相一行，包括女士56人，共计千余，至长安赫赫迎接。上也重视，选宣政殿接见。

紫宸殿在宣政殿以北，皇帝多于斯举行内朝。有时候，紫宸殿也会用于外事活动。公元727年，唐玄宗在此接见突厥毗伽可汗的使者梅录啜。梅录啜实际上是回纥人，他在七年以后毒杀毗伽可汗，不过毗伽可汗趁自己未死又报复了梅录啜。唐肃宗有求回纥助唐，以平定安史之乱，遂多次在紫宸殿飨会回纥的使者和权贵。公元758年，唐肃宗嫁宁国公主给回纥英武可汗。上先请使者亥阿波一行，足有80人，又请大首领盖将一行，又请了贵妇一行，感谢他们能照顾宁国公主。公元759年，上还在此请回纥王子骨啜特勒及宰相帝德一行15人，旋以骨啜特勒返其行营，上仍在此请之。

延英殿在紫宸殿以西，是重要的议政之所。从唐肃宗起，皇帝每有咨度，或大臣欲奏，便在此召对。当然，外事活动也可以于斯进行。公元 760 年，回纥使者延支伽里一行 10 人至长安，便在延英殿拜见唐肃宗。公元 762 年，唐代宗在此会晤吐蕃使者烛番、莽耳一行，其献方物，上也分别有赐。公元 765 年，以郭子仪的智勇，回纥同意盟约，重申协唐打击吐蕃。唐代宗大悦，遂在这里设宴祝贺，回纥宰相护地毗伽一行 196 人出席，可谓盛矣！

大明宫有太液池，水波粼粼。在其西岸是麟德殿，皇帝往往在这里召见亲信，偶尔也会晤外国使者。武则天为女皇帝，似乎尤好于斯举行外事活动。公元 702 年，有都督陈大慈四战吐蕃，无不胜之，斩首千余级。吐蕃赞普器弩悉弄示和，遂派使者论弥萨一行入朝，武则天便在此会晤，并置酒款待。武则天还让论弥萨在麟德殿欣赏了百戏，这种表演艺术震撼了论弥萨，他对女皇帝说："臣自归投圣朝，前后礼数优渥，又得亲观奇乐，一生所未见。自顾微琐，何以仰答天恩，区区褊心，唯愿大家万岁。"尽管吐蕃使者展现了谦逊，然而它仍会攻唐的。公元 703 年，武则天还在此会晤了日本执节大使粟田朝臣真人。唐德宗曾经于斯接见回纥公主，且有礼赠。唐宪宗时，回纥改回鹘。至公元 813 年，回鹘提出和亲，派使者伊难珠来朝，唐宪宗便在这里请之，并赐其帛品和银货。

唐高宗以后，大明宫固然已经是唐的政治中心，不过皇帝即位、婚礼、葬礼，仍在太极宫举行。

现在有了一个大明宫遗址公园，可惜流行元素太重，遂堵塞了思唐之灵穴。

兴庆宫

初适兴庆宫公园，在读大学，是组织活动，当时情有所恋，心不在焉，遂粗略浏览，仅仅留下了木茂水曲的印象。之后携孩子乐游，因为总念其安全，也便未能诚意欣赏。

此公园南门以一街之隔正对西安交通大学，所以有一个观点认为，1958年修建的兴庆宫公园，是为了大学教授的愉快。他们是从上海过来的，素有跳舞为娱的习惯，西安没有这样的环境，未免委屈他们，遂选唐兴庆宫遗址造了此公园。并无官方文件作为证词，然而想起来这也符合情理。

唐有三大宫殿，太极宫和大明宫皆依龙首原而作，唯兴庆宫靠南，不仗其高亢之势。这是唐玄宗的决定。破俗越习，也只有唐玄宗胆壮如是。

李隆基是唐睿宗的三子，富于英武之才。七岁那年，他以严整之骑从适朝堂，将军武懿宗见其仪仗十分威重，顿生嫉妒，便打算削弱它。不料遭李隆基抗议，他叱喝道："吾家朝堂，干汝何事？敢迫吾骑从！"当此之际，武则天大揽朝政，甚至武懿宗也是她的人，不过知道孙子七岁竟如此自信坚毅，也颇为喜悦。庸才也只能得到庸才之好，然而异人所好的总是大才，可惜世间永远是庸才多，异人和大才少。

宫廷未免出现斗争，有时候斗争还非常惨烈。公元710年，李隆基与太平公主联合剪除了韦氏势力，立其父李旦为皇帝，是唐睿宗，他有功，遂为皇太子。两年以后，唐睿宗让位给李隆基，便是唐玄宗。公元713年，唐玄宗又逼太平公主自杀，消灭了她的势力。太平公主是武则天的女儿，唐玄宗的姑姑，然而只要妨碍李隆基执政，他照样动武。

唐玄宗有气魄，也有措施。登基以后，他先整肃军队，接着调动大臣，当罢的罢，手很硬，以姚崇为宰相，治权归他，并纠奢华之风，反对厚葬，也常常读史，形势大利。欧阳修论唐玄宗说：“方其励精政事，开元之初，几致太平，何其盛也！”不过唐之衰，也是从他开始的，此并非没有根源。

李隆基兄弟五个，小的早逝。武则天赐他们居长安城东南的隆庆坊，为五王子宅，附近就是春明门。有一年，这里的井涌流其水，汪然为池，因为处于隆庆坊，遂称隆庆池。望气者认为隆庆池有天子气，遂在上巳节泛舟其水以压之，并频频在此宴游。五王子宅临水，不久便出了皇帝唐玄宗。改隆庆坊为兴庆坊，隆庆池为兴庆池，以避讳李隆基之大名。

唐玄宗似乎对太极宫和大明宫没有多少兴趣。他显然有自己的打算，遂在公元714年于兴庆坊大兴土木，为自己作兴庆宫。诸兄弟都是明白人，欣然献其宅，以增广之。兴庆宫之大当然不止兴庆坊，永嘉坊和胜业坊的一半以后也归纳其中了。

兴庆宫共营造了15年，始为离宫，卒为朝堂。公元728年以后，李隆基于斯处理军国大事。此前，即公元726年，筑其复道北上，以方便唐玄宗潜往大明宫。此后，即公元 732 年，又筑复道南下，以方便唐玄宗携丽人游曲江池和芙蓉苑。复道也是夹城，沿外郭城东墙而修，共 7970 米。在工作上和生活上，兴庆宫都占尽了优越。然而事有不妙：公元 756 年安禄山攻破潼关，唐玄宗仓皇之中，弃京师而去。从头至尾，他居兴庆宫 29 年，足证对这里的喜欢。

经测，兴庆宫东西墙长大约 1080 米，南北墙长大约 1250 米，面积大约 2016 亩。其以墙分兴庆宫为二：北区和南区。北区以殿堂为主，有兴庆殿、南熏殿、大同殿、龙池殿。南区以园林为主，是温柔之乡，有兴庆池或龙池，水上频行彩舫画船，还有沉香亭和长庆殿。今之兴庆宫公园在其南区，也只是兴庆宫园林的一个部分。

凡皇帝之居，朝堂之门多向阳，太极宫和大明宫便是如此，不过兴庆宫突破了中国传统建筑的审美理念：其西面而作，正门兴庆门，对着日落的方位，确实有反常惊世之异。李隆基兄弟宁王、申王、岐王和薛王，献宅有德，遂环兴庆宫而住，栋宇皆在其西。兴庆宫有一个重要建筑是花萼相辉楼，两层，以一街相望并相连于诸王宅。其豪华，不失恢宏。李隆基与兄弟关系亲密，题花萼相辉是以棠棣之意喻兄弟的合欢。史记，一旦唐玄宗闻诸王乐奏，便召其上花萼相辉楼，同榻而坐，击鼓吹箫。

兴庆宫公园有西门，走出去便是卧龙巷，是明清及民国以来的街巷。这一带属于隆庆坊五王子宅的范围，也当为兴庆宫所辖。现在它尽为民房、杂货店、馒头店、手机收费店，零星而设，还停着一辆收破烂的架子车，显得脏和乱。不过在卧龙巷的深处，有一棵巨大的国槐，老皮苍枝，颇有历史感和悠远性。

龙池以北是兴庆殿，巍峨壮丽，为兴庆宫的主体，唐玄宗的外交活动往往于斯进行。可惜未发现他在此接见谁，印度、波斯或高丽的宗教家和旅行家，似乎都没有到兴庆殿来过。当然也可能我有疏忽，没有发现。

兴庆宫公园的北门设于过去的兴庆殿一带，遗憾这里也多是饭摊、麻将摊、鞋摊，人来人往的。越街巷而过，尝是一家印染厂，破产以后，供一家公司盖楼，其宣传策略便是借势：什么皇家故地，什么近在龙池，并可以呼吸兴庆宫公园的芳气。楼起而高，显然会卖得大价。

勤政务本楼应该为前殿或相当于前殿，凡改朔、受俘、宣布大赦、会晤大臣，多在这里进行。不过也未必严正，唐玄宗也喜欢在这里请百官吃饭和赏戏。此楼竣工于公元720年，当时李隆基36岁，正是把社会推向太平的日子。

不过也有苗头显示，唐玄宗将自满骄傲，追求享受，直至沉溺声色之中。八月五日是唐玄宗的生日，有大臣发现了征兆，便要迎合唐玄宗，搞一点个人崇拜。到公元729年，逢唐玄宗45岁生日，这一天百僚便表请每年的八月五日为千秋节。唐玄宗同意，遂布告天下，设宴豪酺，热烈祝贺。群臣竞进万寿酒，王公士庶也纷纷献礼，唐玄宗甚是得意。

李隆基的颓废是在其执政二十五年以后变得严重了。这一年他所宠的武惠妃亡，感情顿然失落。他也53岁了，渐入老境，心理遂倾向消极。大约三年以后，见杨玉环，眼睛蓦亮，虽然她是自己的儿子寿王李瑁之妃，唐玄宗也决定要，不过这需要一番道教的手续。开元二十九年正月二日是唐玄宗母亲窦氏忌日，杨玉环愿意为窦太后追福，遂度寿王妃为女道士，号太真，住太贞观，这便解除了李瑁和杨玉环的婚姻关系。公元745年，唐玄宗下诏册立杨玉环为贵妃，唐玄宗61岁，杨贵妃27岁。实际上几年之前见杨，杨就侍寝唐玄宗了，不过办理了这些手续，便合法了，杨也就能名正言顺地侍寝唐玄宗了。唐玄宗显然酷爱她，甚至难以割舍。有杨贵妃的生活似乎变成了一种享受，遂把工作都交宰相李林甫，李亡，便交宰相杨国忠。这些几乎都是在兴庆宫发生的，它见证了唐的盛衰转折。

兴庆宫有沉香亭，就是以沉香木做的亭。天宝某年春天，牡丹绽放，唐玄宗携贵妃赏牡丹，一时兴起，命李龟年演唱，艺术家便按惯例歌起来，皇帝不悦，说："赏名花对妃子，焉用旧乐词为！"立即遣李龟年持金花笺，觅翰林学士李白进乐词。李白当时正在酒肆醉眠，然而不敢有违皇帝之诏，遂在陶然之中填词三首以为乐。李龟年持乐词匆匆返兴庆宫，唐玄宗看了高兴，遂呼梨园弟子弄其丝管，李龟年歌之。杨贵妃端玻璃杯浅酌西凉州葡萄酒，微微而笑，含有厚意。唐玄宗兴味更浓，竟吹玉笛以伴奏。

李白所填词三首，其中一首是：

一枝红艳露凝香，
云雨巫山枉断肠。
借问汉宫谁得似，
可怜飞燕倚新妆。

高力士悄悄告诉杨玉环："以飞燕指妃子，是贱之甚矣！"赵飞燕是汉成帝皇后，可惜没有儿子，乱交，其妹妹又使汉成帝纵欲猝死。一旦高力士如是联系，杨玉环便积怨李白了。李白初到长安来那年，狂狷得很，曾经让高力士为他脱靴，其深以为耻。挑拨杨贵妃憎恨李白比他恼李白有用多了，因为杨贵妃可以在枕边向唐玄宗进其谗言。果然，李白断了仕途，不得不离开长安，浪荡天下而去。

难得倾国倾城之貌，唐玄宗昏昏庸庸，耽于妩媚，陷入凝脂。春宵帐暖，秋夜帷爽，军国之事日日敷衍，直到范阳鼙鼓滚滚而来，大梦方醒。匆匆向蜀避难，过马嵬驿，六军行义，箭杀了杨国忠，接着要求对杨贵妃正法，唐玄宗无可奈何，只得让高力士协助吊杀了杨贵妃，遂入剑阁。唐玄宗一失兴庆宫，二失美人，三失皇帝之位，尤其是唐朝以震荡而衰。

公元757年，唐军收复长安，李隆基才愀然归京师，仍居兴庆宫，不过身份已经是太上皇了。当时是冬天，万木萧条，龙池一层白冰。不知道为什么在他78岁那年要从兴庆宫迁太极宫，总之不久遂崩。

随着兵火和风雨的摧残，兴庆宫一路倾圮，剥蚀，悄然湮灭。到清朝终结之前，这里已经蜕为农田，长麦子，长菜。不过毕竟是兴庆宫遗址，遂常常可以捡到唐瓦和唐砖。到1958年，用其遗址的一个部分，轰然造了一个公园。

2011年7月9日，我情怡意散，考察了兴庆宫遗址，徘徊公园的桥上与树下，进南门，出北门，走西门，辞东门，唐的痕迹一无所见，唐的气象稀薄近无。几个仿古之亭楼虽为点染，然而欠其韵味，显得生硬。尤其不堪的是，公园里的儿童玩耍设施随意安放，也有失先进，更在一隅挖潭养鱼，诱客垂竿而钓，钓而火烤，竟使青烟袅袅，随风飘之，变历史感和悠远性之地为平淡的市井之状，让我摇头惋惜。

然而它毕竟是兴庆宫公园，木生几十年，蓊郁成荫。凡国槐、雪松、雪杉、侧柏、刺柏、银杏、皂荚、柽柳、三角枫、五角枫、白蜡树、核桃树，往往粗壮难搂，撩云难望。地有起伏，水呈蛇委，在西安也是一种可贵。

周陵

周陵通常指周文王之墓和周武王之墓，周公是圣人，他的墓也可以列入其中。周成王不敢以周公为臣，周公逝世，遂使其靠近文武而葬。那么周陵在何处呢？

我曾经按图披籍，索其墓茔，在咸阳市渭城区周陵乡周陵村看到了周陵。它们一南一北，相距百米，南为周文王陵，北为周武王陵，皆有毕沅所立其碑。毕沅是江苏太仓人，以科举考试的形式为清政府录用，并为乾隆青睐。1773年，任毕沅做陕西巡抚。为官一度，除了处理公务，他走遍三秦山川河流，勘察胜迹，收集金石，撰以为书。其人并非附庸风雅，相反，他是真正喜欢学问，对经史诸子多有研究，终于著作等身。陕西几十座帝王之陵，无不有他所树之碑。昔日守土之臣，比肩接踵，然而得以留名的总是十分寥落。凡流芳者和传颂者，当为立德立言之士，立功也可以留名，不过其功必是修路架桥或营造水利之类的千秋万岁之功，急功短利是不行的。毕沅是尊重和维护文化遗产的人，而且颇为奥博，可惜他为周文王和周武王树碑有误。

毕沅之错是有缘故的。一直以来，方志野史或其他著作，皆认为周陵在毕，正确。然而毕有二：其一是渭水以南的杜中之毕，其一是渭水以北的毕原。毕沅显然放弃了杜中之毕，选择了毕原，他说：“文王陵在咸阳县北一十五里毕原上。”又说：“武王陵在文王陵北。”又说：“周公墓在文王墓东。”这便错了，而且以诡传诡，竟产生了乡名周陵乡和村名周陵村。所谓杜中之毕是司马迁所断，其毕指终南之道。颜师古有言：“毕陌在长安西四十里。”诗曰：“终南何有？有纪有堂。”纪为基，堂喻毕道平正如堂。周文王作丰邑，丰邑在镐水西；周武王作镐邑，镐邑在丰水东，其去25里，这一带当为周之本营，在兹祭祀祖宗非常合适，所以周陵当在此地。遗憾毕沅不以为然，纰漏一处，便荒谬几世。

有考古专家发现，毕沅所立碑之周文王陵，是秦惠文王公陵；周武王陵是秦悼武王永陵。当然对此还有待充分资料的证明，不过它们显然并不是周陵。实际上自宋以降，如是两座秦王陵便一直差之为周陵，并修建祠堂以祭祀。明清之际，反复修葺，逐渐扩充，遂有文王坊、戏楼、献殿、过殿、后殿。规模宏大，望之巍然。按礼，明清以来，朝廷以时会遣重臣率守土之臣向文武行祀。毕沅尝向乾隆皇帝报告：因为公务经过陕西各府、各州及各县，凡见帝王之陵必下车拜之。想起来，他一定是要拜周陵的。可惜他拜的是秦王，别的大臣也都拜了秦王吧。孔子曰：“非其鬼而祭之，谄也。”明清之臣，包括毕沅，显然不是向秦王求媚，不过若有灵在，那么文武尴尬，秦王遂会窃笑的。

周陵在杜中，杜中在丰镐一带。不过一再探查并挖掘，周陵都迟迟不现。周陵应该是中国重要的文化遗产，然而它究竟在哪里呢？

当年凿昆明池，出现了很多黑物，汉武帝不知道此为何，很是困惑，有大臣便问东方朔。东方朔佯装不明白，答其西域胡人知道的，可以问他们。大约 200 年以后，汉明帝时，有胡人指出黑物是："劫烧之余灰也。"什么时代的劫烧呢？谁制造的劫烧呢？西域胡人又怎么知道是劫烧呢？丰邑和镐邑，或有周陵，皆在劫烧之中吗？也有论者指出，是凿昆明池沦陷了周的故都，并沦陷了周陵。还有论者认为，秦始皇在丰邑之间营造其宫就已经毁了周的遗存。总之有一点神秘：周陵消失了。

秦始皇帝陵

时隔20余年，我第二次赴秦始皇帝陵考察，以看一看世事的变化在这个封土上是如何反映的。秦始皇留下了一串遗产，这个封土也是。日有百忙，然而我仍不禁会常常想到它。想什么不可以，何故秦始皇帝陵要反复浮现于我的脑子呢？连我也觉得奇怪。

第一次所见的秦始皇帝陵略呈锥形，其渐然隆起，遂下大而上小，存四方之廓。没有树蔽，便作斜的裸面，显得有一点丑。迎风之处，枯蓬飘摇。然而伸眉而观，它照旧不失高耸之象。坟顶总体平坦，不过也陷深深浅浅的坑洞，足迹久叠，已经像夯实且光滑的碾麦场或篮球场了。

我留下的文章有一段是：

1990年冬季某日，我登上了秦始皇帝陵。漫长的岁月之中，有过难以计数的雨水，这些雨水已经将秦始皇陵从一百余米削低至七十多米。尽管如此，我居高临下，仍明显感到它的恢宏之气与挺拔之势。这是一个四方锥形的大冢，从下向上仰望，有三层波浪微微起伏，唯一的甬道呈现灰色，它悠悠地穿过阴湿的斜面，仿佛一线通天。在顶部，寒风搅动乌云，骊山近在眼前，渭水沉于脚底，深厚的土地，满是越冬的小麦。小麦一直延伸在迷茫的雾中，还有一片一片的林木立在那里，树全落了叶子，黯淡失色。那是一些村子，农民的房舍尽为林木所盖。

第二次至秦始皇帝陵，竟有焕然之感。从坟底到坟顶，悉笼松柏，遍体为绿。其多少导致了一种视差，因为看起来它下圆而上尖，仿佛标准的锥形了。陵的北面为正，人多在此盘桓。青石筑磴，以作踏道。一级一级地走上来，有平台昂然，也咸为青石所铺。陵前有新立的碑：秦始皇帝陵。碑檐若冠，书为大篆。尽管很是考究，不过总体显得低调。碑后与陵前之间的地界植有草坪，其整齐，幽静，透着一些寂寞。穿过草坪就可以攀至坟顶，不过松柏密种，无一小径可循。看起来也没有谁要往坟顶去，也禁止这样做。

初有火烧，屡遭徒盗，牧者放羊，骚客任践，两千余年，一直荒弃之墓茔，摇身猝为幻影一般的漂亮。给老魔施以粉黛，老魔遂为怪物。

我并不以为打扮秦始皇帝陵的人别有深意，也许他们只是要卖钱。然而天力和人工所塑造的一种自然的秦始皇帝陵之容貌，大约也不会影响它卖钱吧！当然，禁止登临坟顶也是应该的。

裸露的秦始皇帝陵象征着一种历史批判，以保护之名美化它，也会表达一种态度。文化遗产固有之丑，不妨碍其为遗产。不随便动它，才显示这种遗产的价值。有的东西，即使要卖钱也不能美化它。如果有一天污垢可以卖钱，那么便把污垢加以包装，置于透明的瓶子里让人欣赏，这行吗？也太糊涂、太势利了吧！

多年以后，秦始皇帝陵的松柏将枝叶峻茂，如此光景，难免以示对秦始皇帝的一种敬拜。问题是谁在敬拜秦始皇帝呢？两千余年，中国人一直把他断为罪大恶极的暴君。文武盛地，曾经有封建社会的衮衮知礼之臣于斯守土治民，他们也无一给秦始皇帝陵培土种树。秦始皇帝受到了修陵的待遇，一定会在地狱偷着乐吧！

把秦始皇帝陵建成秦始皇帝陵遗址公园无错，把秦始皇帝陵遗址公园和秦始皇帝兵马俑博物馆整合为秦始皇帝博物院也有道理，此乃会增效发挥旅游资源，使产业兴旺。为了达到如此目的，可以巧妙设计，或随物赋形，或给墓茔的周边种树栽花，植以草坪。也许这就足够了，有意味了。保持墓茔固有的破败之相，把破败的墓茔专门留下，不但不影响提升它为遗址公园，而且能催人之思，给旅游以精神的高度。墓茔文化，多一木也有文章，少一草也有文章。即使这是伟大的生态需要，我也认为九州之地不缺此冢的一片松柏。遗址公园的遗址与公园，应该以遗址为重，以公园为轻。扩大公园的元素就是削夺遗址的元素，使遗址与公园的比例失度，更是不当。

秦始皇帝陵遗址公园南北长 2220 米，东西宽 1010 米，占地面积 2.26 平方公里。村子皆迁，用砖垒的围墙沿沟爬坡，使其处于封闭状态。不过遗址公园也留下了我在 1990 年曾经在远处看到的属于村子里的一些杂木。我乘电瓶车，顺着环陵通道，近距离地目击了几代农民所种的椿树、国槐、罕有的构树、挂着红果实的柿树，以及连行成亩的石榴树。秋天的黄昏，天长霞绚，地旷雾白。到了春天，这里的杂木会怎么样呢？苏颋说：“可惜庭前树，无人也作花。”草坪太洋了，太像移植的公园了。

秦始皇帝陵的风水之美在于它依骊山营造，从而衬托其冢之高，追求不朽。以作者之意，秦始皇帝陵与骊山实际上是融为一体的。不料中国人在 21 世纪初，用锐利之器修了一条切断骊山与秦始皇帝陵的公路。汽车跑得利索了，不过墓茔也吵闹起来，尤其是风水遭到了

远眺秦始皇帝陵

流失。1906 年至 1910 年之间的某天，日本学者足立喜六骑马考察秦始皇帝陵，惊叹在 20 里以外也能看到它。1990 年，我惊叹在 5 里以外还能看到它。世事剧变，今之人对此大约是难以想象的了。

秦始皇帝有一功是万世之功，有一过是万世之过。他在公元前 221 年统一了天下，并使中国人形成了一种观念：中国统一是正常的，分裂是不幸的，尽管会有分裂，但求得统一却是谁都不敢反对的民族意志。此其功。他推行的焚书坑儒的政策，把自己永恒地钉在了耻辱柱上，因为他开了阻止言论自由和迫害知识分子之先河。此其过。正是因为焚书坑儒这一点，我在感情上难以接受对秦始皇帝陵的美化。

秦始皇帝殒命入土以后，代有谔谔之士借其陵之奢华谴责他。司马迁曰：“始皇初即位，穿治骊山，及并天下，天下徒送诣七十余万人，穿三泉，下铜而致椁，宫观、百官、奇器、珍怪，徙藏满之。令匠作机弩矢，有所穿近者辄射之。以水银为百川江河大海，机相灌输。上具天文，下具地理。以人鱼膏为烛，度不灭者久之。二世曰：‘先帝后宫非有子者，出焉不宜。’皆令从死，死者甚众。葬既已下，或言工匠为机，藏皆知之，藏重即泄。大事毕，已藏，闭中羡，下外羡门，尽闭工匠藏者，无复出者。树草木以象山。”班固曰：“始皇死葬乎骊山，吏徒数十万人，旷日十年，下彻三泉，合采金石，冶铜锢其内，漆涂其外，被以珠玉，饰以翡翠，中成观游，上成山林。为葬薶之侈至于此，使其后世曾不得蓬颗蔽冢而讬葬焉。”张华曰：“始皇陵在骊山之北，高数十丈，周回六里，……”郦道元曰：“项羽入关，发之，以三十万人，三十日运物不能穷，关东盗贼销椁取铜。牧人取羊烧之，火延千日不能灭。”

窃以为其言难免夸张，但厌恶之气不禁冲冲向天，却是实实在在的，至今可以感觉得到的。对秦始皇帝苛政之讨伐，已经变成了久有的传统。天不可违，地不可违，士之心不可违。

秦二世皇帝陵

至秦二世皇帝陵以前，天阴欲雨，遂暗忖是否当止，犹豫了一下。悄然转念，决定还是当行，便立即出发。一旦到了秦二世皇帝陵，只见软风柔吹，云已经散，不禁喟叹春雨也并非轻易就会下的。

秦二世皇帝陵之雅丽，出乎意料。其冢呈圆，周边包砖，封土居中。芳草萋萋，干净如洗。一棵银杏树，一棵桃树，几棵柏树，似乎是随意生长于斯的。也许它们都是神木，自己会选地方啊！

实际上这里已经辟为秦二世皇帝陵遗址公园了，且占地面积近乎七十亩，从而环绕其冢，有青砖铺路，径或曲，径或直，无不通幽，大显了规划之匠心。紫叶李很多，遂能翘楚。竹子集合成丛，更是峻茂。柏树从封土上延出，择道边发展，松树也在道边发展，便产生了某种肃穆感和庄严感。鸟鸣清脆，一声一声地表现着特别的空旷，于是各种各样的住宅就在这里崛起了。

秦二世皇帝能遇到一个地产时代，是他想不到的。

秦二世皇帝陵封土的直径二十五米，高五米。有碑一通，是清乾隆年间知县丁尹志所立，其文曰：秦二世皇帝陵。清陕西巡抚毕沅遍考帝陵，其文仍是他所书。秦二世皇帝陵之所在，当年属于陕西省咸宁县，今天隶属西安市雁塔区，不过这一带的建筑都归曲江新区。

秦文化的本质是，为了达到目的，无所不用其极。自秦襄公成为诸侯，秦成为诸侯国，至秦始皇消灭崤山以东数国，从公元前771年，到公元前221年，秦历三十八世，552年，天下有了一个秦朝。秦以众庶为工具，以九州之子为巧计，以律令为绳索，以军队为利剑，前赴后继，专事兼并，终于达到了自己的目的。遗憾的是，秦缺乏一种精神，没有仁义和忠诚。

秦以此文化得天下，也以此文化失天下。我要拎出赵高，对他进行分析，看他是否属于这样的典型：为了达到目的，无所不用其极。当然他的阴险之举，也隳了秦七庙。

赵高是一个宦者，一直在咸阳宫工作，任中车府令，执掌秦始皇的乘舆。他也给公子胡亥教授书法和狱令，颇受祖龙的信任。赵高曾经犯罪，当死，不过秦始皇以其有才，予以赦免，并恢复了他的官爵。

秦始皇巡狩，他负责交通，又兼管玺符。秦始皇死，他不仅没有丝毫的哀伤，反而邪念涌现。他一手策划，并实施了一个偷梁换柱的方案。公子胡亥同意了，左丞相李斯也不得不同意。

真相是这样的：秦始皇病中有书赐公子扶苏曰："以兵属蒙恬，与丧会咸阳而葬。"他们三个人竟压下此书，从而阻断了扶苏即皇帝位的通道。尤其猖獗的是，他们三个人伪造了秦始皇的遗诏，立胡亥为太子，赐公子扶苏死，也赐将军蒙恬死。蒙恬驻扎上郡，防御匈奴，而扶苏则为监军。胡亥派使者把伪造的遗诏交扶苏和蒙恬，其曰："朕巡天下，祷祠名山诸神以延寿命。今扶苏与将军蒙恬将师数十万以屯边，十有余年矣，不能进而前，士卒多耗，无尺寸之功，乃反数上书直言诽谤我所为，以不得罢归为太子，日夜怨望。扶苏为人子不孝，

秦二世皇帝陵

其赐剑以自裁。将军恬与扶苏居外，不匡正，宜知其谋。为人臣不忠，其赐死，以兵属裨将王离。”扶苏从命自杀了，蒙恬怀疑遗诏有假，拒绝执行，使者遂囚其于牢里。不久，胡亥诛蒙恬之弟蒙毅，蒙恬就吞药而亡矣。接着葬秦始皇，胡亥登基，为秦二世皇帝。

赵高得到晋升，当了郎中令，成为秦的重臣。不过赵高其人有敬业之心吗？懂感谢之情吗？没有，不懂。他更亏失仁义和忠诚的品质。这也正是秦文化哺育出来的，因为秦文化一点也不鼓励人的精神追求。

尽管赵高得到了拔擢，但他的欲望却远远没有满足，所以他一定还会捣鬼，或通过操纵秦二世，达到自己的目的。他甚为毒辣的一种阴谋是，唆使秦二世以严刑峻法处死诸公子、诸公主及秦始皇任用的诸大臣，由于株连，处死的官吏就更多了。他表面上是在维护秦二世的地位，实际上是要维护自己的地位。

以阿房宫的营作，驰道和直道的修建，加重了徭役，提高了赋税，尤其是刑法如网，黔首难以生存，遂爆发起义。陈胜振臂，海内呼应，咸阳岌岌可危。然而胡亥愚蠢而蛮横，并不知道这一点。

李斯为了保住自己的禄位，竟建议轻罪重罚，以此阻止农民的反抗。李斯之策，不但没有阻止起义，反而使起义更猛烈，秦二世便罢左丞相李斯，又罢右丞相冯去疾，又罢了将军冯劫。随之任赵高为中丞相，诸事由其决断。这种变动，显然是赵高运作的结果。

不过赵高并没有止步，他还想除掉李斯，以扫清登云的障碍。他向秦二世进谗言，指出李斯有意裂土为王，又构陷李斯之子为三川守，放陈胜通行。他逼李斯承认有反心，终于对其处以腰斩。

李斯自楚国来，遂只能由橘变枳，既没有仁义，也没有忠诚。他适应了秦文化，也促进了秦文化。秦文化属于恶文化，它也绝了李斯的命。

赵高早就孕育的一个梦，在剪刈李斯以后，忽然成熟得灿烂起来，这便是要取代秦二世，自己当主了。可惜项羽荡平了秦军的主力，刘邦进入了关中，凡此局面让赵高恐惧。他遂想寻找一条生路，盘算让秦二世死，再立子婴。秦二世自裁，但子婴却反过来杀了赵高，自己做了秦王。四十六天以后，为形势所摧，子婴毫无办法，就向刘邦投降了。在中国历史上，只有秦国、秦朝或秦，子婴向刘邦缴出天子玺符，便标志着秦国亡，秦朝亡，秦亡。在中国历史上，根本没有所谓的大秦。

我曾经认为子婴是胡亥的侄子，错了。他应该是秦始皇之弟，胡亥是他的侄子，或是胡亥之兄，凡此皆有根据。司马迁记成这样了，或是讹传了，也未可知。

赵高、胡亥和李斯三个人伪造秦始皇的遗诏使扶苏自杀，固然是冤枉了他，不过假使他即皇帝位，成为秦二世，其社稷也未必能续之数世。君臣彼此怀疑，将相以功获罪，也是秦文化的特点。

我在三十年以前便至秦二世皇帝陵考察，昔日的所见现在仍很清晰。这里有四阴：秦岭以北，一阴；渭河以南，二阴；少陵原以北，三阴；曲江池以南，四阴。其冢是在一个斜坡上，卑湿渗水，到处都是绿苔，不慎就会滑倒。斜坡上坑坑洼洼，沟渠纵横。其冢之旁，还有一口井，是曲江池村用于灌溉小麦或玉米的。

胡亥贵为公子，高为皇帝，二十五岁殁，其可怜之状不如引车卖浆者流。致秦二世死的是阎乐，任咸阳令，为赵高的女婿。判断自己非死不可了，秦二世便请求阎乐曰："吾愿得一郡为主。"不许。又曰："愿为万户侯。"也不许。又曰："愿与妻子为黔首，比诸公子。"仍不许。接着，阎乐就暗示吏卒靠近胡亥下手，胡亥遂自杀了。

在秦二世皇帝陵前，我望着天上的云问，秦文化有道吗？

汉高祖长陵

长陵是汉高祖刘邦的墓茔，在远处也望得见。公元前 195 年，其崩长乐宫，遂葬于斯。

在中国两千余年的皇帝团队里，刘邦属于著名的皇帝。虽然是布衣出身，不过他轻松地就当了反秦起义部队的一位领袖。颇为幸运，他率军先入关中，秦王子婴就向他投降。此举有特别的意义，它向天下昭示刘邦是胜利者。项羽也是反秦起义部队的一位领袖，他的实力更强，且是贵族出身，并不承认刘邦是胜利者。刘邦灵活机智，便向项羽认输，隐忍奔汉中，做了汉王。经过筹划，刘邦率军又离开汉中，以暗度陈仓，再入关中，平定三秦。接着率军出函谷关，进击项羽。凡四年，项羽自刎。刘邦即皇帝位，证明他就是胜利者，旋以长安为国都。

刘邦的成功，在其心胸开阔，善于认贤，敢于用才。原因很多，不过这是十分重要的一点。

秋天的时候，我随王海至长陵。已经跟他走了几个地方，五体略倦，不过到了这里，还是想登临长陵看一看的。

长陵形如覆斗，经过两千余年的风雨剥蚀，其高仍有 33 米，望之巍然。刘邦冢的所在，是咸阳宫遗址。我坚持认为，作长陵于斯，是经过研究的，属于以汉压秦。营造五陵于咸阳北坂，都是以汉压秦，防止秦的复辟。

附近的窑店镇三义村，看起来像明清以来的聚落。此村之人不是汉的遗民，更不是秦的遗民。然而这一带北有九嵕山，南有渭水，隆起如台，高亢且旷，显然属于宝地。秦立都于此，汉营造五陵于此，尽懂这里是宝地。

沿着小径爬至长陵之巅，顿生凌空之感。夕阳略蒙，不易通视，然而看得见吕皇后陵。长陵与吕皇后陵相隔 200 余米，是一种异穴合葬或同茔异穴的格局。虽然合葬而同茔，也尽管只有不足半里的距离，而且东西并排，我仍感到吕皇后陵的孤独。有雾发白，吕皇后陵仿佛沉于水中。我想，站在吕皇后陵上看长陵，长陵也是一种孤独的样子吧！

长陵与吕皇后陵周边都种满了松柏。五陵原广植乔木，尤以松柏为主。松柏成林，郁郁葱葱。松柏也连接了长陵和吕皇后陵。松柏茂密，赋予秋天的大地以青润的生气。松柏之间，也有了鸟的栖居和兔子一类动物的窟息吧！

1992 年冬日的一个黄昏，我乘 59 路汽车，从西安至咸阳，再乘咸阳辖区的汽车至窑店镇。天已经黑了，街巷里的孩子都偎着长者窥视我。我计划夜攀长陵，遂雇了一辆蹦蹦车，让司机送我到长陵。司机随我于斯，不愿意夜攀。我便提了一根棍子，一个人登临长陵。1992 年，我一一考察了五陵原及渭水北岸的帝陵。我都是白天穿行其冢的，难免单调。夜攀长陵，欲在摄取异于白天的一种感受。走过小路，脚踩长陵的小径，似乎还微微发怵，然而一旦爬至长陵之巅，见众星列于天，万物踞于地，四方皆空，便畏怯俱净。我在长陵上左右徘徊，有一种胆正神勇的得意。居高临下，唯风寒冷。

当年的作品有这样的视听：

在那个冬日之夜，长陵周围的土地，白水汪汪，红光点点，农民为了小麦的丰收夜以继日地浇灌。朦胧的夜色之中，他们的身影缥缈而动，四周一片寂静。

二十五年过去了，世界大变，中国人的生存方式和生活方式也在大变。长陵与吕皇后陵所在的田野，已经不种小麦了。松柏遍畴，当是报喜吧！

“那是渭水！”王海向南一指说。

我对渭水点了点头！

汉文帝霸陵

骆天骧的日子多在变乱之中流逝，虽然他是长安的故家旧族，可惜金逐宋，元代金，这里终于久陷支离。

不过骆氏对长安难绝依依之情，天下形胜，史迹联属，遂无不登临。他成书一部，自有价值。

在忽必烈统治之季，骆氏曾经任京兆路儒学教授。随之赋闲，大约1300年以后卒。

关于汉文帝霸陵，他说：

文帝霸陵在京兆通化门东四十里白鹿原北凤凰嘴下。

为了证明霸陵确乎在此，他还有事实披露，其称：

至元辛卯秋，霸水冲开霸陵外羡门，吹出石板五百余片。

羡门者，墓门也。至元辛卯，指1291年，骆氏仍在世。河决墓门，应该是他亲见过的，起码有所耳闻吧！

霸陵在白鹿原凤凰嘴的观点，影响700余年。凡方志游记，只要涉及霸陵，一般都会沿用骆氏之言。

毕沅是清乾隆时的陕西巡抚，学问博洽，著作甚蕃。其履职之余，孜孜于文化建设。他主持修缮了西安碑林、华岳庙和司马迁祠，还为关中的帝陵立碑。在白鹿原半坡，凤凰嘴下，就有他为汉文帝霸陵所树之碑。

我也以骆氏之书为文献，循之，做过田野调查，并于2013年作文曰：

汉文帝霸陵

霸陵葬汉文帝，在白鹿原北崖一隅，发现极难。我三十二岁那年，走关中诸朝皇帝陵，曾经一一登临汉陵之巅，唯霸陵未见，是因为寻找不到它。

心有不甘，遂在2010年再觅。注意到专家的意见，霸陵在白鹿原北崖的凤凰嘴，向南距其母薄太后陵大约4500米，向东南距其妻窦皇后陵大约1900米。薄太后陵与窦皇后陵皆堆土为丘，拔地而起，十分易得，白鹿原北崖的凤凰嘴也非常明确，然而还是看不出汉文帝霸陵。也知道它在今之西安市灞桥区席王街道毛窑院村南侧，可惜随路标而至，白鹿原北崖扑面而来，草木以一样的颜色蔓延覆盖，仍看不出何为汉文帝霸陵。霸陵难觅，是由于它凿白鹿原之峭壁为寝宫，沟壑纵横，岭起岭伏，没有冢之异形。

忽然看到在一个豁口的坪坝上，立有汉文帝霸陵之碑。我遂局限了范围，接着用目光一梁一梁地仔细搜索，终于锁定了霸陵。比较周边之岭，霸陵崭然厚重且壮阔。汉文帝逝世之前下诏曰：“霸陵山川因其故，毋有所改。”意思是，白鹿原北崖本是什么样子，就保持什么样子，不要动。其非人类所筑，遂很是隐蔽，不过切切甄别，霸陵仍显出它的异形。虽然极难，不过还是寻找到了。

环顾四野，方圆数里，除我之外，这里没有任何宾主。只闻一家企业的守门狗昏庸地叫一声，歇一声，真是一种应该诅咒的陋习。汉文帝霸陵在秋日的黄昏里，弱光残照，荒凉寂寞。晚风渐起，白鹿原有水落石出一般的宁静。

汉文帝刘恒好道，学习黄帝和老子的思想，以此大智慧治国遂具烹小鲜似的愉快。不追求社稷之丰伟，朝野便充满轻松的呼吸。体谅农民之苦，一再卸其负担：汉文帝前元二年，公元前178年，下诏赐当年田租税的一半，汉文帝前元十二年，公元前168年，又下诏尽免田租税，从而把过去的十五税一减少到三十税一，并成为汉的定制。他还指示逐渐减少农民的其他赋役。汉文帝后元六年，公元前158年，发生旱灾和蝗灾，他便命令解山泽之禁，允许农民自主开发，以补贴生活。当然还放粮救济百姓，也不让诸侯进贡。

汉文帝颇为宽容，废除了相坐法，罪犯不再连累亲属一并受罚，又废除了诽谤妖言法，以鼓励直谏，接受批评，又废除了肉刑法，防止了惩处的残酷和惨烈。

汉文帝深谙世故，即皇帝位，接受有司建议，立刘启为皇太子，接受薄太后建议，立皇太子母窦氏为皇后。悉对天下之人有表示，其或大赦，或赐爵，或赐鳏寡者、孤独者、穷困者，或八十以上之老者与九岁以下之幼者，每人一定数量的布帛米肉，甚至天下之人可以连酺数日，几近狂欢！感激一批朝臣和列侯所拥戴，按其功勋的大小，奖励了太尉周勃、丞相陈平、将军灌婴、朱虚侯刘章、襄平侯纪通、东牟侯刘通，封刘揭为阳信侯。不忘代国的旧臣，有的封了侯，有的擢官至九卿，各得其禄。也不忘汉高祖的老臣，当加封的加封，当拔擢的拔擢。如此世故，也是有文化的表现。

汉文帝谦逊，经常反省自己。初，先是有司建议立太子，他说："朕既不德，上帝神明未歆享，天下人民未有嗛志。今纵不能博求天下贤圣有德之人而禅天下焉，而曰豫建太子，是重吾不德也。"两年以后发生日蚀，便联系自己之不逮，说："人主不德，布政不均，则天示之以灾，以诫不治。"当皇帝十四年，蓦地觉得祠官总是为他祷告，遂惭愧，说："夫以朕不德，而躬享独美其福，百姓不与焉，是重吾不德。其令祠官致敬，毋有所祈。"匈奴和亲，国有安宁，不过他仍感到自己德薄，甚至崩前还认为自己不德，无以给百姓帮助，不要百姓为他久哀。

对汉文帝的德行，司马迁赞曰："汉兴，至孝文四十有余载，德至盛也。"班固也赞曰："专务以德化民，是以海内殷富，兴于礼义，断狱数百，几致刑措。"

汉政府以有文帝这样的政策，又以景帝继续执行这样的政策，仅仅三十九年，进入了武帝时代，汉帝国稳定而强大，成为盛世。小时候受到的一种教育，误以为皇帝都是坏的，反动的，都应该打倒。实际上皇帝也有优秀的，进步的，遂想在皇帝的统治之下，也有奇妙！汉文帝就是一个对人民颇为慷慨的领袖，他的人民，应该会感觉到他的存在、亲和、温暖。

当年秦穆公改滋水为灞水，在乎彰其霸功，并筑其宫，谓之霸城，这大约便是霸陵得名的由来。或曰：灞水绕白鹿原北而过，汉文帝葬于它的半坡，谓之霸陵。

凤凰嘴这个地方，只能在白鹿原上看到。它伸出一角，又凸又尖，若鸟之喙，是有一点神奇的。不过至白鹿原下，即使立足于毕沅树碑之处，也看不到它的异形，因为东十里、西十里，尽是苍茫的谷坎垄峁。

对霸陵的位置，骆氏语焉而凿凿，不过凤凰嘴是否有霸陵，实际上需要考古予以证实。2011年，陕西省考古研究院在此进行了缜密勘探。半年之久，无所发现。

这里没有任何墓茔的痕迹，当然也没有汉冢的痕迹，甚至白鹿原的半坡悉为自然状态，其黄壤，其草木，皆是自然生成，自然演化，略无人类的干预。这里只有明人立的碑，清人立的碑。毕沅所树之碑，尤为壮大。

结论是：谬矣，骆天骧之言！ 汉文帝霸陵根本不在凤凰嘴。

显然，我的文章有纰漏，毕沅所树霸陵之碑也有选址的错误。幸运的是，我尚有机会获得真相，以修正吾失。当然，凤凰嘴下的那些标石，几百年了，已经属于文化，似乎也可以作为一种纪念，使其保留下去。唯想到官方尝在此焚香叩首，举行祭祀活动，为之尴尬。

霸陵到底在哪里？这只能通过科学的调查和发掘，从而掌握系统性和完整性的物质资料，以做出判断。

盗墓总是偷偷摸摸的，然而破坏性和震撼性俱大。尽管皆在暗中交易，不过破案也是经常的，这也必将引起考古专家的警惕。

卷宗显示，有章氏居于浐河东岸，一再盗墓。2001年，他家装修房子，觉得三个师傅可以一用。在清扫了垃圾以后，章氏立即付账，接着，拿出一把洛阳铲说："用洛阳铲干活，赚得更多。"重利所诱，他们便在深夜上了白鹿原。荒野沉寂，星光微弱。章氏扬头张望，低头打量，遂用白灰画了一个圈，说："挖！"孔成，便放炸药。爆炸以后，入洞，见一排木桩，就用电锯切之为口。强忍腐臭，敛身而近，掠得黑色陶俑一批。章氏渐渐脱售，自以为得意。

2002年，有六件黑色陶俑竟出现在纽约苏富比拍卖行的名录上。中国外交官迅速介入，美国人才撤回了拍卖。至2003年6月17日，这些黑色陶俑回归中国。章氏犯罪，锒铛入狱。

新的卷宗显示，章氏在2009年获释。一向无业，又想发财，不禁蠢蠢欲动。2015年冬日，应西安沈氏之约，来了三位甘肃客，目的是在白鹿原上干活。沈氏认识章氏，稍加怂恿，章氏便也加入进来。仍是深夜，章氏携三位甘肃客上了白鹿原。他在萧疏的麦田里转了转，便拖着右脚画了一条线，说："货在这里！"隔了一晚再来挖，又隔了一晚用了炸药，又隔了一晚才入洞，遂得各类陶俑二百余件，并有陶鸭和陶鸡若干。

2017年，这一伙悉数被抓，不仅追缴了白鹿原上的文物，还追缴了别处的文物。

国家文物局及省市考古研究部门始终重视对霸陵的保护，这不仅因为霸陵是一座重要的西汉帝陵，还因为汉文帝在历史上是一位安民惠民之君。大约从1966年起，几代考古专家有序地对霸陵做了调查和发掘，从而为确定霸陵的位置，接力工作，各具贡献。他们是：王学理、吴镇烽、刘庆柱、李毓芳、岳起、刘卫鹏、程林泉、张翔宇、焦南峰和马永嬴。

当2002年中国大使馆秘书注意到拍卖名录上有黑色陶俑的时候，焦南峰正在调查和发掘咸阳原上的西汉帝陵。突然传来一个任务，打断了他的工作：立即甄别拍卖名录上的六件黑色陶俑。

虽然美国人是通过非法途径买得黑色陶俑的，不过毕竟付了钱。让他们撤回拍卖，继而还给中国，是需要论证的。美国人若相信，事成；若不相信，事不成。

焦南峰久攻西汉帝陵，经验颇为丰富。他从黑色陶俑的制作工艺、年代、等级各个角度，论证这是西汉帝陵陪葬品。美国人看了鉴定报告，不得不服，黑色陶俑遂返中国。

出于职业的敏感，焦南峰登临白鹿原，观察了不轨之徒留下的盗洞。其大约在汉文帝窦皇后陵西南大约 800 米一带，他想，黑色陶俑，这样高水平的陪葬品，谁能享用呢？是否是汉文帝的呢？

从 2006 年开始，程林泉和张翔宇主持了大约四年的调查，并在盗洞周边做了抢救性发掘。这次考古的成果是发现了一座大墓，其平面呈亞形，且有四条墓道。谁葬于斯呢？难道汉文帝霸陵在这里？

以黑色陶俑为陪葬品的大墓，在江村的地界，谓之江村大墓。

可以认为，程林泉和张翔宇所做的工作，为确定霸陵的位置提供了关键性和决定性的线索。

2011 年，焦南峰结束了咸阳原上的考古，遂由他主持，启动了对霸陵的全域调查和发掘。此范围包含北至凤凰嘴，南到薄太后陵，当然也囊括了江村大墓及其基本上平行于它的窦皇后陵。

当此之际，他们用排除的方法，彻底解决了霸陵的凤凰嘴问题。其对凤凰嘴一再勘探，甚至动用了雷达以精测。一旦断定凤凰嘴没有霸陵，他们便能聚精会神地工作，以证实江村大墓为霸陵。

到 2013 年，江村大墓的范围、布局和形制已经趋于清楚，薄太后陵的体相也在把握之中。

马永嬴是陕西省考古研究院研究员，2014 年任汉陵考古队队长，继焦南峰以后，主持江村大墓的考古。

汉高祖长陵在咸阳北坂，汉惠帝安陵也在咸阳北坂。父兄之陵皆在咸阳北坂，汉文帝之陵也当在这一带，如此，才合乎情理。不过汉文帝规避了咸阳北坂，他要葬渭河南岸，白鹿原上，为什么？

汉文帝霸陵

马永嬴研究过这个问题，他认为，汉文帝入土白鹿原，有为其母薄氏考虑之意。汉文帝若葬咸阳北坂，其母当随汉高祖，身份就是薄姬。若葬白鹿原，其母随子，身份就是薄太后。马永嬴还认为，霸陵在白鹿原，从而设陵邑，移民，也有助扼守函谷关和武关的交通，长安城东南便形成了军事屏障。马永嬴还认为，刘邦独爱刘如意，刘恒受到冷落，遂也愿离刘邦的墓茔远一点。

马永嬴主持的考古，其进展表现在发现了江村大墓的石围界、外陵园之垣、陶窑及一些墓茔建筑的遗址。这一度的考古，还发掘了江村大墓的八座外藏坑，薄太后陵的外藏坑及栗家村汉墓，出土文物甚多，包括金、银、铜、铁、陶，共计三千余件。陶俑当然也有出土，共计一千余件。

数辈考古专家的努力，终于在马永嬴主持考古的阶段得出了结论。他有光荣，也很幸运。2021 年 12 月 14 日上午，国家文物局在北京郑重公布：白鹿原江村大墓确认为汉文帝霸陵。

西汉帝陵的基本结构是同茔异穴或异穴合葬。汉文帝之父汉高祖长陵与吕皇后陵相距大约 280 米，如此结构。汉文帝之子汉景帝阳陵与王皇后陵相距大约 450 米，如此结构。汉文帝霸陵与窦皇后陵相距大约 800 米，亦如此结构。

汉文帝霸陵有墙环绕，窦皇后陵也有墙环绕，为各自独立的内陵园。汉文帝霸陵之墙外与窦皇后陵之墙外，又有垣环绕，为彼此共在的外陵园。这种结构，是典型的同茔异穴或异穴合葬。外陵园东西长大约 1200 米，南北宽大约 863 米，其垣为夯土。

霸陵有外藏坑 115 座，以有限发掘，出土了一些官印。这显示此乃署府，它们是对未央宫及其军政设施的模仿。官印有中司空印、仓印、中司空丞、府印、车府、器府，皆属明器。

2019 年 11 月 20 日早晨，我邀请蒋子龙、方方、李建军和于晓威四位作家至白鹿原，一观霸陵的外藏坑。目光俯视几十米，见陶俑磊磊，无不伏卧、仰卧或侧卧。陶俑断颈，断臂，也断足。其色斑驳，有灰，有黑，也有红。

马永嬴介绍说：“这是着衣式裸体陶俑，一种高等级陪葬品。陶俑本有木胳膊、木手，也穿丝绸衣或麻布衣。长期的水土腐蚀，就变成裸体陶俑了。”

两年以后，我获悉霸陵外藏坑还有刑徒俑出土，便向他请教何为刑徒俑。

马永嬴说：“象征囚犯服役的，就是刑徒俑。刑徒俑有的以铁为钳，束项；有的以铁为釱，束踝；还有髡，女性剃发。”

他补充说：“西汉帝陵的考古，出土刑徒俑，这是首次。”

朋友孙周勇是陕西省考古研究院院长，他为我引荐了马永嬴。

在公布江村大墓为霸陵的三天以后，我独上白鹿原，想看一看科学刚刚证实的霸陵。雾笼秦岭，寒风拂地，霸陵空空荡荡。

我望着绿意蒙蒙的无边无际的麦田忽然想：霸陵不起坟，尽管如此，不过未必不饰以金，不饰以玉，因为刘恒毕竟是皇帝啊！

胆大了，我之所想。

汉景帝阳陵

公元前 141 年，汉景帝刘启崩，葬阳陵。

汉文帝主张薄葬，汉景帝不改其父之志，似乎并未追求厚葬，司马迁和班固也不认为他是厚葬。不过阳陵有外藏坑，一些文物在 1990 年以后出土了，尽管这只是冰山的一角，然而终于是一种显示，或薄葬，或厚葬，文物自己会表达的。

我看到的文物，陶器最多。凡陶俑四百余件，其中以武士俑最多。武士俑的头发、胡须、眉毛和眼睛往往涂黑，躯体和四肢为橙红，是典型的彩绘。太监俑令人不适，是因为腐刑以后，男性之势便会萎靡且收缩。宫女俑虽然秀丽，不过冷气弥漫，当为永巷之怨妇。陶畜都很肥壮和生动，马、牛、羊、鸡、犬、豕，成群结队，各有其位。豕往往一大数小，反映了繁殖的兴旺。汉俗，入殓之际，一左一右两手要握玉豕，以象征并期望在阴间大有财富。不过唯王公贵族才能握其玉豕，普通百姓当省略此环节，然而这无论如何是证明了豕对生活的重要。陶井、陶灶、陶罐、陶豆、陶钵，是日常用品，看起来颇为精致，透露了活人对故人的深情。

除了陶器，出土的文物还有铜器、铁器、金器、玉器、骨器。我看到了铧、锸、钺，红锈斑斑，皆为铁器。玉蝉、玉韘、玉剑格，有亮度，有润度，当是和田青玉所琢磨。

凡粟、黍、菽、水稻和小麦的种子也有出土，这是在世之人给辞世之人准备的粮食，祝愿其能再续嘉祉。我还发现在一个木盒里装着茶叶，皆是嫩芽，显然为御用的珍品。

薄葬或厚葬，关键是让汉景帝跟谁比较。实际上他可以跟其父汉文帝比较，也可以跟其子汉武帝比较。总之，仅是外藏坑的文物，已经十分丰富，其足以折射出刘启在长安城作威作福的生活了。谚曰："事死如事生，事亡如事存。"如此，即使汉景帝倾向于厚葬也并非背离了其父之志吧！

阳陵在陕西咸阳张家湾村一带，其坐西向东，呈覆斗状。封土高大约三十二米，不过沃野千里，蓝天浩瀚，在神道上远望阳陵，还是有雄伟之感的。

虽然还是早春，不过其冢上下，已经尽是绿色。我绕着阳陵走了一圈，始终注视着昂然的封土，偶尔才举目看一下麦田。坟底全是柏树，向上是杨树、构树、椿树或别的杂木，高高低低，疏疏密密。草生空隙，色黄色绿，或枯或葱，漫向坟顶。有风神出鬼没，当它冲向阳陵的时候，树便起起伏伏，摇摇摆摆。风一旦离开，树就抬头挺身，尽显刚柔中和之姿。天气忽阴忽晴，云遂蓦灰蓦白，一层一层的。众鸟鸣叫着，在阳光下乘风凌云，仿佛是墓茔的精灵。

汉景帝王皇后陵在阳陵东北方向，相距近乎一里。稍有彷徨，便没有走过去看它一看。

公元前 154 年，吴王刘濞悍然叛乱。除吴王之外，胶西王刘印、胶东王刘雄渠、菑川王刘贤、济南王刘辟光、楚王刘戊和赵王刘遂，皆参加了刘濞发动的叛乱。联军几十万，天下震恐。

第五批全国重点文物保护单位
西汉帝陵
阳陵
公布机关：国务院
公布时间：2001年6月25日
立标机关：陕西省人民政府
立标时间：2004年10月1日

汉景帝阳陵

汉景帝三十五岁，才执政三年，经验有限，就问计于臣。御史大夫晁错主张削藩，他说："今削之亦反，不削亦反。削之，其反亟，祸小；不削之，其反迟，祸大。"汉景帝一向欣赏晁错，遂下诏减少诸侯国所拥土地，以压缩其势力。七国怨晁错，也以诛晁错之名起兵。有贬谪之臣袁盎认为斩晁错可以息七国之怒，汉景帝竟采纳此建议，杀了晁错。

岂料这未能让联军止步，不过它使汉景帝醒悟叛乱并非是七国恨晁错，实际上是要推翻他。汉景帝喟然一叹，就令将军周亚夫、郦寄、栾布和窦婴率兵反击。三月以后，平息了叛乱。国家多有损失，然而强本弱末，加强了中央集权。

汉景帝执政的总体原则是什么？基本途径是什么？坚持奉行和亲政策，以避免匈奴大肆侵犯。律令以禁暴止邪为主旨，遂能改革司法，以别刑代替肉刑，并减轻笞刑。他强调："农，天下之本也。"特别重视农桑。显然，这些都是汉文帝的路线，属于无为而治的思想。如此路线，极大地发展了经济，其程度恰似司马迁所言："京师之钱累巨万，贯朽而不可校；太仓之粟，陈陈相因，充溢露积于外，至腐朽不可食。"

汉景帝比较任性，也比较有趣。他和刘武都是汉文帝之子，皆为窦太后所生。他长，刘武是其弟。窦太后溺爱刘武，他也喜欢其弟。这倒也正常，犯忌的是，他当了皇帝，竟打算以后传皇帝位给其弟。有一天，家庭聚餐，汉景帝当众提出要以刘武为嗣。幸亏有大臣十分忠诚，立即反对他这样做，便未能进行下去。辕固是儒士，以不敬老子李耳惹恼了窦太后，窦太后便要他往兽圈里去击彘，表示惩罚。彘野生，凶猛，辕固赤手空拳，杀之不易。汉景帝知道辕固并无大罪，只是不慎触怒了窦太后，就给了辕固一件利器。其跳入兽圈，直刺彘心。彘倒下去，窦太后也没有再发火，遂罢。

不过汉景帝的脾气也很乖张，问题是，皇帝的脾气是会要命的。

邓通得宠于汉文帝，上生了疮，他便以嘴吸脓，上很受用。上就想试一试皇太子刘启是否更爱他，也让刘启以嘴为其吸脓。虽然刘启也这样干了，不过还是觉得恶心，面泛难色，上遂不悦。刘启知道这是邓通招惹的，惭愧之中，也埋下怨恨。刘启当了皇帝，便撤销了邓通的一切职务，并以违规铸币之罪没收其全部资产，终于使邓通饥饿而死。

汉景帝以周亚夫平息叛乱有功，拜他为丞相。周亚夫是质直的大臣，反对给窦太后之兄封侯，也反对给归顺的匈奴将军封侯，其道理是清楚的。汉景帝只接受了一半建议，没有为窦太后之兄封侯，但他却为几个匈奴将军封侯了。周亚夫认为匈奴将军的性质属于归顺，若给他们封侯，将带来一个后果，就是难以处理失节的大臣。上坚持这样做，周亚夫难免失落，便以病辞职。丞相任性，然而这也维护了原则。问题是汉景帝也要威严，竟同意了丞相的申请。旋又召周亚夫飨宴，似乎有不舍之情。奇怪的是上赐宴周亚夫，上又不给他筷子，他如何能吃大块的肉呢？周亚夫不高兴，当然不高兴。汉景帝竟笑曰：“此不足君所乎？”周亚夫赶紧站起来免冠道歉，汉景帝也起身，算是回礼。周亚夫趁机离席而去，不进餐了。汉景帝目送他的大臣出门，很是不满。

俄顷，周亚夫的儿子买了一些甲盾，打算在其父百年以后做葬礼之用。此事牵连到了周亚夫，汉景帝便要廷尉处理。狱吏竟指控周亚夫要造反，而且指控他即使不在地上造反，也将在地下造反，遂投诸牢里。周亚夫绝食五日，吐血而卒。

汉景帝在位十六年，四十八岁终其寿。

汉武帝茂陵

汉武帝爱江山，也爱美人。不过他爱江山胜于爱美人，甚至为了江山会不惜翦灭美人。

他巡守河间，得到奇女拳夫人，其姓赵，受汉武帝之宠，遂进为婕妤，居钩弋宫。公元前94年，赵婕妤生刘弗陵。晚年得子，汉武帝很是喜欢。刘弗陵虽然只有数岁，不过身材壮大，也很聪明，汉武帝便更是喜欢。他琢磨着，欲立刘弗陵为皇太子。然而赵婕妤年轻，他又怕自己逝世以后赵婕妤擅权乱国，实际上这正是美人的祸端。大约在公元前88年，不知道她犯了什么错，汉武帝斥责了她，她就死了。

公元前87年，汉武帝游五柞宫，患病，疾革，遂立8岁的刘弗陵为皇太子，拜霍光为大司马、大将军，以辅佐少主。旋崩，刘弗陵即皇帝位，为汉昭帝，汉武帝遂葬茂陵。

赵婕妤的死，见证了汉武帝最爱江山的质性。美人啊，谨防权重位高之士，小心牺牲了自己。

汉武帝赫赫乎，巍巍乎，凡有一点文化的中国人都知道他。总之，这个人作为甚大。当然，这个人作为甚大，也意味着百姓安居乐业甚少。

汉武帝一反汉初以来，尤其是汉文帝和汉景帝几十年所推崇的黄老之学，主恭俭及民休息之治，而独尊儒术，而广取直言极谏之士，而政策积极进取，而风格刚硬强劲。他接受大臣主父偃的建议，一改汉初以来，诸侯王仅仅给嫡长子袭授封地为诸侯王给其子统统袭授封地之法，遂使诸侯国越来越小，从而有效地扩大了中央集权。他改革政治制度，既削弱了丞相的权威，又采取措施，控制郡守。他指挥汉军反击匈奴，终于逼其退出漠南。派遣张骞出使西域，开辟了丝绸之路。他还令汉军对闽越、南越和西南夷作战，使之内属。打仗当然需要经济支持，汉武帝用尽了京师之钱、太仓之粟，遂垄断盐、铁和酒，由国家专卖，以急充府库。增加赋税，主导铸币，推行五铢钱的使用。汉武帝重视水利，漕渠、六辅渠、白渠、成国渠和灵轵渠，皆是在他任上所修，这当然发展了灌溉和运输。

汉武帝执政五十四年，留下的遗产很多，其最重要的：一是以儒为表，以法为里；二是拓展了版图。

刘彻是汉景帝的九子，不过人的出生不在迟，不在早，在乎命运。其六岁为皇太子，公元前 140 年即皇帝位。按照惯例，一旦登基，便开始建其墓茔。在汉皇帝陵中，汉武帝茂陵是营造时间最长的，也是规模最大的，陪葬品最多的。

茂陵在陕西兴平茂林村，潘岳云："茂陵高十四丈，方四十步。"我曾经估量茂陵高是五十米，这不准。考古专家确认，其高 46.5 米。这相当于楼房十五层或十六层，想一想，也真是耸立了。其东西长 2080 米，南北长 1380 米，覆斗如塔，坚实如山。

在 1979 年以后的几十年间，我数至茂陵。1990 年，在一个夏日的黄昏，我攀上了茂陵之巅。风大，夕阳辉煌，这是我永恒的印象。那时候，封土上没有一棵树，野草也不旺，一条一条的小径蜿蜒于蓬

汉武帝茂陵

蒿之间。

茂陵陪葬墓足有二十余座，且多是非凡之士。倾国倾城的李夫人墓，式若祁连山的霍去病墓，式若阴山的卫青墓，受命托孤的霍光墓，以匈奴身份晋升大臣的金日磾墓，各踞一处，皆在茂陵左右。

茂陵难免反复遭盗，纵然如此，在此出土的文物也尽是瑰宝。凡刻石、鎏金马、鎏金银竹节熏炉、错金银铜犀尊及蓝田玉神兽铺首，我数次欣赏，每每叹为观止。琅琊人贡禹论汉武帝茂陵曰：“及弃天下，昭帝幼弱，霍光专事，不知礼正，妄多藏金钱财物，鸟、兽、鱼、鳖、牛、马、虎、豹生禽，凡百九十物，尽瘗藏之……”这是催人想象的。

2021 年 4 月 9 日，我再至茂陵。时当黄昏，空旷清寂。神道已经化为草坪，整整齐齐，新芽正萌。天色发灰，略无一风，唯黑色的鸟远远近近，或飞或栖，皆平静地鸣叫着。清陕西巡抚毕沅所竖之碑，石厚砖老。其冢峻迈，天地广阔，墓碑就显小了。柏满封土，肃穆遂寓于苍翠之中。已经禁止登上茂陵了，也由于树密成林不能登上了。我在神道上徘徊着，一瞬之间，感到历史沉寂得仿佛休止了。

在汉皇帝中，刘彻是执政最久的一位，也是行世最久的一位。其寿七十，实为稀有。

汉哀帝义陵

我至汉哀帝刘欣义陵的时候，春光又柔和，又明亮，路两边的柳树又稠密，又葰茂。柳树的叶子迎风闪烁，它的白絮在悠扬地升天。我走过几十个皇帝的墓茔，柳树如此汇集，唯有这里了。

义陵看起来一片颓敝，我的怜惘之情竟如泉涌，止也止不住。蓬蒿遍布，高高低低，去年的旧草仍处枯黄，今年的新草尚未青葱。偶有柏树、桐树和白杨树窜出杂草，仿佛鹤立鸡群。贴着封土，七零八落地堆着一个又一个农民的坟，其碑直碑斜，灰厚灰薄。周围狼藉，望之惨然。

汉之衰，端倪在汉宣帝，起点在汉元帝，转折在汉成帝，直下在汉哀帝，败坏在汉平帝，汉之亡，在汉孺子婴。

汉的症结是土地兼并，流民涌现，而皇帝一辈差于一辈，无志，无能，无德，无功，而贵族越来越自私，而商人越来越贪婪，而士人越来越沮丧。天下多怨，南北发难，起义或远或近，未央宫受感的震恐夜以继日。

汉成帝拼命淫乱，但他却终于无子。也许会有御医保健，然而其筋骨渐渐发虚。尽管汉成帝无子，不过刘欣并非必然就可以即皇帝位。汉成帝有两弟，中山孝王刘兴是汉成帝之弟，定陶恭王刘康也是汉成帝之弟。刘康逝世了，其子刘欣袭封定陶王。刘欣晚辈，是汉成帝之侄。也有大臣建议立刘兴为皇太子的，不过汉成帝觉得刘兴愚鲁，没有接受。傅太后是汉元帝的妃嫔，定陶恭王刘康之母，当然是刘欣的祖母。这个人颇有见识，精通世故。当时赵飞燕之妹赵昭仪恰得汉成帝之宠，傅太后遂大送珍宝，请求立刘欣做皇太子。为达到这个目的，她对汉成帝的舅舅王根，任曲阳侯，也慷慨有赠。赵昭仪和王根知道汉成帝无子，也想事先结交刘欣，便劝谏汉成帝，盼立刘欣为皇太子。汉成帝倒也喜欢刘欣知书达理，又有赵昭仪和王根举荐，遂立定陶王刘欣为皇太子。

公元前 7 年，汉成帝猝死卧室，刘欣即皇帝位。他就是汉哀帝，登基之际二十岁，风华正茂。

汉哀帝并非不清楚社会问题之症结，也想予以解决。他颁布的一些规定，似乎是具振兴作用的。贵族占田当有限度，不得超过三十顷。凡诸侯王的奴婢不得超过二百人，凡公主的奴婢不得超过一百人，凡吏民的奴婢不得超过三十人。这些规定以三年为期，违反的，坚决没收其土地和奴婢。汉立以来，凡二千石以上官家，可以任子弟为郎。对此特权，他也废之。汉哀帝还下诏，掖庭宫女逾三十岁就应该出嫁，官家的奴婢逾五十岁就为庶人。

这些改革都是好的，有针对性，也具及时性和积极性，可惜并未坚持下来。事不成，其原因在汉哀帝。他竟迷上了美少年董贤，激动之中，竟给他赐田两千顷。此举使限田令骤然瓦解，也迅速削弱了其他规定的效力。

汉哀帝对董贤的感情，相当于热恋和酷爱。他和美少年出则同车，入则同床。有一次，美少年睡觉压了汉哀帝的衣袖，怕坐起来弄

汉哀帝义陵

醒美少年，上竟以剑断其衣袖。汉哀帝任董贤之父当高官，也任董贤岳父当高官。汉哀帝封董贤高安侯，并命其为大司马、卫将军，甚至打算效法尧禅舜，让董贤坐天下。幸而有大臣提醒，这是高皇帝的天下，不是陛下的天下，才阻止了他的邪思。汉哀帝如此品格，再好的规定也只能落空。

还有一个困扰，是外戚集团的斗争及其对汉哀帝的牵制。刘欣当皇帝，傅太后有功，傅氏一门遂多有加官封侯。丁姬是刘欣之母，子为上，丁氏一门当然也要加官封侯，而且不一而足。傅氏和丁氏皆倚重汉哀帝，属于一个傅丁联盟的外戚集团。王政君是汉元帝的皇后，汉成帝之母，早就形成了一个王氏外戚集团。一旦刘欣当皇帝，这两个外戚集团便争光辉，争利益，激烈交锋。有一次参加飨宴，应该是汉哀帝主持的。内者令为了保持平衡，便安排傅太后与太皇太后王政君并坐。王莽任大司马，是王政君之侄，为王氏外戚集团的骨干。他认为傅太后只是汉元帝的昭仪，藩妾而已，如此资格不配挨着王政君进餐，就吆喝内者令撤下傅太后的椅子，安排她往别桌去。傅太后顿然发怒，大骂王莽，汹汹离席。王莽也恼了，喊着要辞职，以威胁汉哀帝。

岂料汉哀帝顺水推舟，竟同意了。王莽遂不得不闲居京师，不久又回了其封地安阳。

自公元前 3 年以后，先是旱灾蔓延，继而是怪诞的传行西王母筹运动，接着是汉武帝茂陵失火，接着是未央宫失火。朝野皆惊，农民的起义越来越烈。

公元前 1 年，汉哀帝崩，葬义陵。刘欣当皇帝六年，他的寿也短，仅二十六岁。

义陵在陕西咸阳南贺村，形若覆斗，高三十米。义陵有陪葬墓十余座，我能看到的，唯傅皇后陵。

我先至义陵北面，再走到南面。在这里，我感觉春光更暖，便想沿着封土的小径登临其顶。抬头看了看，只见义陵之巅的杂草上比肩坐着两个人，一男一女。我问自己：是恋爱中的男女吧！觉得有趣，遂也悄然告别了。

汉薄太后陵

薄太后陵在白鹿原上，不过要看它似乎应该先进入历史。

刘邦以布衣提三尺剑取得天下当了皇帝，始终口粗，好吃红烧肉，但他对女人却有鉴赏力，喜欢戚夫人一类的尤物。吕皇后虽然随他南征北战，可惜血气强悍，又色随岁衰，遂见疏远。

问题便出在这里：吕皇后之类的女人，素居高位，一旦受到丈夫冷落，必然权欲骤胀，以操控大局为得意。刘邦逝世，刘盈接班登基。遗憾汉惠帝质性柔弱，吕皇后霸道行凶，居然荡瘫了他的精神。吕皇后遂顺势称制，行使皇帝之权，时逾八年。

然而吕皇后毕竟要死，其死以后怎么办？当年刘邦与他的重臣宰杀白马盟约："非刘氏而王，天下共击之。"不过吕皇后称制，渐封吕家诸男为侯王，特别是吕禄和吕产掌有兵权，刘邦打下的江山显然有改变颜色的危险。当是之时，重臣周勃、陈平及灌婴相机，先巧取吕禄的将印，又除掉吕产，再消灭所有吕姓男男女女，海内遂趋安宁。

选谁当皇帝呢？汉惠帝所留的儿子，有的是刘盈的种，也有是吕皇后抱养过来冒充刘盈儿子的。几个重臣便密谋，以汉惠帝的儿子接班，因为有吕皇后染指，其长大执政，恐要诛他们的族，遂决定选一位贤明的诸侯王立为皇帝，这样比较安全。

然而吕皇后所培植的外祖母家的势力以乱社稷的教训，深深影响了他们，从而断然排除一些外祖母家向恶的诸侯王。齐王刘襄固然是刘邦的嫡系长孙，不过其外祖母家姓驷，恶，否定了。淮南王刘长固然也可以，不过外祖母家仍恶，也否定了。

他们便把目光投放在代王刘恒身上。其仁孝宽厚，也是当时刘邦几个儿子中的长者，立之应该合适。尤其刘恒的母亲薄姬，是一个善良又谨慎的人，当少野心。刘恒宜立，遂派使者北上到代国去迎接刘恒，为汉文帝。

薄姬的命运显然一直不在自己的掌握之中。初为姑娘，母亲把她送往魏宫为姬，魏王似乎还喜欢。以后魏宫为刘邦的大臣曹参所平，曹参便把薄姬安置在织室。有一次刘邦碰到她，见其面目恬然，遂下诏纳入自己的后宫。也许她并不标致，虽居后宫，刘邦也久未召幸。薄姬与刘邦的其他两个妃嫔赵子儿和管夫人曾经有约，谁得幸富贵了，彼此互不相忘。大约这两个妃嫔告诉刘邦薄姬一直在苦等他，刘邦起了怜悯之情，从而召幸薄姬。不料顺利怀孕，生了刘恒，八岁封其为代王，薄姬遂为代太后。

亲密接触了一次便失宠，难免寂寞凄凉，然而这也恰恰是她的幸运、她的福。如果薄姬像戚夫人一样为刘邦所爱，那么吕皇后注定嫉妒她、恨她，一旦擅权，非折磨她不可。戚夫人之惨死，便是得刘邦之意惹的祸。薄氏见冷，不但躲过了吕皇后的锋刃，而且成为皇太后，真是暗中有明，明中有暗，明暗交替！

实际上薄太后并不糊涂。汉文帝固然循礼重道，有其盛德，不过有时候也会做错事情。绛侯周勃是三朝元老，特别是在吕皇后逝世以后能拨乱反正，有其大功。晚年他居封地，以身披铠甲为郡守所疑，误认为周勃可能谋反，遂报告给汉文帝。汉文帝轻信其言，竟捕之并准备审判。薄太后知道以后颇为恼怒，因为她推断周勃不会谋反。一天，汉文帝向母亲请安，薄太后一时发火，竟把头巾取下来扔向自己的儿子，说："降侯绾皇帝玺，将兵于北军，不以此时反，今居一小县，顾欲反邪？"其政治之精明昭然于大堂之中。汉文帝颇感悔愧，蓦地醒悟，立即赦免绛侯，送周勃归封地。

公元前 157 年，汉文帝崩，46 岁尽其寿。母亲送儿子，一定非常悲伤。过了两年，薄太后也走了。她并未袝葬汉高祖长陵，虽然她也是刘邦之妃嫔。薄太后葬白鹿原，遂提高了身份，这应该是儿子刘恒的安排。

春风拂窗，有云聚散，蓦起阅览其坟冢之思，遂邀两个朋友往白鹿原上去寻找薄太后陵。大约在 1906 年至 1910 年，日本学者足立喜六考察长安，史记，当年他在西安城也能看到薄太后陵，足证那时候空气的清朗。然而现在天多迷茫，是难见其陵的。薄太后陵状若覆斗，气势宏大，不过树矮草稀，有失苍郁和肃穆。墓地文化一直处在流失过程，中国人越来越缺乏对祖先的敬畏了，否则这里的松柏呢？这里的石刻呢？墓地是祭奠之处，坟冢绝不能踩踏。不过今之人竟用青砖修了台阶，以把四方宾客送上坟冢的顶部，薄太后陵遂如高台，任人信步游目。附近学校的男女相携而至，席地而坐，摆弄着恋爱之姿。我不知道冥府之中的薄太后做何感想。

薄太后陵在霸陵以南的麦田，坐落于西安市灞桥区狄寨街道鲍旗寨地界，遂曰南陵，又名薄姬冢。

隋文帝泰陵

在杨凌农业高新技术产业示范区参加文学活动，事毕，便径赴隋文帝泰陵。岁末，2011年12月4日，这样的时候，一般都忌讳野奔，可惜我情发难禁，执意而行。寒流不要紧，唯大雾漫道，司机略有紧张，并数次给黄昏打光。

隋是一个短暂的王朝，只存二世，共38年。不过有隋出现，确实是中华民族的幸运。公元581年，杨坚登天子位，谓之隋文帝。他不以坐半壁江山为满足，恰恰相反，胸存壮志，要平后梁，灭陈。他励精图治，积累实力，决定统一天下。

公元587年，隋平了后梁，接着讨陈。到公元589年，隋文帝下诏发兵八路，518000个将士横亘数千里，进攻建康，今之南京，陈的国都。俘陈后主，陈亡。从公元317年到公元589年，总计272年之南北分裂局面，悠然结束。

秦始皇结束的是诸侯国导致的分裂，隋文帝结束的是北方诸族政权与汉族政权的分裂，统一的意义都很重要，不过彼此还有区别。氐、羌、羯、匈奴、鲜卑，所谓的五胡入主中原所造成的分裂，原因复杂且深刻，统一起来也很难，然而隋文帝做到了。隋文帝的统一，不但否定了南北各自为主之势，扭转了历史的方向，而且强化了中华民族统一的意识。自隋以后，中国再无长久的分裂，这不可能没有隋的影响，不可能没有在隋的基础上诞生的唐的影响。在此我认为，隋文帝是一个伟大的人。

隋文帝泰陵在渭河北岸的三畤原上，古者祭神之处。公元602年，独孤皇后薨，葬这里，两年以后，隋文帝崩，也葬这里。泰陵属于合葬冢，同茔而异穴。史记其高五丈，周回数百步。今之专家勘测其初筑有城垣，现在所存残墙，东西横距592.7米，南北纵距628.9米。其陵为覆斗形，底部东西长155米，南北长153米，顶部东西长42米，南北长33米。

杨坚是弘农郡华阴人，今之陕西华阴一带。其父杨忠从北周太祖宇文泰起义，曾经得鲜卑人的姓普六茹氏，官至大司空，封隋国公，然而这毕竟是鲜卑人的政权。杨坚出生于公元541年，质性深沉严肃，素有凛然难犯之威。以父之荫庇，以自己的奋斗，在北周上层社会颇有出息，封大兴郡公，又袭隋国公，可谓飞黄腾达了。不过他的命运显然还存大贵之机。

有三个女人应该是杨坚的福星。其母吕氏从善如流，敢交刚刚出生的杨坚于佛教徒养之别馆，因为有尼发现杨坚甚异，不可处于俗间。其妻独孤皇后为鲜卑人，长养皇亲之家，14岁嫁杨坚，不但温柔恭顺，洁身自好，而且天资果敢，具政治直觉。杨坚一度总损北周朝政，不过也危机四伏，当是时也，独孤皇后指出："大事已然，骑兽之势，必不得下，勉之！"是要他立即行动，登天子位，以成大业。其女杨丽华嫁北周皇太子宇文赟，一旦宇文赟继承大位，为北周宣帝，她便是皇后，杨坚也就由亳州总管拜为上柱国、大司马。北周宣帝宇文赟崩，杨丽华所生儿子宇文衍即天子位，为北周静帝，她便做了皇太后。静帝只有六岁，杨丽华及其父遂居禁中辅政。实际上杨坚已经假以黄钺，为左大丞相，百官皆听命于他。大约是在此刻，独孤皇后鼓励他采取措施，杨坚的同僚也支持他干。以宇文氏诸王有异况，杨坚遂剪除诸王，接着北周静帝禅让，杨坚便在长安城临光殿即皇帝位，国号隋。有学者认为，从来得天下之易，没有像隋文帝这样的，诚然，诚然！

隋文帝也是非常残酷的，即皇帝位，他便尽杀宇文氏王子王孙60余人，并暗害其外孙北周静帝，以彻底斩断鲜卑人的复辟之途。但他却又多少害怕独孤皇后，甚至常常受制于她。杨坚与独孤皇后初婚感情相洽，发誓不会有异生之子，此含他不近美色之意。然而杨坚为皇帝，怎么可能无宠幸之举呢？问题是独孤皇后妒忌之心甚重，管制太严。有一年隋文帝在仁寿宫见一位少女极妙，便宠幸有加，遗憾独孤皇后获悉此情震怒，竟使阴谋杀了她，这几乎让隋文帝痛苦得发疯。

独孤皇后似乎对纳妾极为敏感。皇太子杨勇其他还都优秀，就是喜欢美色，有嫡妃元氏，他又纳妾，尤爱云妃，这难免牵动独孤皇后的某根神经，遂厌恶杨勇。恰恰嫡妃猝死，她猜疑是杨勇所干，便起废立皇太子之意，从而向隋文帝进言，让其换太子。杨勇之弟杨广为晋王，早就觊觎皇太子之位，遂勾结大臣杨素共谋。隋文帝信任独孤皇后，也信任杨素，他们都诋毁杨勇，于是隋文帝就废杨勇，立杨广为皇太子。可惜杨广一旦当皇帝就恣意享乐，劳师远征，很快隋便亡。

我在杨凌区所辖的五泉镇的田野看到了泰陵，农民种桃，种葡萄，种庄稼，已经得寸进尺地种到了坟冢的脚上。坟冢不失雄厚，只是风摇枯蓬，显得又芜杂，又荒凉。沿一条曲径一步紧一步地登临顶部，顿感空气冰冷，不过我还是走了几圈。顶部总体平坦，然而也有深深浅浅的坑，深深的坑尤为可疑，不知道是否是盗贼留下的。还有一个混凝土墩子，难道这里尝有什么建筑？附近久居农民，朋友指点着四方说：“那是双庙坡村，那是王上村，那是崔家村，那是杨后村！”大雾弥漫天地，染物悉白，不见村子。朋友转身面南，指点着说：“远方是渭河，过渭河再向前就是秦岭。”天地渺茫而灰，他的声音像一个石子落在了大海里，连一个浪花也不溅响。

隋文帝陵就是杨陵，杨凌为杨陵所改。

唐高祖献陵

唐高祖李渊是开国之主，公元 635 年崩，葬献陵。其冢在陕西三原徐木乡永合村。1992 年 12 月 20 日我曾经至此考察，2021 年 1 月 16 日再到这里做田野调查。

一切都是变化的，献陵当然也是变化的，我的感受也随之变化了。

昔日献陵的整个封土都是野草，没有一棵树。冬季寒肃，蓬蒿尽蔫，烧荒之痕处处可见。二十八年以后，仍是献陵，我注意到，从坟底至坟顶，统统植柏。也有野草，不过其色发白，遂显干净。不知道在封土上种树是否合乎传统，不过它确实体现了一种保护意识，李渊应该感到欣慰。然而一旦其柏根深，是否会向藏有棺椁的坑穴渗水呢？也许环坟植柏更好，环坟植柏与松显然属于古之风俗。

站在献陵上，还能远望。这一带虽然是关中腹地，不过它已经在渭河北岸，在泾河北岸了。献陵本起台地上，我又站在献陵上，而天很蓝，而阳光很亮，我看到了数里以外的村子。过去的屋舍皆是瓦房，现在似乎多是二层三层的楼房了，建筑材料有红砖，有发灰的混凝土，也有黄的或绿的橡胶板。尽管毫无响声，但村子却在视角上造成一种喧哗。

献陵有其司马道，就是通向墓茔的路。司马道就是神道，往往四面皆通。从前我至此，南司马道为土路；今我至此，南司马道是混凝土路。硬化方便了，不过也丧失了原始感及和谐感。轻易不要动遗址，要动就施用修旧如旧的原则吧！

隋炀帝执政十四年，不过其登基七年天下遂渐乱。杨广德才皆弱，显然不是明君。他杀害密戚，诛戮功臣；为享乐而广招秀色，大造别馆；又修运河，又攻高丽。九州甚苦，百姓极怨。撼动其江山的，初是农民的起义，卒为统治阶层的反叛。

李渊袭封唐国公，公元617年，隋炀帝授其为太原留守，是十足的统治阶层的一员。然而他素有雄心，一旦发现了历史机遇，遂在太原起兵，进军关中。李渊先立隋代王杨侑为天子，接着劝杨侑禅让。公元618年，改朝换代，李渊在太极殿即皇帝位。唐立，以长安为国都。

虽然唐高祖已经号令天下，不过天下仍处动荡状态。隋统一中国，也才三十八年，所以必须尽快翦灭割据势力。唐高祖就是这样干的：公元618年，铲除了割据金城的薛举及其子薛仁杲，陇右平；公元619年，俘虏了割据凉州的李轨，河西平；公元620年，打败了割据马邑的刘武周，河东平；公元621年，生擒窦建德，逼迫王世充投降，河北平，洛阳平；公元623年，斩刘黑闼，洺州平；公元624年，斩杜伏威刎颈之交辅公祏，丹阳平。至此，企图独霸一方的军阀统统遭到粉碎。

这个过程，秦王李世民出征最多，勋绩最大，然而唐高祖是元首，光荣当归唐高祖。

唐保持了统一，并在此基础上，实现了使中国人引以为豪的鼎

唐高祖献陵

盛。避免分裂，应该是唐高祖留下的宝贵遗产。

如何处理唐高祖的丧事，颇让唐太宗李世民踌躇。尽管唐高祖嘱咐悉从汉制，务以俭约，不过唐太宗仍不敢草率。先贤曰："事死如事生，事亡如事存。"道理易懂，标准难掌。唐太宗的犹豫是，过于朴素，遂为不孝，而过于崇厚则恐百年以后遭遇捣毁。大臣虞世南和房玄龄都进行了论证，这帮助唐太宗做出了决定：以汉光武帝刘秀原陵为参考，冢高六丈吧！唐高祖入土五年之际，李世民到献陵来祭祀了一次。

唐人呼永合村这一带为白鹿原，也呼其为万寿原。向东十五里就是荆山，刘邦之父、汉太上皇刘煓的墓茔在此。综合种种因素，唐太宗及其大臣选了几十亩高亢且平坦之地挖坑穴以置棺椁，献陵遂成。其海拔五百米左右，颇为合适。李渊长眠于斯，应该保佑了他的子孙吧！

唐高祖是在太安宫前殿逝世的，近乎半年以后葬献陵。我偶尔会困惑，经过了一个夏天，到底用什么方法降温呢？用冰块吗？取太白山的冰块吗？效果如何呢？终于难以想象。

资料显示，献陵曾经有献殿和祭坛，且在四方各开一门，每门外各有石虎一对。南门为正，南门外还增有华表一对、石牛一对。高士廉摄司空，负责献陵的规划和营造。阎立德为将作少匠，以建献陵擢为将作大臣，足证其建筑艺术之高。然而这些几乎都消失了，可见的当为天的作用。岁月的一大功能，便是让物质和精神磨灭。我现在才知道，在岁月中不可磨灭的唯有物质世界里的玉和精神世界里的德，这也是君子比德于玉的缘由吧！

陕西省考古研究院在2011年对献陵陪葬墓进行勘探，确定有九十三座陪葬墓，这多于史记。唐的陪葬墓之礼始于献陵，李世民有诏指出，凡密戚、功臣及有德业之士可以陪葬，其墓所用土地可以赐予，且具其他陪葬的优待。有文献显示，献陵有诸王墓十六座，太妃墓一座，公主墓一座，大臣墓七座，皆为陪葬，而太穆皇后则为祔葬。不过现在能够证实的只有四座，它们是：虢王李凤墓、房陵大长公主墓、彭王李元则墓和荣国公樊兴墓。

考古发掘了虢王李凤墓和房陵大长公主墓，出土文物各异。李凤是唐高祖第十五子，封为虢王。公元674年薨，葬陕西富平吕村乡北吕村，出土文物共计三百四十件，其中陶器十二件，陶俑二百二十五件，刻石十二件，饰物八十七件。其夫人刘氏，也葬于斯。房陵大长公主是唐高祖第六女，公元673年薨，葬陕西富平吕村乡双宝村。非常遗憾，此墓曾经遭盗，出土文物甚少，仅有陶幞头俑、笼冠俑、帷帽俑、男女乐俑和男女马俑，也多是残碎。

实际上唐高祖献陵也曾经遭盗，也许这是李世民不料的。公元566年，李渊生于长安，历北周和隋，创建唐，七十岁逝世，是长寿的一个皇帝。

不知道唐高祖入土之际，其冢前是否竖碑？我看到的一通碑当是清康熙皇帝遣其大臣所立，可惜碑面多有侵蚀，语言已经难以连贯。清康熙二十七年，换算下来，此碑当为1688年制。

1992年我看到的孤独的石马，应该是石虎。它仍在南司马道以西，用铁栅栏围住了。一千三百余年以来，日晒雨淋，石虎之皮不免有损且剥落，然而其凶猛之势尚存。石虎头大，颈粗，背厚，腹圆，见证了一个充满活力的伟大的时代。它来了，又走了。

唐太宗昭陵

唐太宗李世民崩于终南山翠微宫，葬于九嵕山昭陵。生死之间，一跃关中南北，除了此人，究竟还有谁能这样呢？

在中国历史上，唐太宗素有明君之誉。公元 630 年，唐军破突厥，生擒突厥颉利可汗，押其至长安。唐太宗登顺天门，吏士执颉利可汗献捷。打败突厥，启示了环西北一带的诸蕃，他们纷纷归附，呼唐太宗为天可汗。天可汗指唐太宗既是你的主，也是我的主，还是他的主，属于天下共主。唐太宗接受了，并册命诸蕃君长。诸蕃称唐太宗天可汗，唐太宗称诸蕃君长，兼称之。

这一年是李世民即皇帝位的第五年，也是他独立执政的第四年，九州和平，百姓安宁，而少年有乐，而老年有养，而青年和壮年悦其业，遂犯罪率大减，海内死刑犯仅二十九位。外户不闭，旅行可以不带食品。贞观是唐太宗的年号，所谓贞观之治，从这一年渐成气候。

唐太宗的心性并不简单，不过其在世行迹还是颇为清晰的。

公元 598 年生于武功，多随父亲迁居，当然也受李渊器重。十六岁，隋炀帝雁门受困，他应募勤王，脱颖而出。十九岁，他在太原积极活动，策划并推进李渊起兵。唐立，不过江湖未定。他一败薛仁杲，二败刘武周，三败窦建德，四败王世充，五败刘黑闼，凡割据且做皇帝梦的主要政治集团都平定了，或受到重创。

公元 626 年，他率幕僚一举杀死其兄李建成及其弟李元吉，成为皇太子，俄顷登基，于是中国就有了一个唐太宗。

其大赦天下，指示掩埋亡者骸骨，释放隋宫之女，重视农业，并亲耕籍田。灭突厥以后，又平吐谷浑，又平高昌，置安西都护府，施行对丝绸之路贸易的管理。唐盛，凡高丽、新罗、西突厥、吐火罗、康国、安国、波斯、疏勒、于阗、焉耆、林邑、昆明，无不朝贡。吐谷浑求婚，嫁了弘化公主；吐蕃求婚，嫁了文成公主，以避兵戎相见。当然，李世民毕竟是皇帝，他也猎于田野，幸于温汤，甚至一再筹划泰山封禅。公元 659 年逝世，五十二岁。

唐太宗曾经在关中北部游畋，或曰作战经此，见九嵕山高耸入云，颇为喜欢，遂产生了因山为陵之念。公元 636 年，文德皇后薨。其临终之际，向唐太宗请求，希望自己能因山为坟，且器用瓦木，以免劳天下。也许文德皇后所表达的正是唐太宗的所想，总之，她葬九嵕山了。十三年以后，唐太宗也葬在这里。九嵕山由九个石峁相汇而成，主峰一千二百二十四米，它便做了昭陵。凿坑穴，筑屋宇，统统不易，所以营造昭陵，合葬唐太宗和文德皇后，至少用了十三年时间。

唐太宗崩，显然出乎朝廷之意料，遂在开始是保密的。那么皇帝是如何返长安的呢？有甲兵四千，排队于路两边，直到安化门。其他从官和侍御，仍像唐太宗平常移跸一样，前后左右忙碌着。

皇太子李治奉陪唐太宗在终南山翠微宫避暑，遂一起返京师。等灵柩停放在太极殿，一切都妥当了，这才发丧。李治也在灵柩前即皇帝位，为唐高宗，并主持了唐太宗的治丧活动。六年以后，唐高宗拜昭陵，随之免了礼泉人当年的赋税，并给昭陵的宿卫晋爵一级，给令丞各加一级。

资料显示，昭陵寝宫在九嵕山主峰的南坡，其深大约二百二十一米。为营造昭陵，绕悬崖架了栈道，其长大约三百三十九米。游殿在九嵕山之顶，以方便唐太宗和文德皇后的灵魂升天。除了游殿之外，还有献殿、北司马院及石室。这些建筑置于墓茔之中，内城森严，外垣成环，其周长大约六十公里。四隅各有角楼，以供瞭望。南北皆有神门，或曰南司马门、北司马门，以供出入。

献殿陈列有唐太宗生前用过的一把柞木梳子、一把黑角篦子和一把草根刷子。这是高力士看到的，不知道唐玄宗的超级秘书至此有何贵干。这些用品装在一个小小的箱子里，以向唐太宗的子孙显示其节俭。上能节俭吗？昭陵耗资多少？又藏有多少金玉、书画？什么是虚伪？虚伪也在上这一端。

1992 年冬日，我乘坐一辆三轮车，蜿蜒曲折地来到昭陵，只见献殿遗址满是砖瓦的碎片。也许风吹雨淋还不构成摧残，严重的威胁主要是战火。凡能创造出来的，也能毁灭殆尽。砖瓦厚积，连其断裂之处都让尘埃浸灰了，足证献殿倒塌之久。我还拣了一角砖、一角瓦，以作纪念。历史影响人生，我就是好古。昭陵在陕西礼泉，当地人称这里为砖瓦岭。献殿是祭祀之所，以一定的仪式表示对上的敬拜。唐太宗没有想到献殿会变成废墟吧？凡是人皆有局限，遂当谨重和谦卑。

这年的冬日，我仗着一腔热血在九嵕山上下寻觅。阳光在照，而北风凛冽，而雾霭飘然。昭陵的陪葬墓诸王七，嫔妃八，公主二十二，重臣五十三，将军六十四，共计一百五十四座，不过考古发现有一百九十四座，似乎史记并不全。然而考古发现也不全，迹象表明，昭陵的陪葬墓应该多于二百座。李世民是天可汗，其冥府理当如此，这是封建宗法思想的反映。

韦贵妃、长乐公主、魏徵和尉迟敬德，其人特殊，遂能陪葬昭陵，且在昭陵的重要位置。

韦贵妃非常女也，其曾祖父韦孝宽是北周大司空、上柱国，祖父韦总为北周骠骑大将军、京兆尹，父任隋开府仪同三司，袭郧国公，皆是京兆杜陵人。韦贵妃初嫁隋高官之后李珉，李珉死，韦贵妃寡居洛阳。李世民攻下洛阳，先纳其为妾，后册封其为贵妃。韦贵妃墓在昭陵东南方向的冶姑岭上，以一沟之距挨着昭陵。此墓 1990 年发掘，出土文物颇丰。

长乐公主墓也近昭陵，这不仅因为是长孙皇后所生，也因为她二十三岁薨，令唐太宗心疼。此墓 1986 年遭盗，遂进行发掘，一方辟雍砚出土成为亮点。长乐公主喜欢书法和绘画，她用过的文房之宝也就随她了。

魏徵墓在昭陵西南方向的凤凰山上，难得它临到唐太宗的宫。德业之人，唯魏徵有此殊荣。唐太宗为魏徵的永别不禁流泪，他还亲制碑文，以示其敬。但魏徵逝世不久，他却下令推倒墓碑，磨灭其字。两年以后，他又回心转意，指示复立之。我看到的墓碑是再竖起来的，不过墓碑无文。此事透露了唐太宗一种矛盾心理，不仅是有趣。

尉迟敬德对消灭割据势力，翦刈李建成和李元吉，皆有奇功。他也陪葬昭陵，可惜曾经遭盗。1971 年进行发掘，其墓几乎没有考古发现，悲夫！

昭陵有十四尊圆雕石像，置北司马门内。这些石像以诸蕃君长为原型所塑，多深目隆鼻，也有细目突颧、粗眉浓须的，也多杂佩弓刀。此事是唐高宗做的，目的在颂唐太宗之伟大。诸蕃君长也都是归化的主，其中多是战场上的俘虏。

他们是：突厥颉利可汗左卫大将军阿史那咄苾。唐太宗感念渭水之盟，活捉以后又赦免了他，并给其以职位，使其获得尊严；突厥突利可汗右卫大将军阿史那什钵苾。他与颉利可汗渐成对立之势，为避难投靠了唐。唐太宗用之，让其治理突厥故地；突厥乙弥泥孰候利苾可汗右武卫大将军阿思那思摩。他和颉利可汗同时被抓，到长安以后，受到唐太宗的优待。这个人先管理突厥故地事务，后参加辽东战役；突厥答布可汗右卫大将军阿史那社尔。此人败绩薛延陀以后，又攻占西突厥，并自立为都布可汗。接着他率部讨伐薛延陀以复仇，不料又败绩。其奔高昌，俄顷率部内附。唐太宗嫁衡阳公主给他，命其统领屯兵部队。为唐征战，一再立功。还有：薛延陀真珠毗伽可汗；吐蕃赞府；新罗乐浪郡王金真德；吐谷浑河源郡王乌地也拔勤豆可汗慕容诺曷钵；龟兹王诃黎布失毕；于阗王伏阇信；焉耆王龙突骑支；高昌王左武卫将军麴智勇；林邑王范头黎；婆罗门帝那伏帝王阿那顺。

可惜1992年冬日，我在此并没有看到这些石像，也没有掌握可以发现它们的线索。不过我是想知道它们的下落的，想看一看。

有六匹马，是李世民进击割据势力那几年的坐骑。为纪念它们，遵唐太宗之命，画师绘图，工匠琢磨，遂成石刻，置北阙，东庑三尊，西庑三尊，谓之昭陵六骏。这是长孙皇后葬昭陵以后便实施的工程，固然是对马的纪念，实际上是宣扬唐太宗对建唐的贡献。

当李渊率众到达关中之际，金城校尉薛举起兵反隋，并自称皇帝。然而天命有缺，旋即病卒，于是薛举之子薛仁杲就继位了。公元618年，薛仁杲率兵十万东至泾州、豳州和岐州，志在长安。李世民奉命扫荡，所骑战马便是白蹄乌。李世民坚壁不出，后发制人，终于在浅水原败之，陇西归唐。

白蹄乌，昭陵六骏之一。唐太宗诗赞曰：“倚天长剑，追风骏足。耸辔平陇，回鞍定蜀。”

唐太宗昭陵

公元617年，马邑校尉刘武周杀死马邑太守王仁恭，自任太守，并依附突厥。他占领汾阳宫，取女子献突厥，突厥始毕可汗遂也赠其马。刘武周以马邑为中心扩张，力量骤壮。突厥封其为定杨可汗，他也自称皇帝。在易州一带活动的农民起义军首领宋金刚又投奔刘武周，显然增强了他的力量。至619年，刘武周向南发展，侵并州，破榆次，陷平遥，得介州。唐军失利，再失利，李元吉也弃晋阳，奔长安。晋阳属于李渊的龙兴之地，现在竟归刘武周所有了。不仅如此，刘武周接着攻下晋州，逼近绛州，占据龙门，于是几乎整个山西就沦为刘武周的辖区了。唐高祖难免慌恐，甚至决定谨守关西。当此困难之际，李世民受诏讨伐刘武周。在美良川，他打垮尉迟敬德。在雀鼠谷，他打垮宋金刚。刘武周惊惧，遂逃突厥。尉迟敬德不得不拢其散兵，向李世民投降，而宋金刚则亡突厥。李世民兴师并州，收复了故地。刘武周和宋金刚毕竟不宜久居突厥，然而他们一旦不辞而别，突厥便会斩他们。李世民攻打刘武周，所骑战马为特勒骠。

特勒骠，昭陵六骏之一。唐太宗诗赞曰："应策腾空，承升半汉。入险摧敌，乘危济难。"

王世充涉猎经史，颇能运筹，遂得隋炀帝信任，当了江都丞。镇压农民起义，他也有功。公元617年，李密的瓦岗军占领洛口仓，放粮济民，心向洛阳。隋越王杨侗发慌，便求救于江都。隋炀帝遣王世充率军驰援，竟败绩李密。王世充奸诈，就自己投狱请罪。杨侗幼稚，赦免了王世充，并召其还洛阳。王世充遂网罗游勇，屯兵伺机。公元618年，隋炀帝被宇文化及绞缢，杨侗登基，以洛阳为国都。王世充做了工部尚书，并得封郑国公。此间，李密接受杨侗所授高官厚禄，甘为隋臣，进伐宇文化及。宇文化及败绩，窜入河北。李密遂赴洛阳，计划辅政。不料王世充通过政变，迅速掌握了洛阳的军政大权。其率兵二万，对抗李密。李密轻率，瓦岗军便伤亡殆尽。李密无可奈何，跑到关中，投降了唐高祖。王世充加封太尉，大权更紧，就以尚书省为窠巢，日夜运筹，欲对杨侗采取行动，以取而代之。至公元 619 年春，经过一番组织和舆论的准备，王世充逼杨侗禅让。事成，竟自称皇帝，立郑，仍以洛阳为国都。小小朝廷，日子艰难。公元 620 年夏，李世民率兵十万余出潼关，包围了洛阳。隔了一条河，王世充对李世民说："世充唯愿自守，不敢西侵。"李世民说："若转祸来降，则富贵可保，如欲相抗，无假多言。"不合，遂攻。王世充难以招架，便乞师窦建德。窦建德似乎感到了唇亡齿寒，他还来了，然而结果会怎么样呢？公元 621 年，唐军生擒窦建德，并执其于洛阳城下。见此状，王世充只得投降。

李世民打王世充，所骑战马为飒露紫。为辨识王世充究竟有多少士卒陈列邙山，李世民乃带数十骑冲进敌阵，斩首砍头，所向披靡。不料以堤坝所阻，李世民与团队相失，只剩下丘行恭陪从。有敌兵发现唯丘行恭跟着李世民，便猛冲上来，蓦地一支箭就射中了李世民的马。危急之际，丘行恭调转其马，向敌兵驰驱并左右开弓。其百发百准，敌兵无一再敢扑过来。丘行恭翻身下其马，拔出李世民坐骑身上的箭，并请李世民用他的马。他走在李世民坐骑前，手执长刀，巨跃大呼，连灭数敌兵。他威震沙场，护卫着李世民突出敌阵。这匹遭箭射中的坐骑，乃是飒露紫。

飒露紫，昭陵六骏之一。此石刻表现了丘行恭谨慎抽箭，李世民坐骑忍痛配合的神情。唐太宗有诗赞之，其曰："紫燕超跃，骨腾神骏。气詟三川，威凌八阵。"

窦建德是农民起义军首领，控制河北和山东一带。公元 617 年，其自称长乐王，公元 618 年，又自称夏王，并扩张地界。公元 619 年，他俘获宇文化及，随之将宇文化及所禁的萧皇后送突厥处罗可汗。俄顷占领洺州，迁都于斯。至公元 621 年，受王世充之请，率兵十万进驻虎牢关，以支持洛阳。窦建德并不尊重王世充，他到这里的目的也只是想维持夏、郑和唐的三国局面。李世民追求的是唐的统一，遂既要平夏，又要平郑。闻讯窦建德助阵，他便慨然战之。窦建德沿汜水布兵，自以为得计，要灭唐军。不料唐军突然进攻，夏军顿溃。窦建德负伤而逃，唐军生擒，押长安斩之。在进攻窦建德之前，李世民伐王世充所骑战马是什伐赤，其身负五箭。

什伐赤，昭陵六骏之一。李世民诗赞曰："瀍涧未静，斧钺申威。朱汗骋足，青旌凯归。"

虎牢关之役，李世民败窦建德，所骑战马是青骓，其身负五箭。

青骓，昭陵六骏之一。李世民诗赞曰："足轻电影，神发天机。策兹飞练，定我戎衣。"

刘黑闼是贝州漳南人，今之河北衡水故城人也，参加了隋末农民起义。其先从郝孝德，后从李密，又归王世充，又归窦建德，有神勇，也有奇志。窦建德为唐军所捕，他便隐匿乡里，杜门绝客。唐高祖对窦建德的麾下看起来还能以仁义待之，恳恳召唤，然而这些人并未至长安。他们找到刘黑闼，鼓吹并策划新的军事行动。唐立四年，还要起兵，可谓不识时务。刘黑闼似乎颇有魅力，很快就聚众数万。他们多是河北和山东一带人，也多为窦建德部属。刘黑闼还遣使者见突厥，突厥颉利可汗遂派兵援助。唐军镇压刘黑闼，可惜李世勣、李神通、秦武通、薛万彻和薛万钧不敌，一一失利。半年之内，窦建德所丧之域又为刘黑闼所主。公元 622 年，刘黑闼自称汉东王，置百官，欲独立一方。

这个时候，李世民率兵征讨。唐军冲锋陷阵，刘黑闼只得从相州退至洺州，负隅顽抗。李世民断其粮道，引河水冲之。刘黑闼见士卒多有死伤，自己便带亲信走突厥。李世民追歼刘黑闼，所骑战马是拳毛䯄。其身负九箭，牺牲疆场。

拳毛䯄，昭陵六骏之一。李世民有诗赞曰：“月精按辔，天驷横行。孤矢载戢，氛埃廓清。”

可惜 1992 年冬日，我在此也并没有看到这些石刻，不过我想着它们。

九嵕山在陕西礼泉以北偏东方向，2020 年 12 月 9 日，我再谒李世民的墓茔。公元 649 年就已经存在的土路，我第一次走的那年还是土路，不过我第二次走它即发展成了沥青路。坡度和弯度大体仍维持着原始状态，但速度却快多了。我乘坐的是朋友的轿车，很安全，遂能让我欣赏窗外的松树。崖面和坎上在过去全是蓬蒿，没有蓬蒿的地方便是黄壤。通向北司马门遗址的神道现在也砌了青砖，但过去的神道却是土路。应该是经过了清理，那些厚积成堆的砖瓦的碎片也都消失了。北司马门遗址上还出现了一块卧式石碑，我想，先前是没有这个东西的，唐代乃至我第一次到昭陵来的时候是没有这个东西的，而且它妨碍视线。我不悦，就未读碑面的文章。

昭陵显然增加了新的元素，这令我不适，便把目光摇向九峻山之巅。直视顶峰，我看见了薄薄的一层雪。固然是晴天，但九嵕山的阴岭却也难免黯然且沉晦。其巅之上，云气苍茫。毕竟是逆光，虽然雪是白的，它也乏透明之感。斑斑点点的灰色，当是融雪而露出的岩石。李世民的棺椁就在岩石之下隐匿着，他希望自己的冥府固若岩石，以保障死后如生前。岩石坚硬，不过它比雪还显得更为寒冷。

徘徊九峻山，不禁自问：昭陵十四国君长石像在何处？昭陵六骏石刻又在何处？

从 1965 年至 2003 年，在昭陵有四次考古。发掘北司马门遗址一带，可以证实十四国君长石像多埋于这里的土中。非常奇怪，这些石像没有一尊是完整的。不知道是什么人，又是在什么时候推倒并毁坏这些石像的？石像无不身首异处，其头脸、躯体和石像的基座无不是残块。考古专家几经努力，到现在仍不能把残块组合为标准的十四国君长。已经组合起来的，藏于昭陵博物馆。我欣赏了，真是丰伟！然而究竟是什么人，又是在什么时候，损污了这些石像呢？何故要如此心狠手辣呢？是憎恨唐太宗吗？

昭陵六骏属于有世界影响的石刻艺术作品，可惜它们是不幸的。大约在1913年，有法国人戈兰兹至中国，要把飒露紫和拳毛騧二石刻运离昭陵，遭到了礼泉民众的拦截。他们不惜抬起石刻，推到坡下，滚向沟壑，也不愿意法国人运走。粉碎了戈兰兹的妄想以后，礼泉民众收拾石刻，交由陕西省图书馆保存，此乃大义。此间，张云山，陕西长安人，参加过辛亥革命，西安光复以后任陕西的一个兵马都督，渐渐玩起古董了，并挪飒露紫和拳毛騧二石刻于衙门，图自己的喜欢。旋有陆建章至陕西主政，他是袁世凯亲信，官大权重。为讨陆建章的欣悦，张云山竟进此二石刻。须臾之间，此二石刻竟到了古董商卢芹斋之手。接着，此二石刻便进入美国，流散纽约。至1918年，此二石刻以某种程序藏于美国宾夕法尼亚大学考古与人类学博物馆，现在仍藏于此。恰在这一年，有美国人毕士博至中国，从礼泉运离了白蹄乌、特勒骠、什伐赤和青骓其余四石刻。不过挪至码头的时候，陕西民众奋勇拦截，未能运走，遂送陕西省图书馆。1953年，此四石刻转藏于陕西省博物馆，今藏于西安碑林博物馆。

谁对日月星辰敬畏？谁对山川江海敬畏？谁对历史敬畏？谁对圣贤敬畏？谁对谁敬畏？唐太宗，你也得接受委屈！翻你黄泉，动你石刻，你也无奈！

我悠悠反顾，远望泾水流域，只见素洁的阳光照在原野，小麦绿中带黄，村子散落，树是灰的，瓦也是灰的，流露着某种洪荒似的宁静。

大地女神啊！你宽容了一切，消化了一切！

唐高宗乾陵

关中唐陵十八座，横陈渭水以北的台地或崇山，其隧道隐蔽，寝宫坚固。尽管如此，也无不遭盗，甚至皇帝的骸骨也会受辱。

唐高宗李治乾陵至少被挖三次，然而劫掠统统没有成功，遂为唐陵中唯一完整的天子之冢。公元9世纪，黄巢的起义部队数十万，竟狂刨乾陵。不料洞至大约四十米之际，忽然雷响雨注。他们惊慌住手，背身就逃。10世纪，后梁温韬，任耀州节度使，他指挥士卒遍凿唐陵，一一得逞，但凡对乾陵动镢动镐，却总是风雨交加。思之害怕，便收了心。20世纪，冯玉祥的麾下孙连仲驻兵陕西，也计划在乾陵取宝，其部队还以爆破攻石。可惜狂风一再扬尘，骤雨呼之欲出，如灾异戒戢，从而收手。这三次皆是有组织的行动，非组织的行动到底发生了多少次，谁也不知道。

唐高宗的棺椁置于寝宫，它当然有神道通墓门，有墓门通隧道，有隧道通寝宫，然而不是设计者和营作者，无人清楚其秘密。1958年11月27日下午，几位农民在梁山主峰爆破取材，以修公路。一声炮响，竟有条石飞出。农民吓慌了，然而也不忘报告领导。考古显示，这正是乾陵之穴，是墓门，是通向寝宫的隧道，它的尽头将是棺椁。“踏破铁鞋无觅处，得来全不费功夫。”夏元鼎的诗，似乎准确地表达了这种意外发现的奇妙。然而那几位农民并无妄念，是不盗乾陵的。

在反复研究以后，凭空摧开的乾陵之穴回填了，并在此处种了草，植了柏树，以混融其环境。数至乾陵，经过这棵柏树我总是迅移目光。我不看柏树所在的斜坡，且恪守思无邪。非礼勿视，乃孔子的教导，窃以为它也包括过乾陵之穴，眼睛不看。

这一次往乾陵去，我专选了一个日子，以图安宁。在唐陵中，也许由于武则天的缘故吧，乾陵有了盛名。游乾陵的，境内多，境外也多，每天足有百万之众。来来往往，摩肩接踵，陷于喧闹之中，难免分心，妨碍会神。除夕之前的一天，而且是下午，这个时候至乾陵的人最少，梁山当然也最宁谧。

今之乾县，在唐为奉天县。奉天县的衙署已经消失于乾县的土路或沥青路之下了，然而其文化是传承的。想着奉天县，我穿过了乾县一片稠密的建筑。

北行，是坦荡的大地。梁山崛起，甚为明晰。我专注地望着梁山，唯它紧紧吸引着我的目光。

蓝天深邃，偶有白云。阳光泛红，洒在梁山一东一西两个乳峰及其以北的主峰上。梁山的色调为青，不过梁山的柏树郁郁葱葱，阳光一映，遂显深绿，有凝重，也有妩媚和秀丽。

梁山是岐山的旁支，海拔足有一千零四十七米。梁山挺身而出，左挽豹谷，西挽漠谷，呈卓绝孤高之感。它掠过对峙的两个乳峰，眷恋地望着长安。在它的鸟瞰下，八百里秦川一览无余。

接受武则天的旨意，雍州万年县人韦待价负责营作唐高宗的墓茔。武则天临朝称制，拜韦待价为吏部尚书，摄司空。虽然身为重臣，不过韦待价还是要带上堪舆专家吧！总之，他以梁山为冢，其主峰置寝宫，用主峰以南的两个乳峰为双阙。富于想象，设计宏伟，难得。

唐太宗妻妾一百二十二人，这是制度所规定的。皇后及嫔妃多，生子也多。唐太宗共计十四子，文德皇后生三子，为嫡子，其余皆为庶子。只有嫡子可以践祚，虽然唐太宗嫡子有三，排列成序，不过到底选谁为皇太子，即皇帝位，仍令他烦恼。

唐太宗登基以后，以老大李承乾为皇太子。原则如此，不得不遵循。唐太宗举行廷议，会带李承乾听断，若行幸，会令他监国。唐太宗显然寄希望于李承乾，并在悉心培养。可惜李承乾及长，不仅浪荡无度，且聚拢群小，甚至宠幸妙有姿容的男色。李承乾也患足疾，且痾恙既久。老二李泰封魏王，其好士，爱文学，主编有地理学著作，也具嘉言懿行，颇使唐太宗器重。李泰便渐渐产生了取代皇太子之念，皇太子对此也有察觉，并恐惧其凌夺。彼此暗斗，各结朝臣。李承乾终于乱了阵脚，欲雇觅刺客杀老二，不克而止。接着还要谋反，以铤而走险的方式当皇帝。李承乾真是昏聩了，疯狂了！

公元 643 年，唐太宗不得不废皇太子李承乾，并贬黜魏王李泰。老三李治，封晋王。在这种背景下，得到重臣长孙无忌、房玄龄和李勣的支持，唐太宗遂立李治为皇太子。

唐太宗为此事显然非常煎熬，他说："我若立泰，便是储君之位可经求而得耳。泰立，承乾、晋王皆不存；晋王立，泰共承乾可无恙也。"为什么老三立，老大和老二都会平安呢？这是由李治的性格决定的，他小时候就显得谨慎，稳重，宽仁孝友。然而此性格也蕴含着懦弱的元素，他当皇帝，没有隐忧吗？

公元 649 年，唐太宗逝世，晋王李治登基，为唐高宗。旋以永徽为年号，发起了他的统治。从公元 650 年至 655 年，他有唐太宗的遗德余烈，又有顾命大臣长孙无忌和褚遂良的辅佐，天下安定，朝野融洽。遇到天旱，唐高宗也避正殿，减膳，内省以消灾。公元670年以前，指在唐高宗执政的前二十年，社会总体是平稳的，甚至是向上的。唐军反击西突厥，俘虏沙钵罗可汗贺鲁，伐高丽，伐铁勒，伐百济，伐龟兹，伐弓月，都是在此间进行的，显示了国威。他还成功封禅，而这是唐太宗想做却未能做到的事。

不过唐高宗也充满异常的表现，他不仅不是明君，辜负了其父，反而是一个昏君，甚至有罪于他的先辈和后世。

汉武帝在位五十四年，年号十一个，宋仁宗在位四十一年，年号九个，唐高宗在位三十四年，竟有年号十四个。他不只是唐皇帝中改年号最多的一个，也是中国所有皇帝中改年号最多的一个。频频换其年号，难免显示某种内在和外在的摇晃、颠簸和动荡，总之非积极、非平静和非稳定。

为立武则天为皇后，唐高宗废王皇后，废萧淑妃，接着武则天便致王萧死。随之废皇太子李忠，立武则天所生李弘为皇太子，而李忠则被赐死，年二十一，而李弘则莫名其妙地死于洛阳合璧宫， 年二十四。没有皇太子是不行的，遂再立武则天所生李贤为皇太子，而李贤则又遭废，以庶人迁巴州。唐高宗崩，李贤遂被逼自杀而死，年三十二。皇太子如此，公主也颇悲惨。萧淑妃所生女为义阳公主与宣城公主，以母得罪，幽于掖庭，年近四十不得出嫁。

唐高宗连自己的骨肉都守护不了，何况领土！唐太宗置安西都护府，并置龟兹、焉耆、于阗和疏勒四镇，以治理西域，主要是要捍卫丝绸之路的畅通。可惜公元670年，吐蕃陷龟兹拨换城，不得不罢其四镇。近乎十年以后，唐才设了新的四镇：龟兹、碎叶、于阗和疏勒。

应该感到羞愧的还有，唐高宗竟将军国之务交由皇后武则天处理。武则天令他不堪忍受，曾经打算废之。当是时也，武则天一闹，他遂推废皇后是西台侍郎上官仪所为。废皇后之事便放下了，但上官仪及其家口却遭害。

尤为荒唐的是，他知道皇后武则天有野心，竟不能割弃。结果是，在唐高宗逝世六年以后，武则天革唐命，改国号为周，自己当了皇帝，尊号曰圣神皇帝。

唐高宗自三十三岁起便患有风疾，每每头重，治而不愈。四十九岁那年，唐高宗以身体之故欲逊位皇后武则天，大臣郝处俊谏曰：“天下者非陛下之天下。正应谨守宗庙，传之子孙，不宜持国与人，以丧厥家。”唐高宗乃止。公元683年冬，唐高宗头重难忍，御医秦鸣鹤建议说：“刺头微出血，可愈。”皇后武则天在帐中责斥道：“此可斩，欲刺血于人主首耶！”唐高宗说：“吾苦头重，出血未必不佳。”秦鸣鹤遂刺百会，唐高宗说：“吾眼明矣。”

这只不过是回光返照而已，因为不久就病危了。清醒之际，唐高宗万千感慨地说：“天地神祇若延吾一两月之命，得还长安，死亦无恨。”到了黄昏，其崩洛阳贞观殿，年五十六。

一年以后，葬乾陵。武则天对韦待价的工作很满意，遂加封金紫光禄大夫，改任天官尚书。

乾陵的营作继续进行，谁也不知道何年何月才完全告成。

二十二年以后，武则天贵体不豫，其命将亡。当是时也，宰相张柬之得到皇太子李显首肯，指挥羽林军对武则天身边的宠臣一律问斩，并要求她传位皇太子。武则天太息两日，渐进弥留，遂传位李显，为唐中宗。旋殁于洛阳上阳宫，年八十二。

武则天的周结束了，唐复辟了。越明年，唐中宗遵母遗愿，葬之乾陵。

唐高宗李治和武则天便合葬于乾陵，情况如此。若无灵魂，何必阴间的摆设要像阳间的摆设？若有灵魂，不知道这两个人共躺寝宫是什么感受？请问李治先生：她篡夺了唐高祖和唐太宗留下的唐江山，当了十六年周皇帝，末日不得不去周，还唐江山，呜呼哀哉，无处托体，又以皇后的身份进了你的寝宫，是什么滋味呢？请问武则天女士：你是什么滋味？

我踏上乾陵的神道，悠悠地走向梁山之巅。从乾陵下来了一对少男少女，接着又下来了一对携着孩子的夫妻，俄顷下来的，是一位先生扶着他的母亲，之后就再也没有碰到什么人了。全是下的，唯我向上。见此，扶着母亲的先生对我说："冢多阴气，应该晌午看。"我点点头说："我就是阳气，我多阳气。"先生和他的母亲都笑了。

这是一天之中人最少的时候，更是一年之中人最少的时候。日行西天，照亮了乾陵，照亮了梁山的主峰。一东一西两个乳峰略矮，从而突显了乳峰以北矗耸的主峰。两个乳峰，一个主峰，既展空间之深，又增鼎立之势。稀薄的阳光之上，湛蓝的宇宙像海水似的融化着乾陵。凡是可以植树的地方，几乎都长着柏树。不过也有松树，松柏密布，柏树为多。以乳峰为双阙，阙之台在阳光下像黄壤一样敦实，但梁山的主峰却显飘逸。

1982 年我至乾陵，这里的神道土中有石，石在土上，坑坑洼洼，难免拐脚。承蒙几十年的努力，乾陵得到修缮，其神道比较平的地方是沥青路，比较陡的地方遂以石条砌了台阶。幽静，也有一些肃穆，不过抬头就可以看见柏树上的阳光及梁山上的阳光，乾陵并不森沉。

过了两个乳峰，公元 7 世纪的石刻便排列在神道两边了。

华表之通高逾七米，直径逾一米，由基座、柱身和柱头构成。华表是有寓意的，并非简单之物。其基座为方，柱头为圆，表达了天圆地方的理念。其柱头是一枝仰莲和一颗火珠，反映了对生殖的崇拜和对长命的追求。其柱身为八棱形状，指示着八卦所有的方位：乾、坎、艮、震、巽、离、坤、兑。

唐高宗乾陵石刻翼马

翼马当为瑞兽，东侧一尊，西侧一尊，艺术上有所区别。东边的，双翼圆润而细密，涡线成弧，仿佛花纹，力量内敛且聚集，看起来是阿旃陀的风格；西侧的，双翼重叠转折，性格健朗而刚烈，看起来是犍陀罗的风格。它们是否还有雌雄之分，也未可知。

鸵鸟属于瑞禽，东西各一。其羽毛丰满，昂首鼓翮，一副欲跃未跃之态。鸵鸟自吐火罗来，当是进贡之物，也是文化的交流。乾陵用鸵鸟算是开启，以后的唐陵用鸵鸟遂为沿袭，并积累为一种传统。

仗马及驭手石刻、持剑人石刻，皆是圆雕，气魄宏大雄浑，颇有力量。

有碑一通，竖立神道以西，是歌颂唐高宗文治武功的。虽然其通高近乎七米，是丰伟的，我也只是瞄了瞄，便移步神道以东。

在此竖立着一通无字碑，属于武则天的，我倒是有意仔细看一看。

无字碑方趺圆首，用一块完整的青石雕凿而成。一千余年，日晒，雨淋，风吹，霜冻，已经使它发白了。其通高逾八米，十足的巨大。圆首上盘着八条彼此缠绕的螭，一种没有角的龙。螭有四条垂碑东，四条垂碑西，眼睛向下俯视，表现了龙的变幻和神秘。

无字碑也并非无字，实际上它的阳面和阴面还都锲有其字。当然这些字无一是得到武则天传位的唐中宗李显所撰，也不是任何一个唐皇帝所书。除了唐皇帝，大约其他唐贤达也不宜为之。考古显示，这些字竟是宋至明的一些文人所留，时间在 12 至 17 世纪之间。除了汉字，还有契丹字及其译文。金太宗完颜晟之弟，是撒离喝吧，在 1134 年前后任都统经略，负责陕西政务。其以凤翔府为机关，偶尔也出门狩猎。他到过梁山，谒过乾陵，并以契丹字借武则天的无字碑记其行。

岁月磨灭，汉字、契丹字及其译文，都漫漶得模模糊糊的了。这也正常，问题是，这一通无字碑在五百余年间，怎么可以随便镂字呢？乾陵归谁？谁是乾陵之主？乾陵之主在哪里呢？它本当有主，它现在就有主，只要有主，管他文人还是武人，都不能以字乱锲乱镂，因为此乃中国的文化遗产。

我举目盯着圆首上的螭，蓦地看见了腊月寒冷的天空。它蓝得像海水洗了一样，是一种透彻的蓝。

密密麻麻的柏树遮挡了太阳，然而有光匀射，甚为柔和，并弥漫于天空，恰是一种瑞相。螭的鳞片镶嵌在这样的天空之中，似乎只剩下了装饰。

唐中宗李显为武则天治丧，循序，应该对碑文有所准备，否则不会用青石雕凿一通巨大之碑。并非是有计划地要竖立一通无字碑，是因为无法评价武则天吧！也许碑文没有完成，也许碑文完成了。虽然碑文完成了，不过对碑文异议颇多，不宜刻之，遂作废不用。唐中宗李显确实难以歌颂其德：这是唐室的乾陵，在此表现或删削周皇帝武则天的经历似乎都不合适。为了镇压反对势力，武则天杀了多少李渊的子孙？杀了多少李世民的子孙？武则天还设控鹤府，塞之以能男之士，为其服务，这让赫赫唐室，包括李治和武则天的儿子李显，唐中宗，将如何面对？为了免除尴尬，就竖立一通无字碑吧！

神道的北端、东侧和西侧，各置蕃臣石像，皆为圆雕，计有六十一尊。这是效法昭陵的，意在反映唐之盛。不知道何故，也不知道何季，这些石像的头多掉了。柏树遮光，石像遂沉于暗影之中。石像残缺，多是无头，欣赏不得，我便离开了。

在司马门前，分作东西，各置一尊石狮。石狮完整，且具艺术性。在公元 635 年，唐有狮子，是康国所献。唐太宗兴奋，还令虞世南为狮子作赋。我看到的石狮，东侧的大一些，高逾三米，西侧的小一点，不过其高也近乎三米。石狮皆是后蹲之姿，颇为稳重，并呈霸王的资性。它们扬眉挺胸，体格饱满而峻拔。彼此皆凸目，隆鼻，阔口，利齿，虽然威武且凶猛，不过又多少带着一丝微笑。这一带地势开阔，甚为敞亮，石狮都在阳光之中。石狮使乾陵又肃穆又威严，象征着唐帝国之强大。

沿神道所列的石刻计有一百余件，无不包浆深厚，它也恰是沧桑的见证。

告别石狮，遂缓缓登冢。登冢便是登梁山的主峰，要从司马门开始。至坟顶，并无固定之径，不过后一个世纪连着前一个世纪，后一个足迹压着前一个足迹，这些足迹也便成了登冢的路。路长，要从容走。如此，也就不觉艰辛了。

一脚是土，一脚是石，土涩而石滑。柏树为林，遂有翳蔚之晦暝。柏树之外，顿见斜阳之明丽。经乾陵之穴，我仍坚持不看柏树所在的斜面。不过我会一再观察乾陵的石头，并会弯腰摸一摸它们，因为这里的石头是有文章的。梁山主峰的石头，一部分是自然的，一部分是由苦役堆砌的。凡是从别的地方搬运到这里的石头，都有穿绳的小孔。这个知识的获得，我真是亦惊亦喜，惊大于喜。

继续登冢，不紧不慢地盘旋上升，悠然扬起头，便是梁山之巅了。鸟声清脆，风质偏凉。石头坚定，从石头缝隙冒出的蒿草纤细干枯，微微发颤。石头干净，蒿草也干净。

时间和地点给了我辽阔的视野，在像炭火烧软了似的夕照下，秦岭隐隐一痕，关中漠漠一片，越冬小麦的绿色是浅浅的一抹，唯有构成双阙的乳峰是羞怯隆起的两点。豹谷岚轻，漠谷雾重。赫赫唐皇帝之冢，此刻颇为寂寥，甚至荒绝而凄凛。

乾陵大约有十七座陪葬墓，我试图觅得它们。陪葬墓距乾陵几公里至几十公里不等，我平凡之士，即使竭尽目力也只能看到一些崛起的圪垯。圪垯磊磊，到底是我看到的还是我想象的，也并不敢断定。

这十七座陪葬墓总体包括两类，一类是唐室成员的，一类是唐大臣和唐将军的。属于唐室的，有皇太子的，是懿德太子墓和章怀太子墓；有公主的，是永泰公主墓、义阳公主墓、新都公主墓和安兴公主墓；有诸王的，是许王李素节墓、泽王李上金墓和邠王李守礼墓。属于唐大臣和唐将军的，是尚书左仆射刘仁轨墓、工部尚书刘审礼墓、礼部尚书王及善墓、中书令薛元超墓、礼部尚书左仆射豆卢钦望墓、尚书右仆射杨再思墓、右武卫大将军李谨行墓和左武卫大将军高侃墓。唐室成员的墓近乾陵，唐大臣墓和唐将军墓远乾陵，这由宗法制所决定。

紧挨乾陵的，是懿德太子墓和永泰公主墓。获得这种殊荣，因为他们是唐中宗李显的子女，然而也不仅如此。李显为皇太子，生嫡长子李重润，遂为皇太孙。三年以后，生第七女李仙蕙，长大了嫁魏王武延基。李重润是武则天的孙子，李仙蕙是武则天的孙女，武延基是武则天的侄孙，关系是血缘关系，属于密戚一级的。有一天，那时候正是武则天做皇帝的日子，这三个年轻人竟在一起议论奶奶与张易之兄弟的床笫之事。奶奶得到报告，震怒至极，遂要他们死，他们便都死了。几年以后，武则天停止了呼吸，唐中宗李显就追赠李重润为懿德太子，追赠李仙蕙为永泰公主。唐中宗李显指示把其墓茔迁至关中，以做乾陵的陪葬墓。

虽然是陪葬墓，不过懿德太子墓和永泰公主墓的规格实在罕见的。其号墓为陵，特别高大。唐中宗李显欲以此举振兴李家，压制武家。子女非命而夭，伤恸不已，此举也会添一点精神上的安慰吧！

懿德太子墓和永泰公主墓都被盗过，不过仍有大量文物出土。考古发现，这两座墓皆有绚丽的壁画，其寝宫的结构也很复杂，除了有棺，还有椁。其封土是覆斗形，并有神道。各置华表一对，石像两对，石狮一对。

死的时候，李重润十九岁，李仙蕙十六岁，青春正盈。世间最是荣华富贵的地方，也最是险峻，也最易逢殃和肇祸，乃至丧命。安全究竟在哪里呢？和平究竟在哪里呢？

徘徊之间，沉吟之中，嘤嘤的禽鸣似乎没有了。左顾右盼，暮色急降，瞻之于前，烟霞弥漫。不过梁山之巅是贴着天空的，我仍能沐浴到余晖的微明。石头闪光，蒿草如琴，而宇宙星现，而秦川灯烁，而城乡的千门万户可以为伴，不过毕竟鸟归其巢了。

这时候，上海一个朋友打电话问："在西安吗？"我说："到唐高宗乾陵来了。"朋友乐了，说："你喜欢皇帝啊！总是这个陵那个陵的。"

我喜欢皇帝吗？我只是想通过墓茔的角度考察中国文化而已。皇帝，其不管是明君还是昏君，谁不是以民脂民膏为慷慨。唐中宗李显以懿德太子墓和永泰公主墓陪葬唐高宗乾陵，居然给一个十九岁男孩和一个十六岁女孩以皇帝的待遇，道在何处？德在何处？情理在何处？

一股强烈的气流，携带着我之间飞离了梁山之巅。很好，我看见它远矣，远矣，飘逝矣！

唐玄宗泰陵

唐玄宗泰陵在渭河北岸的金粟山，在此观其气象，抚其石刻，一而再，再而三，也没有什么特别的意思。

唐之伟大，主要是在唐太宗、武则天和唐玄宗治下达成的，于斯也有震荡，不过社会的总体发展是蒸蒸日上。

唐太宗执政二十三年，任贤纳谏，轻徭薄赋，为唐的繁荣打下了基础，他也以德名世。

武则天决定百司之命四十一年，包括当大周神圣皇帝十五年。这是一个世间罕见的女人，兼能力与暴力于一身。她的执政也是中国封建社会在唐所孕育的一个怪胎。基于有唐太宗打下的基础，在她治下，社会仍处于发展状态。武则天以奇名世。

唐玄宗执政四十五年，凡唐的皇帝没有谁像他这样久坐龙椅的。在唐殇帝和唐睿宗短暂的过渡之后，权归年轻志昂的唐玄宗，整个社会有一种复活的舒畅，甚至是焕发了青春。在唐玄宗领导下，疆域开阔，生产跃进，天下户数增加到 8412871 户，人口数增加到 48143690 人，以海内富庶，行万里路，可以不持寸兵。公元 737 年，九州死犯共五十八人，几致刑置。艺术创作繁荣，宗教宽容，国际威望甚高，确实是到了极盛。不过也是在他领导下发生了安史之乱，唐缓缓而衰。当然，治乱时也，存亡势也，社会的变迁并非由某个人能决定。唐玄宗以风流名世。

唐玄宗伟岸潇洒，多才多艺，尤懂音律，善八分书。其当皇帝，对群臣并非总是摆一张冷脸，一味的肃然。初即天子位，他便登承天门宴请百官，并令左右向承天门广场撒钱，让诸司三品以上和中书门下五品以上群臣竞赛而得。之后还召群臣聚会太极殿，赐以种种礼物。有一次过生日，唐玄宗在兴庆宫花萼楼宴请群臣，群臣快哉，便提出以八月五日，他的生日作千秋节。又一次过生日，唐玄宗仍宴请于兴庆宫花萼楼。百官贺之以礼，他也赐百官铜镜、珠囊、缣彩或束帛，并欣然赋八韵诗。之后君臣欢宴有数次：公元 740 年于兴庆宫勤政楼，公元 754 年于兴庆宫跃龙殿门，公元 755 年于兴庆宫勤政楼。有时候他还自己奏乐，兴尽而散。唐玄宗好在骊山度假，在太白山凤泉汤沐浴，当然更好在华清宫沐浴。他偶尔也赴渭河一带狩猎。

唐玄宗会欣赏女人，也颇为钟情。武惠妃是武则天家族的姑娘，随例在小时候便入后宫。唐玄宗即皇帝位，她遂渐承恩爱。其少而婉顺，长而贤明，贵而不恃，谦而益光，又生子生女，可惜年四十余而薨，使唐玄宗久久哀伤，甚至后宫数千，他也寻找不到一个新的可意的女人。

杨贵妃倒是让他一见大悦的，是因为此女人丰艳凝润，有绝世之色。其对音律之通，歌舞之精，也符合唐玄宗的趣味。杨贵妃也很聪明，善于撒娇，有小性子、小脾气。一旦宠幸，便如胶似漆，尽管唐玄宗年逾五十或几近六十了。以喜欢杨贵妃，也便喜欢杨贵妃的三姊，并封她们为韩国夫人、虢国夫人、秦国夫人。有一年，此三姊在上巳节踏青曲江池，濯其足，以祓除不祥，唐玄宗恐杨玉环三姊饿肚

唐玄宗泰陵刻石

子，还派近臣送珍馐给她们，真是骚情得不知老之将至。唐玄宗和杨贵妃之间的小矛盾和小别扭也很有意思。公元746年，杨贵妃以忤旨遭逐，居堂兄杨钊宅。贵妃不在，竟使唐玄宗情绪大坏，半日不思饮食，迁怒左右，高力士知道皇帝之病，便奏请迎接贵妃。夜返椒房，贵妃伏地谢罪。唐玄宗早就既无怨气，又无怨言，遂赶紧抚慰他的亲。公元750年，杨贵妃又以忤旨遭逐。贵妃刚刚离开，唐玄宗便又懊悔了，立即派近臣送馔给她。见御膳，贵妃也泣声道歉，并剪秀发一绺请近臣献上。唐玄宗捧贵妃秀发，慨然惊惋，立即指示高力士召还他的亲。安史之乱，唐玄宗弃长安避难，发生马嵬驿事变，唐玄宗不得不向贵妃诀别。贵妃在佛堂缢死，匆匆入土。失杨使唐玄宗产生了各种各样的痛，常常念之。自蜀归长安，唐玄宗便密令近臣择地改葬杨贵妃。近臣掘墓，获取杨的一个香囊送上，唐玄宗视其为贵妃的遗物，望之凄怆，并令画师绘图挂于墙壁，朝夕注目，眷眷之情深矣！

对唐太宗、武则天和唐玄宗，历史学家的评价会有历史学家的道理，不过若让现代人选其所喜欢的国之元首，我以为唐玄宗的得票会最多。尤其是女选民，也许她们将会像选丈夫一样把票投给唐玄宗。实际上社会的发展是向人性倾斜的。唐玄宗不仅具备了一个皇帝应该具备的雄霸、威严和谋略，也具备了一个人应该具备的率真及其对生活的热忱。他觅女人不是仅仅出于欲望，相反，他是钟情的。他的魅力显然超越了唐太宗和武则天，并将成为有唐一代最有影响的皇帝。

三赴泰陵，是2012年10月12日，由我大学一个同学作陪。他是当地人，说："唐玄宗泰陵在蒲城县东北15公里处，因山为陵，山是金粟山，海拔716米，可惜多次被盗。"

金粟山的大势在坐北向南，成环拱之形。它属于五龙山之余脉，自西南向东北延伸过来。以风水之优，唐睿宗用丰山为陵，唐玄宗用金粟山为陵。下午三点十九分，阳光倾泻，天空透蓝，我在几千米以外便看到金粟山的点点白石和白石之间的黄茅。金粟山几乎全裸，草无一茎之绿，木无一棵之生。

当年这里有寝园，城垣之内面积足有数十里，青龙门、白虎门、朱雀门、玄武门，四方而开，筑有阙楼、献殿和便殿。然而这一切，现在皆荡然而湮。荒野之中，唯有神道两边的石刻惶然残存。附近有两个陪葬墓，一是元献杨皇后的，唐肃宗之母，母以子贵，薨而先葬细柳原，后祔葬于泰陵；一是高力士的，在椿树镇所辖的西山村。

我从左至右，一一数了神道两侧的石刻。枯蓬掠膝，黑刺扎袜，尘埃随移步而如烟起扬。左十七件，右十件，全者寥寥。一华表全，其高 4.5 米，莲花座，八棱柱，遍体草纹，顶部镌宝珠。二獬豸全，它为灵兽，素有辨别曲直之功。一鸵鸟全。此禽初由吐火罗献，有祥瑞之兆，以其石刻始置唐太宗昭陵，遂为传统，表示唐的声威远被，天下顺服。此鸵鸟高 1.45 米，宽 1.93 米，厚 0.45 米，头扭过来贴其翅，羽丰态和，颇为生动。二马全，二文臣武将全。唐玄宗执政，用人特点在文用汉，武用胡，所以这里的文臣握圭，武将持剑，皆长袍高冠，可以一窥唐之正装。

登金粟山，在半坡拣了一块干净的白石坐下小憩。大地空旷，田间种花椒、苹果、柿子，在靠近泰陵的荒野尽种柏，生者翠，死者灰。枯蓬蔓延，偶有野雉纵身出草而远飞，长鸣如哭。问："唐玄宗没有料到他竟是这种结局吧？"答："谁也不知道自己的命运。"

毕沅所立碑为：唐元宗泰陵。元即玄，用元在规避清康熙皇帝的名玄烨。

唐宪宗景陵

景陵在陕西蒲城西北一带的金帜山。

依我的习惯，仍要身临其顶，以观形势。可惜这一次我选错了冢上的小径，遂颇为费力。有一条路似乎蜿蜒而上，然而它不久便消失于岩层之中。退回去，再走又一条路，究竟有什么意思呢？遂坚持着，左攀右援，硬爬为登。有数次脚下滑碴，几乎造成闪失。我甚至想，万一滚坡，也许不出两圈就能为石头所阻，不至于损毁吾躯吧！热汗濡衣，腿也发软，不过终于站在金帜山之巅。其海拔仅 872 米，然而历此艰险，便觉得它很是峻拔了。

我在景陵上才抬起头，就下雨了。还好，星星点点，无妨视野。南司马道越远越缥缈，仿佛平畴吞食了它。实际上我是沿南司马道过来的，不过居高展望，别有感觉。天有灰云，地大村稀，难免觉得孤独。

唐宪宗躺在寝宫里也是孤独的，甚至孤独至极，尽管他有几个陪葬墓。不过这一带真是荒凉多，生气少。当然因山为陵，要的就是干燥。

金帜山是一座石头山，它所有的石头都细腻发青。不长乔木，只在石头缝隙长草。金帜山没有一棵原生的树，偶尔会有一簇老藤。虽然长草，不过由于石头大，缝隙短，金帜山的草也不够丰茂。秋天的时候，此山若飘扬在天边的一面黄旗，遂为金帜山。

景陵曾经众柏成林，我想，其柏皆在山下，不在山上。

然而蒲城人厉害，显然要改造金帜山。从坟底到坟顶，但凡有一枕之地，便用混凝土筑成半圆之堤，填入黄壤，在黄土上种一棵柏。柏枯了，揪出来，刨开黄壤，再种一棵柏。在景陵上俯察半坡，金帜山到处都是柏的幼苗。敢想，又敢干，此乃见证。不过金帜山难道一定要植满树才算正确吗？它有足够的黄壤及水分供柏生长吗？万一这种实验失败了，废弃的混凝土不就变成了一种污染吗？石头缝隙本有草，柏未能成功生长，反连草也挫伤了，这不是一种危害吗？义气涌动，遂疾呼："善待自然！"可惜一片沉寂，什么反应也没有，我便寻路从景陵之巅悠然而返。

李纯是唐德宗的长孙，唐顺宗的长子。公元 805 年，唐德宗崩，唐顺宗立，旋封李纯为皇太子，并主管军国之事。俄顷唐顺宗内禅，李纯在大明宫宣政殿即皇帝位，为唐宪宗。公元 806 年，唐顺宗崩，唐宪宗开启了他的元和时代。

安禄山和史思明的叛乱及其唐军对叛乱之平定，如此事变，严重地削弱了国家。在唐肃宗以后，唐朝就变得摇摇晃晃起来。内有宦官专权，外有藩镇割据，其左推右搡，唐朝如何得以安全，乃至中兴！

唐宪宗便是在这种背景下治理国家的，他二十八岁，不仅富于春秋，而且具清醒的思维。他性格坚强，善于决断。

唐宪宗甫有权柄，就赐死王叔文。王伾也当毙，不过他病故于开州司马的任所了。王叔文和王伾都是唐顺宗的大臣，尽管具革新之思，然而也存擅政之念。韩晔、韩泰、陈谏、柳宗元、刘禹锡、凌准、程异和韦执谊效力朝廷，但他们却尽听王叔文和王伾之命。唐宪宗显然有自己的方略，遂悉贬他们至偏僻之地任司马。在这些大臣中，起码柳宗元和刘禹锡是才华俊丽的，然而政治颇为残酷，他们无可奈何地牺牲了。

没有皇帝喜欢朋党的，唐宪宗也是。他视王叔文一伙为朋党，从而迅速铲除此团伙。一旦夷拔了这个政治集团，他便频调和力擢新官，以使自己的指示能够有效执行。唐宪宗的目标是弱化和小化藩镇割据，让国家真正统一。他知道宦官也是祸害，这个问题当然也要解决。

对军阀的斗争，是从消灭刘闢下手的。公元 805 年，西川节度使韦皋死，有刘闢一向辅佐他，也算是其心腹，竟自立为留后。刘闢接着教唆西川诸将上疏，请唐宪宗任他为西川节度使。唐宪宗不同意，然而也并没有完全拒绝他，便命其当副节度使。岂料此人贪婪，不但要当节度使，而且还欲兼领西川、东川和山南西道之地。这怎么可能呢？唐宪宗这次坚决拒绝了。刘闢遂起兵，包围梓州，进攻川东节度使李康。是可忍，孰不可忍！公元 806 年，唐宪宗诏唐军三个部队联合讨伐刘闢，擒之，押送至长安，在皇城西南独柳树下斩刘闢。谁有功，谁居位，就以高崇文为西川节度使，以严砺为东川节度使，以柳晟为山南西道节度使，剑南稳定了。

仍是公元 805 年，夏绥节度使韩全义入朝，想觐见唐宪宗。其甥杨惠琳，便为留后。唐宪宗了解韩全义无能无勇，遂任左骁卫将军李演为夏绥节度使。公元 806 年，李演将履职。杨惠琳竟恼怒起来，并率部抵制。唐宪宗诏唐军诛之，部署之中，有夏绥兵马使张承金就杀了杨惠琳。

公元 807 年，唐宪宗任李锜为左仆射，免其浙西节度使之职，并命御史大夫李元素为润州刺史、浙西节度使和镇海军节度使。李锜以判官王澹为留后，诈请入朝。不过他也知道自己是明升暗降，颇为郁闷，遂又以病为由中止入朝了。他还疯狂地杀了判官王澹，并派戍将格杀刺史。筑石头故城，毕现僭逆之心。李锜是唐的宗支，尽管如此，唐宪宗还是宣布他有纵兵之罪，削夺了他的官爵。唐军五个部队，奉命讨伐。有润州的将军张子良和李奉仙就捉拿了李锜，从而防止了一场激战。在独柳树下斩李锜，并撤销李锜的属籍。

魏博节度使对朝廷虚向实背近乎五十年矣，然而在公元 812 年出现了转机。田季安任节度使，不幸的是，他猝死了，三十二岁。其妻元氏，召诸将立其子田怀谏为留后。这是冒犯，不过对此举到底是应该动武还是应该容忍？唐宪宗咨询大臣意见，他们认为宜用计。田怀谏才十一岁，懂什么呢？军务遂由私奴蒋士则处理，这使诸将不服，终于拥戴魏博都知兵马使田兴为留后。田兴是田承嗣的从侄，田季安是田承嗣之孙，而田承嗣则是首任魏博节度使，关系就是这样的。田兴有见识，有勇气，立即杀了蒋士则，并从兵营迁出了田怀谏，随之当了魏博节度使。他送田怀谏至京师，承诺上缴赋税，表示归顺朝廷。唐宪宗大喜，封其为沂国公，授银青光禄大夫，赐名田弘正。整肃藩镇，唐宪宗特别需要支持。田兴的支持就非常及时，其作用积极且有力。

蔡州处于中原，隶淮西节度使。公元 814 年，淮西节度使吴少阳病故，其子吴元济匿丧不报，只上疏报父有恙。他主持军务，并伪造吴少阳表，请以吴元济为留后。有部属苏兆及侯惟清劝吴元济归顺朝廷，拒绝，并遭其杀。

不过朝廷还是获得了情报，因为杨元卿为吴少阳工作，任监察御史里行，他至京师奏事，向宰相李吉甫披露了淮西节度使的真相。李吉甫进谏，盼唐宪宗趁此机会平定淮西。然而另一位宰相张弘靖建议，先遣使吊唁，若见吴元济有作乱之迹，再兴师打击。各有道理，

唐宪宗景陵石刻狮子

唐宪宗遂命工部员外郎李君何赴蔡州，代表朝廷祭奠亡者，慰问生者。可惜吴元济已经猖獗，从而四处发兵，肆意劫掠。他不迎接朝廷的使者，李君何当不能入其境。

唐宪宗便指示唐军镇压，以解决问题。然而淮西节度使的军力是雄厚的，吴元济也更是嚣张，甚至剑向洛阳。公元 815 年，唐宪宗乃诏去其官爵，并以唐军的十六个部队并肩征伐。魏博节度使田弘正也率兵参加了作战，且很是尽力。唐军先有挫折，后遂适应，接着连连胜利。吴元济懂得来者无畏，进而发现形势的严峻。

藩镇尽管各自独立，不过其利益是一致的，节度使都希望能一直割据下去。基于此，吴元济便向成德节度使王承宗和淄青节度使李师道请求驰援。这两个军阀产生了物伤其类的感觉，当然要支持吴元济，尤其是李师道，欲冒天下之大不韪。李师道派使者至长安见宰相武元衡，恳愿朝廷赦免吴元济，遭到斥责。使者返藩镇，谗言刺杀武元衡，原因是，唐宪宗之所以对淮西用兵，是武元衡的主张，一旦结果武元衡，其他宰相将不敢继续用兵。停止用兵，也就等于赦免了吴元济。李师道遂放火烧了漕院，使万千粮饷成灰，河阴一带大乱。接着他便派刺客潜伏静安坊一角，伺机行凶。这天黎明，武元衡骑马至大明宫上朝，几个暴徒冲出阴影，挥剑砍了宰相的头。这天晚上，也有刺客藏匿通化坊，用刀伤了裴度。裴度任御史中丞，也是积极推动用兵淮西的。

唐宪宗很是悲愤，不过他清楚刺客的目的，没有上当。他反其意而行之，诏以裴度为宰相，表现了对叛逆要彻底剿殄的意志。

唐军一再增加，并从北线和西线共击，从而迅速压迫了吴元济的军事空间。其部属见势不妙，开始纷纷向唐军投降。

吴元济也知道前途黯淡，遂上疏，欲只身往京师去谢罪。这似乎还是有诚意的，唐宪宗也想给他机会，欢迎他的做法。可惜吴元济受到左右挟制，未能成行。

公元 817 年，一个大雪之夜，唐随邓节度使李愬出其不意，率兵抵达蔡州，智取锁钥，进得城中，包围了吴元济的宅院，其不得不屈服。唐军以槛车押送吴元济至京师，斩其于独柳树下，淮西归于朝廷。

成德节度使王承宗麻烦也多，对朝廷出尔反尔，忽奉忽违。公元 809 年，成德节度使王士真死，其子王承宗自为留后。这也是惯例，其他藩镇都这样干，然而这也正是唐宪宗要改变的。朝廷对王承宗当留后表示沉默，他便上疏，再三上疏。唐宪宗仍沉默，他遂惶悚。唐宪宗令使者慰抚，王承宗就惊喜，并献德州和棣州之地，以示其忠。唐宪宗为鼓励他靠拢朝廷，便任其为成德节度使，并封检校工部尚书。然而唐宪宗又诏德州刺史薛昌朝为保信节度使，统领德州和棣州，此乃权力之制衡。王承宗懊恨之至，竟囚禁了薛昌朝。唐宪宗谕旨释放，王承宗不从。唐宪宗便宣布削夺其官爵，下令进击。唐军有四个部队征讨王承宗，可惜士卒多市井屠贩，不能战之，至公元 810 年仍未攻下。然而毕竟是唐军压境，王承宗还是惊惧的，遂上疏谢罪，承诺缴纳赋税。唐军俘获吴元济以后，王承宗更是慌张，表示要献地，接受朝廷的委派。唐宪宗多方考虑，诏其改过自新，也让他再任成德节度使。

李师道任淄青节度使，加检校司空。其位也是继嗣所得，凡藩镇之职皆是这样。公元 806 年，其兄李师古卒，诸将及私奴便立李师道为帅，自拥十二州之地。禀报朝廷，竟无音讯，遂难免狐疑。此人还是聪明，见没有制书，就再上疏，要贡赋税，遵守监法，并请朝廷予以委派。见其态度端正，唐宪宗便以李师道为留后，又加检校工部尚书，为淄青节度副大使。建王李审为淄青节度大使，然而李审只是遥领，不出阁，李师道掌握着实际权力。

在讨伐吴元济那几年，李师道不惜施行奸邪之计，显然是缺乏安全的表现。淮西平定，他蓦地醒悟了。李师道向使者提出，愿献地三州，并以其子质于京师。这近乎归顺了，不过使者刚走，他就又反悔了。

李师道的背约，使唐宪宗难以容忍，遂削夺了他的官爵，令唐军进击。破之，再破之，李师道便悸栗成疾。刘悟任都知兵马使，是其部属，在公元819年春天忽然反戈，率兵攻打李师道。失措之下，李师道竟携其子藏于溷间。士卒捉拿了他们，杀之，传首京师。

唐朝设置藩镇，是为了保卫国家，不过藩镇渐渐异化，它以兼管军民，并有赋税收入，变成了足以独立的力量。唐肃宗以来，藩镇便游离于中央，并有使国家空虚的危险。这种状况让唐皇帝头痛，然而弱化和小化藩镇割据非常困难。唐宪宗有中兴之誉，就是因为他使藩镇进入了中央管辖的范围。

也许唐宪宗还有计划解决宦官的问题，观察他的性格、抱负和智慧，这是完全可能的。然而命运难测，他竟在公元820年暴崩大明宫中和殿，恰在正月，四十三岁。或曰丹石致命，或曰太监弑之，总之暴崩矣！

接着即皇帝位的是他的三子李恒，为唐穆宗。此主过度地爱宴乐，爱畋游，毫无君德。唐朝在生气重现以后，又摇摇晃晃起来，并将眩晕下去，直至其亡。

令狐楚是一个性格鲜明的人，他任山陵使，遂循一贯的标准营造唐宪宗景陵。其有内城，有外垣，内城有双阙，有献殿，有祭坛，然而这些建筑早就消失了。时间是残酷的砺石，它会磨灭大地上的一切。盗墓也是经常发生的，不仅是那个著名的温韬。

送葬那天，突然下起了雨，百官置灵柩于半途，匆匆去避雨，唯令狐楚手扶灵柩，任雨倾泻。丧事完毕，有人揭发修建景陵的工费遭扣，餐费也遭扣，且是令狐楚的亲吏所为。劳力的报酬缩减了，他们便成群喊冤，结队投诉，其身影盈路。亲吏数位遂服罪，皆诛，令狐楚也贬为宣歙观察使，又贬为衡州刺史。亲吏同取官钱，不过未见令狐楚贪污。他恨元稹，但李义山却是其至交。令狐楚风仪严重，我喜欢。

唐宪宗景陵的陪葬墓少，这一点颇为特别。有女郭氏，为唐宪宗生下了李恒。元和元年，封郭氏为贵妃。大臣便建议立郭氏为皇后，唐宪宗不愿意，所以到其暴崩，他也没有皇后。李恒登基以后，尊其母为皇太后。郭氏历七朝，至公元 848 年薨，乃追封为懿安皇后，祔葬于景陵之侧。她的遗训是："毋拒直言，勿纳偏言。"有女郑氏，初是左仆射李锜的侍妾，斩李锜以后，郑氏入掖庭，侍候郭贵妃。唐宪宗见其色秀，就要宠幸，她便生下了李忱。公元 846 年，李忱即皇帝位，为唐宣宗，尊其母为皇太后。郑氏薨，追封为孝明皇后，也祔葬于景陵之侧。

还有一座王贤妃墓，距景陵四里。宋以降，有资料显示它属于景陵的陪葬墓，非也。1967 年，考古发现它实际上是唐睿宗桥陵的陪葬墓。墓志铭证实她是唐睿宗的贤妃王芳媚，虽然它距桥陵足有十八里。

有专家统计，景陵石刻今存四十余件。2021 年惊蛰以后，我至景陵，只看到南司马道的二十五件，包括华表、翼马、鸵鸟、仗马、石像、石狮。大地空旷，小麦伏垄，石刻无不独立一隅，颇有凄清之感。石像的头掉了，石狮的腿残了，不过石狮仍呈现着唐的一种雍容，似乎还带着一些笑意。

唐陵之石刻，唐高宗乾陵最为豪华，唐玄宗泰陵属于过渡，之后渐简。景陵之石刻，总体稳健、典雅和朴素。岁月所赋予这些石刻的发灰的皮壳，远望着酷似一层深厚的风霜。

唐武则天之母杨氏顺陵

期待了两旬，终于等到一个朗日，遂欣然出西安，过渭水，往咸阳洪渎原去一见顺陵。其墓茔葬杨氏，武则天的母亲。

武则天只不过是中国历史上一个奇异的女性而已。她当女皇帝所使的，几乎都是男性惯用的阴谋和暴虐，甚至有过之而无不及。在她执政的日子，社会的宽容和清明颇少。中国唯一的女皇帝腾声千古，但积极的政治遗产却难书一页。高调美化武则天的人，有的是利而用之，以图窃国，不过多是庸碌而媚俗之辈。也许因为没有别的伟大的女皇帝，才总是把颂歌唱给她吧！

车进底张镇，顿觉土地平旷，晚秋畅朗，虽然树叶泛黄，白露为霜，不过小麦出芽，万里翠绿，爽气的荡漾使人十分醒悟。顺陵就在这里的陈家村，我已经看到了一个坟冢及其白色的刻石。

武则天的母亲杨氏并非德馨功隆之人，关于她的资料不过点点滴滴而已。总结起来便是，她生在唐之弘农仙掌，今之陕西华阴，其家尚为富裕，信佛，大约 40 岁嫁唐政府大臣武士彟，为继室，因为武有原配相里氏。杨氏有三女，武则天为二。当年唐太宗选 14 岁的武则天做妃嫔的时候，其母亲还哭哭泣泣。武则天以后对唐高宗怀有热情，辗转入宫，封为昭仪。在其争宠当皇后之际，杨氏曾经接受女儿之示，请求唐高宗的舅舅长孙无忌给予支持，遗憾遭拒。公元670年，杨氏在九成宫而殁。此间，唐帝国仍由唐高宗执政，不过武则天已经为皇后，渐持权柄，经常参与军国大事的决定。唐高宗逝世以后，武则天便翻云覆雨，废唐中宗，立唐睿宗，进而下诏尽由自己，终于在公元690年革命成功，改唐为周，自己做了大周圣神皇帝。直到公元705年，其崩而毕。

杨氏完全是母以女贵。她逝世以后，依王妃礼规葬之，坟冢为墓，因为她的丈夫武士彟是太原郡王，遂称她为鲁国忠烈夫人。不过到了公元684年，武则天临朝称制，便增封其父亲为太师，魏王，母亲为王妃。到了公元689年，又增封其父亲为忠孝太皇，母亲为忠孝太后，从而改父亲墓为章德陵，改母亲墓为明义陵。公元690年，武则天做了皇帝，又增封父亲为太祖孝明高皇帝，母亲为孝明高皇后，并将其父亲的章德陵改为昊陵，母亲的明义陵改为顺陵。

现在，整整1340个春秋以后，我踏着黄壤青苗，悄然步入了杨氏墓地。晚秋的早晨，冷冷清清。华表孤独，迎风而立，不过阳光慷慨，洒满了残破的顺陵，蓝天白云之下，一派亮黄。

顺陵于我，相当耳熟，多是西安美术学院的教授向我推荐的。对这里的石雕艺术，他们评价甚高，认为是唐之一流。我由东到西，从南往北，屈指尽数，见石雕恰有40件，人、羊、马、虎、狮，各居其位。走狮一雌一雄，形神皆存寓意。其雌狮总体是有慈呈和，不过鬃毛飘动，眼睛鼓出，视察深含震怒之气，尤其上牙紧咬下唇，透露了一股威武和豪狠，我以为它多少象征了武则天。其雄狮骨匀肉健，目在微笑，既不失阳刚，又略现阴柔。是什么意思呢？不明白。

我连连惊叹的还是这里的一对麒麟。顺陵坐北向南，神道通其中间，雌在西，雄在东。麒麟各有大约 70 吨之重，以整块石灰岩制成。高大壮硕，需要仰望。中国传统文化认为，麒麟有灵，能辨识善恶，分别忠奸，并能驱赶妖魔鬼怪，所以帝王之陵多置其兽。顺陵的麒麟非常夸张和变形，它是鹿头，牛身，鹰翼，马蹄，特别是其独角若手托莲花，传达了杨氏对佛的敬奉，也表达了武则天是以佛教为其登基的理论支持。雌比雄小，尽管其目垂下，然而背圆腹饱，嘴唇圆润，大显有容乃大之态。其雄昂首伸眉，傲岸丰伟。在它的两胯之间，竟有卵勃然，当地一个农民说："想怀男孩，摸它就行，灵验得很。"其私处也确实光滑发亮，颜色比别的地方青，大约真有手一再摸它吧。

历史尝大显峥嵘，不过岁月如流，滴水穿石，遂使皇亲国戚灰飞烟灭，寂寞如我在的早晨，甚至圣物也演化为俗了。

明秦王陵

少陵原上有礼，过年和过会兴走亲戚。小时候我随祖父祖母出我家蕉村，往舅爷爷家夏殿村或姑奶奶家裴家埪村去，旷野数里，必见浑圆的土丘隆起，南有两排石刻，我也只认得石人和石马。大地寂静，人也敬而远之，悄然行自己的门户。灵魂流浪多年以后，反顾故乡，我才知道少陵原上坟冢累累，我之所见属于明秦王陵。

明太祖朱元璋洪武元年，1368 年在南京当皇帝，坐了江山。为巩固统治，既加强中央集权制，又实行分封制，把其二十四子和一从孙派至宇内各藩国为王。藩国可以组建武装，规定甲兵少者三千，多者一万九千，以护卫诸王，也夹辅朝廷。

朱标为皇太子，当然居京师，不过若有必要，也会巡视藩国。

朱樉是第二子， 1370 年，封了秦王，以镇守西北，节度将领。陕西、甘肃、宁夏，尽在其统治之下。封朱樉为秦王，反映了西北在明帝国安全方面的重要及其对第二子的信任。少陵原上的明秦王陵便是朱樉与他的子孙之坟冢，共十三座，构成了一个完整的谱系。

秦王朱樉在南京久住，到 1378 年才进西安府，不知道此为何故。

1369年，置西安府，治长安和咸宁二县，辖境东至潼关，西至永寿，南至镇安，北至韩城，大于今之西安市。

西安城始筑于1370年，至1378年而成。随西安城动工，秦王府也就动工了，至1377年而成。秦王府是在元帝国陕西诸道行御史台署的旧址上营造的，它现在也成了旧址，位于今之西安城东北一角，东至尚德路，西至尚朴路，南至西一路，北至后宰门。秦王府有外墙，就是萧墙，周长九里三分，还有内墙，周长五里。萧墙悉为黄土夯筑，内墙的外壁包有青砖，并掘壕沟以为阻。萧墙与内墙各有四门，东外门对体仁门，西外门对遵义门，灵星门，就是外南门，对端礼门，外北门对广智门。中国传统建筑追求的便是这样一种形式和内容，很好！

秦王府内城是秦王处理政务并生活的区域。1378年，朱樉在大批扈从陪同下驾到秦王府。尽管早就看了图纸，不过他还是视察了这里的宫室。房舍836间，颇为宏伟，主建筑承运殿、圜殿、存心殿、东殿、西殿、承庆宫，书堂，他都审阅了，还转了一下长春园。朱樉及其子孙将居此，他比较满意。计有267年，九代，14位秦王曾经于斯行令，作威作福。

明末，1644年，李自成率农民起义军攻下西安城，改之为长安城，建立大顺政权，入秦王府，改之为大顺王府。接着满族人来了，把这里变成满城，内墙之中遂为八旗教场。接着是中华民国，陕西省政府据此行令，其在1927年谓之新城。1930年至1933年，杨虎城任陕西省政府省长，于斯用事，之后任西安绥靖公署主任，仍在此用事。在骊山抓了蒋介石，便先置这里的一座房子，后移置高桂滋公馆。接着是中华人民共和国，陕西省人民政府据此为人民服务。不过这里一直保留着秦王府的残垣，土很硬，磨碎为粉，便是黄尘，会随风而飘。

一旦秦王朱樉到西安来，明太祖朱元璋对他的指示也就到了：“关内之民，自元氏失败，不胜其弊。今吾定天下，又有转输之劳，民未休息。尔之国，若宫室已完，其不急之务悉已之。”朱樉当是遵行了。

1382年，他的母亲，高皇后薨，遂赴南京奔丧，离开了西安一度。祭奠活动结束，他返西安。1384年，又以皇后大祥，再赴南京，旋返西安。1391年，以其多有过失，往南京去接受问责。此间，皇太子到关中一带来巡视，归京师为秦王有所开脱，遂得以在1392年返西安。皇太子朱标不愧为兄长，几乎是救了其弟。

1395年，洮州动乱，秦王率军讨伐，番惧而降，这使明太祖大悦，给了秦王以重奖。可惜这一年朱樉殁，明太祖白发送黑发，深为之恸，并赐书曰：“哀痛者，父子之情；追谥者，天下之公。朕封建诸子，以尔年长，首封于秦，期永绥禄位，以藩帝室。夫何不良于德，竟殒厥身，其谥曰愍。”朱樉葬少陵原，有二王妃也殉身随之而葬。

数世纪之后，吾生蕉村，得以在少陵原常见秦王十三陵。不料世事剧变，少陵原处于开发之中，十三陵不测，遂依文献和考察，录其现在之状况，算是给未来的一个交代。

秦王朱樉陵，在大府井村附近，石刻存。

隐王朱尚炳陵，在东伍村附近，石刻存，碑为农民当牛槽所用。不过其为衣冠墓，隐王的真身葬北京。隐王是朱樉之子，有一年朝廷的使者赴西安，他竟称病不迎，见使者又摆架子，显傲慢。明成祖朱棣动怒，赐书曰：“王勉之。”隐王很是慌恐，俄奔北京谢罪，第二年便死了。

僖王朱志堩陵，在大府井村附近，陪秦王朱樉而葬。僖王是隐王朱尚炳之子。

怀王朱志均陵，在大府井村附近，陪秦王朱樉而葬。怀王是僖王朱志堩庶兄。

康王朱志墋陵，在西康王井村附近，坟冢残缺不全，石刻存，明穆宗遣臣所立祭文碑仍在。康王是怀王朱志均之弟，好古嗜学，崇尚文化。

惠王朱公锡陵，在庞留村附近，石刻存，碑仍在。惠王是康王朱志墋之子。

简王朱诚泳陵，在简王井村附近，石刻存。简王是惠王朱公锡之子，自谓宾竹道人，其孝友恭谨，尝建正学书院，又在其旁建小学，择军校子弟比较优秀的得以入小学读书，还作课试。他显然也崇尚文化，并有著作。1989 年 11 月 18 日有贼盗简王朱诚泳陵，立案侦缉，追回彩绘陶俑和陶马 300 余件，遂在陕西历史博物馆陈列。

昭王朱秉欆陵，在大府井村附近，陪秦王朱樉而葬。昭王是简王朱诚泳从弟。

定王朱惟焯陵，在简王井村附近，石刻存。定王是昭王朱秉欆之子，自谓鉴抑道人，好刻书，有贤行。

宣王朱怀埢陵，在三府井村附近，石刻存。宣王是定王朱惟焯再从子。

靖王朱敬镕陵，在三府井村附近，其坟冢不存，石刻也不存。靖王是宣王朱怀埢之子。

敬王朱谊漶陵，在三府井村附近，其坟冢和石刻皆不存。敬王是靖王朱敬镕之子。

紫阳王朱谊漶陵，在三府井村附近，其坟冢和石刻也皆不存。紫阳王是敬王朱谊漶之弟。

朱存枢也是秦王，可惜生在明帝国的末代，李自成克西安，他不得不降之。李自成还授其权将军，然而难考其结局。

除此明秦王十三陵之外，少陵原上还有秦王妃墓、郡王墓、郡王妃墓、世子墓，起码50座余。它们高耸少陵原，累累成群，占坡为雄，在冬天的夜里，总会给我以神奇的想象。它们穿越了几百年未毁，遗憾终于遭遇了一批信仰唯物主义和拜金的人，显然在劫难逃了。

在西安，凡秦王的子孙，生二岁，便开始作陵。陵成，要留下一个天井，等其主入土以后才封之。称陵为井，或以井指陵，是一种避讳，大约是从护卫明秦王陵的甲兵传下来的雅号。按规定，一井有两个营的甲兵护卫。一营为一寨，两营两寨，九井便是十八寨。谚曰：“九井十八寨，个个有由来。”这显然是有道理的。

我所知道的少陵原上的九井是：大府井，二府井，三府井，四府井，五府井，康王井，庞留井，简王井，世子井。由九井而出的十八寨渐渐衍化为自然村，村有分裂和组合的变迁，且有消亡，要一一指出也难。

2012年的一场秋风把我吹到少陵原上，道纵路横，若陷迷阵，不过也终于再见秦王朱樉陵。2006年春天，我所看到的朱樉陵还静卧麦田之中，毕竟有一点墓地的肃穆，尽管它也很是败落了。匆匆几度岁月，朱樉陵竟完全荒凉、焦敝，如为世所弃，甚至如遭暴徒所辱。

神道上杂草丛生，去年朽烂的麦秸与今年堆放的玉米秆各占其位，准备得霜雪之后，腐蚀于斯，不过明帝国工匠所雕的石刻，也还能从乱茅之间挣扎露面，以示它风化的惨白。为朱樉所立之碑已经无影无踪了，然而驮碑的赑屃状石刻仍存，不知道是谁把它竟挖了出来，转下其背，翻上其胸，蛮抛在黄土之中，遂难免车碾的痕迹。有一间红砖简易房舍，也闲置着，不过它偏偏要撑在朱樉陵之前，似乎是表现自己的尊贵。贪婪的农民挖陵取土，以扩张其亩，种麦，种玉米，种树，这使朱樉陵渐渐损毁，收缩且矮小，并裸其干硬的断面。

陵的顶部有酸枣树枝斜柯曲，杂草乘虚狂长，细辨可见东南角丰茂，西北角以风劲而稀疏。有两足兽居然登上朱樉陵入厕，并留下斑斑污秽。举目而望，陵的北面竟是巨大的商业混凝土供应站，机器轰鸣，车来车往，灰尘四涌。难怪农民在向朱樉陵周边广植其木，也许他们估计这一带会开发，土地将为富豪所用，遂等拆迁赔偿捞一把吧？也许会以文化遗产把朱樉陵保护起来吧？然而秦王之陵，共十三座，已经有几个被夷平了。

我回头数了数神道上的石刻。右侧七件：华表一，马三，人一，狮二。左侧九件：华表一，马三，羊一，人二，狮二。石刻尽在石墩上，有的石墩在而石刻失，有的石墩坏，遂用混凝土填补，这透露了文物保护的意思，遗憾粗陋至极。

少陵原上的明秦王陵及其前朝后代的成千上万的文化遗产，无不处在危机之中。一个民族是否有未来，并非在其有钱，关键在其能尊重自己的文化遗产，熟悉自己的历史，并善于从中提炼有益的智慧。秋风把我从少陵原上吹到明德门的窄门堡，我做如是想。

楼观

终南山林深峰秀，久有声誉。楼观台在此营造，遂为道教胜境。尽管我不敢成仙，然而道教文化蕴含着处世的智慧，便常常登临，以治吾愚。有时候北京或上海的朋友到西安来，也携他们往楼观去。76公里的路程，远乎哉？汽车奔驰，真是十分近了。

楼观之所立，在乎老子曾经于斯活动。老子就是李耳，字聃，应该是一个耳朵颇长的人，出生楚国苦县厉乡曲仁里，今之河南鹿邑。任周朝藏书室的史官，洞察了天下兴衰，发现周朝将亡，便寂然西游。

崤山以西有周朝的大夫尹喜，居终南山，结草为楼，以观天象。他见紫气东来，窃谓将出圣者，便切切盼望。老子翩然而至，其超尘拔俗之象，使尹喜惊叹并敬仰，遂迎老子入庐，并筑授经台，曰："子将隐矣，强为我著书。"老子便著书上下篇，论道德之意，足有五千言，之后不知究竟。有人认为，老子著书既毕，选邃密之高岗乘云升天了。司马迁对李耳有论，他说："老子深远矣！"

楼观的精华在授经台一带。2012 年 7 月 24 日，我再登临授经台，以追渺渺之贤。可惜红门紧闭，不得入内。四顾遍问，在此拉客骑马上山的一个妇女说："有画家给宝殿绘图呢!"我想大约是在修缮吧，观之难了，遂在授经台以外盘桓。

在我的印象之中，授经台为庭院，筑有钟楼、鼓楼、老子祠、藏经阁、救苦殿。老子祠飞檐斗拱，砖墙有雕，庄重而典雅。不过世事变化极快，近乎两年，我未至授经台了，不知它是否旧貌换了新颜?

这里旷然敞亮，客多于斯小憩。也有道士等待其客抽签，以答吉凶福祸之问的；也有道士身披灰袍，悠然往来的。授经台前作有水池，池深水浅，硬币散乱。水池旁建一亭，亭里树一碑，刻曰上善池。辨析款识，是赵孟頫的字。想看一看碑阴，便绕过去。蓦然目击一位妇女坐在亭的台基上，对面是一位道士，其半躺软椅，腿伸过来，恰恰搭在亭的台基上。见有秘事，遂没有完全转至碑阴。我朗声对道士说："兵者非君子之器也，不祥之器也，不得已而用之。"道士拧过来半个脸，睨视着我，笑曰："无为而无不为。"这一带还有别的碑，以欧阳询的隶书为珍。

当然，我一向喜欢古木，遂走了一圈，浏览巨大的青檀，巨大的银杏、七叶树、栾树，并将其形象一一存诸脑子。徘徊之处，皆是青石、混凝土，觉得很干燥。地气不足，便乏温润。

道教之主为老子，然而老子并没有创立道教。根据司马迁的纪录，老子当是春秋末期的人。道教产生于东汉末期，它距老子在世之时晚了数百年。但老子的种种认识却是道教的理论之源。只有老子是不够的，还需要黄帝的支持，以加强道教的力量，于是黄帝就被尊为道教之祖。把黄帝和老子进行联结的是庄子，足证其人之聪明。实际上道教的理论之源，还有鬼神崇拜。儒家的伦理思想，墨家的尊天思想，对道教也有助益。道家也吸收了邹衍关于阴阳五行的观点。道家尤其欣赏神仙思想，并把长生不死以至当一个神仙视为追求的目标。

它信仰的是道，自有一套修行的方法。它为中国文化所孕育，也是中国文化的融合和精炼。中国的宗教多是西方传来的，唯道教是本土所产生。

炼丹炉在炼丹峰，我一直没有上过，现在要上。坐在荫凉中的妇女猜测了我的所思，立即动员我骑马。骑马也是可以的，不过有人牵缰绳会打扰我想问题，遂拒绝了。海拔千米，不易上，因为盘道皆砌石为蹬，累累成梯，得强迫躯体做固定且连续的运动。然而上 46 分钟，终于到了。汗水发背，浸透了衣服，不过心有喜悦。

炼丹峰耸然而出，其顶为坪，几十平方米的样子。中央有小庙，坐北朝南，奉老子像，其砖座，砖墙，但屋脊却为混凝土，灰色泛白，顿失和谐，也欠肃穆。周围尽摆小摊，卖香，卖蜡，卖饮食，杂乱如闹市。我问："老子的庙怎么是这种版式？"身穿蓝袍的道士说："1966 年红卫兵扒了屋脊。"我拍了一张照片，便赴小庙以南的炼丹炉，也想为它拍一张。刚举照相机，一个经营小摊的农民就说："炼丹炉是新的。红卫兵当年也砸了炼丹炉。"我既然来了，也便选了角度拍了一张。炼丹峰属于前东明村，从事经营的人，皆是当地的。

踌躇炼丹峰，凭高据深，足以四望。向南，重峦叠嶂，一片葱郁。固然养目，不过看久了也显单调，遂回头向北。关中平原八百里，遗憾雾霾如盖，我只看到靠着终南山的一绺。黄壤之上，栋宇竞起。楼观对面，恰恰是浩瀚的宗圣宫，过环山公路，便又是澎湃的赵公明财神庙。其他地方，一块一块的，也都在造什么楼，营什么厦。有一道山梁，显然也铲而为坪了，遥见或圆或方的混凝土工程，大约很快就是一个堂、一个馆，或一个店吧！把视线缓缓摇向终南山北麓，隐隐看到田峪河、闻仙沟、塔峪沟，其道仍在，可惜几乎都不流水了。

夜归读老子，感到他的一些观点不失为启示。论治国，他说："江海所以能为百谷王者，以其善下之也，故能为百谷王。”又说：“受国之垢，是谓社稷主；受国不祥，是为天下王。”论处世，他说：“揣而锐之，不可常保；金玉满堂，莫之能守；富贵而骄，自遗其咎。”又说：“知足不辱，知止不殆，可以长久。”他观察万物的角度是辩证的，说：“有无相生，难易相成，长短相形，高下相倾，音声相和，前后相随。”又说：“祸兮福之所倚，福兮祸之所伏。”老子相信宇宙是靠道而生成的，他指出：“道生一，一生二，二生三，三生万物。”道是什么，他只有神秘的比喻，未做详细解释，遂使异口异论。他像一个2500余岁的久坐诊室的老中医，脸冷，眼睛毒，神情偶尔闪烁着一丝傲岸和鄙夷，沉默，戒备，不过断病极准，并会开出自己的药方。当然，听不听由你。

法门寺

法门寺的影响在于其地宫藏有佛骨，谓之佛指舍利，为释迦牟尼圆寂以后火化所留的结晶，是佛教徒崇拜之圣物。

佛骨初由印度八王均分，诸国皆起塔供奉。以后有阿育王在印度执政，他要广传佛法，遂掘诸国之塔，取出佛骨，分为八万四千份，远送天下，一一建塔以纪念。阿育王唯独没有取出蓝莫国的佛骨，因为这里有龙喷水，挖塔不得。

法门寺的佛骨源于阿育王所分，法门寺也当随之所置。阿育王统治的时代在公元前273年至公元前232年，相当于战国晚期。也许已经到秦，可惜断之颇艰。也有观点认为法门寺营于东汉，或是北魏、西魏，甚至是北周的。想象起来，还是阿育王所分佛骨之际造塔显得合情且伟大，它也对应着战国的风云变幻。我赞同这样的分析：是阿育王派使者赠佛骨到中国来了。

实际上法门寺在隋为成实道场，在隋之前为阿育王寺，塔为阿育王塔。至公元618年，唐高祖改成实道场为法门寺，并升格为皇家寺院，它也便有了一番辉煌的经历。

有唐一代的皇帝，相信佛教界所传之言：舍利塔过三十年开封一示，可以生善，从而国泰民安，社会富裕，自己也能得福而长寿。既然如此，就启舍利塔，大行瞻礼。

公元 631 年，佛骨面世，不过唐太宗没有迎至长安，只是在法门寺展示。僧俗之人，成千上万，争相围观。这是第一次。

公元 659 年，遵唐高宗之令，有僧智琮、慧辩及给使王长信，携上所赐钱五千及绢三千五百匹往法门寺去，以迎佛骨。天下风闻，从长安至凤翔数百里，人来人往，无不激动。佛骨先到长安，再到洛阳，完全是循规而示。武则天赐物甚多，并以金银为佛骨制棺做椁。至公元 662 年，送佛骨回法门寺。这是第二次。

公元 704 年，武则天已经当周皇帝十五年了，其命凤阁侍郎崔玄𬀩并僧法藏、纲律师一行迎佛骨。作法数日，谨肃发其地宫，以得佛骨。人从四方云集，遂成一时之盛。到了除夕这一天，佛骨至长安，置崇福寺。有在长安的留守会稽王率官属，以种种方式表达尊意。异花之香，上下漂浮；鼓乐之妙，遐迩以赏。过了年，佛骨又至洛阳，武则天便命王公以降及洛阳一带僧俗投体以迎。置佛骨于明堂，武则天认真祈祷，伏身叩首。武则天登极的理论基础为佛教，佛骨之迎就特别隆重。俄顷武则天退位，接着她又逝世，唐中宗开始执政。权力转手，上有数年之忙，佛骨便存洛阳。到了公元 708 年，唐中宗有闲，遂为法门寺题大圣真身宝塔，并令法藏造白石灵帐一铺，送佛骨归法门寺。唐中宗和韦皇后显然也十分虔诚，他们率子女皆剪头发放之地宫。这是第三次。

公元 760 年，唐肃宗敕中使宋合礼、府尹崔光远及僧法澄迎佛骨，置之于长安内道场。虽然尚在消灭安史之乱的残余，宇内还未稳定，不过唐肃宗仍亲临大位，以呈佛骨之心。两月以后，佛骨还法门寺。唐肃宗所赐甚为丰厚，有瑟瑟像一铺、瑟瑟数珠一索、金袈裟一幅，还有金银之具和沉檀之香。这是第四次。

公元790年，唐德宗令迎佛骨至长安，置之于禁中，又令长安诸寺轮流敬奉。长安万众竞瞻，施舍累累。历二月，佛骨返法门寺。这是第五次。

公元819年，迎佛骨至长安，留禁中三天，送之于长安诸寺。王公贡献，士庶奔走。佛骨所至，人山人海，有的竟焚顶烧指，解衣散财。自晨而暮，城沸坊腾，百姓多有停业。刑部侍郎韩愈为儒家，见佛教如此之热，慨然上疏，反对皇帝迎佛骨。由于心切，表达了这样的观点：敬佛求福，反倒得祸；敬佛祝寿，反倒短命。唐宪宗震怒，要以死罪治之。大臣裴度和崔群赶紧恳请上以宽大为怀，因为韩愈毕竟是出于忠君。唐宪宗似乎颇感委屈，对大臣说："愈言我奉佛太过，犹可容；至谓东汉奉佛以后，天子咸夭促，言何乖刺邪？愈人臣，狂妄敢尔，固不可赦。"虽然态度强硬，不过唐宪宗还是听了劝，便贬韩愈至潮州。仪式全然结束，佛骨还法门寺。这是第六次。

公元873年，唐懿宗令迎佛骨。有大臣极谏，甚至暗示唐宪宗是迎佛骨而驾崩的，然而上曰："朕生得见之，死亦无恨。"从长安到法门寺，数百里之间皆由禁军兵仗引导，车马轰鸣，梵音连绵。皇室专门制作了敬佛之物，凡浮屠、宝帐、香舆、幡、幢、盖，皆饰以金玉、锦绣和珠翠，各立各位，十分华丽。唐懿宗亲临安福楼致礼，迎佛骨至内道场。魂有所感，上竟泣下沾衣。见唐懿宗这样信靠，有僧就用火点燃一把艾放在自己头上，谓之炼顶。灼烧剧痛，僧遂倒地扭曲，纵声号哭。三天之中，内道场设金花帐，摆温情床，用龙鳞之席和凤毛之褥，焚玉髓之芳，荐琼膏之乳，玄幻至极。三天以后，送佛骨至安国寺，又至崇化寺。宰相以降，百官竞相施舍，不甘示弱。所经之地，长安人无不聚众以歌，夹道而呼。然而事有难料之忧，在迎佛骨掀起一浪高于一浪的崇拜之中，唐懿宗卒，唐僖宗登基。到了十二月的一个吉日，唐僖宗诏佛骨回法门寺。凡皇帝、皇后、王公大臣，皆有珍宝相赐。至公元874年，唐僖宗择正月初四之日，以密宗的方式，把佛骨并供养之物统统装进地宫，紧关石门而封之。这是第七次。七为盛，所以这也是唐皇帝最后一次仰佛骨。

整整有一千一百一十三个春秋，此地宫再也没有开启，直到20世纪80年代的一次考古，才得以让佛指舍利及数千件供养之物出土见天。供养之物既有唐僖宗所赐，也有之前的唐皇帝所赐，不过以唐僖宗所赐为多。数千件供养之物，大约包括金银、玻璃、水晶、玉器、琥珀、秘色瓷、铜、玳瑁及丝绸，体现了唐的文明程度。

出于一种精神探索，我曾经一再往法门寺去，感受其神秘，也体验周原的沧桑。周原荒凉，不失旷野之美，法门寺寂静，不失朴素之美。把旅游和佛教联系起来，以带动消费，发展经济，思路没有问题。然而法门寺对世界的吸引，关键在于这里有大德，有神灵，使福寿心理得到满足。除此之外，别的一些装扮，也许并无什么魅力。

草堂寺

这是2012年的一天，微风细雨，澄然起巡草堂寺之心，遂往之。做伴的，朋友周博学，学生郝彦丰。走西安至太平峪公路，30公里，不紧不慢的言语之间也就到了。

有一年的隆冬，我独探草堂寺。坐长途汽车到户县，再坐农民的三轮车到草堂镇，于斯以积雪封路，三轮车不驰，我便步行。地平野旷，乡村荒径，尽是白色。我不顾一切地向前，血液里充满奋发之力。当时留下的记录，显然透露了一种清明的信息。

> 1992年一场大雪之后，我瞻仰了草堂寺。尽管天气晴朗，阳光明亮，但秦岭的圭峰之下却冰滑霜脆，茫茫一片。草堂寺的红墙燃烧在阴冷的田野之中，挺拔的古木伸向宁静的天空，远远地圭峰凝然而寒冷，所有的雪都落在了岗峦和峡谷，草木一律染成了白色。草堂寺的红门紧紧关着，连一个缝隙也没有。我敲门呐喊，并反复呐喊敲门，才有僧拉开了红门。一个中年和尚，身披灰袍，拿着佛书，缩着脖子，似乎不悦，但他却终于敌不过我的诚意，便放我进去。和尚

随手推关了红门，那红门发出的悠悠的响声，划破了这里的静谧。一方小小的佛院，晶莹而剔透，松、柏、槐、杨，颜色黯淡，悄然立于甬道两旁的空地，根部都壅着雪。甬路狭窄，仅能移步，不过笔直而四通八达，路面的雪已经扫得干干净净，只是我不见行人。

我看到的草堂寺仍是红墙，不过隔公路而筑的，是一排经商的平房，镶嵌着白色的瓷片，既张灯笼，又扬旌旗，如在御内常有的范式。可惜它恰恰阻断了视线，不见秦岭，何有圭峰？红门面山，也还紧紧关着，然而旁开小扉，可以进庙。投身跨槛，便闻老声要求买票。循讯而盼，见有数平方米的小屋，媪坐窗里，手伸窗外。一张票 20 元人民币，付讫便速去。

我想以过去的印象套合今之景物，然而不行，它总是出现差异。

对着红门的是天王殿，两边各有偏房。右边的格子门、格子窗，尽涂朱色，檐下铺麻石，左边的正在修葺，门窗皆木，呈为白色，檐下的台阶由混凝土所铸。此处显然是一个单元，庭院所覆都是机器切成的青石，咸备这个时代的特点：没有灵魂，呆头呆脑。

向北，过天王殿，左钟楼，右鼓楼，俱为三层，廊回角翘。在钟楼和鼓楼一带，刻石嶙嶙，其中有一尊记录清世宗雍正皇帝敕封大智园正圣僧禅师之碑，反映了草堂寺在清帝国的演化。遗憾的是，此碑在 1979 年搬运之际，倒地震裂，分为数块。现在所见之碑，是经修复的，残痕仍在。

向北，上七个台阶，为大雄宝殿。目击一瞬，我便感觉它是新的建筑。任何时候都会有新的建筑，不过此宝殿的十楹尽由混凝土所制，圆形，多显斑驳，有的漆皮剥落。这里供奉三佛，中是释迦牟尼佛，左是东方琉璃世界的药师佛，右是西方极乐世界的阿弥陀佛，两侧是十八罗汉。中堂正大，蜡烛静照，遂闻远方鸟鸣嘤嘤。蓦地有僧入中堂，其穿灰袍，穿灰鞋，悄然擦拭条案上的香灰，旋即而去。我自问他是不是那个隆冬给我开门的和尚，不等自答，我便摇头否定了，说：怎么可能呢？

向北，过大雄宝殿，又是一个单元，仍为庭院，大且朗然。这里有大悲殿，供奉观音。其东是客堂，西是服务中心，都锁着门。

向北，过大悲殿，又是一个单元，仍为庭院，顿感宽敞。其东为地藏殿，西为三圣殿，中间立了一尊佛陀诞辰图刻石。刻石下端流水如瀑，刻石背后是法堂。这里供奉清净法身毗卢遮那佛，金碧辉煌，颇为森严。

向北，是一个正营造的建筑。我问席地而坐的三个工人，他们说："这是马上竣工的藏经楼。"藏经楼背后，天空虚无，云雾蒙蒙。

我的感觉是草堂寺扩充了，阔气了，是这个时代的庙了。它也冲淡了当年的草堂寺：像一个四合庭院，大雄宝殿的东西各有几间配室，外为绿树拱围之红墙。现在它真是巨变了，如果有人指出这是别的什么庙，那么我认为是的，因为它与别的什么庙在格局上确实相像。

不过我觉得草堂寺的大树仍很亲切，也多能辨识。踏进红门，便见皮上青苔成堆的国槐、椿、泡桐、柏，它们粗且高，有的根歪干斜，透露着自己艰难的成长过程。附近的一排棕榈，叶硕而怠，又积尘埃，不清不明的。在钟楼与鼓楼之间，柏老而坚，集聚成列，呈一种让人振作的气象。只可惜以青石覆地，总感到大树仿佛是从青石上冒出来的。环法堂之数柏，显然更老，都挂着牌子，以示受到保护。苍劲刚健，质如巉岩。

那么鸠摩罗什舍利塔在何处呢？一个年轻的和尚指着此庙西边的幽林说："法师舍利塔在古木之间。"草堂寺显然经过了一番新的规划和调整，当年比较疏散，大树杂列于大雄宝殿与舍利塔之间，今之建筑尽沿红门一线幢幢而起，把西边归为沉思与遐想之境，这也好！我便遵示向舍利塔而去。

曲径砖砌，悠然伸入一派修竹。雨润青苔，必须脚做扒状，以防滑倒。环境改变人，在这里是不能趾高气扬的。此地固然竹多，密布成片，不过也有大树拔萃于修竹之上，它们是国槐、梧桐、泡桐、柿、柳，统统本土化、家常化，亲切至极，也森然蓊郁，遂使凉意染肌。俄有一个六角亭耸然拦路，审视之，目贴玻璃窗定睛辨识，到了，是鸠摩罗什舍利塔藏于斯。

此塔高 2. 33 米，共 8 面，12 层，以大理石所雕。大理石之色呈青，呈白，呈黄，有镶之为美的意思。其塔之下，是基座和云台，饰以花草。龛之上有盖，若屋脊，为珠顶。其盖之下是阴刻佛像，工艺甚精。仔细读之，所题字是：姚秦三藏法师鸠摩罗什之舍利塔。

鸠摩炎是一个印度人，颇具慧根。有一天顿悟，便弃相位，毅然出家，翻越葱岭，往龟兹国去，今之新疆库车一带传播佛教，并升为国师，娶了龟兹国公主为妻。他们所生的一个儿子就是鸠摩罗什。其 7 岁随母亲出家，学习佛教小乘，领会超群。12 岁转而学习佛教大乘，入庙求师，遂知识奥博，腾声西域，驰名长安。大约 20 岁受戒，发愿向东方布法，以普度众生。

前秦王苻坚，氐人，在长安获悉鸠摩罗什之法大，推崇之至，派大将吕光破龟兹国，得到了法师。可惜公元 385 年苻坚被杀，吕光无所归附，便经营凉州，立后凉国，享皇帝之尊凡 17 年。吕光粗鄙，不知道鸠摩罗什的价值，任其自流。法师并未蹉跎，不定之间掌握了汉语。

后秦王姚兴，羌人，在公元 401 年遣兵消灭后凉国。十分惊喜的是，在姑臧，今之甘肃武威，发现了鸠摩罗什，姚兴便迎之到长安来。

①鸠摩罗什舍利塔

②草堂寺旧影

姚兴信仰佛教，遂以国师之礼相待。得到姚兴的支持，鸠摩罗什便按计划工作。大约公元401年到公元405年，鸠摩罗什多在逍遥园进行佛经汉译，大约公元406年至公元413年，鸠摩罗什多在长安大寺进行佛经汉译。法师共译佛经74部，384卷。

姚兴似乎是一个狂热的佛教徒，其组织了3000余人的团队以辅佐鸠摩罗什，这些人当然也是法师的弟子。姚兴还收集了过去的佛经版本，让法师参考。尤其奇怪的是，根据美国作家比尔·波特提供的考证，姚兴认为鸠摩罗什智慧甚高，要保护此智慧，便选了10个宫女，送其入室，要她们与法师生儿育女。比尔·波特分析，鸠摩罗什默受了。大约70岁，法师逝世，其火化而舌不坏。

我曾经认为草堂寺出于逍遥园，实际上草堂寺是出于长安大寺的。长安大寺似乎在公元4世纪中叶就有了，鸠摩罗什迁于斯，以蒿苫顶作棚，谓之草堂。在此，他佛经汉译，并教授其弟子，之后发展为草堂寺。大约公元557年至公元560年，北周明帝宇文毓时，草堂寺便出现在笔记之中。当此之际，印度高僧阇那崛多在长安，遂居草堂寺。

草堂寺在历史上屡有演变。唐改为栖禅寺，五代改为逍遥寺，宋改为清凉建福禅院，清改为圣恩寺。它们皆为别名，此庙之大名永为草堂寺。

所谓三论宗，指以印度佛教大乘学者龙树和提婆的三部经论为立宗根据的佛教流派。三论宗认为，思维和语言分别具有无及是非的特点，但它却并不能反映独立于意识之外的本体。它有三种法义：其一，破邪显正。破邪就是破有所得之念，显正就是显无所得之念。其二，真谛和俗谛。真谛和俗谛皆是假名，是一种教化上的方便，并不能达到对绝对真理的认识，从而不必执着，不必过分在乎得失。不过佛之言教，圣贤之高论，众生之见解，也都有一定的真理的元素。其三，八不即是中道。一切事物皆因缘聚散，遂不生也不灭，不常也不断，不一也不异，不来也不去，总之，本体不可知也。如是追究，让人纯粹而高尚，脱离低级趣味。

三论宗的发端在鸠摩罗什。龙树和提婆的著作都是梵文，是鸠摩罗什做了汉译，并向弟子孜孜授业，点铁成金。其弟子甚众，对三论宗弘扬有功的弟子是僧肇、僧睿、昙影、僧导，尤以僧肇为杰出。还有一个僧朗，先在关中学习三论宗，后往江南去推广，尝受南朝梁武帝赏识。僧朗有弟子僧诠，僧诠有弟子法朗，都是三论宗的专家。他们誉满江南，并使三论宗成为南朝陈的官方哲学。法朗有弟子 25 哲，尤以吉藏为峰。吉藏，安息人，尝在会稽嘉祥寺研究法义 10 年，深受隋炀帝器重，遂在大兴城为吉藏建日严寺让其居，并组织论坛，使其宣法。吉藏也是唐的大德，尝住实际寺、定水寺和延兴寺，公元 623 年逝世。吉藏集三论宗法义之大成，卒在长安创立了三论宗。若要指出三论宗在中国的传承，那么它当是：鸠摩罗什—僧肇—僧朗—僧诠—法朗—吉藏。

草堂寺之所以是三论宗的祖庭，是因为鸠摩罗什及其弟子汉译龙树及提婆之三论，始于斯，终于斯，他也圆寂于斯。鸠摩罗什及其弟子的努力，显然为三论立宗奠定了基础。吉藏对三论宗法义之大成，就是以鸠摩罗什及其弟子之观点为发轫的，继之并升之，终于完成了对三论宗的创立。

唐之诗人，其多好佛，遂有体验草堂寺之作。白居易、贾岛、温庭筠，都曾经赴此庙拜佛。我喜欢温庭筠的诗，其曰：“山近觉寒早，草堂霜气晴。树凋窗有日，池满水无声。果落见猿过，叶干闻鹿行。素琴机虑静，空伴夜泉清。”难得这样一种生态啊！

一千余年，在草堂寺归西之僧究竟有多少？不可知。资料显示，圆寂以后，他们一般都会葬在兴福塔院。其广 40 亩，在草堂寺以南。

这里尝有茔塔近 50 座，圭峰禅师的茔塔也在此。遗憾 20 世纪一度农业向大寨学习，整田种粮，便毁其茔塔，夷平了兴福塔院。

离开草堂寺，雨随我行，越下越大了。

华严寺

华严寺在少陵原南坡的四府村，俯察樊川，远望秦岭，难得有如此宏阔且透彻的视野。

华严宗之根，深扎印度佛教。大约公元 2 世纪，东汉之际，进入中国。到公元 3 世纪，在三国，便有人佛经汉译了。西晋继续，到东晋，佛经汉译之人更多。到南北朝，公元 420 年至 589 年之间，印度佛经的华严思想便吸收了中国观念。以其结合中国人的心理和情感，华严宗渐渐中国化。

华严宗初祖杜顺，雍州万年县人，今之西安人，公元 557 年生，18 岁出家，广劝天下之人念阿弥陀佛。他有著作，其在观行方面的无尽缘起说，即法界缘起说，在判教方面的五阶次第说，为华严宗奠定了理论基础。弟子颇多，智俨最为出色。

华严宗二祖智俨，天水人，12 岁受杜顺欣赏，收为弟子，14 岁出家。曾经发愿专治华严理义，勤于著作，腾声空门。公元 668 年，在清净寺圆寂。弟子颇多，以法藏最为出色。

三祖法藏本是康居国人，其祖父流寓长安，他也就出生于长安了。智俨讲经，其心领神会，为智俨所喜欢，收为弟子，觉悟甚快。28 岁便讲经于太原寺、云华寺，大名鼎鼎。公元 696 年，武则天令京师十大德给他受具足戒，并赐以贤首之号，呼为贤首国师。参加佛经汉译，他任证义。他还遵武则天之示，在洛阳讲经，不久又返长安。公元 712 年，在大荐福寺圆寂。其以懂梵文，著作极繁，尤以发展了智俨的华严思想，完善了智俨的理论，成为华严宗的实际创立人。弟子颇多，澄观最为出色。

四祖澄观，越州山阴人，今之浙江绍兴人，11 岁出家，广习佛经，尤重华严。尝在五台山大华严寺讲经，誉达京师。公元 796 年，受唐德宗之命入长安，展开佛经汉译的工作，得教授和尚之号，并获紫袍。奉旨在草堂寺疏义，旋即受召，进宫室为皇帝讲经。唐德宗朗然觉悟，赐其清凉国师之号。唐顺宗也以国师之礼相待。公元 810 年，有答唐宪宗之问，述华严妙旨。唐宪宗惬意，赐其僧统清凉国师之号，任国师统，敕有司铸金印。公元 839 年，唐文宗李昂时，澄观圆寂。著作宏丰，不只对佛教，对中国思想文化，皆有价值。弟子颇多，以宗密最为杰出。

华严宗五祖宗密，果州人，今之四川西充人。公元 807 年，赴京师参加贡举考试，幸逢道圆大师，竟放弃加官晋爵之途，出家修行。偶读澄观篇籍，深感精邃。公元 812 年，其诣长安，见澄观，昼夜随侍有两年。以后入终南山智炬寺，穷经而作，久不出岩穴。曾经居兴禅寺、草堂寺、丰德寺，迁圭峰山小庙。唐文宗知其高深，诏其进宫室，问其真谛，所答如意，上遂赐紫袍，赐大德之号。自唐宪宗至唐武宗，历五朝。公元 846 年，坐化于兴福塔院。其弟子数千百人，可惜俄顷发生法难，佛教受到沉重打击，华严宗也惨遭摧残。

唐亡，佛教在长安的灿烂岁月便过去了。不过中国佛教之华严宗，自有其对中国哲学的重要贡献。理事、体用、总别，是它自觉和

华严寺旧影

广泛运用之范畴，这相当精彩地解释了个别与一般的关系。

华严宗又称贤首宗，因为法藏大师是华严宗实际创立人，他有贤首之号。又称法界宗，因为华严宗的根本教义是法界缘起说，指出一切事物或现象都是佛智慧本体的表现和作用，其相互依存，相互关摄，相互平等，圆融无碍，和谐统一。又称圆明具德宗，因为华严宗把自己的理论判为释迦牟尼教法的最高境界，谓之圆明具德。

华严宗初祖杜顺在公元640年圆寂，葬少陵原，筑华严寺，起灵骨塔。宋学者张礼尝游长安城南，见华严寺有碑，读之，说："华严寺贞观中造。"据此推断，唐太宗贞观二十三年，公元649年，是华严寺最晚之筑时，唐太宗贞观十四年，公元640年，是华严寺最早之筑时。张礼所读之碑，现在置西安碑林博物馆，其记录了杜顺的行业。智藏是豫章上高人，今之江西南昌人，13岁出家，大约在公元780年至783年之间入长安，一度为华严寺住持，可惜他在此没有一物留下。宋人和明人的笔记可征，当年华严寺有法堂、会圣院、澄襟院、东阁。除有杜顺灵骨塔以外，还有二祖智俨塔、三祖法藏塔、四祖澄观灵骨塔、五祖宗密塔。华严宗的祖庭当在这里，可惜天地大化，岁月剪裁，此庙现在仅存杜顺灵骨塔，在东，澄观灵骨塔，在西。

我小时候一再过华严寺到樊川去，塔高塔低，塔大塔小，风铃在响。1992年，华严寺及我的感情是这样的：

> 华严寺伶仃的两座砖塔背负红日默默相对，它们一大一小，一高一低，以衰弱的姿态，抗拒着风雨的浸泡和反复滑坡所带来的威胁。这种情景令我感动，站在那里仰望着，忽然茅塞顿开，一下明朗起来。我踩着乌黑而潮湿的土块，艰难地爬到砖塔下面，用手抚摸着唐代的遗产。锈迹斑斑的风铃微弱而鸣，仿佛是宇宙的私语，一种苍凉之感让我辛酸。

恰恰20年之后的一个清晨，我至华严寺，看到杜顺灵骨塔和澄观灵骨塔仍在。此庙似乎还增加了宝殿及其堂阁寮室，然而拘于其墟，皆比较简易。尽管少陵原南坡狭陡，不过久有僧于斯修行，尤以光慧僧可贵，这里增加的设施似乎多是他发愿所为。可惜难禁的掏崖取土，使华严寺的基础一直在缩小。渗水也导致塌方，它迫在眉睫地威胁着两座砖塔的安全。显然意识到了危险，有人正在砌其南坡，以加固此庙的基础。大约是为了防晒，巨大的黑布覆盖着由混凝土弥缝的斜面。不过也有人以垃圾填坑，或偷倒垃圾，遂使华严寺下方一带肮脏不堪。一辆汽车沿华严寺周边的弯道蜿蜒而行，白尘如烟，弥漫半空。一旦风吹，浮灰俱净，遂可见少陵原南坡裸露斑斑，只有某些阴处长着野蒿或野花。我独吟着：国在山河破，形胜草木疲。

附记：至相寺

至相寺也是华严宗的祖庭。其在天子峪，或曰田子峪，或曰梗梓谷，或曰便子谷。所谓终南正脉，结在其中。峰众路曲，不过可以通车。在此庙所见山门，观音殿，地藏殿，钟楼，鼓楼，大雄宝殿，侍寮，云水堂，法堂，或诸僧生活之区，皆是新的建筑，混凝土用得十分娴熟。法堂前一国槐，法堂后一银杏，皆是隋唐之木，经千年风雨，皮老苍苍，枝叶青葱，让人敬仰。

有僧在洗衣，其搓毕，提灰袍出水池，持架子撑开，悬挂铁丝上。有三僧从麻袋取白菜，置竹席上晾之。有一个年轻的和尚，两指捏着一只尚未长毛的其喙发黄的死了的麻雀，连连念着："阿弥陀佛，阿弥陀佛。"疾步入林，选一白杨根部，挖土埋葬。

当年北周武帝禁断佛教，有静蔼僧隐居于斯，之后有普安僧投奔过来，遂引三十余僧相携修行。到隋恢复佛教，僧便纷纷出山，不过有静渊僧不去，随之借势筑至相寺。不久智正僧至此，拜静渊僧为师。华严宗初祖杜顺是否在至相寺住过，难考，但杜顺弟子智俨却是住过至相寺的，并随智正僧修行。智俨在此还有两个弟子：一是法藏，华严宗的实际创立人；一是义湘，新罗人。公元 662 年，义湘到至相寺来，十年以后，返新罗筑浮石寺，成为海东华严宗的初祖。凡此大德，博探佛法，多以华严宗为重。

白云过目，忽闻鸟鸣，循声而望，见有两只喜鹊彼此照应着觅食。发现受人注意，喜鹊遂展翅而飞。至相寺西坡林深如海，多是橡树，蔚然而邃密。

大慈恩寺

大慈恩寺极尽豪华，其周回数里，青石铺地，多植嘉木。南广场隆然而起，朝夕有舞。北广场宏阔宽展，望之茫茫，昼去夜来，一旦到点，便音乐哗然，水洒长天，众相会聚以欣赏。

进山门，玉兰、石楠、女贞、雪松，画线而植，蔚然呈绿。东钟楼，西鼓楼，尽管是旧物，不过都添了彩，遂仍显辉煌。向北，东有客堂，西有云水堂，皆刚刚建成，灿然争光，彼此映照。再向北，是大雄宝殿，瞻之巍峨。登 11 级汉白玉台阶，又登 11 级汉白玉台阶，便可以款款入宝殿。其屋宇高深，凡栋楹梁角，门窗墙壁，无不明亮如洗。再向北是法堂，其正在整修，木白香沉，瓦灰待覆。法堂东南方是财神殿，西南方是观音殿，颜色浓艳，焕然而立。再向北，是大雁塔，其格调厚重而严谨，以一古抵万今。再向北，是玄奘三藏院，显然是新作的，其漆味竟冲冲刺鼻。

统统走了一遍，足至之处，几乎咸为青石，只在钟楼与鼓楼之间有一块地方铺着老砖，当然，种木种草及养花的地方也还见土。

大慈恩寺是为文德皇后追福而筑的，固然是皇家的庙，壮丽至极，不过它不可能满铺青石，以汉白玉作栏。玄奘遍游西域之刹，返唐以后，除京师的大慈恩寺之外，凡长安的弘福寺、西明寺，坊州的玉华寺，都设有他的佛经汉译场，不过玄奘难以想象，千年之后他曾经工作过的一个地方，竟会如此堂皇。乔达摩·悉达多，大约公元前六世纪的一个印度王子，坚决摒弃了晏安享乐的生活，扔掉了财富，苦坐菩提树下，为众生所谋，终于成佛，然而他也难以想象，千里之外的敬他的一个地方，竟会如此之美！

这里的树还是颇有生气的，十年百年的大树尤其静穆。已经稀罕的皂荚树，庙东一棵，庙西一棵，皮黑皮细，枝俏叶圆，沧桑之态让我肃然起敬。法堂前有两棵侧柏，躯扭体拧，叶发白，别具风骨。东边的砖塔和刻石一带，有银杏、雪松，森然竞高，苍翠蓊郁，唯鸟笼悬枝，所囚之禽的叫声若泣若笑，使我惊悚。西边辟园植牡丹，旁有楸树、椿树，并有紫藤缠绕的国槐。

玄奘自印度归来，素居京师长安诸庙，皆设译场，不过他率团队久在大慈恩寺工作。尝几次转移译场，然而大慈恩寺的学问僧多能伴他左右。公元 654 年，窥基为僧，向玄奘求法，便住大慈恩寺。窥基对佛经注疏释义，见解颇丰，卒成慈恩大师。

玄奘从印度所取佛经甚众。他的汉译，凡 1335 卷，当然不限于法相宗，但法相宗的创立却是在大慈恩寺译场毕其功的。基于此，大慈恩寺为法相宗的祖庭。

那么什么是法相宗呢？总之，它是探究一切事物的相对真实和绝对真实的。强调无心外之境，万法唯识，也就是唯识宗了。其以玄奘长期在大慈恩寺进行佛经汉译，反复琢磨，日夜推理，法相宗或唯识宗成于斯，遂也为慈恩宗。法相宗之根在印度大乘佛教。

大雁塔是为玄奘藏其佛经和佛像所营造，几经变迁，仍耸黄壤之中，并名重四海。

附记：兴教寺

在少陵原半坡的兴教寺，葬有玄奘及其弟子窥基和圆测之灵骨，并起塔纪念，也当是法相宗的祖庭。

净业寺

水以谷出，路以水行，这样便到了沣峪的净业寺。山门为石壁瓦脊，翼然向天，显得典雅而无俗，庄重而含威，是由张锦秋女士设计的。

我从西安出发，乘汽车走了55分钟，遂想当年的道宣法师坐牛车或慢或快大约也会走一天吧。

律宗是由高僧道宣创立的。公元624年，就是唐高祖武德七年，道宣法师到终南山来觅一处岩穴研究戒律，徙倚之间，有神指点净业寺呈宝势，并告其在此道当成。我沿着台阶蜿蜒而上，进柳林坪，登凤凰山，遂看到了净业寺的屋脊。

早春二月，终南山的余雪还像盐一样撒在各个角落，风也生硬，好钻裤筒，专冷两腿。不过岩缝崖隙偶尔会有一枝梅红，几根竹绿，尤其黄壤之中的野草在欣然萌动，遂荡漾了一抹生气。城里温度高，玉兰有的都白了，但这里的玉兰却还羞涩含苞，蒙着一些灰绒。净业寺墙外，有一棵国槐足有三搂，枝干皆黑，鹊巢空悬，便疑惑着自问这是什么时候的树，一个僧人喜悦地说：“唐代的。”

净业寺本如法师与天空法师

那天恰逢菩萨的生日，有信徒从西安来，甚至不远千里万里从北京和福建来，敬拜其佛。我还有幸观察了一个归皈仪式。本如法师邀21个信徒进入天王殿，分两排站立，合手鞠躬向天王、弥勒和菩萨致礼。忽然磬响钹鸣，梵乐悠扬，住持天空法师飘然而至，先行跪礼，绕倚一周，又行跪礼，后倚柱静立。其三十岁的样子，身材颀长，神情恬淡，脸一色瓷白，眉二道漆黑，唇似红丹，睛柔似水，确实太俊了，太帅了，是十足的玉树临风，天降美姿。本如法师便让归皈的信徒向佛作跪礼，洒圣水，接着领他们立誓。本如法师说："不杀生。"信徒说："不杀生。"本如法师说："不偷盗。"信徒说："不偷盗。"本如法师说："不邪淫。"信徒说："不邪淫。"本如法师说："不妄语。"信徒说："不妄语。"本如法师说："不饮酒。"信徒说："不饮酒。"我久闻本如之大名，一晤之下，觉得他比我所想象的更是活灵活现。其戴一副大眼镜，岁在中年，潇洒而不越矩，是完全可以请教的高僧，尽管我不是释迦牟尼的信徒，然而凡智慧，我都渴望。

遵本如法师之示，我随净业寺僧人共进午餐。天空法师独坐主席，其余分两排用饭，有米有馍，菜皆素。用饭之间，无一僧人言语。餐具自己洗，我也随僧人洗了自己的碗筷，感到新鲜。

净业寺攀缘而高，左右延伸，还有别的建筑，包括祖师殿、药师阁、云水寮、门头寮、伽蓝殿、禅堂、客堂、鹤歇处、五观堂，我都没有入内，是想要留下空间，也许以后还可以近之。知珍堂为两层楼房，在它的一根椽上挂了一个鸟笼，有一只鹩鸽其声清脆，乌羽褐喙，是僧人所养，逗之弄之，聪明得竟能交流。在一片萧条的林子里，有白居易衣冠冢，没有人知道其究竟，也没有任何文字记录白居易与净业寺的关系。

那时候道宣法师在终南山研究律宗，并非止于净业寺，相反，他在沣峪的丰德寺和灵感寺都有活动，或立坛传戒，或秉烛撰律，所以它们都是律宗的祖庭。不过他在净业寺住持得久，又有他的舍利塔矗于斯，僧人遂共识此庙为祖庭。

广为流布的一个故事非常有趣，也透露了佛教数派相争的消息。道宣法师曾经邀牛头禅寺的遍照法师到净业寺来赴宴，遍照明白道宣意在比较高下，便背了一个牛头前往。道宣以礼迎接，赶紧下厨，遗憾的是柴湿火弱，菜难以做成。遍照催促了道宣以后，就提议吃他所带的一道菜。只见遍照把牛头放到案上，动手且动口，欣然大嚼，饱腹便告辞。道宣在惊诧之间，悄然送行。出了沣峪，有河在流，其潺潺清浅，澄净如练。遍照竟过去执刀破肚，撩水洗肠，神情安之若素。这一切，似乎都显示了遍照的道行。

有朋友召唤我注意终南山的气象。远远而望，纵的峰，横的峰，扭曲纠结，仿佛到处都是旋涡。余雪斑斑，突出了连绵的峦嶂的苍黄，然而有阳光的地方毕竟染上了暖色。

香积寺

香积寺距西安南门 18 公里，踞神禾原，临子午谷，峰在视野，潏河与滈河交汇以后汤汤绕其院墙。邃密之境，让我喜欢。

2012 年 5 月 20 日，农历壬辰年四月三十日，小满，我登磊磊台阶，站山门檐下，回头一看，见黄色拉土车轰鸣往来，白尘弥天，欲盖屋脊。台阶之间嵌有刻石，想是为庙增威，可惜刀法粗了，莲失韵，龙无鳞。窃以为此乃机器所雕，毫无人的虔诚。即使手雕，缺乏对佛的感情也难以使刻石充盈生气。我相信心灵便手巧，手巧便具艺术。

进山门向北，是天王殿，东一柏树，一石狮；西一柏树，一石狮。有客烧香，其直身须臾，便屈膝为跪，并连连磕头：一下，两下，三下，四下，五下。向北，庭院空阔，东西两侧各筑长廊，碑碣多参差，尽为佛颂。向北，东一钟楼，西一鼓楼，周围植柏，松、棕榈，还有柽柳、女贞。微微泛黄的草坪上有经幢、碑、碣、舍利塔，皆矗然陈列，遂生旷远。向北，东客堂，西祖师殿，阳光照射，有三僧在盘桓。向北，是大雄宝殿，凡台阶并檐下，悉铺红毯，门、窗、栋、楹，咸披红绸，顿觉这里一定将有喜庆之事，然而大雄宝殿里无一客，也无一僧。悄然而望，金碧闪烁之中，供奉着阿弥陀佛接引站像、善导大师坐像，神秘，神圣，肃然一片。

入圆形西门，有客进出，诸僧或穿黄袍，或穿灰袍，有的独思，有的私语，其颜色无不自得。问僧："香积寺有什么喜庆的事吧？"僧说："这里的住持本昌要任方丈了，正准备举行一个仪式。"难怪要铺红毯、披红绸，并给这里的银杏和杜仲之类嘉木都缠以黄缎。走甬道，便是一尊巍然而立的久经风雨剥蚀的善导大师供养塔。我数了数，11 层，显然有断顶。问僧："供养塔究竟多少层呢？"僧说："你数多少层就是多少层。"颇感迷惑，遂存其疑，继续游我的魂。这时候有三僧齐头并肩走过去，向供养塔上香叩首，之后席地坐松下。

我不拜佛，然而尊重佛文化。我曾经数至香积寺，其印象尤以 1992 年冬日为深刻：

> 我到香积寺的时候，刚刚开始下雪，庙里的路由灰变白。暮色之中，数僧独来独往，或扫地，或打水，都低着头，默默看着脚下的雪。所有的草木一律枯萎，雪落在干硬而垂落的叶子上一片沙沙之声。在一间禅房的檐下，晾着黄色的法衣，一层晶莹的冰屑将它绷直了，似乎一点也没有布帛的柔和与飘逸。斑鸠在房顶上悄悄地蹦蹦跳跳，不发一声。整个庙里唯有木鱼在响，它是从一间关门闭窗的禅房传出来的清音。木鱼急骤如雨，轻快如舞，在零星飘浮的雪中，我能朦胧感到它所带出的一种兴奋。侧耳而闻，难解其味。

在印度宗教史上，关于净土的观念渊源颇深。不过到公元前 12 世纪，随佛教之大乘的酝酿，净土思想才形成了体系。何为净土宗呢？

佛教著作指出，众生所居，又烦恼又肮脏，谓之秽土或秽国。不过有佛教认为，还存在着一个西方极乐世界，由阿弥陀佛所主导，谓之净土或净国。在这里，法音微妙，饮食丰富，精舍相连，玉树参差，并尽饰七宝。阿弥陀佛一直于斯进行教化，所以在此之人无不品洁智足，貌端容光，没有什么痛苦。净土净国，广袤无涯。人通过一定的修行，是可以往西方极乐世界去的。如是佛教之派，便是净土宗。

至迟在公元 3 世纪之前，印度佛教的净土观念便在中国传播了。到公元 5 世纪以后，净土思想已经比较完整地流布中国。慧远大师曾经在庐山设坛作庙，感召诸僧，结成白莲社，钻研净土法门，以期共赴西方极乐世界。基于这种精神活动，净土宗也谓之莲宗，慧远大师所修行的东林寺，也就是中国佛教净土宗的发源。可惜慧远大师圆寂之后，净土信仰渐渐沉寂了。

经过南北朝的昙鸾大师的净土信仰实践、隋的道绰大师的净土信仰实践，终于发展到唐，有善导其人，虽然年轻，胸存远志，并久攻佛教经典。一旦接触净业著作，遂怦然而动，欣然贯顶。于是他就遍觅高僧，以请教净业思想的精髓。善导卒在并州，今之山西太原一带石壁山，拜道绰大师，孜孜以求，从而得净业之奥义。公元 645 年，善导自玄中寺到长安来，先居终南山悟真寺潜默修行，以体验阿弥陀佛的盛意，之后居光明寺、大慈恩寺，致力于净土信仰的弘扬。长安之僧纷纷参加他的道场，读他的书。知其修行之深，唐太宗对他也颇敬重，唐高宗也很推崇他。善导 30 年远避名利，固守素朴，受化之人甚众。晚年居实际寺，公元 681 年，圆寂于斯。

善导的弟子怀恽，哀伤绵绵，思念悠悠，遂携诸僧在神禾原起灵塔，依灵塔筑香积寺。当年此庙之殿崇，之堂广，极尽峥嵘。资料显示，善导供养塔初为 13 层，夜观星云，以明天象，此为绝胜之地。断顶之后，存 11 层，高 33 米。以善导大师净土思想之大成及其净土信

香积寺古塔

仰实践，净土宗当然属于他所创立，香积寺当然就是净土宗的祖庭。

公元 12 世纪，日本有僧法然，在其所居岛上创立日本净土宗，不过他的理论取之于善导大师，遂奉善导为高祖，认香积寺为祖庭。香积寺之影响，以此足证。

我当回家了。日暮霞涣，鸟倦花敛，我怡然出香积寺山门，循大道而返。

附记：悟真寺与实际寺

蓝田县境，终南山有悟真寺。隋唐之际，诸僧包括善导大师，曾经在此修行净业法门，悟真寺也应该属于净土宗的祖庭。唐诗人好游此庙，读唐诗，可知来者非一，李白、钱起、卢纶、白居易，似乎都尝登临。今之悟真寺分上寺和下寺，其相距大约 2 公里。下悟真寺的水陆殿，就是现在的水陆庵。实际寺在今之西北大学太白校区，善导大师于斯逝世，那么实际寺也应该是净土宗的祖庭。

大兴善寺

过大兴善寺，见黄线围墙示戒，有挖掘机推房子，很是诧异。一个戴安全帽的人昂然指挥，便走上去问：“怎么拆庙呢？”他注目向我，转瞬便说：“领导让拆就拆。”问：“庙是神居的地方，不可随便拆吧！”他说：“老虎的屁股也敢摸，庙算什么！”知道这是一个信仰唯物主义的人，遂敬而远之。

恐大兴善寺有变，便从菩提门入内，缓缓而览，徙倚至昏。

隋的将作大匠宇文恺设计大兴城，其所选地址恰有土冈六条，横贯东西。以易理，此六条土冈自北向南依次为九一，九二，九三，九四，九五，九六，象乾卦六爻。处九二的土冈宜置宫室，帝王居之，处九三的土冈，宜置百司衙署，以应君子之数，处九五的土冈，属于飞龙，是贵位，遂以朱雀大街为轴线，东筑大兴善寺，面积占满靖善坊，西筑玄都观，面积占满崇业坊，以镇帝王之都。

还好，大兴善寺保留下来了，虽然落在小寨商业圈里，周围全是高楼大厦，车流淤塞，人流涡旋，根本看不出土冈之势，不过毕竟其庙在。遗憾的是玄都观早就湮没了，甚至连一块砖也未保留下来。

大兴善寺为隋文帝所支持才得以作，显然它属于国有。在唐，也是皇家之庙。唐长安当时是佛教的圣地，有三大佛经汉译场，大兴善寺是最早的，别的译场在大慈恩寺和大荐福寺。公元 626 年，印度高僧波颇到长安来，住大兴善寺。到公元 629 年，波颇发轫进行佛经汉译。波颇任主译，有 19 位学问僧为其助手。唐政府大臣房玄龄、杜正伦和李孝恭负责定稿，太府卿萧璟担纲总监护，足见此乃盛事。

公元 713 年至公元 741 年，是唐玄宗开元时期，此间有三大士在长安弘扬密宗，他们是：善无畏、金刚智和不空。

善无畏是东印度人，深谙密宗法理。公元 716 年，他至长安，已经 79 岁。兴福寺，西明寺，大兴善寺，他都住过，并孜孜于佛经汉译，遂享国师之礼。

金刚智是南印度人，至长安是公元 720 年。其大有学问，佛经汉译 10 部余，23 卷，尽涵密宗之精髓。

不空是北印度人或狮子国人，金刚智弟子，陪师至长安，对密宗思想多有研究和体验。其为僧之高者和通者，是非常特殊的人。遵唐玄宗之示，他居大兴善寺，汉译密宗的经典。安史之乱爆发，不空心系唐皇帝，遣使者向唐玄宗通报情况，提出建议。唐肃宗即皇帝位，也继续递讯。唐政府收复长安以后，不空深受唐肃宗敬重，请他进皇宫，行灌顶之法。当是时也，大兴善寺佛经荟萃，皆由不空主译。公元 763 年，不空上奏请求以大兴善寺作国修灌顶道场，获唐代宗批准。此庙遂大德云集，香火天腾。若逢吉日，不空便作灌顶。唐代宗十分景仰不空，授他特进鸿胪卿，号曰大广智三藏。再封不空为肃国公，食邑 3000 户。公元 774 年，不空在大兴善寺圆寂，唐代宗伤感，竟辍朝三日。大师的火葬仪式在少陵原举行，旋即在大兴善寺起不空舍利塔，谥曰大辩正广智不空三藏和尚。

除此三大士之外，一行对密宗著作的汉译也大有贡献。他或是昌乐人，今之河南南乐人；或是巨鹿人，今之河北巨鹿人，待考。一行为天文学家，才茂识博，唐玄宗遂强征至长安，安排其住光天殿，以询治国安民之道。一行尝随善无畏和金刚智学习密宗，协助其汉译，传播密宗甚为给力，作用也非凡。

密宗有很强的实践性，必须师徒相传，并具谨严的修行步骤，颇为神秘。即身成佛，是密宗修行的目的。密宗认为，不一定要经过累世修行，今生便能成佛。这真是拨云见日，豁然开朗，让人看到了希望。

唐玄宗开元时期三大士所创立的密宗，尤其是不空在大兴善寺的佛经汉译工作，不唯把密宗经典的汉译推向最后一个高潮，也使密宗成为当时中国佛教最火的一脉。显然，大兴善寺是密宗的祖庭。

我所看到的大兴善寺，是 2012 年的大兴善寺，霞光徐落，长天澄明。天王殿很是宏伟，也很是辉煌。我进其东门，出其西门，接着阅平安地藏殿，览救苦地藏殿，仰望钟楼，高瞻鼓楼，便向大雄宝殿，以观僧之晚课。敲钟振鼓，有僧匆匆，当然也有僧姗姗，来迟的要对佛像补礼，加礼，之后入列。诸僧皆穿紫色袈裟，相当于官员的正装吧。 其面佛像而跪，出声诵经。乐器有三，木鱼、铃、磬，分别打击，同音为穆。氛围严正，应该有助于摒除邪念。当此之际，有一家三口入大雄宝殿，五体投地，叩首作揖，掏钱捐款，以求观音菩萨的保佑，神情颇为虔诚。有一僧领读，其他十八僧跟读，终于乐器剧响，由读而唱，晚课结束。离开大雄宝殿，我绕观音大士殿一周，赴大兴善寺的深处诣法堂。法堂坐北朝南，以坡势顿起，有高高在上之感。

我在 20 世纪 80 年代以后，数游大兴善寺，留下的印象是地旷木苍，黄壤透幽。现在这里仍有老树，天王殿以北，柏坚松峻；钟楼旁，大雄宝殿旁，国槐皆壮，非合四臂不可搂。尤其是在观音大士殿与法堂之间，有柏八九棵，松十余棵，皆干扭皮裂，枝勾叶连，森然一片林荫。

大兴善寺历史悠久，遂灵异自显。当年有一个和尚素，所居庭院植四桐，逢夏日便渗汁滴液，沾衣难洗。一个姓郑的官员赴庙，桐竟染其衣，郑不悦，建议素用松取代桐。晚上，素告四桐曰：“我种汝30余年，汝以汗为人所恶，来岁若复有汗，我必薪之。”自此四桐遂不渗其汁，不滴其液，足见素的修行之深。当年不空舍利塔前多巨松，一旦天旱，官员就折其枝，做龙骨以祈雨，辄降甘露。可惜我在不空舍利塔前未见什么松，然而我不疑古者之言。现在有科学技术了，通过飞机喷药的方式便能促云为雨。谁有效呢？不可知。

大约在公元265年，有僧在汉长安城之南筑遵善寺以修行，也竟躲过了北周武帝对佛教的禁毁。隋文帝执政，推崇佛教，营造了大兴善寺。其所选地址便是遵善寺的旧址，不过由于是国有，它的规模甚大。隋文帝曾经为大兴郡公，从而筑大兴城，作大兴善寺，当是顺理成章了。

唐对隋多有继承，大兴善寺遂能香火绵延。不过经唐高祖、唐太宗、唐高宗及周武则天，到唐中宗执政，竟一度易之为酆国寺。至唐睿宗，又恢复其为大兴善寺，终于至唐玄宗，得三大士的琢磨提炼，密宗而兴。经唐肃宗，到唐代宗，其粲然为盛。唐灭，长安不为国都，大兴善寺香火渐衰，不过其庙久存。

五代十国、宋、元，大兴善寺罕见高僧。至明，有云峰禅师居之、德满禅师居之。至清，有云峨禅师居之，不过他们皆持禅宗。到了中华民国，大兴善寺遂处抱残守缺状。1924年，康有为到西安来，视其破损，唏嘘不已。然而佛教毕竟是中国文化的一流，遂有朱子桥于1939年奔走筹资，以期修缮。太虚大师也在1945年于斯设立世界佛学苑巴利学院，一瞬之间万目关注，遗憾到1949年便停办了。

这里所藏一部巴利文佛教著作，十分珍贵，可惜其在1966年不得不送造纸厂火化。时极而转，10年以后，乾坤有旋，大兴善寺便又传诵经之声。1984年，慧雨法师住大兴善寺，至1996年，再兴密宗之灌顶。

经询我才知道，挖掘机拆庙只是为了改造。要建一个地下停车场，大兴善寺临街的部分栋宇，必须拿出来。当年宇文恺认为这里贵位，人不可居，遂置以佛教和道教之神而镇之。大兴善寺山门之上有题额曰五冈唐镇，便是证明。今之人掏空庙之基，以作地下停车场，也确实是敢想敢干！

附记：青龙寺

乐游原上的青龙寺，以惠果大师精求密宗，也属于密宗的祖庭。公元805年，日本学问僧空海景仰惠果，至此随之修行，学成以后，返岛上推广密宗，为弘法大师。由于青龙寺完全毁弃，没有任何标志，于是日本学者足立喜六，日本之僧和田辨瑞及加地哲定，还有20世纪30年代在陕西赈灾的朱子桥，就以讹传讹，误以为祭台村的石佛寺为青龙寺，并有纪念活动。非也！1973年，经中国社会科学院考古研究所西安工作队勘察，确认青龙寺在乐游原上，谬惑遂解。1984年青龙寺得以恢复。

卧龙寺

卧龙寺颇为深广，南北有数院，东西还设置有经堂和斋舍，其间刻石插而立之，可谓势大不凡，气幽不透。

在天王殿檐下，两僧面壁而坐，悠然晒背。我过去问："师傅好！当年的卧龙和尚是叫惟果，还是叫惠果呢？资料不统一啊。"左侧的僧回头看我，指着右侧的僧说："请教他。"右侧的僧转身挥手说："碑文有记录，你自己查吧！"

我便读碑文，可惜清晰者少，漫漶者多。大雄宝殿前的刻石比较新，遂近而览之。一个穿立领棉衣的男子忽然挺胸昂首溅唾锐声说："撰此碑文的人绝对没有良知。卧龙寺曾经辟为工厂，挪作殡仪馆。这是什么时候发生的，谁导致的？碑文只指出卧龙寺遭遇浩劫，不交代缘由。这样做没有良知，难有善报。"见他偏激，我说："今天风寒，不过阳光还明亮。"退避而去。

此庙在汉灵帝时立，当是公元二世纪的佛教盛事。隋建福应禅院。唐以画家吴道子于斯绘观音像，改之为观音寺。宋初为龙泉院，宋太宗时，有僧叫惟果或叫惠果的做住持，终日大卧，佛教徒呼其为卧龙和尚，遂有卧龙寺。

传五代十国，传元，传明，到1521年，秦王朱惟焯主持修缮了卧龙寺。传清，到1866年，附近的火药局起火爆炸，殃及卧龙寺，凡大雄宝殿、经堂、斋舍，多有震塌。两年之后，接受捐资，乃得恢复栋宇。

慈禧太后避难西安，给卧龙寺以兴旺发达的机遇。慈禧赐银千两，以增其宝殿，并筑石牌坊。慈禧给石牌坊题额曰：慈云悲日；为山门题额曰：敕建十方卧龙禅林。清德宗光绪皇帝追随慈禧，也题额曰：三乘迭耀。见慈禧和皇帝如此重视卧龙寺，西藏与蒙古的喇嘛及王公，也很重视，纷纷于斯致礼。一时恢宏壮丽，香火骤旺。

中华民国时，有僧常常光临卧龙寺并讲经。妙阔法师、太虚法师、慈云法师，都到这里来过。朗照法师曾经是卧龙寺的住持，1949年以后仍为住持。遗憾逢“文化大革命”，历代佛像及经幢，宋铸幽冥钟，尽遭毁坏，令朗照法师深痛难忍，自绝而逝。

我对卧龙寺的兴趣起于康有为在这里的尴尬和蒙羞。1923年11月6日，康有为游西安。受吴佩孚推荐，任陕西督军的刘镇华邀请其到陕西来。康赞长安是数千年第一文化之区，当然要到处看一看。在陕西，也有一批他的故旧和门生，宋伯鲁、李岳瑞、雷延寿、刘古愚、王典章、陈涛、张扶万、龚性田、宁述喻，赫然皆是也。前呼后拥，康有为在陕西展开了种种文化活动，不过毁誉参半，也有推崇，也有反对。

康有为居五味什字的中州会馆可园。有一天，他派可园的职工赴卧龙寺拉藏此庙的宋版佛经。佛经装上轿车，运抵可园。佛经一去，卧龙寺之僧定慧忽然感觉不对，便紧急呼吁，要收回佛经。消息迅播，西安的社会贤达，包括水利专家李仪祉和西安红十字会会长杨叔吉，立即成立了陕西古物保存会，并见陕西省议会议长马凌甫，请求支持。他们还以陕西省古物保存会的名义，通过律师陈松生向法院起诉康有为盗窃佛经。法院以程序，由法警送康有为传票一份。不日，上海便有报纸刊登漫画，披露陕西人声索康有为偷其佛经。须臾之间，一城风吹，举国浪涌，西安变成了康有为的滑铁卢。他怏怏缴其佛经，别陕西而奔武汉。

凡智者都不会把康有为之举定性为盗窃，否则陷于轻率。康有为在卧龙寺发现了宋版佛经，十分喜欢，希望一存。他与定慧和尚还共进素餐，有所交涉。资料证明，他提出以自己所藏佛经交换卧龙寺所藏宋版佛经，不但定慧和尚同意了，而且签订了交换合同。定慧之所以呼吁收回，主要原因是他反悔了。当然，可园的职工贸然多装了一些佛经，也使定慧的收回增加了一些道义。

不过反悔就反悔，收回就收回，为什么会大张旗鼓，闹得惊天动地呢？康有为在陕西表现了知识的傲慢，这让人讨厌。有收藏家让康有为品评古玩，他以聪明装糊涂，视之为相赠，顺便塞进行囊，这让人鄙薄。刘镇华在陕西恶行多，善举少，但陕西人抨击刘镇华却不容易，便通过贬损康有为旁敲侧击刘镇华，因为康是刘邀请的，康至陕西难免要表扬刘几嘴，这让人恼火。康有为的政治思想显然落伍了，其复辟君主统治之论是逆潮流的，有先进文化之士，无不会借机谴责。我以为，凡此种种，是康有为惨败陕西的缘由。

卧龙寺所藏宋版佛经，实际上是明刻的，当然这也价值连城了。

西安的冬天有时候阳光真是特别明亮。山门两边的墙下，坐着满满一排卜者和乞丐，看起来年龄都大了，有的白发苍苍。席地而坐的，带凳而坐的，一概猥琐，潦倒，落魄，缺乏卜者和乞丐当具的一种风度。阳光颇冷，照也不暖。

仙游寺

某年早春，长安区文艺官员田措施，周至县文艺官员赵永武，共邀作家诸位进行文化考察，我在其中。驱车奔走，行迹斑斑，卒有仙游寺令我回味。

其庙曾经藏终南山黑水峪，史书方志皆云，翠峦相拥，清溪独翩，为隋唐宝地，明清胜景。可惜 20 世纪 80 年代以后，西安缺水，决定修金盆水库，以引流入城，不得已而迁其出峡谷，建之于一面朗然的高坡之上。未能仰观昔日之仙游寺，多少是有遗憾的。

仙游寺声誉之重，我看在文化元素的一再增加。它原本属于隋文帝的仙游宫，是满足一个皇帝玄想修道需要的，也不算什么瑰玮绝特之作。不过唐筑仙游寺，有僧人居焉，这便增加了一道佛光。又有秦穆公女儿弄玉吹箫引凤之论，又增加了一层神话色彩。又是白居易为玄宗贵妃作歌之地，辞曰：“汉皇重色思倾国，御宇多年求不得。杨家有女初长成，养在深闺人未识。天生丽质难自弃，一朝选在君王侧。” 激情荡气，缠绵悱恻，又增加了一段骚客韵味。又有苏轼取泉煮茶之闻，又增加了一件才子风雅之好。此庙文化元素的累积，显然具马太效应，从而为天下所知，并传之广远。

倾慕而来，不过由于仙游寺是移植于高坡之上的，径荒殿粗，信徒寥寥，香火薄弱，遂情怯心忧，深恐出乎我的审美想象，竟不敢也不愿意靠近。我只是遥望着一根孤独的法王塔。微雨初敛，蓝天染白，柔丽的阳光投射在它的七层砖壁，苍黄眩目，哀怨浸怀。缓缓登临一个土堆，见秦岭尽绿，关中泱茫，思之久久难明。

广仁寺

1703 年，清康熙皇帝巡视天下。冬日渡黄河，过潼关，抵达西安。他接见了驻防官兵，做了盛大的检阅。此间他还做了一件事情：敕建一座喇嘛教之庙，并为之拨款。

春秋两度，到 1705 年，庙立，这便是广仁寺。皇帝显然十分重视，御制碑文记之，还赐匾额曰：慈云西荫。

走尽长长的习武路，我在西安城西北角目击了广仁寺。算一算，此庙已经逾 300 年，然而看起来它一切都是新的。山门之前，是一个广场。春风提升了气温，有妇女带着孩子学步，有人或立足，或移趾，以锻炼身体。喇嘛教的旌旗高入云天，可惜不招春风，便任其垂落。由住持仁钦扎木苏上师发愿，得信徒资助，2007 年所敬营的佛祖宝塔，东四尊，西四尊，白石灿然。尚未使用的售票亭油漆晾干了，只等开其窗口。

资料显示，广仁寺过去占地 16. 4 亩，果园发香，花圃流芳，列殿堂与房舍 101 间，屋脊错落，门洞相连，森然一片。现在缩小了，不过还好，毕竟可以修其残垣，复其旧制，当飘扬的时候喇嘛教的旌旗就会飘扬。20 世纪 50 年代到 70 年代，中国的宗教场所几尽关闭，广仁寺只能遭封。

山门呈红色，由于有西城墙和北城墙为背景，遂不显宏伟，然而它的两重飞檐，也足长气势。四根圆柱也呈红色，按点而立，恰到其位。总之，山门是俊秀的、庄重的、得体的。

进入其庙，一道影壁迎面而立。南为平砖，北为立砖。立砖尖上尖下，落落大方。大约是恐裂缝、坍塌，以铁扒固定着。抬头仰观，十八罗汉在影壁之顶。

广仁寺曾经遇到何等破坏，不知道。然而康熙皇帝御制之碑，确实是打碎了。有一个八角形的建筑，为康熙碑亭。所立之碑是克隆的，固然它的雕刻也颇为精致。可惜它是仿碑，仿碑自有仿碑之弱。原碑打碎了，也难以觅得它的片断。所幸有一年掘地取土，其碑头竟从黄壤之中冒然而出，遂为文物。无非是两龙盘绕，不过汉白玉极为厚重，雕刻不但细腻，而且含灵流韵。此碑头现在置康熙碑亭之前。

广仁寺的天王殿一带比较阔朗，东一放生池，西一放生池，皆有鱼游。玉兰树虽然还没有开花，不过已经含苞待绽，雪松冬天不凋，春天将一定更翠。

长明灯蹲放于亭，我过去欣赏，这时候身穿朱色袈裟的僧人伸手打开了门，我说："谢谢！"他说："不客气。"铁铸的长明灯呈黑色，很是坚实，大如桶，上细下粗，因为未燃，也没有什么特别。僧人倒是有趣，便问他："你叫什么名字？"他说："……。"他也知道我不懂蒙古语，遂在自己掌中写：呼德日扎那。问："出家多少年？"答："18 年。"显然是一个善良而诚恳的僧人。他东一指护法殿，西一指长寿殿，说："这些都可以看一看。"

在主殿中央供奉着绿度母菩萨，东边供奉普贤菩萨，西边供奉文殊菩萨，其像都很大。房顶绿色偏幽，气氛神秘玄奥。我在这里看到

广仁寺旧影

了康熙皇帝所题的匾额：慈云西荫。其书端正，稳妥，绝无浮华。在主殿的回廊上，装有经筒，僧人或信徒可以绕回廊顺时针走，并顺时针转其经筒。几年之前一个农历正月的晚上，我于斯巧遇一场祈福法会，见数百信徒在地上点亮了成千上万的酥油灯，光焰闪烁，明冲黑暗。有的信徒便在绕回廊，转经筒。以喇嘛教观点，转经筒走一圈，相当于念十万遍六字真言：嗡嘛呢叭咪吽。那天晚上，广仁寺没有一点喧闹，唯有经筒像风一样呼呼响着。不过现在的经筒颇为安静，是黄昏了，只有几只鸽子渐渐落脚主殿的梁上，以夜能栖居。

千佛殿供奉宗喀巴大师及其两个信徒。其像由缅甸红木雕刻，一律鎏金，遂显一片辉煌。喇嘛教就是藏传佛教。大约公元 7 世纪，佛教进入西藏，以结合本土固有的苯教，发展为喇嘛教。不过在渊源上，它仍属于佛教。藏传佛教有四派，除宁玛派、萨迦派和噶举派外，还有宗喀巴大师创立的格鲁派，就是黄教，其强调严守戒律。

在千佛殿前有玻璃罩所护的一口白大理石莲花缸，包浆很厚，呈老相，也是文物。直径 1 米，高也 1 米。莲花生动，有勃郁之气。蔓草为饰，有传统之美。这里的一棵紫荆树屈曲扶摇，足有百年。不过这里更奇的是一棵双叶柏树，既长侧柏叶，又长刺柏叶，令植物学家也感到震撼。

金瓦殿壮丽至极，可惜刚刚竣工，还未启用，我未能入之。数千卷明版经书将收藏于斯，不过我只能等再有机会一瞻了。难得闲暇，什么时候是再有机会呢？

当年皇帝敕建广仁寺，实际上是给从西部往北京去的喇嘛教信徒一个投宿的地方，当然也可以举行法会。沧海桑田，因为飞机和火车的出现，不管是从拉萨走还是从格尔木走，喇嘛教信徒赴北京都不必在西安城过渡了。但广仁寺却成了此地一个活的文化遗产，这是幸运。

大秦寺

在基督教传播史上，有一通刻石贵为文献，藏于西安碑林博物馆，它就是大秦景教流行中国碑。

1907 年 6 月的一天，丹麦探险家阿尔谟悄然进入西安。他左问右探，出安定门，终于找到了一家破落的金胜寺。有僧玉秀在此做住持，他接待了阿尔谟。寒暄以后，略有交流，阿尔谟便让玉秀带他看刻石。

一见大秦景教流行中国碑，阿尔谟不禁兴奋。他居西安二十余日，唯一的主题是此刻石。他拍照，又测量，发现其高 2. 36 米，宽 0. 86 米，厚 0. 25 米。他估算它的重量，又绘制以图。他抚摩碑额上的十字架，又辨识碑底和碑侧的叙利亚文。他自头至尾，细数其字，计有 1780 个。

他早就知道此刻石载有景教的教旨、教义和仪轨，载有它在中国的传播及唐对这种传播的支持，还载有七十七位景教徒的姓名及拜占庭一带的山川河流与物产。现在，他见证了这一切都是对的。

阿尔谟与玉秀建立了亲密的关系，不过一旦提出欲购此刻石并运离金胜寺，玉秀遂甚为警觉，也拒绝了他。阿尔谟到中国来，就是要得此刻石，带至欧洲。不能买，便打算以刻石为原型，仿制一通。经翻译方贤昌帮助，觅得一位石匠，阿尔谟承诺付费一百五十两银子，由其仿制，标准是同质、同大、同重。订立了协议，阿尔谟遂越秦岭，过丹江，沿汉江考察。他指派翻译方贤昌负责采料并监督仿制。

方药雨是天津的收藏家，其弟就是阿尔谟的翻译方贤昌。方药雨闻讯丹麦人觊觎大秦景教流行中国碑，欲购不成，正在仿制，遂向北京的金石学家罗振玉做了通报。罗知道事大，立即汇报学部，请求清政府妥善处理。

这年9月，阿尔谟又返西安。他验收了仿制的作品，比较满意，办了手续，准备以车运离。当是时也，清政府有了意见。陕西巡抚曹鸿勋便令移大秦景教流行中国碑至碑林，珍而藏之。仿制的刻石，阿尔谟要带走就带走吧！

阿尔谟之举，显然有其深远的渊源，也有其现实的思想。我愿意略作一考。

根在叙利亚人聂斯脱利。

他信仰上帝，曾经在安提阿修道院学习，并为执事。自公元428年至公元431年，他任君士坦丁堡牧首。这一带包括今之土耳其和叙利亚，那个时候属于罗马，公元1世纪的中国人谓之大秦。在神学上，有安提阿学派与亚历山大学派之争。聂斯脱利深受安提阿学派的影响，反对亚历山大学派的三神论倾向。他认为应该分开基督的神性与人性，主张基督是神性与人性的结合，既是神，又是人。

他的观点受到亚历山大学派的猛烈抨击。以弗所会议由拜占庭皇帝狄奥多西斯二世主持，其定聂斯脱利的认识是异端，并革去他的牧首之职。罗马教皇逐他离境，大约公元451年客死于埃及。聂斯脱利大约是公元386年出生的。

身虽然死了，但聂斯脱利的追随者却很多。他们经常在叙利亚活动，并宣扬聂斯脱利的理念。到公元498年，终于在这里形成了一个以聂斯脱利主张为模式的独立的基督教组织。追随者怀有雄心，逾葱岭，到中国来布道。

公元635年，大秦人阿罗本从波斯出发，经西域，到长安来了。受唐太宗的安排，宰相房玄龄出开远门欢迎了他。因为有仪仗队，气氛是隆重的。然而冯承钧认为，唐不可能如此欢迎阿罗本。冯推测，这一年于阗王子入长安，也许阿罗本随之而至，才获重礼的。

阿罗本颇受唐太宗优遇，同意他汉译圣经。研究了阿罗本所要传播的宗教之后，唐太宗欣然指出："济物利人，宜行天下。"他评价阿罗本是大秦之上德，并批准在义宁坊建一座波斯寺，以供阿罗本和其他教士活动。事在公元638年。唐太宗对景教的支持，是一个好的开端，难得至极。

实际上阿罗本所布之道，就是基督教的聂斯脱利派的教旨和教义，其在中国谓之景教。景教是什么意思呢？李之藻曰："景者，大也，照也，光明也。"所以景教便是正大光明之宗教。其名颇壮，可惜大秦寺营造之初也只有二十一位教士。

唐高宗也很支持景教，同意诸州置寺。在此时代景教呈现的状态是：法流十道，寺满百城。也许其数有虚，不过发展是实。唐高宗以阿罗本为镇国大法主，对他甚是推崇。

看起来唐玄宗对景教已经不仅仅是支持，而且投注了一种特别的感情。他要诸王至景教徒活动场所，进行体验。他遣高力士送诸圣画像悬挂于大秦寺，并赐绢百匹。他似乎还设了神坛，不过又挂有黄帝之画像。大约公元744年，有景教徒佶和，自大秦至长安，唐玄宗很高兴，遂邀佶和往兴庆宫去修功德。这一次修功德的共计十八教士，应该是精选的吧！一年以后，唐玄宗下诏改波斯寺为大秦寺，其曰：

“波斯经教，出自大秦，传习而来，久行中国。爰初建寺，因以为名。将欲示人，必修其本。其两京波斯寺宜改为大秦寺。天下诸府郡者亦准此。”显然，大秦寺是皇帝所命，其规格属于国家一级的。长安的大秦寺在义宁坊，洛阳的大秦寺在修善坊。

唐代宗颇有意思，圣诞之际，他会赐天香以示祝贺，并颁御馔，以光景教教徒。完全可以推断，景教教徒的活动无违中国之俗，是守法的，甚至景教教徒与唐政府有很得意的合作。景教教徒伊斯就参加过平安史之乱的战斗，当时他在郭子仪的队伍里。此事是非常有趣的。

唐德宗如何支持景教呢？资料几无，不过他绝对没有反对和压制，证据是，在他任上，出现了一通伟大的刻石：大秦景教流行中国碑。事在公元 781 年。碑立大秦寺，就是当年唐太宗同意阿罗本和其他教士活动的波斯寺。昔有教士二十一人，此阶段大约有教士三百余人，一时盛矣！

至公元 845 年，距阿罗本持圣经进入长安已经整整二百一十年，景教发展到怎样的程度？当有多少景教教徒？不得而知。真实的记录是，这一年，以毁佛，景教也遭难。大秦景教流行中国碑一旦入土，遂埋没无闻。

五代、宋、元数朝，无人看到此刻石。它匿身黑暗的世界，也是等待自己复活的时候吧！

明熹宗天启年间，大秦景教流行中国碑在长安的黄壤之中沉睡近乎千年，骤然出土于西安。时间不定，或曰公元 1623 年，或曰公元 1625 年。地点也不定，或曰唐长安城崇德坊之崇圣寺，或曰唐长安城西南方向的周至县，或曰沿终南山从今之长安区至今之周至县之间。

还有人认为此刻石出土于金胜寺。金胜寺源流复杂，它初为隋之济度寺，唐太宗准造波斯寺，唐高宗改为灵宝寺，之后讹称崇圣寺。

明秦王题之崇仁寺，毕沅又题之崇圣寺。唐之时，这里的波斯寺旁边有金胜亭和金胜铺，遂有俗呼金胜寺之事。金胜寺遗址尚在，出西安安定门，行至丰镐东路，有一处部队家属院，其遗址所存焉。

总之，大秦景教流行中国碑出土西安之际，是没有人重视的，否则方志能不纳吗？骚客能不咏吗？轻视是由于不知道它的价值，所以它也就没有确切的出土时间与地点。

它的出土倒是在欧洲引起了巨大的反响。它先以新闻在欧洲劲传，接着是学术热浪。当然，对它兴趣最强烈的是在中国的耶稣会士，也是他们以最快的速度介绍并研究此刻石的。葡萄牙耶稣会士阳玛诺在 1644 年便有著作出版，对其景教之教旨和教义进行诠释。然而法国学术界对此刻石表示怀疑，认为是传教士在作假。

19 世纪以来，欧洲学术界对大秦景教流行中国碑的研究渐渐深入。法国传教士古伯察、英国传教士卫礼和理雅各的著作皆具厚度，尤以法国传教士夏鸣雷之著作甚为丰富，集记录、介绍和研究之大成。

20 世纪以来，欧洲对大秦景教流行中国碑的研究继续深入，其中颇为突出的是英国人穆尔和翟里斯，还有法国人伯希和。他们多是汉学家。伯希和认为此刻石出土地点是金胜寺。

欧洲之外，美国传教士卫匙良，日本学者中村正直、藤田精一、桑原骘藏和足立喜六，也都对此刻石有所专论。足立喜六为大秦景教流行中国碑所拍之照片，已经成为珍贵的资料。

在中国，有三种人对刻石的出土反应敏感：一种是李之藻和徐光启之类，属于基督徒，从上帝信仰的角度予以解读。一种是顾炎武之类，包括王昶、叶奕苞、林侗和毕沅，其角度在金石学。顾炎武指出，大秦景教流行中国碑，是景教教徒景净所撰，唐大臣吕秀岩所书。他也认为此刻石出土地点是金胜寺。一种是魏源、石韫玉和梁廷柑之类，属于清儒，或出言谨慎，或语焉不详，所抱立场偏于正统，不过从洪钧开始就变得理性而开明。洪钧定位景教是基督教的聂斯脱利派，起码他接受了此观点。

大秦景教流行中国碑让欧洲人产生兴趣的主要原因是，此刻石使他们看到了基督教在中国传播的发生、经过和成果。这也是美国人对此刻石产生兴趣的主要原因。于是欧洲人认为，既然基督教是欧洲文化的支柱，此刻石就应该移至欧洲。不排除美国人也同意这种观点。

丹麦探险家阿尔谟受如是思想驱动，到西安来搬迁大秦景教流行中国碑了。一计无果，二计遂生，从而以原型仿制一通，也会有象征意义。事就这样成了。

1907 年 10 月 3 日，仿制的大秦景教流行中国碑出西安，走黄河，至郑州，又从汉口到上海，乘美孚石油公司之船而去，在纽约逗留一度，奔意大利，1919 年藏于罗马教廷博物馆。

祆祠

凡是信仰拜火教的人，一般都进祆祠活动。唐长安起码有五所祆祠，足见拜火教之盛。拜火教就是祆教，也就是火祆教或火教。名多而实一，由波斯人琐罗亚斯德创立，所以拜火教也就是琐罗亚斯德教。

唐长安的五所祆祠：一在布政坊西南隅，谓之胡祆祠，建于公元621年，萨宝府官及祀官皆于斯办公；一在醴泉坊街南之东侧，谓之波斯胡寺；一在普宁坊西北隅；一在靖恭坊街南之西侧；一在崇化坊。千年之后，唐长安早就变成了西安市，各坊尽毁，取而代之的是高楼大厦、奔流的汽车和飘浮的雾霾。我走东走西，一点也感觉不到唐长安的味道，何况什么祆祠的影子。

琐罗亚斯德大约出生于公元前628年，长大当了祭司。宗教发展的一般模式是初敬众神，再敬主神，再敬一神。琐罗亚斯德改革了宗教，认为阿胡拉·玛兹达是最高的神，属于智慧之神。当然他认为还有一个安格拉·曼纽，是专事破坏的神，属于凶残之神。此二神彼此对立，相互斗争，构成二元，于是世界就分为善与恶、真与妄、光明与黑暗。在此两端之中，人具自由意志，可以自由选择，并决定命运。不过人死了会有一个由琐罗亚斯德主持的审判，凡存善念，操善言，持善行，以善抵恶的人，能够进入快乐之境。

琐罗亚斯德的主张受到波斯其他祭司和权贵的反对，又以遭遇迫害，他便离波斯而去。到了巴克特里亚，就是司马迁所指的大夏，也就是今之阿富汗一带，他获得了忠实的崇敬者与追随者。巴克特里亚的国王、王后和大臣，皆信仰琐罗亚斯德创立的拜火教。之后返传波斯，大受欢迎。琐罗亚斯德大约死于公元前 551 年。

琐罗亚斯德在波斯的地位呈起伏之势：大约公元前 550 年至公元前 330 年，在阿契美尼德王朝，为波斯国教；大约公元前 330 年至公元前 141 年，亚历山大征服波斯，波斯遂希腊化，其影响骤减；大约公元前 141 年至公元 224 年，有帕提亚王朝，琐罗亚斯德教又得到了恢复；大约公元 224 年至公元 651 年，有萨珊王朝，其再作国教，甚为强劲；大约从公元 7 世纪以后，大食征服波斯，其猝然衰落。

祆教以火为最高神的象征，并通过火向最高神表达其尊。考古显示，很多信仰祆教的人，墓中的壁画和砖雕，皆有火之燃烧的图案。

祆教渐渐从波斯流行于西域，又渐渐流行于中国。这有波斯人的传播，也有粟特人的传播。粟特人生活在阿姆河一带，当丝绸之路要道，耕作放牧，皆有丰收，然而更擅经商。丝绸之路上的贸易，粟特人是重要的推动者和承担者。一旦他们信仰了祆教，他们走到何处便会把祆教传播至何处。大约从南北朝起，祆教就流行中国。它受北魏、北齐和北周皇家与权贵的信仰，尤其有助它在中国的立足和扎根。

唐长安更开放、更宽容，波斯人和粟特人蜂拥于斯，从事各种贸易，不亦乐乎！唐长安遂有了数所祆祠，以满足他们的精神需要。所谓的昭武九姓，实际上多是粟特人。除了唐长安有祆祠，洛阳、洪州、扬州和广州也都建有祆祠，以供波斯人和粟特人之用。

醴泉坊街南之东侧的波斯胡寺颇有分量，因为它是应波斯王子上奏所置的。在唐高宗初立之际，有波斯王伊嗣俟曾经派使者送一兽，十分灵巧，会入穴取鼠。不过唐史家未明指此兽为猫，所以我也不敢以猫呼之。无论如何，这表现了波斯与唐的交好。可惜伊嗣俟性格懦弱，为大酋所逐，便奔吐火罗，途中遭大食人杀之而亡。波斯王子卑路斯也奔吐火罗，幸免得存。公元 661 年，卑路斯上奏于唐，诉大食人侵扰之苦，请兵救援。唐高宗行义，遣王名远往西域去，置波斯都督府，并授卑路斯任都督。据此关系，卑路斯数有入朝。当在唐高宗咸亨年间吧，卑路斯初次入朝，上拜其为右武卫将军。卑路斯虽然自来，当然也带有一定的随从，甚至以百千而计。他们有信仰拜火教的习惯，需要一个专门的场所做其仪式，这可以理解。至公元 677 年，经卑路斯申请，唐遂选醴泉坊营造祆祠，为波斯胡寺。

一年以后，唐高宗令吏部侍郎裴行俭率兵册送卑路斯为波斯王返国。遗憾裴行俭至碎叶即还，任卑路斯独向波斯。由于大食阻挠，卑路斯难入其故乡，不得不客居吐火罗，凡二十年有余。至公元 708 年，卑路斯又一次自来入朝，唐中宗拜为左威卫将军。其终于唐长安，悲夫！

应卑路斯上奏所置之波斯胡寺，以唐中宗重臣宗楚客筑宅，恰需波斯胡寺之地，便将波斯胡寺移至布政坊西南隅。因为这种变故，置于醴泉坊的祆祠，谓之旧波斯胡寺。唐与卑路斯的关系比较复杂，非简单思维可以理解，不过我讨论的是祆祠，仅此而已。

在西安出土的卑路斯银币，以文物证明了波斯人在唐的踪迹：1957 年春天，西安张家坡一墓中发现卑路斯银币一枚；1957 年夏天，西安西郊李静训墓中发现卑路斯银币一枚。尤其是 1955 年冬天对苏谅妻马氏墓志的考古，证明苏谅及其妻马氏悉为拜火教的信徒。墓志既用汉文，又用波斯婆罗钵文，表达有以拜火教最高神为马氏祈祷之意。马氏死于公元 874 年，不过墓志所依为波斯历。马氏墓在西安土门一带，现在这里建筑林立，熙熙攘攘，没有丝毫的唐韵和唐气了。

大云光明寺

唐长安曾经建有大云光明寺，为摩尼教教徒所用。这是文献显示的，可惜文献未能记录大云光明寺具体置于何地，考古也没有什么发现，遂难免感到困惑。

创立摩尼教的当然是摩尼，大约公元 216 年生，公元 277 年死，一个波斯人。当是时也，其他宗教已经盛行，摩尼也应该了解它们，甚至受其影响。实际上摩尼教就有琐罗亚斯德教的元素，也有基督教诺斯替派的元素。它也不弃佛教之启示，当摄取便摄取。可以认为，摩尼教有博采其他宗教而融成的特点，然而它也具独立的品格。

摩尼教的基本主张是：世界存在两股势力，一曰光明，一曰黑暗。光明与黑暗是有斗争的，此斗争会经过三个阶段。初际表现为光明与黑暗各有自己的王国；中际表现为黑暗侵入光明，斗而争之；后际表现为光明战胜黑暗，于是光明与黑暗就各复其位。所谓二宗三际论，大约指此基本主张。

摩尼教在波斯的传播一度甚烈，有风起云涌之势。它还走出亚洲，传播到了欧洲和非洲。从其普及范围分析，它是具世界性的。

可惜波斯王瓦拉姆一世反对摩尼教，把摩尼钉在十字架上让其死。摩尼教教徒也受到迫害，他们逃离波斯，四散而去。有的人收心敛意，有的人还继续传播摩尼教。补充一点，瓦拉姆就是巴拉姆，汉译难免存在一字一义的差异。

有一支摩尼教门徒越过葱岭，穿过河西走廊，抵达唐长安。摩尼教进入中国大约在6世纪至7世纪之间，不过也有意见指出可能会更早，推测它会随拜火教至中国。然而此观点缺乏证据，有证据的是：公元694年，波斯人拂多诞到唐长安来宣扬摩尼教。女皇帝武则天似乎是欢迎摩尼教的，否则它不可能立足京师。这是摩尼教传播中国最早的时间，也是最可靠的时间。

吐火罗与唐的邦交关系很多年了。唐玄宗即位以来，吐火罗也数有朝献，其贡马、红玻璃、绿玻璃。唐是满意的，遂予以册封。至公元719年，吐火罗支汗那王帝赊竟有别致之进御：一位精通天文的大慕阇。随大慕阇到长安来的当然还有一些摩尼教教徒，从而上奏唐玄宗允其置法堂，以供奉摩尼。是否建有法堂，难考。迹象表明，唐玄宗对摩尼教不感兴趣，所以法堂可能未造。至唐玄宗开元二十年，公元732年，唐玄宗指示长安人不得追随摩尼，于是摩尼教的信仰者敬拜者就唯有回纥。何以如此，也难考。

平安史之乱，阻吐蕃入侵，回纥都借兵给唐，是有功的。以回纥援唐，他们便流寓长安，一副要生活下去的样子。回纥信仰并敬拜摩尼教，这就需要一个活动之地，遂上书唐代宗，盼批准。唐代宗反复权衡，终于划地，于是公元768年，长安就有了一个大云光明寺。当时所赐匾额为：大云光明之寺。三年以后，唐代宗又敕荆州、越州、洪州和太原府各置一大云光明寺。

在唐长安，除了回纥供奉摩尼，粟特人也供奉。粟特人就是昭武九姓，他们夹杂于回纥之中，参与他们的政治，并仗势做其生意，唯利是图。他们办产业，开第舍，穿着漂亮的衣服，甚至会娶妻妾。他们是否是摩尼教真正的信仰者、敬拜者？唐宪宗元和初，公元回纥朝献，难免摩尼教徒随之。史记：“摩尼至京师，岁往来而市，商贾颇与囊橐为奸。”

至唐武宗灭佛，也并废摩尼教，京师有摩尼教女教徒七十二人皆死矣！

摩尼教也有其他称呼，末尼教、牟尼教、明教、明尊教，皆是也！敦煌发现的汉译摩尼教残卷显示，大云光明寺设经图堂、斋讲堂、礼忏堂、教授堂和病僧堂。此五堂各有其用，为法众共居精修善业之所。

我站在明德门，举目远望，问：长安城一百零八坊，何坊曾经置大云光明寺呢？

西安清真大寺

1992 年 12 月的一天，我赴西安清真大寺，当时留下的记录有一段是：

> 在 7 世纪初，关中处于隋朝灭亡和唐朝兴起之际，此时此刻，在阿拉伯半岛，穆罕默德创立了伊斯兰教，并传播安拉的声音。到了 8 世纪初，唐朝很是鼎盛了，阿拉伯商贾便通过丝绸之路进入长安，在这里经营生意。公元 755 年，发生了安史之乱，回纥士兵参加了唐朝的平叛。社会秩序恢复之后，回纥士兵就留在了长安。大约在这个时候，伊斯兰教开始在关中传播，现在已经有 1200 年之久了。在西安的化觉巷，有一座宏伟的清真寺，伊斯兰教的信徒定时在这里做礼拜。

此清真大寺是一个完整的建筑群，我经常到这里来欣赏它的艺术。2012 年 7 月 16 日上午，天不是酷热，因想看一看这里足有几百年的皂荚树，遂悠然入之。

清真大寺为东西向，长方形，占地面积逾 13000 平方米，共四个进院。有人独观，有人同游，自存它的安静。

一进院的木牌坊高 9 米，卯套卯，节节连接，段段延伸，便隆然而起，呈雄壮之势。立柱粗广，横梁通直，各得支点，遂力使遍体。翅角飞檐，增加了它的灵性。以琉璃瓦覆盖其顶，显示了贵气和豪华。

向西，过五间楼，就到了二进院。这里的石牌坊以四柱所组，形成三间。中楣镌：天监在兹。南楣镌：虔诚省礼。北楣镌：钦翼昭事。两边各有踏道，围以石栏，又规矩，又典雅。附近有龙头碑两通，一为 1606 年所竖，刻米芾手书：敕修清真寺；一为 1768 年所竖，刻董其昌手书：敕赐礼拜寺。石牌坊坚固而精致，生顶天立地之感。此地有国槐、玉兰树，尤有两棵壮丽的合欢树，它们冲天而上，超越两通龙头碑。其冠阔朗，风吹枝叶便拂，若海浪轻溅。五间楼有三门，门墩悉为石雕，简洁而饱满，不可多见。

向西，过敕赐殿，就到了三进院。环顾四周，见数棵椿树，散落各处，其皮黑，高且粗。也有银杏树、核桃树、柏树、国槐，皆呈盛态。敕赐殿坐落其中，红门敞开，方砖垫地。这里的重点当然是省心楼。它两层，三檐，八角，琉璃瓦攒顶，又挺拔，又安然，十分绚丽，确实别有一种风度。

向西，过连三门，就是四进院了。此处的凤凰亭由三部构成，其巧妙地容纳了牌楼之元素，显得瑰伟绝特。中央是主建筑，属于地地道道的亭，六角形，飞檐，顶圆而尖。左右的建筑完全对称，皆是三角形，仿佛牌楼，飞檐如拍翼。三部相连，貌若凤凰展翅，谓之凤凰亭。它的南北两侧各有面宽七间的厢房，从而使凤凰亭在凌空之际添了稳重。我想看的两棵皂荚树便在凤凰亭一带，至少有三百年了吧，其干撑冠，揽云为饰，以俯察天下。其木看起来颇含坚硬与坚韧的品质。仰观其冠，真是古贤人所赞的根柢槃深，枝叶峻茂。

向西，走中间的踏道或一左一右的踏道，都可以登临月台。月台亢扬而广阔，南北 54 步，东西 33 步，几乎全铺以青石。中间的踏道是白大理石，它从四进院的凤凰亭引伸而来，穿过月台，一直延至礼拜大殿的庭前。大殿进深九间，飞檐姿健，斗拱气壮，一色蓝琉璃瓦苫顶，望之巍然而神秘。西安化觉巷一带的穆斯林，多在此礼拜。

西安清真大寺的建筑，多在中轴线上。中轴线东铺以麻石，中间铺以青石，西铺以白大理石，其变化带来了一种神韵。这里的照壁、牌坊、楼、殿、亭、台、厢房，疏密相宜，错落有致，通看分看，都有其布局。此完整建筑群，当是伊斯兰文化与汉文化融合的产物。这些是我一再考察所得的体会。

我在 1992 年认为，伊斯兰教传播关中，当发轫于安史之乱以后。清真大寺所存碑文显示，穆斯林的这个活动之地，出现在唐玄宗天宝元年，公元 742 年。那么，伊斯兰教在长安的传播，至迟也是从这一年开始的。我愿意用现在的观点，取代过去的观点。

礼拜堂

我想看一看西安市南新街的基督教礼拜堂，郭牧师在电话里建议，可以星期天去，因为信徒当日有活动，要做三次礼拜，牧师也在。不过我的行事有自己的节奏，遂在星期四，2011 年 4 月 7 日下午到了礼拜堂。

在大学时候，我就来过这里，是由老师带领，先参加教学实践，接着顺便率学生体验了一下礼拜堂，二十分钟左右吧。那天有牧师布道，几十个信徒坐在椅子上听着，牧师朗诵曰："我是葡萄树，你们是枝子。常在我里面的，我也常在他里面，这人就结果子。 因为离了我，你们就不能做什么。"依靠礼拜堂的墙壁稍站片刻，我就记住了这段论语，它真的像天音一样浸润心灵，有一种奇妙之感。可惜我是政治教育系的学生，正在接受马克思主义的思想，不能相信神在，遂使礼拜堂缥缈而去。然而一旦我把葡萄树与枝子的论语录制吾心，就再也没有磨灭。多年以后，我才知道这是耶稣给其信徒传道所用的比喻。

起于 1989 年的逆境，长逾十年之久，曾经上下求索，希望有一个精神的出路，或是觅得一个精神的避难所也行。一度我便常常到这里的礼拜堂来，以疗治创伤，得到安慰。平安夜的颂歌尤其能感染人，它似乎有一种特殊的温暖，会净化你，扶助你，提升你，我不禁热泪涌流。不过终于以我的血液里有毒，便一直在尘世流浪。然而天国总是使我向往的，我也一直咀嚼和消化着耶稣的论语，甚至我就是凭神的指点而活着。

礼拜堂几乎还是我三十岁所见的样子，仿佛也是我二十岁所见的样子，推开一个红铁门，便是院子。混凝土地面，难免干燥，它也抹去了黄壤所蕴含的一种生气，然而毕竟有一棵皂荚树在此，尽管弯曲为弧，是黑皮，但它却经风受晒几十年，并未倒下为木做柜，或成柴烧了火。院子逼仄，大显局促，也有一种背离经济增长率的破败和落寞，不过院子毕竟还有一座礼拜堂。

它是一座砖木结构的建筑，南门为正，东门为偏，拱形红框，高耸有威。尖顶坡檐，灰瓦铺而排之。砖砌墙壁，混然为素，显得十分肃穆和庄重。装有二十扇窗子，即使不开灯，我也完全可以看得清楚礼拜堂里的十二根木柱，宽阔的红天花板，密度颇大的红条木椅子。曾经见有信徒坐在这里祷告，我也曾经在此以平安夜的颂歌而激动，不过现在礼拜堂除我外一个人也没有，唯见几片春天的阳光投放进来，敞然而亮。

问郭牧师：“这个礼拜堂信徒的年龄如何？”她说：“以中年人和老年人为多。”

问郭牧师：“那么性别呢？”她说：“以女性为多。”

问郭牧师：“他们的文化程度呢？”她说：“一般。”

问郭牧师：“他们以什么原因信仰了耶稣？”她说：“各种各样的原因，不过似乎由于家庭有问题最多。”

问郭牧师：“信徒趋向多还是少？”她说：“应该有发展。”

耶稣是犹太人，生在伯利恒，长在拿撒勒，从而世称拿撒勒的耶稣。大约 30 岁前后，他自谓弥赛亚和基督，在加利利，并往耶路撒冷去传道。由于治病救难，又能出奇制胜，遂有信徒追随。他显然也是一个令人喜欢的青年，爱儿童，爱花，尤其不辞帮助那些患者、犯罪者、遗弃者。当时犹太人处于罗马帝国的统治之下，苦难深重，切盼有先知能把自己解放出来，可惜耶稣要建立的王国显然不属于这个世界，遂使他们抵制。犹太人也反对耶稣有上帝之子的一种权威。争执烈然而起，犹太人便向总督彼拉多告发耶稣，指控他蔑视罗马帝国，企图立自为犹太人之王，并要求彼拉多处死耶稣。大约公元 29 年至公元 33 年之间，逾越节那周的一个星期五，在遭遇尽极的侮辱之后，耶稣被钉在十字架上，被钉的还有两个小偷。不过两天以后，星期天，耶稣复活了。信徒看到他便走上去致意，也有人看到他和信徒在一起。四十天之后，他升天而去。复活之事，意义极大，它使耶稣的信徒把沮丧变为欢乐，把恐惧变为勇敢，把失败变为成功，并给了他们一种光明和希望。这也一直鼓舞着基督徒。

基督教传播最关键的环节是耶稣拣选并教诲的那些信徒，他们坚信耶稣的真理不仅仅是给犹太人的。他们离开故乡，往埃及去，往小亚细亚去，最壮烈的行动是乘船渡海，往罗马帝国的中心去，在恺撒的王宫门前传播真理。他们无不殉道而死。足有 300 年，罗马帝国视基督徒为异端，石砸信徒，绳绞信徒，火烧信徒，刀砍信徒，狮食信徒，然而他们绝不停止对福音的宣扬。公元 1 世纪，在罗马帝国的主要城市里都有了基督徒。公元 2 世纪，基督徒已经占罗马帝国人口的百分之五。公元 3 世纪，基督徒虽然仍是小部分，不过信仰基督的分子已经有律师、医生、军官、文官，甚至还有总督。公元 4 世纪，是基督教神奇的转折岁月：皇帝戴克里先曾经处死了成千上万的信徒。然而公元 311 年，皇帝伽列里乌斯便下诏要求结束对基督徒的迫害。

接着是公元313年，君士坦丁堡皇帝敞然颁布米兰敕令，明确规定："任何人不论他选择什么信仰，均有充分的自由。"临终之际，他也接受洗礼，公开承认自己是基督徒。至公元380年，皇帝狄奥多西乌斯宣布以基督教为国教，他当然也是一个基督徒。基督教取得了决定性的胜利，而且一直在发展。现在，全世界有数十亿信徒，诚如耶稣所言，它是属于万邦的。

基督教的流行在于耶稣所弘扬的真理符合人性。他强调爱、公正、平等、诚实、节制、尽责、勤劳，确立了人和上帝的关系及其人与人的关系，指出人当爱上帝，并要爱人如己。他告诫信徒："你们愿意人怎样待你，你们也要怎样待人。"他认为天国是有的，它在那些愿意悔罪并行上帝之道的人的心中。基督教有一种文化的力量，它曾经给了世界一个充满希望的方向，今天它显然仍有其宝贵的价值。

中国从来就没有拒绝基督教，这恰恰证明了它的伟大。资料显示，耶稣的信徒圣多默在公元1世纪就赴中国布道，可惜这在中国缺乏实证。不过有碑文记录，基督教在唐代确实进入了中国。事情是这样的：公元5世纪，君士坦丁堡的主教聂斯脱利的神学观点被罗马帝国斥为异端，驱逐他而去。不过聂斯脱利没有放弃自己的主张，恰恰相反，他在波斯及其周边继续布道，并沿着丝绸之路到中国来了。受派遣，波斯传教士阿罗本在公元635年到达长安。唐太宗李世民不愧为开明之君，他令宰相房玄龄欢迎阿罗本，又邀其到皇宫去。考察了两年，到公元638年，就是唐太宗贞观十二年，李世民认为基督教济物利人，宜行天下，遂批准阿罗本传而扬之，并划地拨款，同意其在长安城义宁坊修建波斯寺。唐玄宗执政，也支持基督教，还把波斯寺改为大秦寺，尤其有趣的是，他吩咐把先君像置基督教礼拜堂之中。唐德宗登基一年以后，公元781年，有碑一通立终南山北麓，以彰显基督教在中国的流行。碑文记录的是景教，景教就是基督教，是在底格里斯河与幼发拉底河流域传播的一个教派。遗憾到公元 845 年，唐武宗大肆灭佛，景教也受到打击，遂消失于历史之中了。幸运的是，1625 年其碑出土，否则难以知道基督教在中国流行的初状。此碑华严高大，现在藏西安碑林博物馆。

基督教在其发展过程中形成了三大教：天主教、东正教和基督教新教。不过它们都以耶稣的思想为基础，属于一个宗教信仰体系。大约 1238 年，有传教士到西安来，这是马可·波罗所注意到的，然而未见其功。到了 1293 年，传教士约翰·蒙高维诺乘船至泉州，之后辗转抵大都，当时元世祖掌权，经其同意，天主教才开始在中国传播。1665 年，俄国人侵占了黑龙江的雅克萨，接着便有俄国的基廉斯克修道院长叶尔莫根在此建礼拜堂，举行基督教活动。1671 年，叶尔莫根又到雅克萨的磨刀石山上建了一座仁慈救世主修道院，东正教遂开始进入中国。清帝国武装力量收复雅克萨以后，押俄国俘虏至北京，收编他们到胡家圈胡同的满族人的军队里，随之改这里的关帝庙为尼古拉教堂，其当然为东正教。在中国的东正教属于俄罗斯的正教体系，一旦进入中国，它便要努力发展。1807 年，传教士马礼逊到了广州，标志基督教新教开始进入中国。1861 年，基督教英国浸礼会至中国，总部设上海。1891 年，传教士邵涤源、郭崇礼和莫安仁赴陕西三原传播福音，并筑教堂。渐渐地，基督教英国浸礼会也到西安来了。

西安市南新街的基督教礼拜堂，便是在这样一个背景之下产生的。已经无法知道是谁捐资、是谁设计的，不过可以知道它在 1914 年动工， 1919 年竣工并使用。当时以礼拜堂为邻，还有一座崇德小学，也是基督教英国浸礼会所开办。1949 年，此小学由共和国接管，然而礼拜堂仍为信徒的活动之地。遗憾 1966 年有“文化大革命”，包括基督教在内的一切宗教活动都停止了，这个礼拜堂也遭关闭。不过宗教的自由总有强大的力量在推动，不管禁锢多久，它都是暂时的。1981

年，在此举行了一个沉寂15年之后的圣诞节典礼。这是礼拜堂使用的恢复，也是一个新的开始，很多信徒都哭了。

我在礼拜堂徘徊了一个下午，形影相随，仰天而思。走的时候，我买了一本论神的书。这里有一个仅仅一间房的书店，尽是关于基督教文化的著作。出门之际，碰到一个年轻姑娘，要买福音书，其声柔和，仿佛照在一只麻雀羽毛上的夕晖。

大雁塔

在唐人留下的建筑中，大雁塔是最高的，甚至在1911年之前，帝国留下的所有遗产中，它也是最高的。形胜之地，若是少了大雁塔，那么一定会逊色并失神吧！

大雁塔营造于唐高宗永徽三年，公元652年，是应三藏法师玄奘的请求而作，依印度的版式设计，放置佛经和佛像。看起来唐太宗和唐高宗对玄奘都比较尊敬，唐高宗尤甚。营造大雁塔，没有唐高宗的支持显然是不可能的。

此塔初作五层，砖表土心。长安雨沛，往往渗透砖表，进入土心，催化固有的籽粒和根苗，使草木萌发其中，并由里及外，生而茁壮，便渐渐把塔撑破为废了。到公元701年，女皇帝武则天出资并动员王公贵族施钱，重建此塔，作十层。唐人章八元之诗曰："十层突兀在虚空，四十门开面面风。"便是见证。可惜唐末屡遭兵火，遂有所坍塌，残为七层。之后，大约在公元930年至公元933年之间，有安重霸，是五代后唐的京兆尹留守，对此塔做了修缮。其量力而行，亦未增，亦未减，仍维持为七层。今之大雁塔就是10世纪留下的样子，

大雁塔

经测 64 米，这当然指它从塔底至塔顶的高度。

览唐人文章，发现在 8 世纪以后才有登兹而兴叹之诗，多惊悚此塔摩天入云，足以望尽八百里秦川，舒其幽情。浩浩文章，盛世之颂鲜见。杜甫敏锐，身在盛世也胸怀百忧。岑参也是盛世的官员，但他却存挂冠归隐之念。天才的作家都有非凡的观察，并会在其文章之中流露俗子不可看到的症候。他们慎作盛世之颂，是由于社会矛盾已经对立。

从少陵原上向北，下坡，行数里，过曲江池，就是大雁塔。几十年以来，虽然屡有迁徙，不过皆在大雁塔周边，想登兹便从其南门入塔，沿木梯盘旋而上。此塔各层皆有砖券拱门，可以凭栏极目。越向上空间越窄，因为塔身是渐升渐束，悠然收缩为巅的。一层最低，空间最大，但人却最少。七层最高，空间最小，但人却最多，都想远眺神州沧桑之地。站在大雁塔上，确实会有骋怀游魂之感，尤其春见紫气东来，秋闻箫声西至，夏有一山横贯，冬有万厦成粒，所观之季，各呈绝妙，即使郁闷，也能消解。当然今之所目，无不是西安的扩展，漫延，堑畔堙沟，甚至要跨河逼谷。常有雾霾，也难以远眺。

大雁塔台基的周长 100 米左右，砖券拱门皆以青石为门楣、为门框，上有或出自阎立本之手的线刻，花卉如梦，蔓草若飘，龙翔云淡，其佛体硕，佛态祥。在人进人出的南门两侧，各有一龛，一嵌唐太宗所撰文碑，一嵌唐高宗所撰文碑，皆为褚遂良所书，都是关于三藏圣教的。其书清晰、雅丽，欣赏起来让人气和神安。碑额和碑座之浮雕，也精致得让人赞叹。塔势若涌，檐翘若翅，在各檐之角悉悬铁铃，风摇疏响，咸为古韵，使塔周边熙熙攘攘之人顿显野蛮。塔色如土，浑然而朴，昂然而威，是唐人为中国留下的文化遗产，也是西安的标志。

据我的考察，大雁塔之得名有三种由来。塔形像雁，谓之，其一。释迦牟尼化身为鸽，鸽与雁具为贵禽，唐人好雁，凡好鸟皆视为雁，谓之，其二。印度有僧信仰小乘，他们是食肉的，然而有一天做饭，未觅得任何肉，遂仰天慨叹。适逢众雁飞过，一雁便断翮坠地，以供僧食。沙门皆惊，认为是菩萨显灵，遂在其雁牺牲之处作塔纪念。玄奘以它为标榜造于长安，谓之，其三。究竟所依何在？大约不必执迷吧！

在唐人的文章中，大雁塔称慈恩寺浮图，或称慈恩寺塔，是因为此塔作于慈恩寺的西院。隋有无漏寺，可惜在唐高祖武德年间便毁了。不过其旧址临黄渠，曲江池也具竹泉之邃，皇太子李治为追思自己的母亲文德皇后，就在无漏寺旧址上修建了慈恩寺。唐蒸蒸日上，所以皇家之庙当然宏伟壮阔，有庭院 13 进，有屋舍 1897 间，遂敕度 300 僧于斯修佛。重楼复殿，云阁禅房，多有阎立本和吴道子所绘壁画，真是美轮美奂了。慈恩寺竣工启用之日，皇太子李治亲幸，凡佛经、佛像、法器，一律从皇家而出。梵乐喧天，祈福动地。玄奘从印度返长安，希望有一个合适的佛经汉译之处，经唐太宗批准，他旋即从弘福寺搬至慈恩寺。当时举行了隆盛的庆典，玄奘安详乘舆，有彩车千辆行前，有伞盖数百随后。长安各庙之僧持花诵经，步步护送。沿途人山人海，竞观玄奘。唐太宗也以得体的方式，参加了庆典。他率皇太子李治及其嫔妃站在皇城安福门上，焚香致礼，不亦诚哉！几年以后，经唐高宗同意造此塔，唐人一直称之为慈恩寺浮图或慈恩寺塔，大约 150 年以后，才有作家呼此塔为雁塔。当年进士及第，必在雁塔题名，以示光荣。随之转身而去，赴曲江池之宴。

慈恩寺位于唐长安城晋昌坊，今之西安和平门以南 4 公里处。北墙以外是 2003 年作竟的占地 100 余亩的喷泉广场，流行音乐一起，水遂注射空中，声沉水沉，声扬水扬，引得天下男女围而观之。山门为正，在南，其匾额由江泽民题，是金字。山门之前是广场，时时有少妇老妪甩手蹈脚，动作整齐，面情内敛，恰是中国之特色。佛是喜欢安静的，不过既然要普度众生，那么让众生闹一点也无妨，全当是为人民服务吧！

荐福寺也有塔，小于此塔，此塔遂为大雁塔。

小雁塔

小雁塔寂寞，荐福寺清幽。

每一次想起来就是这种感受，每一次登临其塔或远望其塔，每一次游其寺或见其寺，也是这种感受。

很久了，唐高宗逝世百日，皇亲国戚捐款，修建了献福寺。事在唐睿宗文明元年，公元 684 年，对唐高宗纪念，也给武则天示威，因为迹象表明，唐高祖的江山将有可能变成女皇帝的。

然而武则天也极有算计，终于在公元 690 年，篡唐立周，登基为神圣皇帝。日理万机，不过女皇帝还是难忘几年之前李氏家族营造献福寺的意图，遂把献福寺改为荐福寺，以昭示她的权势。

荐福寺在长安城的开化坊，唐太宗的女儿襄城公主，曾经有宅邸于斯。荐福寺初成，便敕度 200 僧在此作业。东为放生池，推测当为汉之洪泽陂。公元 705 年，武则天逝世，龙椅归于唐中宗。一年以后，法师义净住荐福寺，于斯佛经汉译。他是范阳人，曾经由海道往印度去学习，凡 25 年。他带 400 部佛经归国，并孜孜以求，把梵文译为汉语。对真理的探索，使他成为伟大，让人钦佩。至公元 707 年，唐中宗在安仁坊建了一座浮屠，就是所谓的小雁塔，以追思并告慰于唐高宗。安仁坊与开化坊以一街相望，小雁塔所在周垣的山门北向，恰恰对着荐福寺，当然意味深长。

一边是寺院，一边是塔院，白云一片，磬音以闻，想起来是颇有气象的。可惜世界是变化的，到了唐末，兵火频频，荐福寺不耐，便倾圮为墟，然而小雁塔仍矗立着。

有僧认为荐福寺毕竟是一座重要的庙宇，遂争取社会力量的支持，再修建了荐福寺。不过是以安仁坊的小雁塔为中心修建的，山门南向，并筑禅房和经堂，虽然没有当年的荐福寺宏阔，但其宝殿却也肃穆，尤其是代有高僧。明洪武年间的古梅法师，清康熙年间的大峨法师，皆是戒律精严，所思奥博的。

遗憾我看到的荐福寺，山门紧锁，僧无踪影，庙宇遂成空壳。可以动情的是这里有七棵国槐，树龄咸逾千年，极呈老态，也尽显古道。特别是小雁塔，披星戴月，迎风冒雨，屹然立于天地之间，每每使人喟然。

荐福寺毕竟是胜境福地，于是西安博物院就插足而入。还好，它只有两层，圆顶如盖，走廊如砥，瓦小，瓦绿，密如鳞片禽羽，以滴雨水，为张锦秋所设计。依靠小雁塔，并借小雁塔的风光和格调。当然，它也以自己的厚实给小雁塔增加了一种活力。树有参差，茂盛为林，并使新旧融为一体。还好！

小雁塔之美在其塔姿娟秀，塔神飒爽。看起来它是十三层，不过资料显示，其初作十五层，可惜几百年之后的一次地震挫折了两层，真是峣者易缺，细者易断。然而十三层并不失其美，甚至有残反而丰富了它的美。正方形，以砖所砌，表里皆砖。每层檐出，每层窗亮，遂使此建筑有了灵性和动感。小雁塔大约就是这样养成一种气氛的，并孕育其美的。越向上越收缩，遂立而矗。台基也是正方形，显得很坚固。南北以砖券拱门，门楣为青石，雕有蔓草花卉及天人供养之图。有木梯可以登临，不过以我的经验，登临不如绕其仰观，一个角度会有一个角度的发现。然而看到小雁塔，谁不想登临呢！

小雁塔很是非凡，当然自有非凡的故事。1487 年，陕西临潼发生地震，塔摇而裂，不过未倒，这便奇了。然而这次地震也挫折了它顶端的两层，足见其力之巨。为什么？因为它的台基之下，夯成了一个半球体的土堆，地震固然力巨，不过冲过来就把其力均匀分散了，遂塔摇而未倒。小雁塔还有它的奇：塔摇而生缝，其缝又终于以地震而复合。《咸宁县志》可证，其曰：“嘉靖乙卯地震，裂为二；癸亥地震复合无痕，亦一奇也。”嘉靖乙卯地震，指明世宗嘉靖三十四年，也就是 1555 年的地震；癸亥地震，当指明世宗嘉靖四十三年，也就是 1563 年的地震。然而癸亥是否有地震，地震是否使小雁塔之缝复合，待考。

在荐福寺有一口铁钟，铸于 1192 年，重一万斤，字一千个，撞之声响，足传十里。漫漫长夜，有多少人是闻其声响而醒来的呢！所谓的雁塔晨钟，便是当年小雁塔的铁钟在黎明发出的大音。

荐福寺塔 45 米，低慈恩寺塔 19 米，彼此比较，遂谓之小雁塔。

半坡人的遗产

我一再到半坡人曾经生活过的地方去，他们在此留下了丰富的遗产，考察也好，欣赏也好，或是随便走一走也好，无不给我的心灵以一种静、一种动、一种澄明的空间。

实际上半坡人究竟是谁，他们从哪里来，又去了何处，他们的血液流在了谁的身上，都是一个谜，我不知道，考古工作者也不知道。然而他们的遗产又丰富又神奇，值得研究并敬仰。

旧石器是打制的，比较粗；新石器是磨制的，比较细。人类一旦使用了磨制的石器，便进入了新石器时代。半坡人大约生活于6000年之前，属于新石器时代，为母系氏族社会。他们的遗产多掩埋在西安浐河东岸的一片台地里，是半坡村的田野。一朝出土，天下兴叹。

他们留下的也有打制石器，不过磨制石器显然为众，有石斧、石锛、石凿、石锄、石刀，青色偏黑。它们的材质仿佛不是山石，应该像陨石，其离开银河系或宇宙的某个角落，并穿过大气层，于是燃烧的火就把它炼成青色偏黑了，十分的坚硬。骨器有矛头，箭头，针，梭，鱼钩和鱼叉。濒临浐河而居，显然是注意到水中的鱼，遂要钓之，捕之，以鱼为食物。所制鱼叉很巧，鱼钩尤其精，完全是今之鱼钩的原型，今之鱼钩不过是半坡人鱼钩的置换变形而已。半坡人的劳动工具虽然还很简单，不过足以让其定居于斯了。

岁月已经湮没了他们的建筑，然而屋室之痕存焉。一种半穴居圆形的房子，以炕壁为墙，是方便营造的，不过雨水易浸，也潮湿致霉。于是他们就渐渐把房子作于地面，又干燥又通风。其竖的为柱，横的为椽，安门装窗，想起来是有难度的。绕着一片废墟徘徊，见柱洞斑斑，椽断为片，难免感到寂灭和伤逝，并追问他们从哪里来，又去了何处呢？有时候会突然看到他们在此生活，忽然是一个青年提着鱼过来了，忽然是几个青年抬着兽过来了，妇女或在哺育孩子，或在织布碾粟。阳光灿烂，和风惠畅，处处是天真质朴的秩序。天黑了，便点燃篝火，幼者拥长，尊者传道或颂祖。在屋室周围，有人拉弓持箭，警惕地望着远方，是做保安的。虎啸深林，猿吼幽壑，似乎并非都是诗意。在灶台旁边，残遗着灰烬、果壳、骸骨，还有大量的陶器。然而谁能告诉我，半坡人呢？他们为什么离开这里？是什么时候离开的？他们迁徙到什么地方去实现自己的希望了呢？

半坡人的寿命最高也不过40岁，因为猎难打，粟不丰，鱼也不可能一网多打，夏热冬寒，医疗欠缺。在墓区可以看到一个瓮棺群，凡夭折的孩子便装其中埋之。瓮棺也就比篮球大一点，所以孩子一定幼稚。有多少生命还没有成长就殁了，不知道。半坡人是整个人类发展过程的一个阶段，虽然每一个阶段都有它的困难，然而望着黄壤上的瓮棺群，我仍感悲怆。墓区有的是合葬。从身体形态看，这里还有俯身葬、直肢葬、屈肢葬。头成骷髅，白骨散乱，然而毕竟久矣，也就不觉惊心动魄了。这里显然透露着文明之光。半坡人给瓮棺特意开了洞孔，目的是希望孩子的灵魂能回到氏族之中。那时候便产生灵魂的意识了吧！凡合葬男女有别，从而反映了半坡人的一种婚姻形态，就是对偶家庭，妇女支配一切，男子招之即来，挥之即去。为了氏族的生存，那时候必须如此立法。

半坡人的陶器是四海有誉的得意之作。凡生活所需的盒、罐、瓶、壶、钵、甑、哨，尽是烧制的。陶窑不大，然而颇为科学，掏土作窑室以放其器，通过火眼生火，把柴塞进火膛，烈焰窜入火道，使温度达到900℃以上。几千年过去了，火熄灭了，然而在火膛和火道留下了烈焰烤出的青色和红色。想起来做烧制工作的人都是有技术的。

半坡人在陶器上充分表达了自己对美的向往。陶器是实用的，然而他们给其染色，并作以锥刺纹、指甲纹，或附加几道堆纹，遂使实用之物变成了艺术品。尤其是在陶盆上所绘饰的各种各样的鱼，有的具体，有的抽象，有的做了变形。鱼生动，纯净，愉悦，简单而不失蕴含，这是我一贯的感受。半坡人显然是以美的法则在创造生活！我以为现代人应该感到惭愧，因为他们往往会背离美的法则，给生活之中注满了功利。一事当前，盘算的先是人民币，之后才是别的。生活异化了，遂并发兽性。现代人当通过种种艺术形式重温自己遥远的来路，或是重温一下半坡人的生活，以矫正自己的一种症候。

那么是什么心理使他们以鱼绘饰其陶盆呢？鱼显然对他们的生存是重要的，既构成了物质之需，也构成了精神之需，也许精神之需还是多于物质之需的。半坡人面对食物的巨大匮乏，突然而来的雷电，无边无际的黑暗，他们是需要一个依靠的，甚至崇拜的对象，遂选择了鱼。所以认为鱼是半坡人的图腾，应该有它的道理。

然而半坡人到底如何，仍是一个谜，我之所论也多为推测。不过恰恰因为它有其谜，才对我产生着诱惑，只要有暇，我便还会到半坡去欣赏并考察。养目并润心，何乐而不为呢！

半坡读陶

雨刚刚发作完毕，风就带跑了乌云，终南山和白鹿原随之浮出。天空湛蓝，乌云的残片失魂落魄。阳光照耀着西安，那里有黑森森的建筑与黑压压的身影。我就是从那里到半坡来的。虽然半坡仍属于西安，不过我总觉得它是异于其城的一个地方。此为母系氏族部落的遗址。浐河流过黄壤，阳光的红晕掺进了它的白浪。草木与庄稼已经连成一片。随风滚动的，不是噪音，不是流行歌曲，是一阵一阵的泥土气息。

我往半坡去是读陶的。我曾经多次至半坡。对文化遗产，对长安器物，我最喜欢最迷恋的是陶器。半坡的陶器以老为盛，是 6000 年之前的原始人所使用的。母系氏族社会的人，用粗稚之手所做的这些陶器，我怎么读它，都不得透彻。然而，怎么读它，都充满远意。

在我读陶之际，一再有人从周围走过。他们也是读陶的，来自中国内地各处，或台湾与香港，其中一些人领着孩子，用通俗的语言答孩子之问。先民的故事就这样流传了，而且先民的形象得到了新的塑造。偶尔会有成群结队的欧洲人出现，他们高大、健壮，但衰老折弯了他们的腰。他们显然是别的一些民族，然而人类对美的追求既是共通的，又是永恒的，于是他们就或多或少感受了这些陶器的艺术，有的竟偷偷拍照。尽管存在着语言的障碍，不过他们的神情仍很认真，甚至惊讶、赞叹。

感谢在半坡从事研究工作的李诗桂女士，她年近花甲，戴着一副白边眼镜，由于她的指点，才使我得以顺利地读陶。

读尖底陶瓶

尖底陶瓶是一种水器，褐色，没有任何装饰。圆口，厚唇，特殊的是它的底部倾切为尖，以大约四十五度的斜面构成了它的角，而中间则鼓了出来，很饱满的样子。左右有两个环儿，显然是系绳的。

这样的尖底瓶很多，有大有小。氏族人制作这样形状的陶器，当然是为了打水。它的底是尖的，重心居中，这便使它容易下沉汲水。他们居住在半坡，村落距浐河只有几百米之远，可能就是认为浐河在附近而打水方便的缘故吧。腰间围着麻片的妇女，三五成群地提着尖底瓶到浐河去打水，一定很快乐。在黄土覆盖了的村落之中，氏族的房子隐隐可见，数之，达四十六座。几乎每座房子里都有尖底瓶，或者是完整的，或者是残破的。

读葫芦陶瓶

葫芦陶瓶高不足一尺，形似葫芦，中间凹细，两头粗凸，一个圆而小的口。它是这样的一种颜色，仿佛是微弱的火正燃烧着，突然就凝固在那里，不明也不暗。它的表面基本是平滑的，用手抚摸没有坎坷之感，但细碎的斑点却在颈部密布着，像蚂蚁咬了一样。

我推测，这是狩猎的男人使用的，他们出发之前，用它灌满了水，然后以绳系之，拴在腰间，渴了便可以喝水。狩猎的时候，到底是一个男人独行还是几个男人同行呢？妇女参加狩猎吗？在半坡的氏族村落，妇女是处于领导地位的，由于她们在生活和生产之中的主导作用，才形成了家庭和氏族。男人是游移的。氏族人之所以能够定居在浐河之滨，是因为有了农耕，不过，他们是从狩猎和采集发展过来的，于是狩猎和采集的生存方式就得以残留，采集当然以妇女为主。我想的是，氏族的妇女为狩猎的男人送行吗？他们产生了感情吗？

读陶瓮

这是一个倒立的鸭梨，当然比鸭梨大得多，其高足有一米，从它的底缓缓地开放上去，之后迅速收敛，形成一个巨大的口。瓮口的直径几乎是瓮底直径的一倍，口是薄唇，光洁，不匀称。然而这个陶器，除瓮口是光洁的之外，全身都是划痕，那是一种规则的斜面似的刻印。这简单的线条竟使这个拙笨的陶器艺术起来。制作它的，也许是一个妇女。在完成了这个已经可以使用的陶器之后，她怎么想起给它增添一些线条呢？她是用树枝刻画的还是用石片刻画的？对她的作为，其他妇女是欢呼还是指责呢？开始在陶器上刻画线条，不管它多么粗糙，毕竟是一种创造。若没有一种轻松和鼓励的气氛，也许如此创造会遭到扼杀。那些压制制造冲动的人，显然是连氏族成员都不如的。

在半坡的氏族村落，其方形或圆形的房屋，依然有墙可见。大小不同的陶瓮，就曾经置于房屋的墙下，其中装着氏族成员的粮食，这就是粟。粟是在半坡发掘出的唯一的谷物。菜有两种，芥菜和白菜。它们的种子粘在一些陶器的内壁，尽管岁月已经将其腐化得不成其形，但科学仪器却终于鉴定它们是粟，是芥菜和白菜。

我感到奇怪的是，在村落的某些地方，氏族的人用陶瓮作棺埋葬孩子。陶瓮直立，其头向上。在瓮底，凿有小小的洞孔，好让孩子的灵魂出来作游。我做如此设想合理么？那时候已经有了灵魂这种观念吗？

读陶缸

我对我面前这个缸的突出印象是，它的裂纹纵横，恰似一片一片缝合而成。也许其初它并不如此，只是后来氏族迁徙了，村落空空荡荡，成为废墟，而且相当悠久的时间没有谁光顾它，唯有野兽，唯有风、雨、太阳，到这里来参观，于是它就渐渐陈旧了，一个世纪又一个世纪为黄土所掩埋。突然发生了一次地震，周围的黄土塌陷捂之，使它分崩成这样了。当然，也许有妇女在制作它的时候，就已经打破了它，不然它的裂纹上面怎么会有几片泥巴，它似乎是附加在裂纹上面的，而且，它的灰色与整个缸的灰色不尽相同，这几片泥巴的灰色，显然要淡一些。这个缸的口很大，直径足有二尺，其唇厚而向外翻卷。

读陶罐

陶罐高有一尺，口的直径约五寸，平底，中间的部分鼓胀如孕妇之肚，它的颜色是红与灰的相杂。其罐引人入胜之处在于，鼓胀的地方附加了四条绳似的堆纹。它们不很匀称，显然不是特意附加的，仿佛是制作它的人在完成这个罐之后，灵机一动，抓了几把泥，搓成条子贴在那里的。其人的心情一定是很轻松的。附加四条堆纹，并非为了坚固这个陶罐，所以没有任何功利目的，只是其人忽然想这样做吧，于是他就这样做了。阳光照耀着窑场，参加劳动的人都愉快地瞅着那双为它堆纹的手。

读陶甑

陶甑口大底小，腹壁斜直，特点是：在它的平底上穿有十八个眼，大小不等。颜色黑红相间，有手指涂抹的痕迹。

这是一个炊器，人类走过了漫长的春秋，终于可以取火，并为自己服务。在半坡氏族村落，有几处灰烬掺于黄土之中，那是原始社会的人遗留的。我曾经轻轻地触摸它，虽然有一些暖意，不过不能印上颜色。它已经是变质的灰烬了。它是氏族的成员用其甑煮食或者蒸食留下的灰烬吗？我望着它，暗暗地问自己。我是回答不了的，但我却可以继续问自己：这么小的一个炊器，蒸什么呢？煮什么呢？为几个人蒸煮呢？为孩子做饭吗？孩子是不知道自己父亲的，只有母亲为孩子操劳，那么孩子就在他们的房屋里外嬉闹吗？在半坡，氏族的房屋有的盖在地面，有的仍是一半埋在地下，似乎正在脱离穴居。

读陶碗

它像一朵向天空盛开的喇叭花，只是大得多，碗壁从碗口斜向碗底，一些沙子的痕迹隐隐可见，有一些粗糙，但制作人的匠心却是存在的。我看到，在碗底出现了几个粗笨的齿轮，显然这是为了容易把握它。

读陶杯

把紫红紫红的一个茄子切开一半，掏去瓤，使其中空，然后，大头向下——就是这个原始杯子的造型。

我想象着用它喝水，尽管它臃肿的唇会磕撞牙齿，然而没有它显然很不方便。一切都是从简单开始的。人类所使用的杯子，已经千变万化，美而精致，不过它依然是以这种杯子为原型而发展的。哪怕最丑陋最拙劣的创造都是伟大的。世间没有几个人可以进行别开生面的伟大创造，一般的人，都是遵循着固有的思路。

读陶哨

灰色，灰得深重。口小而底圆，其壁从上到下渐渐增厚，手攥之恰恰合适。我定睛注视着那个口，它仿佛是一根筷子扎出来的。如果人的嘴对着它吹，那么气流在它中空的地方打一个折，就形成一个声音，或者细长，或者粗短，或者舒缓，或者迅急，全由气流而定。它可能主要是为了呼叫。这是氏族村落的声音，原始的人曾经为之兴奋、为之惊奇。

在半坡的氏族村落有一个公共场所，是人们议事和聚会之地。分别居住在几十座房屋里劳动和休息，属于氏族成员自己的事情，然而突然出现了什么变故，需要大家商量，迅速通知氏族成员是必要的，于是首领就让周围一个人吹哨，它的声音便将他们召集而来。不过，即使平常的聚会，也仍要以吹哨通知。如果仅仅是几个人的村落，是一个家庭，那么通知他们就没有必要吹哨，然而一个氏族、一个成员众多的村落，就应该有一个统一的信号。陶哨的出现不只是简单的传呼器具，实际上它是人的社会化组织化的产物。

陶哨的用途可能还有很多。我想，狩猎的人走进深山老林，遇到了企图伤害他的兽群，或者打死了肥大的猎物，都可以吹哨联络，请求帮助。在祭天的时候，在葬人的时候，它的声音甚至是一种音乐。我的先民，是这样么？

读陶钵

此器具为浅腹薄壁，直口平底，形似半球。沿着直口向下，是一圈横向的宽带，颜色深红。它表面光平，不过也有修磨之印。

我惊叹在几乎所有的陶钵的宽带上，都刻画着符号，那些刻画了符号的器具，共有一百件之多。将打碎的刻画了符号的陶片收集起来，竟是大大的一堆。这些符号有的是一条横道，有的是一划竖道，有的是并列的几个横道或竖道，有的是一个竖道上下带钩，有的是一个横道左右带钩，有的是两个斜道交叉，有的是竹叶形，有的是牙齿状，而有的则像残缺的字母。我难以判断这是记事还是记数，然而，我知道这些符号不是半坡氏族人的无聊的产物。生产和生活，已经使他们有了表达自己意思的必要了，于是他们就要使用符号。中国文字是长期发展而来的，半坡氏族人的符号很可能就是始创。如果确实如此，那么就可以通过它而触摸原始人的思维方式了。那是多么稚嫩又多么古老啊！

读鹿纹陶盆

此盆为直口，边沿向外翻卷，盆底略小。在它褐色的内壁，饰有四只黑色的小鹿，腿长尾短，两角叉开，或做奔跑之状，或做行走之状，或做睨视之状，或做扭头之状，格调简单，形象生动。这些鹿当然是先民曾经追赶和捕获的动物，他们对其了如指掌。用鹿饰以器具，是表示对它的征服还是表示对它的喜爱？这是一个难解的谜。然而，它所透露的气息，是一种美的呼唤和启示，它愉悦了人的精神。它展示的，是人类心灵跋涉的道路，这就是美。原始人都能把美引入生活，那么，已经发展了的现代人，如果忘记了美而生活，那么它就是退化。

读波纹陶盆

其直口较大，平底微小，薄壁向外鼓突，修磨得很是光平，几条波纹似乎随风起伏着。波纹是由横线曲折而成，但我望着它，却感觉很有灵气。我首先想到了浐河，似乎只有浐河才会荡漾这样的波纹。半坡位于浐河东岸，先民饮其水，捕其鱼，朝夕相处，春秋相见，遂很熟悉，于是，在制作器具之际，将其看见的水描画出来。将浐河凝聚为几条曲折的线条，当然是一种能力，没有智慧是做不到的。

读网纹陶盆

其盆形似半个西瓜，口大，底小而圆，外壁内壁皆光平，褐色，四片对称的网纹在其内壁。很可能是渔网，它线条交叉，不很整齐，也不很零乱，因为是黑色，所以非常清晰。用渔网饰以器具，除了艺术价值之外，它也透露了半坡氏族人的生活，我仿佛看到了先民在浐河结网捕鱼的情景，其繁忙的场面，似乎从遥远的岁月浮现而出。

读鱼纹陶盆

之一，这是过去打碎的陶盆，不过专家把其组装起来了，现在尽管裂满缝隙，但望之却依然完整。满是红色，外壁有五条鱼，大小相等，做浮游之状，其首尾连接，似乎是在追逐，皆张口，睁目，翘鼻，悠然自得，不慌不忙。

之二，此陶盆很大，红色的外壁，是两条重叠在一起的鱼。当然，重叠的只是鱼身，鱼头与鱼尾仍外露并清晰。线条简洁而率直，似乎制作它的作者正进行着抽象的思维。

之三，该陶盆依然是红色，口与底一样大小。其壁对称地向外鼓出，饱满如帆。在这里，有着难以破译的人面鱼。它是这样的：人面为圆形，眼、耳、鼻、嘴皆以黑色表示，其神秘之处在于嘴的两边各噙一鱼，两个鱼头在牙齿之间，两条鱼身在嘴外摆动。人的头顶盘着一团束发，并有笄子穿过。把鱼噙在嘴里，到底是什么意思呢？一个氏族迁徙到浐河之滨而居，首先要考虑的问题是食物，当时的关中，水草丰美，森林茂密，而且有土地耕种，但食物却依然是氏族的最大困难和最大障碍。浐河及沼泽有众多的鱼，终于在一天的某时某刻，先民发现鱼是可以吃的，他们便开始捕捞。种粟种菜，不能保证年年收获，但水中却是常常有鱼的，鱼便成了氏族部落重要的食物。先民从而崇拜它，将它含在嘴里，当作图腾。实际上在中国人的心中，是没有什么神圣之物的，对所有那些要敬仰的东西，过了敬仰的阶段，他们就弃之一边。他们的敬仰是让社会参观的，自己并没有敬仰的真情。对龙，对王，皆是这样，甚至孝父孝母，都是给自己沽名钓誉。陶盆上的人面鱼，对鱼既敬之又食之，大概就是这种心理的原型吧？不过，嘴里噙鱼，也许还是表示希望得到更多食物的一种心愿吧！

灵台

灵台并不唯一，汉也有灵台，我要看的是周灵台。

周人姬昌不过是商纣王的诸侯，在岐下发展，有实力，有威望，遂为西伯。其以耕植为重，菽麻甚丰，存仁行义，士多归之，别的诸侯也常常向往之，甚至孤竹国的伯夷和叔齐也远远奔之。

西伯昌也是有雄心的，取代商纣王是他固有的战略。一旦获得征讨的权力，他便连灭数国，终于也灭了崇国。崇国在沣河西岸，土地平旷，沃野一片。可惜崇国的诸侯不善，以其所进谗言，商纣王还尝把西伯昌关了一段。平崇国以后，西伯昌便在沣河西岸营造丰邑为国都，并把周人从岐下迁徙而来。据其功德，周人谥西伯昌为周文王。

我要看的灵台就在沣河西岸。

当地的朋友在西安钟楼附近接了我，驾车向西南行四十里，城隐村峙，白杨夹道。刚刚入夏，小麦苍苍。过了沣河，路寂尘稀，深感和畅。悄然转弯，车进一个院子，朋友说："灵台到了！"

院子是平等寺的院子。佛乐出殿，悠扬玄妙，当是僧做法事，不过我没有趋之投目以观。什么时候建平等寺的，无案，也难考。可以推测的是，此乃佛教徒借灵台立的庙。很好，这保护了灵台。庙陋且残，不过无此庙，也许灵台早就成了平地，种了小麦。

有当地的乡吏和乡贤筹资盖了一个文王阁，并树碑纪念西伯昌筑此灵台。文王阁的基础比平等寺的高，有台阶递升，可以移趾。红门灰瓦，新且突兀。站在文王阁前，抚其石栏，见院子散栽以桐、洋槐、椿、松、柏、国槐、紫薇，觉得这里空明、疏朗、朴素，如在农家。

史记，灵台高二丈，周回一百二十步。筑灵台是要晋身近天，听天之命。周人相信天是万能的，天就是神，是上帝。天令风令雨，驱使雷电，也降灾降福，有自己的意志。为了周人的前途，必须观祲象，察氛祥。所谓祲象，是一种阴阳相侵之气，所谓氛指凶气，所谓祥指吉气。凡此种种，都是天的信息。是否合适作屋，狩猎，婚嫁，出殡，都要问天。周王，包括周文王，都是天子，唯天子才能登灵台听天之命。当然，还当祭天，负责祭天的也非周王莫属。对天的崇拜，不以周始，不以周止。周人继承了如此信仰，更发扬了如此信仰。崇拜天，是中国的传统文化。

诗曰："经始灵台，经之营之。庶民攻之，不日成之。经始勿亟，庶民子来。"诗曰：" 王在灵囿，麀鹿攸伏。麀鹿濯濯，白鸟翯翯。王在灵沼，于牣鱼跃。"通过庶民踊跃参加灵台的修建及其鸟兽之悦，周人歌颂周文王的大德。当年是何等兴旺！遗憾岁月摧物，周早就化为灰烟，其灵台也沦为农家的样子了。

实际上在20世纪50年代以前，这里的建筑还颇多。除文王阁和平等寺以外，还有关帝庙，有钟楼和鼓楼。此皆在土夯的城墙之中。山门面东，砌以青砖，气象很是壮丽。1952年土地改革，灵台所有的财产都分给了北张村、贺家村、邱家庄、吴家村，由其共管。农民渐渐演化为互助组，合作社。一旦组织起来，感情就容易激烈，力量就强。以种种理由，山门前的一棵千年皂荚树被伐，城墙里的百年千年的柏树被伐。大约 1955 年，关帝庙被拆。大约 1957 年，邱家庄和吴家村拉走了钟楼上的铁钟，悬挂于木，敲之以召人开会，到 1958 年，便砸它以炼钢了。钟楼没有了，鼓楼何用，于是鼓楼上的皮鼓就不知去向。现在的树又嫩又鲜，看起来都是新种的。

出院子，穿小麦之间的土径，走到沣河岸上，以远望灵台。夕日欲颓，碎云布空，有村一堆一堆的，静默着，撤向天边。以武伯纶的调查，沣河西岸南至秦渡镇，北至客省庄、张家坡、马王村，十里田畴，繁见绳纹陶片，有的陶片显然像鬲、豆、罐、盆，多存周器的特点。

在沣河岸上，有一个妇人放羊，其六十一岁，曾经是民办教师，她说："灵台所在的地势是凤凰展翅。灵台恰恰在凤凰头上！"她的风水之论，把我和朋友吓了一跳。茫然之中，我发现灵台一带确实是隆起四方的。

妇人蓦地说："风水现在破坏了。挖沙子把这一带搞得像狗啃了一样烂！看，垃圾也倒进沣河了。我初结婚的时候，经常在沣河里洗衣服，清亮的水从脚面流过，腿腕两边一片一片的鱼。岸上的野花无穷无尽，树很茂盛，风吹着芦苇，白鹭飞来飞去的。现在什么都没有了。"

天不言，灵台也不言。

寒窑

我对寒窑颇为熟悉。家在少陵原，得其地利，小时候便放浪曲江，进出寒窑。可惜过去并不知道曲江是皇家林苑，唐文化曾经于斯展其风流，更不知道王宝钏是某种观念孵化出来的女性。

一些流传的资料显示，王宝钏是唐政府大臣的女儿，排名老三，艳丽为冠，当然也有个性，遂以抛其绣球的方式选薛平贵为夫。然而薛贫贱，几近是乞丐，其父便硬性反对，甚至断绝了他和王宝钏的关系。不过王宝钏坚持中鸡嫁鸡，中狗嫁狗，遂私奔而去，住进了曲江一带五典坡的寒窑。寒窑者，聊以栖身之破洞也。王宝钏似乎闪烁了一线精神的灵光，让一向麻木马虎的中国人的眼睛为之一亮。然而为求功名，薛平贵竟参军戍边，把浪漫的美人竟置之一隅。薛不但没有战死，皮革裹尸，尽显悲壮，而且居然交了桃花运，做了西域一个酋长的驸马。返回长安已经是很久很久以后了，似乎取得了功名，从而受到皇帝的接见。王宝钏春嚼荠菜，秋咽黍糠，望夫十八年，终于他妈的团圆了！遗憾旬日之间，竟凄惨病逝。

我一直比较反动，幼年就不相信这个故事，现在更是不相信。但其故事却一直在流传，显然不以我的怀疑而终止。不过我还是不相信，尽管它仍在流传，甚至还有新的媒介对它进行新的包装。这个故事尤其不怎么美。艺术的虚构并非罪过，关键是要美。我认为王宝钏之举违背世情，薛平贵之行悖逆人性，此乃故事不美之要害。

按我的想象，王宝钏和薛平贵的故事应该如此才好：赢得王宝钏的爱，使薛平贵无比幸福，然而幸福的日子从来都是短暂的。半年以后，唐政府遣吏抓丁，要求薛平贵出征平乱。他珍惜王宝钏更甚于王宝钏珍惜他，所以坚决不去，不忍其妻独守空炕，遂持棍以抗，也防止他们扰妻。其吏暴戾，企图放火生烟，熏出其妻，挟美人以强迫薛平贵入伍。怎么办？如何选择？分离是不行的。薛平贵携美人进入寒窑深处，毅然以土绝路，相拥而死。如果是这样，那么窑固然寒，不过人的精神豪华，从而大显其美。如果这样，那么即使我皱纹贯脸，白发蓬头，也愿意在这里补办一次婚礼，因为寒窑昭示了爱的意义。

我小时候看到的寒窑是在一个沟壑的凹陷之中，黄壤如削，野草点染，杂木有大有小，随便生长，夕阳斜照，难免让人起思古之幽情。然而几个泥塑粗糙得很，怕其败兴，便赶紧跑开了。2006 年 4 月，我为寒窑照了一张相，不过没有什么幽情，遂未在此留恋徘徊。实际上凡属于少陵原的村子及历史遗产，在那年的四月，我无一漏掉地都照了相，以作永久的纪念，因为我知道村子即将消失，寒窑也会原貌变时颜。几度春秋，完全见证了我的预料，亦喜亦忧，喜轻忧重。对于少陵原、曲江、寒窑，我相信文化是产业之母，文化的价值大于经济的价值，人是文化之标。

西安碑林

唐石经是西安碑林的奠基之作，其有二：一为由唐玄宗所书并序的石台孝经，是曾子与孔子关于孝的问答，一为由唐文宗所支持的开成石经，是12部儒家经典著作。

长安城的彻底毁坏是朱温干的。公元904年，朱温挟唐昭宗往洛阳去之际，指示其部将张廷范拆除宫室、官署、衙门、民宅，以木料做筏为舟，载物及长安男女顺渭水入黄河，漂浮洛阳。从公元618年唐高祖得长安，到公元904年唐昭宗失长安，唐帝国于斯经营了286年。长安城曾经宏伟壮丽，美轮美奂。然而朱温暴殄京师，使其一朝为墟。朱温属于野心家，野心家是会冒天下之大不韪的。

时任佑国军节度使并兼任京兆尹的韩建，遵命收拾残局。他放弃了皇城以北的宫城和皇城以南的外郭城，唯将皇城修缮，为新的长安城，以作办公和驻兵之用。当然也是民居之地。长安的人少了，城也就小了。唐有二方伟碑，石台孝经与开成石经，皆立务本坊的国子监，供生员学习，也方便拓印并研究。一旦国子监留在长安城以外，此二伟碑就几乎遭弃了，这使韩建不忍。他知道石台孝经为碑的分量

①碑林旧影

②开成石经

及其造型之端庄与堂皇，遂把石台孝经碑从城外移至城内的一座文庙。文庙在唐政府尚书省界面，今之西安市鼓楼附近的社会路一带。韩建所行是善举，英明之举。几年以后，梁政府派刘鄩治长安，他见煌煌之开成石经碑仍在长安城以外的国子监蓬蒿之中，便也移它至城内的文庙。唐二伟碑就这样避免了破损或丢失。然而此二伟碑之集中，远远不成碑林。

宋政府有大臣吕大忠，尝任陕西转运副使，属于重道之士。其弟吕大防喜欢金石，以赫然之碑为国家遗产，遂在1080年把置唐政府尚书省界面文庙的几方碑运至京兆府学。不过唐有二碑仍置文庙，因为其不但巍然，且是谱系，不能妄动。问题是，文庙一带有民居焉，地势也低，难阻雨水冲注，遂使二碑仆倒，埋于土中，非常的不敬。到1087年，身为陕西官员的吕大忠便指示京兆府学教授李持负责，把此二碑迁至京兆府学的北墉，就是今之西安市三学街的孔庙之中。李持做了设计，并填平沟堑，夯筑地基，以建亭，造庑，盖房，阵列其二碑。洗碑之泥，刮碑之垢，补碑之残字和缺字。不但迁唐此二碑至孔庙，而且还搜选了其他唐人所书之碑，包括欧阳询的、颜真卿的、柳公权的、褚遂良的、徐浩的，能迁尽迁。他还收集了宋人偏旁字源碑和千字文碑，也迁到这里。吕大防与吕大忠显然扩大了其碑的种类，并初具碑林的规格。到1103年，虞策其人主持对京兆府学与孔庙做新的调整，当此之际，特别辟出专位置碑，使碑林得以升级。

然而其碑并没有永享安宁。碑的劫难，有人祸与天灾两种。宋人有以碑铺地的，有以碑修桥的。至元，由于地陷成坑，其碑就有一再侧卧的。1555年，关中地震所摧裂之碑，以百有十而计。

好在其碑总是能逢保护自己的智者。明有西安府学生员王尧典，在1588年据碑的旧文，集其缺字和残字，刻于小石之上，以谨慎镶嵌。有的字由于反复拓印而变浅，遂要加深其笔画。清有毕沅，陕西巡抚，又是学者，对碑林之保护更为得力。1772 年，他赴碑林，见栋宇倾圮，碑弃榛莽，十分痛惜，遂吩咐陪同的官员当尽快整修。于是他们就作堂作廊，编排目录，并以栏围碑。他们还筑起三楹，置明清之碑。这样，其碑的时间下限便延伸了。设专职机构，既管理，又保护。拓印也不能肆意拓印了，冬天甚寒，容易裂碑，所以应该休业。毕沅的方法很是进步，遂使碑林大成。

文化是人创造的，不过人也为文化所弘扬。凡是创造了文化的，传播了文化的，或保护了文化的，其人皆会不朽。韩建、刘鄩 、吕大防、吕大忠、李持、王尧典、毕沅，未必无过，也未必发展了经济，然而保护其碑，遂能流芳。文化之谋，无往不福君子。当然，伪文化与俗文化不行。

西安碑林现在收藏其碑和墓志及其别的刻石，共 11000 余件，经常展出的有 1000 余件，属于天下之最。把文章或图画刻在石头上，立起来以作纪念，谓之碑。众碑密集，森然成阵，谓之碑林。

碑林嚼字

我常常会想，中国人当然是不乏创造才能的，这表现于对待汉字，竟能在其中艰辛地炼丹，使之结晶为一种书法艺术，而且求其不朽，要将汉字刻于石头之上。

中国的碑便是这样一种石头，其镌着汉字或图画，立于黄壤，以作纪念。随着岁月的流逝，它们也可能散失，遂出现了防止其毁的方法，就是收集起来，用以保存。开始要保存的两方碑是唐朝的，一是石台孝经，一是开成石经，尝立本务坊。唐末，京师受到起义部队破坏，唐将领韩建为便于防守，缩建了长安城，竟把本务坊划到城外了。然而石台孝经是碑之瑰宝，于是他就将其迁至城内。不久有刘鄩在长安用事，又把开成石经迁至城内。这是1600多年之前的措施，甚妥。经世代收集，在西安的碑越来越多，终于决定尽移孔庙，而且盖房筑亭建廊以藏之。碑林便这样产生了。

碑林所在区域，是西安城内，但闹市却十分幽静。孔庙的一堵砖墙，周围的几棵国槐，这些国槐足有千年，秋日的夕阳，将它们密密的椭圆的叶子，涂成了一种透明而浅淡的黄色，它们像巨大的翅膀，飞翔在一片平房之上。砖墙和国槐便给碑林定下了一个古色古香的基调，特别是国槐的主干，有的开裂，不得不用混凝土塞住，否则将腐成空洞，有的已经朽成空洞了。粗糙的黑皮化为直立的壳子，站在铺路的青石之上，那些青石的接缝之间悄然渗透着苔藓，站在这样的青石之上，望着老得空洞的国槐，无论如何都使人感到一种日子的悠长和惨淡。繁华是遮掩不了惨淡的，此乃历史从这里走过而不可驻留的体验。在这里，到处都是书画店、印章铺，民间工艺品也是应有尽有，它们悬挂在店铺的墙上，一片缭乱，不过即使在缤纷之中，它们也有一种遥远岁月的味道。

石台孝经在碑林占有重要的地位，其独居一亭。亭是红柱绿栏，飞檐翘角，为夕阳所照。我惊异石台孝经之碑的高大。它由四块石头组合，色如黑玉，光可反照。其碑头祥云涌动，瑞兽优游。碑座是深入地下的三层台基，香草舒卷，雄狮劲啸。此碑的总体感觉是雍容华贵，气宇轩昂。当然了，这不是普通的碑。孔子的学生曾参，有录曾参与孔子的问答之辞，主要是关于孝的道理。以此为内容，其碑自会珍贵。唐玄宗为它作序且作注，并以自己擅长的八分隶体所书而成。往碑林去的人，无不在这里踌躇，之后仍留恋于斯。

不过，给人以冲击力量的还是开成石经。此碑由 114 块巨大的石头所构，上镌 12 种儒家经典，共计 550252 字。这些碑按次序立宽敞的屋舍，如墙如岸之碑，真是太厚实太沉重了，甚至使整个屋舍轻飘得似乎没有了分量。开在高处的窗子，采撷着有限的阳光，所以唯西边的几方碑是明亮的，其他之碑多处阴影之中。汉字刻于碑的两面，在一边浏览的人，既看不到另一边人的身影，也听不到另一边人的声音，遂以为人很稀落，实际上是碑遮挡了人，或是人淹没在碑之间了。在这里，我的心情是复杂的。我既感到一种伟大的精神，其精神使人以石头制籍，显然要坚决而固执地让它存在下去、传播下去，又感到一种压抑。冰冷的碑和镌于其上的观点，似乎要夺了人的个性。我觉得如果人不从碑林走出，那么人有可能要被碑林吞噬。开成石经是唐文宗接受郑覃和唐玄度的建议所制的，历七年得以完成，为中国封建知识分子必读的范本。这些碑充斥着残破之痕，缝或如闪电，或如刀光，不过往往是面断而连，角损而补。史记，明世宗嘉靖年间关中地震，裂此碑 40 方，更有崩毁的。之后西安一个秀才填充其缺，从而保持了开成石经的完整。透过罩着它的玻璃，我看到的不仅仅是硬币大小的汉字，而且看到了重重叠叠的指纹。

那些展示书法艺术之碑，在此参差而立，各领风骚。

峄山刻石，为秦丞相李斯以篆体撰之，是颂秦的。其字骨气丰匀，方圆咸妙，似长风万里，鸾凤在飞。

著名的隶体之碑有仓颉庙碑，仙人唐公房碑，曹全碑。曹全碑作于公元 185 年，至今仍很端正。其石黑亮若抹了油，谁欣赏它，它便映出谁的神情。其书秀丽流畅，神韵飘逸，如白鹭翔于晴空。

张旭以草体为盛，我看到了他的作品断千字文。其镌之于五块长方形石头上，仗势翻转，连绵回绕，活灵活现一个张旭的影子。他是吴县人，今之江苏苏州人，每每酒醉而呼奔，随之挥毫，杜甫十分推崇其淋漓之气。怀素也善草体，圣母帖、藏真帖、律公帖和千字文，皆为碑林增辉。其小字如蕾乍绽，大字如剑在舞，沉默的石头因为怀素之书透出了灵光。李白赞曰："墨池飞出北溟鱼，笔锋杀尽山中兔。"

楷体的特点是其字方正，在唐代，欧阳询、虞世南、褚遂良、颜真卿和柳公权，都是楷体的高手。出自他们之笔的，碑林有 11 方。

皇甫诞碑，欧阳询书。其字有手一般大小，峻峭绰约，初看如草里蛇惊，云间电发，再看似金刚怒目，力士挥拳。欧阳询是潭州人，今之湖南长沙人，曾经为弘文馆学士，弟子颇多，高寿 84 岁。

孔子庙堂碑，虞世南书。其字坚挺硬朗，外柔内刚，安详而富于韵味。此碑记封孔子的 33 代孙孔德伦作褒圣侯之事和为孔子修庙之事。虞世南声誉极隆，甚至唐太宗学书也选他为师。

同州圣教序碑，褚遂良书。此碑高于周围所有的碑，巍然之势，让人渺小。褚遂良其书遒劲刚直，正如他响亮而耿介之性。他是钱塘人，今之浙江杭州人，以反唐高宗立武则天为皇后而遭贬。唐太宗也颇为喜欢褚遂良的作品。虞世南逝世以后，唐太宗遗憾且叹息，一旦魏徵呈褚遂良书，他竟顿然开颜。但唐高宗却不给他面子，当然，他也未给唐高宗面子。

多宝塔碑、颜氏家庙碑、郭家庙碑、颜勤礼碑和臧怀恪碑，皆出自颜真卿之妙手。《争座位帖》也是他的作品，不过此碑为行体。他为京兆万年人，今之西安人，小时候家贫，缺钱买纸，便在墙上练功，终于进士及第，有了职务。安禄山叛乱之后，颜真卿起兵抵抗，响应者拥护者甚众，从而为盟主。公元 785 年，李希烈杀害了颜真卿。多宝塔碑，44 岁书，工整严谨，稳妥平健，是他早期风格的代表。颜氏家庙碑，72 岁书，刚劲笃实，外显丰腴而内寓骨气，显然已经炉火纯青，是他晚期风格的代表。郭家庙碑、颜勤礼碑、臧怀恪碑，处于过渡阶段，有的锋芒锐利，有的姿态峥嵘。

玄秘塔碑、冯宿神通碑和回龙观钟楼铭，皆为柳公权所书。柳公权是京兆华原人，今之陕西省铜川市耀州区人，官运亨通，至太子少师。他曾经深入研究学问，尤为好书。史记，他的财物，属于笔砚之类便自己管理，属于金钱之类任其仆管理。当时达官显贵为祖先立传，多以柳公权所书为得意，甚至外国人也附庸风雅，求他的字。玄秘塔碑，为纪念高僧大达法师所立，清瘦挺拔，仿佛冬夜枣树的枝梢叉于月光朗照的晴空。

行体简易流利，介于楷体与草体之间，碑林最富魅力且最有影响的行体当是三藏圣教序碑。玄奘跋山涉水，往印度去取经，返长安以后，遂佛经汉译，工作起来夜以继日。三藏圣教序碑，便是唐太宗为其汉译佛经所作之序。这是怀仁法师一金易一字，集王羲之的字而成的。此碑虽为摹镂，然而仍是飘若泻云，矫若惊龙。其他行体之碑：宋黄庭坚所书七言诗碑，元赵孟頫所书游天冠山诗碑，明董其昌所书秣陵舍送章生诗碑，清林则徐所书游华山诗碑，无不是过目入心之作品。

宋徽宗在皇帝任上渎职失职，甚至荒唐到微服幽会李师师，但其书却是永存的。大观圣作碑，为他所撰并书，瘦直挺拔，纤细清华，横划带钩，竖划带点，撇若匕首，捺如切刀，确实是独一无二的。

正气歌碑，是于右任的作品，其苍劲雄霸之神，完全是精气涌动之表现。他是陕西三原人，1964 年在台湾逝世，临终之际，吟诗以念其故乡。我观其书，颇能觉悟，若推轩见天，产生无穷无尽的想象。

书法是灵魂的流露，有什么样的灵魂，就会写什么样的字。书法也是时代之风的折射，随着社会的发展，字有微妙的演化。窃以为秦之字，法度谨严，唐之字，多姿多态，清之字，平庸者多，创新者少。

墓志也陈列于碑林，遂给这里增添了一种阴气。尽管人在周围逡巡盘桓，不过望着黑色的墓志，难免起悚然之感。墓志在黑暗之中度过了漫长的岁月，终于在某一年出土，以重见天日，然而它终归黑暗。细摩之，我觉得墓志的纹饰及其石头上多姿多态的字，可以冲淡乍现之下的阴气。

元桢墓志，北魏的，其字俊秀清朗。元晖墓志，仍是北魏的，但字却沉重劲拔，严肃之中有奔放之势。装饰元晖墓志的是四种灵物——青龙、白虎、朱雀、玄武，其间有云在浮，造成一种运律。

李和墓志、民那提墓志和田行达墓志，皆为隋朝的墓志。其书法艺术渐渐提升起来。比较突出的是李和墓志，其字既有隶体之意，又有楷体之味，分明是隶体向楷体的一种过渡。

在碑林，唐朝的墓志极多。南川县主墓志，韩择木书。张去奢墓志，裴冕书。屈元寿墓志，张少悌书。会王李钟墓志，为白居易所撰。李虚中墓志，为韩愈所撰。杨执一墓志，为贺知章所撰。凡书者撰者，多是一代名士，从而看得出来，葬主不是一般的平民百姓。制其墓志之石头，都很坚韧且光洁，显然是严以选材，精以做工。也有一些墓志以砖所为，十分简朴，葬主当是庶人吧。李文都墓志，1954年在西安发现。其字平拙陋粗，流露着社会底层的气息。刘世通妻王氏墓志，有可能是直接镌之于砖，匆匆之痕非常明显。阿娘墓志，其砖竟是半块，长不足15厘米，宽不足5厘米，烂得已经掉渣。当是儿子为母亲所作的，其字生硬显稚，然而情深意切，望之使人感动。唐工部尚书杜公女某柔墓志，1983年在少陵原上的司马村发现。信息显示，这位杜公女某柔的曾祖父为杜佑，宰相，其祖父为杜式方，司徒，其父杜宗，工部尚书，而杜牧则是其叔父。杜氏家族数代人的演变，此墓志做了见证，难得之至。我以为，一个家族兴衰所蕴含的意义，一定是非常丰富的。外国人的墓志往往带着异质的文化元素，当然也很有趣。

塔铭为僧专制，一般都立在寺院。可以竖于塔前，也可以嵌于塔中。碑林所藏塔铭，以香积寺善导法师之塔铭甚有价值。弟子所为，以纪念师傅。

在碑林，我看到的经幢是一种其字已经剥落的石头。幢身八棱，幢座为莲，刻梵文和汉语对照的佛经。有观点认为，人触经幢，甚至人触经幢的影子，或人染经幢之尘，皆会消灾。于是世间就有了经幢的流行，不仅仅佛庙立之，而且闾巷通衢两侧立之。梵文汉语的陀罗尼真言经幢，虽然有残，不过人皆爱之，见它之男女无不抚之摸之，遂明亮极了。

碑林的造像，一种极具佛教文化的石雕，我唯一喜欢的是达摩面壁。达摩端坐，其情肃穆，其神充盈，似乎要离其黑亮的石头升天而去。它是一位疯和尚所绘的。

碑林驻于西安，遂能多藏具有地域特色的刻石。荒岁歌碑，反映了18世纪韩城的灾情与民患，字字是泪。平利教案碑，尽录清政府的暴行，遂字字为火。张化龙碑，以记陕西扶风青年张化龙的功德。扶风与岐山一带官员极贪，他们反复提高路捐，盐价也狂涨，遂使农民深陷困境。1906年冬季的一天，张化龙率农民到衙门去请愿，竟遭拒绝。是可忍，孰不可忍也！万般无奈，他遂领导扶风与岐山农民汇集于太白山起义，卒以清政府的残酷镇压而失败。为掩护群众，他挺身而出。清政府就逮捕了张化龙，杀他于过年之间。张化龙碑是农民仗义而立的，字字含怒！

我走出碑林，仿佛走出了邃密的历史之穴。碑林弥漫着中华民族的理想、希望、追求、苦难、信仰，及其美的趣味。他们将这一切，统统凿在石头之上，是盼其恒久无灭。然而石头性寒，我不觉得它们会有温度。我感到自己的脚像石头一样冰冷。幸有夕阳，其斜晖穿过树隙，给地上投下了余热。我带着迷茫在碑林的甬道徘徊，以用时间来暖自己的脚。

西安城墙

在悠扬的音乐声中，恬然走过西安城墙的海墁，通过垛口远瞩城外的高楼大厦汹涌澎湃，回首在城里游目，寻找得以幸运保留下来的一片老屋，几棵老树，或一条老街道、老井台，时空交叠，形神朦胧，念天地之悠悠，思世事之无常，应该是一种精神的享受。

城墙顶部的平面就是海墁，是当年用于士兵巡逻和交通的。1370年，明造其城墙，八年之后竣工。那时候的城墙以黄土夯筑，还没有砖砌。到 1568 年，张祉任陕西巡抚，其修葺城墙，才给外壁包了砖，并以砖铺了顶部。使海墁彻底变化的是清毕沅，1781 年，他主持修葺城墙。先以石灰、细沙和麦秸掺入黄土，并注以糯米汁，搅拌使之匀和，层层夯筑，坚且硬，后铺砖两层。为防雨水沉积，海墁统统内倾大约五度。城墙内壁广作直立的流水槽，以泄海墁的雨水。走过海墁，略有腿歪身斜之感，原因在于此。

顶部的砖皆宽厚，灰色，然而毕竟几百年了，难免砖剥为残，有的甚至砖失成凹。残与凹都能填补，可惜凡填补的地方都用了混凝土，工艺也粗，看起来像是异物。为什么不用相似的砖填补呢？中国人的心似乎真的变粗了。

阳光很亮，有几个西方人骑着双座或三座的自行车狂奔。显然，西安城墙的海墁成了他们在东方的尽兴之处。很好，寓教于玩乐，让他们了解一下过去的西安。也有中国青年在骑的，他们多在恋爱之中，其情还火。

明西安城墙是一个严密的防御体系，统治集团以农民为寇，总是害怕寇入其城。城设四门，东曰长乐门，西曰安定门，南曰永宁门，北曰安远门。城壕环绕，城壕上架吊桥，按点拽下，放人往来。依规定，吊桥晨降暮起。一旦发现寇入其城，拉起吊桥便断了他们的路，从而城得以守。在相当长的时间里，吊桥是西安人唯一的通道。吊桥的拽下或拉起，由守城士兵掌握。清末以来，吊桥尽毁。现在的南门，永宁门，置有吊桥，是 1990 年恢复的。工程师接受了学者的建议，它应该不失古之吊桥的大意，体验一下也颇有趣。

过了吊桥便入月城。临河筑城，两头抱水，其形如月，谓之月城。它是外拱卫瓮城的小城，上作闸楼，有守城士兵驻扎。吊桥的起降，便于操作。城里当年有牲畜，牧归晚了，牲畜便可以在此过夜，所以月城也谓之羊马城。四个月城皆废于中华民国，真是可惜！现在的永宁门，南门的月城，也是 1990 年恢复的，其资金是日本人藤田一晓先生所捐。

经过月城，便入瓮城。其或圆或方，视地形而筑。明西安城的四面皆有瓮城，是外拱卫城门的小城。瓮城之上作箭楼，其往往是歇山式建筑，遍开窗子，以扼城门。我所见东门和西门的瓮城，是保留下来的。南门的瓮城丧于 1926 年的军阀战争，现在仅存础石。北门之瓮城在 1983 年做了修葺。瓮城是城墙防御体系的坚强堡垒，一旦有寇入城，驻扎在箭楼的士兵便居高临下，集中火力将其围歼于瓮城之中。

经过瓮城，才能进入城门。城门之上各营正楼，是一种二层三重檐歇山式建筑，为守城指挥官的坐镇之所，巍然威严。西安城东门和西门之正楼，仍屹立于其城门之上。北门之正楼，1911 年 10 月 22 日，西安人进行辛亥革命，围攻满城之际，遭炮火之焚坍塌了。南门以其多有活动，屡屡修葺，从而虽是古物，也难免旧中有新。南门的长方形石门楣上，刻有中华民国元年陕西督军张凤翙所题的三个字：永安门。

城墙四隅各有角台，上筑角楼，驻扎守城士兵。有寇攻城，这里便是杀敌的战场。西安城墙的角台俱在，不过角楼只恢复了东南、东北和西北的角楼。所谓敌台、墩台、墙台，或马面，都为一种东西，就是城墙外凸的一种建筑，它会形成三个面。敌台之上造有敌楼，二层重檐歇山式。这里便于瞭望，并能有效狙击迂回于城下之敌，当然也驻扎士兵。明清之敌台及敌楼皆为 98 座，平均间距 120 米，彼此的火力交叉点 60 米，恰恰皆在抛掷武器的杀伤范围，弓箭、弩、飞钩、掷枪、礌石，都可以得力使用。现在城墙上有敌台 93 座，敌楼 12 座，其中南城墙 7 座，东城墙 5 座，是 20 世纪 80 年代按明的模式恢复的。城墙上的矮墙就是所谓的女墙，顶部内沿的为宇墙，外沿的为垛墙或雉堞，为守城士兵的屏障。他们凭借垛墙或雉堞之间的垛口进行探视，有寇来犯便射击。一切都在变化，当年森然的垛口现在成了欣赏世界的美妙角度。骑自行车也很好，既身体放松，又精神放松。

西安城的根底与唐长安城的根底在西南一带是重叠的。公元 904 年，就是唐哀帝天祐元年，佑国军节度使韩建留守京师，出于管理之需，以皇城为范围筑其新城。新城摒弃了唐的宫城和外郭城，从而紧凑了。新城还是长安城，不过它小多了，也转瞬即逝。

唐长安城之后便是京兆府城，五代、宋、金、元，多以京兆府城为用。1312 年，元人改其为奉元路城。到 1369 年春天，明人又改奉元路为西安府，遂有西安城。1370 年，朱元璋分封朱樉做秦王以后，

西安南城墙旧影

便指示建设西安。西安城墙就是在这样的背景之下筑起来的。

数据是乏味的，然而我必须指出：西安城墙的东城墙长2886米，西城墙长2708米，南城墙长4256米，北城墙长4262米。其周长14112米。城墙高10—12米，顶部宽12—14米，底部厚15—18米。

主持营造城墙和修葺城墙的明政府军政官员有：1370年，长兴侯耿炳文，都督濮英，是他们启动了城墙的营造。1374年，宋国公冯胜加速了城墙的营造。1526年，明陕西巡抚王荩重筑四个城门。1568年，明陕西巡抚张祉对城墙开始用砖修葺，这便提升了城墙的品质。1636年，明陕西巡抚孙传庭大作关城，以防起义的农民。李自成改西安为长安，并迅速修葺了城墙，有意久居，可惜事变，只能由事，不由他，遂丢下长安，匆匆而去。清政府军政官员陈极新、白如海、贾汉复、崔纪行、鄂弼、毕沅、曾望颜、穆腾阿奏、袁保恒，都主持修葺过城墙。其中以陕西巡抚毕沅最给力，成绩最显著。凡补损固颓，削宽加窄，在城墙根底垫其石条，重包外壁之砖，加固海墁，设流水槽，改造正楼、箭楼、闸楼、敌楼、角楼，都有他的心血。城墙成为文化遗产，毕沅的功劳极大。

清朝时，多有巡抚在陕西工作，然而谁知道他们呢？他们一个个都像过客似的湮灭于一个个冬去春来的岁月中，唯毕沅能活在时代的新作里，因为他是一个爱护文化遗产的人。

我上下徜徉，左右盘桓，反复沉吟着：古人无欺，古人无欺！城墙根底的石条错落而压，钎印斑斑。其砖夏晒冬冻，尽管有的坏朽，有的蚀然如蜂窝，不过它多是规整方正的。砖大，其长40厘米，宽20厘米，厚10厘米，以特殊之法使它质密，承压性强，吸水率小，颇为坚固。我无法看到当年夯筑的黄土之垣，它已经完全为砖所盖了。资料显示，古人选纯净黄土，用筛子过滤了杂质，并按一定比例掺入别的凝固之材，作成城墙。竖插木柱，横贯木梁，使密密麻麻的夯筑之窝茬茬咬合，以增加城墙的推拉力和稳定性。遗憾今之人利用城墙很是轻率，随便钻孔，打洞，附加材料也不考究是否相配，尤其是乱抹混凝土，让我一再摇头！

西安城墙的实用功能一旦消失，它的审美功能便产生了。考察它的结构，欣赏它的格调，轻轻摸一摸它的砖以试探其独具的质感，在一片明月下沿着城墙而行，体验它的宁静和沉默，可以发现人是一个有灵魂寓体的生命，甚至会惭愧自己把宝贵的日子都忙丢了。

城墙赏月夜

某年秋，出某单位，走在长安路上。暮色忽染，华灯初亮，古都深沉而饱满。车轮飞转，脚步匆忙，一片熙熙攘攘。蓦然抬头，见城门洞开，城阙巍峨，遂起登高以游目舒心之思，不料竟在城墙上发现明月驰天。

有河水隔阻，花木遮蔽，城墙一带，显然比所想的宁静，也比所想的畅朗。建筑纵横铺排，红灯上下缤纷。月出浮云，月辉似霜。月行空中，月照楼巅。月远天边，月近眼前。何处无月？然而骚客雅士，总是推崇张若虚江面之明月和苏东坡山间之明月，岂不知城墙上的明月，是兼容了宇宙泱茫与尘世温暖的。

心有所得，便想交流，遂用手机发短信，邀学子二三人，到城墙上来共享明月。租桌椅，购茶水，围坐一起。这时候，和风微送，清气缓流，身有妙感。月光之下，仰观白星远芒，俯察青砖古色，足以助兴。向他们了解赏月的体验，其一一道之。有言尝在青岛赏月，海大无边，海波漫涌，月小而晕，顿觉飘然；有言尝在黄山赏月，风卷气流，松声似涛，云碎似屑，月近在身，揽而不能；有言尝在草原赏月，旷野寂寥，以月为伴，唯月可亲。

问曰：“城墙赏月，特点何在？”我答：“海边之明月，使人欲仙，山上之明月，使人高洁，草原之明月，使人眷恋，固然各有其妙。不过城墙赏月，使赏月生活化、日常化了。其仅仅如此吗？不然。赏月是一种追问，是问天、问宇宙、问遥远，此问可以在高山之上、大海之滨、草原之中，也可以在自家窗口或床前，也可以在西安城墙。何处无月，何处不可以问，关键是问。城墙赏月，脚下有历史，四边有人类，看长安路梧桐列队，新楼竞耸，寻大雁塔，觅小雁塔，回首钟楼与鼓楼。月行高处不寒，月洒故地不俗，心在盈虚，可飘飘乎得羽化之幻，身处闹市，可避哄哄乎名利之扰。”

问曰：“城墙赏月，仅仅为视觉之娱吗？”我答：“古人赏月，仅仅是在赏月吗？实际上是在审美，是在艺术地生活，是在款待灵魂。唯有人能够审美，而艺术地生活，则是中国文化固有之魅力。可惜今人多为物所累，往往冷落着灵魂。人的灵魂枯萎了，人是何人？生活并非快餐。生活应该有赏月的情调！”

学子激情而浪漫，便一声接一声地诵：“秦时明月汉时关，万里长征人未还。”诵：“长安一片月，万户捣衣声。”诵：“露从今夜白，月是故乡明。”……不知不觉，秋凉夜深，遂对月致谢作别，唤二三人走下城墙。

钟楼

上钟楼一次，是早就计划好了的，恰恰 2011 年 7 月 31 日有雨。晴朗有晴朗的气象，下雨有下雨的氛围，有雨也要上。

穿过钟楼的地下盘道，觅得一个面南的出口，踏其台阶，一步一步升至地面，便见石磴赫然向北伸展，以供人登临钟楼。

西安钟楼有一个变化的过程，当然是随着其城的变化而变化的。

1368 年，朱元璋派军攻下大都，元亡而明立。不过在关中的奉元城仍由蒙古人掌控，真是岂有此理！明将徐达遂遵旨率兵横渡黄河，迅速占领奉元城，并在 1369 年暮春，改权力机构奉元路为西安府，于是关中就出现了一个西安城。

1370 年，朱樉封为秦王，遂启动了对西安城的建设。主要是筑秦王府，并把东城墙和北城墙分别外延，扩展了它的范围。这样便形成了新的中心：东西大街和南北大街的交汇之处为中心。

西安固有一个钟楼，在今之西大街广济街口的迎祥观里，铸于 1384 年。此地是奉元城钟楼的旧址，在唐长安城承天门一带，南对唐长安城的朱雀门，北对唐长安城的玄武门，布局有据，当然是比较合

20 世纪 50 年代的西安钟楼与鼓楼

适的。不过一旦要扩展西安城，它的位置便显得靠西，有所偏差。钟楼当在西安城新的中心，所以应该纠正，需要东迁。然而干起来，也不容易。

1582年，明陕西巡抚是龚懋贤，其征召咸宁和长安二县令，责成他们具体负责钟楼的东迁，选点在四条大街的交会之处。除基座以外，无改形式。于是钟楼就雄踞西安城之中心，四条大街辐射而去，千路作经，万巷作纬，网络通达，遂往来自由。钟楼竣工，龚懋贤喜悦，便作歌并序，以记东迁之事。有碑嵌于钟楼的西墙之中，读龚懋贤的文章，完全可以读得一颗欣然之心。

当年还发生了一件颇为有趣的事。钟楼落成，便把挂在迎祥观里的一口铜钟徙悬于钟楼横梁，以撞之报晨。这是唐的铜钟，铸于公元711年，重达6000公斤，一直洪声动地，然而移吊以后，竟撞之无音。空空如也，使人惊悚。无可奈何，便把铜钟取下并送回。此铜钟现藏西安碑林博物馆，似乎并无异常，不过当年确实是敲而不响，从而辄有猜测和推理，以求原因。无果，置之，然而也使它蒙上了一层神秘色彩。

钟楼矗立西安城的中心仅仅62年，明的江山便易主，为清所有了。资料显示，1699年，清人对钟楼做了修葺，1740年，清人又对其做了修葺。江山继续易主，从民国到共和国，钟楼还是钟楼，不过其容素有彩绘，因为它实际上已经是西安的一个标志了。

钟楼的基座为正方形，以石为底，由砖所砌，显得又厚实又坚固。四面各有砖券之洞，通透见影，然而不批准不得入之。

钟楼起于基座之上，也是正方形。木套而成，看起来很是轻松。外是三层重檐，斗拱所施，四角攒顶，大展凌云之势。内是二层栋宇，宽敞宏阔，门窗尽朱，藻井悉花，足显豪华之气。

钟楼之巅是一个圆柱，木为心，铜为皮，箔覆以金，阳光灿烂的日子颇为炫耀，下雨的日子遂很是暧昧，朦胧之中有一种通天的玄妙。

钟楼高 36 米，其中基座高 8.6 米，顶高 5 米。它的总体风格是典雅，庄重，威严。

我从石梯走到基座上，看到它的西北一隅置架，横梁上挂了一口铁钟。恰恰有父子二人猫腰，共送木柱撞之，撒手以后，笑着而去。这一口铁钟，铸于 1466 年，重达 6800 公斤。我走过去抓住木柱，也想撞它一下，然而转念放手，卒未扰之。几百年的建筑了，难免有砖裂砖残，其所补竟尽抹混凝土，填缝塞洞，无不狼藉。拉电缆，装水阀，并未贴墙贴地以走直，便很毛糙。应该惭愧，因为明人和清人的做工是卯对卯，茬接茬，不留马虎之痕的。

我缓缓到了二层，四海之宾，多在此徘徊或照相。回廊也是一个正方形，四面连通，俨然成环。栏杆是木质的，结实平整，足以依偎。投目而望，满城是各种各样的楼，在西北方向 250 米处是鼓楼，其他都是商业楼和住宅楼，以钟楼为中心，密密麻麻，渐远渐高。凡楼多有空调铁机与胶管，又撑广告牌，遂显杂乱。南大街直而短，虽然雨茫，不过南门的城楼仍脱雾而出，耸然呈其轮廓与线条。北大街并不是最长，其北门的城楼隐隐约约，观之吃力。东门看不到，东大街最长，西门也看不到。不过东大街和西大街国槐成行，雨濯之中，叶青花白，悠然为一种古调。

站在钟楼上会有一种遗世独立之感，或是获得一种超然。久在沼泽跋涉，一瞬处于水皋之间，成了一个观察者，观察跋涉者在跋涉，颇有意思。车流滚滚，驰不得不驰，止不得不止。万千伞盖，迟迟漂移，出转门，入晶户，彷徨歧途，谁不忙碌。我也是一个忙碌的人，然而须臾之闲暇竟会发生顿悟，获得了调整生活的启示。我上钟楼，大约每隔十年一次，共五次了。社会在变，我也在变，不过站在钟楼上看社会，往往可以明心并放心。

钟楼在过去用以报时，一旦打仗，也可以据其瞭望，联络，进行指挥。它与四个城楼上的防务力量也能紧密呼应。但愿不打仗，和平的日子能无际无涯。

鼓楼

鼓楼横跨北院门街，于斯往来，不管是人行还是车驰，都要从其洞穿过，空气摩擦，遂嗡嗡作响，并有回音，难免担忧它坍塌。基座东西长52米，南北宽37米，面积1924平方米。砖券其洞，左右6米，上下6米，南一孔，北一孔，居基座之中。

不过我登临鼓楼的时候，其洞已经围以铁栏，不得穿鼓楼而过了。有青石盘道环之，人行北院门街，绕鼓楼而走，禁车驰之，以保畅通。

夕阳残照，颇得我意，也非常合适鼓楼的风格。我遂沿鼓楼顺时针走一圈，逆时针走一圈，徙倚徘徊。偶尔会摸一摸它的红柱或灰砖，不无舒服之感。基座底为石筑，高9米，虽然历经风雨，仍浑然呈壮。

鼓楼起于基座之上，共两层，含基座高34米。属于歇山顶重檐滴水木质结构，外檐的斗拱饰有彩绘。其顶盖以灰琉璃瓦，遂显厚重朴素。鼓楼之总体，若禽展翅，有一种灵性。

两层面阔各为七间，进深均为三间。一层有南北二门可以入其堂，到二层去，当进西门，沿混凝土台阶旋转上而入之。资料显示，这些台阶原为木梯，大约是某次修缮做了如此之改。改为混凝土，改得很荒谬！两层之堂皆大，可以演戏，可以藏兵。适会一层大堂有瓷器展，二层大堂有家具展，男女之宾，尽管巡游，然而兴趣稀薄。其回廊，一层的敞，二层的精。二层高，人遂多在二层的回廊踟蹰眺望。实际上天地之间，茫然一片，不过万千广厦而已。当然文章总是有的，这要会发现。北顾是北院门街、化觉巷，南瞻是西大街、竹笆市街。我以为足观的是北院门街的两排国槐，树冠相交，遮蔽其道，凭高俯察，不见人面和人背，只见枝叶翠微，有花点染，悠悠而去，是西安城难得的两行诗。

忽然有谁喊我，循声看过去，巧，竟是我的学生带着她的两个美国朋友。

学生问："可以请教一些问题吗？不付费的。"我说："完全可以。"学生便问："鼓楼是哪年修建的？"我说："明太祖洪武十三年，1380 年。奠基的时候还下雨，小雨，微雨，秋雨，这让人喜悦。主持修建工作的是长兴侯耿炳文，左长史文原吉，右长史汤诚之，陕西布政司左布政王廉，西安知府王宗周。因为此举，他们的名字将世世代代传播啊！"学生又问："几百年下来，鼓楼一直这样完整吗？不会吧？"我说："当然不会。鼓楼曾经有数次修缮。一次是明英宗正统五年，1440 年；一次是清圣祖康熙三十八年，1699 年；一次是清高宗乾隆五年，1740 年。日本人的飞机炸断过它的一根横梁，所以 1952 年，西安市人民政府也修缮了一次，并使之复原。有意思的是，1740 年修缮鼓楼以后，乾隆皇帝为其题额曰：文武盛地。此匾现悬第三檐之下，南边。当时由咸宁县文士李久宽做了复制，此文士忽发灵感，又书匾曰：声闻于天，也悬在第三檐之下，北边。"学生大呼看到了，看到了，并翻译给美国朋友。受其感染，他们也很惊叹。学生问："那么，鼓楼的用途呢？"我说："所谓晨钟暮鼓，就是指击钟报晨，击鼓报暮。古人以击鼓分其夜，夜有五更，遂要击鼓五次以示五更。"学生大呼："神奇！"我说："鼓楼还有一个用途：防务！"学生讶异着，对美国朋友做了翻译，可惜他们困惑地摇了摇头，表示不懂，学生似乎也不懂。

以我的体会，上鼓楼固然好，不过在附近一个咖啡屋坐着，一边喝咖啡，一边欣赏鼓楼，也许更好。世界上有一些事情，真是动身不如注目。

鼓楼有二碑，一由秦简王朱诚泳撰文，一由陕西巡抚张楷撰文，值得一读。其碑嵌于墙，读之必赴鼓楼。

西京招待所

很好，我在一个有趣的时刻考察了西京招待所：陕西省人民政府外事办公室使用多年以后，正从这里搬离。

此招待所初建尚仁路。1927 年，西安市成立，萧振瀛任市长，筑尚仁路及其以东的尚俭路、尚勤路，以西的尚德路，大约有弘扬中华传统文化的意思。1945 年，陆翰芹任市长，换尚仁路为中正路，是纪念抗日战争胜利，表达对蒋介石的敬意。1949 年贾拓夫为市长，换中正路为解放路，强调的是国民党退出舞台，共产党执政了。

我是一个人文主义知识分子，希望自己的阐释不失其度。解放路、中正路、尚仁路，显然是一条路。实固而名易，是时代意志的反映，也是有中国特色的政治游戏。人类多如斯，没有什么奇怪的。

招待所虽然属于解放路，但它却背靠西北，面向东南，是略有倾斜的。西安的建筑追求的是正南正北，以示规矩，此招待所有意旋转，便产生一种动态和灵性，并从千篇一律的模式之中脱颖而出，摇展着自己的独特。

现在的门口，东侧有房，小小的一个屋子，为传达室。过去的门口，东是警卫室，西是传达室，其房对称，屋子要大。

现在的院子，简单、平易，虽然青藤爬墙，但它却难抑一种寂寞和衰败。过去的院子是一个花园，镂砖砌墙，把它包围起来，其中央，水池有波，立石为山，又宽敞又幽雅，自有设计的艺术。不知道是谁指示夷平了花园，也不知道花园有何妨碍，更不知道院子东半圈和西半圈两个月牙形的花坛是如何得以保存下来的。日晒雨淋，石色已经淡化，但它却蕴含了一些味道深长的老气，足以让人想象。

现在的前庭，有一片铺着鸡血色的地板砖，鲜艳，漂亮，难免有滑脚之感，我推测 21 世纪的某年，进行了一次修缮，遂用了颇为流行的如此材料。过去的前庭当是一通的水磨石，它与张学良公馆和杨虎城公馆前庭的水磨石应该相似，它与高桂滋公馆前庭的水磨石也应该相似，因为这些建筑基本上都是一个时期的。水磨石厚重，地板砖尽管灿然发明，但它却闪烁着一些轻浮。

现在的大堂和房间皆铺复合木地板，有的皮裂且翘，但它过去却铺马来西亚木地板，一定很是气派。房间悉装木窗，现在的插销多是铁制的，粗糙卑陋，不过也有几个是过去留下的，属于铜制，光滑精巧，摸着颇为坚固。

穿过大堂，见红门两扇，锁着，推而成缝，窥之遂见一个圆形八角大厅，其八根红色木柱对称而立，造成一种既高贵又优逸的氛围，尤其那几个木窗之外的铜窗，尽露 20 世纪 30 年代工业文明的情调。不但有中国人，也有美国人和欧洲人，曾经在此吃西餐，跳舞，或举行聚会，一度成为时髦。

沿着拐弯楼梯，可以上二楼并三楼，遗憾二楼有红门关闭，不能登之，遂喟然返回。红色的扶手微微偏扁，木质当然有木质的亲和，让肌肤舒服。

房间的红门锁的多，不锁的少，能入内的房间已经虚无一物，甚至连一片废纸也没有，腾得真细。然而我还是发现有一双女鞋弃在一个房间，不知道其人搬离的时候为何不带上它呢？脚是人体一个羞涩的部位，女鞋是护卫它的，所以女鞋自有它的价值。前庭与大堂之间有过道，墙上的镜框里，张贴着保密原则。外事工作涉及外交政策，当然是要保密的，从而连一片废纸也没有。

站在院子仰观此招待所，见其主楼为三层，居中，副楼均为二层，居两翼。联袂而成，三部一统，看起来像一架飞机凌空落地。它的建筑面积也不过300余平方米，房间46个，其中两床房间12个，专设浴室和卫生间。此为中华民国时西安第一家高级旅馆、第一家高级酒店，权贵出入，商贾聚散，绅士和淑女翩然来往。这里置有理发室和洗衣房，以提供服务，也有小汽车恭候，还可以收发电报。可惜挪用为办公室以后，便拆除了原配的警卫室和传达室，并改造了房间。外事办公室当然也需要传达室，遂在东侧盖了小小的一个屋子，有老头把脸贴在塑钢窗玻璃上张望。

2012年8月2日下午3点55分的阳光直射屋顶，美国生产的淡红色凹楞铁皮经过跨世纪的雨雪霜露浸润之后，已经大为颓废，尤其外事办公室的搬离给此招待所增加了孤独。好在青藤爬墙，它们尖状的绿叶重叠交叉，保持着一种生机。

1923年，黄浦江沿岸出现了一家上海储蓄银行旅行部，从代理几个外国轮船公司的客票，发展到代售中国铁路客票。1927年，上海银行融资给它，遂成立了中国旅行社，归属上海银行。到1933年，上海银行在西安开办分行，其所辖的中国旅行社也便进入西安开展业务。这里有一个背景，当时国民政府行开发西北之事，西安也处于陪都的筹划过程。1934年春天，中国旅行社在尚仁路西侧购地11亩，填土奠基，造其招待所。

陇海铁路已经延伸到西安了，尚仁路的北端为火车站，在此建招待所当然图其方便。时任陕西省政府主席的邵力子，知道其情，支持其功。打穿尚仁路与火车站之间的城墙，筑中正门，门外门里皆是广场。1935 年 1 月 1 日，陇海铁路长安火车站，今之西安火车站，举行了通车典礼。一声汽笛，它便点火营运了。这促使招待所加快施工，所需的装修材料、扶手啦、铜窗啦、水暖器械啦、洗漱设备啦，甚至木质家具啦，都采购于上海，运输而来。覆盖屋顶的美国凹楞铁皮，当然也是从上海运输而来的。

到 1935 年 11 月 16 日，西京招待所正式营业。尽管位于西安的尚仁路，不过显然，其产权为中国旅行社所有，或为它的上级单位上海银行所有。然而究竟谁是主呢？一切都是变迁的。

1936 年 12 月 4 日，蒋介石率国民政府要员和部队高官自洛阳到西安来，为消灭共产党和追剿红军进行部署。不知道是谁安排蒋委员长住临潼的，差一点毙命了。美国女记者史沫特莱本居华清池五间厅的 5 号房间，因为蒋委员长下榻于斯，遂搬到西京招待所住了。随蒋而来的 30 余要员和高官已经订了此招待所，她与他们便同在这里，真是难得的巧合。

时任国民党 17 路军总指挥和西安绥靖公署主任的杨虎城，不赞同蒋的政策，主张中国人当共同抗日。他也忧虑蒋介石的西安之行，包藏着他不攻击红军就遭整编的结果。1930 年，杨虎城开始主持陕西工作之际，便告诫自己的亲信，蒋介石并不信任他们，只是由于还没有合适的人，才把权力交给了他们。这次蒋得意而来，更加深了他的忧虑。

张学良是所谓的国民党西北剿匪副总司令，受蒋之命，1935 年冬天率东北军从长江中游移师西北。他迫切希望率士兵杀寇，以卸掉不抵抗将军之帽。他的士兵无不希望打回老家去。他还曾经在洛阳苦劝蒋放弃所推行的政策：攘外必先安内。他强烈表示东北军宁愿战死在抗日前线上，也不愿以打中国人而活着。对此，蒋斥责他无知，当然拒绝了。

张杨都希望立即抗日，这是他们结盟捉蒋逼其改变固有政策的思想基础，不过张杨对蒋的态度还有微妙的差别。张怨中带怒，怨多恨少。杨恨中隐反，怨少恨多。他们都是遵照蒋介石的指示对付共产党及其红军的，然而他们都对共产党及其红军比较亲和。他们与共产党所领导的红军都达成有互不侵犯之协议，并同意给红军以方便，目的是一致抗日。他们有可能不知道彼此与共产党都保持着联系，或心照不宣。对共产党的交往，杨比张深。对蒋介石的感情，张比杨真。捉蒋的打算，杨先张后，是杨向张提出来的。资料显示，1936 年 11 月 7 日，张自洛阳见蒋苦劝不果，返回西安，满脸的沮丧，杨提出可以行挟天子以令诸侯之事，把蒋扣起来。

蒋至西安，宿华清池。张杨分头见之，皆陈停止内战的必要，倾诉联合抗日的情理。蒋不但无动于衷，反而强调，不消灭红军，东北军调福建，17 路军调安徽。于是西安事变就发生了。张杨商量决定，张负责抓蒋，杨负责在西安城的行动，包括：其一，囚禁住在西京招待所的要员和高官；其二，解除国民党中央军、宪兵、警察和特务的武装；其三，包围西安飞机场的 50 架战斗机，以阻其升空。

西京招待所当时的安排颇有秩序。一楼东侧南向：103 室，剿匪总部招待室；105 室，许师慎；107 室，陈继成夫妇；109 室，陈继成随员；111 室，蒋作宾；113 室，邵元冲。一楼东侧北向：115 室，李基鸿；117 室，蒋作宾随员；119 室，王新衡；121 室，Esse Immamn；123 室，王芃生。一楼西侧南向：104 室，毛家骞；106 室，卫立煌随员；108 室，郭卫；110 室，缪澂流；112 室，卫立煌；114 室，陈诚。一楼西侧北向：116 室，陈诚随员；118 室，陈诚随员；120 室，张学文；122 室，张淮南；124 室，蒋百里。二楼东侧南向：203 室，施爱义；205室，鲍文樾；207室，蒋鼎文；209室，胡若愚；211室，万耀煌夫妇；213室，于学忠。二楼东侧北向：215室，蒋鼎文随员；217室，张衡若；219室，于学忠随员；221室，蒋鼎文随员；223室，胡若愚随员。二楼西侧南向：202室，曹伯英；204室，朱绍良随员；206室，蒋光堂；208室，朱绍良；210室，张冲；212室，马占山；214室，陈调元。二楼西侧北向：216室，陈调元随员；218室，马占山随员；220室，马占山随员；222室，张沅恒、聂庆璋；224室，朱绍良随员。三楼：301室，Enese。

这份名单由住105室的许师慎提供。他是国民政府国史馆秘书，经历了西安事变。1937年他随团祭拜黄帝陵，又至西安，把此名单交给了西京招待所经理周天承。我忍耐其烦，一一展示房间号和所居之人，无非是此名单还有一些国民政府的信息，如此而已。

杨虎城一声令下，士兵便冲进去一网打尽，除了有事，那天晚上不宿于此招待所的。要员和高官都在餐厅里囚禁着，一经清点，未见陈诚，便立即搜查，终于在餐厅背面的盥洗室发现了他。有意思的是，卫立煌躺在了其妻所居房间的衣柜里。不幸的是，猝闻枪响，邵元冲越窗以逃，竟中弹倒地，送医院救治，无效而亡。此先生任国民党党史编纂委员会主任，肚子一定装有很多故事，可惜他都带走了。

西安事变，天下哗然，尤其西方人不知道真相，遂胡猜，议论纷纷。幸有史沫特莱住此招待所，她携操英语的人以英语播报了消息，才扑灭了关于中国的谣言。住203室的施爱义，应该就是史沫特莱，因为她是许师慎唯一注明的美国女记者。

之后国民党和共产党便合作抗日。

之后西京招待所继续营业。抗日战争全面展开的时候，美国有航空兵援助中国，当此之际，他们便住此招待所。长江流域有的地方沦陷了，其资本家不得不到西安来避难，也住此招待所。房间供不应求，似乎有鼎沸之势。日本投降，内战爆发，此招待所仍在营业。

1949 年 5 月，共产党接管西安并迅速执政，此招待所的领导一时茫然，甚至惊慌，遂暂作歇业。贺龙和彭德怀先后巡视并给其鼓励，才又渐渐恢复了营业。1950 年西北军政委员会举行会议，西京招待所便负责接待工作。达赖和班禅往北京去经西安，也尝居此。1952 年苏联有专家在西安援助建设，也就住此招待所。西安人民大厦建成，他们才退此房间。

1952 年，上海银行并入了公私合营的金融机构，中国旅行社便丧失了上级单位，彷徨且惶惶。到 1954 年，中国旅行社黯然停业，西京招待所也就随之停业。经估量，共和国政府以 30 万元购得此建筑，更名西安招待所，成为西安市人民政府的一个事业单位。它还有接待任务，不过几经调整，终于演化为陕西省的外事办公之地。

陕西省的外事部门，曾经多有变化：1968 年 9 月至 1970 年 6 月，陕西省革命委员会办事组外事组。1970 年 6 月至 1974 年 1 月，陕西省革命委员会外事组。1974 年 1 月至 1978 年 11 月，陕西省革命委员会外事办公室。1978 年 11 月至 2012 年 8 月或某月，陕西省人民政府外事办公室。其皆在解放路 272 号，过去的西京招待所处理政务。现在，这个机构正在搬离，此地空空荡荡，唯白云悠悠。

在院子盘桓着，看一看它的主楼，再看一看它东侧的副楼和西侧的副楼，暗示自己静一静，这时候我仿佛听到了它的呼息。忽然我产生了一个强烈的愿望，盼能把此招待所作为文物保护起来，因为它不仅是西安城演化的见证者，而且是社会演化的见证者。实际上它就是历史。

北院门

北院门159号是一个幽深的庭院，几个世纪以来，它一直都做衙门，或是官员办公之所。

现在它驻西安市莲湖区权力机构五个。中国共产党西安市莲湖区委员会，西安市莲湖区人民政府，西安市莲湖区人民代表大会常务委员会，中国人民政治协商会议西安市莲湖区委员会，中国共产党西安市莲湖区纪律检查委员会，皆在这里。

2011年3月1日之前，西安市人民政府据此办公。第一任市长贾拓夫，1949年5月25日开始于斯掌权，最后一位在这里履职的市长，是陈宝根。2011年2月28日，陈市长率其官员咸迁西安市未央区凤城八路。

1949年5月20日西安市人民政府成立，以前这里为中华民国西安市政府所有，由市长王友直指挥的西安市民众自卫总队在此，西安市军警宪特联合汇报秘书处在此，西安绥靖公署交通处在此。陕西省卫生处和陕西省卫生材料厂，也在这一带。

1933年至1936年，邵力子任陕西省政府主席，在此办公。1918

年至1925年，刘镇华为陕西督军，在此办公。1914年至1917年，陆建章受袁世凯重用，掌陕西，在此办公。1912年至1914年，这里为陕西都督府，都督张凤翙于斯办公。1911年至1912年，中华民国秦军政分府驻于斯，大都督张凤翙在此办公。

1911年的辛亥革命以前，因为慈禧太后携清德宗光绪皇帝一度居这里，遂成了行宫，猝然变得神圣起来。慈禧返北京，这里一直受到保护，有供奉的意思，陕西当局竟不敢用。实际上慈禧一伙之赴西安，是清政府的流亡，甚至是逃难。

这种结果，是由于清政府的决策出了问题。当时危机四伏，大厦摇晃，清政府有人企图利用一下义和团的力量维护其统治。

义和团属于群众组织，成分复杂，暴民颇多。其起源于大刀会或白莲教，主要活动于华北地区，尤以山东与河北为盛。它以扶清灭洋为宗旨，到处焚教堂，杀外国传教士，也杀中国的基督徒。

清政府本有新派与旧派之争。新派以光绪皇帝为中心，以康有为和梁启超为策划，也是骨干分子。旧派以慈禧为头子，她欲把义和团作工具，既对付新派，又对付外国侵略集团。大臣载漪让慈禧相信义和团是清帝国之福，遂命刑部尚书赵舒翘引义和团进北京。

数万义和团群众在北京毁铁路，断电线，凡中国人藏洋书和学洋教的，老少皆杀，也杀外国使节，倾喷对侵略集团之怒火。慈禧窃喜，自大而狂，竟在1900年5月25日以光绪皇帝之名，下诏向列强宣战。德国、奥国、美国、法国、英国、意大利、俄罗斯、日本，组成八国联军，在1900年8月4日兵发天津，到8月14日便攻陷北京。不料如此，8月15日，慈禧携光绪皇帝及其亲信乘几辆骡车出北京，避风而去，至10月26日抵西安。陕西巡抚端方早就把陕西巡抚部院署装修一番，迎驾于斯。然而慈禧嫌其不敷，遂改居陕西总都部院署，就是所谓的北院。

慈禧到西安来仍要享受，在北院，仅仅膳房便分荤局、素局、菜局、饭局、粥局、酪局、茶局、点心局，各有太监负责。冬有六头乳牛献其喝鲜奶，夏取太白冰雪以制杨梅之汤，做寿辰便调南方绫罗绸缎为她缝衣。虽然意识到自己蒙尘于外，不过照旧卖官鬻爵。浙江施某欲捐道员之职，由李莲英操办，慈禧认为道员之职可以擢两司，价不能少于万金。此贼何等之邪，又何等之毒，又何等之贪，完全是国家之祸！

一旦行宫设西安，西安便为中国的政治中心。海内进贡，纷纷相拥，于是北院门就出现了种种银号，并有店铺应运而生，以售稀物。

清政府以奕劻和李鸿章为全权大臣，应付八国联军的勒索。他们提出了一个名单，要求惩罚。慈禧怕列强制裁她，便一再让利讨好，为八国联军处死官员多位。尤其可恶的是，清政府以列强之意，把刑部尚书赵舒翘列为祸首之一，指示："斩立决。"赵舒翘是陕西长安人，随慈禧而动，当时就在西安，消息出行宫，绅民统统不服。初有数百人在军机处为赵舒翘请命，接着有数万人聚北院门示威，军机处见势汹汹，请示慈禧，慈禧便下诏赐死。不过赵舒翘到底是如何而死，卒为悬案。

八国联军觉得要求满足了，便在 1901 年 9 月 7 日签订了一个条约，清政府也盖了印。列强撤兵，慈禧估计北京已经安全，便决定回归紫金城。陕西当局令西安人悬灯屈身送驾，北院门热闹至极。10 月 6 日慈禧太后携光绪皇帝及其文武大臣昂然出行宫，毫无羞耻之色。特别可憎的是，足有 3000 辆马车随其而驰，御内所进贡和爪牙为主子所搜刮的金银珍宝，尽装马车之上。

在 1900 年以前，这里驻陕西总督部院署。由陕西巡抚叶伯英主持，在 1888 年，实行南院和北院对调，就是把陕西总督部院署从南院移北院，把陕西巡抚部院署从北院移南院。

在 1888 年以前，陕西巡抚部院署一直在此办公。一旦清取代明，清的权力机构便要堂皇地用明的办公之所。1685 年，陕西巡抚鄂恺尝对这里的建筑做了增修。

清沿明制，以总督为地方最高长官，驻总督部院署。陕西总督部院署在清世祖顺治元年，1644 年，驻固原镇，又徙驻汉中，至清圣祖康熙初年，整合为山陕总督，辖陕西，兼辖山西，又移驻西安。其位于明留下的正学书院一带，在陕西巡抚部院署以南，为南院，门外就是南院门。反之，陕西巡抚部院署在陕西总督部院署以北，为北院，门外就是北院门。总督以时而易，也多有调动，不过在西安久有总督行台。巡抚可以迁南院，总督可以迁北院，然而南院还是南院，北院还是北院，出出进进的都是官员。

在清世祖顺治元年，1644 年以前，这里驻明政府的陕西巡抚部院署。1432 年动土营造，巡抚部院署的建筑初具规模。1542 年，陕西巡抚赵廷瑞再动土增其旧制，使巡抚部院署的建筑巍然扩张。他还引通济渠入西垣，出东垣，严峻的衙门就吹拂了园林之风。

有明一代，北院门东边，设布政使司署，北院门西边，置按察司署，清一代便尽沿用之。明的布司理问所廨、布司经历司廨、布司照磨所廨、库大使廨，也尽为清所沿用。凡此权力机构，皆列北院门，在今之西华门大街南侧。

岁月是残酷的，它把种种应该湮没的都湮没了。明的文化遗产，我在北院门看到的只有鼓楼，高岳崧故居，就是所谓的高家大院，还有今之西安回民中学门前的一棵国槐，其干倾斜，根部之皮剥落，十分苍劲。

在明建西安城以前，穿越元，穿越宋，穿越五代十国，穿越韩建所缩建的长安城，北院门一带属于唐的尚书省，仍是衙门。那时候这里就有鼓楼，当然是唐长安城的鼓楼。在尚书省上班的大臣颇多，有进有出，熙熙攘攘。鼓在楼悬，按规定，鼓响而作，鼓鸣而息，他们是不敢马虎的。李贺闻鼓有感，吟诗曰：“晓声隆隆催转日，暮声隆隆呼月出。”

北院还是北院，坐落在西华门大街上，南面而踞，直视鼓楼，现在为西安市莲湖区五个权力机构所用。然而一切都是变化的，如此格局恰恰是变化的产物。西华门大街的南侧，左有陕西省中医医院，又有社会北路，右为民宅，通大皮院、西羊市、化觉巷。在明、在清，这里应该都属于北院门的范围。不过认为北院门仅仅是北院与鼓楼之间的一条街、一条巷、一条道、一条路，我觉得也可以。

此街、此巷、此道、此路，在西安独一无二。它铺以大块青石，冬发寒光，夏生清凉，这也罢了。在这里可以轻松地抬趾移步，没有一辆汽车往来，身心安全，这也罢了。它的两边悉为高低错落的屋舍，窗皆成格，门有水准，这也罢了。

它的奇特在于饮食甚繁，几乎都是回族人的经营，炉红望得见，勺响听得见，菜香闻得见，千般吸引，万般招徕，天下之徒，客不分海内与境外，只要到北院门来，不吃一种两种或三种，真的无法向自己交代。此地也是西安从 20 世纪 80 年代开始，一直通宵经营饮食之所。在过去的漫漫之日，其他餐馆都打烊了，凡夜班工、舞女、赌徒、出租车司机、恋爱中的男女、单身汉、梦游者、写作者，会从四面八方云聚于斯，享受了砂锅、炒米、煮馍、烤肉、烩丸子、拉条子，解馋擦嘴，满足而去。

除了饮食，当然也卖西部特产，凡红枣、花生、核桃、瓜子、葡萄干、果脯，要什么货，供什么货。玉器、古玩、文房四宝，也各有一家。国槐两行，不过都算孙子辈的，祖父辈的在西安回民中学门前，那一棵国槐确实够老了。

孙清云任西安市人民政府市长的时候，我曾经往北院门 159 号去。2004 年春天，中国南京世界历史文化名城大会设其论坛，乔征先生、肖云儒先生和我，代表西安出席大会，并各上一个论坛。孙清云市长要接见一下，以壮南京之行，遂能进政府驻室。庭院幽深，可惜当注意风度，目不可以两边放任流盼，所以也未看到什么。有印象的是，一棵或两棵古木，在栋宇之间争绿竞秀。

书院门

书院门实际上是一条街，或一条路，其东起安居巷南口，西以永宁门里环岛为界，长大约 300 米，西安人都熟悉的。它的大致方位是，进永宁门东行，或从三学街西行，皆可以至也。

书院指关中书院，现在为西安文理学院所用。由于有学生，门看得极紧，不得轻易而入。

冯从吾是陕西长安人，生于士大夫之家，受父亲影响，以儒学为立身之本。

1589 年，他进士及第，赴北京任职，由庶吉士授御史，负责纠察治安一类的工作。给士中胡汝宁不法，虽然有皇帝偏袒，冯从吾也坚持按规矩办，皇帝不得不罢胡汝宁之官。

在明政府任职几年，便发现了天子的毛病。冯从吾上书批评明神宗，认为皇帝不祭上帝诸神，不参加朝会，不处理奏章，尤其是罔顾南北安全。他揭露皇帝以身体违和纯属掩饰。他说："陛下每夕必饮，每饮必醉，每醉必怒。"他凛然对皇帝提出建议："愿陛下勿以天变为不足畏，勿以人言为不足恤，勿以目前晏安为可恃，勿以将来危乱为可忽，宗社幸甚！”明神宗顿恼，要施以廷杖之刑，恰逢仁圣太后寿辰纪念活动，大臣也纷纷劝解，冯从吾才得免。然而还是冒犯了皇帝，遂以病还乡。此事在明神宗万历二十年，1592年。

士大夫之志是难移的。不能辅政，便通过讲学以启民智，改良世风。此乃冯从吾的计划。

进永宁门可以看到一座塔，为五色塔。这里曾经是隋文帝时的宝庆寺，唐取代了隋，但香火却在延续，所以唐文宗时起了五色塔。庙已经废，不过五色塔得以存，真是幸甚，幸甚！五色塔砖多残破，然而侧耳倾听，风铃犹响，颇为玄妙。

当年冯从吾便在五色塔一带招徒讲学。结盟讲学的还有萧辉之、周淑远，都是西安的鸿儒。为学识风范所召，四方才俊云集，甚为鼎盛。至1609年，任布政使的汪可受、按察使的李天麟，参政熊应占和闵洪学，副使陈宁和段猷显，便商量决定，在宝庆寺以东的小悉园筑馆建舍，遂有讲堂六楹，题匾曰允执堂，取允执厥中之意，成立了关中书院，请冯从吾主持。至1612年，汪道亨任布政使，在此增修一座斯道中天阁，立孔子像，以祀之。当时的学生，除陕西的以外，还有河南的、甘肃的、四川和河北的，足见影响深远。

冯从吾虽然还有几次应诏赴北京为官，不过仕途坎坷，皆很短暂。一生之中，他共有二十余年致力于讲学。他要求学生：“无驰于功利，无溺于词章，无夺于毁誉。”他说：“学者须是有一介不苟的节操，才得有万仞壁立的气象。”他所录的一副广为流传的对联是：“做个好人，心正身安魂梦稳；行些善事，天知地鉴鬼神钦。”

1626年，乔应甲任陕西巡抚，其为了向魏忠贤谄媚邀功，竟毁关中书院，弃孔子像于城隅。冯从吾不胜悲愤，吁嗟嘿嘿，坐二百日不寝，饮恨而疾，明年便死。1556年至1627年，72岁。

正直，明智，为真理，为国家，敢于发声，冯从吾乃古者之雄士，古者之贞士。长安文化多育此等人，可惜今之士弱，越来越弱，士诈，不得不诈，唯唯诺诺，求利而来，求利而往，悲夫！

关中书院在清得到恢复，尤在清圣祖康熙时发展颇大。贾复汉任陕西巡抚，便令西安知府叶承祧和咸宁知县黄家鼎增而修之，并封西门，开南门，立石牌坊，题额曰关中书院。鄂善任陕西总督，邀李颙为书院主持。其一旦登场，进士举贡，德绅名贤，文学之子，便蜂拥而至，环坛而聚，闻道洗心。书院一度为督学使署，教育官员于斯办公，凡 20 年。不过终于再为关中书院，还把正学书院的师资并入，扩充了它的规模。

清世宗雍正时，政府有一千两银子拨给书院。乾隆皇帝一向附庸风雅，也尝给书院题额曰秦川浴德。正是在乾隆执政时，毕沅任陕西总督，他不但增修了书院，而且还为了振兴书院，从江宁请来进士戴祖启做主持，选陕西一批才俊学习于斯。几年以后，他们参加各类考试，出类之人过半。

书院随时代变迁，这也非常正常。清仁宗嘉庆至清宣宗道光之间，书院还有维护，然而清文宗咸丰以后，清穆宗同治初，书院式微，几近关闭。到 1873 年，陕西布政使谭钟麟举一方之力，再助书院，提出了一套方针：重躬行，讲经义，稽史事，通时务，严课程。清德宗光绪时，陕西巡抚冯誉骥在书院设志学斋，择优入之。几年以后，陕西布政使曾龢和陕西按察使黄彭又联合营造栋宇，广购图书。为教育顺应世界潮流， 1903 年，陕西巡抚升允改关中书院为陕西第一师范学堂。其设优级，培养中学师资；设初级，培养小学师资。课程以中学为主，西学为辅，注重封建道德之培养。这显然是垂死的挣扎。

中华民国元年，1912 年，设在关中书院的陕西第一师范学堂改为陕西省第一师范学校，到 1934 年，又改之为陕西省立西安师范学校。

显然都是培养师资的，然而三民主义思想进来了。

中华人民共和国成立，关中书院仍有其用。1949 年，于斯设陕甘宁边区师范学校，旋改其为陕西省技艺师范学校，开始加入马克思主义和毛泽东思想。根据形势需要，1963 年奉命撤销，关中书院遂空空荡荡。1985 年设陕西省西安师范学校，为中学培养师资。2006 年改之为西安文理学院。

虽然是西安文理学院，不过石牌坊仍在，题额曰关中书院，左刻：尚德，右刻：崇文。沿甬道向北，进红门，豁然出现深深庭院。甬道尽头是允执堂，两边各有一亭，并有自由生长的国槐和皂荚树，皆显数百年之老。允执堂实为西安文理学院的图书馆，其砖木结构，明柱飞檐，颇有雅意。它的前边，左有四国槐，右有四国槐，皮粗干空，也有数百年之老吧！仰望其冠，仿佛在仰望一种精神，甚至像是为冯从吾招魂。

在甬道西边，有一黑板，公布学生违纪之事。我诧异地看到了一行字："学生：王宝宝。班级：六・二。违纪情况：泡妞。"我照了一张相，窃以为即使这是恶作剧，开玩笑，也反映了一种意识和趣味。

出关中书院就是书院门了。东走可以游安居巷、三学街，西安碑林博物馆、长安学巷、府城学巷、咸宁学巷、柏树林、文昌门。西走可以出永宁门，进南大街，游湘子庙街。

书院门在 1966 年遭遇"革命"，改之为健康街，不过 1972 年便恢复为书院门了。它路短街窄，屋舍相逼，凡铺子必有生意，甚至巷道中央也置货架，密密麻麻，若一片彩云。阳光难得，空气慢流。好在这里多售笔、墨、纸、砚，字帖尽有，拓片可得而藏，玉器反光，书画生辉，印章之篆技艺超强。文化就是阳光，就是空气，然而书院门如果更开阔，更敞朗，不就是西安更大气吗？北院门 111 号是民宅，门小院深，众家蜗居，遂昼晦夜幽。其以不足五尺之径相通，局促至极。北院门 105 号也是民宅，其径斜且弯，聊以踏之登堂入室。铺以大块青石，不过流动的钱比人快。

若有改造的机会，那么我希望书院门要变得大气，尤其这里当有国学的余芳！

端履门

北行，走到柏树林的尽头，就是端履门了。它是街，是路，不过两边的建筑也当包括在端履门之内。以街以路论，沿其北行，十分钟左右便能走到东大街，在此它也就截止了。立足北望，目穿南新街，可见新城广场，巍峨的陕西省人民政府办公楼茫然泛黄。

唐长安城经韩建的缩建，谓之新城。历五代十国、宋、元，共四百余年之后，朱元璋享有天下，封第二子朱樉为秦王，在西安城东北营造了明秦王府。其设四门：东体仁门，西遵义门，南端礼门，北广智门。

端礼门在萧墙上，灵星门在外墙上，彼此相对。南为正，凡西安府官员或缙绅处士要见秦王，皆进灵星门，再进端礼门。端礼门旁设朝贺堂，他们在此传讯恭候，并扶帽整衣，以示举止检点。

近乎三百年以后，清有天下，其仍用西安城。满族人在明秦王府的基础上拓筑满城，以显其贵。资料有证，拓筑满城发生于 1649 年。当时尽推明秦王府栋宇，不留一物。满族人居于斯，自成体统，怡然为高。这里还是八旗练兵教场，所以满城也谓之八旗驻防城。满城比较怪，开了五个门，而且改明秦王府端礼门为端履门。由于满城是拓筑，便把端履门南移至明秦王府外墙上的灵星门一带。西安府的权贵见满族人的首领，要进端履门，必须正帽顺衣，鞋也当穿好，以示敬重。

中华民国成立，张凤翙掌陕西，推倒了满城，也推倒了端履门。不过街仍在，路仍在，交通更畅，这一片也仍为端履门。

端履门东有一家西安慈爱妇产医院，一家卧龙大厦。端履门西有新华书店，瑞晶商务酒店，其余多是住宅楼，一层往往为店铺，无非经营餐饮、电器、鲜花及超市之百货，生意都小，糊口而已。有的地方正在拆迁，工人又砸又钻，上下皆响，远近有声。有的地方正在盖什么大厦，塔吊不可一世地作弧形旋转与升降。车窜人躲，在端履门唯一有风度的是两排国槐。

蓝武道

蓝武道就是蓝关至武关之道，其穿秦岭，每每崖悬谷深，缘溪而行，是十分的险峻。

中国人是何时打开此道的，颇为难考，不过在战国时代，秦楚之交通就已经赖此。

从汉长安往大陆东南去，从唐长安往湖广去，赴今之湖北、湖南、广西、广东、贵州，以至海南，都要走此道。大陆东南和岭南一带之人到唐长安来求官、赶考、经商，也都要走此道。

宋以降，此道仍在行。明世宗嘉靖年间，郗元洪任陕西巡抚，曾经主持过西安府至商州道的整修。1745 年，由清陕西巡抚陈宏谋领导，凿壁堙沟，拓宽了蓝田七盘坡至商州胭脂关道。中华民国年间的长坪公路，今之 312 国道，西沪高速公路，难免截弯取直，然而其基本脉络还是蓝武道。

蓝关多有移动，实际上它就是蓝田关、峣关，在今之陕西蓝田东南。武关是秦国的南门，其在春秋时代为少习关，处今之陕西丹凤武关河的北岸，东望河南之南阳。1992 年，我独旅武关，初作考察。

2002 年，我带中央电视台的一个摄制组赴武关取景，再做考察。武关自雄，不过独旅的印象比群跋的印象味厚，吾好独旅。

蓝武道也就是武关道。所谓秦楚三关道、商山道，也都是蓝武道。清人毛凤枝尝对蓝武道有研究，其指出："由蓝田县东南行 15 里七盘坡，又 20 里北渠铺，又 20 里蓝桥铺，又 20 里新居铺，又 20 里牧护关，又 20 里郭家店，又 30 里太商原，又 10 里泥谷店，又 30 里麻涧铺，又 20 里梁家原，又 20 里商州城，又东 180 里至武关。"由鄂豫出商州至长安，穿秦岭，走的就是武关道。

秦楚相争，多由蓝武道发生。秦惠王拜张仪为相国，出使楚，提出楚齐绝交，秦楚结盟，秦将割商於 600 里土地给楚。楚怀王信以为真，便断齐，派逢侯丑往咸阳去接收秦的土地。但张仪却说："臣有奉邑 6 里，愿以献大王左右。"秦明目张胆地耍弄了楚。公元前 299 年，秦昭襄王致楚怀王信曰："寡人与楚接境壤界，故为婚姻，所以相亲久矣，而今秦楚不驩，则无以令诸侯。寡人愿与君王会武关，面相约，结盟而去，寡人之愿也。敢以闻下执事。"楚怀王犹豫再三，还是决定赴武关会晤秦昭襄王。武关早就埋伏了秦兵，一旦楚怀王现身，便抓他送之咸阳。秦要割楚的土地，楚怀王不给，不给遂拘留。几年之后，楚怀王积怨逝世。秦诡取不成，就发兵夺取楚的土地。终于由王翦灭了楚，时在公元前 223 年。

刘邦反秦，率起义部队破武关，再破蓝关，至灞上，抵达咸阳，再返灞上。唐末，唐军不敌朱温，便据守蓝桥一带。1369 年，明将徐达率兵占领奉元城，元的游勇便弃城逃至七盘坡负隅顽抗。清初，李自成见清军过潼关，遂辞西安，向蓝关，出武关，失利武昌，奔九宫山，到底匿踪，悲壮而死。蓝武关显然素为用兵之地。

唐为盛世，不仅仅长安成了富贵之乡，而且也在乎江南和岭南的开发，尤其是四海之士，不管其擢升为官，也不管其龙门落榜，也不管其获罪贬谪，纷纷以蓝武道进长安或出长安。他们匆匆之神情，诗足以反映："商山名利路，夜亦有行人。"

自早唐至晚唐，有数十骚客曾经走蓝武道，多损容颜。李白 30 岁左右过武关，入长安，以求职位，未遂，便乘桴浮黄河而东。其 42 岁那年，以道士吴筠举荐做翰林供奉，由于受谗，一年之后出长安，过蓝关，回到安陆。孟郊出生湖州，今之浙江德清人，屡屡沿蓝武道奔长安考进士，46 岁才登科，遂由羞愧顿转放荡。白居易左迁江州走此道，左迁杭州还走此道。柳宗元以改革获咎外放永州，当司马 10 年返长安，估计形势偏好，不料又旋遣永州。公元 815 年，极度悲愤的柳宗元便经蓝武道赴其刺史的任所，几年以后在柳州故去，仅仅 46 岁。元稹七行武关，四次左迁，一次返京师。温庭筠外放随县当县尉，走此道，其留诗曰："晨起动征铎，客行悲故乡。鸡声茅店月，人迹板桥霜。槲叶落山路，枳花明驿墙。因思杜陵梦，凫雁满回塘。"李商隐久陷窘境，在长安出头之日渺茫，遂到处依傍地方官员。有一年，他由桂州郑亚幕府返京师，脚踏商於，期盼在心，吟诗曰："六百商於路，崎岖古共闻。蜂房春欲暮，虎阱日初曛。路向泉间辨，人从树杪分。更谁开捷径，速拟上青云。"

韩愈文起八代之衰，不过他的蓝武道实属惨绝。尝以关中大旱，上书请求缓征百姓赋税，惹恼了唐德宗，遂贬至连州阳山，走的就是此道，这也罢了，因为当时他才 36 岁，还年轻，扛得住。公元 819 年，他上书谏迎佛骨，又得罪了唐宪宗，遂再贬至潮州，走的仍是此道，可惜他已经 52 岁，难免纠结。至蓝关，雪厚路障不得向前，便作诗以示侄孙韩湘曰："一封朝奏九重天，夕贬潮州路八千。欲为圣明除弊事，肯将衰朽惜残年。云横秦岭家何在？雪拥蓝关马不前。知汝远来应有意，好收吾骨瘴江边。"真是慷慨之歌了！他刚刚离开长安，便有卒吏登门逼其妻及儿女也得随他离开。其女 12 岁，恰恰卧病在床，惊恐之下，病遂加重，然而不可拖延。迎雪走蓝武道，至层峰驿，其女便咽气了，就草草葬于岩下。韩愈不日从潮州调袁州，一旦唐宪宗崩，唐穆宗立，他便任国子祭酒。其返长安，依然走此道。过层峰驿，觅岩下墓，悲泣至极，也只能向女莹供一饭，以示父祭。可以想象韩愈的伤痛，当然他还留下了一首诗："数条藤束木皮棺，草殡荒山白骨寒。惊恐入心身已病，扶舁沿路众知难。绕坟不暇号三匝，设祭惟闻饭一盘。致汝无辜由我罪，百年惭痛泪阑干！"唐固然是盛世，然而它非民主制度，权力决定命运，从而士皆动辄得谤。

在有意考察武关之前，我曾经以私多次走商山道。一般乘长途汽车，不过也拦卡车，有一次竟坐了邮车。

邮车大妙，我永远感谢那位司机。人居水边，商山道沿河修建，所以邮车缓缓而行，有邮件司机就停下投寄，从而我可以充分欣赏林壑云峰。

那是 20 世纪 80 年代，商山道当然还比较原始。小径随水引伸，秦岭北侧，其水北流，秦岭南侧，其水南流，北侧干硬，南侧温润。一段平旷，一段崎岖，万丈峭壁之下，常有摔毁之车。直角拐弯，司机无不眉皱而焦心。相向之车擦身而过，谁都会把一只苦胆骤吊起来。不过风在树枝窜，鸟在花丛鸣，蝴蝶自娱，蜜蜂自乐，鸡游滩上，狗卧门前，打柴者背柴，采药者背药，也尽显秦岭深处的风俗。

至为可敬的当然是司机，凡家书、包裹，他都一一送到。似乎每家都认识他，也许商山道的男女本就很热情，我没有问他。总之，当他停下，拣了邮件，把东西交给其主的时候，男的让他烟，女的请他饭，亲切，真诚，若朋友，若邻居。那是一个年近五十的司机，戴着眼镜，方脸，红腮，胡子茬硬发黑，身体和精神都很健康。声音洪亮，略带沙哑，颇为正派和善良。

我是在灞桥坐上他的车的。见有邮车过来，我便挺身展臂，招手呼他停下。大约看我恳切，而且是下午两点以后，也确定再无长途汽车了，可敬的司机便同意带我。我就坐邮车进了蓝田，走商山道，往丹江去。这样的机遇，注定是我当世自始至终的唯一。向您致礼了！

子午道

子指北方，午指南方。子午道指秦岭一条子谷通午谷之道。

起码在秦以前，子午道谓之蚀中，是用天文表达地理的正南正北之意。中国人有严正的方位观念，不管是蚀中还是子午道，由于它贯穿南北，当然重要。

子谷面北，距西安城大约 40 里。我所看到的子谷，水流不息，夏秋还可以起坝截流，形成水库，并映照遍野的草木。可惜量不大，冬日是小溪，春天也是小溪，不绝如缕罢了。干缩之季，河床裸露，河滩上乱石发白，沙子发黄，蓬蒿倒伏一片，水流蜿蜒，其细如绳，行如蛇。两岸为峡，不宽，也不窄，比较合适，因为太宽泄气，太窄局促，乏回旋空间。两侧峰峦，互相参差，彼此照应，其顶也不危，也不险，完全是一副终南山在黄土高原边安卧或静坐的样子，然而足具俊秀之美。在子谷顾盼，东坡松柏森森，西坡杂树成林，鸟也自有选择，遂群栖松柏之间，不见其翔，只闻其鸣。偶尔众鸟乘风齐飞，子谷便涨满了灵性。一年之中，始终有少壮男女沿此道进出秦岭。他们背着包，拄着拐杖，往者精神抖擞，归者躯体疲软，这是西安人所好的一项有娱乐元素的运动。

午谷面南，在汉中市所辖西乡县东北70里一带。秦岭于斯渐渐收尾，岗小涧缓，丘陵疏布，草木皆绿，充满了朗润之质。午谷之水，昼呈清澈，夜以潺湲，从容而前。

子午道久为关中通汉中和安康的捷径，长安通巴通蜀的主要之道。杨贵妃喜食荔枝，长安不产，遂需从涪州或岭南传送而来。涪州所产新鲜荔枝，以置骑而递，取子午道，数百里，三天便至。即使从岭南而来，取子午道，数千里，到了京师，荔枝之味也未变。唐玄宗是皇帝，也只有他这种权力无限的人，才能对所宠之女昂贵付出，吾辈不行！当世有包养情妇之徒，多是官员，也因为他们有权力才会巨资付出，吾辈仍不行。唤子午道为荔枝道，根据就在这里。

1958年建西万路，要采点定线，经反复勘探，仍循子午道而筑。从西万路当然也可以往汉中去。

王莽执政，以子午道之用，设子午关。然而有汉一代的子午关究竟在何处，难以确定。喂子坪地势开阔，宋置子午关于斯。清有石羊关，在喂子坪以南近乎20里的幽涧之中。石羊关分一岩为二，中空为峡，恰恰能泻沣河，真是又诡又刁。两岩相对，其状若门，不过它只放一水而过，遂颇为激湍。两岩都很大，是巍然屹立，势冲青天。两岩看起来像两顶钢盔，又像两根剥了皮的干干净净的竹笋。沣河西侧的岩上没有什么特别的，但沣河东侧的岩上却有石若羊扬头，白毛栩栩，据此谓之石羊关。石羊关峻峭是峻峭，布一兵能抵百兵，遗憾这里不留余地，也存在有兵难布的问题。

子午道是猎道、柴道、药道、商道，也是军事之道，曾经屡屡作战。

公元前206年，项羽分派刘邦为汉王，宫室在南郑。刘邦审时度势，匆匆从杜南入蚀中。杜南就是秦杜县之南，今之西安市雁塔区杜城村之南也。当时蚀中有栈道，张良建议：“王何不烧绝所过栈道，示天下无还心，以固项王意。”便毁了栈道。

公元228年，蜀汉将魏延请兵五千，想走子午道至长安，偷袭魏安西将夏侯楙。诸葛亮认为此计悬危，拒而不用。

公元263年，魏将钟会率兵十万余，分别过子午道、傥骆道、褒斜道，以征蜀汉。抵抗则杀，投降则生，终于灭之。

公元354年，晋将桓温北伐前秦，遣梁州刺史司马勋沿子午道赴长安，并占领终南山以北之地。可惜遭前秦猛攻，遂退守女娲堡，御而不敌，还是被破。

公元947年，后蜀将李廷珪率兵出子午道，以应对后汉高祖刘知远即皇帝位对长安造成的影响。

1635年，明将贺人龙受洪承畴指示，率兵奔子午道，以阻挡可能侵犯西安城的农民起义军马光玉的部队。

从子午进终南山，经七里坪，越土地梁，斜而向西，过碌碡坪，出石硖沟，或过摘儿岭出红草河，忽见沣峪顿开，由此便逆沣河而南，翻秦岭而去。自开子午道以来，人多依此线而行，是因为沣峪口到高砭子和二道桥一段，悬崖狰狞，峭壁嶙峋，水湍而激，难以攀缘，甚至连落脚之处也没有，不得不绕而行之。当年修路自西安至四川万源，在这一段炸崖凿壁，垒基立坝，硬是筑了一条路。一旦西万路通，从子谷至石硖沟或过摘儿岭出红草河此线便荒废了。

午谷一带有汉中市所辖西乡县的子午镇，在此耐着性子钻沟逾梁，艰苦跋涉，终于翻秦岭而北，30里曰石羊关，又20里曰喂子坪，又30里便出子谷。坡慢地广，黄壤展现，骤然见天之朗。这里有一个豆角村，古为乡肴野蔌集散之地，现在老柏尚苍，石像仍威。由此而北，又10里为西安市长安区子午镇。平原空旷，阡陌纵横，故都渺渺在望。

傥骆道

秦岭北麓有峪曰骆谷，南麓有峪曰傥谷，遥遥相对，屈曲而达，为傥骆道。

骆谷在西安市所辖周至县西南 30 里，傥谷在汉中市所辖洋县北 30 里。由骆谷进秦岭，越十八盘，过骆谷关，经厚畛子、华阳镇，沿傥谷便脱然而出秦岭。

傥骆道是过去雍州通梁州的主路。从长安到汉中或到成都，走此道都很快。其以军事推动，兴于三国，之后久有大用。公元 624 年，唐高祖在老君岭置骆谷关。公元 630 年，唐太宗又把设在老君岭的骆谷关南移 10 里，大约位于今之关城子村一带。有唐一代，此道 5 里一堠，10 里一站，配备专门机构管理，客舍、邮亭、铺子，也是应有尽有。至宋，陕西与四川之往来，仍走此道。一旦女真族人所建立的政权向南宋进逼，秦岭遂为对峙之线。南宋军在傥骆道营造了雄伟的石佛堡，以扼制女真族人逾越秦岭。大约这时候，出现了新骆谷，其在原骆谷以东，为东骆谷，原骆谷便为西骆谷。西骆谷峻峭，东骆谷略缓，人性趋吉避凶，遂会优选。元以降，此道的军事意义偏低，然而它仍为贸易所大需。明在十八盘设置巡检司，反映了一种谨慎的态度。清以秦岭的资源为开发，此道遂繁运木料、药材和矿石。至中华民国，此道常有四川人担乡肴野蔌到西安来，再担盐而还。1958 年在原骆谷口，也就是西骆谷口修了一个水库，此道尽息。不过现在的 108 国道，实际上是循傥骆道而行的，足证祖先目光之准。

今之华阳镇，是傥骆道的枢纽。公元 730 年，唐玄宗以其要冲之形势，开始设置华阳县。不过根据时局的变化，华阳县也是忽立忽撤，但其为傥骆道之枢纽却是坚固的。清在这里置华阳分县，中华民国随其建制，也曾经设华阳分县。之后由区演化为镇，虽然为镇，也是具潜在军事价值的一个镇。

华阳镇水环林茂，有珍稀动物、文化遗产，可以一游。其南行 150 里是洋县，北行 520 里为周至县。它的东北接周至县太古坪，西北接周至县二郎坝，北接佛叶坪或佛爷坪，这里的厚畛子有一个县城已经废了，曾经是清佛坪厅治所，民国的佛坪县治所，残垣断壁，荒院破庭，皆能启发幽情。

公元 244 年，魏将曹爽率兵数万至长安，入骆谷以伐蜀汉。可惜民不给力，车不能输，牛马骡驴饥疲多死。未出傥谷，便遭遇蜀汉部队。他们居高据险阻击，使魏兵难进，遂不得不退。

公元 257 年，蜀汉将姜维率兵数万伐魏，走傥骆道昂昂而来，并长驱沈岭。然而受到魏将司马望抗击，并有魏将邓艾增援，姜维久久无果，遂还成都。今之骆谷口有方形土梁谓之姜维岭，便是对姜维的纪念，实际上它就是沈岭。

公元 263 年，魏将钟会率兵并驾褒斜道、傥骆道和子午道，以攻成都，优势颇大，蜀汉遂亡。

晋穆帝永和五年，公元 349 年，梁州刺史司马勋欲打羯人的后赵，从傥骆道调兵，威震后赵皇帝石遵。

盛唐一旦变为弱唐，它的皇帝就不好当了。公元 784 年，天下动乱，失京师之所，唐德宗遂入骆谷，出傥谷，到了兴元，今之汉中，躲过一劫。96 年以后，唐僖宗又往成都去避难。末代的皇帝甚至连盛世的轻卒贱吏也不如啊！

2010 年冬的一天，我考察了骆谷。先至东骆谷，就是新骆谷，恰有长途汽车进秦岭，遂久望其尾灯消失。赴城固的汽车，将沿周城路而行。至汉中，至成都，也可以走此道，为 108 国道。沥青厚实，护栏强硬，状态颇威。后至西骆谷，就是原骆谷，大约从 10 世纪起这里转颓。数里以外，便见大坝高筑，知道骆谷已经变成了水库。稍一斟酌，绕大坝向骆谷西岸走，逢集，乡民拥挤，喧嚣四溢。过来福寺、玉皇庙，皆萧条冷清。以建水库，教场皆迁至西岸宽敞之地。库大水少，寒风浩荡，然而有鸭子结伴觅食，不知道它们是野生的还是家养的。沿西岸向里走，其峪渐渐收缩，树越来越多，凡松、柏、国槐、楝、白杨，一个粗壮过一个。河滩甚阔，但水流却小。应该是为了节水，修了渠，聚流于一混凝土圆管，清溪遂顺其渠注水库。有一对夫妻在挖沙，河滩坑陷，显得糟乱。曾经有人于斯淘金，他们发财而去，留下的石盘和石磙还弃在河滩。踏着乡民的足迹过河滩，登上了骆谷的东岸，见房舍散于杂树之中，门前有的停摩托车，有的停挖掘机。问一个老者，说："这是龙窝村，建水库迁到东岸的。"再问，老者说："还有骆村，迁到下游了。过去这里是骆国的地界，还有骆谷驿呢！"老者有病，腿跛嘴黏，也许是脑出血或脑血栓所致，但他却兴致很浓，连父亲在 1953 年被镇压也想倾诉。感谢了老者，沿东岸向外走，骆谷顿开。过了大坝，遂为缓坡，仰望尽是平原上的村子。

长安路

出西安城的永宁门，南门，便是长安路。天高地阔，青葱数行，尤其双向八车道，让人顿生浩然浪荡之畅、脱然放纵之酣。

高楼如峰，东西竦峙，一时东峰压倒西峰，一时西峰压倒东峰。世纪金花时代广场的建筑冉冉向上，不知道它将展示什么内容。城堡酒店显得幽深，窗灯更是神秘。长安国际横空出世，森然一片。其玻璃幕墙，玻璃转门，湛蓝似海。它的电梯带客登堂，流水送客远行，大呈时代之风尚。农业银行形如麦穗，耸天撩云，虽然其起已经有十年之余了，不过仍很强势。陕西省人民代表大会常务委员会的办公楼巍然而重，庞然而雄。它的前庭立有八柱，既给此建筑注入了灵性，又增加了美感。体育馆南路向东，围墙巷向西，过之，过之，长安路继续向前。

长安路在南关一带有十分漂亮的中心绿地。树植雪松，石榴，小叶女贞，大叶黄杨。花种紫薇，月季，绿篱。物竞天择，冬麦茂盛。冬麦是一种草，它足以承受干冷的气候。法国梧桐壮硕夸张，国槐严谨蕴蓄，各居其位，各展其姿，一向为我所喜欢。在西安商贸旅游学院和南关葫芦头附近，有一排白杨，其粗双臂难搂，皮光疤深，枝摇叶响，当是几十年的老木了。长安路一再拓宽，能留下的老木都留下了。不能留下的，往往伐倒为灰，它们大约皆是长错了地方的树。生而为树，显然也有自己的命运。

长安路掠南郭路的西安市红十字会医院而过，继续向前，便进入南稍门。所谓南稍门，南关四关之南门也，明末筑，处永宁门与今之南稍门一带。这一带银行扎堆，中国银行长安路支行、西安银行、交通银行、华夏银行，都在此营业。铁门铜窗，无不坚固。逢押送钞票之际，每每有警察荷枪实弹站在两边，其眼睛左右扫视，骤起紧张气氛。其泛美大厦一度驻西安电视台，遂娥眉往来，轿车竞拥，惹乡野之徒频频注目，且走且看的竟不慎把脸碰到树上。树以法国梧桐和国槐为主，偶见白杨，仍为老木。

长安路在唐为安上门街或安上街，是十分的繁荣。这里的斗鸡场热闹非常，宋之问任宰相，其下班以后，还尝在此看斗鸡比赛。城南韦杜，离天尺五，指唐之韦曲和杜曲多居高官贵族，就在皇帝左右。确实如此，唐的宰相，自韦杜两家而出的竟三十余位，著名的有韦巨源、韦安石、杜如晦、杜佑。也出诗人韦庄和杜牧，当然韦庄既是宰相，又是诗人。他们朝拜皇帝，或骑马，或乘车，从韦曲或杜曲昂然发踪，几乎都走长安路。宋人张礼在 1086 年游唐长安城南，所选也是长安路，以畅观沿途之胜迹。

在南稍门有友谊东路并友谊西路，过之，长安路便进入草场坡。唐有官马，其草市在横冈上，遂为草场坡。过之，小寨在望。这一段长安路甚显疏广。其东侧有西安中国旅行社，唐乐宫酒店，陕西省环境科学研究设计院，开成集团，由薄一波题名的中陕国际大厦。其西侧有以小雁塔作背景的西安宾馆，太平洋酒店，陕西中工电子市场，财大气粗的高速经纬大厦，陕西省体育馆，由张锦秋设计的既表现中国风格又杂糅西方元素的陕西省图书馆。这一带之草木仍保持了长安路一贯的模式，不过在环境科学研究设计院门口所生的几棵白杨，抱需三臂，显然是几十年的老木了。

穿南二环的长安立交桥而过，就是小寨。这里初为西安城南之集市，现在已经发展为火爆的商业圈，青年多，学生多。这一段长安路以东有长安大学、西安国际旅行社，其楼高近乎30层，以西有西安音乐学院、西安儿童艺术剧院、文化大厦、西安歌舞剧院、一个日夜萎缩的新华书店、中国电信小寨营业厅。

小寨有大兴善寺东街和大兴善寺西街，这一带的长安路总是摩肩接踵，熙熙攘攘。窃贼在此容易得手，青年和学生抗议日本也喜欢在此示威。大兴善寺成于隋，隆于唐，振作于明清，是汉传佛教密宗的祖庭，誉满天下。1936年，蒋介石走长安路朝拜大兴善寺，可惜缘分不到，竟由于所乘轿车深陷泥坑而未入其山门。如果他于斯烧香，并会晤此庙的大德，那么也许能避免骊山之梦吧。蒋离开西安以后，当局才以石子铺了这一段的长安路，不过它对蒋无用了。

长安路在小寨的中心绿地突兀而出，平旷而立，有丝棉木、白杨、松、柏、银杏，尽显气派。夏成浓荫，冬聚萧气，是比较特殊的。

长安路穿小寨东路和小寨西路而过，略显清爽，不过这一带似乎大有形成人海人潮之势。其东有西安国际贸易中心、嘉汇汉唐书城、阳明国际，西有陕西省军区及其周边生意红火的服务社。

长安路过小寨而越纬二街，东见大雁塔，西见西安美术学院，悠远之感旋涌。向前，是八里村的地界。在中华民国时候，这一段的长安路两边有国槐相夹，郁郁非凡。20世纪80年代，我在此等3路汽车，还曾经一再欣赏生于斯的国槐，觉得森然，具沧桑相和沉厚感。不知道什么日子这里的国槐消失了！一旦老木无存，便显其荒。现在的长安路两边也有国槐，只是都甚细弱，不给故都增色。这一带也才在发展，楼陋楼低，八里村也正处于拆迁之中，唯东侧的西安邮电学院与西侧的陕西广播电视中心，尚为雅观。向前，东有西安外国语大学、陕西师范大学，西有西北政法大学，属于文化与潮流之域。

长安路向前，便是长延堡村了。经过改造，平房尽毁，高楼横空，几乎城市化了，不过看起来它仍是一副土头土脑的样子。在唐，这一片是安上门街或安上街的南端，今之瓦胡同村，藏有天坛遗址。在明，此为南十里铺或吴家杏园铺，也就是吴家坟，不过吴家坟听起来真的让人愀然。清以后，长延堡渐渐取代吴家坟，然而难免兼用。到 1981 年，政府确定这里为长延堡，并赋予法律承认的力量，吴家坟遂彻底退出。

向前，长安路逾天坛东路并天坛西路，一箭之遥，是一个环岛，电视塔耸于霄汉，之下为陕西自然博物馆。馆里的展品值得一看，馆外的草木也值得一看，有竹、云杉、刺柏、龙柏、千头柏、红叶李、白皮松、水杉、枇杷、玉兰、雪松、垂柳、鸡爪槭、碧桃、紫荆、菊，无不可以审美。白皮松疏，雪松俊，碧桃让人想到风流之鬼。也有棕榈，不过我一向讨厌这种海滨植物，其吸收尘埃，很容易脏。尤其它为了繁衍，大露黄色的生殖器，不知道羞耻。这一带东有西安市交通职业培训中心，西安曲江国际会展中心，其广场颇大，西安市结核病医院，还有一个新都酒店；西有西安市第八医院，社会主义学院，更有迅速崛起的一片稠密得让人胸闷气喘的楼盘。

继续向前，便是南三环的长安立交桥，接着穿三爻村而过，长安路蜿蜒爬坡，登临了少陵原。境界高亢，八风携云，出雁塔区，进长安区，于是长安路就变为长安街。下了少陵原，便是韦曲。唐之富贵温柔之乡，立即袭来一种热腾腾而乱哄哄的镇的风俗。

长安路北段隶西安市碑林区，中段隶西安市雁塔区，南段隶西安市长安区。

青年路

中国共产主义青年团西安市委员会地址在青年路 49 号，这容易使人想到青年路得名于斯。实际上 1947 年便有青年路了，是因为中国国民党三民主义青年团西安机关在此办公。品味其变迁和沿袭，颇有意思。

青年路为东西向，长大约 1300 米，宽大约 14 米。其南有莲湖路，北有糖坊街，平行于它们，不过青年路比莲湖路和糖坊街都早，也甚为显赫。

在唐，这一带曾经是太极宫的范围，不过韩建的新城隔其于外了。明西安城，以外放它的北城墙，又括其于里，民宅遂竞起。

青年路西段尝为明秦王的豪第，或以有九邸而为九府街，或以是明秦王第九代之邸而为九府街，总之是明秦王有豪第于斯。认为明秦王朱樉的第九个儿子在此所居而得名九府街是不准的，理由是朱樉只有六个儿子。当年明秦王引通济渠之水造其园林，为莲花池，大种其荷，巧制亭台，以供王子王孙在此游乐。大莲花池街与小莲花池街，皆以其临明秦王的莲花池而得名。到 1959 年，以玉祥路临莲湖公园遂改之为莲湖路，并拓宽它，于是小莲花池街就消失于莲湖路之中了。

青年路东段尝是清将梁化凤的庭院，遂为梁府街。梁是陕西长安人，生于清世祖顺治和清圣祖康熙执政之际，为保卫清政府的统治屡立战功。他打过反清的大将姜瓖，打过反清的大将郑成功，累官江南提督。1671 年，梁死，得赠少保，得谥敏壮。有一年清圣祖巡西安，还派官员祭其墓，足见清对他的感情。

杨虎城曾经任陕西省政府主席并西安绥靖公署主任，处蒸蒸日上之势，遂在今之青年路中段筑公馆曰紫园，大约取紫气向他萦绕之意。不久蒋介石把他的主席之职免了，留其主任之位，杨虎城遂改紫园为止园，大约有仅止于斯之意，不过也有止戈为武之意吧。天机深藏，卒在 1936 年发动了西安事变。周恩来应邀在止园见杨，商量如何处理事变问题。杨入狱以后，胡宗南住过止园。20 世纪 50 年代，张治中也住过止园。止园檐翘如啄，廊曲如腰，春木秋风，夏荫冬雪，想起来颇为幽雅，可惜杨虎城总是匆匆忙忙，不得闲逸。止园现在为杨虎城将军纪念馆，偶尔会有人在此一览。

这里有以止园而得名的止园饭店，1980 年开业。不过在 1950 年以后，它就是陕西省人民政府招待所，国家领导到西安多下榻于斯，周恩来、朱德、胡耀邦，都在此住过。虽然止园饭店欢迎天下之客，但它却仍是政府的招待所。

非常荣幸，我也住过此饭店。1984 年我大学毕业，在陕西人民出版社当编辑，没有宿舍，管总务的金利平便安排我先住莲湖饭店，后住止园饭店，近乎两年。那时候的青年路朴素无华，清正有致。我上班而往，下班而返，常常见国槐下有老者静坐，小孩玩耍，一旦门开，便看到院子有妇女或在扫地，或在洗菜，或几位相围而坐，一边打毛线，一边聊天。汽车少，尘埃也少，生活很是惬意。

岁月如流，我竟多年不走青年路了。2011 年 2 月 16 日，也就是元宵节的前一天，朱文杰约我参加在北大街的一个朋友聚会，有意绕道而行，重温了一下青年路。

我从西北三路进入青年路，此是其西口。变化颇大，拓宽了，豁然敞亮了，似乎昔日是长在谁家院子里的一棵椿树，已经赫然站在墙外，有一座含光君悦酒店也拔地而起，高得需要仰望。铺子排立，尽是买卖，尤其是汽车相连，轰然穿梭，显示了时代情景。不过从青年路向北而去的青年三巷、青年二巷、青年一巷，看起来仍有破败之相。莲湖区代代红幼儿园戒备森严，西安市第44中学恰恰下课，一派青春气象，几家书店的生意也比较兴旺。从青年路向南而去的是从新巷，其通莲湖路。青年路还驻陕西省监狱管理局，陕西省产业投资集团有限公司，莲湖区青年路办事处，西安市公安局交通警察的一个机构。这里尝有雷神庙街，1966年改之为立新街，其一端向北通糖坊街，一端向南通莲湖路。五豪商务酒店，陕西省农村经济管理网络服务中心，其建筑都有发光的瓷片。陕西省莲湖教师进修学校，西安激扬彩印包装公司，似乎都流露着一些职业的安静。总之商业味道很重了，不过两排国槐仍活着。我惊喜的是，一个自行车修理点竟还保留着，师傅老而干瘦，戴着蓝色袖套，聚精会神地磋磨着皮胎。如是情景，让我感到一种生存的真实。

青年路的东口连接喧哗的北大街，我当在此拐弯而去。我左顾右盼，见青年路北侧，临北大街，有一个建筑已经耸立，不过门窗尽闭，青年路南侧，临北大街，是一个有吊塔在空中游移的工地。等围栏拆除以后，我才发现此工地变成了一个地铁口，其在青年路与莲湖路之间。

青年路隶西安市莲湖区。

建国路

尚勤路跨东大街而过，摇身一变，遂为建国路。其南北向，长不足 800 米，宽大约 20 米，见证了历史的变迁和斗争的惊险。

现在的建国路 69 号或金家巷 1 号是张学良公馆。1935 年秋，他奉蒋介石之命从汉口到西安来，没有自己的官邸，便租当时的金家巷 5 号西安通济信托股份有限公司做公馆而住，楼有 3 座。西安事变发生以后，共产党代表周恩来一行赴西安，便居这里，用其东楼。1936 年 12 月 23 日至 24 日，周恩来一行与国民党南京政府所派宋子文及宋美龄一行进行谈判，达成了共同抗击日本侵略的相关协议。接着张学良陪蒋介石往南京去，给西安留下了永恒的背影。

今之建国路 83 号为陕西省作家协会，主席是贾平凹。曾经担任过主席的有马健翎、柯仲平、胡采、陈忠实，他们的脸都偏长，贾的脸也偏长。路遥一度几乎要当主席了，但他却卒以病逝而失鹿，因为他的脸偏圆。不过路遥的豪迈故事一直在建国路周边流传，他且吃馍嚼葱且移趾拖身的形象，尤其使人慨叹。

陕西省作家协会这个院子，在 1936 年那时候是高桂滋公馆。高任国民党第84军的军长。兵谏之初，囚禁蒋介石于杨虎城的西安绥靖公署，就是现在的陕西省人民政府院内的黄楼。张杨觉得此处扰攘，怕有意外，便把蒋转至高桂滋公馆，当时此建筑刚刚竣工，木器味还颇浓。宋子文和宋美龄也是在这里看到了危难之中的蒋中正，并给蒋以信心。多年之后，高桂滋成了共产党的领导，并在1951年捐赠了此公馆，又掏钱购买了一架飞机交中国人民志愿军以援助朝鲜，结局属于善终。高桂滋能与时俱进，是有智慧的。1985年丁玲在西安为作家做了一场报告，地点便是此公馆的客厅。我看到的丁玲满头白发，风度比思想好，窃以为不见遗憾，见也遗憾。此公馆脊突坡斜，覆盖以瓦，有廊柱，有栏杆，近乎八十年仍显端庄和秀丽，地板也还平整，足证不是豆腐渣工程。

建国路的方位在西安城东南一隅，处于长乐门与和平门的夹角。1949年以后，中国共产党中央西北局机关和中国共产党陕西省委员会机关在这一带办公，难免望而生畏。不过1966年有几位官员受到群众的批判，西北局书记刘澜涛还遭遇了站台指摘。1966年9月的一天，晚上七点以后，数万大学生绝食静坐，要求罢免西安工业学院的领导郭蕴，陕西省委员会第一书记霍士廉现身学生之中表态：郭蕴若有问题，那么当罢免就罢免他。1967年1月25日，有群众组织昂然宣布夺权，并责令霍士廉及其别的主要官员李瑞山、章泽和肖纯交代问题。1976年以后，形势巨变，中国共产党陕西省机关郑重宣布，凡此大学生和群众组织的行为都是错误的，有的还是犯罪。

在此办公的单位，撤销的早就撤销了，搬移的已经搬移了，不过仍有几个驻于斯：中国人民政治协商会议陕西省委员会在此，中国共产党陕西省委员会机关印务中心在此，中国共产党陕西省委员会档案局在此，中国共产党陕西省委员会招待所即雍村饭店也在此。

这一片在唐属于外郭城的崇仁坊，韩建筑其新城以后，把这一片置于精简了的长安城之外。明作西安城，规划此处为郃阳王朱镗之府，建有南街和北街。龙首渠经过这里，郃阳王便造了玄风桥，以勾连其府。街以玄风桥名，遂为玄风桥。现在这一带仍有巷曰玄风桥，国槐两排，幽雅至极。清设了大差市，三秦尽知，那么小差市在哪里呢？答：在今之建国路。街以小差市名，遂为小差市，并沿袭至中华民国。其为尽端式街巷，是以城墙耸立，南有阻。依王民权的考证：到 1939 年，日本飞机轰炸，为有效疏散群众，便凿空小差市外通的城墙。1943 年至 1944 年，中国社会抗战建国之声正响，于是建国路就取代了小差市。1949 年以后，仍用以建国路，不过由于这里驻执政机关，城墙遂封闭。依杨绍武的考证：到共和国发生“文化大革命”，才又打通了城墙，以方便群众进出游行。1985 年，券城墙的豁口为三洞，曰建国门。

建国路东侧，从北至南有 6 巷。建国 1 巷，“文化大革命”之前是忠孝巷。建国 2 巷，“文化大革命”之前是启新巷。接着是金家巷，不过它在“文化大革命”中改为先锋巷，继而改为建国 3 巷，1981 年又恢复今之金家巷。建国 4 巷，“文化大革命”之前是仁爱巷。建国 5 巷，“文化大革命”之前是仁里巷。建国 6 巷，中国人民政治协商会议陕西省委员会便驻于斯，不过它在“文化大革命”之前是信义巷。

建国路以民宅为多，窗装护栏，以防贼盗，门面尤其繁密，吃的饭，饮的茶与咖啡、理发、银行、花卉、宾馆、电焊，无所没有，唯缺书店。不过在鱼鳞一般的铺子之中，毕竟还有一所西安市第 26 中学，一所西安市建国路小学，还有一个陕西民族乐团。生活应该颇为方便，只是略显破败。不过破败之中是藏拆迁和改造之机的。

建国路短，我不知不觉便出了建国门。城河水寒，石桥横卧，十几棵白杨树自由而立，以风貌高迈，遂呈倚老卖老之态。

建国路隶西安市碑林区。

北大街

我的职业生涯由北大街发踪。这一带像水一样淹过我、盐一样浸过我、火一样烧过我，凡经北大街，无不百味涌胸。

1984 年 7 月，大学毕业，我接受派遣往陕西人民出版社去当编辑，地址在北大街 131 号，今之北大街 147 号。我于斯进出三四个单位，轮换五六个办公室，都是当编辑。

那时候的交通工具主要是公共汽车和自行车，尤其是上班下班之际，此街的自行车一潮向北，一潮向南，其势浩浩荡荡，壮观至极。轿车零零星星，出租车根本没有。即使白天，北大街也比较空旷和安静。到晚上十点以后，门面基本上都关闭了，偶尔在莲湖路口或西华门街口有卖馄饨或卖腊肉的，以汽灯为亮。见夜深人稀，他们也就收摊了。趁西安城都睡了，拖拉机便过此街，柴油发力会弄出爆破一般的音响。这里也跑马车，凌晨的马蹄声噔噔噔的会把我带往少陵原，因为马车多走乡野。

在通济坊一带，有 1936 年的建筑群，其属于冯钦哉所创立的西安通济信托股份有限公司。楼高四层，足以凌空。为混凝土兼容砖木结构，人呼通济大楼。1949年社会巨变，便渐渐演化为西安市百货公司批发部，在北大街东侧，我尝登临之。这些建筑群周边全然铺砖，那些导向通济坊的三条小巷皆是横向，慢坡，也尽铺砖，遂有伤感的情调。三条小巷为通济南坊，通济中坊，通济北坊。坊与坊之间有漂亮的庭院，为富贵之士所居。1967年，通济南坊改为灭资南坊，通济中坊改为灭资中坊，通济北坊改为灭资北坊。20世纪90年代，一声令下，通济大楼便尽腾地方。

那时候审稿子审累了，便会站在出版社的阳台上放目环顾。南望，钟楼突兀。北望，安远门巍峨。向西看，青年路一带悉为平房。敛目俯视，临北大街西侧的平房都做了铺子，主要经营款式陈旧的衣饰，也夹杂有一家水果，两家饮食，规模毕小。黄叶落瓦，难免萧气，虽然老板脸腮白净且厚，不过并无得意之色。

2002年7月，我调动了单位，也离开了北大街。此刻，公共汽车增加了，轿车更多，出租车先以红色现身，后以绿色登场，发展极为迅速，然而一直也未满足需要，因为总是乘之有难。我在北大街丢过三辆自行车，由于越来越受汽车排挤，自行车的队伍减而少之，我也不骑了。

从钟楼至安远门，北大街之长一直是1940米，但宽却有变化。20世纪70年代以来，其宽38米。它在1998年得以拓展，不过钟楼至西华门街一段宽是80米，西华门街至安远门一段宽是50米。

北大街的路面曾经铺以石条，当然它是有间断的。1936年，路面铺以石子。1953年，路面浇铸以混凝土。到1998年拓展之际，全线制以沥青，现在仍是。沥青在一口铁锅里，点火溶而为液，用盛器倾泻路面，稍凉，便有碾路机过来作业。气味刺鼻，筑路工都戴口罩。我好奇，忍而观之。

即使再三拓宽，这里还是拥挤，也非常喧闹。20世纪90年代，在北大街与莲湖路和西五路的交叉地界，已经筑了天桥，钟楼地界也有了地下通道，都是缓堵的措施。北大街的建筑也拔地耸天，彼此竞华。

我进入北大街那年，这里最高的是陕西人民出版社的8层楼。我退出北大街那年，这里最高的是陕西出版发行大厦的15层楼，仰观会生眩晕之感。昔日站在出版社的阳台上，可以透览的青年路一带的平房及临北大街西侧的平房作的铺子，几乎都推倒了，有的营造了新的建筑，有的立以围栏，久久不动。夏天，北大街阳光满贯，显得很热。

北大街古既有之。在唐，它为安上门街，北连宫城，南过皇城，直达安上门，是皇城东南的主要之街，并引伸外郭城。以忌安禄山之名，安上门在唐肃宗年间一度呼光天门，不久又恢复为安上门，其大约在明西安城永宁门即南门处。韩建摒外郭城与宫城以筑新城，北大街仍留长安，还是安上门街。不过由于弃宫城，安上门街北连宫城的一段便迅速丧失功能，遂民宅相拥，尘俗而起。明作西安城，外放其北城墙，北大街也随之外延了大约800米，并营造安远门为北门。安远门与永宁门相望二百年以后，当局移钟楼于今之地址，北大街与南大街才有了明确的分壤。

明秦王府是沿北大街中轴与东大街南缘修建的，其西侧的萧墙临北大街，设西华门，在今之西华门大街东端。清满城是依明秦王府之基础所修建的，当然，它还开了一个新西门，大约在今之后宰门。经辛亥革命，诞生了中华民国，遂拆除了满城的西墙和南墙，西安城格局一广，游之畅然。

北大街是西安城的一条通衢，凡有事必于斯产生反应。1911年10月22日陕西武装起义爆发，明天的任务是取得满城。张凤翙任秦陇复汉军政府大统领，率军从钟楼至长乐门一线向满城进攻。其遭遇抵抗，不过终于在大差市与小差市之间觅得缺口而入之。哥老会龙头钱鼎和万炳南为秦陇复汉军政府副统领，率军从钟楼至安远门一线向满城进攻，卒在新西门发现薄弱环节而入之。安远门附近有清兵火药库，轰炸之际，有炮弹飞到安远门城楼上，起火大烧。安远门城楼之毁，是辛亥革命难免的损失。推动社会进步，义举之兴北大街，当然还有很多，这由此街的形势所决定。

2012年秋天，我分两次走北大街，一次从钟楼起步沿街东而北行，一次从钟楼起步沿街西而北行，以观其景，察其风。

街东：西安市邮政局钟楼支局，临北大街，四层全为商业之用。向北，过西一路，是楼高10层的中国石油化工股份有限公司、名流天地大厦、国美电器、西安人民剧院、楼高16层的新时代广场。这一带平淡无趣，唯西安人民剧院还让我留恋。此乃1954年的建筑，由西北建筑设计公司负责设计，陕西省第三建筑公司承担施工。它是在长安大剧院的旧址上营造的。廊柱涂红，门窗制格，尽管矮于两边的玻璃房子，然而不失其威，尤其以墙上的青藤叶为秋风所吹干，瑟瑟成韵，自有神奇。经北大街与西华街东南角的花园，过西华街，见北大街与西华街东北角的交通银行，觉得十分贵气。凡华美达酒店、国花酒店、西安中心戴斯酒店，表象华丽，风格相似。通济坊那些1936年的栋宇已经完全消失，取代它们的就是这些楼高逾十层的建筑。光辉巷在明初为九曜街，之后拆了修建明秦王府。其在清为北祁毛巷，渐然演化，到1936年便为平民坊，1966年改之为光辉巷，以突出一种政治意义。过光辉巷是喜隆大酒店，它曾经为陕西省广播电视厅所用，我认识骞国政于斯。当年其任厅长，春节之前，每每示我召集文学之士，设宴飨之。过西五路，便是陕西省新闻出版局和陕西出版集团属下的几家出版社。我尝在陕西人民出版社当编辑的办公室，已经成为出版宾馆，置有休闲娱乐设施，其中一项是洗脚。过后宰门街，是西安市莲湖北大医院、西安秋林商业大厦、西安和平电影院。过西七路，是陕西华山国际酒店、陕西建工集团有限公司、陕西古建园林建设有限公司、陕西省建筑设计研究院有限责任公司。这一带的建筑多飞檐翘角，多用砖瓦，少用瓷片，遂显传统一点。过顺城北路，便是北城墙，安远门。

街西：世纪金花广场，临北大街，其以物价昂贵产生纷然之常议。向北，是韩国城，陕西省美术家协会，焕然之民生国际购物中心，森然之宏府地产。过西华门大街，是中国工商银行，其处北大街与西华门大街西北角。西华门大街启于西华门，曾经驻中华民国秦省都督府，其以后改为陕西都督府，以后又改为陕西巡按使公署，1916年由西华门大街迁社会路，又改为陕西省长公署，1927年又改为陕西省政府，移新城。今之陕西省人民政府，便是它的置换变形。这一带的凯爱服务型办公室、假日国际商城，都很是璀璨，为北大街增色添亮。过二府街仍是宏府地产，足证其强。明秦王朱樉第二子尝在此有邸，遂为二府街。莲湖一社区临北大街，二层的门面与七层的民宅如山峰山谷交替出现，颇有个性。当年到处都是平房的时候，这里绝非一般百姓所能居，现在它显然有了颓废之态。过莲湖路，再过青年路，临北大街的是楼高8层的一个建筑，尚未使用，不知道会干什么。西安五四剧院是1954年的作品，门楣："五四剧院"，为梅兰芳所题。当年工商诸贤捐款集资，才有此戏台。可惜现在它上上下下装满了玻璃，遂显滑稽。中国银行也很贵气，虽然其总是安静的。过北曹家巷，庞然一排大厦，遗憾经营惨淡，有待兴旺。糖坊街起码在1626年便可以交通了，这里有德国人金尼阁所筑天主教堂为证。过糖坊街是锦苑富润大饭店、中祥大厦。过顺城北路，北城墙迎风屹立，安远门从一片国槐之中隆然而矗，雨雪痕深，日月气爽。躲过几辆汽车，我过去摸了摸北城墙和安远门的老砖，手指上有一种解渴般的满足。

北大街的一个质变是有地铁了，这当减轻它的负荷。我已经数次乘地铁赴这一带办事，真是快捷。北大街地铁站，一在北大街与西五路的东南角，一在北大街与西五路的东北角，一在北大街与莲湖路的西南角，一在北大街与莲湖路的西北角，接青年路了。由于之前缺乏远见的规划，不留余地，地铁站遂不得不破门劈墙而筑，有的局促显陋。

我初登社会，是在陕西人民出版社编辑一本文学刊物。杂志社有八人，我年龄最小。年龄最长的刘，从出版社晋升至出版局，调动至陕西省作家协会当领导，晚年到了美国，随儿女一起生活，健康而喜悦。男李才气逼呈，坐牢，出狱，皮包骨头，白髯垂脐，不失其贞。女李过五十而逝。葛七十而自缢。陈的调动程序尚未完成的时候，住在办公室，驰骋北大街的拖拉机总是吵他，难以作其小说，遂一再动怒。有一天，他臂交胸前，认真地说："我当了国家主席，第一号令便是消灭这些铁器！"20 世纪 90 年代，依对知识青年的相关政策，他携妻女返北京了。离开西安之前，他清理了办公室，把自己久坐的一把椅子砸了。孙是工科出身，研究阴道镜，到出版社来实难，不过他终于快乐退休，素有活力。陶是美术编辑，一旦深圳招贤纳能，便携夫人而骏奔。我在出版社工作了 18 年，积稿和图书档案颇多，去岗之际，我把它们分门别类以时间顺序做了整理，郑重交办公室。我连出版社的热水瓶的一个木塞也不带走，何况北大街的一片云。然而经北大街，我总是感慨万千，沉而吟之。

北大街隶西安市莲湖区。

正学街

正学街南起马坊门，北抵西大街，长 180 米不足，宽 5 米不足，小小的，真是短且窄。

但它的位置却极为优越。站在正学街南端，左顾可见竹笆市，右盼可望南院门，走到其北端环视，西大街，鼓楼，钟楼，便尽收目中。国槐两行，青砖铺地，以禁行汽车，遂有数鸡游食，处于闹市，竟享受了乡野的幽静。

这里的商业颇为兴旺，主要经营锦旗、标牌、灯箱、名片、篆刻、印刷，还有剧装之类，悄然交易，总是显得安宁。

铺子几乎都在西半边。进入正学街，便看到各家门前挂着作为样品的锦旗。有意思的是，他们多悬锦旗在树上，遂成绚丽气象。西半边的房子皆为二层，砌砖为墙，斜坡作顶，瓦有蓝有红。房子与房子之间没有空隙，伙墙高檐三尺余，便是彼此的分界，也是一种装饰。铺子在一层，攀梯上二层可以坐卧居之。两堵伙墙之间为一户，一户往往要隔成三个铺子。刘庆 76 岁，他家的房子是抗日战争胜利以后，其父亲花 3000 大洋买下的。父亲从山西过来，当年开诊所镶牙赚了钱。他家的铺子现在也出让了，自己不经营。经营铺子的多是河南人，有一个干瘦的男子在门前溜达着揽活儿，我问：“情况怎么样？”他说：“差不多吧！一家吃了，喝了，租金交了，还能落几个！”

正学街一带绝非等闲之地。唐，这里是皇城，大约尚书省礼部在此。至宋，理学大师、陕西眉县横渠镇张载，立正学社于斯，宣扬真理，吕大钧曾经受教，并得其传。至元，许衡任京兆提学之职，也是理学家，尝在此讲学。到1314年，有士为纪念许衡的学术活动，在此筑鲁斋书院。许衡，字仲平，号鲁斋。鲁斋书院颇为宏阔，设祠祭许衡，当然也祭张载，还祭一些乡贤。朝廷赐其书籍，拨给学田。以这一带多有知识分子往来，书籍的梓版刻印便很发达，并腾声三秦。至明，鲁斋书院荒废既久，故址半为民居，秦简王朱诚泳指示迁民别居，在此立正学书院，并在旁边营造小学，让军校子弟读书。具体主持的，是明大臣杨一清，其为山西按察佥事，以副使督学陕西，时在明孝宗弘治九年，1496年。正学书院在明西安府长安县治东南，今之陕西地方志馆与中国共产党西安市委员会大约都是它的辖区。曾经砌有围墙，装门两重，横渠祠在前，会馔之所在后，左右为学生诵览之精舍。有明一代，陕西的进士多于斯而出。至清，1662年，爱新觉罗·玄烨当皇帝，总督部院署要拓展，用正学书院故址，正学书院便倾向式微，不过它仍在。1667年，贾汉复为陕西巡抚，他在任上还对正学书院做了一次修缮。到1902年，正学书院以北起亮宝楼，成为文物古玩陈列之处。1915年，陕西省图书馆从梁府街，今之青年路，移入南院门街的劝工陈列所，也就是亮宝楼的南院。2001年陕西省图书馆从西大街迁长安路，2009年这里改为陕西省地方志馆。

鲁斋书院在1885年得到恢复，此为咸宁县令樊增祥之功。他在今之东关长乐坊一带建了鲁斋书院，可惜遗址已经无存。

正学街在清末是一条小小的道路，因为满是毛笔铺子，世称毛笔巷。到1932年，凿空毛笔巷的南端，改其为正学街。随着社会的发展，这里渐兴印刷店，一度甚盛，当然也有百货竞售。

1949年以后，公私合营，政府动员印刷店悉进东大街的解放市场，以方便管理。正学街的生意骤然绝迹，两边的铺子都成了宿舍，有人还把灶台盘在自己门前，实际上门前就是街。1966年，改正学街为反帝一巷，1972年又恢复正学街。

1978年以后，社会巨变，正学街有人把一层的房子改为门面，再作印刷店。其从无到有，从少到多，慢慢成了气候。20世纪90年代，有人发现锦旗需求大，遂经营锦旗，又制作标牌，终于使正学街发展为此类商业的集散之地。早就发了财的人，要做更大的生意，便出让铺子，收其租金。

东半边改造了，其高楼庞然遮天，形成威势，不知道西半边这些朴素的蓝瓦红瓦常常落着树叶的房子，能否保留下来？

正学街隶西安市碑林区。

案板街

案板街毫无城市的派，也几乎没有故都的严正，充盈它的完全是一种平凡得仿佛小镇所具的生活气息。

街两边的门面经营百货，广告杂出，五光十色。有人坐在小凳上频频转着眼睛，随时准备给手机贴膜。街南口一带，有报亭，烤肉摊上总是围着几个大啖脍炙的壮汉，好吃油炸豆腐的多是服饰时尚的姑娘。街北口一带经常会并停几辆摩托车，司机歪着身子彼此聊天。有人想赶路，价码论定便跨腿而坐，一按油门，摩托车遂若箭离其弦，飞向目标。偶尔起盗，只听一声："抓小偷！"四下齐应："抓小偷！"便有众勇把小偷挤在墙角揍一顿，缴了赃物，以还失主。

21世纪以来，此街发生的两个命案，影响甚广。2004年8月12日下午4点15分，街北口突然出现四五个青年持刀冲向一辆面包车，其窗玻璃骤碎。车里三四个青年争先而下，鱼贯而逃。持刀的四五个急追，冲上去砍死一个，砍伤两三个。俄顷紧张，不过半小时以后这里一切如故。2012年6月21日下午6点刚过，在街南口一个姑娘与一个收破烂的小伙子相向而行，以身体触碰发生口角，小伙子便从架子车上抽出菜刀，连连向姑娘脖子猛砍。姑娘旋死，小伙子收起菜刀再放回其架子车上，绕钟楼向北，至西华街一带见花园有水，便从容洗其菜刀。警察逮捕他问："为什么杀人？"他说："我不想活了。"尽管如此，案板街自有热闹和繁华。

案板街在唐皇城以内，当颇为壮丽。不过公元904年，佑国军节度使韩建缩建长安，筑为新城，百姓遂渐渐汇集，从而民宅连片。虽然案板街在明西安城里，并靠近钟楼，但它却处明秦王府之外，偏向其西南。清建满城，圈案板街于其中。至中华民国，一旦拆除满城，这一带便扩民宅，兴市场，终日熙攘。它经历了1949年以后的所有变迁，1966年改其为工农街，大约不妥，遂在1972年恢复为案板街。

案板街之得名，在清世祖顺治年间，有各种各样的案板于斯盛售。木有香，案板街应该久飘木的味道。不知道何时案板无售的，而且断然而绝。2012年10月24日我走此街，甚至20世纪80年代之后我多次过此街，从未发现一块案板。

此街长大约235米，宽大约8米，南发东大街，北抵西一路，明显从南向北倾斜。因为比较短，举目而望，一看可以看透，二看可以看清。在案板街南口，左瞻东门，右视钟楼，都很方便，不过男女相拥如流，尽是脸和背，也没有什么能悦目的。移趾穿东大街就是骡马市，然而骡马市不像案板街有浓重的烟火气息。出案板街北口，西行可以往北大街去，东行可以往南新街去。案板街只有两三棵树，不过进入东大街或西一路，皆国槐成列，漂亮得很。

案板街之东之西多有庞然建筑。过去的唐城百货大厦，现在的国美电器唐城店，西安市新城区中医医院，博通吉庆酒店，南方酒店，悉在街东。在博通吉庆酒店和南方酒店之间，还有一条窄细狭小的吉庆巷，东西向，引伸于社区。德发长酒店、交通银行、易俗大剧院，咸在街西。给案板街增以文化特色的当然是易俗大剧院，制水磨石为磴，15 阶，分两平台，可以登临前庭。有方柱 10 根，顿使其大显宏阔之势。金碧辉煌，檐牙高啄，尤出雅韵。

案板街隶西安市新城区。

咸宁学巷

咸宁学巷又短又窄，是小小的一条巷，然而小有小的特色，并能以小见大，折射文化之丰富。

明清以来几百年，西安府是以咸宁县和长安县东西分治的，其大体以钟楼及南大街与北大街一线为界，东为咸宁，西为长安。西安府学是西安府所立之学校，在今之西安碑林博物馆一带，遂有府学巷。随之而来的是咸宁县学，在府学巷以东，得巷为咸宁学巷，长安县学，在府学巷以西，得巷为长安学巷。

西安府学、咸宁县学、长安县学，此三学并列，其所驻之巷同抵之街曰：三学街。三学街东西向，东起柏树林南口，西至安居巷南口，显而易见南城墙。

咸宁学巷长156米，宽10米左右，南北向。南自三学街，北有屋舍相阻，属于尽端式之巷。喜欢这里，遂经常在此走一走。国槐三四棵，泡桐三四棵，柳一两棵，紫藤几丛成篷。冬洒阳光，灿烂温暖，夏有荫庇，幽深清爽。两边是民宅，尽有庭院，可惜近年多改造成了铺子，一般高不过两层。其或是前店后宿，或是下店上宿，主要经营字画、碑帖、玉器、笔砚，也有一家饭馆吧。不旺不息，不俗不闹，安静而风雅，是难得的大有意味之地了。

在西安要寻找传统的建筑，欣赏它的一种空间布局，或是感受其文化，我以为三学街、咸宁学巷、长安学巷，及其两边的民宅当是珍贵的标本。因为它还活着，尽管也是一副苟延残喘的样子。

三学街是公共场合，男男女女，三教九流，白皮肤或黑皮肤，互不相识，偶有巧遇，可以匆匆而过，可以徙倚徘徊，比较自由。但咸宁学巷却属于邻里场合，保持有公共元素，不过也注入了一坊之间且团聚且约束的元素。咸宁学巷两边的民宅显然是私密场合，属于家庭成员的活动之地，想做什么就做什么，身心完全放松。这样的一种三级结构，既有所区别，又把社会、邻里和家庭融为一体，是一个情理兼容的复合环境。想起来此生活是具其诗意的。

遗憾20世纪50年代以后，此生活发生了变化。过去咸宁学巷皆为独门独户，院门在外，庭门在里，人进院门，绕照壁再进庭门，以登堂入室。房子是坡顶苫瓦，土漫其墙，屋檐面巷，有错落感、亲切感。以财富瓜分之故，突然一门多户，尤其人多破壁以作铺子，更在这几年变平房为二楼，甚至三楼，只在北之尽端剩下了一座不开铺子的庭院。尽管如此，咸宁学巷仍为难得的标本。

三学街向南，翻南城墙再向南，在唐长安务本坊一带，今之永宁门外，长安路北段偏东，设有唐政府的大学。宋降为府学，元沿袭之，明和清也作府学。府学也好，咸宁县学与长安县学也好，都当在西安城墙以内，并应该筑孔庙，就是现在的西安碑林博物馆一带。

曾经有士感于这里的风水，集资在咸宁学巷修建了一座魁星阁，供奉香火，向主宰文运的神祈祷，以赐智慧给西安的才俊。然而有人扩充自己的房子，起其墙，升其壁，无视魁星阁的价值，竟把它包围了。白先生说：“小时候，我远近都可以看到魁星阁，还在它周边玩耍。现在看不见了。只有登上南城墙才能看见。”

我甚为失落，不过还是按白先生所示，买票登上南城墙，调整角度，探而望之。终于发现民宅之中藏有魁星阁，它显然矮了下去。

德福巷

在西安喝茶或喝咖啡，到德福巷来是一个风雅的选择。西安遍地都有茶馆和咖啡屋，酒店的品位应该更高，会大摆时代的豪华，然而德福巷以纯粹而胜出。其自头至尾，长500米不足，宽20米不足，铺子竟达30爿有余，经营的多是茶和咖啡，氛围颇浓，甚至每扇门、每扇窗，都闪招徕的脉脉之情。

西安的道路街巷，或大或小，多是直的，不过德福巷一弯再弯，遂有趣，生曲径通幽之妙。铺以青石，脚踏上去，有沉厚感，也有坚定感。两棵国槐，一棵皂角树，别的都是合欢花树。

在唐，这里为皇城所辖，太常寺位于今之湘子庙一带，其掌礼乐、郊庙和社稷。韩建整合长安以后，此处渐为民宅。在明，这里有黑虎阁，遂为黑虎巷。清改为德护巷，志在教化。中华民国改为德福巷，并沿袭到现在，是吉语，具福繇德兴之意。

虽然愿嘉，不过德福巷一直阴之如涧，深之如谷，井台辄生苔藓之绿。打了水，桶蹲车上，拉向各户，除了轱辘在响，一片安谧。然而十分干净，总是墙身刷白，墙裙刷灰。1995年德福巷得到改造，专售茶和咖啡，以吸引越来越多的中产阶级于斯休闲。

其南起湘子庙街，北抵粉巷，两端皆立青石所做牌坊，书曰：德福巷。韩湘是韩愈之侄孙，尝有学历，并获职位，不过好道并成仙，遂多有追随。唐德宗年间，其携妻尝居于斯，之后崇拜之徒便筑湘子庙，以祀韩湘。湘子庙街者，以湘子庙而成也。德福巷拂一棵柳树而过，贴其庙墙向前，以示它的全貌。

德福巷呈古调，两边的房子几乎都是小瓦斜檐，当然也显老派，但这里的茶馆和咖啡屋却尽染欧洲之色。壁炉似燃，廊柱矗立，拱门，落地窗，有的作哥特式尖顶，尤其是自暮春至深秋，众铺子会在门外窗前搭起凉篷，把条桌或圆桌搬出来放之于青石上。霓虹灯明而渲晕，风笛声或铜号声隐隐约约。西安不自吹，不自擂，便展现了一种时尚，一种浪漫，一种文化的宽容，一种东方之中的西方、西方之中的东方。

一年之中，初夏的德福巷为最潮；一天之中，黄昏的德福巷最有味，是因为这时候要一壶茶或要一杯咖啡，坐在临轩的二楼或三楼，赏蜂蝶戏蕊，望云霞横空，会觉得天长地久，心旷且澄。

有一个故事流传极远。一家传媒公司的主管，曾经约其女朋友至德福巷喝咖啡，不幸女朋友途中遭遇车祸而亡。其为钟情之士，不管多么忙，三年如一日，他每天会在这里要一杯咖啡等自己的爱，等了整整三年。还有一个故事正在进行之中，遂知道的寥寥。一位作家久在德福巷的一个茶馆写其小说，共三部，不过他认为陈忠实和贾平凹誉满三秦，现在发表自己的小说，即使艺术质量比陈贾的高，也将被陈贾所淹没，卒要伏之于下，所以存储密室，敬待天机。呵呵，它是怎样的小说呢？有这样谋事的吗？

这里也有酒吧，并备音响，以应饮者的狂欢。

化觉巷

西安有回民数万，集合而居，主要生活在由西大街一线与北大街一线构成的扇面之中，其家多安于这里的化觉巷、西羊市、大皮院、小皮院、大学习巷、小学习巷、洒金桥、香米园、大麦市街。回民喜欢食牛羊肉和含糖的豆糕，男好穿中式对襟上衣，戴白色平顶圆帽或黑色平顶圆帽，体貌魁梧，行动敏捷，女习惯用纱巾或丝巾包其头发，利落清爽，庄重大方。他们经营餐饮，销售杂货，也以三轮车往返送客，不欺生，有热情，信仰伊斯兰教。入区见俗，俗有特色。

化觉巷南以鼓楼始，北以西羊市终，属于南北向，大约300米长。

我在晚上走过这里，铺子都关闭了，唯见门面相逼，显得窄而幽深。几乎不遇人，偶有人出户入邸，庭院的灯光乍现并闪烁，顿生异乡之感。

不过白天的化觉巷，大为热闹。早晨八点以后，铺子便陆续开业，一店挨一店，东一排成片，西一排成片，蔓延而去。满目琳琅，顾而不及。自由选项，然而归纳起来大约有玉器、瓷器、铜器、字画、包箱、服饰，及各种各样的工艺品。他们把生意的希望寄托在旅行西安的人，尤其是到清真大寺来的万邦之士。清真大寺古既有之，久为这一带的穆斯林礼拜之堂，其东墙就是化觉巷西沿的一段。看起来生意颇为灵活，也卖毛泽东的石膏像，也卖印有美国总统奥巴马喷绘像的套头衫。奥巴马很滑稽，其戴一顶红五星帽子笑着，胸上有毛泽东语录：为人民服务。

西安的回民难免自云自古就在此地界生活，那么自古是什么时候呢？实际上西安的回民有三个来源：其一，七世纪以来，有信仰伊斯兰教的信徒，包括阿拉伯人和波斯人，在唐长安定居的；其二，经唐帝国同意，帮助唐军平息安史之乱的阿拉伯或波斯官兵在唐长安定居的；其三，中亚的昭武九姓胡长期从事商贸活动，从而在唐长安定居的。资料显示，昭武九姓胡就是粟特人。凡此三类，大约是西安回民的先辈。不过他们并非在唐就生活于西大街一线和北大街一线构成的扇面之中，因为此地界那时候属于唐皇城的门下省外省，大臣于斯辅佐天子处理政务，非卿相不可登临。韩建筑其新城以后，门下省外省一带才渐为百姓所用。回民集合于斯，应该是宋元以后的事情。欧洲封建主十字军的东征，元太祖成吉思汗的西征，都促进了原住西域的穆斯林向中国迁移。西安在丝绸之路的起点，定居于斯，当然是合适的选择。

作为回民之坊，化觉巷当形成于明清，不过它在昔日没有现在这样繁荣。20 世纪 80 年代之前，此地界也十分平静。一个穆斯林朋友告诉我：化觉巷的生意是中国改革开放以后才慢慢发展起来的。一旦有人到清真大寺来，商贸之机便出现了。开始只是几个剪纸的，几个摆摊卖工艺品的。有规模且有气候的生意，是近年才蔚为大观的。

经济活动显然改变着回民的生活方式，其突出表现在如何教育他们的子女上。化觉巷小学一向多有回民孩子读书，不过现在草木竞长，教室荒寂，数年没有读书之声了。家长都把孩子送到别的小学和中学读书了。

化觉巷之得名，在 1972 年。它在明清为花角巷，其靠近西羊市的一段尝为子午巷。它在中华民国一度为化觉寺巷。

丝绸之路

丝绸之路的起点在长安。

此贸易之路是由汉政府创建的，唐政府得以发扬。不管是汉长安，还是唐长安，使者和商贾总要从长安出发，过渭河，至平凉，在金城，今之兰州，乘皮筏渡黄河，进入河西走廊。

贸易之路分为三道：其一，经河西走廊，出敦煌，循天山南路之北道，越高昌，今之吐鲁番，焉耆，龟兹，今之库车，疏勒，今之喀什，翻葱岭，到安息—波斯，今之伊朗。其二，经河西走廊，出敦煌，循天山南路之南道，过鄯善，于阗，今之和田，翻葱岭，走吐火罗，今之阿富汗北部，到北婆罗—天竺—身毒，今之印度。其三，经河西走廊，出敦煌，循天山北路，经伊吾，今之哈密，蒲类海，今之巴里坤，西突厥可汗庭，今之巴尔喀什湖南部，往东罗马帝国去，就是拜占庭帝国。天山北路是唐开辟的，当然也是南北朝以后渐渐形成的。

实际上贸易之路是军事战略的意外收获。匈奴是一个以蒙古高原为基地到处扩张的游牧民族，公元前3世纪，吸收了金属文明，强大起来，遂觊觎中国。公元前 215 年，有图书曰：“亡秦者胡也”。秦始皇便遣将军蒙恬发兵浩浩，北上抗胡，筑长城以拒止之。胡者，匈奴也。汉以长安为国都，然而匈奴一再侵犯。公元前 200 年，匈奴与汉奸里应外合以占太原，刘邦率兵亲征。遗憾在平城白登山遭匈奴包围，七日得逃。娄敬遂提议和亲，以应对匈奴，汉高祖采纳了。数代之后，汉武帝见经济发展，实力剧增，便决定打仗，以完全解除匈奴之威胁。西城有大月氏，匈奴曾经以其王之头为饮器。汉谋士认为，大月氏不可能不对匈奴生深仇大恨。汉武帝便征募英雄，以联合大月氏，两边夹击匈奴。应者甚众，以汉中人张骞胜出，遂出使西域。公元前 138 年，张骞带随从 100 余人西行寻找大月氏，千难万险，终于在妫水，今之阿姆河一带看到大月氏王。可惜他们对生活颇为满足，不愿意打仗。凡 13 年，张骞返长安。公元前 119 年，为了联系乌孙，断匈奴的右臂，张骞受命再出使西域。团队盛壮，然而乌孙人也不愿意打仗。不过其高兴建立关系，这也行。借在乌孙的机会，张骞还派副使接触并联络了大宛、康居、大夏、安息—波斯，今之伊朗，北婆罗—天竺—身毒，今之印度，大月氏，这当然更好。基于此，司马迁认为张骞之举为凿空，足见其伟大。张骞及其团队再赴西域，实际上标志着彼此贸易活动的发生，所以公元前 119 年，当是丝绸之路在时间上的起点。

既然是贸易之路，就会互通有无。从长安西去的货物主要是丝绸用品，还有桃、梨、杏，还有漆器、瓷器。随之传播的还有凿井术、冶铁术、造纸术、印刷术，还有老子的理念。东来长安的货物有：葡萄、苜蓿、黄瓜、石榴、菠菜、西瓜、棉花、乳香、胡麻、胡椒、胡桃、琥珀、珊瑚、玻璃、昆仑山之玉、兽皮、汗血马、狮子、鸵鸟。随之传播的还有魔术、音乐、舞蹈、雕塑及其宗教信仰。丝绸之路时盛时衰，从公元前 2 世纪至公元 13 世纪，共 1500 余年，为十分珍贵的世界文化遗产。

张骞有凿空之功，然而使者商贾相望于道，非一世可成。傅介子经汉政府同意出使西域，其不兴师动众，割下楼兰王的头，另立楼兰王，以斩断楼兰与匈奴的勾结。班超率 36 吏士，在鄯善杀烧 100 余匈奴使者，巩固了鄯善与汉政府的关系，又在于阗诱劈巫师，不得不使于阗附汉，并巧让疏勒隶汉。班超接着联合疏勒、康居、于阗、拘弥，破姑墨之石城。一年以后，陆续败莎车、月氏、龟兹、姑墨和温宿，讨伐焉耆以降服。班超凡 30 年，战斗在塞上，遂使西域诸国内属于汉，其勇莫大焉，智莫大焉，忠莫大焉。然而匈奴也要控制西域，并反复驱马寇边，别的游牧政权也左右摇摆，东倒西歪。以经营西域花费甚多，有大臣主张放弃西域，并闭其玉门关和阳关。受邓太后支持，汉政府遂派班超之子班勇驻兵柳中。其镇抚龟兹，平定焉耆，逼退了匈奴，从而使丝绸之路大畅。王玄策遵唐政府之命，克服困难，三赴印度，也自有维护丝绸之路的光荣。

丝绸之路的终点是黎轩，或谓之大秦，或谓之罗马帝国。中国丝绸薄如蝉翼，轻如灶烟，抚肌亲肤，令罗马贵族十分喜欢。资料显示，恺撒、奥古斯都、尼禄、君士坦丁和查士丁尼都穿过以中国丝绸所做的衣服，并欣赏有加。罗马贵族好豪华之生活，没有中国丝绸用品当然算不上。可惜中国的丝绸是经过印度人、阿拉伯人，特别是经过安息人之手到罗马的，这增加了贸易的成本。中国人也意识到把丝绸直接送到罗马，其利润更丰，遂想摆脱安息人。公元 97 年，汉帝国大臣甘英出使大秦，到了波斯湾，准备渡海而去，这时候奸诈的安息人说：“其水浩大，到大秦顺风需三月，逆风需两年。波涛汹涌，前途莫测。”甘英遂未能渡海。实际上由波斯湾至大秦，已经很近了。

当此之际，欧洲人发现了到中国来的海路：利用印度洋的季风，从亚历山大港扬帆至南海。至南北朝，中国商船出南海，经阿拉伯海，进入了波斯湾及美索不达米亚。海路的发现，也标志着丝绸之路在唐达到高峰以后，转而式微。

种桑养蚕是中国固有的农业技术。在神话中，它是黄帝之妻嫘祖的发明。以文化人类学考察，它在新石器时代就产生了。历史文献有证，它在商得到了发展，在周，尤其进入春秋，长江流域和黄河流域已经普及。诗曰：“南山有桑，北山有杨。乐只君子，邦家之光。乐只君子，万寿无疆！”又曰：“蚕月条桑，取彼斧斨，以伐远扬……”王侯遂常穿丝绸所制锦衣华裳。

中国以丝绸出口西域诸国及罗马帝国，他们不但喜欢，而且对此技术梦寐以求。为了得到蚕桑，在公元前二世纪之后的几百年间，他们下足了功夫。据玄奘所叙，三世纪初期，瞿萨旦那国几次请求赐予蚕桑，未果，遂孜孜求婚。一旦汉朝同意嫁其公主，瞿萨旦那国王便秘嘱迎妇使臣，让公主带上蚕桑之种。公主便将蚕桑之种藏在帽子里，躲过了边境检查。从此西域有了蚕桑，并传播于小亚细亚。据普罗科庇斯所叙，五世纪中叶，罗马皇帝查士丁尼派了两个修士在中国活动。其巧取蚕卵，并偷偷装进中空的手杖，悄然返乡。从此欧洲有了蚕桑，随之他们迅速掌握了抽丝纺绸的知识。

丝绸从长安出发，经西域，渡波斯湾，过地中海沿岸，至罗马帝国，实为艰难。也许欧洲人对此贸易之路印象深刻，久有琢磨，这感染了德国地理学家李希霍芬，经过长期的调查以后，他在1877年提出了丝绸之路的概念。

不认识丝绸之路，也就不能有效认识东方与西方的交往，认识东方含西方、西方含东方；也就不能有效认识中华文明是如何形成的。可惜我只考察过丝绸之路的一段：河西走廊。这是汉帝国将军在公元前二世纪打下的，以霍去病为首功。公元前121年，在这里设武威郡和酒泉郡，以后划武威郡地置张掖郡，划酒泉郡地置敦煌郡，并徙民以充实之。汉政府还开玉门关和阳关，以作边境管理。

逾越乌鞘岭，便是开阔的河西走廊了。南望祁连山，北眺马鬃山、合黎山、龙首山和黑山，想象月氏人、乌孙人、匈奴人、羌人、粟特人、突厥人、党项人和汉人在这里彼此争夺，不禁感慨万千。草原犹存，也偶见牛羊。阳光之下，旷野呈现着一种稀薄的呼息。汉唐的烽燧和土墙尽管残断为点，湮灭无几，不过一旦看到，仍让我心有潮荡。吟唐人之诗，尤其诵班超上皇帝书，更使我动容。他说："臣不敢望到酒泉郡，但愿生入玉门关。"班超在塞上工作几十年，70 岁了，老了，他想家了。

唐长安的大学

唐朝的大学，在唐玄宗时增加了一所广文馆，不过唐之大学一般指国子学、太学、四门学、书学、律学、算学。此六学皆隶国子监。其为唐政府主管的教育机关，驻长安城的务本坊。

国子监制度并非固有，也并非不变。它在唐高祖时为国子学，隶太常寺。至唐太宗贞观元年，公元 627 年，国子学从太常寺独立出来，为国子监。唐高宗时，先改国子监为司成馆，后又恢复为国子监。至公元 684 年，武则天霸有朝廷，再改国子监为成均监。武则天殁，唐中宗即皇帝位，遂又恢复为国子监，事在公元 705 年。

国子监制度终于成熟稳定，并得以延续一千余年，至清。清末废科举，遂立学部，出现了大学堂，于是国子监就只掌文庙辟雍典礼。到中华民国，以教育部取代清之学部，蔡元培为首任教育总长。

公元 630 年，在国子监营造孔子庙，以向圣人致敬。唐也有二石经置国子监，一是唐玄宗所书并作序且作注的石台孝经，二是唐文宗支持所制之开成石经，以供生员学习。黄巢攻掠唐长安，孔子庙尽为灰烬，不过此二碑存焉。韩建缩建长安城，当弃便弃，不过他将石台孝经移入，以免其废。过了几年，刘鄩在长安执政，又把开成石经移入。此二碑现在藏西安碑林博物馆。

国子学是唐朝的最高学府，设国子博士 5 人，正五品上，设助教 5 人，从六品上。一般百姓子弟，不当有入国子学的念头。国子学所招生员，包括三品以上子孙若从二品以上曾孙，勋官二品之子，县公和京官四品带三品勋封之子。显然，全是贵族。其以儒家经典为课业。

太学也是唐朝的最高学府，设太学博士 6 人，正六品上，设助教 6 人，从七品上。太学所招生员，包括五品以上子孙，职事官五品期亲若三品曾孙，勋官三品以上有封之子。留学生多在太学读书，凡高丽、百济、新罗、日本、高昌、吐蕃，都曾经有生员于斯学习。资料显示，公元 641 年，弃宗弄赞娶文成公主以后，渐慕唐文化，包括礼仪服饰，遂派吐蕃贵族子弟至太学进修。这里也以儒家经典为课业。

四门学属于高等学府，设博士 6 人，正七品上，设助教 6 人，从八品上，设直讲 4 人。四门学所招生员，包括勋官三品以上无封之子，四品有封之子，七品以上之子。庶人之子，有奇才的，也可以入四门学。其仍以儒家经典为课业。

律学是培养司法人才的学校，设博士 3 人，从八品下，设助教 1 人，从九品下。律学所招生员，为八品以下之子和庶人之有学青年。

书学是培养书法人才的学校，设博士 2 人，从九品下，设助教 1 人。书学所招生员，皆为普通官员之子和庶人之聪明青年。

算学是培养天文学和数学人才的学校，设博士 2 人，从九品下，设助教 1 人。算学所招生员，也是普通官员之子和庶人之聪明青年。

广文馆也属于唐朝的高等学府，设博士 4 人，正六品上，设助教 2 人，从七品上。在此专门培养国子学中攻进士科的俊杰，庶人之子是免进的。

唐朝近乎300年，不同阶段所招生员不尽相等。唐太宗时，生员多达3260人，唐玄宗时，生员也多达2210人。安史之乱以后，生员锐减，反映了社会的盛衰之转。一般四门学生员最多，足有生员500人，书学生员最少，有时候仅仅10人。年龄14岁以上，19岁以下，律学可以放宽到18岁以上、25岁以下。

国子监的主要职务构成是：祭酒1人，从三品；司业2人，从四品下；有丞1人，从六品下；主簿1人，从七品下；录事1人，从九品下；府7人；史13人；亭长6人；掌固8人；典学18人；庙干2人；大成4人，其编制颇简。国子监祭酒固然不如三省六部重要，不过此职务掌儒学训导之政，尊荣之至，非硕儒定不授之。

韩愈为文学家和思想家，一生用事国子监数次，对此教育机关应该是有感情的。

他34岁赴长安候选，得授四门博士。其素怀救世之思，也希望富贵，俸薄之岗位难以养家，遂使他郁闷。然而对求学问道的青年，他竭心尽力，敢于以师自居。有感于17岁的李蟠坚持执弟子之礼，他说："弟子不必不如师，师不必贤于弟子，闻道有先后，术业有专攻，如是而已。"其好为人师，震动朝野，有士侧目，有士骂，但韩愈的弟子却越来越多。几年以后，他迁监察御史。

39岁，他在江陵法曹参军任上得授权知国子博士，可惜返长安不久，便陷入官场是非之旋涡，遂请司东都，赴洛阳。两年以后，韩愈任国子博士，不过洛阳的国子监甚为冷清。

公元809年，韩愈迁都官员外郎，不过仍司东都，居洛阳。至公元811年，得授职方员外郎，欣然奔长安。遗憾的是，旋以妄论华州刺史而改任国子博士。此间，他作文章尽情自嘲，并轻放其箭以射宰臣。有的观点已经是箴言了，他说："业精于勤荒于嬉，行成于思毁于随。"他说："动而得谤，名亦随之。"这些都特别耐人寻味。

关中书院

53 岁，任国子监祭酒。以韩愈在长安的影响，国子监的生员多很喜悦，有的兴奋地说："韩公来为祭酒，国子监不寂寞矣！"虽然韩愈长国子监只有数月，不过他非常清楚问题之所在，遂进行了适度的改革。对太学，他请求常参官八品以上之子，当允许入之。对四门学，他请求长安 500 里以内，无其资荫而有其才业之青年，当允许入之。一旦放宽入学资格，非贵族之子便有了晋升的机会。除此以外，他还请求给庶人之子提供基本的经济保障。

务本坊北抵皇城，南界崇义坊，西连兴道坊，东接平康坊。有漕渠东南流，想起来务本坊一定木茂草丰了。宋敏求尝有考察，指出务本坊南北纵大约 350 步，东西横大约 450 步。今之考古测量认为，其南北 500 米，东西 700 米，面积 35 万平方米。

务本坊有进奏院、先天观，还有几个公侯的宅院，尽在其东部，大约占了一半。国子监在务本坊的西部，大约占了一半。

出于强烈的兴趣，我夜觅国子监的踪影。它当在今之西安城永宁门以外，长安路北段偏东之区域。资料显示，务本坊处东后地与文艺路之间，如此，国子监的方位就可以知道了。可惜再三相问，多不知道有东后地。终于在国槐下遇一老者，他指出，东后地就是仁义村一带。借光从西向东走过去，皆为高楼大厦，有世纪金花时代广场、香港宏信国际花园、大使级公馆、嘉仕堡国际公馆。其皆拔地戳天，看起来超强。毫无痕迹，毫无感觉，遂彷徨于森然的钢筋混凝土建筑之下，心有所动，想呈一提案，请西安当局于斯立碑并注明：唐长安的大学在此。花一点钱，便存储了丰富的历史文化信息，不亦乐乎！

国槐

以钟楼为交点，西安成千上万的道路向四方辐射，一生二，二生三，街巷毛细血管似的布满其城。花草给城以绚烂，但城之魂却以树守。杨、柳、梧桐、合欢、银杏、松、柏、皂荚、樱桃、云杉、楸、皆是嘉木，有的也年岁悠久，德高望重，不过我还是喜欢槐。学有国学，医有国医，树有国槐，国槐为唐高祖李渊所封。

西安的国槐夹道而长，凡路皆植，或为今人所栽，或为祖先所留，星星点点，排列成行，线面作阵，浩浩荡荡，足有百万。

在周书里常常可以看到漆、栗、桑、榆、杨、柳、楸、檀、桃、李、梅、杞、栲、栎、扶苏与唐棣，然而槐未存焉。不知道为什么槐没有进入周人的视线。秦人似乎好松，史记：“道广五十步，三丈而树，厚筑其外，隐以金椎，树以青松。”

然而汉人显然把槐纳入了长安的道侧路旁，有籍记录：“地皆黑壤，今赤如火，坚如石。父老传云，尽凿龙首山土为城，水泉深二十余丈。树宜槐与榆，松柏茂盛焉。”汉武帝甚至把其冥府选在槐里之茂乡，槐里是什么景象呢？之后槐就在长安扎下了根。

南北朝时，有齐梁之间的文学家何逊，其吟道：“长安九逵上，青槐荫道植。”前秦的王猛也曾经向苻坚提议：“自长安至诸州，皆夹路树槐。”当年还有民谣唱着：“长安大街，两道树槐，下走朱轮，上有鸾栖。”显见槐之荣华。

不过只有唐人会欣赏槐，唐诗里的槐无不让我向往，允许我抄几句吧！王昌龄诗曰：“青槐夹两道，白马如流星。”岑参诗曰：“青槐夹驰道，官馆何玲珑！”韩愈轻唱：“青槐十二街，涣散驰轮蹄。”白居易诗曰：“槐花满院气，松子落阶声。” 李涛长吟：“落日长安道，秋槐满地花。”怎么样？妙！感觉槐能压躁驱俗，兴其味，酿其雅。

西安东南西北各有城门，箭楼之前之后皆种几棵老槐。墙砖尽灰，剥落斑驳，夕阳映槐的时候，进出城门，总会起沧桑之感。自朱雀大街至明德门，为当年唐政府的天街，直南直北几十里，其槐相随，宽广壮阔而不失润泽，似乎是游丝般的皇家余绪。

西华门一带，新城广场一带，群槐蓊郁，浓重成幽，荡漾着家园之气。北院门以北是二府街，再北是青年路，再北是糖坊街，平行并列，过去多栖官宦商贾之主，杨虎城公馆止园便藏在青年路。槐在这里皆两排，其木参差，其树琳琅如玉，其冠遮天蔽日，荫庇遂广。

从南大街到和平路去，我总是选择走东木头市，再经端履门，再过东厅门，再穿东县门，因为这一线众槐昂然，黛色为苍，博厚而肃穆。树皮发黑，深裂作块，如网如鳞，树冠呈圆，枝叶青葱，意态绿渗。风止槐静，风起槐动，敏感得仿佛有神经似的。这一线皆民居，多是旧户旧房、小铺小店，遂有一种宜人的安宁，所以即使不饿也想在此觅一家精致的饭馆临窗而坐，吃一碗面条。望着三轮车拉着其客缓缓行来，徐徐行往，尤其是偶尔发现槐米飘摇而下，掉在对面屋檐的瓦上或遮阳的伞上，不免觉得生活的实在和艰辛，当然也有对生活的希望。

鼓楼正街饮食发达，杂货累累，各国人士，各色人等，摩肩接踵，昼夜涌流，而且喧哗不息，大有永世淹没之势，此地之槐便难展风流。正学街狭窄而长，全是制作匾牌和锦旗之门肆，此地安安静静，其槐遂修长向高，通脱有飘逸之派。南院门附近之槐，随势散布，中正有度，疏朗不挤，因为此地一直都是衙门所在。

含元路倾向浐河，其直趋而下，完全是龙首原至此势尽所致，此路之槐遂不得不努力正身，以防低头弯腰。看起来槐也有自己的命运，环境会影响其状貌的，可惜它自己无法决定自己扎根何处。

槐之美在其坚实与妩媚融为一体。树木有的颇为妩媚，然而失之软弱，有的颇为坚实，足以呈材以用，然而失之简陋，观其形容不丽，风度不具。槐的主干沉稳牢靠，有屹然而立之姿，其枝精细且透青渗绿，有柔忍之性，特别是其叶，小巧玲珑，风左风右，风上风下，皆能映天闪光，真是灵性毕现矣！不过它也不仅仅以槐之架势榜样而招摇于世，槐之为材，品质强硬，密其纹理，耐其潮湿，可以造船，雕刻，做家具。它所开的一种黄白相间的花，就是槐米，为清凉收敛之药，可以止血，小时候我在农村便捋过槐米而卖之。它的根、皮、种子，也可以入药，其种子富含淀粉和脂肪，榨油也行，喂牲畜也行。

在西安地界，现在有百余棵古槐。所谓古槐，以百岁计，百岁以下就不算古槐了。清之槐，明之槐，当然都是古槐，也饱经风霜，苍劲十足，然而我喜欢更老的，老到八百岁以上才好。

有闲有心之际，我便奔走西安，寻找其古槐。

在鄠邑区渭丰乡坳河村所见古槐是在冬日，树龄 1000 年。乌云盖天，冷气贯日，其槐枝僵叶脱，主干全黑，我以为它死而且腐了，但一个老头却铿锵反驳：“活着。”

蓝田县九间房乡上寨村古槐树龄 1100 年，春天的朝晖照在其新枝嫩叶上，确实让我感到生命的神奇。其主干空洞唯皮，然而它的枝叶一旦出寒逢暖，便会发生以呈青绿。依我的经验，一棵古槐独立一隅会让人惊异，不过几棵或十几棵古槐集合为队，形成气氛，就会让人肃然起敬，甚至言行有礼，自己要禁止自己之嬉闹。

在碑林区书院门孔庙周边有三棵800年的古槐，其西邻的长安学巷也有三棵800年的古槐，它们有的参天撩云，有的一枝横空，大约怕横空的一枝突然折断，有人遂把横空之枝干以铁柱支撑着。徘徊于这些古槐之中，见皮损材露，材朽心虚，不禁会感慨生命之艰，活着实难，甚至觉得古槐凄凉，当然也会钦佩古槐之伟大！

在荐福寺的小雁塔南北院子，有七棵唐槐，树龄皆千年以上。它们苍老不堪，不堪也依然傲挺。其中一棵唐槐有孔穿躯，像窗口似的竟可以从此岸透视到彼岸，唯靠两侧的薄皮连接而活着。一阵风过，枝叶如琪，荡漾如波，似乎是遥远而神秘的雄风！

东关南街大新巷一带属于过去的兴庆宫辖区，唐玄宗曾经于斯活动，此地有一棵1300年的古槐，谓之神龙槐。树高20余米，树围4余米，树冠170余平方米。枝叶婆娑，给夏日的地面投射了一片巨大的清凉，坐在树下的一个老头说："神龙槐灵得很，你求什么它应什么。"其扭曲的枝干上果然系着红布，显然有人曾经向它做过祈祷。不过它的主干有一道朽槽，为使古槐不摧，有人用钢筋水泥塞以朽槽，遂坚固了。

长安区韦曲街道崔家营村的古槐1100年，其主干所生的枝多且长，树下所荫庇也广。20世纪70年代，农民在沣河拉沙子，累了便躺在树下休息，十几匹马随其主也在树下休息。此古槐还有一绝，从主干的分杈之处，长了一株高约5米的丝棉。树中有树，当然为罕，遂招人纷纷观其绝！

长安区滦镇街道鸭池口村有古槐1100年，生长在无边无际的田野之中。南十里，便是秦岭。它曾经是山关庙之槐，清咸丰年间，一次洪水大发，冲毁其庙，不过天道有情，以存此槐。夏日的黄昏，古槐像孤岛耸峙在海洋一样独立于苍茫的玉米苗之间。古槐干干净净，沉默静穆。穿过田野，我瞻仰了夕阳大肆渲染的这棵古槐。

西安高级中学的古槐有800年，遗憾其屈居于三座楼房的夹角之中，挨着它的竟是锅炉房，烟囱直上，尘埃难道不会落到树冠上吗？还有人以洗澡水冲树根，这让古槐何以堪？主干粗壮，不过其材有洞，已经用钢筋水泥堵上了。人不善待，枝叶便蔫。所见古槐，此地的最为卑陋，也最是可怜。

临潼区晏寨乡胡王小学有汉槐，树龄足有2000年以上。乡里一直在传：楚汉相争，项羽设其鸿门宴，项庄舞剑，意在刘邦。幸有项伯以身挡剑，又有樊哙保卫，才免除了一道血光。见气氛趋和，刘邦借口如厕离席。慌乱之间，他忘了返灞上之路，遂要觅藏身之处，把自己掩蔽起来。急中发觉有槐亭亭玉立，就隐身，歇息，缓气，终于找到了灞上之路，遂回到军营。刘邦登基以后，就有人呼其槐为护王槐。煌煌汉之槐，当然属于树之瑰宝、木之明星。我慕名而来，想看一看此槐。不料是假日，胡王小学紧锁其门。绕地三匝，不得进校。搔首踟蹰，果断翻栏以入园。汉槐比我想象的还壮硕，尽管已经知道它的树围近乎8米，树冠近乎300平方米，然而看到这棵汉槐，我仍觉得它大得不可思议。久久盘桓，一再喟叹，胸溢赞意而口有其拙，遂美言难出。保护得很是精心，主干培土高壅，并以铁栏相围。可以远观，不可以伸手抚摸，更不可以近之亵玩。我欣然后退，再后退，以广角而望。2010年8月7日，天命立秋。早晨十点二十一分的阳光，清澄纯净，透明而翔，轻洒此槐。琼枝碧叶，迎风起舞，不过它的枝叶甚是优雅，其细腻柔曼若训练有素的纤指，又若来自宇宙殿堂的神的旋律。顿生敬畏，遂三鞠躬。

老到八百年以上的古槐，在西安地界还有十棵左右，有时间我当会继续寻找。

在北京也时处见槐，故宫周边，皇城根一带，其槐甚繁而有一种气象。不过国槐是西安的市树，它不唯为此城增色，也见证其城之变迁。特别是800年以上的古槐，俨然严正的能够呼吸的历史。它的年轮显然并非简单的圈线。气候、水文、地理、土壤、植物进化与变异、历史、文化、信仰、民俗，无不压缩在古槐的年轮之中。

辨花木识季节

有诗人吹嘘，区分西安的季节转换，应该通过美女的裙子认定。诗人多是脑神经按几何形搭建的特殊生命，有可能，不过我不敢，因为眼睛总是在姑娘腿上瞄，难免要招骂。

我是在乡下长大的，季节的模式完全由庄稼证明。麦子起身了，绿油油而苍茫茫的一片，便是春季。麦子熟了，黄渐为白，遂进入夏季。谷子和玉米在黄壤之间迎风招展，慢慢结了穗子，并散发粮食的气息，就是秋季。万物枯槁，只有小麦盖着粪土匍匐在起伏的少陵原上抗拒着北风，当然是到冬季了。

城里不种庄稼，又器音乱耳，灯光乱目，又忙碌，季节往往须臾而过，连一点影子也不留下让人回味。然而城里栽花植木，这些年还兴种草，在成群成群的高高低低的建筑周围，花木茂盛，其绿如水，有润泽之感。我有小时候庄稼给我的印象，遂可以参照它，辨花木以识季节。

一旦红梅开了，春便来了，虽然天还冷，不过春的消息会迅速流传。阳光显然也清明了，老人会互相招呼着携其小孩在墙前晒他们的脸，以去渗在肌肉里的冬之萧瑟。花园是花的荟萃之处，所以在兴庆宫公园或莲湖公园，可以看到金亮的迎春花和连翘花，看到白玉兰或紫玉兰。池岸的草也欣然萌芽，只是遥望朦朦，近瞧似无，奇妙得很。关于玉兰，我以为到陕西师范大学去欣赏为好，不管是白的还是紫的，都绕图书馆生长，其经营多年，梢高花硕，若大家闺秀，自有几度丰腴和磊落。樱花是西安交通大学的潇洒，以南北建筑带相隔，修成一条樱花东道和一条樱花西道，风吹落英，尽是银粉，恍惚之间让人情激诗兴。实际上青龙寺的樱花更富声望，可惜那里容易使人想到青灯孤烟，不像校园是青春汇集之所，游也学子，吟也学子，是荡漾着朝气的。紫荆、丁香、棠棣、牡丹，皆是随春而来的花，也是春的表现，在西安处处都可以见着，不过似乎仍以公园和大学为胜。桃和李也向春而绽，但看到它却当离开西安一点，郊野甚旺。从初春至仲春各有杰花，我以为暮春是洋槐的花灿烂，逾路而观，护城河畔上的花白得像剪裁下来的团云。柳并非为花，然而属于准点的报春之物，有其拂乱魂魄的意象。灞柳最久，也最牛，充满了历史感和文化性。

石榴花红了，我便知道是夏了。石榴花的得意之境是临潼，不过西安的其他地方也有，它的特点是红得火，红得烈。气温骤升，凡自珍的人都戴上了太阳镜或太阳帽。合欢花和紫薇花也是展示夏的花，两两比较，我甚为喜欢枝阔冠大的合欢花。在西木头市一带，有合欢花饰其道路，仅仅因为喜欢它，我便经常到这里去吃水盆羊肉、喝茶、买书，或有意无意地徜徉一番，直到夏毕。月季也为夏而生，色有粉红黄白，遗憾我对它的兴趣淡然。睡莲是非洲的花，在西安也有。西安的夏之花不如春之花品类多，来得盛，然而这时候的国槐青葱蓊郁，尤其以三学街和小雁塔附近的国槐为古典，以东木头市一带的国槐为素雅。莲湖路上和友谊路上的法桐高大壮阔，甚至其叶其絮偶尔会呈放荡之姿。以木的角度考察，国槐与法桐都是辨别西安之夏的标志。

一朝桂花飘香，秋遂悄然而至。西安的公园、大学和小区多有桂花，甚至道路两旁也种着，这使西安的秋并不寂寥。虽然阳光仿佛稀释了，意存凉爽，一夜之间便能发现人在加其衣服。长安路电视塔地界的火棘没有浓郁之香，不过很是艳丽。法桐骚衰，但国槐的米一般的果实却趋于饱满，它既装饰着故都，又将成为药材。钟楼至南门之间的道路上，银杏树挺拔伟岸，其叶尽黄，如金而亮。西北大学校园有白杨散布，太乙路上似乎也有白杨，长安路从小寨到纬二街之间的隔离带更是白杨成林。闻其叶响，我总是想起汉人的诗："白杨何萧萧，松柏夹广路。"

西安的冬是要凝霜降雪的，当是之际，花谢木萎，国槐常常呈一种肃穆的黑色。阳光照耀着也觉得冷，于是房间里的暖气就烧起来了。不过也有紫叶李不落叶，偶尔所见棕榈也不落叶，这些树应该都是迁居西安的。传统上不落叶的大树是松是柏，兴教寺有，兴善寺有，大庆路的隔离带也有，含光路十余里尽是松。孔子说："岁寒，然后知松柏之后凋也。"也许在西安之冬，体会圣贤的思想才能深化。

在天下走得多了，便能增加对西安的爱。南国固然花长开，木久蔚，北国固然有其神奇的霜雪之无边与无期，然而西安四季分明，节日有庆。季节的更替不但是气候的调控，我以为这种调控也给人的生理和心理以积极的影响。我相信，西安分明的季节当有助于对人生的理解。当然，在城里区分这些季节最简单最快捷的办法是读其花木。

曾经在东南一隅为客，当地有妇人问我："西安的骆驼吃什么草？"我大笑。又有小孩问我："西安在黄土坡上吧？"这便让我反思。对西安的误解一般是地理知识的缺乏，不过一些电影和歌曲的传播也起了消极作用。实际上西安其地尝为天府之国，形势壮阔，有山有水，地力厚肥，植被丰茂，遂为帝王之州。可惜几千年以来，朝朝代代总是在此攫取，使它过度消耗，以致疲敝。发生在1929年的一场大旱，竟颗粒无收，人不但拔光了草根，而且剥光了树皮。然而天府之国总是有其优越的，自然总是会让西安孕育出它的荣华。

一旦西安的花更明，木更蔚，城里的季节也将更易认定：读其花木就行。不过诗人以美女的裙子区分季节之变，也未尝不可，他有权利保持自己的雅兴。

草木与汉宫之名

汉在长安二百余年，宫多而雄伟。汉宫及其大殿高台的命名都非常讲究，饱浸着中国文化。

汉的长乐宫从秦的兴乐宫转化而来。刘邦建都长安，便居长乐宫，直到其崩。朝会礼仪尝作于斯，一向对刘邦勾肩搭背之群臣，忽然噤声以敬。刘邦感慨万千，说："吾乃今日知皇帝之贵也。"未央宫取之诗："夜如何其？夜未央。"意在江山永昌，以至无穷无尽。未央宫初成，刘邦见其壮丽太甚，批评萧何，认为匈奴入侵未平，治宫不可过度。萧何很会奉承，说："天子以四海为家，非令壮丽无以重威，无令后世有以加也。"刘邦遂愉悦至极。建章宫在上林苑，其地原为建章乡，以乡名而作宫之名。

长乐宫、未央宫、建章宫，属于汉布政之宫，必须华严而肃穆，不过也有变化。在长水流进灞河的入口之处，所营造之宫，为长门宫。曾经受金屋藏娇之爱的陈皇后，以嫉妒失宠，便谪居这里。为解忧，乃以重酬邀司马相如为其作赋。古之长水，就是今之浐河。神明台旨在祭仙求仙，遂有铜铸仙人站在台上捧盘举杯以集云表之露。因为灵鸟栖于上林苑，遂造凤凰殿，以纪念其祥瑞。

汉人尤其好用草木名之以宫，我以为这是颇有趣的事情。

桂宫以桂树得名，欲欣赏其姿而享其芬。桂宫在未央宫北，也为北宫，设有汉武帝所喜欢的七宝床、杂宝案、厕宝屏风、列宝帐，又谓之四宝宫。桂宫周回几十里，有柏梁台，柏味绕梁，其芳清新。椒房殿专为皇后所居，以椒和泥涂墙，可以除恶气，增温暖，并含蕃实多子之义，诗云："椒聊之实，蕃衍盈升。"皇后遂称椒房。长乐宫和未央宫皆有椒房殿。汉哀帝喜欢董贤，也喜欢董贤的妹妹，尝封为昭仪，舍曰椒风殿，谋配其名，渐立皇后，以入椒房殿。

汉武帝好大，好功，也好美色，其后宫先分八区，以后扩展至十四区，佳丽众而成群。她们所居之室，或合欢殿，或兰林殿，或茝若殿，或蕙草殿，真是木茂草香。合欢树羽状之叶，白天张开，夜晚闭拢，夏秋花有粉红，嫔妃居合欢殿确实相宜。合欢花就是马缨花。兰非今之兰花，应该是古之木兰或泽兰吧。茝即白芷，若即杜若，俗呼竹叶莲、花赤，都是香草。蕙为兰，花黄绿，当然也是香草。猜想汉武帝可能极得众妾之心，其懂得浪漫，有情调。他的皇后也都有特点，除了陈皇后以外，卫子夫热烈，李夫人倾城倾国，赵婕妤诡秘，竟手握玉钩多年不开，见汉武帝才开，遂为拳夫人。

建章宫有枍诣宫，也因嘉木枍诣而得名。枍诣就是檍树，材质细硬，可以做弓。

甘泉宫有竹宫，汉武帝尝祭太乙，令三百童男童女集体舞而蹈之，以招仙人，他在竹宫望而大拜。史记，当是时也，蓦地有流星从天上飞过，侍者皆肃然悚动。

甘泉宫附近还有棠梨宫，也因棠梨而得名。棠梨也作唐棣，诗曰："唐棣之华，偏其而反。岂不尔思？室是远而。"孔子借题发挥教诲弟子说："远什么啊，大概不是真想吧！"

汉家的游猎之地为上林苑，其连绵四百里。汉武帝勇武善射，在上林苑建有走狗观，是养犬之所，以备皇帝所用。上林苑离宫轮奂，素以草木而名。葡萄宫为汉武帝所造，采其西域大宛葡萄种之，遂为葡萄宫。中国的葡萄也就是那时候移植进来的吧，多亏了张骞，否则今之女士要享嘴福，还得吃进口的葡萄。公元前111年，汉败南越，遂筑扶荔宫，移植热带草木荔枝、槟榔、橄榄、菖蒲、留求子，皆异木奇草。此宫显然是以荔枝而得名。汉武帝要远望以养目，遂作白杨观、青梧观。五柞宫以其宫有五柞而得名，树高冠大，覆荫数亩。汉武帝死于斯。长杨宫原本是秦之离宫，为秦昭王所起，汉扩充修缮以后用之，其因为有垂杨数亩而得名。遗址在今之周至县终南镇，有云纹瓦当和兽纹瓦当出土。

汉宫是一些建筑群。现在的建筑群似乎更多，然而其命名常常流露着一股恶俗，有的还用别字而生歧义，岂不悲哉！

长安十粮

我的故乡长安及其八百里秦川属于雍州，夏人说："雍州厥土惟黄壤，厥田惟上上。"当然是产粮之地。

在少陵原生活十九年，尽管日日出入蕉村，然而我非正式农民，不懂庄稼。孕我者父母，养我者粮。吃故乡的粮长大，可惜我数得来的仅仅十种。粮不是无情之物，赞之颂之，也远不达意。

黍

黍为一年生草本植物，叶子线形，秆有毛，圆锥花序颇密，穗弯，分枝倾斜，籽实黄，碾而去皮为黄米。黄米是黄米，小米是小米，还不一样。黍分饭黍和酒黍，饭黍不黏，酒黍黏。饭黍唯关中有之。

黍在中国的栽培足具 8000 年，在陕西的栽培起码也超 5000 年。姜寨遗址有壳与朽灰的考古发现，证实其为黍的种子，是新石器时代的人所留下的。我相信我的祖先曾经以黍为美食。周人在他们的诗里说："丰年多黍多稌。"显然弥漫着一种喜悦。

稌为稻，去皮就是糯米。

稷

稷在其进化过程中变得越来越模糊，有人认为它是黍，有人认为它是粟，粟即谷子。郭璞说：“天下所谓粟米，正稷米也。”

稷一再出现于周人的诗里，反映了它的重要。黍和稷的生育期都短，不耐霜，喜温暖，抗旱，宜在黄河流域耕植。周人善农业，务黍和稷也一定很成功。他们还以农业的收获祭其神，为自己祷告，诗里说：“与其黍稷，以享以祀，以介景福。”黍稷至贵，所以贤者曰：“黍稷非馨，明德惟馨。”

关中过去处处有稷，呼其为竹叶青，牛尾黄，紫秆禾，棒杵穗，栎花谷，狼尾，驴尾，紫罗带，金裹银，银裹金。稷之黏者酿酒，不黏者炊饭。秫为黏者之稷，其有野鸡红、红猪蹄、白猪蹄、隔沟扽。

社是地神，稷为谷神，遂有社稷。

稻

下少陵原南坡至樊川，下少陵原西坡至韦曲，春夏之交，遍野是稻。稻生水中，水润稻壮，间以蝶飞，蛙鸣，莲叶翠绿，荷花粉红，仿佛北方的一片玄境。

小时候随母亲往舅家去做客，过韦曲、何家营，至西寨，沿路有渠，渠两侧是稻，总给我一种难以抑制的喜悦。长到十岁，便约伙伴或独在韦曲一带捞鱼。给笼系上绳，把笼按入渠里，逆水而行，拉几十米停下，提起笼，遂见有鱼跳跃。赶紧捉住，一一装进罐头瓶子里。再捞，等罐头瓶子里的鱼几乎要挤爆了，才收笼，登少陵原回家。

御宿川也产稻，以王曲为盛。大村周边所产之稻，去皮以后的大米便是桂花球，更是名传西安。20 世纪 70 年代，常常有农民把一口袋桂花球驮在自行车上进城偷偷卖钱，卖粮票，也有农民以桂花球换玉米的。桂花球好，农民不忍吃，是因为粮不够，玉米粗，可以多换一点，以补充粮亏。

产稻之亩，樊川，韦曲，属于潏河流域，王曲属于滈河流域，大村周边是高冠河、天平河和沣河的交汇之处。可惜只有 30 年的光景，终南山北麓一带便水减稻失，生态遽衰。樊川张着嘴，以待开发。韦曲已经流断木疏，高楼充天。

长安产稻颇早。有一部方志指出：线棱秔米白若霜，出于樊川，青秔、桃花秔、赤甲秔，多出于御宿川，也出于樊川，蓝田诸川也有。所谓秔就是粳，粳与稻本为一物。唐地理志有录：京兆贡稻。周人的诗里也吟道："滮池北流，浸彼稻田。"

粱

粱为谷子之优，所以有膏粱之香，粱肉之香。

周人颂其农业神后稷有言："诞隆嘉种，维秬维秠，维糜维芑。"这里的秬和秠都是黑色的黍，穈和芑都是粱。穈为赤粱，芑为白粱。

关中遍地有粱，除赤粱和白粱以外，还有青粱、黄粱。黄粱穗大毛长，炊饭其味甚厚。成语黄粱一梦和一枕黄粱，皆是此黄粱。

我吃小米极多，然而不存什么幻想。

小　麦

亲爱的小麦，是我的主食。我喜欢吃面条、馒头，它们都以小麦为原料。

长安的小麦一般是在农历八月底至九月初播种，几天以后萌芽，无穷无尽的黄壤便一片嫩绿。施以粪土，从而让小麦温暖过冬，顺利分蘖。怕小麦长荒，农民不惜放牛，放马，放羊，放猪，以撅断叶子。明年农历二月二，小麦便骤然返青，起身，一场雨，一节高。自农历三月开始，又是孕穗，又是扬花，又是灌浆，四月初便渐渐黄了。阳光灿烂，至四月底就可以动镰收割小麦。

少陵原上的任何一条道路两边都是小麦。小时候不知道农民种庄稼艰苦，走着走着便闯入麦田，或拔麦萍，或拔麦兰子，或争抢捉拿一只翩翩而翔的蝴蝶，或把几个饱满的麦穗摘下来，在掌中揉碎，吹掉麦芒和麦皮，扔进嘴里嚼烂下咽，以尝一尝鲜。碰到脾气暴躁的农民，当然会挨一顿骂。豌豆荚是甜的，一旦饱满，就可以采食。然而这为农民所禁止，遂觅斜径，做贼一般钻进偏僻麦田，急迅捋之，装衣兜，装裤兜，甚至把夹衫扎进腰带作口袋，尽量塞之。冒险的乐趣比口福的享受显然要大，否则不会如此行动。难免会碰到一个藏身树后或坎后的守望麦田的农民，怎么办？跑，拔脚狂奔，他往往是追不上的。不过将遭遇一个严峻的问题：他可能向家长或学校告状。

收割小麦完全是一场战斗。起码在1979年以前，人民公社的那些队长督促农民极紧。男女老少一齐上阵，收割，扎捆，拉运，摞成屋舍一般高的垛子，碾打，扬场，晒干，入库。学生会放假三周，在收割之后的田野里捡麦穗。麦穗属于生产队，学生以所捡多少得到工分。

农民要缴各种各样的公粮，除此之外，生产队按户口分下的小麦便不满300斤，饿肚子是注定的了。小麦的籽实磨成面粉，有白有黑，日常就吃黑面，过年过会待客才吃白面。不得已，还要把麸子掺进黑面里吃。这个国家在其初的几十年内，实际上是由农民忍饥扛起来的。

1985年、1986年，有甘肃省民乐县六霸乡东灰山的两次考古发现得出结论，中国在5000年之前便种小麦。周人也种，他们的诗里说：

“贻我来牟，帝命率育。”来指小麦，牟指大麦。周逝为秦，秦逝为汉，董仲舒意识到小麦对汉帝国的重要，尝向汉武帝建议推广小麦的耕植。唐地理志有录：京兆贡麦。当然是小麦。

关中地肥，盛产小麦。有方志认为：小麦出渭河以北者粒小，出渭河以南者粒大，尤其以毕原，今之西安市西南大约 30 里处，所出小麦为上品。小麦多有芒，无芒的是和尚麦，色白者为白麦，色紫者为紫麦，色白且籽实丰硕者为御麦。关中小麦味甘，微寒。

令我心忧心痛的是，出小麦之平畴，现在多盖高楼大厦了。良田沃土，这是千千万万年以来，由祖先的劳动与自然的毓化相互作用才形成的！一朝欲利，不惜废弃，真是逼我哭啊！

大　麦

牟，麰，都是大麦。唐地理志有录：京兆贡麰。

唐人研究了大麦，认为其味甘，也咸，微寒，可以消渴退热，强脉补虚，并具回乳之效。

大麦出关中，以渭河以南为嘉。穗有六棱的，还有红皮的。红皮的籽实甚为丰硕。其形扁平，中间宽，两端尖。

大麦耐旱，耐冷，也耐瘠薄，不过早熟才是它的特性，大约农历三月就能黄。故乡的农民总要适量种大麦，一是供青黄不接之际食之，二是收割以后，其田经过夯实，可以作碾打小麦的场。这都由于大麦之早熟。把大麦晒干，在磨子上一拉，去皮便能炊饭。做面条也行，不过厨师家妇往往用它蒸馒头、烙锅盔。大麦非主粮，是因为它吃起来有一点渣，有一点涩，比较拗口。其黏质不够，易于疏散，大厨巧妇皆难为烹。

青 稞

青稞原产于西藏和青海，贸易的往来使其传入长安。

它像大麦，所以有人认为青稞是大麦之一种。实际上它粒细而长，皮不包子实。咸阳的方志便指出：露仁者为青稞，可以酿酒。

元人王祯是农学家，显然对青稞有仔细观察，认为青稞皮薄，面多，没有麸子。

见其早熟，故乡农民会选青稞耕植。既能作碾打小麦的场，又能充空空之腹，何乐而不为呢？城里的餐馆偶有卖粥的，服务生呼其为麦仁稀饭或露仁稀饭，原料便是青稞。黏质甚重，口感光滑，吃它已经是为营养之平衡了。

我曾经请教一位中医大夫，他语我：青稞的保健价值在其下气宽中，壮精充力，除湿发汗，并可以止泻。大约这就是所谓的食疗吧。

荞 麦

以农民的经验，我故乡的荞麦，大暑以后种之为上，其会早萌芽，早开花，早孕穗，霜降以前便能收获。它属于短日照作物，也对日照反应敏感。

总是读书，遂只见过一次生长之中的荞麦。农民辟了一块坡地给它，颇显荒凉，不过荞麦很茂。夕辉之下，它的花绿的、紫的、红的、黄的、白的，星星点点，十分灿烂。叶子是三角形的，其状如肾，由长柄所撑。茎无毛，光滑，圆而有棱，心会由实变空，色有绿，有紫，有红。其籽实磨成面粉可吃，我吃过，可惜没有见过。

荞麦味甘，能健脾益气，克食化滞。有资料显示它还可以降血糖，不知道是否科学。逢节聚餐，每每看到高血糖的朋友大啖荞麦饸饹，并自言自语说：“这个好，这个好！”我也喜欢吃荞麦饸饹，窃以为蓝田的饸饹软，榆林的饸饹硬，更喜欢吃蓝田的。

有一册群芳谱指出，荞麦一名莜麦，一名乌麦。可惜我只止于斯，未究莜麦与乌麦之竟。

谷　子

想到谷子，我就想到麻雀。秋天来了，满地的谷子渐渐泛黄，其穗饱满摇坠。浩浩荡荡的麻雀仿佛垂天之云，忽然一个滑翔，就稳稳落在谷子上啄其籽实。农民挥鞭吆喝，然而麻雀已经冲锋陷阵，根本不在乎，除非皮条抽下去，打击它，才会吓走周围几个。一个一个的谷草人扎在田间，其戴着草帽，扛着树枝，一副凶恶的样子，但麻雀却像识破了真相似的无所畏惧，要吃便来吃了。

还有老鼠。收割谷子以后，发现田间有洞，遂挖下去。黄壤深翻，穴穷底现，里面满坑的碎穗和籽实，也储大豆。这当然是老鼠干的，它也要存粮，以度过寒冷与萧条的冬日。

谷子是一年生草本植物。茎立且直，细，心空有节。叶子披针形，窄长如条，锋利会划肤。凌晨花开，黎明花败，颇为神秘。其穗顶生，重压谷子之秆。它的籽实极小，每穗能聚籽实成百上千粒。其穗发黄为熟，去皮以后为小米。

母亲可以尽小米之用。熬粥，会使小米出汁为乳，一勺一勺地撇着喝，其香非酥胜酥。可以做成焖饭，稠得成块，把酱油调进去，会注碗底而不漫漶。蒸小米饭，杂糅以大豆、小豆、胡萝卜丁，真是有风味。混小米与大米于一锅而蒸之，是花米饭。小米粥稀一点，再下面条，是米面。给米面里加之以大豆、肉丁、木耳、黄花、地软、蒜苗，摔鸡蛋，呵呵，我曾经一顿吃了七碗。

谷子喜高温，耐旱，营养成分甚富，能滋阴壮阳，健脑安眠。李时珍认为小米养其肾气，祛脾胃中热，利小便，治痢疾。

粟在长安的耕植已经有数千年的历史。新石器时代，半坡母系氏族部落的人就吃粟。考古发现，这里的陶缸、陶罐，都有粟的遗存。粟就是谷子。

小米为粮，米确实小，然而它在长安有大功，它对中华民族也有大功。

玉　米

玉米是易种的庄稼，翻地为蜂窝，把其颗粒撒进去，盖土磨平，几天以后便出苗。它也易长大，属于短日照作物。只要雨润，太阳晒，就能葱葱郁郁，仿佛黄壤之中的海波。

秆为圆筒形，皮裹为绿，皮脱见光遂变红，有节，含糖，是农村孩子的甘蔗。我小时候便折玉米秆，榨它的汁，甜得能咂烂舌尖，不过有的玉米秆也像泔水一样难咽。叶子宽且长，划脸。花为单性，雌雄同株，生株之顶者为雄，生株之腰者为雌。玉米棒随玉米缨孕育，缨有红的、紫的、绿的，调皮的孩子会揪它几把下来作玩，手感十分的细腻和柔滑。过去我也这样干，出女孩子不意，还会把玉米缨塞进她的脖子里。

在长安乃至关中，玉米广为耕植，面积大，它的秆又高，可以构成密林似的遮蔽。20 世纪 70 年代，屡有强奸案在农村发生，其多是在玉米地进行的，这从当时法院张贴在墙上的布告可以看出来。藏在玉米地的故事一定很多，遗憾即使浩荡的秋风撼它，它也保持着沉默。

农业机械不发达的日子，收获玉米颇为辛劳。用镢头把玉米秆连根砍倒，遍野平铺，掰下玉米棒，装车拉至场里退皮。有的会垒玉米棒成垛，有的会架玉米棒在树杈。不过农民多是略除水分，便剥玉米颗粒，趁天气晴和，直接晒干入库。

玉米的长安方言就是苞谷。种苞谷，砍苞谷，掰苞谷，剥苞谷，是一个系统工程，唯剥苞谷可以在室内作业，是安静的。想起来，剥苞谷的生活颇具一种精神的充盈。在秋天明亮的月光下，我祖父拣一只苞谷棒，目光稍掠，瞅准空隙，便用锥子刺下去，转一转再刺，转一转三刺，连拉三道槽，扔到一边。我的祖母，我的姐姐和我，谁拿到苞谷棒谁就剥。半夜下来，一堆苞谷棒便变形为一堆苞谷颗粒。赶紧晾在席子上，太阳升起就晒。一旦干了，就装进板柜或瓦缸之中。日子苦涩，也有温馨。

玉米的脂肪含量甚大，可以熬粥，蒸发糕，蒸馒头。嫩玉米棒可以在锅里煮，食之极鲜。在西安的街上会有卖玉米棒的，吃者几乎都是嘴馋的姑娘。

玉米原产中美洲，是印第安人培育的。在16世纪传入中国，大约属于明世宗嘉靖年间吧！初名玉麦、蕃麦、西天麦，是徐光启称之为玉米的。

长安荠菜

黄昏出了门，在街上溜达，碰到一个老者，六七十岁，自谓杜陵叟，遂有亲近之感。杜陵叟穿一件手织灰毛衣，坐在一家银行的台阶上卖荠菜。他解开塑料袋，随便抓了一把向人展示。那荠菜一经水淘，确实丰腴而苍翠。杜陵叟说："我家田里的，是绿色食品！"有富态的太太和时髦的少妇便笑着挑选，生意一下做成了。杜陵叟收起塑料袋，一边数着钱，一边款款而去。我想勾留他，询问故乡的消息，不过又想他也许还有别的营生，便望着他的背影，怅然而行。

我小时候在乡下也挖过荠菜，但它却并非风雅的野味。荠菜仅仅是作为粮食的补充，因为那是一个饥馑的时代。不过饥馑在当年所造成的恐慌，我一点也未感觉，这一是有父母顶着灾祸之天，一是我充满了元气，不觉得什么可怕。小麦返青之后，我会随大人，提着篮子，攥着铲子，沿着尘埃阡陌，走进辽阔的原野。挖荠菜固然是一件工作，不过原野自有它的诱惑，花的闪烁，我也抵抗不住；兔子的逃窜，我也抵抗不住；甚至大人之间若断若续的隐晦之语，我也抵抗不住，从而挖荠菜的成绩小得可怜，就是那么几朵，还盖不严篮子底，遂惭愧着随大人回家。

荠菜有数种吃法，平常的一种是伴面条煮在锅里，也有清炒的、凉调的。这几年城里有一种以荠菜为馅的饺子，似乎存返璞归真之意，还表示一种生活品质的提升吧，然而我只取其素。遗憾的是，不感觉荠菜之香。我思来想去寻找原因，以为是化肥所致。偶尔有泥蹭牙，不担心紧缩了，而且也让人忧虑这个时代的马虎。

原以为荠菜只是黄土高原的产物，非也。读了一些笔记以后，才知道荠菜天下多有，这一面降低了它的稀罕程度，一面又使我对它增加了敬意。吴地谚曰：三春戴荠花，桃李羞繁花。越地歌曰：荠菜马兰头，姊姊嫁在后门头。此乃我从一本陈旧的杂志上抄录的，它扩大了我的荠菜版图，也多少引出了荠菜的文化意义。

实际上先贤早就注意到荠菜了，诗云："谁谓荼苦，其甘如荠。"慢慢吟咏，便能体会其心之古，并有一种浩茫和凄楚之感漫向我。在20世纪，有两个作家，知堂和张洁，都曾经以荠菜入文。知堂一向追求冲淡与平和，但他却流露了一股苦涩。张洁讨论的是幸福，然而不禁倾诉了苦难。我从荠菜所领略的，除了苦涩和苦难，还是苦涩和苦难。也许荠菜确含甜味，不过唯有穷人才能尝出，富人究竟谁能尝出荠菜的甜味呢？知堂和张洁之文都入过教科书，不过在艺术上，知堂之文要高于张洁之文，理由是，知堂之文比张洁之文有蕴蓄，也疏朗一点。

荠菜开白花，结黄果，皆可药用，有凉血与止血的功能。我故乡一个医生，是治疗肾炎的妙手，其秘诀在于用了荠菜，因为它含氨基酸和生物碱，也含黄酮类，而且量颇大。长安女性张氏，遵医生之嘱，十年如一日，煮荠菜汤让其丈夫服，真使之恢复了健康。此案先是新闻，后又成了故事。

长安鸟类

鸟是很多的，但我熟悉的却为数有限，生活于我的故乡。这是关中的一个村子，位于秦岭之北，少陵原上。现在我所居之城，几乎没有鸟。我要指出的是，我不将那些装在笼子里的可怜之禽归于鸟类。我以为鸟类是自然之链中的一个环节，它像风一样，像雨一样，像星辰一样，像重峦和深林一样，像草原和骏马一样，构成了万物所在的广阔背景，禽囚于笼子是什么呢？是禁锢了思想的人类而已。故乡的鸟，全然是任性的、纵情的。故乡的长空、大地，故乡的树林、房檐，故乡的春光和秋色，显然是一个适宜鸟类的环境。在那里，鸟类的生活与人类的生活已经相互渗透，如果鸟类在某天猝然从村子消失了，我想，故乡的农民一定会感到非常寂寞的。

乌鸦的庞大的队伍，像黑色的旋风一般，突然腾空，又突然降落，整个村子都处在它们的覆盖之下。树木多为乌鸦所据，它们仿佛硕大的黑色的花。这是乌鸦刚刚进入村子的情景。那时候，透明的春天已经从苍茫的宇宙脱颖而出，复活的大地尽染绿色。乌鸦从南方来，要到北方去，我的故乡是其路经之地，它们将在此栖息一度。没有谁知道这个队伍庞大的程度，因为乌鸦几乎居于方圆几十里所有的村子。它们此起彼伏的呼唤可能是一种联系，不过这苦了农民。乌鸦的叫声确实太吵了。它们在树上筑巢，往往是两只乌鸦一个工程，你来我往，寻找线绳、羽毛和树枝。村子有木很古，挺拔于天，乌鸦垒窝于斯，便会处高视下，看到人类之行动。农民坚持认为乌鸦到村子来是丰收的象征，不会驱赶它们。乌鸦离开的时候，已经孵出其雏，并育之飞翔。当此之际，夏日由远而近，滚滚而来。此鸟当是有纪律的，一旦接到命令，便立即启程。似乎一夜之间，乌鸦就无影无踪了。它们的窝还在树上，然而空空如也，旷野也一片寂静。乌鸦返我故乡是在秋天，它们仍保持固有的风格，真是出其不意。不过这一次只作短暂停留，休整一下，便匆匆而去。

喜鹊，其特点是嘴尖，尾长，灰羽之中乍现肩部和腹部的一些白羽，嗓音很亮。故乡的农民都以此鸟而欣悦，认为喜鹊是吉祥的，叫声属于瑞兆。我所看到的喜鹊，多是一雌一雄，结伴立足于屋脊，跳跃于树枝。其笑一样的喳喳着，全身颤动，尾颠簸尤为厉害。喜鹊难得一遇，不过其不择季节，任何一天都可能出现。登临我家的喜鹊并不经常，所以它们所引起的兴奋十分强烈，不仅仅吾辈小孩会跑出房子仰望，尊长也要跑出房子欣赏的。喜鹊究竟是否预示着善美，我未验证，然而我愿意相信此鸟会带来幸运。

依附于人类的麻雀，由于其普通，已经不能产生拍案惊奇之效。它们吃粮，也吃昆虫。麻雀窝往往建在墙缝或椽间，因为其翅膀小，力量薄弱，不敢将窝筑于宫室之外。窝也稀松，不经风雨。麻雀有劲健的繁殖功能，交配的黄金季节在春夏。一年之中，麻雀一般会孵出两窝小麻雀，每窝有雏数只。才孵出的小麻雀眼睛紧闭，肌皮光滑，红得几乎透明，伸脖子扬头在顾盼。一旦小麻雀感到父母噙着昆虫回来了，便骤然急呼，摇摆着嫩黄之喙，竞争父母喂食。

我要向长安的麻雀道歉，赔罪！我等恶儿曾经伤害过麻雀。我等恶儿竟以残杀麻雀作乐。我等恶儿一个踩着一个的膀子为梯，狂掏建在墙缝或椽间的麻雀窝。见小麻雀遭殃，成群结队的麻雀围着我等恶儿愤怒地痛苦地抗议，呼救，哀鸣，然而我等恶儿不予理睬，将所取小麻雀统统摔死。我等恶儿还会捉住飞翔的麻雀，置诸水中，让其游泳，百般折磨之后消灭它。我等恶儿还抓住麻雀的两腿，一撕为二，观察它的心跳渐渐停止。这都是小时候干的，当年八九岁、十一二岁。神啊！小时候为什么如此凶狠呢？人类的秉性就是如此凶狠吗？也许人类是天下最凶狠和最智慧的动物吧！凶狠是其左手，智慧是其右手，基于此，人类征服了所有动物，从而在地球上强而霸之。不过我难以原谅自己，想起来我就欲哭！

当然麻雀是不会断绝的，甚至人类也并未完全征服这种鸟。到了秋天，谷子成熟的时候，我发现麻雀浩浩荡荡，遍布田野。在麻雀纵身飞翔之际，成千上万只褐色的翅膀便连接起来，遮挡了阳光。这使我惊讶，也产生了对此鸟的敬畏！

大雁是可望而不可即的候鸟。它们只是过境，从不降落我的故乡。南来北往，征程万里。天空会突然出现它们的叫声，于是在田野干活的农民就放下锄头，向大雁仰望。天空蔚蓝，白云在飘，大雁的行列反复变化，不过整齐如一。它们拼命拍着翅膀，忘乎疲倦，不敢掉队。农民喟叹着，继续自己的工作。大雁远远而去，唯把悲伤和孤独的叫声留在故乡，这使我久久沉默，心存忧郁。

燕子嘴短而扁，翅膀尖而长，尾分叉如剪刀，蓝羽之中有白羽生于腹部，细若玉簪。其小巧玲珑，精力充沛，飞翔起来忽左忽右，忽上忽下，具闪电震雷之速。

人类把燕子神化了。燕子将巢筑于房子之中，不过并非任何房子它们都居。燕子所选房子皆很高敞，不动烟火。没有谁会嫌恶燕子，更没有谁会骚扰它们，反之，尊长强烈谴责粗暴对待燕子。农民高兴燕子在其家噙泥做窝，孵出小燕子。

春末夏初，小麦迅速成熟，微风细雨之中，飞翔的燕子仿佛沿着一条神秘的线在划动。流散黑点的天空之下，是若波涛一般在田野起伏的渐渐发黄的小麦。累了，燕子便栖息在电线上，使故乡有一种充满希望的宁静和温馨。

我曾经抓住了一只小燕子。那天我做完作业，发现有小燕子在房子乱窜。其试图出门或出窗，然而还不知道怎么寻找途径。我忽然忘乎所以，转身取了一根竹竿，要赶它到地，逮捕它，置诸笼子养着玩。也许小燕子洞悉了我的阴谋，拼命而逃，数次碰墙，不过并没有跌下来。房子的顶棚是用纸糊的，仓皇之中，小燕子从破处钻了进去。我疯了似的戳烂顶棚，让它暴露出来，伸手抓住了它。顶棚之上颇为幽暗，从椽间射入的几缕阳光，不但没有照亮这个空间，反而使我感到有一种恐怖的气氛在弥漫。攥着小燕子，不知道如何处理。我不敢缚其翅膀，关它于笼子。看一看小燕子，觉得它并无惧色。鼓肚而吸，呼着粗气，扬头东张西望，以俟机挣脱。我孤独在家，没有父母给我以指点。不过蓦地神给了我启示，我走出堂屋，走到院子，松掌欣然放了它。惊喜的一声清音，小燕子遂融化在长天了。

我只见过一次啄木鸟，是无意之中看到的，它正在我家后院享受榆树缝隙的肉味。夏日的大雨以后，后院蓊郁安谧，一片潮湿。我拉开后院的门，旋闻树林里有一种木棒相击的脆响，奇怪这里怎么有木棒之声，因为谁也不在后院。我寻找着，终于看到了啄木鸟。它用铁钉一般的爪子与楔形之尾将自己固定在榆树上，摇着硬长细尖的嘴，聚精会神地探索藏身于榆树孔穴的蛀虫。嘴捣榆树，扩大其洞，以显出蛀虫。坚实的脆响，便发于斯。真是啄木鸟，也唯它具此技术。榆树弯扭屈曲，疙疙瘩瘩，多有蛀虫，但愿它能治愈我家老态的榆树。

这样想着，便悄悄关了后院的门，回到堂屋，教我的狗扑球。

猫头鹰凄厉的叫声往往会突然出现于黄昏或半夜，这会把一种浓烈的惊悚气息注入沉寂的村子。惶惑在小巷徘徊，随之笼罩四野。故乡的农民一向认为猫头鹰属于不祥之鸟。小时候我也怕它，尤其它古怪的嗓音，仿佛充满了幸灾乐祸之感。我会把头蒙在被子里，为我年迈的祖父祖母担心，并为我父母祷告，希望厄运远离我家。实际上猫头鹰对人类颇为有益，它吃蛀虫，还吃别的昆虫，更吃老鼠，这都利于树木和庄稼。道理很容易明白，然而人类对猫头鹰仍无好感，我也一直不喜欢这种鸟。怪谁呢？文化形成的，甚至从石器时代以来，猫头鹰就让人类望而生畏，并开始编它的故事。

现在我的村子被拆迁了，农民尽领过渡费，借房子而居。问题是故乡的鸟类呢？谁注意到它们往何处去了？谁照顾过它们？谁考虑过它们？也许鸟类只能靠自己。愿上帝保佑你！

过年

年是什么？长安人没有谁会纠缠此问题，只知道过年是一种风俗，一种传统，一种春的庆祝，也许还是一种仪式，有神圣的意思，已经深入灵魂，谁能拒绝这样一种精神活动呢！

小孩图其热闹，早就问爷爷奶奶什么时候过年了。进入腊月，大人便一声紧一声地慨叹过年，并为之准备。做新衣，买新帽，漫墙，擦门，拭窗，拆洗被褥，祭灶，买菜，杀猪，压面，剪窗花，贴楹联，气氛越来越浓。

除夕到了，天下一片融和与喜悦，各户的主妇都在为正月初一至初五的过年蒸馍并煮肉，蓝烟融天，香气飘空。鞭炮之声零星地响着，不过听起来像东西串联，南北呼应，为一场雷鸣海啸而酝酿。

往往是在下午，必有家长捧着祖灵的牌位或照片，携其子孙，到坟上去点香，烧纸，请祖灵回家一起过年。迎归祖灵，把牌位或照片置于堂屋方桌的正位，献上水果和糕点。一日三餐，先给祖灵献上，之后自己才吃。当然还要点香，敬烟敬酒。

除夕是真正的辞旧，守岁是真正的迎新，于是家庭成员就围坐一起，共度此刻的温馨。儿行万里路，女赶千里道，一定要参加这样的团聚，实际上是感谢神给了今年一个平安，并祈求神的保佑，再给来年一个平安。包饺子是除夕的插曲，但看电视却是过年的陋习和恶俗，甚至是守岁的搅局。不过生活是变化的，过年也允许变化吧。

燃放鞭炮的原始意义在驱鬼。一旦鬼遭驱，便能安宁，也就可以享受欢乐。日出而作，日落而息，依此秩序，多是正月初一的凌晨之后燃放鞭炮。唯物主义的流布，基本上粉碎了鬼的观念，然而燃放鞭炮的形式仍得以保留。社会开放以来，有了夜生活，也得意了，遂好在除夕晚上零点零秒的瞬间燃放鞭炮，不过其意义已经转化为追求热闹，心理释放。鞭炮之震，几近狂响。

一年的第一个月为正月，正月的第一天为春节，足见正月初一的重要。家庭至贵，于是纯粹属于家庭成员之间的活动就安排在此日。小孩先给爷爷拜年，再给奶奶拜年，再给父亲拜年，再给母亲拜年，他也会一一得到相应的压岁钱，蹦蹦跳跳，高兴而去。仅仅拜年一举，也折射了家庭的伦理：长者为尊，男性为尊。此日尤要大吃大喝，不过先敬祖灵，之后长者坐上席，幼者坐下席，主妇照例忙于烹饪。

到初二才有亲戚的往来，不过多是这个家庭嫁出去的姑娘回来看望父母，随之而至的是其子女，要给舅舅拜年的。晚一辈的是姑姑，长一辈的为姑奶奶。也许姑奶奶的父母已经逝世，不过姑奶奶仍会回来，她们终生都切念着自己成长的老屋。姑姑还年轻，然而也常念着，即使有一天她们也变成了姑奶奶，也仍要回来的。初二显然是家庭活动的扩大与延续，这也表现了家庭的价值。

初三初四是众水交汇，既有亲戚的走动，也有同学、同僚、同志和朋友之间的相互拜年。城乡之间，阡陌纵横，身影如流，以持各种各样的礼品：包子，糕点，食用油，水果，牛奶，核桃，蜂蜜，茶叶，烟，酒，冬虫夏草，花篮，灯笼。唯过年能抛出花团锦绣，并给天下涂抹一层艳丽的颜色。

初五也还可以相互看望，不过此日算是过年的结束，习惯于以家庭为单元活动。一般是上午吃臊子面，下午吃米饭，菜有荤有素，满桌为盛。照例先要给祖灵献上，之后自己才提箸动筷。

用餐结束，家长会捧着祖灵的牌位或照片携其子孙，到祖坟上去，点香烧纸，送归祖灵，并祷告在冥府的生活如愿。接着站起来，展一展棉袄，环视四野，只见冰消雪融，天渲红霞，地有润泽，小草萌发，绿色近察其无，遥望其有，若隐若现的。家长忽然会严肃充脸，告诫子孙说："一年之计在于春啊！"

过年为大节，贯注着中国文化的精髓。可惜过年已经为城市化所裹挟，其不得不演变，有的文化元素生成了，有的文化元素消逝了。少陵原上是我曾经过年的地方，那里有哺育我思想与感情的祖居和祖坟，2011 年它被完全夷平了，想起来我就伤感！

门神

有西安文史馆的朋友送我一副门神，是明代的拓片，红色，左秦琼，右尉迟敬德，凶然威武，一时激动，不知道收藏它，竟直接贴在了门上。

这是几年之前的事，门神虽然独特，甚至压住了楼道里或社区里那些印刷出来的门神，不过毕竟尘染风化，春秋数度，鲜亮的门神就蓬头垢面的。擦又难擦净，揭又难揭开，忍见其废，心生隐痛。尤其是朋友已经丢了制作拓片的模子，即使他慷慨，有意再赠，我也不会重获其品了。

门神文化在中国极深，大约石器时代就出现了门神。一部书上指出：东海有度朔山，生长桃树，繁枝盘曲，有一处为鬼门，鬼有善恶，皆由此门出入。那么谁监察害人的恶鬼，并把它除掉呢？神荼和郁垒二神，他们会把恶鬼喂虎。黄帝发现这是一个优胜的办法，便让画师在桃板上绘神荼和郁垒二神像，挂在门的两边，左神荼，右郁垒，以抵鬼御凶。这大约便是门神的起源。往往是在元旦或岁竟之际挂门神，今之贴门神是在过年之前，显然是一脉相承的。

传统的观点认为，桃树为五木之精，能克百鬼。大约从汉代以后，桃木便广作镇鬼之具，所谓桃印、桃板、桃符，绘以神荼和郁垒像，都是门神。王安石诗曰："爆竹声中一岁除，春风送暖入屠苏。千门万户曈曈日，总把新桃换旧符。"多少透露了门神在宋代的信息。在20世纪50年代以后，中国推行唯物主义，似乎鬼都走了，然而农民觉得鬼仍在，并以桃树抗鬼。小时候，我村子一位妇女死了，以其年轻，怕幽灵返家，农民便削桃树枝梢数十根，遍插房子周围。当年虽然对鬼知之甚少，那举措所具的气氛仍使我悚然，仿佛真有鬼似的。

人死变鬼，神能制鬼，这大约是鬼神崇拜的心理基础。孔子不想彻底研究鬼神的问题，遂教导弟子："敬鬼神而远之。"他实际上并没有否定鬼神的存在。圣者都不敢否定，我也不敢随便否定鬼神了。

一个有趣的现象是，在唐长安城，门神开始由现实社会中的人担任，这便是秦琼和尉迟敬德。此二人都是初唐的大将军，为唐的诞生立有大功，太极宫凌烟阁挂其图。秦琼是齐州历城人，今之山东济南人，身经百战，摘敌首如探囊取物。尉迟敬德是朔州鄯阳人，今之山西朔城人，玄武门之变，他站在李世民一边，战斗颇为果敢。唐太宗当然很厉害，不过也怕鬼。他似乎得罪了泾河龙，其死而为鬼，夜至太极宫唐太宗的寝室门外呼骂不已，抛砖弄瓦的。唐太宗深为恐惧，遂告群臣。秦琼便请求他和尉迟敬德戎装立足门外，一左一右保卫皇帝。唐太宗同意，其夜果然无惊。问题解决了，颇为喜悦，然而唐太宗感到他们二大将军守夜太累，就命画师绘二人像，雄壮有加，悬于寝室左右门，以驱泾河鬼。秦琼和尉迟敬德遂渐渐传为门神，并越过太极宫，唐长安城皆奉他们为门神。政权更迭，世有沿袭，便永为门神。

西安及其周边的人，在过年多会贴门神。门神之纸常变，然而万变不去的是秦琼和尉迟敬德，尤其是他们看起来都很暴烈，震怒，战无不胜。以瑞士学者荣格的理论，门神之行，也是民族的一种集体无意识，其遥远而强大。

贴在我宅门上秦琼和尉迟敬德的像有何区别呢？不仔细辨识，还确实难分。他们皆征袍披身，肩挎大刀，腰横宝剑，铠甲在胸，姿势神情也相近。然而有一个特点可以区别他们：尉迟敬德是鲜卑人，胡须浓重，秦琼的胡须略少一些。

元宵节

小时候，在正月十五这一天会吃元宵，然而不知此日是元宵节。母亲手上的糯米粉白得如雪，过一会儿，元宵便滚成了。其皮不足为奇，咬开元宵是想咀嚼皮包裹着的芝麻、胡桃仁和玫瑰，还想感受终生都喜欢的糖味。

外祖父的灯笼如期送来，我一个，我弟一个。竹枝作骨架，糊以绸子，便是一个可以打着到处逛的灯笼。大约初五以后点灯笼，诡传，如果正月十六还继续点灯笼会红眼睛，遂在正月十五夜要烧毁它。自己烧起来也行，若灯笼自己不焚，两个孩子将使灯笼彼此相碰，以致烧毁，再扔掉残骸，呼啸着扬长而去。

那时候打灯笼的孩子似乎并不多，整个巷子也不过两三个、三四个，更多的是跟着灯笼来回看的，遂难免得意。印象之中，吃元宵的人仿佛也不多。长大我想，假设父亲不在城里工作，我也吃不上吧！

有一年，我编了一个儿歌，教比我小的孩子包括我弟，在正月十五夜朗诵。我领他们从巷子南头走到北头，再返行。巷子很黑，朗诵的声音很大，如犬吠，如豹吼。农村的孩子就是这样，只费嗓子，不懂腔调和节奏。

正月十五这一天，也是耍社火的高潮。少长无不兴奋，什么村子耍社火，便向什么村子赶。

我二十岁那年，得以在城里过元宵节，是因为自己已经读大学了。我至灯光球场欣赏了灯笼，浏览了灯谜。这是校工会举办的，可惜徙倚于斯的多是前辈。意思不足，遂怂恿同学奔赴大雁塔。大慈恩寺山门紧闭，不过环墙尽是灯笼。绸子灯笼，玻璃灯笼，还有一种可叠可展的彩色灯笼，是纸做的。灯笼悬壁相挂，熠熠生辉。男女摩肩接踵，熙熙攘攘。长安丽人顾盼含情，青年才俊谁不心动。

春秋绵绵，岁岁相似，元宵节出现了，又悄然变迁着。

正月十五夜是一年之中第一个满月之夜或望月之夜，阴历之正月为元月，夜为宵，这一天遂为元宵节。天命狂欢，当是时也。昔年不知，不知则浑浑噩噩。今年知之，知之则觉得理性销蚀了生命的豪华和恣肆，唯愿安平静正了。

检索一下元宵节之源吧！尽管其结果不保，然而这像厨师烹饪，盐不能缺。

汉高祖崩，权力遂归吕皇后及吕氏集团。吕皇后薨，吕氏集团便首鼠两端。“非刘氏而王，天下共击之。”这是所谓的白马之盟。周勃和陈平身为元勋，遂按此誓约铲除了吕氏集团，在代邸迎立汉文帝，接着天子至未央宫。事变发生于正月十五，汉文帝就推此日为元宵节，以作纪念吧！士庶大酺，长安城一片欢乐。这是一源。

二百余年以后，汉明帝信佛。其闻僧众在正月十五瞻仰舍利，点灯奉佛，遂下诏宫廷也点灯，并命仕宦百姓也点灯，以示对佛之敬。如此，朝野就过起了元宵节。这是一源。

道教有天官，主赐福；有地官，主赦罪；有水官，主解厄。道教又以正月十五为上元节，七月十五为中元节，十月十五为下元节。民知天官在正月十五这一天下凡赐福，遂设法拜天官。天官好热闹，民便四下点灯。民各求其福，天官就根据其善，各赐其福。上元节演化成了元宵节，且也是灯节，也是元夕。这是一源。

唐人的元宵节，风流之至。这主要是在武则天结束了统治之后吧，社会顿然轻松。唐玄宗时，正月十五前后三天，长安城会取消宵禁，任民大快。应该是公元 712 年的元宵节，安福门外装有灯轮高二十丈，并点五万盏灯。宫女结队，载歌载舞。之后，灯的造型越来越多，凡灯树、灯楼、枝灯及走马灯，使长安城流光溢彩，璀璨极了。有一年，韩国夫人竟置灯于山上，其明赛月，百里皆见。唐玄宗当然认为自己很成功，遂会登临勤政楼，以观元宵节的盛景。宫女数以千计，表演歌舞。她们花海香波，且抛袖为霞，出音成曲，尽放其精神。长安人孺妇相携，尊卑混一，畅游在灯红月白之中。

玉漏银壶且莫催，
铁关金锁彻明开。
谁家见月能闲坐，
何处闻灯不看来。

这是崔液的诗，基本上反映了长安城元宵节的形势。

社火

西安的社火曾经年年耍，多处耍，不过竟成气候并最精彩的，南有细柳镇，北有大白杨，这仿佛满树鲜桃，选到底，实际上数一数二的最甜。

大白杨的社火古既有之，又能继承，尤其是大白杨的东村与西村互相比较，明争暗斗，败者为耻，胜者得意，遂兴旺发达，影响达于关中。

正月初二，还在春节之中，东村和西村的锣鼓便敲打起来，以哗然造势。然而关键是知己知彼，才能震之，于是他们就趁亲戚走动之机进行侦探。可惜社火头早就下达了保密命令，究竟谁敢冒天下之大不韪，透露消息呢？甚至临近比赛的那几天，连舅到外甥家，媳妇回娘家，也受到防范。情报难取，遂根据往年的题材和当年的形势，聚智囊于一室，分析对方，以制定自己的策略。不是发兵，但气氛之紧张却像打仗。

酝酿数日，到了初十，就当亮宝了，如歌谣所唱："天明了，雨停了，大白杨的社火闹开了。"只见在东村与西村之间，立一根石柱，社火头各率其队，相向而行。当然，人从方圆几十里而来，水流云集，尘飞土扬，欣赏中国式的狂欢。

在先的往往都是锣鼓方阵，小伙子无不身强力壮，头缠白毛巾。不过彼此衣服有别，你穿红，我就穿黑；你穿蓝，我就穿灰。当然偶尔也有碰巧都穿红或都穿蓝的。接着你舞狮，我就舞龙；你骑竹马，我就划旱船；你扭秧歌，我就踩高跷。所谓高跷就是削柳木为棍，2尺到5尺，绑在两膝外侧，扶起为腿，腿遂加长，升人至半空。踩高跷就是走柳木腿，一步一步移腿向前，艺在奇险。男女皆可以走柳木腿，不过男比女狂，女比男娇。还有扮相，或包公，或曹操，或陈世美，或晋信书，常取传统戏剧里的主角，不失教化。

社火的绝活为芯子。大白杨东村和西村社火的成败，辄以芯子的特色而定。到了正月十五，耍社火耍到巅峰之际，他们的芯子才盛装面世。所谓芯子是指扭曲铁杆为种种造型，挑漂亮且聪明的孩子，把他们固定在铁杆上。当然，这些孩子也皆有脸谱。芯子有的是一层，为平台，有的是二层甚至三层，为高台，有的还是让人惊愕得倒吸凉气的转吊。到底是东村赢还是西村赢，关键取决于芯子。他们悄然窥测的，也主要是对方的芯子。压住对方，也靠芯子，遂反复研究。他们为芯子劳其心思，绞尽了脑汁。这也是看社火的人都知道的，所以一旦芯子出场，无不屏住呼吸，随之用呐喊或沉默表达自己的评判。有一年大白杨东村倾力制作了周瑜打黄盖，不料西村竟是诸葛亮三气周瑜，周瑜赔了夫人又折兵，引起轰动，西村遂胜。又有一年，大白杨西村登台的是白娘子站在许仙的伞沿上，真是独具创意了，然而恰恰东村上演的是法海收白蛇于钵，并以雷峰塔镇之，东村遂胜。

耍社火输了也就输了，没有组织惩罚，不过在大白杨的农民看起来，这涉及荣誉，遂很是在乎。比赛一毕，若气氛纠结不和，那么锣鼓便越敲打越硬，甚至会敲破锣，打破鼓，紧张得横鼻竖目的。气氛相谐，就欢喜而散，或断断续续耍到了二月初二。一般都是欢喜而散的，不过即使输不服赢，赢不让输，也颇为可爱。艺术的发展恰恰要有这样一种认真的精神。

细柳镇就是周亚夫驻兵，并以治军之严受到汉文帝表扬的地方。可惜缺乏实物证明，从而也有能者和贤者认为周亚夫驻兵是在别处。然而无论如何，这里现在诸村棋布，好耍社火。社火搞得极有影响的，主要是荆一村和荆二村，其各有数千人。荆一村含伍家堡、秦家堡、王家堡，荆二村含张家堡、左家堡、辛家堡。

也是从正月初二开始，小伙子敲锣打鼓，进村烧腾。烧腾就是此村启发彼村耍社火，不参加便日复一日地进村，甚至敲夜锣，打夜鼓，鸡犬难眠，直到社火头答应参加。空口无凭，还得把村名和社火头的姓氏写在一面红旗上当信物。按如此模式，荆一村和荆二村全部参加，遂归安宁。数日烧腾，数日准备，便到正月十五了。经社火头商量，圈下了百余亩的麦田作场子，以纵情任性，放开胳膊抡。春光融融，土地平坦，总有数万乡里青壮妇孺拭目而待。

一阵唢呐之后，便是雷鸣般的锣鼓，荆一村轰然舞狮了。普通都是两狮对舞。仔细观察，可以发现每狮由两人搭档，一前一后。在前的人，手撑狮头而舞，两腿便是其狮的前腿。狮嘴大张如洞，以让他顾盼探路。在后的人，手拉在前的人的衣服，他的躯体便成了狮背和狮胯，他的两腿便是狮的后腿。有一个腰系红绸的小伙子持其红球，在两狮之间旋绕，红球闪烁般的忽高忽低、忽左忽右。两狮随红球而扑，而跃，而窜，昂首翘尾，显尽其能。红球突然落地，两狮猛地站在红球上，登其转动。欢呼之中，两人猛地揭去狮头，露出了汗水淋漓的脸。

掌声还没有响尽，荆二村的高跷就浩然现形了。急于展示，也许是有得意之作吧。果然走上来的是杨延昭斩其子的团队，个个都惟妙惟肖的。杨延昭当前，其头戴帅盔，手攥帅印，铠甲鳞鳞，泰然有威。随他的是靛衣红须的焦赞和孟良。接着是佘太君，黄鹤之服，鬓发染霜，拄一根龙头拐杖。接着是赵德芳，其戴王冠，穿蟒袍。接着是白鞋红褂的杨宗保，在辕门要斩的就是他。接着是穆桂英，她头插翎子，身披征衣，背飘四旗。随之是憨态十足的穆瓜。这些角色乡里人在秦腔中皆有所见，也耳熟能详，遂颇为喜欢，当然掌声如雷。

下来的节目是芯子，彼此显然较劲了，不过这正是乡里老少所希望的。荆一村伍家堡抬着一套青山绿水，荆二村张家堡便抬着一套奇花异草，荆一村秦家堡以歌台舞榭作炫，荆二村左家堡便以神宫仙洞为撼。荆一村王家堡忽然改换路子，让牛郎上，牛郎肩挑七尺扁担，金哥在一端，玉妹在一端，天流白云，银河在望，蓦地打开了想象之窗。荆二村辛家堡灵机一动，让猪八戒上，猪八戒背媳妇，这显然俗了一点，不过它使欣赏之人无不开怀大笑。难分难解，一浪高过一浪。于是荆一村就让刘沉香提月牙斧，勇攀华岳，劈山救母，从而获得一片喝彩。荆二村便让韩琦自杀，以使秦香莲携两个孩子逃命。夕阳散淡，寒意遂袭，乡里之女便骂陈世美驴日的，没有良心，不得好死，渐渐返村。细柳镇阡陌纵横，道皆狼藉。现在的高官总结了历史的经验，并不弃糟糠之妻，甚至还让原配掌柜守户，以稳住她，然而这个时代的高官纷纷包二奶，其奸诈和伪善比陈世美有过之而无不及。

社火是古时候祭祀土地神的一种变形和演化。社就是土地神。先民发现土地会生长黍稷，以成食物，使人生存，遂对土地敬而祭祀。祭祀有春社和秋社，足见先民的虔诚。祭祀总是围绕庙堂举行，并有一定的仪式。大约到了唐以后，社火置换为一种节庆活动，在宋已经十分流行。范成大说："民间鼓乐谓之社火，不可悉记，大抵以滑稽取笑。"

社火的内容以传统戏剧里的角色为主，不过也随形势而变迁。20世纪40年代，农民有背蒋介石像的，到20世纪50年代以后，便是抬毛泽东的像了。一度毛泽东让农民学习大寨，遂有梯田，养猪便上猪，种棉花便上棉花。1978年以后，现代化很盛，农民便让拖拉机或收割机上。然而终于还是秦腔里的角色受乡里欢迎。农民说：“春节要热闹，锣鼓加社火！”

芯子的支撑工具一直处于改进之中。初有独轮车推的，不过更常见的是人抬，把造型置于桌面上，由八个小伙子抬着，如果是高台或转吊，那么会更吸引眼睛。也有牛车拉的，这就把人解放了。之后是汽车，牛也得到了解放。然而一旦汽车替代了牛拉或人抬，耍社火的热闹程度便顿减。凡事都是这样，人越是倾心倾力，人越是充满激情。

社火的现实威胁当然是城市化运动。唐梨园在今之大白杨一带，受其影响，这里久耍社火，世代相传。可惜遇到村子拆迁，自2008年秋天耍社火之后，有数年未耍了。2012年8月15日，大白杨东村和西村的社火头相聚，一片叹息。东村社火头张广利说：“村子拆迁，把很多家伙都丢了。”西村社火头黄有财说：“楼盖好了，我让人把戏服从箱子里拿出来挂在篮球场上晒了一遍。”然而耍社火，他们缺乏经费。过去村子周边有企业，还可以让老板赞助，现在没有企业喽。大白杨失去了土地支持，细柳镇的土地也处于虎爪狼牙之间。即使西安的边界还没有被盯上，或是有的土地会由农民长期使用，不存在开发问题，然而农民的子女都像逃避瘟疫似的离村入城，谁当社火头呢？谁耍社火呢？谁看社火呢？社火作为一种非物质文化遗产当然是要保护的，不过任何东西一旦到了要保护的程度，其气数也就快尽了！

小时候我很野，父亲在工厂上班，母亲在乡里管不住我，遂经常乱逛，而且往往独行。十二三岁，或十三四岁，我曾经下少陵原，在潏河一带看农民耍社火。路窄，路弯，摩肩接踵。路是路，遍野都是路，老老少少皆抄近路涌向场子。我不知道场子有多少亩大，麦田无边，人无数。几年以后，语文老师让我用人山人海的成语造句，我想起农民耍社火的情景，那真是人山人海。我是少儿，什么芯子也没有看到，不过我看到了风中弥天的白尘，白尘下人的走石激浪，轰轰烈烈，到处都在卖小吃，卖气球，卖鞭炮，卖剪纸。尽管是少儿，然而我参加了狂欢，体验了农民的狂欢。今之孩子，在何处能狂欢呢？

清明节

天再旦，年复来，节气二十四个，一一而出。立春之后是雨水，雨水之后是惊蛰，接着是春分，十五日以后，斗指乙，便是清明了。

到了这个节气，日暖，天朗，风和，雨沛，草尽染绿，木咸丰茂，冬之灰黄转而为春之青翠，山川河流，一片欣然。人也充满希望，姑娘更是灿烂。古贤者认为，万物生长于斯，皆清洁而明净，故谓之清明。诚然如此，古者之观察精而细矣！

清明是春播的有利之机，自秦汉以来，长安人便循此节气耕耘自己的庄稼。清明前后，点瓜种豆，此谚语既有提醒的意思，也有总结的意思。可惜我在农村的时候，土地都归人民公社，种什么庄稼，上有长安县革命委员会主任的意见，下有队长的意见，于是土地就尽种小麦。清明前后，经过施肥和除草，小麦起身拔节，已经可以遮住乌鸦了。农民有一点自留地，恐粮不够，也都种小麦，唯特别聪明的人才务极少的瓜豆。我家前院颇大，母亲遂在靠墙一带种梅豆，种豇豆，还会抓一把笋瓜子和丝瓜子埋至黄壤之中，以待夏收。

木有伐就有植，清明前后也宜于栽树，因为过了这个点，日晒，天热，树难以活。人民公社那些岁月，应清明之节气，总是在路边和水渠边挖坑栽其白杨树，几年之后，叶子便有萧萧之感。受长者的影响，小时候我在清明之际也栽过树，前院栽桐树、德国槐树，后院栽柿树和桃树，遗憾桃树未成。我所栽之树，拆迁那年随吾村而逝。

清明节古既有之，是悠久的传统了。内容丰富，不过扫墓至重。所谓扫墓，实际上就是祭祀祖先，出于祖先崇拜的心理，也是慎终追远的一种表达。

在长安的扫墓兴于秦，成于汉，盛于唐。唐政府会在清明节放假，令其官员扫墓，若家在外州外府或外县的，还可奏请返乡扫墓。唐有千百关于清明节的文章，吾独爱杜牧的诗，它特有的一种气氛出来了："清明时节雨纷纷，路上行人欲断魂。借问酒家何处有？牧童遥指杏花村。"

扫墓的习惯一直沿袭到明清。清有贤者指出："岁，寒食及霜降节，拜扫圹茔，届期素服诣墓，具酒馔及芟剪草木之器，周胝封树，剪除荆草，故称扫墓。"寒食节是以禁火的方式纪念介子推的，不过寒食节与清明节在唐就融合了，所以这里的扫墓显然指清明节的扫墓。

在20世纪，扫墓遭遇了封建迷信的指控，遂顿为简陋，不过对祖先的敬意，仍使它得以传续。小时候，我随祖父，随父亲，都曾经上坟。家长捧着祖先的牌位在前，我在后，缓缓进入茔地。拔掉蓬蒿，砍去斜柯，便恭恭给冢培土：把雨水所冲刷的曲缝浅洞一律填充并夯实，以保护墓穴不受浸泡，再修圆顶部。嘘一口气，遂整平墓前之地，立牌位，献米献面，献酒献烟，献水果，献糕点，烧纸致哀。举目而望，方圆数里，上坟者来来往往，烧纸者星星团团，颇有鬼在之象。

遗憾到了21世纪，一朝城市化，土地突然短缺，天下无不平坟铲家，长安人遂不能扫墓了。然而祭祀祖先是一种感情，其不可断流，于是清明节的晚上，男男女女就选城里的街角，俯首蹲身，划圈烧纸。

清明节正逢春光亮丽，长安人素好出户踏青，尤其是青年，成群结队，以入终南山作乐。唐长安踏青颇为流行，文士，仕女，宫女，每每人以位分，走曲江池，登乐游原，上少陵原，远一点的至樊川。唐诗人崔护踏青，在樊川敲门求饮见到一个姑娘，面若桃花，遂彼此有意，不过仅以目传，尚未相亲，崔护也止渴而别。时令循环，又是清明节，崔护之爱难以自禁，又往樊川觅其姑娘，不料院固门空，唯桃花映天，使其惆怅无限，题诗道："去年今日此门中，人面桃花相映红。人面不知何处去，桃花依旧笑春风。"现在的人踏青之心更强，可惜曲江池为楼所围，乐游原也削尽其田，少陵原开发腾腾，遂乘车钻终南山诸峪，鲁来莽往的，不够风雅。

清明节还打秋千。资料显示，这是北方山戎之戏，春秋时代传入中原。唐玄宗执政，曾经在宫中立木以打秋千，荡嫔妃于空中，升高落低，宫女嬉笑，他也喜悦。打秋千遂翻越宫墙，进入坊间乡里，风传为俗。20 世纪中叶以后，长安打秋千的多是孩子，春风吹红了花，他们便找到绳子，拴在两棵树之间，坐上去推引起来。房前屋后，街头巷尾，到处都是国槐、柳树、椿树、榆树，小孩子选窄距的两棵树，荡得低一点，大孩子选宽距的两棵树，荡得高一点。如此之娱，迁延迄夏。

拔河在古者有祈祷丰收之意，清明节恰恰宜于春播，遂拔河大行。唐中宗有一年幸梨园，巧是清明节，便命大臣分组拔河，宰相、将军，甚至皇亲，都脱然加入。比赛就有输赢，赢者一组必然拉倒输者一组，遂逗得唐中宗笑，皇后、嫔妃和公主也笑。我小时候，到了清明节，学校有拔河，村子也有拔河。学校里的拔河气壮山河，不过总觉得有纪律的约束。村子里的拔河固然散漫，自发，不过偶尔也会举巷动员，全街出战，男女老少全然加入。在村子里的拔河忽然浮现吾脑，此情此景，将永驻昨日。

清明节也是放风筝的绝妙时候。若天开透蓝，风吹送熏，便当尽松其线，放风筝于万里云霄，以应人的纵情之性。小时候，见城里人骑自行车登我少陵原，不为别的，就借此隆起之势放风筝。旷野无垠，小麦郁郁，有一鸟翔于空，真是让人想望。逝者如斯夫，桑梓尽去，人何以堪！

端午节

端午节的起源有纷纭之论，也许这是因为活动仪式世代举行，在此过程，其属性一再增减，遂使原本变了。不过一位民俗专家说：“长安人过端午节，昔日怎么过，现在也怎么过，以后还会怎么过，它从来就没有变。”变的，唯万变不离其宗罢了。

总结起来，端午节的由来竟有数种。

一种涉及屈原，是纪念这位贤士的。屈原为楚国三闾大夫，在外交上主张联合齐国，抵抗秦国，可惜楚怀王昏聩，相信谗言，竟流放了屈原。秦军攻破郢都，屈原悲愤而绝望，自沉汨罗江。楚人哀思，在农历五月五日摇船于水，扔下粽子喂鱼，以保护屈原之躯。

一种是闻一多的观点，他认为吴越一带以龙为图腾，龙舟便是断发文身的演化，农历五月五日赛龙舟，遂为祭龙。信仰与娱乐兼容，是赛龙舟的特点。

一种是仰观星象，苍龙七宿经年运行，终于到了天的正南正中之位。端为正，午为中，乃是端午。此刻难得，所以大吉大利，值得庆祝。

中国人过端午节，应该早于屈原的生死。在农历五月五日抛撒粽子，以防鱼伤屈原之躯，当是楚人加入的元素。赛龙舟以祭龙，什么时间不成，何必一定要择农历五月五日进行呢？如此推敲，闻一多的考证便露出了破绽。北方广袤，不是任一地方都能赛龙舟的。不赛龙舟，难道就忽略端午节了？至于苍龙七宿在农历五月五日处于天的正南正中之位，这是观察得来的天文现象。然而吉利常在，并非此刻独有。

长安人发现，每当农历五月五日前后，气温骤升，遂有蜈蚣、蛇、蝎子、壁虎和蟾蜍，狂热繁殖，越界犯民。它们难免偷袭幼稚，传播瘟疫，从而呼之为五毒。实际上染病于民的还有苍蝇、蚊子或别的媒介，不过五毒为烈，遂凸显其恶，这有什么办法呢！

积千秋万代之经验，为保障健康，尤其要使小孩生存下来，长安人便用了各种措施。

他们取红黄蓝绿紫五色线，搓成五彩缕，戴在小孩腕上。姑娘或媳妇若喜欢，想戴一戴，也是可以的。

缝制香包，互赠互送。各有幼稚，或系在裤带上，或装在口袋里。香包以丁香、藿香和檀香为主料，附加朱砂与雄黄。磨其为粉，相掺相糅，渐渐充实，做成角状。香包可以驱虫，也可以辟邪。

还做五毒兜肚，也是辟邪的。懂剪纸艺术的，还会剪五毒图，贴在墙上，以针扎之。长者饮雄黄酒，并会在小孩的额头上洒几滴。烙五毒饼，举家皆食。

往沟沟坎坎去，采几把艾蒿，悬之门，挂之窗。前院后院，室内室外，彻底清洁。还要趁机吃粽子，吃油糕。

凡此，悉为抵挡五毒。屡屡措施，从农历四月展开，以端午节掀起高潮。

我对端午节的印象比较模糊，不过还是有一些经历的。小时候，我佩过香包，可惜手不停，牙也不停，香包顿烂。又突然夺下姐姐的香包，当然要为其所恼恨。先是母亲从田野里撷一捆艾蒿，斜插在门环上。待我稍长，我便撅艾蒿，使之附着于门窗。扫后院，扫前院，地皮扫得发白，也是我的工作。

民俗会随岁月演化的，端午节也在演化。今天欲使端午节隆重和热闹起来，既要继承它的主体属性，又要注入一些新的内容，并具合乎现代社会心理的形式吧！是否有效，也未可知。

中秋节

中国人早就注意到月到中秋有超乎平常之明，并产生心灵的感应。周人会在中秋举行仪式，以祭月迎寒。至魏晋以后，中国人兴赏月，唐人更是流行。也是从唐开始，中国人有了中秋节，千年既久，到现在已经成了传统和习惯。祭月演化为赏月，应该是一种升华，标志人从对月之崇拜发展到对月之审美了，然而祭月并非消失了。也许赏月是祭月的置换变形吧！

祖父所主导的一次中秋节，给我留下了深刻的印象。那时候我还没有上学，五六岁、六七岁吧。

有一天晚上，雨过云开，有月忽出，自行于天。祖父净手整衣，搬出一个宽且矮的条桌，放在檐下庭中，并用瓷盘一一陈以石榴、柿子、月饼，还有什么忘了。院子种合欢花树、桐树、德国槐树，枝繁叶茂，互相交错，荫庇甚大，遂只有庭中檐下干爽，月光透明。我以为此乃祭月，也是我家的一次中秋节。

1973 年我的祖父西归，不知道在他生前数年，为什么再未祭月，虽然每年都过中秋节？于是那次祭月，就是我所亲历的祖父作礼的唯一一次祭月了，虽然简陋，但它所传递的信息却自古而来，印象是不可磨灭的。

长安风俗，农历八月十五，三秋之半，中秋节这一天，往往是下午，靠近黄昏，每户必烙月饼。这是主妇的事，在我家当然是我母亲的事。

烙月饼要用雪蒿，是生长于土坎上或田垄上的一种野菜。掘雪蒿往往是我的活，母亲吩咐一声，我便出门，出巷，出村，在头枕或二枕的地界采一把跑回去交给母亲。有时候中秋节会下小雨，天地迷茫，不过遇雨我也决不推辞，要把雪蒿采到，因为我长大了。

为了使月饼好吃，母亲要给面里放芝麻，捣碎核桃仁以作馅。也会以红砂糖或白砂糖作馅，这种月饼是甜的，我等小孩特别喜欢食之。月饼有一个大的，直径大约一尺半，有几十个小的，直径大约一寸半。大月饼和小月饼都贴雪蒿，一是装饰，二是提味。雪蒿一经锅炕，叶茎便绿淡黄渲，脆感毕现。

月饼在长安谓之团圆馍，因为中秋节也就是团圆节。中国人追求团圆，并以月之满象征人之团圆。八月十五夜，一边赏月，一边吃团圆馍，其乐融融。然而以种种缘故，中秋节这一天，也许会有人在外羁旅，不能返乡而聚。不要紧，当给在外之人留下大团圆馍的一角，并留下几个小团圆馍，等其回家吃。家有几人，便切大团圆馍为几角，一人一份，不过当在中秋节以后食之。小团圆馍多少随便，八月十五夜所吃的也是它。有一年我父亲在西府的扶风县做工人宣传队的事，数月不归，属于他的那一份大团圆馍夹在几个小团圆馍之中，就一直挂在厢房，也就是父母卧室的墙上。怕我偷吃，其高悬于壁。给父亲留下团圆馍的，是我母亲。当时我尚幼，根本不能理解母亲的心，现在我已经白丝闪鬓，沧桑繁历，然而仍不敢自以为能理解母亲的心，或完全能理解。

母亲烙月饼，也并非纷然分发，好吃便可以肆意吃。她也会拾月饼于一个簸箕里，并置之于方桌上或条桌上，要供一会儿，才把小月饼拿给我的祖父祖母、她的孩子。大月饼继续供着，到明天才收起来切成角。也许如此供一会儿，也具祭月的意思吧，然而总之是敷衍塞责了。也不怪我母亲，她所在的时代是破除迷信的时代，宣传毛泽东思想的时代。祖父是清人，母亲是民国人，我是共和国人，三朝巨变，在中秋节的规矩上，母亲不胜祖父，我不胜母亲，我的儿女更不胜吾。文化之变迁，文化在中秋节之衰，观之显矣！今之人，只剩下送月饼和吃月饼了，悲夫！

在唐长安，赏月显然是一种盛举，充满了雅意。道士有传，唐玄宗曾经由天师引领进广寒宫，见宫娥，闻仙乐，流连忘返，并获得灵感，制霓裳羽衣曲。也许此为神话，不过唐玄宗携杨贵妃赏月无假。为延长赏月时间，唐玄宗尝令工匠在太液池西岸筑赏月台。所选地址甚准，可惜安史之乱爆发，赏月台只建了半截。皇帝喜欢赏月，诗人也就喜欢，他们所去之地，往往是曲江池之岸，杏园之边。三五成群，彼此激发，遂多咏月之篇。有一年过中秋节，唐僖宗吃月饼，喜其油酥，十分之香。恰闻有进士在曲江开宴，便下诏御膳房包以红绫，送月饼给进士。月饼初入史书，大约便由于此事。

中秋节除赏月之外，也赏桂。目遇之，月光明，鼻嗅之，桂花芳，又有耳闻之，丝竹幽，真是何等趣味。当然还有故事，凡古贤者所创作的嫦娥奔月，蟾蜍变玉兔，或吴刚伐桂，甚至朱元璋以月饼递送起义情报，都会在中秋节讲一讲。长者对晚辈总是说："从前，有一个故事，讲的是……"明清以来赏月，也会猜涉月谜语，遂给中秋节增加了一种新的文化元素。"长安一片月"，打一小说人物，经猜是秦明，不是很有意思吗？

1076年，苏东坡的中秋节是在密州一个超然台上过的。有朋友陪伴，自夜至天亮豪饮，大醉。七年不见其弟，由衷怀念。缘于此，苏子作词曰：“明月几时有，把酒问青天。不知天上宫阙，今夕是何年？我欲乘风归去，又恐琼楼玉宇，高处不胜寒。起舞弄清影，何似在人间！转朱阁，低绮户，照无眠。不应有恨，何事长向别时圆？人有悲欢离合，月有阴晴圆缺，此事古难全。但愿人长久，千里共婵娟。”中国咏月之文章汗牛充栋，苏子中秋之词空前绝后了。

没有理想的生活，就不会在生活中审美，也不会使生活艺术化。中秋节对月之审美，显然是古人生活艺术化的一个表现，遗憾今人的中秋节，重以物质，轻以精神，或是生活粗鄙化，甚至退化了吧！

秦器

古玩万千，藏诸百家，我喜欢的是陶品，尤以瓦当为多。贾平凹好陶罐，大大小小，或鼓或扁，满盈于堂。王岳川也好陶罐，尝建议我尽快采集，方便之际，还可以为他收几个。陶来之于土，有土的气息，更是沉静和厚重，使人想到大地黄壤。我所爱的几种秦器都是陶质的，没有釉。

1991年，我独行萧关，购得一节秦水管。我走的是宁夏固原与甘肃镇原之间的萧关。匈奴自萧关而犯中原，其来尚矣！战国时代，秦曾经在此筑长城，以阻胡人。秦所谓的胡人，匈奴也。长城早就夷平，其土已经变成了田野，有小麦生长着。不过细辨，仍能看到长城逶迤而去的痕迹，因为长城的土是熟的，颜色颇深。水管是长城的遗存，呈圆状，头大尾小，以彼此衔接，一节一节地延长。其有绳纹斜绕，不太雅，也不太妙，甚至不平不正的，显得丑陋。不过它壁厚一指，高达腰围，浑然而坚，目之有威，扣之声朗，具雄威之象。

我还有一方秦砖，长27.5厘米，宽13.5厘米，高7厘米，重4.5公斤。四周刨光，上下两面以麻拉毛，现出疏疏密密的细线，抚之掌涩，举之骨硬。灰皮泛蓝，幽深以远。其出于骊山一带，由朋友所赠。

瓦当是宫室上的装饰，极具艺术。我的几方秦瓦当皆有其壮，每每琢之磨之，感悟泉涌。光芒纹瓦当，表现君主像太阳一样灿烂和英明，寓意嘉勉，号召崇拜。其呈浅灰，直径长，边轮硕，很是结实。它的当面背后有捏合拨拂之印，是雍城所出。凤鸟瓦当，象征吉祥。其为禽长颈欲鸣，振翅欲飞，甚为生动。此瓦当有极高的密度，泥水盐渍久经渗透,包浆厚实，沉重如石，也是雍城所出。云纹瓦当表现了神仙之思，其中的网线有棱有角，如割如切，肥而显笨，为铁青色。不知道它所出何地，似乎晚于雍城的瓦当，但甄别起来却不像咸阳的用品。

秦原本小而落后，为世所鄙薄。秦襄公护送周平王东迁有功，才受封为诸侯，赐以西陲之土，让其治理。然而秦俗甚卑，山东诸侯一直轻贱秦。不过秦不甘自己的落后，进取极切，坚韧扩张。公元前765年，秦文公在今之甘肃天水一带执政；至公元前714年，秦宁公便移居今之陕西岐山一带发展；至公元前677年，秦德公遂有雍城；至公元前383年，秦献公都栎阳；至公元前351年，秦孝公作咸阳。在秦的发展史上，秦襄公以后9世而有秦穆公，24世而有秦孝公，31世而有秦王政。秦王政继承前辈之功业，以武力吞其周而灭六国，统一天下，为始皇帝。观乎秦器，觉得它势大，蛮，强劲，有霸气，仿佛修长城，建直道，营造阿房宫以终南之巅为魏阙，挖墓要穿越三泉，以水银为河流海洋，上具天文，下具地理。

从小到大，四海姓嬴，秦用了31世，总计556年。遗憾它13年而衰，15年而亡，真是善作者没有善成，善始者没有善终，悲哀至极！究其原因，贾谊说：“仁义不施而攻守之势异也。”杜牧说：“族秦者秦也，非天下也。”观乎秦器，我以为它们尽管充满实力，然而工不足精，态不足美，是因为秦匠做不到自由地创造。钳制思想，重赋酷刑，从百官到众庶，人皆自危，秦有什么优秀文化呢？只追求实力，不建设文化，秦用什么让人幸福呢？

长安瓦当

瓦当是筒瓦的华头，用以护椽和滴水，不过先贤往往要给这个华头制作吉语、纹饰、动物，表达他们的愿望，也使皇宫或官邸美轮美奂起来。几千年的建筑无不倒塌为废，甚至黄壤覆盖，黍麦交替，但瓦当却能潜伏地下。一旦出土，它便成了古玩，也演化为一种艺术、一种文化遗产。

齐下都，燕古都，洛阳，平壤，东京，皆有瓦当存世，然而天下最好的瓦当，瓦当最多的地方，属于我长安，这真使人窃喜。

我采集瓦当已经多年，经历了种种假的瓦当，十分有趣。假的瓦当有的完全是假的，新烧的，然而经过做旧处理，生出包浆，它便能蒙混眼睛，让人当真。我曾经买过一个做旧的长生无极瓦当。之后我甄别出此瓦当是假的，新烧的，并找到了卖者。彼此目光交集，卖者悚然躲闪，蓦地便猥琐了几寸，然而我没有纠缠。算是缴纳学费吧，也可以作为纪念。还有一种假的瓦当，其坯老货，其字今雕，若无经验，那么也会受骗。好在这种劫难我幸运地躲过了几次，不过必须警惕，因为稍微不慎，就要刷新上当的纪录。有一次我发现了久久难求的永隆瓦当，经卖者允许，我轻手捧之，细掌抚之，半信半疑，渐渐越看越像，越看越慕，信进疑退，终于掏钱购之。回家赏析，竟得意晃脑，乐而吹哨，但屈指敲之却闻其有空洞之音，再敲遂明白它是两层镶嵌而成的，一层是原胎，一层是伪造。沮丧至极，立即下其于柜，弃其于隅。怎么办呢？无妨人生的美丽。坐下慢品清茶，逸读残卷，须臾之间便吐闷为爽，云散天净。这都是过去的事了，想起来幻如儿戏。谨记：瓦当之假，那些新烧的，密度大，掂着颇沉，其味有臭，呛鼻子。几千年的陶器，自有几千年的气氛神韵，凡呆头呆脑的瓦当，一定要明察。

瓦当是稀物，面世很难，遇到它更难，其情形往往像所有珍贵的事物一样转瞬即逝。我尝碰到两方状态相近的夔纹瓦当，颜色深蓝，弧线飘逸，很是可爱，遂决定买其一方。卖者说："一坑所出，少见得很，品相也好，两方都买了吧，我还会让价给你。"我仍坚持买其一方，便付款而去。然而转了一圈便觉得应该两方尽买，遗憾我回头找到卖者的时候，他说："已经走了！"非常惋惜，直到现在只要想起此瓦当仍是悔意悠悠。2006年春节以后，我有幸相逢瓦当两方，一方曰千秋万岁，一方曰与天无极，皆是生坑之货，字棱圆规，疏阔大气，饱满厚重，释手不能。然而我辈一向以工资和稿酬收藏，实力有限，必须节度。春节的消费已经挤瘪我囊中，买一方还可以，买两方就需要在银行贷款了。然而贷款的程序过于麻烦，时不我待，遂决定拿下千秋万岁瓦当，璧还其与天无极瓦当。这是早晨10点45分的交易。得到一方千秋万岁瓦当固然高兴，但放弃一方与天无极瓦当却耿耿于怀。到了晚上，终于筹措了银子可以支配，遂在夜间9点30分打电话过去，提出明天上午再买其与天无极瓦当。卖者淡定地说："抱歉，与天无极一方下午就走了，因为你没有要我留下。"黄鹤顿失，空余白云，我怅然至极，几近心痛。几年以后，我才采集到一方与天无极，

①长生无极瓦当

②秦砖

聊补了胸中之缺，然而品相一般，难免常思所去之瓦当，真是悔莫大焉。收藏就是这样：相逢所好之物，当拿下就拿下，否则千古有恨！

八风寿存当瓦当极少。王莽摇身为皇帝，唯恐权废，便遵方士之嘱，在长乐宫作八风台，以祀神维稳。八风寿存当瓦当就是八风台的遗物。擒获此瓦当惊心动魄，有博弈之感。某年腊月，我在古玩市场见它，卖者要价甚高，拿下有难，不过不想失之。卖者面生，坐在角落。务瓦当的人我几乎全认识，然而这个人过去没有碰到过。他除了这个瓦当，还有几方别的。星期六逢集，一月四集，一集已经消逝，现在还有三集，我以为他打算在春节以前要出手。我想抓住此心理压他的价，此乃老夫之算盘。然而若有财大之徒喜欢它，我计便会落空。二集瓦当还在，卖者仍坚持原价，我也固守我的标准。交易不成，货在卖者，钱处我的口袋。时间对我有利，不过我的机会也是一线所系，猝尔随断。想到这里，我心惊胆战，日子竟变成了煎熬。三集到了，我在古玩市场草草溜了一圈，透过熙熙攘攘的摊位，见他还在，然而不知道今日我愿能不能达成。剩下最后这一集就要过年了，他不希望无功而返，我担心关键之际有人捷足先登，拿下此瓦当。当然我也不能急迫于色，让他占了上风。缓缓走到他面前，见他目光弱势，显然怕我不要他的货。我半弯着腰，肯定地说："八风寿存当我要了，就是初次那个价，同意便给你钱。"卖者把瓦当递上，说："这个价钱真不想给你。"我按捺着欣喜接过瓦当，畅然出了一口气。之后我常常想，采集一方瓦当的博弈，大有玄机，其寓意仿佛人生。

瓦当文章，凝结着前圣的智慧，道在其中，嘉在其中。它多是皇宫的装饰，贯春经秋，身披几千年的日月之光和祥瑞之兆，足以为美，大可欣赏。有一方在案架，小屋能大，豪宅必贵，所以社会名流好而索之。

吉语瓦当的赏析

小　序

瓦当艺术让我大乐。我的求道方法有读书，有写作，也有瓦当之弄。观乎瓦当，可以察时变，知思迁。

瓦当的收藏和研究，大约始于宋朝的王辟之，以后有继承者和光大者朱枫、毕沅、罗振玉、陈直，皆为江浙雅士。岁月如流，风行依然，于今更盛。这真是所谓的千秋雅事，想起来会发万般感慨。它还外延日本，在异邦碰到了解析者和欣赏者，坪井清足和村上和夫便是瓦当专家。

显然，瓦当早就从中国古代的建筑材料幻化而出，变成了一种文化遗产、一种艺术。有人呼之为古玩，有人呼之为文物，都是好的。

曾经有北京的朋友问我，瓦当到底是什么。我告诉他，瓦当是筒瓦的华头，筒瓦是祖先的房上用品，多用在宫殿、祭堂、官署、宗庙，以装饰一些伟大和肃穆的建筑。然而朋友还是不太明白，我便说："那么请你按我说的做。你想象一下，你返回到了秦朝或汉朝，你站在了一座皇帝的宫殿前，而且你能感受到它的巍峨和壮丽。现在你抬起眼睛，让目光落在紧贴屋脊的筒瓦上，随之让目光沿着筒瓦构成的斜面缓慢下移，一节一节地下移。请注意：你的目光终于落在了掩护屋檐的筒瓦上，它是最后一个筒瓦，盖着椽头。请仔细观察，在这个筒瓦上，有垂直的部分，它恰恰迎着你的目光。如斯垂直的部分就是瓦当了。”

瓦当之状，是先有半圆形的，再有圆形的，不过祖先在用圆形瓦当的时候，也还在用半圆形的。它的类别，可以分为素面、图案、物相、文字。

无论什么瓦当，得一方置之案旁，放之架上，都会有拙朴沉静之气、旷远深厚之感，幽情自发，大悟自开。其不亦快哉！

长乐未央

文字瓦当之中，吉语瓦当最多，吉语瓦当之中，长乐未央瓦当甚众。

背景：中国人素具享乐的思想，而且向往极乐境界，即使到了悲惨的地步，也要苦中作乐。实际上任何民族都是喜欢享乐的。作乐属于人的秉性。长乐未央瓦当，便反映了秦汉人对世俗之乐的追求，当然也有灵魂幸福的憧憬。它是积极的。

释义：诗曰：“夜如何其？夜未央。”未央就是没有终止，引申一下，也含丰裕不尽的意思。斯瓦当若用在宫殿上，便是希望其乐恒久，绵绵不绝；若用于祭堂上，便是希望其乐继续，没有完结。总之，是祝愿。

这款瓦当一般都出土于汉长安城及其京畿之地，不算稀罕，但瓦当连着瓦身，几近完整，却极为鲜见。我能收藏如斯全面的一方，真是幸运。其身长 56.5 厘米，直径 19.5 厘米，重 6 公斤。我不知道古人是如何把它搬到并压在房檐上的，更不知道建筑倒塌，它怎么会妥善地存在下来，遂问是有神保佑吧！

此瓦当的文字，篆体为主，隶体隐现，应该会给书法家和金石家以启示。饱满厚实，工整而圆润，有兴旺感、强大感。我猜这是汉武帝至汉宣帝之间的瓦当。

瓦当中心的乳钉是太阳的象征，围绕乳钉的联珠是星辰的象征。古人制造这样一个瓦当，显然用了他们所在时代的所有知识：天文学，几何学，镂刻技术。在它的正面，有一片绳纹，麻点稠密，富于质感，其反面为布纹，细腻且光洁，遂难沾斑迹。

有时候我会静静地望着这个瓦当。地下水透过埋住它的泥土渗进其中，便形成了一层皮壳，颜色发黄，偶有盐渍，从而显出一种沧桑。情不自已，若有所思，就会过去轻抚一下。

长生无极

在吉语瓦当之中，长生无极瓦当也甚众。

背景：中国人固有长生不死的言论，典籍之中，频录不死之山，不死之药，不死之民，不死之国。秦汉人倾向于认为仙人存在，仙人有长生之术。渤海三山蓬莱、方丈、瀛洲，皆居仙人。在仙人和凡人之间，起联络作用的是方士。秦始皇为求长生，便一派徐福，再遣侯生，无非是寻找不死之药。汉武帝东行其海，数拜碣石，几敬石闾，也是想见仙人，以得不死之药。这种对永远活着的渴望，以后转为炼丹服食，在肉体上用功。谚曰："卒想吏，吏想官，官想做皇帝，皇帝想成仙。"显然，成仙而长生，是最高的理想和最后的理想。长生无极瓦当，便是如斯观念之下的产物。

释义：无极指没有边际，不能穷尽。长生无极，就是祈祷永远活着。

长生无极瓦当，品相好的我也有，不过我还是喜欢边轮有缺的瓦当。也许品相好的价值高，但残损的瓦当却显其美。当然残损不能太大，也不能伤及文字。这方瓦当直径 18 厘米，大约出土在汉长安城未央宫遗址一带。它有三美：乳钉隆盛充盈，如日中天，十二颗联珠又饱满，又规整，仿佛昼也晴，夜也晴。此其一美。文字有鸿鸟飞动之致，有松枝遒劲之态。此其二美。一角崩裂，断声犹响，以至于建筑沦陷，为黄壤所覆，遂为前世喟叹，为今生庆幸，为来年祈福，道德随之充盈博厚。此其三美。三美足矣。

曾经赠叶舒宪先生一方长乐无极，其好古究神，是文化人类学专家，瓦当归之，合乎物理世故。如果此瓦当通灵，那么它一定会喜悦的，不知道叶兄有感应否？不久以后，台湾连战先生有事到西安来，时任中国共产党陕西省委员会书记的李建国持长生无极瓦当一方为礼赠之。我暗想，这是文化给了政治以支持。

常生无极

常生无极也是吉语瓦当，其比较少。

背景：这是公元 9 年到公元 24 年王莽当皇帝时候的瓦当。王莽生有异相，据班固所记，其人脸短嘴阔，眼睛突露，声洪而嘶哑，所以一生都是奇迹。屈节处世，折腰行事，乃获贤孝之名，从而进入汉政府工作。谨慎谦让，节约朴素，不过是掩饰云志野心而已。王莽大有隐忍之功，伪善之伎。他以大司马辅佐汉平帝，又以周公辅佐周成王的形式做假皇帝，摄皇帝，居天子之位，因为汉室所立刘子婴不满两岁，根本不能发号施令。公元 9 年，王莽借助神符废刘兴王，革汉立新，当了皇帝。比之种种色鬼或幼儿的汉哀帝、汉平帝、刘子婴，王莽显然还是有治国抱负、养民才能的，但他却究竟属于儒生出身，抱负大，材质薄，缺乏大智大仁，大厦将倾，他无力扶之，遂只能做一

常生无极瓦当

些换汤不换药的修改，尤其热衷于更名换号。他改郡太守曰尹，改县令长曰宰，改蓬莱奇士巨母霸曰巨母氏，改长安城曰常安，改长乐宫曰长乐室。长生无极遂为常生无极，其怪而不怪。

释义：常同长，有不变的意思。常生无极仍是希望永远活着，如斯而已。

常生无极瓦当直径 15.5 厘米，尽管其旨宏阔，然而其器难免嫌小。它也是一个象征，证明王莽时代社会心理的虚弱和拘谨。不过其字还是颇为考究的，规矩而有变化，变化而含法度，十分秀雅。

此瓦当是在汉长安城出土的，我仅一方，当然很是珍惜。长改为常，视为别扭，然而想到它蓄积着丰富的历史和文化信息，便觉其贵重了。

八风寿存当

八风寿存当含吉语，极少。

背景：人之为作，到一定程度上就不信自己了，反信其鬼神并敬之。王莽当皇帝，难免恐慌，怕江山不稳，汉室复辟，乃求方士。有苏乐便建议，要在宫中建八风台以祀神。史记如是："莽篡位二年，兴神仙事，以方士苏乐言，起八风台于宫中。台成万金，作乐其上，顺风作液汤。"

斯宫显然是长乐宫，因为考古发掘，八风寿存当是在长乐宫遗址出土的，它也应该是八风台的遗物。

释义：八面来风，皆为顺风，从而保佑新朝，保佑在世百岁，颐养天年。也许八风是指八神襄助。班固说："八神将自古而有之；或曰太公以来作之。"秦始皇东巡其海，便尝向八神行礼而祀之，以后汉武帝也行礼而祀，以用事八神。汉武帝曾经纳方士言，在建章宫筑池曰泰液，起渐台二十余丈，水中造三神山，以保佑汉室。也许王莽有以八风台冲其泰液及三神山的意思。寿存就是命在，就是要正寝，不要早死。祝愿之辞而已。

我得八风寿存当完全是偶然。开始难辨此瓦当的真假，还很犹豫是否要它。碰到陈根远先生，其持之远看、近看、正面看、反面看，察其边轮、乳钉、联珠、区格，察其文字之形与笔画，并拱掌摩挲三遍说：“留下！”陈是文物鉴定专家，有他的肯定，我便留下了，而且十分得意。

斯瓦当直径15厘米，颜色黄中泛朱。区格有四，八风共居其一，高妙至极。文字方圆融容，神韵充盈并具画面感、浮雕感。王莽当皇帝一直紧张，不过这个阶段的书法造诣还是深厚的，工艺技术也还是精湛的，其不但留在铜器上和玉器上，而且也留在瓦当上。

亿年无疆

它也属于吉语瓦当。

背景：王莽妻逝世之后，葬汉元帝渭陵长寿园以西，谥其孝睦皇后，号为亿年陵。亿年无疆瓦当便是在渭陵一带出土的，应该是亿年陵的遗物。长寿园属于汉元帝皇后王政君的墓地，王莽葬妻于斯，是让她陪伴和侍奉新室文母。新室文母本是汉室太皇太后，王莽改其为新室文母，目的在使王政君绝于汉室，并损之。王政君是王莽的姑母，王莽能挤进汉政府，封为新都侯，又当大司马，总揽朝政，是得到姑母支持的。传国玉玺镂刻有受命于天，既寿永昌，王莽也是从姑母手中拿到它的。王莽让其妻永侍文母，有其理由，并有感情基础。渭陵在今咸阳市渭城区周陵乡新庄南。

释义：指恒久陪伴并侍奉新室文母。在文字瓦当中，有数五、八、百、千、万等，亿数是最大的。

此瓦当包浆发白，大约是盐渍所致。其乳钉圆润，联珠又等距，又同大，难得的精细。干干净净，浑然一体。文字方圆相配，刚柔相济，很是悦目。其直径 18 厘米，边轮宽且厚。

永奉无疆

吉语瓦当。

背景：王世昌先生是考古专家，他指出，永奉无疆出土于汉元帝渭陵，也许属于亿年陵的遗物。推断符合逻辑，因为王莽妻葬长寿园以西，就是要让其永侍文母。

释义：没有终止地尊重并奉献。颂扬之辞。

此瓦当直径 17 厘米，乳钉浑圆，联珠落于两条弦纹之间，文字与区格文字的线条皆有棱锋，遂推测制作瓦当的模子可能还是新的。永奉无疆文字一律扩张，伸展，显然要占满各自的区格，然而又不失规矩。很精神，很刚健。

与华无极

吉语瓦当，出土范围有限。

背景：汉政府一直有匈奴之患，备战打仗，粮食不足不行。随着社会发展，汉长安城人口增加，也需要充裕的粮食。尽管关中是天府之国，然而粮食还是紧张，遂只能从山东调运，以解决供给问题。所谓山东，指崤山以东的六国故地。建都之初，张良便认为关中可以东制诸侯，其对刘邦说："诸侯安定，河渭漕挽天下，西给京师；诸侯有变，顺流而下，足以委输。"陆运一直都有，从潼关而行，水运也有，走的是渭河，可惜渭河滩多流浅，效果平凡。到了公元前 129 年，汉武帝执政的时候，有大司农郑当时建议开凿漕渠，以调运山东粮食。汉武帝同意，并动员数万军民施工，三年之后大成。漕渠的路线是这样的：从昆明池开始，经汉长安城南城墙和东城墙之下东进，

与华无极瓦当

吸纳浐水和灞水，以后继续东进，过今临潼区、渭南市、华县，到华阴县沟通黄河。在华阴县磑峪乡的瓦碴梁上，建有汉政府的京师仓，因为其仓靠近华山，也谓之华仓。华仓就在漕渠的下口附近。陕西省考古所从1980年到1984年发掘其遗址，认为华仓是汉政府一个大型粮食库群，主要用于中转，也可以储集。从山东调运的粮食先到这里，再以漕运或陆运到汉长安城，从而保障了军民之用。当时的漕运，每年能调山东600万石的粮食进入汉长安城，思之很是繁忙了！华仓之毁与漕运之废一并发生，这是西汉亡、东汉兴，建都洛阳导致的结果。几个世纪以后，唐玄宗执政，其下属韦坚受汉朝漕渠的启发，壅渭河为堰，聚灞水和浐水，使其通往唐政府的永丰仓之下，以兴漕运。韦坚还在浐水上的望春楼之下修建广运潭，并邀唐玄宗及其朝臣登楼观波。浪漫是浪漫，然而瞭望历史，这不过是一种回光返照而已。我的文字瓦当与华无极，便是在华仓遗址采集的。华仓和京师仓瓦当，也是华阴县磑峪乡的遗物。

释义：指京师仓像华山一样高不可攀，大不可量，固不可毁，久不可及。

此瓦当为华阴县一个银行职员所有，其白脸，戴一副眼镜。2005年春节之前的一个星期天上午，他在西安八仙庵古玩市场兜售，经过一番讨价还价，他无奈脱手，我得之欢喜。其直径15.5厘米，没有联珠，不过有两条弦纹布乳钉之外。尽管瓦当的边轮打掉了一角，然而它的样子耸立如峰，恰恰照应了华山之形，并使天残带上了神意。文字的笔画纤细，曲折如闪，如抖，如树枝的化石。为盐渍所渗透的地方发白，其余发黄，仿佛是一幅地图。它的色泽及其层次，显然指向历史的隧道。

与华无极之瓦当，我还收藏一方，其仍出于华阴县磑峪乡的瓦碴梁附近，直径15厘米，边轮失圆，字有漫漶。字损是吉语瓦当的遗憾，不过对斯瓦当我依然珍爱有加，因为它具版本价值。与华无极一般都是从右读起，但这一款却是从左读起，遂为别致特绝。还有一点，它的中心雕有网纹，以像天宿。汉瓦当与秦瓦当的区别之一是，汉瓦当的中心常饰乳钉，秦瓦当的中心常饰网纹，基于斯，可以推断此与华无极瓦当不仅是秦瓦当风格的沿袭，而且比一般与华无极瓦当要久远。文物专家贾麦明说："这是汉早期的瓦当。"应该如是。

与华相宜

此瓦当拘于方域，也有限。

背景：华阴县硙峪乡瓦碴梁上出土，京师仓之遗物。

释义：京师仓又高，又大，坚不可摧，并将永远矗立于黄壤之上。它与华山遥遥而望，是彼此匹配的。

瓦当的文字各居一个区格，呈饱和之相，笔画又壮硕，又粗犷，有放任之感。直径 15 厘米，真是有气派不在大小啊！

与天无极

在吉语瓦当之中，与天无极瓦当不多。

背景：与天无极语出泰山刻石。公元前 110 年，汉武帝 46 岁，封禅泰山。其筑台广十二丈，高两丈，阶三等，封于其上，以助天之高。立石而镂其辞曰："事天以礼，立身以义。事亲以孝，育民以仁。四守之内莫不为郡县，四夷八蛮咸来贡职，与天无极。人民蕃息，天禄永得。"与天无极瓦当，多出土于汉长安城重要的宫殿遗址。

释义：与天无极属于祈祷言论，指国之泰，民之安，像天一样恒久，没有穷尽。愿天赐洪福。

瓦当直径 19. 5 厘米，乳钉凸起，十二个联珠纷纷绕之。文字又谨严，又灵动，法度之中弥漫着自由之性，令人生亲近怡然之情。地下水慢慢地把盐渍与泥土相融，早就硬化为一种胎衣，看起来大有远古老旧的味道。这是我从一个农民手中购得的，他说：“汉长安城的东西，才从生坑挖出来的。”此言未必可信。

辨玉之难

我喜欢古玉器，以至于迷恋和耽溺了。

开店的、摆摊的，无不存假货，然而三十载有余，我坚韧地出入于古玩市场，以求真品。长安的八仙庵、小东门、朱雀路、大兴善寺西街及西市，一向热闹，凡星期六或星期天，我必倚徙几个小时。

经年累月，酷爱如初。

可惜辨玉不易，遂每次遇见，每次上手，总不敢草率断定。至今如此，以后还将如此吧!

中国人在采集和狩猎的日子，一直以石头为工具。捡拾一块，打打砸砸，就可以剥兽之皮，割兽之肉，或用石头捣壳取实。这个过程极为漫长，大约三百万年。

一旦中国人在石头里发现了石之美者，并以自己的意志琢之磨之，使它反映自己的某种观念，中国文明便萌芽了。

中国人用一件玉器敲响了文明之门，它的妙音已经荡漾了一万年，现在仍萦绕晴空，且徐徐而不尽。

大矣！古玉器之道，探之弥深，考之弥玄。其直通信仰、礼和艺术欣赏，遂使我始生仰慕，终怀敬畏。

辨玉有百难，此乃我的体会、我的喟叹。

和田玉荣华且丰雍，世人皆推和田玉为万玉之魁，珍贵至极。这里的和田玉指昆仑山北坡玉龙喀什河及喀拉喀什河一带的和田玉，今之新疆的和田玉。它与今之青海的和田玉，区别何在？它与俄罗斯的和田玉、韩国的和田玉，又区别何在？

矿物学的实验检测显示，和田玉通常都为变质岩，其矿物集合体中含透闪石、角闪石和阳起石。以透闪石为重，比例占到百分之九十五以上。显然，和田玉属于透闪石。它的摩氏硬度在六至六点五之间，粒度均匀且细。强光之下，其晶质呈纤维状、针状、叶片状或柱状，结构以毛毡状为典型。

也许和田玉皆具如此特点，不过唯昆仑山北坡的和田玉在视角上无比舒服，在触角上无比柔腴，而俄罗斯和田玉则冷，而韩国和田玉则阴，而青海和田玉则如水一般稀、冰一般明。昆仑山北坡的和田玉，尤以充盈的文化价值，一直为达官之所索，为富室之所羡。不过君子被褐而怀玉，方见风流。

面对一件古玉器，我不敢轻躁地认为它就是和田玉。我不得不执之看整体，翻转着看局部，眯着眼睛看细节，三番五次，以消除一个疑窦，再消除一个疑窦。疑窦尽除，其信遂立。

问题是：什么人在昆仑山北坡发现了和田玉？这种和田玉何年到中原来的？究竟是哪些攻玉之匠或用玉之士封其为玉之上上的？

西安半坡遗址出土有玉斧，像是和田玉所治，那么它的材质确乎为和田玉吗？处于新石器时代，距今六千余年，这个时候和田玉就东入关中了吗？在妇好墓出土的七百五十五件玉器中，有一些像是和田玉所治，其实吗？商代之宝，距今三千余年，那个时候和田玉就东至殷邑了吗？

新石器时代玉环

和田玉究竟是什么时候到中原来的？是周代吗？是秦代吗？是汉代吗？汉武帝开辟丝绸之路以后，和田玉宜进长安，不过是否在先秦它便零星地转输于中原呢？

中国文化有凑数的习惯，不但发明创造有四，美女有四，而且名酒有四，名著有四，名玉么，当然也应该有四。中国之名玉，除了和田玉，还有蓝田玉、独山玉和岫岩玉。

汉诗曰："头上蓝田玉，耳后大秦珠。"唐诗曰："沧海月明珠有泪，蓝田日暖玉生烟。"足证古者是推崇蓝田玉的，不过怎么找也找不到蓝田玉的老矿。以和氏璧为蓝田玉，怕也没有根据。李斯采蓝田玉为秦治传国玺，恐也只是推测。

史记，蓝田玉启用于新石器时代，之后久有光荣。然而终于不清楚茂陵的兽面纹铺首，是哪里的蓝田玉琢成的！

新石器时代晚期，独山玉就有所用。到了商代，用得更多。经鉴定，妇好墓玉器中，其七件有刃玉器，皆为独山玉所磨。不过独山玉所磨玉器，藏诸博物馆的，毕竟太少。我四方奔赴，以期过目，然而罕有所见，不知何故。

在中国的古玉器中，最早的几批玉器是由岫岩玉制作的。岫岩玉所磨的玉器，显然是中国玉文化的滥觞。在新石器时代，足有几千年，是岫岩玉托着玉文化，承着玉文化，把玉文化从黑龙江与辽河一带送到了长江流域，送到了黄河流域。在我心里，岫岩玉所磨之玉器，分量特殊。我情有独钟，得之总是十分欣幸。

汉人以岫岩玉为夷玉，夷语呼岫岩玉为珣玗琪。谁不盛赞那种神秘的玉猪龙呢？它便是以岫岩玉所制作的，其材质或为透闪石，或为蛇纹石。

多年寻觅，我竟采集到了一件玉猪龙。这令我踏实，抚摸着，感受着，就像作家、画家或音乐家有了自己的代表作一样。只是我不懂它唇上的皱纹是如何产生的？看起来像是磨出来的。那么这些皱纹或别的玉器上的线纹和沟纹，是用何物磨得如此宽窄匀整、深浅合适，且十分圆润呢？是什么人下了功夫做这件事呢？是谁用玉猪龙呢？它的意义又是什么呢？

玉器不仅敲响了文明之门，它也一直参加着中国文明的变迁和演化。从以玉事神，到以玉事君，再到以玉事人，这也是一种社会生活的进步吧！

辽宁海城小孤山遗址，出土有三件砍斫器，材质应该为岫岩玉，绿色，稍浅。虽然表面不光，不过显然由岫岩玉制作，当是中国境内最早的古玉器。这些砍斫器大约一万两千年了，除非有新的更早的考古发现，若没有，中国玉文化便应该是从这里发端的。

黑龙江饶河小南山遗址，距今大约九千二百年到八千六百年，有玉玦、玉环、玉璧、玉坠、玉珠、玉管及玉匕形器出土。这些玉器构成系统，强劲地引领了中国玉文化，并引领了亚洲东部的玉文化。朝鲜半岛，乃至日本的古玉器，都受其影响。

兴隆洼文化遗址在内蒙古自治区敖汉旗，距今大约八千二百年到七千四百年，有以岫岩玉为材质的玉器出土，形制有玉玦、玉管、玉匕形器及弯条形器。还有玉凿、玉斧和玉钵，这些似可归为工具。

辽宁查海遗址，距今大约八千二百年到七千五百年，有玉玦及玉匕形器出土，也以岫岩玉所治。

兴隆洼人与查海人虽然异地，不过同时用岫岩玉制作玉器。我的困惑遂产生了：他们属于一个部落吗？若不是一个部落，是否会为岫岩玉而竞争？是否兴隆洼人得胜，查海人败绩？

古者以和田玉为真玉，也就是所谓的软玉，非和田玉为伪玉。由于透闪石是和田玉的主体，那么在逻辑上，凡透闪石当为真玉。以此道理，兴隆洼文化遗址出土的玉器，查海遗址出土的玉器，就应该是中国玉文化中最早的真玉，因为都是透闪石，为岫岩玉。不过颇为遗憾，岫岩玉似乎不在真玉之列。固为古者，也有所短。

如果仅以真伪区分其玉，并仅以和田玉为真玉，那么新石器时代的玉器便有浩瀚的一片顿为黯淡，所以，罢！

顺便指出，岫岩玉有的是透闪石，有的是蛇纹石，而当地人则呼透闪石的岫岩玉为河磨玉。古玉器，凡以岫岩玉所治，不管是蛇纹石还是透闪石，窃以为都是真玉，若擒之，我必大悦。

红山文化距今大约六千五百年到五千年。红山文化玉器的辉煌阶段，当在距今大约五千五百年到五千年之间。红山文化并非一个点，反之，红山文化表现为一个遗址群。它散布西辽河流域，其支流西拉沐沦河与老哈河，皆有发达的红山文化。

这一带的地理位置势胜之至：既是大兴安岭与燕山的夹角，又是北方游牧区与中原农耕区的交界，而欧亚大陆草原通道的东南端则恰恰在此，并由此延伸到海。

红山文化玉器的辉煌并非一个原因，然而处于西辽河流域，它才得以超卓。地理影响文化，地理与文化往往是对应的。

红山文化玉器所用材质，仍以岫岩玉为主。其形制丰富极了，凡工具类的，有玉凿、玉斧、玉钺、玉锥、玉棒；凡佩饰类的，有玉环、玉璧、玉镯、玉臂套、玉珠、玉管；凡动物类的，有玉龟、玉鹰、玉蚕、玉鱼、玉龙、玉凤及玉猪龙。还有一些形制出奇的：方形璧、双联璧、三联璧、云形器、箍形器。

凡此玉器，哪些是事神的呢？玉猪龙就是以岫岩玉所琢的像猪的龙吗？它竟这样简单吗？玉猪龙是否蕴含着先民更深奥更幽微的寓意呢？

在玉器上，兴隆洼文化直接影响了红山文化，这是考古证实了的。我想知道的是：红山文化的玉器是否会沿海岸东南而行，影响到良渚文化的玉器呢？红山文化的玉器是否会沿黄河上溯，影响到齐家文化的玉器呢？红山文化的玉器是否会沿黄河下流，影响到龙山文化的玉器呢？而龙山文化的玉器不影响夏朝的玉器吗？而夏朝的玉器不影响商朝的玉器吗？而商朝的玉器不影响周朝的玉器吗？

开枝散叶是文化传播的普遍形式，玉文化的传播也用这种形式吧！

青铜的出现，尤其是铁的出现，使春秋战国的玉器一派灿烂。在艺术上，汉朝的玉器显然居于古玉器的一个高峰，不过它深受了春秋战国的玉器的影响。

良渚文化催生了玉琮，不过我一直在想：玉琮之前没有祭地的玉器吗？我还在想：在良渚文化玉器上屡屡出现的徽号到底是神面纹、人面纹还是兽面纹？制作它的工具是什么？如何使其阴线精细得使人惊讶？尤为重要的是，徽号象征什么？它是什么意思？创造了良渚文化的人原在良渚吗？若不是，其来龙去脉又是什么？

也有资料显示，中国最早的玉琮见诸薛家岗文化，也许是吧！但良渚文化的玉琮却是最发达的，而且它也甚早。

玉琮似乎还有别的功能，未必独祭地。颇为复杂，只能继续讨论了。

在中国人用玉大约八千年以后，许慎总结道：“玉，石之美。”他认为，玉是石，不过因为其石美，超越了平常之石，虽然是石，终于为玉。他综其 128 个表达玉的字，予以排序，并一一解释。他说：“凡玉之属皆从玉。”

我反复钻研这 128 个字，希望有助明白古玉器之道，可惜不容易。这些从玉的字，或指玉名，或指玉器名，我怎么才能找到其对应的实物呢？这些从玉的字，也形容玉的材质、颜色、声音或光泽，叙述玉器的形制、工艺和纹饰，我怎么才能找到一块玉，掌握着，从容分析其硬度和密度，并观其色，听其声，进而求证其内涵呢？

先民辨玉，广踏河床，遍履河谷，才发现雍州产球、琳和琅玕，梁州产璆，扬州产瑶和琨，而青州则产怪石。西晋豪俊石崇有宠媛翾风，是一个胡姬，竟会辨玉。她闻玉声，认为西北之玉，声沉重，性温润；东南之玉，声轻洁，性清凉。

我应该向先民学习，向石崇的宠媛学习，然而这容易吗？怎么操作呢？

古者辨玉，当然也有其难。以玉事神，以玉事君，必得真玉。

中国人素以软玉为真玉，且首推和田玉。和田玉的颜色一般分为白玉、青玉、青白玉、碧玉、黄玉、墨玉、糖玉和花玉。忽然就崇拜白玉了，并以羊脂白玉为和田玉之巅峰。实际上崇拜白玉，为渐渐形成的一种意识。它是代代相传，无数经验的沉积。

事神事君，应该避免伪玉。玉为石之美，遂有了石之次玉者，石之似玉者。也许石之次玉者还算真玉，而石之似玉者则存在着伪玉的可能。

如何选择，是否用石之次玉者，是否用石之似玉者，古者会非常谨慎的。

我之辨玉，更是难上有难。我想通过古玉器探索先民如何祭天，如何祭地，如何祭山，如何祭水，并探索用玉的等级标准。我还想通过古玉器的流转路线，分析中国文明的起源及汇聚。

辨玉之大难，在杜绝仿制品。

窃以为凡是古玉器，主要指汉以前的玉器，不管是和田玉还是非和田玉，皆为真玉。我扩大了真玉的范畴，主要是从时间之老考虑的。凡老的，我皆孜孜以求。

窃以为那些以古玉器为本，模拟而雕的，尽是假玉器。清乾隆时所治的玉器，有一些是西周玉器或西汉玉器的仿制品，我也知道其钱大抵金，然而无助于我之所思，也便归诸假玉器。恕我不敬，宥我不恭。清乾隆时的攻玉之匠，其术天下一流。不过凡是仿制品，我都不感兴趣，他们所作的仿制品我也不感兴趣，再精致，也不感兴趣，因为仿制品并无我所需要的信息。

清乾隆时的一件玉鸠尊，由和田玉且是白玉所治，几乎渗油，不过一看就知道它是玩的，而西周的三鸠尊，则是事神的，或是事君的。清之玉鸠尊模拟西周之三鸠尊而雕，有其形，缺其饱满之气、沉厚之神。

乾隆收藏有很多古玉器，然而他并不研究。他在玉璧上刻其诗，还错判良渚玉琮为车轮上的零件，遂也刻其诗，并新打孔，再配芯，作香熏之用。若研究古玉器，了解其文化价值，会这样破坏吗?

古玉器的仿制品，所从来尚矣。中国人尊玉，除了玉具文化价值以外，它也是富贵的象征。起码自宋代起，古玉器的仿制品就潜入世间了。

牟利之徒很是聪明，其方法甚为诡谲。

宋人用刀切开羊腿，裂皮，置玉器于羊腿之中，缝合，让羊照常吃草。过几年取出玉器，遂有红沁。

元人杀狗，血淤于腹，接着塞玉器于狗体之中，埋之。数岁以后，玉器上便出土斑。

明人取硇砂，磨其为颗粒粉末，加入草汁，腌其玉器，并以柴火相烤。久之，色从玉器肌理渗出，红里含褐，谓之提油。

清人在锅里煮玉器，至烫，以冰雪捂之。隔一日，玉器上便呈牛毛纹。再以铁屑包裹玉器，热醋淬之，埋入泥土。历数月，玉器上就现橘皮纹。

今人有发达的科学技术，其古玉器的仿制品比宋元明清以来的仿制品高超多了。凡古玉器的形制、工艺、纹饰和沁色，皆可模拟，甚至材质也可造成。

多年以来，我一直在搏击假货。辨玉有万难，我的经验，几乎都是从上当受骗的过程之中学得的。

初涉古玉器的时候，我屡屡遭遇材质问题。

我采集过一件材质疏松的红山文化玉龟，终于发现它并非岫岩玉所琢，假货，弃；我采集过一件材质腐坏的良渚文化玉勒，终于发现它属于自然之旧，并非不熟，熟也荒谬，应该就是许慎所指的瑂类之玉，假货，弃；我采集过一件材质固有其褐色和黑色，从而显老的齐家文化玉斧，假货，弃；我采集过一件玉勒，乍看西周的，再看西周的，其形制、工艺、纹饰和沁色看起来一一吻合。付款回家，蓦然醒悟它是用型范浇铸的，假货，弃；我也采集过一件漂亮的西汉玉鸟，白，乳白，又亮又光，颇为惊喜，自叹这不是和田玉的白玉吗？这不是顶级的和田玉吗？转念觉察有鬼，遂识其为和田玉的粉末所压而成。打开手电一照，透明，毫无毛毡状的结构。假货，弃。

形制怪异，工艺简化且乏力，纹饰粗糙并失序，是仿制品的通病。仿制品的沁色，或用激光渲染，或用微波炉烧烤，或用酸腐蚀，尽是绝技。仿制品往往并非一病，反之，只要是仿制品，仔细揣摩，卒能诊其病在骨髓，是百病缠身的。

虽然都在作旧，不过总感觉今人不如古者厚道，今人比古者轻率和滑稽。

有一年，我进了八仙庵古玩市场的一个铺子，目光在柜台里浏览了一遍，准备离开。主家说："大哥，我有几件生坑的东西。"我瞄了瞄他，四十岁左右，宽脸，厚唇，黝黑皮肤，是关中口音。

见我有意，他便踱出来掩上了铺子的玻璃门，并拉帘子遮蔽。再踱回来，他就神秘地从柜台底层的一个抽屉拿出一个纸包，谨慎地打开，几件古玉器遂露于外。轻轻地，他一件一件放在绒垫上，举目示

齐家文化玉璧

意我选。

似乎是春秋战国的玉器，有谷纹玦，绞丝环，谷纹璧，龙形谷纹璜，谷纹双兽面圆形勒子。我挑了那件勒子，徐而视之。形制还舒服，不过材质偏劣，且没有和田玉的分量，其密度和润度也都差。谷纹之间的缝隙不像砣痕，阴线轻浮，兽面的眼睛棱而不硬，睁而不威，沁色发灰。

主家悄声说："前十年，我还亲自干活呢！有一次，塌方了，把我的腿压残了，就干不动了。这些东西，是我弟弄的。"我举勒子到鼻前闻了闻，味呛。假货！遂放在了绒垫上。

主家说："大哥算有缘分，你给我开张，我可以便宜。"我抬起头，逼视着他，以关中口音说："你就不怕我是公安局的？"主家猝慌："大哥，请原谅，我刚哄你呢。东西是安徽蚌埠的，全是仿制品。犯法的事，我不敢做，请大哥原谅。"

长安久为国都，遂遗址遍地，丘墟在野，其民不论教育程度，多知道瓦当、陶罐、铜镜、石狮和玉器，且欣赏者辈出，研究者代涌。这里的古玩市场，从来没有休止过，唯政策开放便扩大，政策收紧便缩小。此地居交通线上，黄河流域，凡内蒙古、河北、甘肃、宁夏、山西、河南和山东的古玩经营者、古玩收藏者，总要来长安。他们觉得长安有古玩的传统，雅趣深厚。

古玩聚于长安，也是文化聚于长安。以古玩流向长安的文化，当然有兴隆洼文化、红山文化、大汶口文化、龙山文化、齐家文化，还有夏商周的文化、秦文化和汉文化。长安的魅力是强劲的，长江流域的河姆渡文化、马家浜文化、崧泽文化、薛家岗文化、凌家滩文化、良渚文化或石家河文化，未必不来，偶尔也是会来的。

淘其古玉器，宛然在大海游泳，我的一个又一个朋友都沮丧地上了岸。我一再喝水，谨防巨浪卷走，坚持不懈，终于可以自由地运动了。我也清楚，这是大海，不可轻狂。

我总结了一点经验是，要保证一件古玉器成功斩获，当使它的材质、形制、工艺、纹饰和沁色在时间上完全契合。对而不配，对而不接，就要警惕。若有任何一点抵牾和矛盾，便当摒除和抛舍。

还要注意包浆。古玉器的材质如果特别优越，其坑口高亢且干爽，也许它就没有沁色。当此之际，应该对其包浆审而考之。古玉器可以没有沁色，不过一定有包浆。

还要观神和望气。凡是古玉器，必是攻玉之匠用心所治，从而给它赋予了神和气。认真观之，望之，就能捕捉得到。那些仿制品，纵然是清乾隆时的古玉器仿制品，它与所本也在神上不充盈，气上不灵动。仿制品永远是规矩得僵硬，甚至呆头呆脑，俨然管得过苛的孩子的面相，或受到虐待的怨妇的面相。

有两种人，必然遇到出土的古玉器：一是考古专家，一是盗墓贼。生坑的玉器，商朝的就是商朝的，春秋战国的就是春秋战国的。然而考古专家能识别春秋战国穴里也有商朝的玉器，但盗墓贼却只知道春秋战国穴里只能有春秋战国的玉器，不可能有商朝的。不过考古专家也存其弱：若放商朝的玉器和春秋战国的玉器往古玩市场去，撒到铺子里，撒到地摊上，并投入一批仿制品，完全捣乱，考古专家区分起来也会踌躇吧！鱼龙混杂，尽管鱼毕竟是鱼，龙毕竟是龙，然而辨之也难。

难！即使曾经往来于枪林弹雨，我对征玉也不敢有丝毫的马虎，否则便会失误，乃至久久懊悔。

三石纪唐

唐有三石，琢而为器，遂蕴其深意，探之可以得智慧，测变化。

李世民昭陵六骏为石雕。

长孙皇后是唐太宗李世民之妻，以贤惠流芳。可惜她应了好人不长远的谚语，35岁便死了。李世民登基以后，有风水先生为他勘选穴位，卒定九嵕山作昭陵。长孙皇后先走，遂先埋于斯。昭陵的陪葬墓诸王七，嫔妃八，公主二十二，重臣五十三，将军六十四，共计一百五十四座。长孙皇后是他最亲爱的妻子，魏徵是他最重要的大臣。

为壮昭陵，遵李世民之旨，制石马六匹，置于北阙之下，以怀其坐骑，也表自己的武功。这便是昭陵六骏的来历。

当宣布以唐为国号的时候，江湖未静，长安周边还有隋的残余部队和农民割据势力。李世民既为秦王，克敌必勇。公元618年，他乘白蹄乌征金城即今之甘肃兰州军阀薛举和薛仁杲父子，并平之。石雕白蹄乌昂首怒目，腾空而飞，有不可阻挡之势。公元619年，李世民骑特勒骠攻打马邑即今之山西朔县一带军阀宋金刚和刘武周，以收复河东。特勒骠毛黄而透白，应该是突厥马。石雕特勒骠腹小腿长，前蹄跃，后蹄蹬，尽显冲锋陷阵之势。公元620年，李世民乘什伐赤讨军阀王世充，以平河南。什伐赤为突厥马，毛红而发亮，阳光之下熊熊如劲风携带的一团火焰，可惜负五箭。石雕什伐赤似乎聚骨肉以鼓劲，并将起而凌空。王世充难胜李世民，便请窦建德支持，所以打王世充是硬仗。有一天李世民骑飒露紫，一味猛斩，竟脱离了自己的队伍，在邙山一带为寇所围。一箭中马，十分危急。幸有随从丘行恭扑过来，抡刀叱咤，吓阻其众，使之止步而彷徨。当是之际，丘行恭迅速让出自己的马，扶李世民骑着离开，之后他为飒露紫拔箭。石雕飒露紫忠实地表现了这一幕：飒露紫静立于地，一副安然顺从之态。丘行恭身穿长袍，头戴兜鍪，斜挂箭囊，俯身取出马胸之矢。公元621年，李世民乘青骓攻打窦建德。青骓毛杂而苍白，中五箭。石雕青骓尾高束，鬃挽花，一副前奔之状。公元622年，李世民骑拳毛騧在洺州一带征讨窦建德旧将刘黑闼，击而破之，遂平河北。拳毛騧毛黄而旋，黑嘴甚帅，不料它竟负九箭。石雕拳毛騧体硕气闲，仿佛是在休息。

梁思成曾经盛赞昭陵六骏的艺术，遗憾20世纪初，有美国人竟挟飒露紫和拳毛騧往美国去，现在藏宾夕法尼亚大学博物馆。其余石雕美国人亦欲运走，然而西安人不答应，跑到潼关拦截他们，要他们放下，遂收回了。这些石雕现在藏西安碑林博物馆，可惜它们已经被分割为几块。分割它们是要打包，以过太平洋。1992年以后，我多次在博物馆欣赏昭陵坐骑，见石雕遭切线斜贯，不得不以钢筋紧箍以防散架，又失飒露紫和拳毛騧，难免思骋于昔，悲痛于心。

乾陵有碑，但它却不勒一词，空空如也，是武则天的无字碑。资料显示，其为当年于阗国所贡。

江青很推崇武则天，无非是羡慕女皇帝的权势，从而在共和国图谋一个重要的位子。一种意识的产生总是依赖一定的背景。江青所想，显然是由她所处的政治气候决定的。除了江青，还有人包括一些饱学之士和幼稚青年，也推崇武则天，认为其伟大。仅仅由于权势显赫就是伟大，此乃错误而且可怜。

武则天开始只是唐高宗的一个妾，不过她极慕权势，遂要阴取而恶夺。她当然也不乏诡计。自己捂死女儿，但她却推祸于王皇后之手。以此方法，她巧妙地使唐高宗废王皇后，立自己为皇后。宰相褚遂良直言极谏唐高宗以武氏为皇后不妥，并以辞官归田相劝。当此时也，武则天竟隔帘怒吼："何不扑杀此獠！"一旦武氏为皇后，潘多拉的盒子便打开了，从而朝廷无宁日，帝国少祥云。她砍王皇后和萧淑妃之腕，塞她们于酒缸之中，慢慢腌渍。凡过去反对她当皇后的大臣，一一削职，贬出长安。在封建社会，皇太子是天下的根本，不可轻摇，然而武则天兴风作浪，废皇太子李忠，亡皇太子李弘，再废皇太子李贤，三废皇太子李显。以后虽然李旦为唐睿宗，但她却临朝称制，独断大事，从而抗议蜂起，边境收缩。为当女皇帝，她以唐宗室王子王孙为妨碍，遂一杀再杀，连续杀之。中国的皇帝之位，要么是暴力而得，如秦之嬴政、汉之刘邦；要么是禅让而得，如魏之曹丕、晋之司马炎；要么窃取，如武则天。武氏为女皇帝，自知不合程序，害怕海内抵制，便大敞告密之门，进行镇压。于是恐怖的乌云就垂天而下，尤其是大臣，上朝以前会向妻子诀别，以恐丧命在外。她还重用酷吏，滥施酷刑，从肉体上和精神上摧毁异见之士。她的科举考试，固然使平民子弟得以脱颖而出，不过其目的是要发现和培植忠于女皇帝的力量。江青推崇女皇帝，也并非不可以理解。然而知识分子推崇武则天，便是十足的迂腐了。自己喜欢吃苦受罪，下窑挖煤也行，为什么好立一个专制且毒辣的女皇帝，从而让吾辈布衣也跟着吃苦呢！

武则天与唐高宗合葬于乾陵，其碑是竖起来了。通高超 8 米，宽

2 米余，重达 10 吨，不知道当年是怎么干的。此碑端正规矩，凝重厚实，不失其美。碑首浮螭 8 条，互相缠绕，鳞显骨露，静动有致。碑座有狮有马，其马屈蹄俯颈，温良驯顺，其狮扬头峥眉，凶猛威风，难明其旨。树碑颇易，叙事很难。记武则天的什么呢？谁来记呢？遂空空如也，为无字碑。

如果让我为武氏立传，那么我想表达的意思为：武则天是中国文化在须臾之间所孕育的一个怪胎，为妻不贞，为母不慈，当女皇帝而行男子之法，其不仁有过之，无不及。但她却实现了作为人或作为女人的所有欲望。

杨贵妃的海棠汤，在临潼华清宫，是青石拼砌而成的。

我曾经认真研究过唐玄宗与杨贵妃的关系，确认他们之间的纠葛非常复杂。不过杨玉环集性爱、母爱与女爱于一体，倒是完全吸引了唐玄宗，并无为而治地控制了唐玄宗。杨贵妃也并非一些道学家所指责的红颜祸水，相反，她是一个好女人，也是一个受害者、一个替罪羊。

大约从公元 747 年到公元 755 年的八年之中，一旦大雁南飞，草木黄落，唐玄宗便携杨玉环往临潼去，在华清宫进行所谓的避寒。他们一住便是数月，春暖花开才返长安。唐玄宗泡莲花汤，杨玉环泡海棠汤。莲花汤和海棠汤都是浴池，有进水口和出水口。水为活水，有地热，属于温泉，不过莲花汤洗唐玄宗，当然大度，海棠汤洗杨玉环，遂为小巧。一个皇帝给一个女人作浴池，也许中国历史上还没有过，此乃恰恰证明了唐玄宗对杨玉环的宠幸。不过这里也可能有一些秘戏，因为唐玄宗是信奉道教的，也许会做采阴补阳的实验，以求养生益寿。

海棠汤分为两层，杨玉环可以膝浸暖波，背靠上层，也可以半卧清流，斜依下层。上下两层的青石都磨成凹状，似乎能光滑得体，细腻舒身。资料显示，杨贵妃泡澡之际，当于水中撒丁香、麝香、沉香、多摩罗香，撒紫檀和花瓣草蕊，海棠汤遂为浓郁之芳汤。杨玉环或坐或卧，任其妩媚为魅惑。凝脂一沐，骨酥肌膨，便成娇娃。我以为让四方之客观瞻海棠汤，是在暴露杨贵妃的隐私，也在暴露中国的隐私，不雅得很。青石拼砌而作海棠汤的形象，仿佛一个全裸的女人仰面躺着，丰满性感，特别是她半蜷躯半伸肢的样子，真是尽显放荡。

大约从杨贵妃侍奉皇帝避寒华清宫的时候起，唐玄宗便越来越推卸作为君主的责任，先放手宰相李林甫主持朝政，后放手宰相杨国忠处理大事。这些人为争夺权势，结党营私，从而诱发着社会的危机，尤其范阳节度使安禄山重兵在握，反意深藏。但唐玄宗却沉溺淫逸，感觉形势一片大好。公元 755 年，安禄山以讨杨国忠之名，突然叛逆举兵，遂使长安震荡。煌煌其唐，由盛而衰。

历史学家素有定论，李世民执掌之唐，民耕其田，士求其途，人口增长极快，犯罪率最低，而且疆域辽阔，是黄金时代，因为他任贤用才，律己勤政，是明君。然而如果他是一个昏君呢？如果他是一个昏君，那么究竟谁又能把他怎么样呢？谁也约束不住他，改变不了他。皇帝为天子，是替神行道的，不是为人民服务的，制度如此。然而如果皇帝是人民推举的，那么他就必须为人民工作，接受人民监督。他应该公正透明，不得惰怠，否则人民便会让他下台。显然，制度决定社会的文明，皇帝如唐太宗这个人创造黄金时代实在是偶然的。靠皇帝就错了。

李治继承了李世民的皇帝之位，也继承了李世民的制度，然而这个人既脆弱又平庸，遂使武则天穿帷指手，透幄画脚，甚至推翻了接李治之班的李显，控制着接李治之班的李旦，终于自己登基当女皇帝，造成唐的倾侧，天下紧张。无人能管李治，武则天便乘虚而入，排儒为霸。李隆基相当杰出，要相貌有相貌，要能力有能力，要气魄有气魄，从而匡正社会。不过李隆基也可以由励而懒，安乐为要，从而导致万家悲愤。凡人谁都有堕落的元素，于是他就会与时而毁，应物而坏，是靠不住的，因为智常常会昧，德常常会缺。所以创造先进制度以管人，包括管皇帝这个人，管一类人或一派人，才至关重要。如果唐有良策，那么将阻止武则天篡国，也将促使李隆基保持振奋的精神，否则制度就要发挥作用了。制度将强迫唐玄宗离开华清宫，到大明宫来早朝。遗憾唐毕竟是唐，唐有它的局限。

中国人对唐一向满怀美感，诚意向往，追求唐的气象和光荣。实际上建设先进的制度比打造唐的气象和光荣更富价值，也重要得多、紧迫得多。

人皆匆忙，拿不出时间读唐书，遂建议读唐石。不必多读，三石足矣！

唯一长安

给世间某一个地方名之以长安，真是有心啊！属于造化，并具神意。

长安是一种愿望，也是一个存在，是一段历史，也是一个现实。我以为一个中国人，凡是受过基本的教育，都当知道长安，即使一个西方人，凡是有一点东方意识的，也当知道长安。

早在秦就有长安了吧！史书上说："长安，本秦杜县之长安乡。"方志也说："长安，秦乡名。"元人骆天骧认为，长安就在丰镐之间。

设长安县，建都长安，都是刘邦的决定。这个人尽管厌恶儒生，但他却能广取异见，显然颇有虚怀。以关中为国都，便是士兵娄敬的建议。对此刘邦存疑，张良便比较了洛阳与关中的利弊，支持立国关中。萧何主持国都的营造，作长乐宫，又作未央宫，并择日迎接汉高祖从栎阳至长安。长安一旦为汉之国都，便为天下所知。

沿袭刘邦的选择，之后还有 12 个王朝以长安为国都，这都增加着长安的分量。不过中国人所感到的长安的魅力，并为这种魅力所吸引，所骄傲的，只有唐长安。

卢照邻惊叹：

玉辇纵横过主第，
金鞭络绎向侯家。

王维有其亲历：

九天阊阖开宫殿，
万国衣冠拜冕旒。

韩愈的印象是：

天街小雨润如酥，
草色遥看近却无。

唐长安之美，固然体现在其城的宏伟与壮丽，不过也并不仅仅在于里坊连天，宫室拔地，甚至也并不仅仅由于它诗存万千。唐长安之美，完全是因为它大气，能够宽容，给人自由。信仰难免有某一种仪式，多少有组织的感觉，唐长安不忌讳，信上帝的景教可以来，信释迦牟尼的佛教可以立，信黄帝与李耳的道教可以行。骚客好发牢骚，总想讽喻国君，影响朝政，遂有杜甫酒肉之臭、死骨之冻，甚至白居易敢采李隆基与杨玉环的关系为材，作其长恨之歌！李白大笑西行，尽管仕途艰难，让他失望，不过得赐金离开京师之后，他还是很念长安的。他这样表达自己一种强烈的感情：“长相思，摧心肝！”

李白反复吟诵：

长相思，在长安。

然而长安在哪里？长安究竟在哪里呢？我寻找过秦长安，渭河沿岸，村荒路短，西风残照，只有几个坟茔沉默。也寻找过汉长安，虽然大风起兮，云还在荡，不过垣塌墙颓，蟋蟀凄凉，羊在半坡嚼草，不禁怅然。我是经常寻找唐长安的，遗憾所见总是佛之庙，皇帝陵，一尊铁钟，两座塔，夕阳下遍野的刻石，觉得兴庆宫俗，会在大明宫止步。幸亏藏有半身唐仕女俑，苦闷之日，聊成我梦。长安在哪里？长安究竟在哪里呢？

宇宙有数，遂使星旋斗转，沧海桑田，而且不为人的意志所快慢。有一年，鹿离长安，于是国都就从秦岭与渭河之间的关中迁徙了。凤去城空，白云悠悠，显得一片空洞。天门不开，魏阙无存，是非常寂寞的。权力转移，长安不作国都，国都不在长安，它的地位便下降。有不肖子孙，竟不惜在过去的国都界面层层作屋，累累作舍，以成自己的功德与荣华。一人带头，十人效仿，几百年一千年下来，以致大盖楼厦，以求仕途与财源，于是处处流行的装玻璃并贴瓷片的建筑就密密麻麻，滚滚而来，几乎覆盖了过去的国都。原貌大失，遂古风减，古韵损，将沦新进或新兴城市之列。完全可以辟新址，修新城，从而既使古风留、古韵丰，又使伟绩大业现于时的。可惜规划者与主导者其手一挥要除旧立新，无人敢挡，遂立新以除旧。不过新的难久，旧的易失，从而格调杂糅，难免让我摇头而叹息！

山高河长，长安仍在。省比市大，市比区大，今之长安已经演化为区，属于一级行政辖域。其东连蓝田县，西接鄠邑区，南列秦岭数十峰，北抵曲江池上游一带，面积不足1600平方公里。所谓存在的长安和现实的长安，就是这样一个长安吧！它标在地图上，是谁都可以看到的。虽然小于市，更小于省，不过世间毕竟还有一个地方名之以长安，多少也是安慰！

我观长安，其文化遗产无不具中国的意义。秦岭盘踞于长安，是中国地理的南北分界线，是长江与黄河的分水岭。南方的温暖，是因为有秦岭把从西伯利亚飘过来的寒风和冷气拦挡在了自己的脚下！秦岭之谓秦岭，也标志着中国社会在春秋战国时代的一种进步，这便是周去秦来，周衰秦兴。从秦岭流出的沣河、滈河、洨河、潏河、浐河，浐河，潺潺湲湲，随物赋形，以种种角度汇入渭水。滈河与洨河所冲积，遂有御宿川。扬雄说："武帝开上林，东南至御宿川。"当年刘彻往秦岭去游猎，便经常夜寝御宿川。由潏河与浐河所冲积之樊川，先归周之樊国，后为汉功臣樊哙之食邑。这里唐有韦族居韦曲，杜族居杜曲，楼台馆榭，花芳草绿，引一代骚客为之折腰，并留下豪华文章。崔护的人面桃花，就是在樊川发现的。樊川还分布着八大寺院，其中兴教寺葬有玄奘的遗骨，华严寺是华严宗的发源之地。沣河沿岸，有周文王丰邑、周武王镐京，砖瓦车轩，足以见证周的文明。神禾原耸立滈河与潏河之间，秦有皇戚葬焉，唐有僧钟荡焉。少陵原为浐河与潏河所环，地势高亢，厥土黄壤，承钟南山而挽曲江池，为九州独绝。其初在周杜伯国，继为秦杜县，汉宣帝陵在这里的甘寨村一带，汉宣帝之妻许皇后陵在这里的司马村一带，卜者素以为风水极嘉。明之藩王有九位入土少陵原，形成了磊磊九井十八寨，墓立石像，有马有羊，有虎有狮，也有文武大臣，无不高大魁梧，尤显雕刻艺术。少陵原夏日金黄小麦万亩，秋日碧绿谷物满目，农耕传统久有几千年。李白登临少陵原，北望汉家大冢与寝阙，兴之所至，赋诗曰："秋水明落日，流光灭远山。"

长安的文化遗产繁则繁矣，盛则盛矣，不过此长安毕竟处于唐长安的边缘，它也只是历史的长安的一个部分。历史的长安，显然有更多的文化遗产。如果它们仍可以展露，那么其气象一定森然而震撼，会吸引天下人乘兴而来，怀念而去，可惜它们渐渐湮灭着。这种结局总让我产生一种隐痛似的折磨。好在世间还有一个长安，像一个梦，多少是一种安慰！

非常荣幸，我是长安人，出生在少陵原上。我的村子并不大，不过北有庙堂，南有戏楼，东西各有一涝池，妇女一般都在涝池洗衣服。村子有堡，堡有门，一条泥土白硬狭路向里延伸，两边房高门厚，以砖为墙，是地主的宅邸。我形单影只，经常在肮脏的巷子窜游。长大以后，我离开了村子。我有一个感觉，尽管村子有父母之居，祖先的灵魂也在这里，然而不离开此地，我会非常痛苦的，而且注定一事不成。卑微若我，尽管未能远走高飞，不过也曾经铿锵奔突，抑扬激荡，以努力进取，无愧于长安。我是清醒的，多年以前我就知道自己没有漂洋过海的机会了，甚至连在京沪一带坐一把椅子吟诗著书的可能也渺若烟云。当然，即使我有神助，让我脱胎换骨，汗毛变成鹤毛，能够振翅以翔，我的故乡还是长安，而且永远也是长安。

某年月日，我得以在长安区工作，真是诚惶诚恐。偶尔往村子或街道去，见公路纵横穿插山川河谷原坂之间，树沿途栽，草在埂种，瓦房辞旧，高屋迎新，人皆匆忙，以努力改变生活！故乡处在急剧的变化之中，我要献上自己的敬意！不过我的忧虑也忽聚忽散，而且无可奈何！

到底是谁在调控，长安在天下骤大骤小，其中央也移来移去？然而不管怎么幻化，自从世间有了长安之后，它就没有断绝过。我以为这有神之意。站在此长安的任何一个点上，或是站在彼长安的任何一个面上，我都难免有所思。我不知道历史的长安是现实之长安的原型，还是现实的长安属于历史之长安的一种纪念；我不知道历史的长安是现实之长安的理念,还是现实的长安属于历史之长安的影子。我经常把现实的长安与历史的长安融为一体，甚至会给存在的长安涂抹以愿望的长安之斑斓。我往往把今之长安与昔之长安重叠起来，甚至把小长安当作大长安，把真长安目为虚长安。我望着秦长安，呼着汉长安，牵着唐长安，想象秋风在吹渭水，万户捣衣有声。长安的意象，我挥之不去，触之即飞！有时候所思如幻，有时候很是踌躇。

如果我强调长安是中国唯一的，那么我必遭人相讥，并问我中国何处不是唯一的！是的，中国任何一个地方都是唯一的，不过长安不但是过去的国都，而且国都永远寓于长安之中。虽然过去的国都在其他地方也有，而且多有诸朝，不过只有长安使人有浓郁的故国之念、醇厚的旧都之情，并生千千之结，给人一种抚慰灵魂的淡淡而悠远的哀伤。这是中国文化培养出来的，我有什么办法呢！长安无生土，长安无野草。长安是中国唯一的。

有一天，我忽然想到一个问题：是谁给世间某一个地方名之以长安的？内涵是什么？是什么背景使他把一个行政辖域唤作长安？一种流行的解释是长治久安，而且竟成公论。不过我再三推敲，不以为然。这种解释，只不过是过去垄断中国社会资源的权力阶层的观念而已，它是为少数人服务的，是对付多数人的，是保证一种用以维护少数人安全和利益的秩序的。刘邦设长安县，建都长安，显然有让他的统治长治久安的愿望。可惜他的愿望未能实现，甚至连他自己的朝廷和后宫也乏治安，甚至他尸骨未寒，吕皇后就残忍地处理了他亲爱的戚夫人，有什么长治久安的呢？

我不能知道是谁名之以长安的，不过我可以想象他。我总觉得这个人是一位智者，他读书也多，阅世也多。他用知识与经验见证了战争的残酷，遂祈祷和平永在，祈祷强不凌弱，富以济穷，幼有所长，老有所依，矜寡孤独残疾无不有所养。他给一个行政辖域名之以长安，目的在给天下一个启示。

然而仅仅如此并不够，长安必须有它的现代意义。既然是长安，那么这里就当非常宜于生活。它的环境应该是追求生态的，起码天无雾霾，水无污染。它的制度应该在于能促使人获得尊严，并有充分地自由表达和自由信仰的权利。

给某一个地方名之以长安的智者，显然不懂什么现代意义，不过把以人为本的元素注入长安的内涵，似乎并没有违背他的设计吧！

在希腊今之雅典西南一带，有一些残断的建筑，白石磊磊，芳草萋萋，便是雅典卫城。这些足有三千年的建筑，以雅典娜神庙为主体，是希腊人祭祀雅典的保护神雅典娜的。希腊人一直视其为文化遗产，并为之修建了雅典卫城博物馆。希腊人始终把这里当作圣地，因为它是希腊文明的象征，甚至是国家的象征。耶路撒冷当然也是圣地了，其中有一段哭墙，早就变成了犹太人信仰与团结的象征。罗马帝国一度占领了耶路撒冷，犹太人四散而逃，然而不管多么危险，一直有犹太人返回这里，望着哭墙，摸着哭墙，泪水涟涟，以表达失国之痛，并祈祷上帝保佑犹太人。即使现在也还有犹太人纷纷往哭墙去诉求对故园的所盼。显然，耶路撒冷及其哭墙，使犹太人产生了一种巨大的向心之势。什么是文化的力量？这就是文化的力量！

中国人在过去也是有故园之敬的，而且形成了典礼。秦始皇平定四海，便先归陇西与北地，登崆峒山，又在雍城作拜，以后才浩荡巡游并封禅。周人从豳发展到岐，发展到丰邑，又发展到镐京，至周武王消灭殷纣王，成为天下之主，是积十数世努力而成功的，所以在殷墟处理了政务之后，他便归豳，站在一个高台上，以告祖宗之灵，并祭祀岐曰：“天作高山，大王荒之。彼作矣，文王康之。彼徂矣，岐有夷之行。子孙保之！”殷人箕子，原是殷纣王的大臣，事君极忠，然而殷纣王无道，荒淫奢侈，拒谏害良，他便披发佯狂，以保其身。殷纣王以为箕子真疯，便抓他进了监狱。周武王克殷，解放了他，向他请教管理天下的方略，并派他在一方执政。几年之后，箕子有事情经过殷之朝歌，见宫室弃毁，寂寞荒凉，草和谷物竞长。他想到殷纣王败坏朝政而丧河山，又愤慨，又悲伤。他大哭，不宜，他暗泣，也不宜，因为暗泣像妇女，遂作歌以慷慨其意，歌曰：“麦秀渐渐兮，禾黍油油。彼狡童兮，不与我好兮。”

遗憾今之中国人重于向前看，忽略向后看，不注意自己是从什么地方来的，根在何处，其宗何态。这也不奇怪，二十世纪一浪汹于一浪的批判运动，横扫了中国的精神文化，甚至极尽亵渎，竭力摧毁，以把其彻底清洗。随之社会转型，中国人一夜之间便进入了发财致富的高速公路，并在全球化之中城市化，从而有了理由，让层层数以千百年之帝王的或民间的中国的物质文化，包括形胜、史迹和遗址，退避而去，以便建高楼，修大厦，营造豪宅，焕然为新。悲哀啊！先是精神的文化即文化的软件公然遭到戕害，接着是物质的文化即文化的硬件变相遭到铲除。悲哀啊！中国文化何以载之？什么时候中国文化才能终止衰落？什么时候中国文化才可以巍然而灿然，受天下人敬仰？

我一直有一个请求。我也怀疑我的请求会有什么反应，我更知道我的请求已经晚了，几乎没有什么用了，不过我还是要请求，而且呐喊：不要让挖掘机轻率地在悠久并伟大的长安乱刨，不要简单地拆卸它的石头和砖瓦，不要随便动土，因为长安是一个母系氏族留下了陶罐的圣地，是存有周人青铜器的圣地，是老子遗其真言的圣地，是孔子只能梦见而没有脚踏的圣地，是埋着统一了中国的秦始皇的棺椁的圣地，是为中国开拓了疆域的汉武帝拜天的圣地，是有唐一代为中国创造了辉煌文化的英雄活动过和诗人歌颂过的圣地，是日本军队在1937年至1945年之间千方百计企图进入而怎么也不能进入的圣地，是神一直关注着的有云飞扬的天作之府。

长相思，在长安！

关于长安文化

长安文化当然是关于长安的文化。不过长安的范围怎么划分，时间又怎么划分？长安的前身是谁，后裔又是谁？尤其是长安文化具什么特点？它对这个世界有什么现实意义？凡此问题都是需要反复考虑的。

实际上对长安文化之研究早就开始了。远在宋，赵州人，今之河北赵县一带人宋敏求，便系统考察长安文化，并成大书，凡特产、土贡、风俗、户口、街坊、山川、道里、邮驿、城郭、宫室、官府皆有涉及。他所记的多是唐长安。此间，中国的政治与经济中心已经东移，长安一变为故国旧都，热闹尽去，繁华悉落，到了研究的时候了。更远的在东汉晚期与三国初期，其陇东人辛氏，已经有专记长安之篇。他所录的多为汉长安，尽管物事简略，不过自有结构，实为长安研究的发轫。还有东汉的赵岐，晋的葛洪，唐的韦述和杜宝，宋的张礼和程大昌，元的骆天骧，清的毕沅，都有关于长安之著行世。这些人皆是在文化意识没有完全觉醒之际对长安进行叙述的，今之人往往视其为文献资料。然而仔细分析，他们所作，应该属于长安文化之研究。

正宗的长安当是唐长安和汉长安，正宗的长安文化也当是唐长安文化和汉长安文化。这并非没有道理，因为唐长安 289 年，汉长安 225 年，其极大地推动了中国的发展，研究唐长安文化和汉长安文化的意义很是重要。

然而正宗是正宗了，但它却也难免狭小了。先贤常常会用长安把在关中所立之国统摄起来，唐之前的隋大兴，汉之前的秦咸阳，秦之前的周丰镐，都属于长安，于是长安文化就随之宽厚起来。也许这是一个优秀的传统，今之人不继承便无以科学地研究长安文化。然而先贤也有其局限，他们缺乏考古知识，未能将新石器时代以来，包括姜寨遗址和半坡遗址所反映的部落氏族的劳动，纳入自己的考察。今之人掌握了考古发现，既然如此，那么是否应该把长安文化的时间向上追溯呢？现在的西安是民国西安的沿袭，也是清西安和明西安的沿袭，当然也是唐长安和汉长安的沿袭，既然如此，那么是否应该把长安文化的时间向下移动，从而使长安文化寓于西安文化之中呢？

我以为，长安文化是以唐长安和汉长安为基础，并以其为核心内容的一种文化，在关中，它的上线直通姜寨人和半坡人，它的下线径入正在创造着现代化生活的西安人。长安文化在历史上是主流文化、官方文化，现在它虽然为区域文化、民间文化，然而它的一些元素也足以升华为主流文化和官方文化。长安文化有国粹的颗粒。长安文化是活的，充满了生生不息的动态。

长安文化充满了开放性。它一直能够吸收属于异质文化的物质品类和精神享用。通过丝绸之路，长安引进了西域的果木、菜蔬、禽兽、珍宝、服饰、音乐、舞蹈、竞技、佛教、基督教—景教、祆教、摩尼教、伊斯兰教。它也慷慨输出，凡丝织、漆器、竹器、凿井术、造纸术、医药、书法、儒家思想，可以尽供采纳和选用。多少世纪之后，中国人能够接受马克思主义，接受自由民主法制人权理念，接受世界贸易规则，显然是中国文化开放性的表现。中国文化的开放性，显然有长安文化开放性的渗透，甚至有它所给予的恒久动力。

长安文化洋溢着一种宽容性。中国妇女的审美权利最早是在长安得到了社会尊重的。中国作家的言论自由权利最早也是在长安得到允许的，杜甫诗曰："朱门酒肉臭，路有冻死骨。"就是对一个盛世的批判。

长安文化体现了变通性。秦宫汉居，隋宫唐坐，修漕渠，造曲江，实施和亲政策，甚至借兵回纥以镇压内乱，收复长安。长安文化的变通性实践，现在显然发展为中国人治天下的智慧了。

长安文化有端正性。长安所在的关中处四塞之内，季节分明，日升于东，日落于西，天列北斗，地贯终南，从而形成了一种端正的时空观，并影响到建筑设施和日常生活。大道直行的意识便是在这种端正的时空观及其环境之中孕育，所以长安难滋邪歪之气、颓废之气、卑怯之气。长安总是荡漾着旷达之气、豪迈之气、硬朗之气。

长安文化含尚义性，这是由长安文化的端正性演化而来的。

我喜欢长安文化，觉得长安文化是十分养吾之魂的。长安在关中，关中有长安，遂好在关中考察形胜、史迹和遗址，以探长安文化的沉积。

参考书目

1. 司马迁:《史记》，中华书局 1985 年版。

2. 王利器主编:《史记注释》，三秦出版社 1988 年版。

3. 班固:《汉书》，中华书局 1996 年版。

4. 范晔著，李贤等注:《后汉书》，中华书局 1965 年版。

5. 陈寿:《三国志》，中华书局 1959 年版。

6. 魏收:《魏书》，中华书局 1974 年版。

7. 房玄龄等:《晋书》，中华书局 1974 年版。

8. 令狐德棻等:《周书》，中华书局 1971 年版。

9. 刘昫等撰 :《旧唐书》，中华书局 1997 年版。

10. 欧阳修、宋祁:《新唐书》，中华书局 1997 年版。

11. 张廷玉等:《明史》，中华书局 1974 年版。

12. 赵尔巽等:《清史稿》，中华书局 1977 年版。

13. 李国章、赵昌平主编:《唐书》，上海古籍出版社 1997 年版。

14. 陈兰村、张新科:《中国古典传记论稿》，陕西人民教育出版社 1991 年版。

15. 范廷玺:《陕西名胜古迹史话》，陕西人民美术出版社 1988 年版。

16. 黄新亚:《长安文化》,《中国文化史概论》上卷，陕西师范大学出版社 1989 年版。

17. 谢苍霖、万芳珍:《三千年文祸》，江西高校出版社 1996 年版。

18. 杨师群等:《三千年冤狱》，江西高校出版社 1996 年版。

19. 陈全力、侯欣一编著:《帝王辞典》，陕西人民教育出版社 1988 年版。

20. 黄仁宇:《中国大历史》，生活·读书·新知三联书店 1997 年版。

21. 黄仁宇:《赫逊河畔谈中国历史》，生活·读书·新知三联书店 1997 年版。

22. 陈全才、柏明、韩金科:《法门寺与佛教》，陕西旅游出版社 1991 年版。

23. 樊英峰、刘向阳:《乾陵文物史迹述丛》，陕西旅游出版社 1997 年版。

24. 张世民主编:《咸阳史话》，东方出版社 1998 年版。

25. 张过、何冰编:《马嵬坡诗选》，华岳文艺出版社 1988 年版。

26. 王大华:《崛起与衰落——古代关中的历史变迁》，陕西人民出版社 1987 年版。

27. 樊光春:《长安·终南山道教史略》，陕西人民出版社 1998 年版。

28. 周文敏:《长安佛寺》，陕西旅游出版社 1990 年版。

29. 王家广:《考古杂记》，紫禁城出版社 1988 年版。

30. 张定亚:《陕西名胜古迹传说故事选》，陕西人民美术出版社

1986 年版。

31. 张传玺、杨济安:《中国古代史教学参考地图集》，北京大学出版社 1982 年版。

32. 史念海:《中国古都和文化》，中华书局 1989 年版。

33. 王震中:《中国文明起源的比较研究》，陕西人民出版社 1994 年版。

34. 中华书局编辑部:《名城史话》，中华书局 1984 年版。

35. 西安市地方志馆、西安市档案局:《西安通览》，陕西人民出版社 1993 年版。

36. 陕西军事历史地理概述编写组:《陕西军事历史地理概述》，陕西人民出版社 1985 年版。

37. 黄濂:《中国历代帝陵》，大连出版社 1997 年版。

38. 姚生民:《淳化史迹丛稿》，西安地图出版社 2007 年版。

39. 何清谷:《三辅黄图校释》，中华书局 2006 年版。

40. 程大昌撰，黄永年点校:《雍录》，中华书局 2002 年版。

41. 赵岐等撰，张澍辑，张晓捷注:《三辅决录 · 三辅故事 · 三辅旧事》，三秦出版社 2006 年版。

42. 王褒等撰，陈晓捷辑注:《关中佚志辑注》，三秦出版社 2006 年版。

43. 葛洪撰，周天游校注:《西京杂记》，三秦出版社 2006 年版。

44. 骆天骧撰，黄永年点校:《类编长安志》，三秦出版社 2006 年版。

45. 刘庆柱辑注:《三秦记辑注 · 关中记辑注》，三秦出版社 2006 年版。

46. 张礼撰，史念海、曹尔琴校注:《游城南记校注》，三秦出版社 2006 年版。

47. 辛德勇:《隋唐两京丛考》，三秦出版社 2006 年版。

48. 韦述、杜宝撰，辛德勇辑校:《两京新记辑校·大业杂记辑校》，三秦出版社 2006 年版。

49. 宋敏求著，毕沅校正:《宋著长安志》，太白文艺出版社 2007 年版。

50. 毕沅撰，张沛校点:《关中胜迹图志》，三秦出版社 2004 年版。

51. 中国汉传佛教陕西祖庭调研组:《陕西·中国汉传佛教祖庭研究》，陕西人民出版社 2006 年版。

52. 张云风:《历代名人与西安》，陕西人民美术出版社 1988 年版。

53. 西安市文物管理委员会:《西安文物与古迹》，文物出版社 1983 年版。

54. 西安市文物管理局孙黎等编著:《西安城墙》，陕西人民出版社 2002 年版。

55. 田荣编著:《老西安旧闻》，陕西旅游出版社 2012 年版。

56. 葛慧:《西安地名趣谈》，三秦出版社 2005 年版。

57. 张云主编:《西安碑林观览》，陕西人民美术出版社 1998 年版。

58. 刘宝山:《黄河流域史前考古与传说时代》，三秦出版社 2003 年版。

59. 易华:《夷夏先后说》，民族出版社 2012 年版。

60. 舒其绅等修，严长明等纂，何炳武总校点，董健桥审校:《西安府志》，三秦出版社 2011 年版。

61. 田益民:《西安事变述评》，香港文化教育出版社有限公司 2000 年再版。

62. 足立喜六著，王双怀、淡懿诚、贾云译:《长安史迹研究》，三秦出版社 2003 年版。

63. 桑原骘藏著，张明杰译:《考史游记》，中华书局 2007 年版。

64. 门多萨撰，何高济译:《中华大帝国史》，中华书局 1998 年版。

65. 汤因比著，索麦维尔节录，曹未风译:《历史研究》，上海人民出版社 1986 年版。

66. 海斯、穆恩、韦兰著，中央民族学院研究室译:《世界史》，生活·读书·新知三联书店 1975 年版。

67. 爱德华·麦克诺尔·伯恩斯、菲利普·李·拉尔夫著，罗经国等译:《世界文明史》，商务印书馆 1995 年版。

修订版后记

此书2014年1月由中国社会科学出版社出版，七年以后，它碰到机会，进入了这个系列丛书，遂不再孤独。

我希望拙著更为完善，便做了一些修订。事竟，感觉得体，也很是欣喜。

我删除了关于三所大学和两座臣墓的文章，当然也有所增加。寺祠四篇，帝陵九篇，节令两篇，瓦当赏析一篇，古玉器辨识一篇，长安问对一篇，长安文化一篇，都是这次增加的文章。如此，它固有的薄弱环节就加强了。昔年写过霸陵，考古发现，原霸陵不存在，遂根据新的实证重写了一篇，以替代以前的作品。我还遵循各从其类的原则，适度地调整了目录。

在表达上，皇帝年号不免烦琐，就去掉了，只留下了几个有意义的，其余皆用公元纪年。这样，便一下简省了。有几篇文章，段落太大，也顺手改小了。个别句子，也做了润色。当然，一旦发现错误，也会纠正。

我提供了一个书目，是随便排列的。不下功夫不行，我下了功夫，功夫下得颇大。

我对陕西人民出版社深有感情，因为我的职业生涯是从这里开始的，更因为这里的编辑、设计及校对甚为谨重。这是一种难得优秀的传统，我曾经领受此传统，学习此传统，并一直推崇此传统。这里的营销工作也努力之至，且越来越好。

由衷感谢关宁女士，感谢韩琳女士！ 一经她们之手，此书必有荣幸。

2022 年 8 月 15 日于窄门堡